TORSTEN FINK

Der Prinz der Rache

Buch

Will Gremm ist fünfzehn Jahre alt, als sein Vater ermordet wird. Andere mögen es eine ordentliche Hinrichtung nennen, aber Will weiß, dass sein Vater das Opfer eine skrupellosen Intrige geworden ist. Nun wächst er unter den Ärmsten der Armen auf und muss seine Mutter und seine jüngeren Geschwister beschützen. Doch er versagt auf schreckliche Weise.

Allerdings verspricht Will seiner Mutter vor ihrem Tod, dass er bittere Rache üben wird. Verbissen kämpft er sich rücksichtslos zurück an die Spitze der Gesellschaft. Der Preis, den seine kleine Schwester für seinen Ehrgeiz zahlen muss, ist schrecklich. Aber das ist für Will nur ein weiterer Ansporn, Rache für die Familie Gremm zu üben.

Er ahnt nicht, dass sein Weg nur Schmerz bereithält …

Autor

Torsten Fink, Jahrgang 1965, arbeitete lange als Texter, Journalist und literarischer Kabarettist. Er lebt und schreibt heute in Mainz.

Von Torsten Fink beim Blanvalet-Verlag erschienen

Die Tochter des Magiers bei Blanvalet:
1. Die Diebin (26631)
2. Die Gefährtin (26632)
3. Die Erwählte (26633)

Der Sohn des Sehers bei Blanvalet:
1. Nomade (26691)
2. Lichtträger (26692)
3. Renegat (26693)

Drachensturm (26806)

Der Prinz der Skorpione bei Blanvalet:
1. Der Prinz der Schatten (26856)
2. Der Prinz der Klingen (26857)
3. Der Prinz der Skorpione (26858)

Der Prinz der Rache (26940)

Torsten Fink

DER PRINZ DER RACHE

Roman

Originalausgabe

blanvalet

MIX
Papier aus verantwortungsvollen Quellen
FSC® C014496

Verlagsgruppe Random House FSC® N001967
Das für dieses Buch verwendete
FSC®-zertifizierte Papier *Pamo House*
liefert Arctic Paper Mochenwangen GmbH.

1. Auflage
Originalausgabe Februar 2014 bei Blanvalet,
einem Unternehmen der Verlagsgruppe Random House GmbH, München

Umschlaggestaltung: Isabelle Hirtz, Inkcraft, München
Illustration: © Isabelle Hirtz unter Verwendung
einer Fotografie von Olga Kessler
Karte: © Jürgen Speh
Lektorat: Simone Heller
HK · Herstellung: sam
Satz: Buch-Werkstatt, Bad Aibling
Druck und Bindung: GGP Media GmbH, Pößneck
Printed in Germany
ISBN: 978-3-442-26940-2

www.blanvalet.de

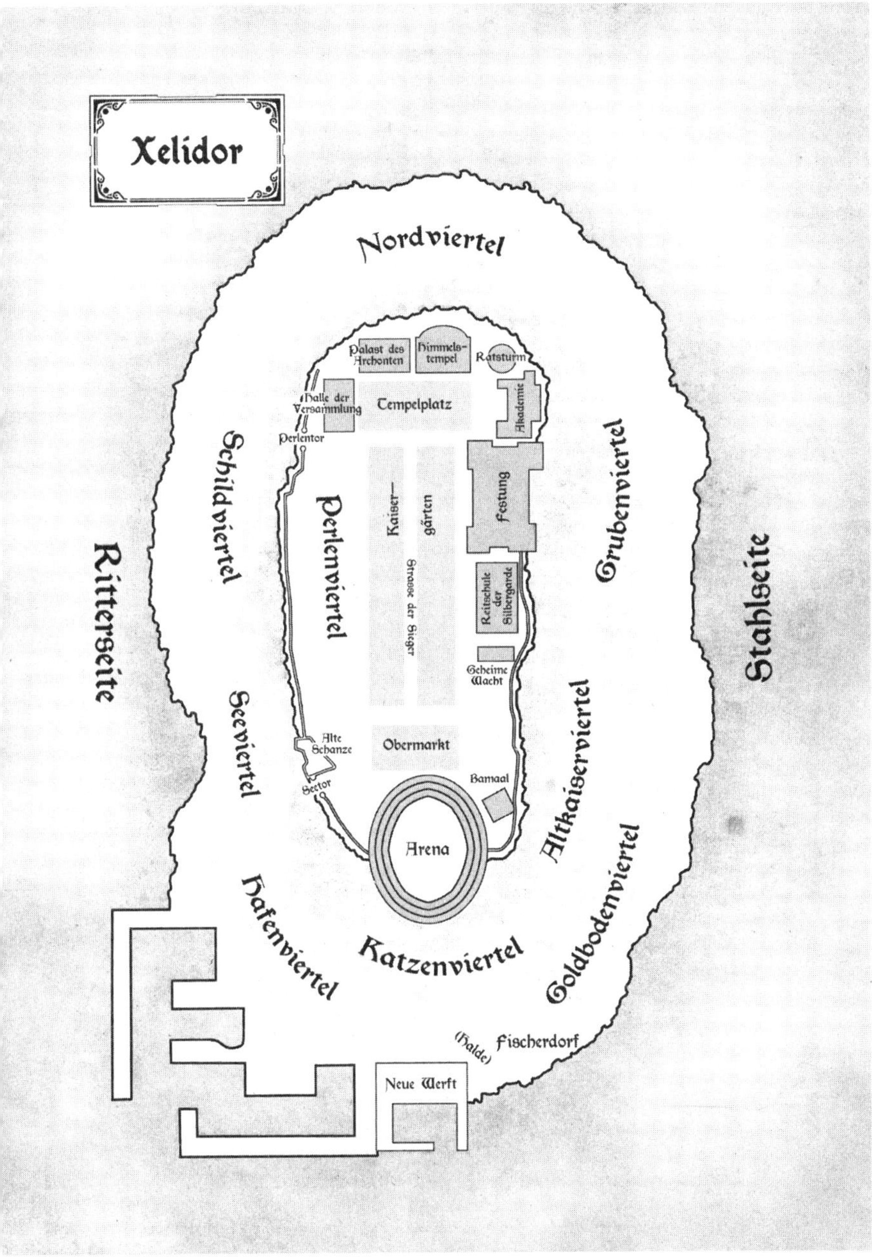
Xelidor
Nordviertel
Palast des Archonten
Himmelstempel
Ratsturm
Halle der Versammlung
Tempelplatz
Akademie
Perlentor
Schildviertel
Perlenviertel
Kaiser—
gärten
Strasse der Sieger
Festung
Grubenviertel
Ritterseite
Stahlseite
Reitschule der Silbergarde
Geheime Wacht
Seeviertel
Alte Schanze
Obermarkt
Altkaiserviertel
Bamaal
Sector
Arena
Hafenviertel
Katzenviertel
Goldbodenviertel
(Halde)
Fischerdorf
Neue Werft

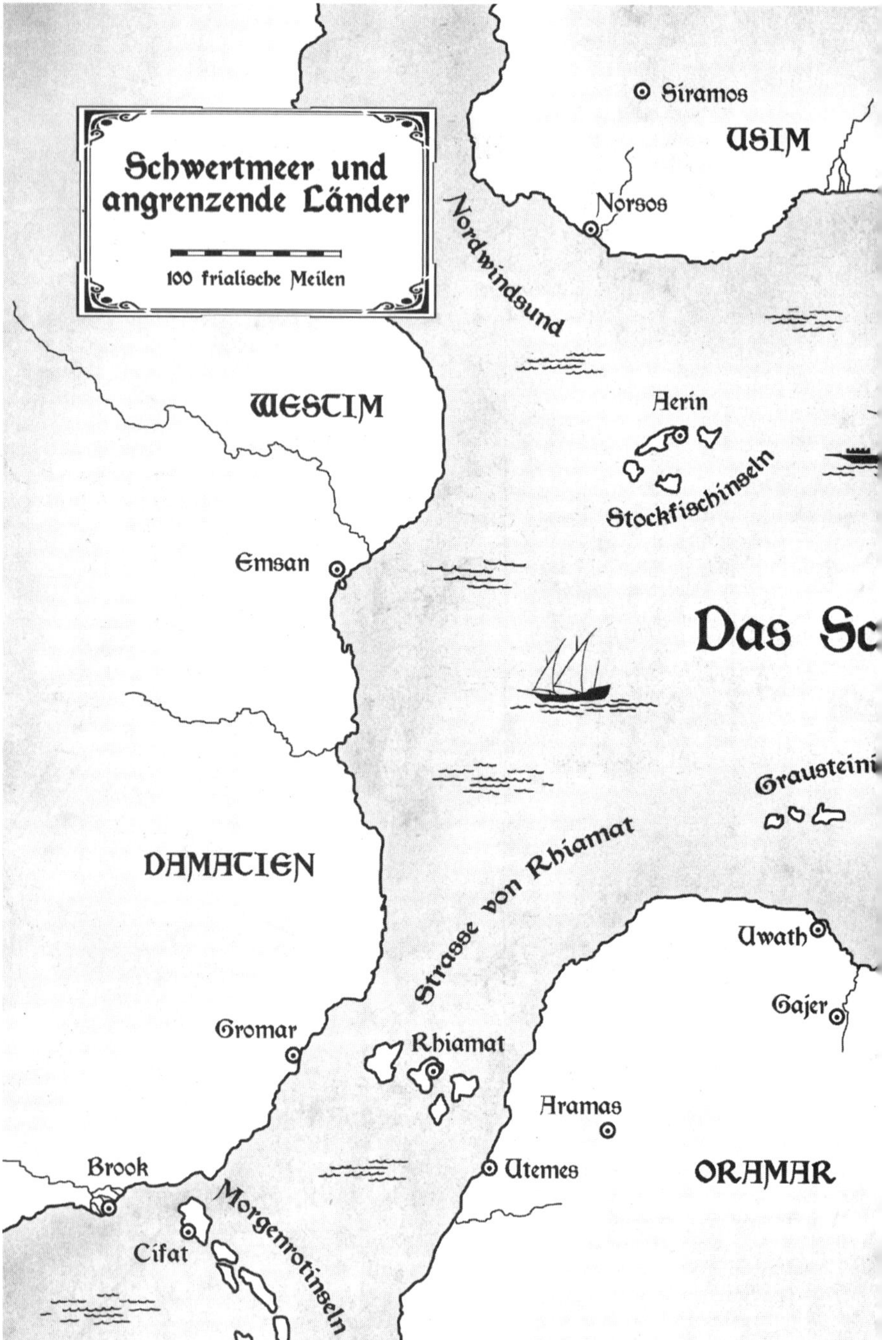
Schwertmeer und angrenzende Länder
100 frialische Meilen
Siramos
USIM
Norsos
Nordwindsund
WESTIM
Aerin
Stockfischinseln
Emsan
Das Sc
Grausteini
Strasse von Rhiamat
DAMATIEN
Uwath
Gajer
Gromar
Rhiamat
Aramas
Brook
Utemes
ORAMAR
Morgenrotinseln
Cifat

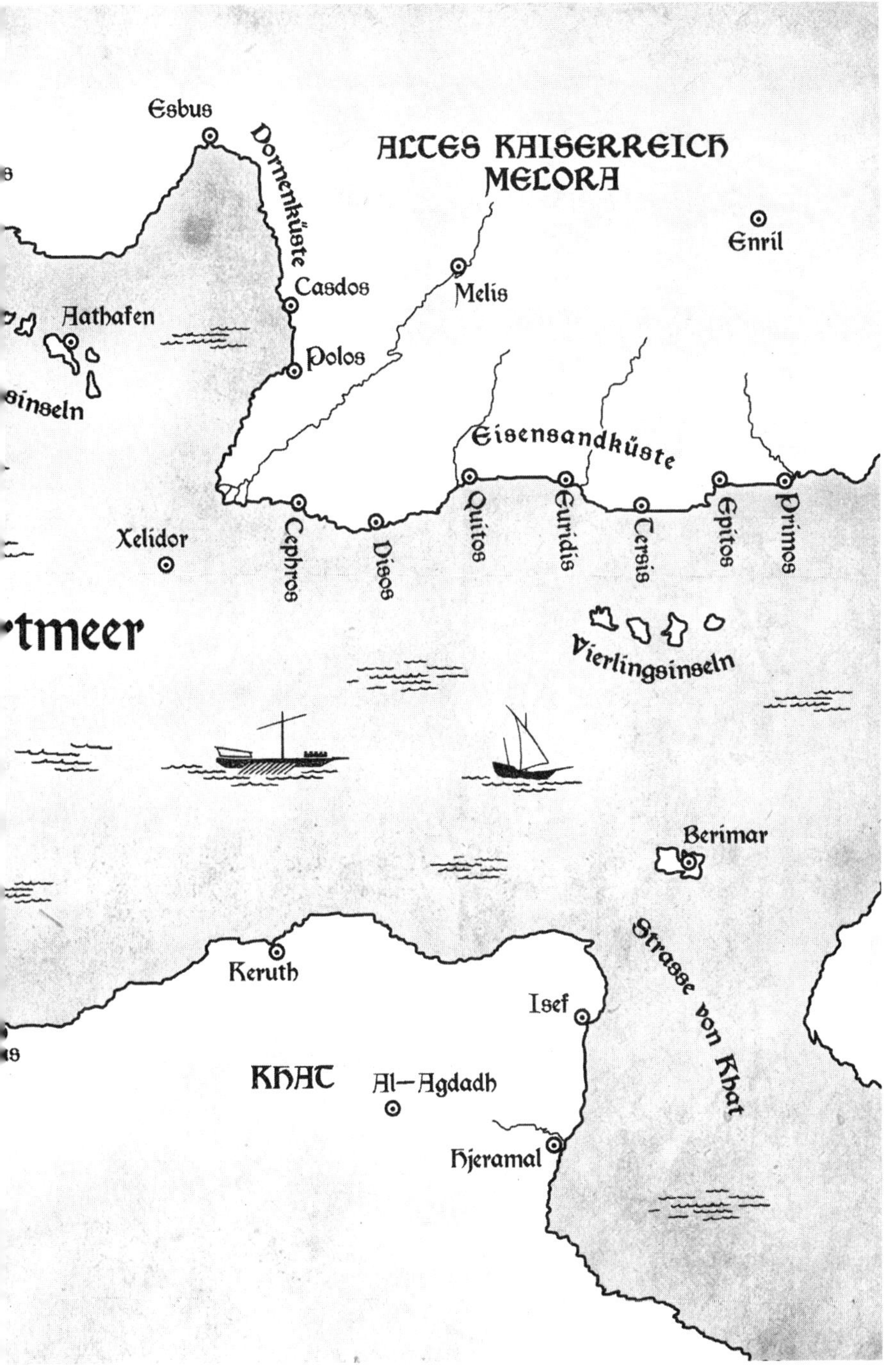

Esbus
Dornenküste
ALTES KAISERREICH
MELORA
Enril
Melis
Casdos
Aathafen
Polos
sinseln
Eisensandküste
Xelidor
Cephros
Disos
Quitos
Euridis
Cersis
Epitos
Primos
tmeer
Vierlingsinseln
Berimar
Strasse von Khat
Keruth
Isef
KHAT
Al-Agdadh
Hjeramal

PROLOG

Zwei Männer zwängten sich durch einen Spalt tief unter der Erde. Sie mussten kriechen, und der Alte, der vorneweg kroch, eine kleine Berglampe in der Hand, hörte seinen Neffen hinter sich ängstlich keuchen. Er fragte sich, ob er auch derart die Hosen voll gehabt hatte, als er zum ersten Mal unter Tage gegangen war. Auch sein Meister hatte ihn hergeführt, obwohl hier schon damals nicht mehr gegraben worden war.

Der Spalt entließ sie in einen niedrigen, kurzen Gang. Weiter ging es nicht. Der alte Steiger wischte sich den Schweiß von der Stirn und wartete auf den Jungen, der schwerfällig angekrochen kam. Er genehmigte sich einen Schluck Wasser und bot dann seinem Neffen die Flasche an. Als er ihm die Flasche wieder abnahm, fragte er: »Hörst du das?«

Sein Begleiter richtete den Blick auf die niedrige Decke. »Was ist das, Onkel?«

»Das Meer, mein Junge, es rauscht über unseren Köpfen. Wir sind tief unter dem Meeresgrund, aber irgendwo in der Nähe muss es eine Spalte, einen natürlichen Kanal bis fast ganz hinauf geben. Deshalb hören wir, wie das Meer gegen die Ufer unserer Insel brandet.«

»Aber, Onkel, ist das nicht sehr gefährlich?«

Der Alte gab keine Antwort. Er schlug die Spitzhacke mit einem kurzen, trockenen Geräusch in den Stein. Er betastete die Wand, dann hielt er die kleine Lampe an die frische Wunde im Fels. »Siehst du das, mein Junge?«

Sein Neffe konnte den Blick jedoch nicht von dem Gestein lösen, das tonnenschwer über ihm hing.

Der Steiger bereute, dass er sich auf diese Geschichte eingelassen hatte, aber der Junge war nun einmal das Kind seiner Schwester. Doch je länger er mit ihm hier unten war, desto stärker wurden seine Zweifel, dass er zum Bergmann taugte.

»Also, siehst du das?«, fragte er und deutete auf die Kerbe.

»Es glänzt«, stellte der Junge fest. Sein Blick wanderte wieder zur Decke.

»Genau, und weißt du vielleicht auch, was da so schön glänzt?«

Der Junge zuckte mit den Schultern. »Silber, Onkel?«

»Silber? Bei allen Himmeln – seit wann finden wir rund um Xelidor Silber?«

»Dann ... Stahl?«

»Stahl wird geschmiedet, er wächst nicht in der Erde, Dummkopf!« Worauf hatte er sich da nur eingelassen? »Eisen, mein Junge, bestes Eisenerz, das ist es, was du hier siehst. Wir graben es aus, und dann machen sie oben Schwerter und Rüstungen daraus. Dieses Eisen ist der Sockel, auf dem die goldenen Säulen von Xelidor in den Himmel ragen, wie man so sagt. Und wenn du geschickt und gelehrig bist«, *und der Himmel weiß, dass du es nicht bist,* dachte der Alte, »dann wirst du auch bald schon hier unten die Hacke schwingen und dem alten Felsen Chelos, auf dem unsere Stadt errichtet ist, das Erz abzwingen. Aber nicht hier, denn das ist der Tote Mann.«

»Der Tote Mann?«

»So nennen wir diese Stelle, denn hier graben wir nicht weiter.« Der Alte hob seine Lampe an. »Siehst du, wie es hier überall glitzert? Es gibt keine Stelle im ganzen Bergwerk, die ergiebiger wäre, aber wir wollen das Schicksal nicht herausfordern. Verstehst du das, mein Junge? Die Sicherheit geht vor!«

Sie lauschten. Von weit unten drang das leise Klicken der Spitzhacken herauf, aber man musste genau hinhören, denn das Meer über ihnen rauschte lauter.

»Ich habe gehört, dass man bald gar nicht mehr gräbt, Onkel«, erwiderte der Junge.

»Wer erzählt dir so einen Unsinn?«

»Bif, der Sohn vom Schuster. Er sagt, dass die Scholaren ein Pulver haben, das viel besser gräbt, als ein Mann es kann.«

»Na, der Sohn eines Schusters muss es ja wissen«, höhnte der alte Steiger. Es gab so viel über das Bergmannshandwerk zu wissen, und das Einzige, was der Junge gehört hatte, war dieser Unsinn, den die Scholaren in der Stadt in Umlauf gebracht hatten?

»So gibt es dieses Pulver gar nicht, Onkel?«

Anlügen wollte er den Knaben nun auch nicht. Er seufzte. »Doch, das gibt es. Es ist irgendeine Teufelei, die sie in der Fremde gefunden haben. Hast du schon einmal die großen Bombarden gesehen, die oben an der Festung stehen?«

Der Junge nickte eifrig.

»Die werden mit einem schwarzen Pulver geladen, das mit einem großen Knall explodiert und dann die Kugel aus der Bombarde weit hinaus aufs Meer schleudern kann.«

»Wie weit, Onkel?«

»Weit, sehr weit, mein Junge. Ein ganz ähnliches Pulver wollen die Scholaren nun auch unter Tage verwenden. Es explodiert nicht oder eigentlich doch, nur langsamer.« Er bemerkte, dass er sich verhedderte, weil er selbst nicht genau wusste, wie diese Sache funktionierte, doch er überspielte seine Unwissenheit: »Es brennt sich in den Stein, schneller als eine Hacke, das gebe ich gerne zu. Doch wird es niemals einen guten Steiger oder Hauer ersetzen. Und es ist gefährlich.«

Der Junge sah ihn mit großen Augen an.

Wunderbar, jetzt hat er wirklich Angst, dachte der Alte. *Dann hat er hier unten auch nichts verloren.*

»Komm, wir gehen zurück, mein Junge. Ich will dir unseren Tempel zeigen.« Der Junge schien sich für Tempel allerdings nicht sehr zu interessieren.

»Er ist sehr alt, weißt du, in einem anderen toten Gang. Manchmal versammeln wir uns dort und beten, dass die Himmel uns auch hier unten beschützen mögen. Verstehst du?«

Der Junge glotzte ihn stumpf an. Hatte er ihm überhaupt zugehört?

Eine Erschütterung lief durch den Stein.

»Was war das, Onkel?«

Noch eine Erschütterung, und dann noch eine. *Das Lager!,* durchfuhr es ihn. Sie hatten fassweise das Pulver der Scholaren in einer abgelegenen Kammer ganz in der Nähe eingelagert, weil hier nicht mehr gegraben wurde. Es sei dort sicher, hatten die Scholaren gesagt. Aber wenn sie sich irrten? Er hörte ein Knirschen und begriff, dass es aus dem Stein kam. Sein Blick ging zur Decke, die schwer und drückend über ihnen hing. Er konnte es fühlen, in seinen Knochen, der Fels riss auf.

»Was ist das nur, Onkel?«

Wieder eine Erschütterung, und jetzt hörten sie auch den Donner der Explosionen.

Der Steiger sah entsetzt, dass Gestein von der Decke platzte. Scharfe Splitter flogen ihnen um die Ohren. Er hob mit zitternder Hand die Lampe. Bildete er sich das nur ein, oder spaltete sich über ihnen der Fels? Er schloss die Augen. Irgendwo, gar nicht fern, stürzte ein Gang ein. Das schwere Gepolter war unverkennbar. Und dann war da noch etwas.

»Das Meer, Onkel, es rauscht so laut!«

»Es tut mir leid, mein Junge.«

Stein brach, und schon kam die Urgewalt des Wassers durch eine neue Kluft im Fels herangebraust. Der Alte nahm den Jungen in den Arm, dann riss das Wasser des Meeres sie fort, zermalmte sie und spülte sie durch den engen Spalt in einen anderen Gang, an dessen Ende die Bergleute vor langer Zeit einen Himmelstempel errichtet hatten.

ERSTES BUCH
RATTEN

Das Haus glänzte, Vil konnte es nicht anders beschreiben. Der steinerne Boden schimmerte, das silberne Geschirr blitzte vom großen Esstisch, und die Hausmagd begann gerade damit, zusätzlich zu den vielen schon brennenden Kerzen noch weitere Leuchter aufzustellen. Nur er selbst, er glänzte nicht im Mindesten, ganz im Gegenteil: Der Hemdkragen war zerrissen, er hatte Blut auf dem Ärmel, und mit der Zunge konnte er die aufgeplatzte Lippe erspüren.

»Wie alt bist du, Viltor?«

»Fünfzehn, Mutter.«

»So? Und was habe ich dir über den heutigen Abend gesagt?«, fragte seine Mutter streng.

»Dass er sehr wichtig ist«, murmelte er.

»Und ich habe dich gebeten, dich dementsprechend zu verhalten – oder nicht?«

»Ja, Mutter.« Er riskierte einen Blick. Ihre graugrünen Augen ruhten mit unnachgiebiger Strenge auf ihm. »Tut mir leid«, murmelte er.

»Du bist wirklich alt genug, um es besser zu wissen. Darf ich erfahren, wie es dazu kommen konnte?«

Vil zuckte mit den Achseln.

»Aha, es ist also ohne besonderen Grund geschehen?«

Wieder antwortete er mit einem Schulterzucken. Er konnte ihr doch schlecht erzählen, dass er sich wegen der Dinge, die sie über seinen Vater sagten, mit seinen Freunden geprügelt hatte.

»Schön. Wenn du es mir nicht verraten willst, dann vielleicht deinem Vater. Ich bin schon sehr gespannt, was er dazu sagen wird, wenn er heimkommt. Doch jetzt geh nach oben und mach dich für den Abend bereit. Und versuch bitte, uns nicht noch weiter zu beschämen. Du bist ein Merson und ein Gremm – verhalte dich entsprechend, Viltor!«

»Ja, Mutter.«

Er stieg rasch die Treppe hinauf. Dass sie am Abend Gäste erwarteten, hatte unbestreitbar sein Gutes – seine Mutter würde ihn nicht ohne Abendessen ins Bett schicken können, wie sie es sonst nach solchen Vorfällen tat.

»Wie viele waren es?«, fragte Tiuri, seine jüngere Schwester, als er sich über der Waschschüssel das Blut abwusch.

»Hundert«, gab er schlecht gelaunt zurück.

»Gar nicht wahr«, rief sie lachend.

Er seufzte. »Es waren zwei.«

»Tut es sehr weh?«, fragte Faras, sein kleiner Bruder.

»Überhaupt nicht«, erklärte er grimmig und blickte in den silbernen Spiegel. Das Silber warf nur ein verzerrtes Bild zurück, und das sah übel aus.

»Warte, ich helfe dir.« Vorsichtig tupfte Tiuri ihm mit einem Tuch das Blut von der Lippe.

Er bewunderte sie für den heiligen Ernst, den sie bei solchen Dingen an den Tag legte. Sie wirkte dann viel älter als die zehn Jahre, die sie gerade zählte.

»Pass auf, dass dir nichts aufs Kleid tropft«, murmelte er.

»Mutter, Vil macht Tiri das Kleid schmutzig«, rief Faras vor der Tür.

»Und du machst dir in die Hosen, wenn du Blut siehst«, gab Vil wütend zurück.

Eigentlich erwartete er, dass gleich seine Mutter in die Kammer rauschen würde, aber Rohana Merson kam nicht. Offenbar nahmen die Vorbereitungen für den Abend sie zu sehr in Anspruch.

Faras streckte Vil die Zunge heraus und rannte dann davon.

»Er kann froh sein, dass wir heute Gäste haben«, murmelte Vil.

»Ich bin auch froh«, sagte Tiuri. »Und es ist doch auch schön – all diese wichtigen Menschen sind vornehm gekleidet und höflich und reden über bedeutende Dinge, über die sonst nie einer mit uns redet.« Sie betrachtete ihr Werk zufrieden aus den dunklen Augen, die sie von ihrem Vater geerbt hatte.

Er fuhr sich mit der Zunge prüfend über die Lippe. Sie hatte aufgehört zu bluten. »Lehrreich vielleicht, vor allem aber langweilig«, widersprach er.

»Finde ich nicht. Aber beeil dich jetzt besser. Es ist schon spät.«

Als Vil die Treppe hinunterstieg, hatte die Magd die letzten Kerzen bereits entzündet. Sie stand an der Tür, unterdrückte ein Gähnen und wartete auf die Gäste.

Vils Vater sah ihn kommen, runzelte die Stirn und bedachte ihn mit einem Unheil kündenden Blick.

Vil schluckte. Aber dann, als seine Mutter nicht hinsah, zwinkerte ihm sein Vater aufmunternd zu.

»Nehmt Aufstellung, Kinder, und bitte, benehmt euch wie die Kinder von Edelleuten – und nicht wie die von Raufbolden.«

Vils Platz war an der Seite seines Vaters.

»Hast du wenigstens gewonnen?«, fragte der leise.

»Unentschieden«, erwiderte Vil flüsternd. »Aber es ging auch zwei gegen einen.«

»Dann ist unentschieden ein gutes Ergebnis, mein Sohn.«

»Ermutige ihn nicht auch noch, Aretor«, sagte Rohana Merson kühl, die sie gehört hatte.

Dennoch, Vil hatte sich vor dem Urteil seines Vaters gefürchtet, und er war froh, dass es milde auszufallen schien.

Sie warteten, aber die Gäste verspäteten sich offenbar. Vil blickte zum Tisch. Beinahe zwanzig Männer und Frauen würden gleich dort sitzen, sich den Bauch vollschlagen und über Politik, Preise für Tee, kostbare Stoffe und Tragödien in der Verwandtschaft reden.

Der Geruch von Braten wehte aus der Küche heran, und Vil hörte den Koch fluchen, wie immer, wenn er eines seiner Meisterwerke vorbereitete. Vielleicht fluchte er aber auch, weil die Gäste sich verspäteten.

»Warum ist denn noch niemand da?«, fragte Tiuri leise. Sie wippte ungeduldig auf den Fersen.

»Es ist vermutlich wegen der Unruhen in der Stadt«, meinte Aretor Merson.

»Unruhen?«, fragte Faras ängstlich.

»Nur im Grubenviertel, auf der anderen Seite der Stadt, mein Sohn. Kein Grund zur Sorge. Die Wache wird das schnell in den Griff bekommen.«

Sein Vater hatte mit Vil über die Unruhen geredet. Sie waren ausgebrochen, nachdem das Meer in die größte Mine der Stadt eingedrungen war und viele Männer getötet hatte. Es war eine Mine, an deren Einnahmen sein Vater beteiligt war, und offenbar bedeutete es einen schweren Verlust für das Familienvermögen.

Aber es war auch das schlimmste Unglück seit Menschengedenken, und die Bergleute behaupteten nun, die Minen seien unsicher und schlecht geführt, vor allem aber gaben sie den Scholaren und ihrem schwarzen Pulver die Schuld. Mitglieder dieses Ordens sollten auf offener Straße angegriffen worden sein. Und nun musste die Wache mit eiserner Hand wieder für Ruhe sorgen.

»Aber wenn es auf der anderen Seite der Stadt ist, warum kommen dann deswegen diese Leute zu spät?«, fragte Tiuri.

»Tiuri, bitte, zu viele Fragen stehen einer Dame nicht gut zu Gesicht«, sagte die Mutter mit mild tadelndem Blick.

Also warteten sie weiter, doch niemand kam.

»Gut. Wir fangen an«, sagte Aretor Merson schließlich.

Vil fand, dass er blass aussah.

Zu fünft saßen sie an einer Tafel, die für zwanzig gedeckt war, und sie aßen schweigend. Rohana Merson setzte ein- oder zweimal dazu an, ihrem Mann etwas zuzuflüstern, aber er wehrte es ungehalten ab. »Bitte, Rohana, versuche nicht, es zu beschönigen. Es ist doch offensichtlich, was das bedeutet.«

»Es ist nur die Unruhe, Aretor. Du wirst sehen, das geht vorüber«, entgegnete sie mit einem gezwungen wirkenden Lächeln.

Vil aß, aber er aß ohne Appetit, und er hätte seinem kleinen Bruder gerne eine Ohrfeige verpasst, weil er die ganze Zeit mit seiner Gabel auf dem Teller herumkratzte, ein Misston, der die Stille am Tisch nur noch unerträglicher machte.

»Sie streiten sich«, flüsterte Faras, als sie im Bett lagen.

»Nein, sie unterhalten sich nur«, versuchte Vil ihn zu beruhigen.

»Für mich klingt es aber wie Streit«, meinte Faras trotzig.

»Ruhe jetzt«, mahnte Vil und schlich zur Tür.

»Wir dürfen nicht lauschen«, rief Faras leise.

»Halt die Klappe«, zischte Vil und schlüpfte in den Flur.

Auf der anderen Seite des Ganges stand seine Schwester in ihrer Tür. Sie lauschte also ebenfalls.

Vil konnte seine Eltern hören, die gedämpften Stimmen aber nicht verstehen, denn gerade jetzt räumten Koch und Magd dort unten geräuschvoll die Tafel ab.

»Worum geht es?«, fragte er leise.

»Ich glaube, Vater will, dass wir die Stadt verlassen.«

»Er will weg aus Xelidor?«

»Leise doch«, flüsterte Tiuri.

»Und Mutter?«

»Sagt, dass eine Gremm nie davonläuft. Irgendwas davon, dass unsere Familie an den Fundamenten der Stadt mitgebaut hat.«

Vil seufzte. Den Vortrag kannte er, er bekam ihn meist dann zu hören, wenn seine Lehrer seine Mutter darüber informierten, dass seine Leistungen zu wünschen übrig ließen.

»Und was sagt Vater dazu?«

»Er sagt, er sei kein Gremm und will immer noch weg.«

Vil verstand, was er meinte. Aretor Merson war aus der Fremde nach Xelidor gekommen, aus Cifat, einer Stadt am fernen Goldenen Meer. Dennoch war er in sehr kurzer Zeit ein sehr wichtiger Mann geworden, weshalb er in Vils Augen eigentlich besondere Achtung verdiente.

Die Söhne der anderen vornehmen Familien in diesem Viertel sahen das nicht so, und wenn sie in der Überzahl waren, sangen sie Spottlieder auf den abergläubischen Fremden und seinen Sohn. Vil gab sich gleichmütig, wenn sie sangen. Er hatte gelernt, darauf zu warten, dass er sie irgendwo allein antraf. Dann überzeugte er sie mit seinen Fäusten davon, solche Lieder in Zukunft nicht mehr zu singen. Er hatte nicht viele Freunde unter den anderen Ritter- und Kauffahrersöhnen, und seit heute waren es noch zwei weniger.

Unten war es unterdessen ruhig geworden. Der Tisch schien abgedeckt, und die Stimmen ihrer Eltern waren verstummt.

Tiuri sah ihn fragend an.

»Geh ins Bett«, meinte er. »Morgen früh sieht die Welt ganz anders aus.«

»Vil, steh auf.«

Er schlug die Augen auf. Es musste mitten in der Nacht sein. Seine Mutter stand an seinem Bett, eine Kerze in der Hand. Bleich und aufgewühlt sah sie aus. Vil erfasste sofort, dass etwas nicht stimmte.

»Zieh dich an und kümmere dich darum, dass auch dein kleiner Bruder sich ordentlich anzieht.«

Vil blickte zum Fenster. Durch die Schlitze in den hölzernen Läden meinte er, das erste Grau des Tages zu erkennen.

»Was ist denn, Mutter?«, fragte er beunruhigt.

»Es wird alles in Ordnung kommen, mein Sohn. Jetzt kümmere dich um deine Geschwister. Zieht euch warm an. Wir werden vielleicht einige Tage nicht wiederkommen.«

»Einige Tage?«, fragte Vil, aber seine Mutter stellte die Kerze ab, ein einsam flackerndes Licht, und verließ das Zimmer.

Vil sprang auf, öffnete die Butzenscheibe und riss den Holzladen auf. Kalt und grau sickerte der Wintertag in die Kammer. Möwen schrien vom Meer her, aber er konnte sie im dichten Nebel nicht sehen.

Tiuri stand plötzlich in der Tür. »Es sind Fremde im Haus, Vil.«

»Fremde?« Er öffnete seine Truhe und nahm seinen Dolch.

»Junger Herr, nicht doch!«, stammelte die Magd, die blass und verstört hinter Tiuri aufgetaucht war.

»Wer ist da im Haus, Ena?«, fragte er und zog die Klinge aus der Scheide.

»Die Gespenster, Herr, die Gespenster.«

Faras hatte sie gehört. Er klammerte sich an seine Bettdecke und wollte um keinen Preis aufstehen. »Hilf ihm, Ena, er soll sich gefälligst anziehen«, befahl Vil, erleichtert, wenigstens die Verantwortung für den ewig quengelnden Faras los zu sein. Aber auch Tiuri sah ihn nun ängstlich an.

»Es sind nicht wirklich Gespenster«, versuchte er sie zu beruhigen. »Es ist die Geheime Wacht, du hast sie schon gesehen, Tiuri.«

»Die grauen Männer?«, fragte sie und sah nun noch verstörter aus.

Er nickte, und dann wurde ihm klar, dass richtige Gespenster vielleicht das kleinere Übel gewesen wären. Er schlich zur Treppe.

»Geht nicht hinunter, junger Herr, sonst nehmen sie Euch auch noch mit!«, rief die Magd.

Er hörte Stimmen. Sein Vater, dessen Stimme sich überschlug, dann andere, ruhigere Männerstimmen und dazwischen, schneidend wie ein Schwert, die durchdringende Stimme seiner Mutter.

»Mitnehmen?«, fragte Vil, der erst jetzt verstand. Seine Hand verkrampfte sich um den Dolchgriff.

»Vil, nicht«, sagte Tiuri leise. Sie berührte ihn am Arm. Er sah in ihre großen, ängstlichen Augen. *Ich werde sie beschützen,* dachte er und blieb am Kopf der Treppe stehen.

Die Schritte schwerer Stiefel und fremde, raue Stimmen klangen durchs Haus. Es zog bitterkalt von unten herauf, die Haustür musste offen stehen.

Der Koch, leichenblass und verstört auch er, tauchte auf. »Die Doma bittet den jungen Herrn und seine Geschwister, nach unten zu kommen«, stieß er hervor.

Faras wollte nicht, aber Tiuri nahm ihn an der Hand. Vil holte tief Luft und ging dann vor ihnen die Treppe hinab.

Sie betraten die kleine Halle, in der am vorigen Abend dieses unwirkliche Festmahl ausgerichtet worden war. Irgendjemand hatte all die Kerzen wieder entzündet, so dass der Saal in sinnloser Pracht erstrahlte. Der kalte Wind, der durch die offene Tür hereinzog, ließ die vielen kleinen Flammen flackern.

Ihre Mutter war dort, die Arme verschränkt, und sie blickte stolz und mit unübersehbarer Verachtung auf den Mann, der ihr gegenüberstand und über andere Männer in Grau zu gebieten schien.

Die Graue Wacht, dachte Vil, und jetzt, da er sie leibhaftig sah, machte sie auch ihm Angst.

»Noch einmal, ich verlange Euren Namen zu wissen, Menher«, zischte Rohana Merson.

»Ich bin ein Hauptmann der Grauen Wacht, mehr müsst Ihr nicht wissen, Doma Merson. Ah, die Kinder!«

Der Hauptmann wandte sich ihnen zu und versuchte sich an einem Lächeln, aber seine Augen wirkten kalt und drohend.

Die Mutter winkte sie heran, und Vil war froh, als er ihre unmittelbare Nähe spürte. Sie schien keine Angst zu haben.

»Wo ist Vater?«, fragte Tiuri flüsternd.

»Er ist bereits abgeführt worden, junge Doma«, sagte der Hauptmann.

Abgeführt? Vil wurde es flau im Magen. Man hatte seinen Vater verhaftet? Er sammelte all seinen Mut, räusperte sich und fragte: »Was wird meinem Vater vorgeworfen?«

»Ah, der Erbe des Hauses Gremm, wie? Euer Vater ist des Verrats angeklagt und des heimtückischen Mordes an einhundert Männern, die in diesem Bergwerk so jämmerlich ertranken.«

»Lügen!«, rief Vil, der nicht glauben konnte, was er da hörte. Verräter? Das war wie ein Schlag in die Magengrube.

»Nun, das ist die Anklage. Ob es die Wahrheit ist, wird sich bald zeigen. Das Geheime Gericht ist bereits berufen.«

»Und das Urteil soll noch offen sein, Hauptmann?«, rief Rohana Merson höhnisch.

Der Mann zuckte mit den Achseln. »Es steht mir nicht an, an der Weisheit des Gerichtes zu zweifeln, Doma, und Euch auch nicht. Ganz im Gegenteil, es ist unklug, denn vielleicht seid Ihr noch auf die Gnade dieser Männer angewiesen. Wenn ich Euch nun bitten dürfte? Leutnant, sagt den Leuten, sie können jetzt beginnen.«

Der Leutnant salutierte und gab den Männern Befehle für die Durchsuchung des Hauses.

Rohana Merson straffte sich. »Kommt, Kinder.«

Vil verstand nicht, was vorging. Drei der Graugekleideten hatten offenbar die Absicht, sie aus dem Haus zu geleiten. Waren sie etwa auch verhaftet?

»Was geschieht hier, Mutter?«, fragte er leise, als er neben ihr durch den Flur schritt, verzweifelt bemüht, seine Angst nicht zu zeigen. Er hörte Faras hinter sich leise schluchzen.

»Unrecht, mein Sohn, hier geschieht großes Unrecht. Aber schon bald werden diese Männer es bedauern. Ihr werdet sehen, Kinder, wir sind bald zurück in unserem Haus.«

Auf der Straße drehte sich Vil noch einmal um. Das ganze Haus war hell erleuchtet, vermutlich, damit die Gespenster es besser durchsuchen konnten. Der Koch und die Magd standen mit ängstlichen Mienen auf der Treppe vor der Tür. Wachen waren bei ihnen. Würde man sie auch festnehmen?

Der Marsch durch die Stadt kam Vil später wie ein böser Traum vor. Sie marschierten stumm durch den Nebel, hinauf auf den Tempelberg, über den Obermarkt und an den großen Häusern des Perlenviertels vorbei. Die Wächter führten sie durch die Kaisergärten hinüber zur Festung. Als sich die mächtigen Torflügel hinter ihnen schlossen, begriff er allmählich, wie ernst die Lage war.

Sie wurden Männern übergeben, die die rotbraune Uniform der Stadtwache trugen. Diese führten sie über viele Treppen hinab und schließlich in einen schmucklosen, kalten Raum, wo sie von einem Mann erwartet wurden, der nicht zur Wache gehörte.

Vil kannte ihn von den Empfängen. Der Mann war jung und dennoch schon Kammerherr der Stadt. Sein Vater hatte geschäftlich viel mit ihm zu tun, allerdings wusste Vil nicht genau, welcher Art diese Geschäfte waren. Solche Dinge hatten ihn bisher nie interessiert. Es hatte mit den Minen zu tun, das wusste er immerhin.

»Menher Ajeler, seid Ihr hier, um diese Posse zu beenden?«, fragte Vils Mutter mit viel Bitterkeit in der Stimme.

Der Kammerherr schüttelte düster den Kopf. »Ich bedaure zutiefst, was hier geschieht, Doma Rohana, aber ich fürchte, ich kann nur wenig tun.«

»So? Sprecht Ihr da in jenem Geiste fester Freundschaft, den Ihr erst vor wenigen Wochen an unserem Tisch beschworen habt?«

»Ich wäre nicht hier, wenn es nicht so wäre«, sagte Ajeler, »denn eigentlich ist es mir verboten, mit Euch zu sprechen. Schließlich handelte Euer Mann auch in meinem Namen, und die Anklage gegen ihn hätte auch mich treffen können.«

»Wie praktisch, dass er vor Euch steht und den Bannstrahl des Geheimen Gerichtes abfängt«, zischte Rohana Merson.

»Ich verstehe Euren Zorn, Doma. Ich bin hier, um Euch einen Rat zu geben. Man wird Euch vermutlich ein Schiff anbieten – nehmt es!«

»Die Stadt verlassen? Um auf irgendeiner Insel im Süden dahinzuvegetieren? Niemals! Eine Gremm verlässt Xelidor nicht.«

Der Kammerherr seufzte. »Ich habe mir schon gedacht, dass Ihr es so seht, Doma Rohana. Nun, Ihr habt wohl ein paar Tage Zeit, es zu überdenken. Tut das, ich bitte Euch. Die Alternative wäre weitaus schrecklicher.«

Als er verschwunden war, ohne dass Vils Mutter ihn einer Antwort gewürdigt hätte, öffneten die Wachen eine niedrige Pforte.

»Was ist das?«, fragte Faras ängstlich, als er in die kahle Kammer mit ihren winzigen, vergitterten Fensterlöchern blickte.

»Euer neues Zuhause, edler Herr«, spottete die Wache.

Es war ein Loch, kalt und finster. Es gab weder Betten noch Stühle oder wenigstens einen Hocker, in einer Ecke gab es einen Abtritt für die dringenden menschlichen Bedürfnisse. Und in der anderen Ecke muffiges Stroh, auf dem sie schlafen sollten.

Vil stand unschlüssig in der Kammer und wusste nicht, wie er sich verhalten sollte, und er sah, dass auch seine Mutter, die sonst nie in Verlegenheit geriet, für den Moment ratlos war. »Was sollen wir jetzt tun, Mutter?«, fragte er schließlich.

»Setzt euch erst einmal, Kinder. Und dann werden wir uns in Geduld fassen, bis dieses böse Spiel vorüber ist.«

»Aber was ist das für ein Spiel?«, fragte Tiuri.

»Politik, Kinder, aber das versteht ihr noch nicht.«

Vil war der Meinung, dass er es sehr wohl verstehen würde, und er bat seine Mutter später, als seine Geschwister eingeschlafen waren, noch einmal leise um eine Erklärung.

»Dein Vater hat sich Feinde gemacht, Viltor, Männer, die ihm, dem Fremden, seinen Aufstieg nicht gönnen. Nun denken sie, dass sie ihn vernichten können, aber sie irren sich. Sie irren sich sehr. Diese ganze Geschichte wird auf sie zurückfallen.«

»Aber worum geht es denn, Mutter?«, wiederholte er seine Frage.

»Du weißt, dass dein Vater Minenlizenzen gepachtet hat?«

Vil nickte, auch wenn ihm nicht klar war, was das genau bedeutete.

»Es war eine seiner Minen, in der das Unglück geschah. Es gab viele Tote, Bergleute, die ertrunken sind, als das Meerwasser in die Stollen eindrang. Du hast von den Unruhen gehört, Viltor. Es sind andere Bergleute, die nun keine Arbeit mehr finden, und jene in den kleineren Minen, die Angst haben und nicht mehr in die Stollen hinabwollen. Und auch daran gibt man deinem Vater wohl die Schuld. Er ist ein Fremder. Es ist immer leicht, einen Fremden zu beschuldigen.«

Ein Fremder? Vil kannte das Gefühl. Er lebte schon immer in Xelidor, und doch nannten ihn die anderen Jungs den Fremden. »Aber wer beschuldigt Vater?«, fragte Vil.

»Viele, Viltor. Und es sind viele, die das bedauern werden, so wahr ich eine Gremm bin. Noch haben wir Freunde in der Stadt, mächtige Familien. Du wirst es sehen, Viltor.«

Vil dachte an das gespenstische Fest zurück, als sie allein an der Tafel gesessen hatten. Nein, viele Freunde konnten sie in dieser Stadt nicht mehr haben.

Später am Tag brachten die Wachen ihnen Essen, Suppe, Brot und Decken für die Nacht, mehr geschah am ersten Tag nicht. Am zweiten Tag verlangte Rohana Merson ein Gespräch mit den Anklägern, dann mit einem Hohen Rat, einem Richter und später mit dem Befehlshaber der Festung, sie verlangte ihre sofortige Freilassung und Auskunft über das Schicksal ihres Mannes, doch keiner dieser Bitten wurde entsprochen.

Am dritten und vierten Tag war es nicht anders. Sie lagen im Stroh, warteten, aßen und redeten nicht viel. Vil versuchte noch einmal, mit seiner Mutter über den Vater zu sprechen, und darüber, was wohl mit ihm und mit ihnen geschehen würde, aber sie gab ihm keine Antwort. Er erkannte jedoch, dass sich unter ihrer harten Unnachgiebigkeit allmählich auch Sorgen in sie hineinfraßen.

Vil übernahm es, sich um Faras und Tiuri zu kümmern, aber das war nicht schwer. Sie zankten nicht einmal mehr miteinander. Worum auch? Das Essen war so furchtbar, dass es sich nicht lohnte, darum zu streiten. Es gab nichts zu tun, und Vil versuchte, die Zeit zu verdösen.

Am achten Tag wurde Rohana Merson von einem Wächter der Grauen Wacht abgeholt.

»Wo bringt Ihr uns hin, Hauptmann?«, fragte sie und stellte sich schützend vor ihre Kinder.

»Die Kinder? Nirgends, Doma. Es ist das Gericht. Es will Eure Aussage hören.«

»Das Gericht?«

»Es wird nicht lange dauern. Ihr seid bald wieder hier.«

»Werde ich meinen Mann sehen?«

»Vielleicht, Doma, ich weiß es nicht.«

»Aber ich kehre hierher zurück?«

Der Hauptmann zuckte mit den Schultern. »Nach allem, was ich weiß, ja, Doma, doch ich weiß nicht, was das Gericht entscheiden wird.«

Vil und seine Geschwister verbrachten bange Stunden allein in ihrem Kerker, und Faras, der in den vergangenen Tagen erstaunlich tapfer gewesen war, weinte nun doch wieder.

»Memme«, murmelte Vil wütend, vor allem auf sich selbst, weil ihm auch zum Heulen zumute war, und er war froh, dass Tiuri seinen kleinen Bruder tröstete.

Dann kehrte die Mutter zurück. Sie wollte nichts über das Gericht sagen, aber sie hatte gerötete Augen, als hätte auch sie geweint, etwas, das Vil sich bis zu diesem Tag nicht hatte vorstellen können. Er sah ihr an, dass ihr im Gericht etwas Schreckliches widerfahren sein musste, noch schrecklicher als all das, was in den letzten Tagen geschehen war.

Kurz entschlossen ging er zur niedrigen Pforte und rief nach der Wache.

»Was wollt Ihr?«, wurde er mürrisch gefragt.

»Ich will wissen, wann wir endlich hier herauskommen!«

Die Wache schüttelte den Kopf. »Früher, als Euch lieb sein wird, junger Herr.«

Und dann, und das machte ihm noch mehr Angst, kam die böse Ahnung, dass dieses Furchtbare, das seine Mutter so erschüttert hatte, erst noch geschehen würde. Und nur ein Wunder würde sie noch retten.

Esrahil Gremm schrieb einen Brief. Das hieß, eigentlich starrte er nur auf die Schreibfeder in seiner Hand. Sie hatte sich seit Minuten nicht bewegt, und das Pergament, das sie beschreiben sollte, war noch beinahe leer. Die Anrede, er war über die Anrede nicht hinausgekommen!

Er stöhnte. Die Anspannung drückte ihm die Luft ab. Schließlich hielt er es nicht mehr aus: Er legte die Feder aus der Hand, stand auf, verließ die enge Schreibstube, lief durch den kurzen Flur zur Vordertür und trat hinaus, um Atem zu schöpfen.

Der Stundenturm des Viertels ließ seine blecherne Glocke erklingen.

Gremm hätte ihn nicht gebraucht, um zu wissen, was die Stunde geschlagen hatte. Die frische Frühlingsbrise, die vom Meer den Silbersteig heraufzog, half nicht. Die schweren Wolken, die über seinem Gemüt hingen, konnte kein Wind der Welt vertreiben.

Sein Blick glitt gedankenverloren durch die Gasse. Sie war beinahe menschenleer, ungewöhnlich für diese Tageszeit, aber er kannte den Grund nur zu gut. Er lauschte. Nein, der Wind war gnädig, er kam von der See und ließ Gremm den Lärm nicht hören, der ganz gewiss über der Arena aufstieg.

Stattdessen hörte er jetzt die hastigen Schritte von Abar Brasus, die den Silbersteig heraufeilten. Er war Kauffahrer, so wie Gremm, und sein Haus lag nur einen Steinwurf entfernt.

Gremm zog in Erwägung, ins Haus zurückzukehren, denn er verspürte wenig Lust, diesem stets fahrigen und zerstreuten

Mann gerade jetzt zu begegnen. Doch Brasus hatte ihn schon erspäht und winkte aufgeregt.

Gremm zwang sich zu einem Lächeln und rief: »Euer Tuch, Menher Brasus, Ihr habt Euer Tuch verloren!«

Der Kauffahrer hielt inne, drehte sich um und bemerkte erst jetzt das leichte Stück Stoff, das der Wind die Gasse hinauftrieb, so dass es ihm fast wie ein Hund zu folgen schien. Er bückte sich behände, hob es auf und steckte es in seine zerbeulte Jackentasche, wobei er beinahe einige der Papiere verloren hätte, die er sich unter den linken Arm geklemmt hatte.

»Ich danke Euch, Menher Gremm«, rief er und hielt völlig außer Atem an. »Ich habe wirklich über die Arbeit die Zeit vergessen. Wisst Ihr, die Ladelisten, Ihr kennt das ja, nie werden sie fertig, immer gibt es noch etwas zu ändern oder zu ergänzen«, fuhr er fort und deutete auf die Pergamente unter seinem Arm.

Gremm nickte beiläufig und wünschte sich, der Mann würde einfach weitergehen.

»Kommt Ihr nicht mit?«, fragte Brasus freundlich.

»Mitkommen?«

»Die Arena. Wenn wir uns beeilen, sind wir vielleicht noch rechtzeitig zur Hinrichtung dort. Ich muss nur vorher …«

»Menher Brasus!«, unterbrach ihn Gremm schroff und einigermaßen fassungslos. »Seid Ihr toll? Wisst Ihr denn nicht, dass es mein Schwager ist, der dort heute hingerichtet wird? Glaubt Ihr etwa wirklich, ich wollte dabei zusehen?«

Brasus starrte ihn entsetzt an. »Bei den Himmeln, Gremm, wo habe ich nur meine Gedanken! Oh, es tut mir leid, es tut mir schrecklich leid. Ich hatte vergessen, ich …« Der Kauffahrer verstummte, verbeugte sich fahrig zum Abschied und hastete davon.

»Menher Brasus, Eure Papiere!«, rief ihm Gremm hinterher. Aber er sah nicht mehr zu, wie der andere den Pergamenten hinterherjagte, die er bei seinem überstürzten Aufbruch verloren hatte und die der Wind nun durch die Gasse trieb.

Es war ein Fehler gewesen, vor die Tür zu treten. Mit hängenden Schultern kehrte Gremm zurück in die Schreibstube. Die Schreibfeder lag immer noch da, wo er sie abgelegt hatte, sie hatte ihm nicht den Gefallen getan, die Arbeit, die er nicht zu bewältigen wusste, für ihn zu erledigen.

Esrahil Gremm setzte sich, wischte sich den kalten Schweiß von der Stirn und nahm die Feder zur Hand. Für seinen unglücklichen Schwager konnte er nichts mehr tun, aber vielleicht konnte er seine Schwester und ihre Kinder retten.

Der Trick war, die Augen nicht zu öffnen. Solange Vil sie geschlossen hielt, konnte er sich einbilden, zu Hause in seinem Bett zu sein, in der Kammer im ersten Stock, und er konnte versuchen, das Brüllen, das durch die dicken Wände drang, für das Tosen eines Sturmes zu halten, der sich an den festen Mauern des Hauses brach.

Jemand musste eine der schweren Türen geöffnet haben, denn das Gebrüll, das er so verzweifelt zu überhören versuchte, war lauter geworden.

»Es ist so weit«, sagte eine Männerstimme.

»Wir sind bereit«, erwiderte die kühle Stimme seiner Mutter.

Vil öffnete die Augen. Nein, das war nicht seine Kammer, und da draußen tobte ein Sturm, dem auch die Mauern des Hauses Gremm nicht gewachsen gewesen wären. Feuchter Staub rieselte von der Decke der muffigen Kammer.

Er betrachtete den Mann als Störenfried, dabei tat er nur seine Pflicht, das hatte ihm seine Mutter jedenfalls erklärt und respektvolles Benehmen ihm gegenüber eingefordert. Vil war trotzdem geneigt, ihn zu hassen. Er schloss die Augen wieder, um sich noch einen Augenblick zurückzuträumen, doch das wollte ihm nicht gelingen. Das Gebrüll der Menge dröhnte dumpf durch die alten Mauern der Arena.

Sie brüllte seinen Namen: *Merson, Merson.*

Er drängte sich enger an seine Mutter. Es war noch kein halbes Jahr her, da hatte er den Augenblick ersehnt, an dem sie hier seinen Namen rufen würden, so wie die der jungen Männer, die am Tag der Weihe auf dem hellen Sand der Kampfbahn mit Schwert und Lanze ihr Geschick bewiesen.

Seine Eltern hatten ihn in die Arena mitgenommen, um ihm einen Vorgeschmack auf das zu geben, was er im Jahr seines sechzehnten Geburtstages selbst erleben sollte. Er hatte zugesehen, gebannt von dem prachtvollen Schauspiel der jungen Patrizier, die sich in schimmernden Rüstungen vor den Augen der ganzen Stadt duellierten. Die blitzenden Schwerter, die nur mühsam zu bändigenden Streitrösser, die bemalten Schilde der vornehmen Häuser, die thronartigen Stühle auf den Plätzen, die ausschließlich seiner Familie vorbehalten waren. Er erinnerte sich noch an jede Einzelheit: die hoch stehende Sonne, die schwitzenden Wasser- und Weinverkäufer, die flatternden Fahnen, die Gerüche von gebratenem Fleisch, die klebrigen und süßen Leckereien.

Sein Vater hatte ihm erklärt, nach welchen Regeln dort unten gekämpft wurde, als wenn er das nicht längst gewusst hätte, und dass er bald auch so eine Rüstung tragen würde wie jene jungen Helden, die von der Menge bejubelt wurden. »Eines Tages« – er hatte die Stimme seines Vaters noch im Ohr – »eines Tages werden sie auch deinen Namen rufen.«

Und jetzt brüllten sie diesen Namen, aber Vil wusste, dass sie nicht nach ihm, sondern nach seinem Vater schrien.

»Fürchtet euch nicht, Kinder«, sagte die kühle Stimme seiner Mutter. »Den Mitgliedern unseres Hauses steht die Furcht schlecht an.«

Vil schaute zu ihr auf. Sie war blass, noch blasser als sonst, und das kurzgeschorene rote Haar ließ sie für einen Augenblick ganz fremd aussehen. Jetzt lächelte sie ihm zu, ohne dass sie viel Wärme in dieses Lächeln zu legen vermochte. Dann beugte sie sich zu ihm und flüsterte: »Vil, du musst deinen Geschwistern ein Vorbild sein.«

Er schluckte und sah die Furcht in den Augen von Tiuri und Faras. Man hatte auch ihnen die Haare kurz geschoren, angeblich, um die Läuse, die sie sich in diesem Kerker geholt hatten, zu bekämpfen, aber er nahm an, dass man es nur getan hatte, um sie weiter zu demütigen. Ob er wohl ebenso verängstigt und elend aussah wie seine beiden Geschwister? Seine Mutter hatte recht. Er musste sich zusammenreißen. Er war zu alt, um zu weinen.

Der Offizier stand immer noch in der schweren Eisentür und schien auf sie zu warten.

»Kommt, Kinder«, sagte Vils Mutter und erhob sich. Sie nahm Faras und Tiuri an der Hand. Für Vil war keine Hand mehr frei.

»Seid Ihr wirklich sicher, dass Ihr das wollt, Doma Rohana?«, fragte der Offizier im Gang.

»Ich will es sehen, und ich will, dass auch meine Kinder mit ihren eigenen Augen sehen, welches Unrecht hier geschieht. Sie sollen es nicht vergessen.«

Der Offizier zuckte mit den Achseln, gab seinen Männern einen Wink und hob die Laterne, um den Weg zu beleuchten.

Vor ihnen öffnete sich ein dunkler Gang, nein, eine Treppe, die Vil wie ein Schlund erschien, bereit, ihn und seine Familie zu verschlingen.

Sie stiegen langsam hinab. Die Wände mochten einst hell getüncht gewesen sein, aber die Jahrhunderte, in denen hier wohl schon viele Männer mit Fackeln entlanggegangen waren, hatten sie geschwärzt. Die Stufen waren ausgetreten und uneben, und Vil fragte sich, wie viele Menschen hier schon hinabgestiegen und ob sie alle von so großer Furcht erfüllt gewesen waren wie er selbst.

Das Gebrüll klang gedämpft durch die dicken Wände. Wie tief waren sie schon gekommen? Seltsame, fremde Gerüche stiegen Vil in die Nase. Er war nie in den Katakomben der Arena gewesen, sein Vater hatte ihm das ausdrücklich verboten, und die üblen Gerüche, die ihm entgegenschlugen, ließen ihn ahnen, dass es dafür gute Gründe gab.

Einer der Wächter schien seinen Blick bemerkt zu haben, denn er deutete auf eine dunkle Pforte und sagte: »Dahinter liegen die Eingeweide der Arena, junger Merson. Sie sind sonst etwas lebhafter, aber all die Huren und Diebe sind wohl jetzt oben, um das Spektakel zu sehen. Später, nach der Hinrichtung, da wird es hier zugehen, wie es sich deinesgleichen nicht einmal vorstellen kann.«

»Haltet die Klappe, dahinten!«, raunzte der Offizier.

Endlich, als Vil schon glaubte, die Treppe würde geradewegs immer weiter bis in die untersten Höllen führen, hielten sie an.

Der Offizier kratzte sich am Hinterkopf. »Ich frage Euch noch einmal, Doma Rohana, wollt Ihr das Euch und Euren Kindern wirklich antun?«

»Ihr kennt meine Antwort.«

Der Mann entriegelte seufzend eine eiserne Pforte und öffnete sie. Sofort schwoll der Lärm an, und immer noch brüllte die Menge denselben Namen. Vil sah fahles Licht durch schmale, vergitterte Fenster knapp unter der Decke der steinernen Kammer einfallen. Da draußen musste sie sein, die Arena, voller Licht und – Vil konnte es fühlen – voller Hass.

»Kommt, Kinder, zeigt ihnen die Würde der Häuser Merson und Gremm«, sagte seine Mutter mit bleichem Gesicht.

Plötzlich tauchte ein schwarzer Umriss in der Pforte auf, versperrte ihnen den Weg und fragte: »Was soll das werden, Hauptmann?«

Vil reckte sich, aber er konnte das Gesicht des Mannes in der Dunkelheit nicht erkennen.

»Sie hat darauf bestanden, Herr.«

»Seid Ihr toll, Mann? Hört Ihr das? Die Menge will Blut sehen. Das Blut eines Verräters. Aber was, glaubt Ihr, wird geschehen, wenn sie diese Frau mit ihren Kindern da draußen sehen? Wir wollen doch nicht, dass falsches Mitleid irgendwelche Zweifel an der Gerechtigkeit des Urteils weckt, oder?«

Der Offizier wurde verlegen und gab keine Antwort.

»Habe ich mich klar ausgedrückt?«, fragte der Mann in der Tür.

»Es ist meine Entscheidung, und es ist mein Recht. Mein Mann ist ein Ritter der Großen Versammlung. Ich habe das *Recht,* dieses Verbrechen, das Ihr begehen wollt, zu bezeugen!«

»Ah, die Rechte der Alten Häuser und Geschlechter«, erwiderte der Unbekannte in der Pforte gelassen. »Ich habe viel gehört von dem altehrwürdigen, nun aber beinahe verschwundenen Hause Gremm, und ich finde es wirklich bedauerlich, dass Euer Mann sich dieses Hauses und der Halle der Versammlung als so unwürdig erwies. Aber Ihr solltet Euren berühmten stahlharten Sinn vielleicht doch beugen, Doma Rohana, schon Euren Kindern zuliebe.«

»Geht mir aus dem Weg«, zischte Rohana Merson, »oder wollt Ihr *dieses* alte Recht der Familien auch noch mit Füßen treten?«

Der Schatten in der Pforte zuckte mit den Schultern. »Wenn Ihr mich so fragt, Doma Rohana, nein, das will ich nicht. Ich kenne diese Rechte, doch leider ist Euer Mann mit dem Urteil aus der Versammlung entfernt worden, und alle Privilegien der

Halle sind erloschen. Doch selbst wenn es nicht so wäre, würde ich es verhindern, zum Wohle unserer Stadt, das mir sehr am Herzen liegt.«

Endlich erkannte Vil die Stimme. Es war der Kammerherr Ajeler, der sie im Kerker erwartet hatte, vor kurzem noch ein Freund seines Vaters.

»Ich bin nicht Euer Feind, Doma Rohana, und ich wage viel, wenn ich mein Angebot erneuere. Ein Schiff liegt im Hafen, es wird noch heute nach Süden segeln. Ihr könntet an Bord gehen, mit Euren Kindern, und in einer unserer Kolonien dort unten ein neues Leben beginnen. Warum wollt Ihr es nicht annehmen?«

Rohana Merson schüttelte den Kopf. »Das würde Euch so gefallen, Kämmerer, uns abzuschieben in die Ferne, um es den Wilden oder dem Sumpffieber zu überlassen, Euer ungeheuerliches Werk zu vollenden. Nein, wir bleiben in Xelidor, als Erinnerung an das, was heute geschieht, als Stachel in Eurem Fleisch! Schon bald wird man einsehen, wie Unrecht man uns tat. Dann werden wir zurückkehren und zusehen, wie Eure Untat Euch einholt.«

»Ihr seid zu stolz, Doma Rohana, genau wie Euer Mann. Aber Ihr täuscht Euch; man wird Euch vergessen, schneller als Ihr glaubt, wie noch jeden, der die Halde betrat. Aber gut, wenn Ihr Euch nicht helfen lassen wollt, so kann ich nichts mehr für Euch tun. Doch ganz gewiss werde ich nicht zulassen, dass die Menge Euch und Eure armen Kinder noch einmal zu Gesicht bekommt.« Der Mann trat zur Seite. »Wenn Ihr Euch das antun wollt, so könnt Ihr Euch das Geschehen von dieser Kammer aus anhören, so wie die Gladiatoren der längst vergangenen Zeit wohl zuhörten, als sich ihre Kameraden da draußen abschlachteten. Hauptmann, Ihr seid mir dafür verantwortlich, dass die Verurteilten in dieser Kammer bleiben. Und lasst nicht zu, dass sie ihre Gesichter da oben hinter den Gittern zeigen. Und danach bringt sie ohne weitere Verzögerung zur Halde, bevor die Menge sich in die Straßen ergießt. Bringt sie hinunter und übergebt sie dem Vergessen.«

»Jawohl, Herr«, erwiderte der Hauptmann und salutierte.

Vil sah zu den schmalen, vergitterten Fenstern auf, die er nicht erreichen konnte. Er sollte seinen Vater nicht noch einmal sehen dürfen?

»Haltung, Viltor!«, flüsterte ihm seine Mutter zu. Er beobachtete sie, wie sie schön und bleich in der Kammer stand und auf das Unvermeidliche wartete.

Die Nachmittagssonne warf durch die Gitter ein eigenartiges Muster auf die alten Mauern. Er hörte das Gebrüll der Menge, die den Namen seines Vaters verfluchte wegen der Verbrechen, die er angeblich begangen hatte.

Niemand in der Kammer sagte etwas, die Soldaten wirkten übellaunig, vielleicht weil sie nicht zusehen konnten. Und dann herrschte draußen plötzlich atemloses Schweigen, in dem laut die schweren Schritte eines einzelnen Mannes dröhnten.

»Hörst du das? Das ist der Henker«, flüsterte eine der Wachen ihrem Kameraden zu. »Das Schleifen, es stammt vom Stiel seiner schweren Axt.«

»Er macht das absichtlich, glaube ich. Ich meine, der Verurteilte hat doch schon die Augen verbunden, aber er lässt ihn hören, dass der Tod naht«, raunte ein anderer.

»Ruhe, Männer«, mahnte der Offizier.

Vil schloss die Augen und lauschte. Er folgte den schweren Schritten durch den Sand und dann auf ein hölzernes Podest. Er hörte auf zu atmen, als sie stehen blieben. Wie ruhig es da draußen war. Zu Tausenden, Abertausenden mussten sie sich auf den steinernen Sitzreihen drängen, aber jetzt war es totenstill. Plötzlich hörte Vil ein tausendfaches Zischen, das war die

Menge, die den Atem anhielt. Dann einen scharfen Schlag, der ihm durch Mark und Bein ging.

Einzelne Frauenstimmen im Publikum schrien auf, gefolgt von kurzer Stille, aber dann brandete Jubel auf, laut und schrill, ebbte ab und brandete noch einmal auf.

Eine der Wachen sagte missmutig: »Jetzt zeigt er den Kopf.«

Vil spürte Tränen in den Augen, aber er schluckte sie hinunter, denn Tiuri und Faras, die beide weinten, sollten sie nicht sehen. Seine Mutter hatte den beiden die Hände auf die Schultern gelegt, sie war ganz bleich im Gesicht, und er fragte sich einen Augenblick, ob sie vielleicht auch gerade gestorben war. Es durchfuhr ihn wie ein kalter Blitz: Aretor Merson, sein Vater, war tot.

Der Hauptmann hatte es plötzlich sehr eilig. »Es ist wirklich besser, wenn wir aus den Katakomben heraus sind, bevor die Menge in die Schänken strömt, Herrin«, sagte er. »Denn nach einer Hinrichtung sind diese Leute noch unberechenbarer als sonst. Und es mag ein Verbrechen geschehen oder andere Schwierigkeiten geben, wenn sie Euch und die Kinder sehen.«

»*Noch* ein Verbrechen?«, fragte Vils Mutter kalt.

Aber der Hauptmann ging nicht darauf ein, sondern führte sie eilig durch dunkle Gänge aus der Arena hinaus, ohne dass sie jedoch den Untergrund verließen. Es ging weiter durch einen engen Hohlweg, der rechts und links von grauen Häusern überragt wurde, von Stegen überbaut war und gelegentlich ganz unter der Erde verschwand. In den Wänden waren Löcher, und als ein bleiches Gesicht ihn aus einem dieser Löcher heraus anstarrte, begriff Vil, dass in diesen alten Stollen Leute lebten.

Urplötzlich versperrte ihnen ein schweres Tor den Weg. Der Hauptmann öffnete es, und ein Geruch von fauligem Fisch schlug Vil entgegen.

Aus einem Wachhäuschen trat ein sehr unrasierter Soldat hervor.

»Ah, Hauptmann, Ihr bringt die Neuankömmlinge? Ich habe Euch bereits erwartet. Lasst sehen, lasst den guten, alten Arnfold sehen, was Ihr ihm gebracht habt.«

Der Offizier verzog angewidert das Gesicht. »Behandelt sie mit Respekt, Mann, dies sind keine Diebe oder Betrüger wie die, die sonst zu Euch gebracht werden.«

»Und doch sind sie hier.« Der Wächter kam näher und leuchtete mit seiner Laterne in die Gesichter der Kinder.

Faras und Tiuri wichen vor ihm zurück, aber Vil nicht, obwohl ihm der Geruch von Knoblauch, Bier und irgendetwas Verwestem den Atem raubte. Er hielt dem Blick des Wachmannes stand und bemerkte, dass eines der beiden Augen, die ihn so interessiert musterten, triefte.

»Das also ist die vornehme Familie Merson. Ja, ich weiß Bescheid. Interessante Neuigkeiten verbreiten sich schnell, selbst hier am Arsch der Welt, wenn Ihr den Ausdruck verzeihen wollt, Doma«, sagte der Wächter, der jetzt Vils Mutter musterte.

Sie blickte ihn kalt an. »Wir werden die Gastfreundschaft dieses Ortes nicht lange beanspruchen.«

Der Wächter lachte wiehernd auf. »Nicht lange? Oh, bei den Himmeln, wenn ich für jedes Mal, wenn ein Neuankömmling dies sagte, nur eine Krone bekommen hätte, hätte ich mich schon vor langer Zeit zur Ruhe gesetzt.«

»Ihr müsst mir bestätigen, dass ich die Gefangenen übergeben habe«, warf der Hauptmann ein, der sich sichtlich unwohl in seiner Haut fühlte.

»Gebt ihn nur her, Euren Wisch. Was ist das? Besondere Anweisungen?«

»Sie erhalten keinen Passierschein, keiner von ihnen. Unter *keinen* Umständen.«

Der Wächter sah ihn scheel an. »Ich kann lesen, Herr Hauptmann«, brummte er.

»Dann habt Ihr auch gelesen, dass Ihr mit Eurem Kopf dafür haftet, oder?«

»Da macht Euch keine Sorgen. Einer meiner Vettern ist in der Mine ersoffen. Ich kannte ihn zwar kaum, aber dennoch, Familie bleibt Familie. Ihr müsst also keine Sorge haben, dass ich die da zu gut behandle. Aber jetzt wartet ein Augenblickchen. Ich gehe nur eben hinüber in meine prachtvolle Wachstube, hole das Buch und sehe mir dieses Schreiben etwas genauer an. Ihr bekommt es gleich zurück.« Gemächlich schlurfte er davon.

Eisenstäbe trennten den kleinen Bereich um die Hütte, um die eine Handvoll Wächter herumlungerte, von einer weiten Höhle dahinter, deren Ende Vil nicht sehen konnte, mit einer Decke, die sicher zwanzig oder mehr Ellen hoch war. Das Licht der schon tief stehenden Sonne fiel durch mehrere große Öffnungen von oben ein. Wie in der Arena wurden die Sonnenstrahlen durch Gitter gefiltert.

Unten, im Zwielicht, an das sich seine Augen inzwischen gewöhnt hatten, schienen merkwürdige Dinge vorzugehen.

»Was tun die da?«, fragte seine Schwester Tiuri leise. Sie deutete auf eine Gruppe zerlumpter Gestalten, die in einem Haufen aus zerbrochenen Brettern und allerlei anderem Unrat herumwühlten.

»Alles Eisen, hört Ihr!«, rief eine dröhnende Stimme. »Dass ihr mir keinen Nagel vergesst, ihr Ratten!«

Ein stämmiger Mann war aus einem windschiefen Verschlag getreten. Er schien sie ebenfalls gesehen zu haben. Er spähte hinauf zu ihnen, dann drehte er sich um und rief jemandem im Inneren des Verschlags etwas zu, das Vil aber nicht verstehen konnte.

Der Wächter kam zurückgeschlurft, und eine schneeweiße

Katze, die sehr fehl am Platz wirkte, streunte miauend um seine Beine. Er hielt das Blatt in den Fingern und reichte es dem Hauptmann mit einer übertriebenen Verbeugung, die er auch noch mit einem ironischen »Zu Eurer Verfügung, Euer Gnaden« ergänzte. Dann zog er das dicke Buch, das er unter den Arm geklemmt hielt, heraus und legte es auf ein Stehpult. »Seid so gut und tragt hier die Namen ein, Hauptmann.«

Der Hauptmann nickte und übertrug fein säuberlich die Namen der Mersons in dieses Buch. Vil sah gespannt zu.

»Sind das Eure Namen, Doma Merson?«, fragte der Wächter, als der Hauptmann fertig war.

Vils Mutter warf einen Blick in das Buch. Vil bemerkte ihre Nervosität. Dann nickte sie.

»Gut«, sagte der Wächter, spuckte aus und legte ein Lineal auf die Seiten. Dann nahm er eine zerfledderte Feder und zog nacheinander vier dicke Striche über die Seite. »Hiermit sind Eure Namen aus dem Gedächtnis der Stadt gestrichen«, verkündete er. »Sie sind nicht mehr von Bedeutung. Willkommen in der Halde der Vergessenen.«

»Ihr macht den Kindern Angst, Mann«, meinte der Hauptmann missbilligend.

Das Triefauge zuckte mit den Achseln. »Ich kann es nicht ändern.«

Der Hauptmann trat näher an ihn heran: »Diese Doma stammt aus einem alten und sehr würdigen Haus. Ihr haftet mir dafür, dass hier nichts Ungebührliches geschieht, verstanden? Ich werde mich dessen vergewissern.«

»Natürlich, Herr Hauptmann, natürlich, doch darf ich Euch daran erinnern, dass an dieser Pforte Eure Befehlsgewalt endet. Ab hier gehören die Gefangenen mir. Aber ich bin zu Eurem Glück ein wohlwollender Mensch mit einem goldenen Gemüt, wenn Ihr versteht, was ich meine.«

Der Offizier griff mit verkniffenem Gesicht in seinen Beutel und zog ein paar Kronen heraus, die sofort in der Klaue des Wächters verschwanden. »Ich habe ein Auge auf Euch, vergesst das nicht!«

»Oh, Ihr solltet mich von Zeit zu Zeit mit ein paar Kronen daran erinnern, Hauptmann«, erwiderte der Wächter grinsend.

Dann war der Hauptmann mit seinen Männern verschwunden.

»Da sind wir nun also endlich unter uns«, sagte der Wächter zufrieden.

»Zeigt uns unsere Unterkünfte«, verlangte Vils Mutter.

Der Wächter schüttelte den Kopf, hob die weiße Katze auf und streichelte sie zärtlich. »Wir sind hier nicht in Eurem Herrenhaus, und Ihr habt mir nichts zu befehlen, Gefangene. Ich werde dieses Tor dort aufschließen, Ihr werdet mit Euren Kindern hindurchgehen, und dann müsst Ihr sehen, wie Ihr zurechtkommt. Ihr gehört nun zu den Vergessenen, den Ratten von der Halde, Doma. Es mag sein, dass dieser Hauptmann sich noch ein- oder zweimal nach Euch erkundigt, aber das wird aufhören. Das tut es immer.«

»Ich habe Freunde in der Stadt. Meine Familie ist alt und einflussreich. Schon bald wird man uns hier herausholen.«

Der Wächter zuckte mit den Schultern. »Ich würde mich an Eurer Stelle nicht darauf verlassen. Richtet Euch ein und sucht Euch jemanden, der Euch und die Kinder beschützt. Die Halde ist ein gefährlicher Ort. Aber dort kommt ein Mann, an den Ihr Euch halten könnt. Man nennt ihn den Eisenkönig. Unter seinem Schutz seid Ihr so sicher, wie man es in der Halde nur sein kann.«

Er öffnete das zweiflügelige Gittertor. Jenseits davon stand der kräftige Mann, den Vil zuvor schon gesehen hatte. Aus der Nähe wirkte er noch feister. Seine fleischigen Arme waren dicht behaart, während sein Kopf beinahe kahl war. »Semer Geffai, zu Euren Diensten«, stellte er sich vor.

Es sollte wohl freundlich klingen, aber Vil konnte keine Freundlichkeit in diesem Mann erkennen. Seine Mutter nickte dem Mann höflich zu, aber er sah ihr an, dass es sie viel Überwindung kostete. »Rohana Merson mit ihren Kindern Viltor, Tiuri und Faras.«

»Wenn Ihr mir folgen wollt, Doma Rohana, ich denke, für ein lediglich kleines Entgelt kann ich Euch die beste Unterkunft besorgen, die Ihr hier unten bekommen könnt«, rief der Eisenkönig und ging voraus. »Achtet auf den Weg, ich fürchte, er ist voller Unrat.«

»Aber ich habe derzeit kein Geld, Menher Geffai. Wir durften nicht mehr mitnehmen, als wir an unseren Körpern trugen.«

»Natürlich nicht, Doma, das ist mir bewusst. Aber ich sehe da zum Beispiel Eure Handschuhe aus bestem Leder. Schöne Stücke, die Ihr hier unten aber nicht brauchen werdet. Sie wären eine gute Anzahlung auf die Miete für Euer neues Heim.«

Jetzt sah Vil etwas Lauerndes im Gesicht von Semer Geffai. Er sah auch, wie sehr seine Mutter mit sich rang. Schließlich aber zog sie rasch ihre Handschuhe aus und hielt sie dem Mann hin, der sie mit einer übertriebenen Verbeugung entgegennahm. »Hier entlang bitte, hier entlang. Es ist nicht weit, aber achtet auf den Weg.«

Viltor spürte ein Zupfen an seinem Hemd. Es war seine kleine Schwester. »Was ist das für ein Ort?«, fragte sie leise.

Semer Geffai hatte sie gehört. Er wandte sich ihr zu und sagte: »Dies, Kind, ist einer der ältesten Teile unserer schönen Stadt. Vor vielen hundert Jahren grub man hier nach Eisen – und fand diese Höhle. Ihr Boden, so heißt es, war eine einzige, viele Ellen starke Erzader, an der man Jahre zu graben hatte. Aber heute gibt es kein Eisen mehr, nur noch uns.«

»Es gefällt mir hier nicht«, meinte Faras.

Rohana Merson wandte sich an ihre Kinder und lächelte ihnen auf eine Art zu, die sie ermutigen sollte, aber Vil seltsam traurig machte. »Keine Angst, Kinder. Wir haben Freunde in der Stadt, die uns helfen werden. Schon bald wird dieser Albtraum vorüber sein.«

»Aber Papa ist tot«, stellte Tiuri ernst fest.

Rohana Mersons Gesicht erstarrte. »Das ist wahr, mein Kind, aber seine Mörder werden bald dafür bezahlen. Wir werden sie das büßen lassen. Habt ihr das verstanden? Es ist ein Unrecht geschehen, eurem Vater, uns. Aber niemand tut einer Gremm oder einem Merson unrecht, ohne dafür zu büßen. Und jetzt kommt, reißt euch zusammen! Gönnen wir unseren Gegnern nicht das Vergnügen, uns verzweifelt oder niedergeschlagen zu sehen. Sehen wir uns lieber unser neues Heim an. Auch wenn es nur für wenige Tage ein Zuhause sein wird.«

Esrahil Gremm saß immer noch an seinem Brief. Es gab vieles, was er besser konnte als Briefe verfassen, er war ein Mann der Zahlen, nicht der Buchstaben. Sein Schreiber hätte sich wohl besser auf wohlklingende Schmeicheleien verstanden, aber den hatte er schon lange nach Hause geschickt. Mit einer gewissen Bitterkeit dachte Gremm daran, dass der Mann den freien Nachmittag wohl genutzt hatte, um sich die Hinrichtung anzusehen. Aber diese Angelegenheit war auf jeden Fall zu heikel, um einen Schreiber einzubeziehen.

Gremm hielt inne und betrachtete die schwarze Tinte, die auf dem Pergament trocknete. Hätte es sich hier um einen Vertrag gehandelt, ja, da wäre er in seinem Element gewesen, hätte Kosten und Nutzen aufgelistet, eine satte Spanne Gewinn kalkuliert, um sie zur Not im zähen Ringen dahinschmelzen zu lassen und am Ende doch seinen Schnitt zu machen. Aber hier ging es nicht um das Geschäft, es ging um die Familie, und es ging um Gnade.

Er hielt wieder inne und starrte in die flackernde Kerze. Er hatte in den vielen Stunden, die er sich hier in seinem kleinen Arbeitszimmer verkrochen hatte, lediglich eine weitschweifige Einleitung verfasst, voller höflicher Ehrerbietung gegenüber dem Archonten, der Versammlung und dem Hohen Rat, etwa so, wie es der Schreiber immer tat, wenn er wichtigen Geschäftspartnern schrieb, aber damit kam er jetzt, da es zur Hauptsache ging, nicht weiter.

Er schüttelte missgestimmt den Kopf und tat als Nächstes einfach das, was er gut konnte: Er erstellte eine Liste, eine Liste von Männern aus dem Hause Gremm, die sich um die Stadt verdient gemacht hatten; von Aschot Gremm dem Gründer bis Hano Gremm dem Reichen. Er zählte alle Vorfahren auf, die sich zu irgendeiner Gelegenheit ausgezeichnet hatten, erwähnte die weitgereisten Seefahrer Habad und Tember Gremm, die im Hohen Rat gesessen hatten. Er verzichtete aber am Ende doch darauf, all die Generationen von Gremms aufzuzählen, die in der Halle, der Versammlung der Patrizier, Stolzes geleistet hatten, denn er spürte, dass er den Bogen damit überspannt hätte. Jede der alten Familien schickte Männer in die Halle, aber nicht jede hatte so viele Seehelden, kühne Kaufleute oder Förderer des Gemeinwohls in ihren Reihen.

Er ließ auch ein paar andere Namen weg, Gremms, die den alten magischen Orden angehört, sie teilweise sogar geführt hatten, denn Magie war nun einmal in Xelidor seit langer Zeit verboten und verpönt. Er erinnerte sich gut daran, dass sein eigener Vater ihm sogar verboten hatte, auch nur nach ihnen zu fragen.

Es blieben vierzehn Namen aus sechs Jahrhunderten, das war ordentlich, selbst wenn er die Verdienste dieser Helden ein wenig aufgebauscht hatte. Aber auch mit dieser imposanten Ahnenreihe war noch nicht viel gewonnen. Sie moderten alle längst in ihren Gräbern, und der gute Ruf der Gremms war ein Ruf der Vergangenheit.

Esrahil Gremm tauchte die Feder ins Tintenfass und kam nun endlich auf den Anlass seines Briefes zu sprechen: *So will ich, auch im Namen all dieser verdienten Männer aus dem Haus Gremm, Euer Liebden demütig um Gnade bitten für meine unglückliche Schwester, vor allem aber die unschuldigen Kinder, die doch nichts für den Fehler des Vaters …* Er hielt inne. Fehler? Er blickte unglücklich auf das Blatt. Wenn er das Wort strich, musste er noch einmal von vorn beginnen. Aber es klang falsch, wie es da schwarz und hässlich auf dem Papier stand. Aretor Merson war nicht zum Tode verurteilt worden, weil er einen Fehler begangen hatte. Nun, wohl eigentlich doch, aber sein Fehler war, dass er ehrgeizig gewesen und schnell aufgestiegen war. Er hatte sich damit Feinde gemacht, aber das war kein Verbrechen. Das Urteil des Geheimen Gerichts lautete jedoch auf Verrat, Hexerei und vielfachen Mord.

Sollte er also von einem Verbrechen schreiben? Damit würde er jedoch eine Schuld seines Schwagers eingestehen. War das gut oder schlecht? Er ging davon aus, dass der Archont wusste, dass Aretor Merson nichts verbrochen hatte. Jeder wusste es, aber niemand sprach es aus. Sollte er nun der Erste sein?

Er schloss die Augen und lehnte sich auf seinem knarrenden Stuhl zurück. Politik, das war es, worum es hier ging, und die verursachte ihm stets Kopfschmerzen. Er war selten in der Versammlung, eigentlich nur, wenn es sich nicht vermeiden ließ, und er hatte bisher nicht gehört, dass ihn je jemand in der Halle vermisst hätte.

Er sah den feinen Körnern zu, die durch die Sanduhr auf dem Tisch rannen. Die Zeit verstrich, und er kam nicht weiter.

Dann versuchte er, die ganze Sache als ein Geschäft zu betrachten. Er wollte etwas vom Archonten, und dafür musste er etwas bieten. Doch was? Die Stadt hatte das Vermögen des Schwagers eingezogen, offiziell zur Entschädigung der Opfer seiner angeblichen Untat. Damit hatte man die Wogen geglättet, die sich in den ärmeren Vierteln aufgeschaukelt hatten. War das eine Möglichkeit? Sollte er weitere Entschädigungen anbieten, die Schwester und ihre Kinder also freikaufen?

Schweiß trat ihm auf die Stirn. Wenn er dieses Angebot unterbreitete, bestand die Gefahr, dass der Archont es annahm, allerdings ohne etwas dafür zu geben. Und niemand, auch seine Schwester nicht, konnte erwarten, dass er sein eigen Hab und Gut drangab, um sie am Ende doch nicht zu retten.

Seine Hand zitterte, als er das Wort *Fehler* durch *Vergehen* ersetzte und dann halblaut mitlesend fortfuhr: *... für meine unglückliche Schwester, vor allem aber die unschuldigen Kinder, die doch nichts für das Vergehen des Vaters können. Doch fühle ich mich als Mitglied der Familie Gremm verpflichtet ...* Er hielt noch einmal inne. Es ging um seine Schwester und ihre Familie. Ihr Verhältnis war allerdings nicht das Beste. Rohana hatte das Elternhaus geerbt, obwohl er der Ältere war, und nun war der Stammsitz der Gremms in die gierigen Finger der Stadt gefallen.

Man würde es versteigern, zum Wohle der Opfer, doch würde es ihn wundern, wenn auch nur ein Bruchteil der Summe wirklich dort ankam. Wenn er Buße anbot, hier schwarz auf weiß bekannte, dass er sich dazu verpflichtet fühlte, dann bestand die ernste Gefahr, dass auch sein eigener Besitz beschlagnahmt und versteigert wurde.

Er zögerte, aber es war seine Schwester, und der Familiensinn meldete sich hartnäckig. Sogar der merkwürdige Gedanke, dass ihre Kinder ihn einmal beerben würden, kam ihm, und er hing ihm nach, weil er ihn von diesem unseligen Schreiben ablenkte. Er war Mitte fünfzig, es war unwahrscheinlich, dass er noch einen eigenen Stammhalter zeugte und die Linie der Gremms weiterführte. Er blickte zur Decke. Oben in der Kammer schlief seine Frau, oder wenigstens schien sie zu ruhen. Wenn er Kinder bekam, dann nicht mit ihr, denn sie war leidend.

Er seufzte. Seine Neffen, seine Nichte, sie konnten nichts für den Stolz seiner Schwester, die so unfassbar dumm war, nicht in die Verbannung zu gehen, sondern das Los der Vergessenen gewählt hatte. Er ballte grimmig die Faust und bemerkte dann unglücklich, dass er das Pergament am Rand eingerissen hatte. Nun, er würde es ohnehin noch einmal schreiben müssen.

Die Worte standen da, fordernd: *Doch fühle ich mich als Mitglied der Familie Gremm verpflichtet ...* Die Feder schien sich nicht überwinden zu können, hier zur Rettung seiner Schwester sein eigenes Vermögen anzubieten. Am Ende würden der Archont und die Geier, die ihn umkreisten, sein Geld nehmen und die Strafe doch nicht ändern! Dann fuhr er in einer plötzlichen Eingebung fort: ... *verpflichtet, darauf hinzuweisen, dass es Zweifel an der Schuld meines ehrenwerten Schwagers gibt. Kann denn nicht selbst einem so erlauchten Gericht wie dem angesehenen, ehrenwerten und über jeden Zweifel erhabenen Geheimen Gericht unserer Stadt ausnahmsweise ein Irrtum unterlaufen? So bitte ich Euer Liebden um Gnade ...*

Wieder setzte er die Feder ab. Zweifel an der Schuld? Das Urteil war schreiendes Unrecht!

Aretor Merson war leider ein naheliegendes Opfer, weil er ein Auswärtiger war, aus Cifat, mit Geld, aber ohne Beziehungen, der in eine zwar alte, aber schon lange nicht mehr einflussreiche Familie eingeheiratet hatte, um in Xelidor Karriere zu machen. War es nicht beinahe zwangsläufig, dass er scheitern musste?

Gremm legte die Feder zur Seite, ergriff sie in plötzlichem Entschluss wieder und strich die letzten Sätze. Für seinen

Schwager war es zu spät, er lag tot in der Arena. Sein Kopf vielleicht aufgespießt zur Befriedigung des Volkszorns, der nach dem verheerenden Unglück hochgekocht war.

Ihm wurde schlecht bei der Vorstellung, aber er verstand sogar den Sinn dieser ganzen Geschichte: Es hatte Unruhen gegeben, auf der Stahlseite, im Grubenviertel, dort, wo die Bergarbeiter lebten. Gremm verstand nicht viel vom Bergbau, aber er kannte die Minenbesitzer. Vermutlich hatten die Bergleute recht, wenn sie über die Unsicherheit der Minen klagten. Es waren ohne Zweifel Fehler gemacht worden, sonst hätte es diese Explosion doch nicht gegeben. Es war das Pulver der Scholaren, das dort in die Luft geflogen war. »Von wegen Hexerei«, brummte Gremm. Das Pulver hatte das Deckgestein gesprengt, und so war das Wasser des Meeres eingedrungen.

Er selbst hatte den Strudel nicht gesehen, doch man erzählte sich, er habe viele hundert Schritte Durchmesser gehabt und all die Männer ertränkt, die in den rasch volllaufenden Tunneln gearbeitet hatten. War es nicht bezeichnend, dass niemand genau wusste, wie viele Bergleute umgekommen waren? Es machte sich auch niemand die Mühe, es herauszufinden.

Wie günstig, dass man so schnell einen Schuldigen präsentieren konnte, Aretor Merson aus Cifat, dachte Esrahil Gremm grimmig. *Und noch besser, dass es kein Unfall aus Mangel an Sorgfalt, sondern ein heimtückisches Verbrechen mittels Zauberei war.*

Er schüttelte unwillig den Kopf. Hexerei? Die Begründung des Gerichts war ebenso abenteuerlich wie abwegig: Gerade weil Merson zur Zeit des Unglücks auf der anderen Seite der Insel gewesen sei, könne er die Explosion doch nur mit Hilfe dunkler Zauber ausgelöst haben.

Er hatte sich umgehört, und die Leute, die etwas davon verstanden, meinten hinter vorgehaltener Hand, dass man das schwarze Pulver falsch gelagert hatte. Und die Explosion habe das Gestein so weit aufgerissen, dass eben das Meer mit Wucht in den Stollen eindrang. Dutzende Bergleute waren jämmerlich ertrunken, und, wohl weit schlimmer noch für die Herren der Stadt, die Arbeit von Jahren war zunichtegemacht, einige äußerst ergiebige Erzadern waren für immer verloren.

Esrahil Gremm rieb sich das müde Gesicht. Der Prozess war praktisch vorüber gewesen, bevor irgendjemand begriffen hatte, was da vorging. Wegen der alten Zerwürfnisse in der Familie hatte er sich zunächst zurückgehalten. Jetzt bereute er es. Seine Schwester hätte seinen Rat wahrlich gut brauchen können, er hätte sie vielleicht dazu bringen können, die Verbannung auf eine der Inseln zu wählen.

Er fluchte. Warum hatte sie ihn nicht um Rat gefragt? Warum war sie nur so stur und stolz? Warum brachte sie ihn jetzt in diese Lage, einen Brief an den Archonten, den Herrn der Stadt, verfassen zu müssen? Vierzehn Tage hatte es nur gedauert, von jenem Unglück bis zur Vollstreckung des Urteils, zu wenig Zeit, um irgendetwas zu unternehmen, und jetzt, jetzt war es für seinen Schwager zu spät.

Er blickte auf das Pergament und fühlte sich unglücklich. Er hatte das Gefühl, einen Fehler zu begehen. Aber was tat er schon? Er bat um Gnade für seine Verwandten. Sein bescheidenes Vermögen würde er nicht anbieten. Was hätte die schöne Rohana denn davon, wenn er auch noch sein eigenes Hab und Gut riskierte, mit so wenig Aussicht auf Erfolg? Sie war verstoßen, seit heute eine Vergessene. Es war streng genommen sogar verboten, sich überhaupt noch mit ihr zu befassen. Am Ende, wenn irgendjemand dort oben auf den Gedanken käme, er könne eine Gefahr darstellen, würde man ihn auch unter den Bann stellen, und dann?

Er las noch einmal die ungelenken Sätze. Dann setzte er doch noch ein paar Zeilen hinzu, in denen er darauf verwies, dass es den Himmeln wohl gefallen würde, wenn sich die ehrwürdige Stadt Xelidor und ihre weisen Diener gnädig zeigten. Viel war das nicht.

Gremm starrte missmutig auf das Blatt. Dann riss er sich zusammen und schrieb den ganzen Brief ins Reine.

Da nicht mehr von Zweifeln oder gar Fehlern des Gerichts die Rede war, und da er auch nichts anbot, sprach dort nicht viel mehr als die Verdienste einer langen Reihe längst ins Grab gesunkener Ahnen, an die sich niemand mehr erinnerte, zu Gunsten seiner Schwester und ihrer Familie.

Was würde der Archont denken, wenn er diese mageren Zeilen las? Würde er sie überhaupt zu Gesicht bekommen, oder würde dieses Schreiben bei seinem Kämmerer landen? Gremm lief es kalt über den Rücken. Feles Ajeler, der Kämmerer, war der Geschäftspartner seines Schwagers gewesen. Und hätte man nach Fehlern und nicht nach Verbrechen gesucht – der Blitz der Rechtsprechung, der Merson getötet hatte, hätte wohl beim Kämmerer eingeschlagen.

Gremm faltete das Pergament sorgsam zusammen und versiegelte es. Es wog schwer in seiner Hand. Ein Bittbrief, mehr war es nicht. Konnte ihm jemand verdenken, dass er sich für seine Schwester einsetzte? War die Familie nicht etwas Heiliges?

Oder würde man sich beim Lesen dieser Zeilen seiner bescheidenen Reichtümer erinnern und ihn mit in Haftung nehmen, so wie sie es mit seiner Schwester gemacht hatten? War es das, was ihm ein solches Unbehagen verursachte? Die Angst vor der Willkür derer, die die Stadt lenkten?

Er erhob sich und ließ den Brief auf dem Schreibtisch liegen. Er würde eine Nacht darüber schlafen, vielleicht auch zwei. Ja, es war Eile geboten, das war ihm bewusst, die Halde war ein gefährlicher Ort, aber zu große Eile hatte schon mehr Schiffe untergehen lassen als Stürme, wie die Seeleute sagten.

Er schlurfte mit der Kerze in der Hand die Treppe hinauf ins Schlafgemach. Seine Frau schien bereits zu schlafen. Er überlegte, ob er sie wecken sollte, um seine Sorgen mit ihr zu teilen, aber nein, es war gut, wenn sie Ruhe gefunden hatte. Er entkleidete sich. Eigentlich musste er sie nicht wecken, um zu wissen, wie sie über diese Sache dachte. Sie mochte seine Schwester nicht, und dafür gab es gute Gründe, unter anderem die Geschichte mit dem Erbe.

Er legte sich zu Bett und löschte die Kerze. Nein, Direne würde dieses Schreiben niemals gutheißen. Sie würde sich Sorgen machen, und das war nicht gut, wo sie doch krank war. Es war also besser, sie erfuhr erst gar nichts von dem Brief. Aber er war schlecht darin, sie zu belügen.

Esrahil Gremm schloss die Augen, wälzte sich erst auf die linke Seite, dann auf die rechte und fand keine Ruhe. Schließlich stieg er aus dem Bett, lief barfuß über die kalten Stufen hinab in sein Arbeitszimmer und nahm den Brief zur Hand. Das Urteil war gefällt, schnell und hart, wie es in dieser Stadt eben geschah, und es war mehr als unwahrscheinlich, dass es geändert werden würde. Jedenfalls bestimmt nicht auf ein so dünnes Schreiben hin.

Und endlich begriff er, was ihn die ganze Zeit so besorgte: Die Herren der Stadt dachten viel komplizierter als er. Gerade weil nicht viel in diesen Zeilen stand, weil er das Offensichtliche verschwieg, würden sie zwischen den Zeilen lesen, hineindeuten, was er gestrichen hatte. Sie würden ihm seine lauteren Absichten kaum abkaufen, denn Lauterkeit begegnete ihnen nicht oft. Sie würden sich fragen, wie ein kleiner Kauffahrer wie er es wagen konnte, seine Stimme zu erheben, würden sich fragen, ob er vielleicht sogar Freunde und Unterstützer hatte, die ihn ermutigten. Esrahil starrte unglücklich auf das Siegel.

Es war am Ende gleich, was dort geschrieben stand, allein

die Tatsache, dass dieser Brief existierte, dass sich eine Stimme gegen das offensichtliche Unrecht erhob, würde als Angriff gewertet werden, ein Angriff auf das Geheime Gericht, den Archonten und die Mächtigen der Stadt.

Gremm nahm den Brief und warf ihn in die Glut des Kamins. Er nahm den Schürhaken und schürte die Flammen, bis sie ihre Arbeit verrichtet hatten. Erst als nur noch Asche übrig war, ging er zu Bett, mit schwerem Herzen, denn es ging doch um seine Schwester, und trotzdem erleichtert, dass er sich im letzten Augenblick daran gehindert hatte, einen gefährlichen Fehler zu begehen. Mit einem Brief würde er nichts erreichen, außer sich selbst zu schaden.

In diesem Fall war äußerste Vorsicht geboten, keine Zeile durfte seine Zweifel an den Autoritäten dieser Stadt belegen. Er musste andere Wege finden, seiner Schwester zu helfen.

Die Behausung, die der Eisenkönig ihnen so großzügig vermietet hatte, spottete jeder Beschreibung. Es war eine Höhlung im feuchten Gestein, durch einige morsche Bretter von der Halde abgeschirmt. Es gab keine Fenster, auch keine Tür, nur einige zusammengebundene Latten, die man zur Seite heben musste, wenn man hinaus- oder hineinwollte. Das Stroh war schimmlig, und sie schliefen lieber nur auf ihren Mänteln als auf den Decken, die sie auf dem Stroh vorgefunden hatten.

Es war Vils Aufgabe, Decken und Stroh vor die »Tür« zu schaffen.

Tiuri ging ihm zur Hand. »Was glaubst du, wie lange wir hierbleiben müssen, Vil?«, fragte Tiuri leise, als sie draußen waren.

»Mutter sagt, dass wir schon bald wieder hier herauskommen.«

»Aber was glaubst du?«

Vil sah die Elfjährige befremdet an. »Ich glaube das auch«, erwiderte er schließlich.

»Ich nicht«, sagte Tiuri schlicht.

»Lass das nicht Mutter hören«, raunte Vil und kehrte zurück in die Höhlung, um noch eine Ladung Stroh hinauszubringen. Es gab kein Licht dort drinnen, auch sonst nichts, was man zum Leben brauchte, kein Geschirr, keine Schüsseln, keine Möbel, aber Rohana Merson verbot ihnen, sich darüber zu beschweren.

Sie ging hinüber zur Hütte des Eisenkönigs, um wenigstens eine Kerze zu erbitten, und aus irgendeinem Grund bat sie Vil, sie zu begleiten.

Es war dunkel in der Halde, weil durch die vergitterten Öffnungen in der Decke – der Eisenkönig hatte sie *Himmelspforten* genannt – kaum etwas vom Licht des bleichen Mondes einfiel, und auch die vielen niedrigen Feuer in der weiten Höhle richteten nicht viel aus gegen diese Dunkelheit. Nur dass ihr Rauch den allgegenwärtigen Fischgeruch überlagerte.

Vil sah zerlumpte Gestalten an diesen Feuerstellen. Hie und da beleuchteten sie kleine und größere Löcher in der Wand, die ganz offenbar bewohnt waren, und es gab eine große Höhlung auf der gegenüberliegenden Seite der Halde, aus der ein wenig Licht nach außen drang und in der sich den lauten, rauen Stimmen nach zu urteilen etliche Menschen versammelt hatten.

Jetzt, da er sah, wie hier andere hausten, betrachtete er die Hütte des Eisenkönigs mit ganz neuen Augen. Es stimmte schon, sie war windschief – obwohl es hier keinen Wind gab – und aus tausend verschiedenen Holzstücken zusammengesetzt, aber als sich die Tür in ihren Angeln öffnete, konnte er am massigen Leib des Mannes vorbei einen Blick auf das Innere erhaschen, und er sah, dass sie geräumig und mit richtigen Bohlen ausgelegt war. Es gab sogar einen ausgefransten Teppich. Er sah noch etwas anderes, eine Frau, ähnlich stämmig wie der Herr des Hauses, die aus dem hinteren der beiden Räume misstrauisch herüberäugte.

»Eine Kerze? Abendessen? Wie wollt Ihr das denn bezahlen, Doma Rohana?«, lautete die mürrische Antwort des Eisenkönigs, als Vils Mutter ihre Bitte vorgebracht hatte.

»Aber die Handschuhe …«

»Die sind die Miete für eine Woche. Von Logis war die Rede, nicht von Kost!«

»Ach, Semer, nun stell dich nicht so an und gib der Frau schon ihre Kerze«, rief es aus dem Hintergrund.

»Und das Essen?«, fragte Rohana Merson, als sie den kurzen gelblichen Stumpen in der Hand hielt.

»Erwartet nicht, dass Ihr hier bei uns eingeladen werdet, denn es reicht doch kaum für uns selbst. Morgens gibt es Reis und Gemüse, dort oben, unweit der Wache. Ansonsten kann ich Euch empfehlen, nach Ratten Ausschau zu halten, denn die verirren sich immer wieder hierher, außerdem findet Ihr weiter unten mit etwas Glück …«

Aber da wurde er von seiner Frau unterbrochen, die ihn zur Seite schob und einen Topf in den Händen hielt. »Verzeiht meinem Mann, Doma, er ist manchmal etwas langsam und hat wohl vergessen, dass ich Euch etwas von dem abgeben kann, was ich für morgen vorgesehen hatte. Ich bin Coria Geffai und die Frau von diesem Holzklotz.«

Als Vils Mutter dankbar zugreifen wollte, zog sie den Topf jedoch zurück. »Verzeiht, Doma«, sagte die Frau, »Ihr seid neu hier und wisst noch nicht, dass in der Halde nichts verschenkt wird, denn Großzügigkeit gilt hier als Schwäche, und Schwäche wiederum kann tödlich sein. Doch bin ich bereit, Euch diesen Topf Reis für, sagen wir, zehn Kronen zu überlassen.«

»Aber ich habe keine zehn Kronen, und die Handschuhe, die ich Eurem Mann gab, sind doch sicher hundert wert.«

»Wie Semer schon sagte, die sind für die Miete, und vor allem für seinen Schutz, den Ihr nicht vergessen dürft.« Die Frau sah sie nachdenklich an. »Der Mantel, den Ihr tragt, er ist sicher auch einiges wert.«

»Ihr wollt einen Mantel für einen Topf Reis?«

Coria Geffai zuckte mit den Achseln. »Hier unten werdet ihr lange Zeit keinen Mantel brauchen, denn kalt ist es hier wahrlich nicht.«

»Ich verkaufe ihn Euch, für hundert Kronen. Er bringt sicher das Doppelte auf dem Markt.«

Die Frau schüttelte den Kopf. »Euch bares Geld zu geben erscheint mir gefährlich, vor allem für Euch. Ich schlage Euch vor, dass Ihr den Mantel hier hinterlegt. Mein Mann schreibt Euch achtzig Kronen dafür gut, in unserem Buch. Und so bekommt Ihr auch morgen und übermorgen noch gut zu essen, Ihr und Eure Kinder. Euer hübscher Junge sieht wirklich hungrig aus.«

»Ich bin nicht hungrig«, erklärte Vil, dem der Magen knurrte.

»Hundert Kronen«, versuchte es Rohana Merson noch einmal.

»Fünfundsiebzig, weil Ihr beginnt, mir meine Zeit zu stehlen, Doma«, lautete die ungerührte Antwort.

Als sie mit dem Topf Reis, aber ohne den Mantel zu ihrer Höhle zurückgingen, fragte Vil: »Warum hast du dich darauf eingelassen, Mutter? Ich hätte leicht bis morgen früh ausgehalten.«

»Du vielleicht, Vil, aber Tiuri und Faras müssen essen, und sie können nicht bis morgen früh warten. Aber wir werden die *Großherzigkeit* dieser Leute nicht vergessen, nicht wahr?«

Sie aßen mit den Fingern aus dem Topf, im Schein ihrer einen kümmerlichen Kerze, weil sie weder Geschirr noch Besteck hatten, und für eine Weile machte es sogar Spaß, die Mahlzeit derart ungezwungen einzunehmen. Im Hause Merson wäre so etwas nie möglich gewesen. Aber der Reis war knapp bemessen, und Vil entging nicht, dass seine Mutter, die sehr darauf achtete, dass gerecht geteilt wurde, sich selbst das Wenigste nahm.

Dann war der Topf leer, und betretenes Schweigen machte sich in ihrer armseligen Behausung breit. »Kinder, es wird Zeit für das Abendgebet, und dann werden wir schlafen. Morgen ist ein neuer Tag. Ihr werdet sehen, das hier ist bald vorbei.«

»Wann denn?«, fragte Faras.

»Bald, mein Schatz, bald. Und jetzt lösche bitte die Kerze, Tiuri. Solange wir hier sind, sollten wir sparsam mit dem umgehen, was wir haben.«

Vil wurde früh wach, und sein Magen knurrte. Er schälte sich aus seinem Mantel, in dem er geschlafen hatte. Vorsichtig hob er die Bretter vom Eingang und sah, dass durch die Himmelspforten die Dämmerung in die Kaverne sickerte.

Er kletterte aus der Behausung und reckte die schmerzenden Glieder, auch um die klamme Kälte loszuwerden, die ihm in die Knochen gekrochen war. Drinnen hörte er seine Geschwister und seine Mutter atmen. Plötzlich fiel ihm ein, dass seine Mutter ihren Mantel weggegeben hatte. Er öffnete die Spange, die den seinen am Hals zusammenhielt, kroch wieder in ihre finstere Unterkunft und lauschte auf den Atem seiner Mutter. Sie schien schlecht zu schlafen, ihr Atem klang gepresst. Er tastete vorsichtig nach ihr und deckte sie dann mit seinem Mantel zu.

Als Vil wieder vor ihrer Höhle stand, überfiel ihn die Erinnerung an die Ereignisse des vergangenen Tages mit Wucht. Sie hatten seinen Vater geköpft, ermordet, in der Arena. Er spürte, dass ihm die Tränen in die Augen stiegen, aber er wollte nicht weinen. »Besser, ich erkunde mal die Gegend«, murmelte er.

Die weite Kaverne lag noch in Dunkelheit, das Licht, das durch die großen, vergitterten Öffnungen sickerte, war immer noch schwach, und Vil hatte keine Ahnung, wie spät es sein mochte.

Er stolperte über ein zerbrochenes Brett, dann über irgendetwas anderes, das er im Dunkeln nicht erkennen konnte, dann wieder über ein zerbrochenes Brett. Er fragte sich, wo dieses Holz herkommen mochte. Er lief zu der nächsten Himmelspforte und blickte nach oben. Soweit er es erkennen konnte, war die Decke viele Ellen stark. Es musste harte Arbeit gewesen sein, diese Pforten hineinzuschlagen, und irgendetwas sagte ihm, dass sie nicht für die Vergessenen angelegt worden waren.

Dann stieß er, gerade unterhalb der Hütte des Eisenkönigs, auf den Bach. Es war eher ein Rinnsal, aber es erinnerte ihn daran, dass er Durst hatte. Er schöpfte mit der Hand etwas Wasser. Es war kühl, doch es hatte einen eigenartigen, metallischen Beigeschmack. Er spuckte die Hälfte wieder aus und folgte dem Plätschern des kleinen Wasserlaufs in der Hoffnung, es würde ihn zu besserem Wasser führen.

Aber je weiter er in der großen Felsenkaverne nach Süden ging – er nahm jedenfalls an, dass es Süden war –, desto mehr roch es nach verfaultem Fisch, und er fragte sich, ob er nicht besser umkehren sollte. Dann verschwand der Bach in einer pechschwarzen Höhle. Vil blieb stehen. Es drangen Geräusche aus diesem schwarzen Loch, das sich bei näherem Hinsehen als Gang entpuppte, denn weit drinnen entdeckte er einen schwachen gelblichen Lichtpunkt. Ein leises Stöhnen wehte aus der Finsternis heran. Vil drehte um.

»Was haben wir denn da?«, flüsterte eine heisere Stimme. Sie schien direkt aus dem Boden zu kommen.

Vil wich einen Schritt zurück.

»Ein Neuankömmling«, krächzte eine zweite Stimme.

Vil entdeckte, dass sie aus einer schmalen, dunklen Spalte kamen.

»Ich bin schon weg«, rief er, drehte sich um und prallte gegen eine hagere Gestalt.

»Wohin so eilig, mein Liebling?«, säuselte sie. Sie roch nach Verwesung.

»Ein Besucher, wie schön«, sagte die erste Stimme.

Vil fuhr wieder herum. Da waren zwei weitere schattenhafte Gestalten. Sie mussten aus dem Spalt gekrochen sein, obwohl er sich nicht vorstellen konnte, dass sich ein Mensch freiwillig in diese enge Höhlung zwängen würde.

Seine Haare stellten sich auf, als die Fingernägel der alten Frau ihm über den Nacken strichen.

»Ich habe mich gefreut, Eure Bekanntschaft zu machen, entschuldigt mich, ich muss zu meiner Familie«, stieß er hervor.

»Es ist üblich, bei einem ersten Besuch ein Geschenk dazulassen, Schatz«, sagte die Frau.

»Was für ein schönes Hemd es trägt«, krächzte die zweite Stimme, und Vil fühlte eine knochige Hand, die seinen Arm betastete.

»Lasst mich in Ruhe«, stieß er hervor und glitt leichtfüßig zur Seite. Er hatte Fechtunterricht genossen, und er war sicher, dass der Abschaum, der sich erdreistete, ihn zu bedrohen, von dieser Kunst keine Ahnung hatte, was ihm für einen kurzen Augenblick ein Gefühl der Überlegenheit gab. Es war immer noch zu dunkel, um viel zu erkennen, und er dachte, das würde ihm einen weiteren Vorteil verschaffen.

Aber er sah auch das kurze Holzbrett nicht, das aus der Finsternis kam und ihn voll an der Stirn erwischte. Etwas knirschte laut, ihm wurde schwarz vor Augen, und er taumelte zu Boden.

»Wie dumm er ist«, krächzte die zweite Stimme, und jemand lachte.

Vil wollte aufstehen, sich verteidigen, aber seine Beine gehorchten ihm nicht. »Lasst mich!«, stieß er hervor und wehrte sich gegen die Hände, die begannen, ihm das Hemd über den Kopf zu ziehen.

»Ich hab es zuerst gesehen!« – »Nein, ich!« – »Aber ich habe es niedergeschlagen!«

Er hörte den Stoff reißen und war wieder so weit klar im Kopf, dass er sich wehren konnte. Er trat blind aus und traf die alte Frau in die Magengrube, riss sich los, fühlte, dass einer der Ärmel abriss, hörte etwas heransausen und duckte sich zu spät. Das Holz wischte ihm über den Hinterkopf, und er fiel wieder zu Boden. »Ich schlag ihn tot, wenn er sich weiter wehrt«, fauchte die zweite Stimme und zerrte an seinem Hemd.

Vil hätte sich gewehrt, wenn er nur gekonnt hätte, aber er war zu benommen. Und dann verriet schrilles Gelächter, dass der Angreifer sein Ziel erreicht hatte.

»Besuch uns doch wieder«, höhnte die alte Frau, und der Dritte in diesem unheimlichen Bunde trat Vil in den Unterleib, so dass er nach Luft rang, während die Angreifer wieder in jener finsteren Spalte verschwanden, aus der sie hervorgekrochen waren.

Vil wäre am liebsten liegen geblieben, aber dann warnte ihn sein Instinkt, dass die Angreifer noch einmal zurückkommen könnten, und er kämpfte sich auf die Knie. Er fror, ihm dröhnte der Schädel, und er fühlte mit zitternder Hand, dass Blut aus einer Wunde am Hinterkopf sickerte.

»Wenn es etwas heller wäre, würde ich vermutlich sagen, das sieht übel aus, aber viel kann ich nicht erkennen«, bemerkte plötzlich eine junge Stimme.

Vil drehte sich ächzend um. Im Zwielicht hockte eine schlanke Gestalt und betrachtete ihn.

»Besten Dank«, murmelte er.

»Brauchst du Hilfe?«, fragte der Junge, der nicht viel größer war als er.

»Geht schon«, erwiderte Vil und kam keuchend auf die Beine.

»Du bist einer von den Neuen, oder? Du musst einfach neu sein. Keiner von uns wäre so blöd, sich nachts so nah an das Versteck der alten Fura und ihrer Liebhaber heranzutrauen.«

»Liebhaber?«

»Ja, sie ist sehr begehrt«, meinte der andere lachend.

»Aber sie haben mich ausgeraubt.«

»Dein Hemd, wie? Sei froh, dass sie nicht auch noch deine Stiefel genommen haben, was wieder beweist, dass die Alte nicht ganz dicht ist.«

»Hätten ihr sicher nicht gepasst«, murmelte Vil.

»Du hast wirklich keine Ahnung, wie das hier unten läuft, oder? Sie will das Hemd doch nicht behalten. Sie wird es eintauschen, beim Brenner oder bei den Wachen.«

»Aber es ist Diebesgut, ich werde zu den Wachen gehen und …«

»Um dich auslachen zu lassen? Das Triefauge und seine Leute kümmern sich nicht um das, was hier drinnen vorgeht. Mann, ich frage mich wirklich, wo du herkommst.«

Vil straffte sich und versuchte, die dröhnenden Kopfschmerzen zu ignorieren. »Ich bin Viltor Aretus Merson, aus dem Hause Gremm, einem der ältesten Häuser von Xelidor, und für gewöhnlich werde ich von deinesgleichen mit Menher angesprochen.«

»Meinesgleichen? Ich glaube nicht, dass du schon einmal jemanden wie mich getroffen hast, Viltor Sowieso aus dem Hause der Dummheit, die dich in die dunkelste Ecke unserer Halde geführt hat. Ich bin Sed von den Ratten, aus dem Hause der Vergessenen, und du darfst mich auch gerne mit Menher ansprechen, wenn es dir Spaß macht.«

Unter anderen Umständen hätte Vil diese Unverschämtheit

nicht auf sich beruhen lassen, aber er hatte wirklich genug Streit für einen Tag gehabt. »Schon gut«, murmelte er. »Lass mich einfach in Ruhe.«

»Würde ich, aber ich denke, du kommst sofort wieder in Schwierigkeiten, wenn ich dich allein lasse.«

»Geholfen hast du mir eben jedenfalls nicht.«

Sed, der die ganze Zeit auf seinen Fersen gehockt hatte, stand plötzlich auf, kam zu Vil und legte ihm die Hand auf die Schulter. »Tut mir leid, aber als ich dazukam, war die Sache eigentlich schon gelaufen. Und, um ehrlich zu sein, ich weiß nicht, ob ich mich eingemischt hätte, wenn ich früher hier gewesen wäre. Die alte Fura ist verrückt, und ich würde mich nur ungern mit ihr anlegen, denn es könnte sein, dass es ihr noch Monate später plötzlich einfällt, sich zu rächen. Von der hält man sich besser fern. Doch jetzt komm, lass dir helfen.«

»Ich komme allein zurecht«, zischte Vil wütend und ging ein paar Schritte. Erst jetzt sah er, dass die Halde zum Leben erwacht war. Hier und da in der großen Felsenhalle brannten wieder niedrige Feuer, und hagere Gestalten schlichen durch das Dämmerlicht. Sie schienen einem bestimmten Punkt zuzustreben, dem Platz unter einer der vergitterten Deckenöffnungen.

Vil ging taumelnd in dieselbe Richtung, ohne zu wissen, warum.

Sed, der ihm folgte, legte ihm wieder die Hand auf die Schulter und meinte: »Weiter würde ich an deiner Stelle nicht gehen.«

»Und warum nicht?«, gab Vil wütend zurück.

Der andere grinste breit, deutete mit dem Kinn auf den blassen Fleck, der sich auf dem Haldenboden abzeichnete, aber gerade in diesem Augenblick verdunkelt wurde, und sagte: »Wegen der Fische.«

Tatsächlich regnete es plötzlich Fische. Sie fielen durch die

Himmelspforte und schlugen klatschend auf dem Gestein auf. Zwei der zerlumpten Gestalten, zwei Frauen, schossen sofort los und stürzten sich auf den zappelnden Leib eines größeren Exemplars.

Essen, schoss es Vil durch den Kopf, und er hätte sich auch auf diese unerwartete, vom Himmel gefallene Gabe gestürzt, wenn Sed ihn nicht zurückgehalten hätte. Sekunden später fiel eine zweite Ladung Fisch durch das Gitter, und eine der beiden Frauen, die sich noch um ihre Beute stritten, wurde von einem ganzen Schwarm winziger Fische getroffen. Von oben klang raues Gelächter, aber in der Halde lachte niemand. Alle spähten gebannt nach oben oder auf die seltsame Gabe, die, teilweise noch lebend, auf dem Felsboden zuckte.

Die Schatten über dem Gitter verschwanden, und erst dann stürzten alle los, auch Vil.

Er machte fette Beute, jedenfalls glaubte er das, und er zeigte Sed stolz den kräftigen halben Fisch, den er ergattert hatte.

Aber Sed grinste wieder nur breit und meinte: »Lagunenhai? Da esse ich wirklich lieber Katze.« Aber dann, vielleicht, weil er Vil die Enttäuschung anmerkte, setzte er hinzu: »Eine Suppe könnt ihr vielleicht daraus zaubern, für den Reis.«

Vil wurde noch einmal schwarz vor Augen, und er hockte sich hin, bis es besser wurde. Sed blieb bei ihm und wedelte ihm mit den beiden kleinen Brassen, die er erwischt hatte, vor der Nase herum.

Vil seufzte, dann fragte er: »Sag, Sed, das eben, was war das? Wieso regnet es hier Fische?«

»Ein Wunder«, gab Sed feixend zurück, lachte, als er Vils Gesicht sah, und erklärte dann: »Das ist so seit den Tagen der Pest. Die Fischer von Xelidor kippen einen Teil ihres nächtlichen Fanges hier herunter. Soweit ich weiß, werden sie von den Tempelpriestern dafür bezahlt, aber bestimmt nicht sehr gut. Das meiste ist jedenfalls Beifang, und manchmal machen sie sich eben einen Spaß daraus abzuwarten, bis sich die Ersten auf die Beute stürzen, und kippen dann noch einmal Fisch hinterher. Es kam auch schon vor, dass sie von da oben auf uns heruntergepisst haben. Ich glaube, der Tempel gibt ihnen einfach nicht genug Kronen.«

»Sie pissen auf euch?«, fragte Vil entsetzt.

»Ja, aber nicht heute, auf dieses besondere Gewürz musst du also leider verzichten.«

»Hör auf, mir dröhnt der Schädel, und ich bin nicht in Stimmung für deine komischen Scherze.«

»Das ist kein Scherz. Ich weiß ja nicht, wo du herkommst, aber ich kann dir sagen, wo du jetzt bist. Und hier unten geht es nun einmal so zu. Für alle da draußen sind wir nur Abschaum, die, die man in die alte Pesthöhle abschiebt, um sie zu vergessen, und so behandeln sie uns eben auch.«

»Wir werden nicht lange hier sein«, sagte Vil schwach.

»Klar«, erwiderte Sed spöttisch, »aber falls doch, solltest du ein paar Dinge wissen. Halte dich von den Tunneln im Süden fern und meide die Stellen unter den hübschen Himmelspforten, das wäre das Erste, was du lernen solltest.«

»Regnet es durch die anderen etwa auch Fische?«, fragte Vil und schaute zu den vergitterten Öffnungen, die er hoch und unerreichbar in der Felsendecke sah.

»Nein, aber jetzt komm, ich bringe dich zu deinen Leuten. Du siehst nicht aus, als würdest du das allein schaffen.«

Als sie die Behausung erreichten, war es schon beinahe hell. Der Eisenkönig hatte sie gesehen, aber nichts gesagt und auch keine Anstalten gemacht, Sed zu helfen, der schwer an Vil und an den Fischen zu tragen hatte.

Vil hätte sich gerne still in die Höhlung geschlichen und sich hingelegt, aber seine Mutter und seine Geschwister waren bereits wach. Sie waren dabei, den Platz vor ihrem vorübergehenden Zuhause von all dem Unrat zu säubern, der sich scheinbar überall auf dem Boden fand.

»Vil, was hat das zu bedeuten? Wo ist dein Hemd? Und wer ist dieser … *Junge?*«

Vil zog es vor, nur auf die letzte Frage zu antworten: »Das ist Sed, er hat mir geholfen. Und ich habe etwas zu essen.«

»Er ist verletzt, Mutter!«, rief Tiuri.

»Es ist nichts«, behauptete er tapfer.

Seine Mutter untersuchte die Wunde am Hinterkopf, und dann befühlte sie die Beule auf seiner Stirn.

»Er hatte Pech, ist an die falschen Leute geraten«, meinte Sed.

Rohana Merson warf ihm einen kühlen Blick zu. »Das scheint mir auch so. Tiuri, hole den Mantel deines Bruders und breite ihn hier aus. Er sollte sich hinlegen, und du, Faras, geh zu Menher Geffai und erkundige dich, ob es hier so etwas wie einen Arzt gibt.«

»Verzeihung, Doma, aber einen Arzt gibt es in der Halde nicht«, sagte Sed.

»Dann lauf zur Wache und sag, sie sollen einen holen, Faras.«

»Das könnt Ihr versuchen, aber ich glaube, das ist Zeitverschwendung, Doma.«

»So? Glaubst du? Faras, lauf. Und sag ihnen auch, dass dein Bruder überfallen wurde. Ich wünsche sie zu sprechen, denn ich will wissen, wie das geschehen konnte und was sie zu unternehmen gedenken.«

»Verzeiht, Doma, aber die Wache kümmert sich nicht um das, was hier unten geschieht, wenn es nicht gar zu arg …«

»Ich danke dir, mein Junge, aber ich denke, sie wissen, mit

wem sie es zu tun haben. Wir wollen doch mal sehen, ob sie es wagen, eine Tochter des Hauses Gremm zu ignorieren.«

Vil hatte mit dröhnendem Schädel zugehört, aber dann wurde es ihm wieder schwarz vor Augen.

Den Rest des Tages verbrachte er schlafend, mit bösen Träumen oder dämmernd, mit hämmernden Kopfschmerzen und Attacken von Übelkeit in dem elenden Loch, das ihnen als Unterkunft diente.

Es war seine Schwester Tiuri, die ihn mit Neuigkeiten versorgte. So erfuhr er, dass sich die Wache, wie von Sed vorhergesagt, nicht um seinen Fall kümmerte. Auch ein Arzt sei nicht aufzutreiben. »Sie haben nur gefragt, ob du stirbst, und hätten für den Fall nach einem Priester geschickt, Vil«, erklärte sie, »allerdings hätten sie dafür Geld sehen wollen, und wir haben keines.«

Später brachte sie ihm etwas zu essen, eine Fischsuppe, in der etwas Reis schwamm. »Den Topf zum Kochen mussten wir bei Menher Geffai kaufen, auch Schalen und Löffel, und den Reis sowieso«, erklärte Tiuri, die anbot, ihn zu füttern, was er grimmig ablehnte.

»Den Reis?«, fragte er, verwirrt von dem schweren Hämmern, das, wie er inzwischen erkannte, von irgendwo außerhalb ihrer Unterkunft kam.

»Die Scholaren brachten einen großen Sack Reis und Gemüse, und Sed sagt, das machen sie jeden Morgen. Und es ist die Aufgabe von Menher Geffai und seiner Frau, ihn zu kochen und zu verteilen, aber sie haben ihre ganz eigene Art, das zu tun. Sie haben nämlich zwei Kellen, weißt du?«

»Was denn für Kellen?«

»Sie haben eine große Schöpfkelle für all jene, die für sie arbeiten oder die etwas zum Tausch anzubieten haben, und eine kleine für alle anderen, also auch für uns. Und es kümmert sie nicht ein bisschen, dass wir aus dem Hause Gremm stammen. Also musste Mutter zahlen. Ich fürchte, es ist nicht mehr viel übrig von dem Mantel, den sie Menher Geffai in Zahlung gegeben hat.«

»Arbeit?«

»Anscheinend lässt er alles Holz und alles Eisen sammeln und was sie sonst noch von oben herabwerfen. Und dann verkauft er es an die Wachen oder tauscht es gegen irgendetwas ein, das hat Sed jedenfalls gesagt. Mutter sieht es nicht gern, dass ich mit ihm rede, aber ich glaube, er kennt sich hier unten wirklich gut aus.«

»Glaube ich auch«, murmelte Vil und sank zurück auf die harte Erde. Er hätte sonst etwas für ein Kissen voller Daunen gegeben, aber er hatte nur den zusammengerollten Mantel seines Bruders, und er erfuhr, dass Faras das Wasser mit einem löchrigen Eimer geholt hatte, der sie eine weitere halbe Krone gekostet habe. »Und es ist ganz grau und riecht komisch, aber Sed sagt, es gibt kein anderes, wenn es nicht gerade regnet, aber Regen ist gefährlich.«

»Wieso denn gefährlich?«, fragte Vil mit geschlossenen Augen, weil seine Neugier doch stärker war als die Kopfschmerzen, die nach Ruhe verlangten.

»Na, weil es doch nur durch die Pforten da oben hereinregnet, und weil die Leute von der Werft ihr Holz auch im Regen einfach herabwerfen und sich nicht die Mühe machen, nachzusehen, ob gerade jemand da unten Wasser sammelt oder nicht.«

Vil konnte seiner kleinen Schwester wieder nicht folgen: »Werft? Werfen?«

»Aber das habe ich dir doch schon erzählt! Die Neue Werft, wo sie die großen Galeeren bauen! Hörst du es nicht hämmern?«

Vil war froh, als seine Mutter kam und seine fröhlich plappernde Schwester hinausschickte, um auf Faras aufzupassen.

Sie setzte sich zu ihm, und selbst im schwachen Schein einer Kerze – es war eine andere als die vom Vortag, und Vil fragte sich, was sie wohl gekostet haben mochte – wirkte sie gefasst. Er konnte ihr den tiefen Kummer dennoch ansehen.

»Du musst darauf achten, was du tust, Vil, und mit wem du dich abgibst, hier noch mehr als dort oben, denn du bist nun der älteste Mann der Mersons, der Erbe des Hauses Gremm.«

Er hatte zu starke Kopfschmerzen, um zu widersprechen, dabei war es doch gewiss nicht seine Idee gewesen, sich verprügeln zu lassen.

Sie strich ihm mit der Hand zart über die Stirn, eine Geste, die ihn überraschte. »Es ist hier schlimmer, als ich dachte. Gerade deshalb müssen wir beide Stärke zeigen, um deiner Geschwister willen.« Sie seufzte: »So, wie es aussieht, sind wir hier unten auf uns allein gestellt, von den Wachen ist jedenfalls keine Hilfe zu erwarten.«

»Sed hat mir geholfen.«

»Das ist wahr. Er mag ein nützlicher Verbündeter sein, solange wir hier sind, aber vergiss niemals, woher er kommt – und wo du herkommst, Viltor!«

Er nickte, eingeschüchtert von der jähen Härte in ihrer Stimme.

Dann strich sie ihm wieder sanft mit der Hand über die geschundene Stirn. »Wir haben dir auch noch Reis und Fisch aufgehoben, für später, mein Sohn. Jetzt ruh dich aus und schöpfe Kraft. Und morgen wirst du gehen und das zurückfordern, was dir geraubt wurde.«

Esrahil Gremm ging hinunter zum Hafen, aber der Goldmeerfahrer, auf dessen Rückkehr er seit Tagen wartete, war immer noch nicht eingetroffen. Er hatte einen unruhigen Tag und eine weitere schlaflose Nacht hinter sich, und das Gedränge und Geschiebe auf den stets zu kleinen Kais und in den Gassen rund um den Hafen machte es nicht besser.

Er überquerte den Platz der Kapitäne und strich gedankenverloren über die wuchtig bebauten Stege, die sich jedes Jahr weiter hinaus ins Meer schoben. Als er jünger gewesen war, hatte man vom Platz der Kapitäne aus auf das Meer hinausblicken können, jetzt sah er nur Lagerhäuser und die Masten der Galeeren, die sich im Hafen drängten, denn in den vergangenen Jahrzehnten waren dort weitere Stege, Kräne und Lager aus dem Meer gewachsen. Xelidor platzte aus allen Nähten, und offenbar waren die Herren der Stadt nicht bereit, sich mit den Begrenzungen, die die Lage auf einer Insel nun einmal mit sich brachte, abzufinden.

Eine Weile betrachtete er das geschäftige Treiben, aber lange konnte er die bedrückenden Gedanken auf diese Art nicht fernhalten. Er wusste immer noch nicht, wie er seiner Schwester helfen konnte.

In den Tagen nach dem Unglück, während der Unruhen auf der Stahlseite, hatten die Leute nach Blut geschrien, und das hatten sie bekommen, das Blut und den Kopf des armen Mersons, seines Schwagers, der den Sündenbock geben musste. Aber jetzt sah die Lage anders aus, jetzt würden die Leute vielleicht zuhören, gerade jemandem wie Rohana Merson, die aus einem so alten und angesehenen Haus stammte.

Die ganze Geschichte stank zum Himmel, und viele wichtige Männer hatten etwas zu verlieren, wenn jemand die Angelegenheit noch einmal aufrührte. Diese Männer hatten sicher kein Interesse daran, dass Rohana Merson von den Vergessenen zurückkehrte.

Gremm sah sich um. Seine Schritte hatten ihn in den ältesten

Teil des Seeviertels geführt. Einige der Schänken hier hatte er früher selbst hin und wieder aufgesucht, als er noch jung und abenteuerlustig gewesen war. Was hatte sich geändert? Warum fühlte er sich nun so klein und schwach?

»Wollt Ihr am Wissen der Toten teilhaben, Menher?«, sprach ihn jemand von hinten an.

Er drehte sich unwillig um, fuhr dann erschrocken zurück. Der Mann, der ihn angesprochen hatte, war blind – und er hatte schneeweißes Haar.

Ein Gesegneter!, durchfuhr es Gremm.

»Nun, Menher? Das Wissen der Toten? Für nur eine Krone könnt Ihr mit einem verstorbenen Freund sprechen – für drei Kronen mit einem Feind.« Der Mann hielt die Hand fordernd ausgestreckt.

Das fehlte ihm noch, der Schwager wegen Hexerei verurteilt, und er sprach hier in aller Öffentlichkeit mit einem Gesegneten! »Nein, nichts da, ich will nichts von den Toten wissen!«, rief er und wich zurück.

Der Weißhaarige lächelte: »Oh, das solltet Ihr aber, Menher, sie hätten Euch viel zu erzählen.«

»Geht weg, lasst mich in Ruhe!«, rief Gremm und ergriff die Flucht. Als er sich noch einmal umdrehte, sah er den Bettler, dessen blinde Augen ihm zu folgen schienen. Er lief weiter, bis er den Mann nicht mehr sehen konnte. Dann blieb er stehen und versuchte, sich zu beruhigen.

Die Leute schienen ihn anzustarren, aber er hatte sich ja auch benommen wie ein Narr. Ein Gesegneter, na und? Sie bettelten in der ganzen Stadt und boten ihre zweifelhaften Künste an. »Möchte wissen, warum die Scholaren gegen die nichts unternehmen«, murmelte er.

Es war Abar Brasus, der ihn aus seinen dunklen Gedanken riss: »Menher Gremm! Ich bin froh, Euch zu sehen«, rief er und wedelte mit einigen Pergamenten, während er die Straße entlanghastete.

»Menher Brasus, habt Ihr es noch rechtzeitig zur Hinrichtung geschafft?«, gab er bitter zurück.

Der Kauffahrer erbleichte. »Ich muss Euch für meine unverzeihliche Dummheit gestern um Verzeihung bitten, und nein, ich war nicht dort, wofür ich jetzt, wenn Ihr erlaubt, dankbar bin. Und ich habe Euch in der Tat gesucht, weil ich diese Last auf meiner Seele, erzeugt durch meine eigene Dummheit, nicht länger ertragen konnte. Eure Köchin sagte mir, wo ich Euch wohl finden könnte.«

»Und diese Papiere, mit denen Ihr mir vor der Nase herumwedelt?«

»Wie? Oh, verzeiht. Nur Rechnungen, und ich bin sicher, dass Ihr die nicht bezahlen wollt.«

»Wenn es Euch beruhigt, Menher Brasus, ich habe Euch längst verziehen, weiß ich doch, dass es keine böse Absicht, sondern nur eine Gedankenlosigkeit war, der großen Aufregung geschuldet.«

»Ja, ja, so war es auch, und ich muss Euch mein Bedauern ausdrücken, mein Beileid für Euren Verlust, war es doch Euer Schwager, der …«, meinte Brasus im Flüsterton, ohne den Satz zu beenden.

Gremm dankte knapp.

»Und wisst Ihr schon, was Ihr nun unternehmen wollt?«

»In welcher Angelegenheit?«, fragte Gremm vorsichtig.

»Eure Schwester! Ist sie nicht verbannt? Und ist es nicht eine Schande? So eine Schönheit, aus einem so edlen Haus! Ich selbst habe sie immer bewundert, auch wenn ich natürlich wusste, dass ein so unbedeutender Händler, der ich damals doch war, keinerlei Aussicht gehabt hätte, auch nur um Ihre Hand bitten zu dürfen.«

»Ja, ja. Doch senkt Eure Stimme, Menher. Das Urteil des Geheimen Gerichts ist nun einmal gesprochen und kann nicht angefochten werden, und ein kluger Mann sollte es auch nicht anzweifeln, jedenfalls nicht auf dem Markt.« Er sah sich nervös um. Am Ende der Gasse entdeckte er zwei Männer in den grauen Mänteln der Gespenster, die zum Hafen schlenderten. Das Gedränge teilte sich vor ihnen. Es war offensichtlich, dass die Menschen versuchten, ihnen aus dem Weg zu gehen. Sie gingen, den Himmeln sei Dank, in eine andere Richtung. Aber der Archont hatte überall in der Stadt seine Leute, und nicht alle waren so leicht zu erkennen wie diese.

»Wie? Ja, natürlich, von Zweifel kann keine Rede sein, natürlich nicht«, murmelte Brasus erschrocken und ließ seine Pergamente fallen.

Seufzend half Gremm ihm, sie aufzuheben. »Sagt, seid Ihr oft in der Halle der Versammlung?«, fragte er plötzlich.

Brasus nickte, während er seine Papiere ordnete. »Es ist meist eine unerfreuliche oder, man könnte sagen, langweilige Angelegenheit, aber für einen Mann, der Geschäfte in dieser Stadt machen will, doch beinahe unumgänglich. Warum fragt Ihr?«

»Und wie ist die Stimmung in der ehrenwerten Versammlung in diesen Tagen?«, fuhr Gremm fort und wich der Frage damit aus.

»Wie? Oh, gespalten, wie eh und je. Dieser Krieg am Goldenen Meer ist gefährlich für das Geschäft, und die Familien sind sich uneinig, welche der beiden Seiten man unterstützen soll. Und es wird darum unter den Säulen noch ein wenig mehr gestritten als sonst.«

»Ah, wirklich«, murmelte Gremm, den dieser Krieg nicht viel und die Meinung der Versammlung dazu noch weniger interessierte. Soweit er wusste, wurden die Schiffe Xelidors bei dieser Auseinandersetzung nicht behelligt – und mehr musste ein Händler nicht wissen. Er hatte aus anderen Gründen gefragt, doch das musste er Brasus nicht auf die Nase binden.

»Ihr habt recht, Menher, es wird vielleicht wieder Zeit, sich bei der Versammlung blicken zu lassen. Wann tritt sie das nächste Mal zusammen?«

»Am Ersten des Monats, dem Kaisertag, wie immer doch, Menher Gremm.«

»Natürlich«, murmelte Gremm. »Seid Ihr dort? Ihr müsst mich vielleicht ein paar Leuten vorstellen, denn ich war so lange nicht mehr in der Halle, dass einige mein Gesicht vielleicht vergessen und andere es noch nie gesehen haben.«

»Ach, Ihr scherzt! Wer könnte den Namen Gremm vergessen? Aber ich begleite Euch gern. Doch nun muss ich weiter, die Arbeit erledigt sich nicht von allein. Wir sehen uns also in der Halle«, rief Brasus, als er davonhastete.

Gremm blieb noch eine Weile genau dort stehen, wo sie sich getrennt hatten. War es ein Zufall, der ihn hierhergeführt hatte? Auf der anderen Straßenseite stand eine alte Schänke, die er früher gelegentlich besucht hatte. Es hatte seine Gründe, dass er sie lange nicht betreten hatte, so wie es jetzt Gründe gab, dass er daran dachte, es vielleicht wieder zu tun. Sie war alt geworden, so wie er. Der rote Löwe, der auf den abblätternden Putz gemalt war, hatte viel von seiner Pracht verloren, aber immer noch blickte er stolz und auf grimmige Art einladend.

Aber nein, die Versammlung trat in zehn Tagen zusammen. Er wollte erst versuchen, dort etwas für seine Schwester zu erreichen.

Es dauerte dann doch drei Tage, bis Vil sich stark genug für einen Kampf fühlte, Tage, in denen die größte Gefahr seiner Meinung nach darin bestand, vor Langeweile zu sterben. Außerdem fehlte ihm sein Hemd. Wenn er seinen Mantel trug, schwitzte er, wenn er ihn auszog, fror er.

Seine Mutter verbot ihm wie auch seinen Geschwistern, durch die riesige Kaverne zu streifen, und so konnte er nur zusehen, wie die anderen Bewohner in ihren Lumpen sich um den Abfall zankten, der immer wieder unter großem Lärm von oben durch zwei der Pforten herabfiel. Meist war es Holz von der Werft, gebrochene Planken, Latten, Stangen, gemischt mit Leinenfetzen, Hanffasern, Teerbrocken, Bleibeschlägen, Kupfer- und Eisennägeln und, mit etwas Glück, zerbrochenem Werkzeug, eben allem, was da oben nicht mehr benötigt wurde. Manchmal warfen die Schiffsbauer auch leere Schnapskrüge hinab, die beim Aufprall zerplatzten und diejenigen, die rund um diese Stellen auf gute Beute hofften, mit scharfen Splittern verletzten. Wenn die Getroffenen schrien, dann lachten sie dort oben, bevor sie die schweren Gitter, die diese Öffnungen sicherten, wieder schlossen. Irgendwann fiel Vil auf, dass es neben den beiden Pforten der Werft und der »Fischpforte« noch eine vierte gab, die jedoch zugemauert war.

»Sie haben dort oben irgendetwas gebaut, eine Schmiede, habe ich gehört, und deswegen haben sie die Pforte einfach geschlossen«, erklärte Sed, der ihn zum Missfallen seiner Mutter besuchte. »Sie waren wohl der Meinung, dass drei Luftlöcher in diesem steinernen Sarg für uns Ratten mehr als genug sind.«

Am dritten Morgen, nach der kargen Mahlzeit aus Reis, Lauch und einer halben Sardine, die Sed vorbeigebracht hatte, fragte Vil seine Mutter, ob er wirklich mit den Leuten kämpfen sollte, die ihn ausgeraubt hatten.

»Hier unten gilt nicht das Recht, wie wir es kennen, mein Sohn, sondern du musst es selbst in die Hand nehmen.«

»Auch wenn sie nicht von Stand sind?«, fragte Vil, der sich von seinem Fechtmeister lange Vorträge hatte anhören müssen, wer für einen ritterlichen Zweikampf in Frage kam und wer nicht.

»Das macht ihr Verbrechen umso schlimmer. Zeige ihnen und allen anderen in dieser Höhle, dass wir uns nichts gefallen lassen.«

Sie verlangte auch, dass er Faras mitnahm, was er nur ungern tat, denn sein kleiner Bruder würde ihm sicher keine Hilfe sein.

»Er soll zusehen und von dir lernen. Das macht ihm vielleicht Mut«, sagte sie.

»Er ist oft krank, Mutter«, wandte Vil vorsichtig ein und fragte sich, wie der Kleine wohl Mut schöpfen sollte, wenn er diesen Kampf verlor.

»Dennoch. Nimm ihn mit.«

»Mit was sollen wir eigentlich kämpfen, Vil?«, fragte Faras, der übertrieben kampfbegierig tat.

»Ein Schwert oder Messer wäre gut«, gab Vil zurück, »aber da wir hier unten so etwas kaum bekommen werden, müssen wir uns irgendeinen Knüppel suchen.«

Die Halde gab zunächst jedoch nichts Brauchbares her, er fand nur eine Latte, die nicht viel Schaden anrichten würde.

»Was soll das werden?«, fragte Sed, der offenbar nichts zu tun hatte. Obwohl er von Rohana Merson nur unwillig gelitten wurde, hielt er sich doch oft in der Nähe der Mersons auf, vor allem in der Nähe von Tiuri.

»Meine Waffe. Ich will mir von der alten Fura mein Hemd zurückholen.«

»Damit?«

»Hast du etwas Besseres?«

»Ein halbes Messer könnte ich dir anbieten. Soll ich zu den Wachen gehen?«

»Wozu?«

»Damit sie einem Priester Bescheid geben, dass er bald deine Leiche segnen muss.«

Vil warf ihm einen bösen Blick zu. »Dieses Mal überraschen sie mich nicht im Dunkeln«, gab er zurück. »Was ist? Hilfst du mir jetzt, oder nicht?«

»Mit diesem Stück Holz wird das jedenfalls nichts.«

»Aber ich habe nichts anderes!«

Sed schüttelte den Kopf und begann ein paar Tonscherben einzusammeln. Dann nahm er Vil die Latte aus der Hand und klopfte die Scherben vorsichtig mit einem Stein in das Holz hinein. »Ein paar Nägel wären besser, doch ich denke, der Eisenkönig würde sie dir teuer berechnen, und das hier wird reichen – falls du nicht vorhast, jemanden umzubringen.«

»Ich will nur mein Hemd zurück.«

»Hat mir deine Schwester schon erzählt.«

»So? Hat sie das?« Vil drehte sich um. Vor dem Verschlag standen seine Mutter und seine Schwester. Sie beobachteten ihn offensichtlich. Es lag Stolz in ihrer Haltung, und die Erwartung, dass er nicht mit leeren Händen zurückkehren würde.

»Dann lasst uns gehen«, murmelte Vil. »Bist du dabei?«, fragte er Sed.

»Ich bin doch nicht verrückt«, meinte der, aber dann holte er sein abgebrochenes Messer und begleitete Vil und seinen Bruder doch.

»Mir hast du keine Waffe gemacht, Vil«, meinte der Kleine.

»Natürlich nicht. Du bist meine Rückendeckung. Du musst mich warnen, wenn einer von hinten kommt, verstehst du?«

»Aber wenn sie mich angreifen?«

»Sed passt auf dich auf.«

»Mal sehen«, meinte Sed gedehnt, aber er zwinkerte dem Kleinen aufmunternd zu.

Unter dem Dröhnen der Hämmer von der Werft marschierten sie los, ohne dass sie dabei groß beachtet wurden. Nur die weiße Katze des Triefauges schien ihnen zu folgen.

Sed hob ein Stück Holz auf und warf es nach ihr. Sie zuckte zur Seite und nahm dann Reißaus.

»Sie bringt Unglück«, erklärte er auf Vils fragenden Blick hin. »Und sie kriegt mehr zu fressen als wir.«

Kurz darauf erreichten sie die Südwand.

»Fein«, sagte Sed, »was immer auch geschieht, du Held, versprich mir eins – halte dich von den Gängen fern, verstehst du?«

Vil zuckte mit den Achseln.

»Ich meine es ernst, verdammt!«

»Und wieso?«

»Da drin gibt es … Dinge, die schlimmer sind als die alte Fura und ihre Liebhaber. Jeder mit ein bisschen Verstand hält sich von dort fern. Ich bezweifle ja, dass du Verstand hast, aber ich warne dich trotzdem.«

Die Art, wie er das sagte, zeigte Vil, dass er es trotz des spöttischen Tonfalls ernst meinte. »Meinetwegen. Hab ja auch gar nicht vor, da reinzugehen.«

»Dann vergiss es nicht.«

»Und jetzt?«, fragte Faras. Er sah ängstlich aus.

Vil schickte ihn mit Sed ein paar Schritte zurück, dann trat er näher an den Spalt heran und rief nach der Alten.

»Was willst du?«, zischte es aus der finsteren Spalte.

»Mein Hemd. Ich will es wiederhaben.«

»Dann komm und hol es dir, süßer Knabe«, gurrte es heiser.

Vil erkannte, dass sein Plan einige Löcher hatte. Er würde aber auf keinen Fall in diesen Spalt kriechen.

»Ich räuchere dich aus, Fura, dich und deine Freunde, wenn du mir nicht sofort das Hemd wiedergibst! Meine Freunde sammeln schon das Holz.«

Ein Kopf, gerahmt von wirrem gelblichem Haar, zeigte sich in der Wand. »Es lügt. Es hat kein Holz. Es hat vielleicht auch keine Freunde.«

»Aber er hat schöne Stiefel«, sagte eine andere Stimme aus der Spalte. Dann kroch ein hagerer Mann hervor, einen kräftigen Knüppel in der Hand. Vil hatte noch nie in so irre Augen geblickt. Die ganze Sache schien ihm auf einmal überhaupt keine gute Idee mehr zu sein. Der Mann war hager, aber sehnig, und nun kam der zweite aus der Wand gekrochen, ebenfalls mit einem Stück Holz bewaffnet. Sein Knüppel war mit langen Nägeln gespickt.

Am Ende kam die alte Fura selbst hervor. Ihr zahnloser Mund lächelte, und sie säuselte: »Bringt ihn mir nicht um, den Süßen, noch nicht. Fura will ein bisschen Spaß mit ihm haben.«

Vil war unwillkürlich ein paar Schritte zurückgewichen. »Mein Hemd«, stieß er hervor. Er konnte es sehen, die alte Fura hatte es sich als Schal um den Hals gewickelt. Es sah aus, als habe es monatelang im Schlamm gelegen. War er wirklich bereit, *darum* zu kämpfen?

Fura nahm ihm die Entscheidung ab: »Holt ihn euch, meine Süßen.«

Die beiden Alten näherten sich Vil von zwei Seiten. Sie stießen drohende Laute aus, fletschten die Zähne und schlugen mit ihren Knüppeln auf den Boden.

Vil warf einen Blick über die Schulter: Faras stand da, kreidebleich und mit offenem Mund, und Sed hatte die Hand an dem halben Messer, das in seinem Gürtel aus gedrehtem Hanf steckte. Aber auch alle anderen, die in der Halde unterwegs waren, hielten jetzt inne und sahen zu. Es kam aber niemand näher. Es gab auch keinen Menschenauflauf, wie er ihn erlebt hatte, wenn zwei der Jungen aus seinem Viertel einen Streit mit den Fäusten klärten, oder wie er es im Hafen einmal gesehen hatte, als sich zwei Schauerleute in die Haare geraten waren. Nein, es sah aus, als wollte niemand etwas mit diesem Kampf zu tun haben. Ein paar Ratten zeigten ihre Köpfe und huschten dann weiter, und auf einem Hügel aus Abfall, nicht weit entfernt, machte Triefauges weiße Katze einen Buckel.

Der Gelbhaarige griff an. Vil wich hastig zurück und versuchte sich verzweifelt zu erinnern, was er von seinem Fechtmeister gelernt hatte. Der hatte viel von Balance und Standfestigkeit im Zweikampf gesprochen, aber das hier war ein Kampf gegen zwei Gegner.

Der zweite griff an und ließ seinen Knüppel durch die Luft sausen. Vil bückte sich und schlug instinktiv zu. Er erwischte das Knie des Mannes mit seiner Waffe, ein Glückstreffer, aber der Alte heulte auf und zog sich zurück. Tonsplitter steckten in seiner Kniescheibe. »Es hat mich verletzt, es hat mich verletzt«, wimmerte er.

»Hund!«, keifte der andere und sprang erstaunlich schnell auf Vil los. Dieser wich zur Seite aus, ließ seinen Gegner halb vorbei und stellte ihm ein Bein, etwas, das er auf der Straße und nicht von seinem Fechtmeister gelernt hatte. Der Alte ging ächzend zu Boden, und bevor er sich aufrappeln konnte, schlug ihm Vil die Latte so hart zwischen die Schultern, dass es krachte. Der Mann sackte zu Boden und schnappte nach Luft. Vil sah bestürzt, dass seine Waffe gebrochen war. Er fuhr herum, weil ihn gleich der zweite Gegner angreifen würde – aber das geschah nicht. Der Gelbhaarige saß auf dem Boden, hielt sich sein blutendes Knie – und weinte.

Der Alte, der vor ihm auf dem Boden lag, spuckte aus und kam ächzend wieder hoch. Er schwang noch auf den Knien seinen Knüppel.

»Der Stich ist immer schneller als der Hieb«, hatte ihn sein Fechtmeister gelehrt, und Vil erinnerte sich gerade rechtzeitig daran: Er stieß dem Mann seine Waffe hart ins Gesicht. Es knirschte, als er ihm die Nase brach, und auch seine angebrochene Holzlatte ging nun endgültig entzwei. Der Alte heulte auf, ließ seinen Knüppel fallen und fiel auf die Seite. Die alte Fura kreischte laut und zog nun ein rostiges Messer aus ihrem Kleid.

»Zurück, oder ich mache den da kalt«, rief Vil und hielt dem Mann das gesplitterte Holz an den Hals.

»Böser Junge, böser Junge!«, zischte Fura, aber sie kam nicht näher.

»Das Hemd! Oder ist es dir mehr wert als der da?«

Die Alte zögerte, zischte, wand sich, aber dann wickelte sie sich das Hemd vom Hals, spuckte darauf und warf es Vil vor die Füße. »Verrecken sollst du! Und verrecken wirst du! Und dann werde ich dein süßes Fleisch doch noch kosten!«

Vil hob rasch sein Hemd auf und zog sich hastig zu Sed und Faras zurück, ohne dabei die keifende Alte und ihre beiden wimmernden Männer aus dem Auge zu lassen. Die weiße Katze des Triefauges leckte Blut vom Boden auf.

»Du hast sie besiegt, alle beide!«, rief Faras und tanzte um ihn herum.

»Hätte ich nicht gedacht«, gab Sed freimütig zu und schlug ihm auf die Schulter. »Und wie ich sehe, hast du reiche Beute gemacht.«

Vil blickte unglücklich auf das Hemd. Dann drückte er es seinem Bruder in die Hand. »Lauf und erzähle Mutter, was passiert ist.«

Faras sprang davon und schwenkte das besudelte Hemd wie eine erbeutete Fahne. »Gewonnen, gewonnen!«, rief er mit heller Stimme, und dass er dabei über verfaulte Fische, morsches Holz und tausend andere Arten Abfall sprang, der den Boden wie die Überbleibsel eines Schlachtfeldes deckte, machte das Bild nur noch unwirklicher.

Vil zitterten die Knie. »Was hat sie damit gemeint, dass sie eines Tages mein süßes Fleisch kosten wird?«, fragte er.

Sed kratzte sich am Hinterkopf. »Eine leere Drohung, mehr oder weniger.«

»Mehr oder weniger?«

Der andere blieb stehen. »Na schön. Vor drei Tagen, als du dir den Lagunenhai geholt hast, hast du die drei da gesehen?«

Vil schüttelte den Kopf.

»Hast du dich denn nicht gefragt, wer vorher in eurer gemütlichen Behausung gewohnt hat? Nein? Es war ein Mann mit seiner Tochter, frag mich nicht, was ihn hierhergebracht hat, ich weiß es nicht. Jedenfalls hatte er ein Bein verloren und taugte daher nicht für die Galeere. Außerdem war er verrückt wie Kaiser Xelis. Das wurde hier unten nicht besser. Jedenfalls hat er seine Tochter – und das darfst du deiner Schwester und deiner Mutter nicht erzählen, und dem Kleinen sowieso nicht –, er hat sie in eurer Hütte erstochen, und dann sich selbst die Kehle aufgeschlitzt.«

Vil lief es kalt über den Rücken. Das war in ihrer Hütte geschehen? »Aber was hat das mit der alten Fura zu tun?«

»Eine Menge. Denn wenn hier unten einer stirbt, dann bringen sie ihn den Gang dort unten hinunter und werfen ihn einfach in den Totenschacht, so machen sie es seit den Tagen der Pest, habe ich mir sagen lassen. Der Schacht ist so tief, dass er immer noch nicht voll ist, heißt es. Ich habe ihn selbst noch nicht gesehen, und kein Dämon wird mich dazu bringen, dort hinunterzugehen. Es heißt nämlich auch, dass es doch Wege hinunter gibt, Spalten im Fels, dunkle, enge Schächte und Gänge, durch die manche, die dort hausen, an die Toten gelangen.«

»Du meinst …« Vil konnte es nicht aussprechen.

»Genau. Und deshalb hab ich dich vor der Alten gewarnt. Sie ist noch eine von den harmloseren. Da unten hausen noch andere, und es heißt, nicht alle würden warten, bis du richtig tot bist, wenn sie der Hunger packt. Das hier ist die Halde, der schlimmste Ort dieser Stadt, und du und deine Familie, ihr solltet endlich verstehen, was das bedeutet, sonst kostet die alte Fura vielleicht doch noch von eurem Fleisch.«

Erst am nächsten Morgen war das Hemd, das Tiuri mit wenig Begeisterung in einem Eimer für ihren Bruder waschen musste, so weit trocken, dass er es anziehen konnte. Ein Ärmel fehlte, aber das machte fast nichts, denn die Stimmung war so gut, dass selbst die Kronen, die Semer Geffai für den Eimer, die Seife und das verlorene Stück Holz berechnete, das Vil als Waffe gedient hatte, die Laune der Mersons nicht trüben konnten.

Am Mittag wurde Rohana Merson zur Wache gerufen. Als sie zurückkehrte, sagte sie: »Es war der Hauptmann, der uns hier herunterbringen musste, er hat uns nicht vergessen.« Dann zog sie etwas unter ihrem Mantel hervor: »Das hier hat er mir für dich mitgegeben, heimlich, nachdem ich ihm erzählt habe, was geschehen ist. Es ist sein eigenes Messer. Doch sollten wir es versteckt halten, denn wir wollen den Neid derer, die hier für immer bleiben müssen, nicht wecken.«

Vil bekam das Gefühl, dass die Dinge sich zum Besseren gewendet hatten.

Esrahil Gremm hatte die Schmieden und Gießereien hinter sich gelassen und trat nun zwischen die Fischerhütten, die sich ans Meer drängten. »Die Himmel mögen Euch segnen, wie war Euer Fang?«, rief er einem Mann zu, der auf seinem Boot saß und ein Netz flickte.

Der sah ihn kritisch an und meinte: »Der Fang war nicht so gut, wie er sein müsste, Herr, und doch muss ich mein Netz flicken, bevor ich das nächste Mal ausfahren kann. Aber wenn

Ihr Fisch kaufen wollt, seid Ihr zu spät für den Nachtfang oder zu früh für das, was wir am Tage dem Meer abringen.«

»So fahren die Fischer also auch am Kaisertag aus?«, tat Gremm überrascht, obwohl er das längst wusste.

»Ganz recht, nur an den Tempeltagen lassen wir die Arbeit ruhen, Menher.«

»Ich verstehe«, erwiderte Gremm. Eigentlich hatte er geplant, an diesem Tag an der Großen Versammlung teilzunehmen, die an jedem ersten Tag des Monats, dem Kaisertag, abgehalten wurde, um dort für seine Schwester und ihre Kinder zu sprechen, doch nach langer Überlegung war er zu dem Schluss gekommen, dass es dafür zu früh war. Zwei Wochen waren erst seit der Hinrichtung seines Schwagers vergangen, und er glaubte nicht, dass die Patrizier der Stadt schon bereit waren, das Urteil in Frage zu stellen.

Dennoch wollte er etwas für seine Schwester tun. Er hatte unauffällig Erkundigungen eingezogen, wie die Dinge in der Halde gehandhabt wurden, und das hatte ihn hierhergeführt. Aber er blieb vorsichtig und sagte: »Es ist eigentlich nur der Zufall, der meine Füße hierherführte, vielleicht die Erinnerung an meine Kindheit, als es hier noch ganz anders aussah.«

»Wohl wahr, Herr. Diese großen Schmieden hat es damals noch nicht gegeben, oder?«

»Richtig, und die Neue Werft, sie war noch nicht fertig, gleichwohl wurden dort schon Schiffe auf Kiel gelegt.«

»Ja, vieles hat sich geändert, Herr.«

»Aber nicht alles, wie ich sehe. Dort, der kleine Tempel, stand er nicht damals schon über der Halde?«

»Ganz recht, Herr. Die Priester haben ihn zu Zeiten der Pest dort errichtet, um für die Kranken, die dort unten eingesperrt wurden, zu beten.«

»Ja, finstere Zeiten waren das«, seufzte Gremm. Vorsichtig

fuhr er fort: »Ich hörte, dass immer noch der Brauch besteht, dass die Fischer die Unglücklichen dort unten jeden Morgen mit Fisch versorgen …«

»Unglücklich? Die Pestkranken oder die Aussätzigen, das waren Unglückliche. Jetzt ist dort unten nur noch der Abschaum der Stadt zu finden, Herr. Falschspieler, Huren, Betrüger, all jene, deren Verbrechen nicht schwer genug für den Henker waren und die für die Galeere nicht taugen. Aber es werden immer weniger, denn wer bei Verstand ist, der besteigt das Schiff, das ihn in die Kolonien weit im Süden trägt. Lieber im Sumpf oder Urwald am Schwarzen Fieber sterben, als dort unten verrotten.« Der Fischer spuckte aus, um seinen Worten Nachdruck zu verleihen.

»Aber was ist mit den Frauen und Kindern, die ihre Männer in die Verbannung oder eben in die Halde begleiten – sind das nicht Unschuldige, unglücklich zu nennen?«

Der Fischer schüttelte den Kopf. »Seht, Herr, ich bin Fischer geworden wie mein Vater und dessen Vater vor ihm. Und so werden aus den Kindern dieser Verbrecher doch gewiss auch wieder Verbrecher. Also geschieht es ihnen doch ganz recht.«

Gremm war ganz anderer Meinung, behielt das aber für sich. »Und doch versorgt Ihr jene dort unten mit Euren Fischen …«

»Ein Gelübde, Herr, was soll man machen? Unsere Urgroßväter gelobten, die Pestkranken in der Kaverne zu versorgen, wenn dafür die Krankheit nur vom eigenen Dorf weichen würde. Nun, sie wich, und dafür sollten wir dem Himmel wirklich danken, auch wenn einige der Meinung waren, es sei nicht der Himmel, sondern das Werk der Scholaren gewesen. Aber wir hatten nun einmal etwas gelobt, und daran mussten wir uns halten. Inzwischen ist aus dem Gelübde eine Verpflichtung geworden, an die uns die Priester auch täglich erinnern. Sie geben uns ein wenig Geld, doch viel ist es nicht.«

»Ah, was zahlen sie Euch denn, wenn diese Frage erlaubt ist?«

»Gerade einmal acht Kronen für zwei Körbe Fisch. Und sie achten darauf, dass es nicht *nur* Beifang ist. Es kümmert sie wenig, ob wir dann noch genug verdienen können, um unsere Familien zu ernähren.«

»Ja, die frommen Männer haben eben stets den Himmel im Auge, es fehlt ihnen manchmal der Blick für die Bedürfnisse jener, die noch über die Erde wandeln.«

»Ein wahres Wort, Herr.«

»Und doch denke ich, dass Ihr ein gutes Werk tut, auch wenn es in Kronen schlecht entlohnt wird. Was haltet Ihr davon, wenn ich die Kronen der Priester verdoppele?«

Der Fischer runzelte misstrauisch die Stirn. »Was versprecht Ihr Euch davon, Herr?«

»Wisst Ihr, meine Frau ist schwer erkrankt, und ich glaube, es kann nicht schaden, ein Werk zu tun, das dem Himmel gefällt, um seine Gunst zu erwirken.« Gremm schämte sich ein wenig, dass er seine kranke Frau vorschob. Er fuhr rasch fort: »Ich erwarte von Euch jedoch, dass Ihr niemandem sagt, woher dieses Geld stammt, und dass Ihr mehr Fisch und weniger Beifang in die Körbe tut.«

Der Fischer ließ das Netz auf seinen Knien ruhen. »Ihr wollt also eine gute Tat tun, aber nicht, dass jemand davon erfährt? Das wird dem Himmel gefallen, Herr. Doch ich gebe zu, es weckt mein Misstrauen. Ich hoffe, Ihr habt nicht etwa Verwandte dort unten, Herr?«

»Verwandte? Das mag der Himmel verhüten!«, rief Gremm im Brustton der Überzeugung und verfluchte den Scharfsinn des Mannes. »Würde es Euer Misstrauen beruhigen, wenn ich eine weitere Krone Euch, und nur Euch, für Eure Verschwiegenheit zukommen ließe?«

»Es würde mir das Gefühl geben, es mit einem Ehrenmann zu tun zu haben, Herr.«

Sie besiegelten ihren Pakt mit einem Handschlag, und Gremm gab dem Fischer einen Beutel mit Kronen. Schon auf dem Heimweg kamen Gremm jedoch Zweifel, ob das eine kluge Investition gewesen war. Wer konnte schon wissen, ob der Fischer den Mund hielt? Und was brachte es schon, wenn ein paar Fische mehr dort unten bei den Vergessenen landeten? Es lebten ja nicht nur seine Schwester und ihre Familie dort. Es war gut möglich, dass sie überhaupt nichts davon hatte.

Er musste plötzlich lachen, weil er sich einfach nicht vorstellen konnte, dass sich seine Schwester, die ebenso stolze wie schöne Rohana Merson, mit Huren und Dieben um ein paar Fische zankte. Aber das Lachen verging ihm schnell wieder, denn ihm war klar, dass ihr wohl kaum etwas anderes übrig bleiben würde, wenn sie in der Halde überleben wollte.

Sed wurde inzwischen von Rohana Merson immerhin geduldet, und es kam vor, dass er mit ihnen gemeinsam aß. War er jedoch aus dem Haus, schärfte sie ihren Kindern ein, dass sie ihn keineswegs als Freund betrachten durften: »Freundschaft kann es nur unter Gleichrangigen geben, Kinder. Sed ist ein braver Bursche, und ja, ich würde sagen, er ist ein guter Verbündeter, aber keinesfalls mehr, verstanden, Tiuri?«

Tiuri nickte mit ihrem kleinen Kopf, aber Vil konnte ihr an der Nasenspitze ansehen, dass sie anderer Ansicht war.

Dann wurde Faras krank. Es war das Fieber, das ihn schon oft heimgesucht hatte, dieses Mal mit einem schlimmen Husten gepaart. Rohana Merson gab Semer Geffai ein silbernes Kettchen, das sie mit auf die Halde geschmuggelt hatte, für ein paar Kräuter, saubere Tücher, eine Decke und etwas trockenes

Stroh, damit Faras bequemer lag, und sie wich ihm tagelang nicht von der Seite.

Vil fühlte sich überflüssig und noch nutzloser als bisher, aber er machte sich doch auch Sorgen um seinen kleinen Bruder.

»Hat er das öfter?«, fragte Sed, als sie gemeinsam den Boden der Halde nach irgendetwas Brauchbarem absuchten.

»Immer wieder mal. Die Ärzte meinen, da könne man nicht viel tun, und es gehe ja vorüber.«

»Aber es kommt immer wieder, oder?«

»Ja, wenn wir noch oben wären, würden wir wohl irgendwann doch nach den Scholaren schicken.«

»Können die denn mehr als Reis und Gemüse kochen?«

Vil zuckte mit den Achseln. »Meine Mutter hält große Stücke auf ihren Orden, weil sie so viel wissen, aber mein Vater meinte, sie seien gefährlich, weil sie alles, was sie nicht verstehen, vernichten wollen. Deshalb hätten sie ja auch damals die Magier aus Xelidor vertrieben. Aber meine Mutter ist der Meinung, Magier seien bloß Scharlatane, die von der Gutgläubigkeit der Menschen zehrten. Jedenfalls, als meine Mutter einen Arzt von den Scholaren holen wollte, hat Vater es verboten. Er wollte bald ein Schiff nach Westen schicken, nach Damatien, wo es Heiler mit Zauberkräften geben soll, aber dazu kam es nicht mehr. Und jetzt können wir auch keinen anderen Arzt rufen, weil uns die Wache nicht lässt.«

»Mit was habt ihr denn versucht, sie zu bestechen? Wie? Gar nicht? Jetzt schau nicht, als hätte ich Aussatz. Das alte Triefauge ist geldgieriger als alle Wucherer der Stadt. Gebt ihm nur genug, und er verschafft euch, was ihr wollt.«

»Aber wir besitzen doch nichts!«

»Eure Mäntel sind schön, die Stiefel ebenfalls, selbst für die Hosen würde euch der Eisenkönig wohl ein paar Kronen geben. Außerdem« – Sed senkte die Stimme – »besitzt deine Mutter noch wenigstens einen goldenen Ring. Sie versteckt ihn, aber ich habe einmal gesehen, wie sie ihn hervorgeholt und betrachtet hat, als sie sich unbeobachtet glaubte.«

»Ich werde sie fragen«, meinte Vil stirnrunzelnd.

Aber am nächsten Morgen ging es Faras schon viel besser, und so fragte Vil seine Mutter nicht nach ihrem Ring, und auch von dem, was Sed über Bestechungen gesagt hatte, erzählte er vorerst nichts, denn das würde sie nur in ihrer Meinung bestärken, dass Sed kein Umgang für ihn sei.

Die Tage verstrichen, der Frühling schien selbst die Halde aufzuhellen, und sie feierten Tiuris elften Geburtstag mit einer Kerze und einer zusätzlichen Portion Fisch und Gemüse, die Sed irgendwie besorgt hatte. Vil hatte seiner Schwester einen Anhänger aus einem Faden und einer Muschelschale gebastelt, die er hier unten gefunden hatte. Sie war schneeweiß und nur leicht schadhaft. Es war das einzige Geschenk, das sie für Tiuri hatten, aber sie schien sich wirklich darüber zu freuen.

Das war die einzige Abwechslung für lange Zeit. Faras wurde zwar wieder beinahe gesund, behielt aber einen trockenen Husten zurück. Vil langweilte sich immer noch. Er versuchte mit anderen Bewohnern in Kontakt zu kommen, doch es schien, dass ihm alle, selbst die gleichaltrigen, aus dem Weg gingen.

Sie löschten die Feuer, verschwanden in ihren Wohnlöchern oder wanderten einfach davon, wenn er näher kam. Andere drohten mit Knüppeln und beschimpften ihn, so dass er keine Lust mehr auf ihre Bekanntschaft hatte. Von der Südwand hielt er sich nach der Geschichte mit Fura sowieso fern.

Vil sah alte Männer sitzen, die rostige Ketten trugen, und Frauen, die als solche in ihren Lumpen kaum noch zu erkennen waren. Sed hatte ihm erzählt, dass einst über tausend Menschen hier unten eingepfercht gewesen waren, dass aber in letzter Zeit immer weniger Gefangene kamen, weil die meisten doch den

Weg in den Süden wählten. Vil schätzte die Zahl der Vergessenen inzwischen auf vielleicht zweihundert, viele davon waren Alte, noch mehr Versehrte, auch etliche Frauen und deren Kinder, die ihn aber ebenso mieden wie die Erwachsenen.

Er gab seine Bemühungen schließlich auf und versuchte aus lauter Langeweile, besseres Holz für ihre Behausung zu besorgen. Als er ein paar krumme Bretter heranschleppte, wurde er jedoch vom Eisenkönig aufgehalten: »Augenblick, mein Junge, dieses Holz … du kannst es dir nicht einfach nehmen, es gehört mir!«

»Aber es lag auf dem Boden!«

»Alles Holz liegt auf dem Boden, bis meine Leute es aufsammeln, denn der Boden gehört ebenfalls mir.«

»Sagt wer?«, gab Vil zurück.

Der Eisenkönig legte Vil eine schwere Pranke auf die Schulter. »Verwechsle mich nicht mit den beiden halb verhungerten Gestalten, die du besiegt hast, Kleiner. Ich bin Semer Geffai, der Eisenkönig, und diese Bretter stammen aus meinem Reich. Trage sie hinüber auf den Stapel hinter meiner Hütte, und ich will vergessen, dass du versucht hast, sie zu stehlen.«

»Stehlen? Ich bin Viltor Aretus Merson, ich stehle nicht! Nehmt diese Beleidigung sofort zurück, Menher!«

»Sonst was? Ich war geduldig mit dir und deiner Familie, doch meine Geduld ist nun erschöpft. Meine letzte Warnung, mach dich mir nicht zum Feind!«

Vil starrte den Mann wütend an. Welche Unverschämtheit, ihn als Dieb zu bezeichnen! Er dachte an das Messer, das er unter einem Stein in ihrer Höhle versteckt hatte.

Doch dann tauchte plötzlich seine Mutter auf und verlangte zu wissen, was der Lärm zu bedeuten habe.

»Euer Sohn, Doma Rohana, er tat es wohl nicht mit Absicht, aber er hat Dinge an sich genommen, die mir gehören.«

»Er hat mich einen Dieb genannt!«

»Verzeiht, meine Wortwahl war nicht angemessen, doch versuchte ich, Eurem Sohn nur meinen Standpunkt klarzumachen, Doma. Wie geht es übrigens Eurem anderen Sohn? Wieder besser, hoffe ich? Wenn Ihr weitere Kräuter braucht, so kommt jederzeit, und ich werde sie für Euch besorgen.«

»Viltor, gib dem Mann, was ihm gehört.«

»Aber Mutter!«

»Viltor!«

»Nichts für ungut, junger Merson«, meinte Semer Geffai mit versöhnlicher Stimme, aber sein Blick war finster, als er Vil die Bretter abnahm.

»Warum …?«, begann Vil, als sie in ihrer Unterkunft waren. Seine Mutter unterbrach ihn mit kurzer Geste. »Nach allem, was ich weiß, ist es wirklich so, dass alles Holz, das heruntergeworfen wird, ihm gehört. Ich habe jedenfalls nicht gehört, dass irgendjemand das bezweifelt. Frag ihn also das nächste Mal, bevor du etwas nimmst. Ich will nicht, dass mein Sohn für einen Dieb gehalten wird.«

»Aber Mutter!«

Sie schüttelte den Kopf. »Jetzt geh und denk darüber nach. Und such Faras und schick ihn mir. Ich will sehen, wie es ihm geht.«

Außer sich vor Wut kroch Vil wieder aus ihrer armseligen Wohnhöhle. Er suchte seine Geschwister und fand sie am Bach, wo Faras aus etwas Rinde kleine Schiffe gebaut hatte, die er nun schwimmen ließ. Es waren andere Kinder in der Nähe, doch schienen sie seine Geschwister ebenfalls zu meiden. Nur Sed war bei ihnen und sah Faras beim Spielen zu.

»Fari, Mutter will dich sehen.«

»Jetzt? Aber ich will noch nicht …«

»Sofort!«

»Aber meine Schiffe! Ich muss sie einsammeln.«

»Vergiss diese albernen Schiffe! Du kannst sie sowieso nicht behalten.«

»Was ist denn los?«, fragte Tiuri, als Faras mit Tränen in den Augen abgezogen war.

Vil erzählte ihr, was geschehen war und was seine Mutter gesagt hatte.

»Das ist noch kein Grund, Fari so anzufahren. Er kann doch nichts dafür.«

Vil murmelte leise, dass es ihm leidtäte.

»Sag das nicht mir, sondern Fari. Und was das andere anbelangt, so solltest du deinen Verstand gebrauchen.«

»Weiß nicht, was du meinst.«

»Du bist manchmal wirklich schwer von Begriff«, meinte Sed grinsend.

Und als Vil immer noch nicht verstand, erklärte ihm seine Schwester: »Menher Geffai ist der Einzige, der uns Kräuter besorgen kann, falls Fari wieder krank wird. Mutter darf es sich nicht mit ihm verderben.«

Vil wollte sich aber trotzdem nicht mit dieser Ungerechtigkeit abfinden. »Ist es denn wirklich so, dass ihm alles Holz hier unten gehört?«

»Fast alles«, meinte Sed. »Du kennst doch die beiden Steinpyramiden?«

Er kannte sie: Es waren zwei Steinhaufen, zwei Dutzend Schritte von der östlichen Wand der Kaverne entfernt. Es gab dort eine große Höhle, die ihn schon länger interessierte, weil Sed ihn dort nicht hinführen wollte.

»Leben da auch Menschenfresser?«, hatte er gefragt.

»Nein, aber Leute, die dich verprügeln, wenn du ihnen falsch kommst. Und du kommst ihnen bestimmt falsch«, hatte Sed gesagt, sich aber nicht weiter dazu äußern wollen.

»Diese Pyramiden«, erklärte der Junge jetzt, »markieren die Grenze. Alles, was auf dieser Seite der Halde ist, gehört dem Eisenkönig, alles, was auf der anderen Seite ist, gehört dem Brenner.«

»Wer ist der Brenner?«, fragte Tiuri.

»Du hast ihn sicher schon gesehen. Er geht hin und wieder hinauf zu den Wachen, meist mit einem Krug im Arm.«

»Dieser große Mann mit dem Spitzbart? Ja, den habe ich gesehen.«

»Er brennt Schnaps, und den tauscht er ein. Die Wachen besorgen ihm das Obst und was er sonst noch so braucht, vom Eisenkönig kriegt er Brennholz. Er hat seine Leute, und die mögen es nicht, wenn welche von uns ihre Grenze überschreiten – es sei denn, sie können etwas eintauschen.«

»Wenn ich also da drüben ein bisschen Holz finde, gehört es mir?«, fragte Vil.

»Nein, denn sobald du es über die Grenze trägst, gehört es dem Eisenkönig. Und auch der hat seine Leute. Nur tragen die Uniform und Waffen und sitzen meist außerhalb dieser prachtvollen Kaverne. Das ist auch besser so, denn wenn sie hierherkommen, dann fließt meist Blut. Oder sie verteilen Eisen.« Und als die Geschwister ihn verständnislos ansahen, seufzte er und erklärte: »Ketten, sie legen die Leute in Ketten, die Schwierigkeiten machen – ihnen oder dem Eisenkönig.«

»Wie kommt es eigentlich, dass Menher Geffai hier so viel zu sagen hat?«, fragte Tiuri.

Sed reckte sich und gähnte: »Ich weiß es nicht. Es war schon so, als ich hier ankam. Ich weiß nur, dass sie ihn auf die Galeere schicken wollten, aber er war zu fett, viel fetter als heute, und passte nicht auf die Ruderbank. Und deshalb haben sie ihn hier heruntergeschickt. Und seine liebende Frau gleich mit. Irgendwie hat er es wohl geschafft, die Scholaren für sich einzunehmen. Und jetzt steht er stets zwischen uns und einer guten Schale Reis.«

»Aber der Brenner kommt nie, um sich Reis zu holen«, warf Vil ein.

»Seine Leute holen alles für ihn, es wäre wohl unter seiner Würde, es selbst zu tun. Vielleicht ist er aber auch nur oft zu betrunken. Ich glaube nicht, dass ich ihn jemals wirklich nüchtern erlebt habe.«

»Jedenfalls ist es gut zu wissen, dass es hier unten Leute gibt, die nicht nach der Pfeife von Menher Geffai tanzen«, schloss Vil.

»Gut für was?«, fragte Sed.

Aber das wusste Vil auch noch nicht so genau. Er nahm sich jedoch vor, dem Brenner bald einen Besuch abzustatten.

Als er ein paar Tage später wieder mit Sed durch die Höhle streifte, wurden sie Zeugen eines Streites. Sie kletterten auf einen großen Stein, um die Sache zu verfolgen. Da standen zwei alte Männer, einer von ihnen mit den Resten eiserner Ketten an den Füßen, beschimpften einander und bedrohten sich mit Knüppeln. Der ohne Eisen wurde von einer alten Vettel angefeuert.

Vil wollte hinunterlaufen, aber Sed hielt ihn fest. »Da hält man sich besser fern«, erklärte er knapp.

Kaum hatte er es gesagt, gingen sich die beiden Alten wie tolle Hunde an die Gurgel, fielen, wälzten sich im Dreck, schlugen wild aufeinander ein, und Vil meinte, das Krachen der alten Knochen zu hören. Der ohne Eisen gewann die Oberhand. Er drehte den anderen unter dem kreischenden Jubel der Frau auf den Bauch, kniete sich auf seinen Rücken und hob einen großen Stein vom Boden auf.

Vil hielt den Atem an. Niemand schien einschreiten zu wollen, überhaupt erschien es ihm unwirklich still in der Halde, nur das Stöhnen der beiden Kampfhähne war zu hören. Der Stein sauste mit voller Wucht auf den Hinterkopf des Unterlegenen, noch einmal und wieder. Blut und Gehirn spritzten. Wieder und wieder schlug der Sieger mit Triumphgeheul auf den Verlierer ein, obwohl dieser längst tot sein musste. Dann versuchte er die rostigen Eisenschellen von den Gelenken des Toten zu lösen. *Die müssen hier unten ein Vermögen wert sein,* dachte Vil, der den Blick einfach nicht abwenden konnte.

Es dauerte über eine halbe Stunde, bis die Wache erschien. Auf dringenden Rat von Sed hielt sich Vil jetzt erst recht vom Kampfplatz fern. Überhaupt wirkte die Halde eigenartig leer. Nur ein paar Ratten hatten an der Blutlache geleckt, verschwanden aber, als die Stiefel der Wächter heranstampften. Die Soldaten, ein halbes Dutzend unter Führung des Triefauges, zogen ein paar Leute aus Wohnlöchern, verprügelten und befragten sie, offenbar ohne viel zu erfahren.

Vil hatte nicht den Eindruck, dass sie herausfinden wollten, was geschehen war, es sah eher so aus, als wollten sie Angst und Schrecken verbreiten. Sie durchwühlten zwei größere Wohnhöhlen, warfen alles, was darin war, hinaus, schleiften schließlich eine kreischende Alte ins Licht und verprügelten auch die. Das Triefauge trat der Wehrlosen in den Magen, als sie vor ihm auf den Boden kroch. Dabei sah er sich triumphierend um.

Vil begriff, dass es eine Machtdemonstration war, und es widerte ihn an.

Am Ende gab das Triefauge seinen Leuten ein Zeichen. Sie warfen den Toten auf die Bahre und schleppten ihn in den südlichen Stollen. Kurze Zeit später kehrten sie ohne ihn zurück.

»Der Schacht der Toten«, beantwortete Sed die unausgesprochene Frage.

Vil hörte seine Mutter rufen wie früher. Offenbar gab es

Abendessen. Es war ein Ruf, der für ihn klang, als käme er aus einer anderen Welt.

Esrahil Gremm schwitzte, weil er sich den schwarzen Harnisch übergeworfen hatte, den man als Patrizier in der Versammlung zu tragen hatte. Er war gefüttert und für diesen schönen Frühlingstag einfach zu warm, außerdem musste er feststellen, dass sich die Gepflogenheiten in der Halle offensichtlich geändert hatten. Die meisten der Anwesenden trugen nur ein kunstreich verziertes, schwarzes Schmuckemblem aus Stahl auf dem Mantel, und er glaubte, den einen oder anderen belustigten Seitenblick aufzufangen, der seiner altmodischen Garderobe galt. Auch trug er ein paar prächtige schwarze Schuhe mit goldenen Schnallen, die er schon seit Jahren nicht mehr getragen hatte, und sie knarrten bei jedem Schritt so laut, dass er glaubte, man müsse es in der ganzen Halle hören.

Er sah sich nervös um und fühlte sich fehl am Platz. Der Archont, Vorsitzender der Versammlung, des Hohen Rates und der Kammer der Herren würde irgendwann erscheinen. Gremm hatte in schlaflosen Nächten darüber gegrübelt, ob er es wagen konnte, sich einfach mit einem Gnadengesuch direkt an diesen Mann zu wenden. Am Morgen war er beinahe fest entschlossen gewesen, doch nun bekam er allein bei dem Gedanken an eine so unerhörte Tat weiche Knie.

»Ah, hier ist noch ein Mann mit Sinn für Tradition!«, verkündete ein kräftiger Bass. »Nein, Esrahil Gremm? Seid Ihr es wirklich? Ihr wart lange nicht hier!«, rief der Sprecher.

Die Blicke, die dieser lautstarke Auftritt auf sich zog, waren Gremm unangenehm, aber er lächelte tapfer. »Ich bin erfreut, Euch zu sehen, Menher Nestur«, begrüßte er den hoch aufgeschossenen Rat, den man, wie er sich erinnerte, den Habicht nannte, vielleicht, weil sein Blick etwas Raubvogelhaftes hatte.

Wenigstens kannte er diesen Mann, was er von vielen der anderen Männer in der Säulenhalle nicht behaupten konnte. »Wie ist Euer Befinden, Menher?«, fragte er höflich.

»Hervorragend, wie immer, wenn die Versammlung der Großen zusammentritt. Doch was treibt Euch hierher?«

»Nur das Gefühl, dass ich mich wieder einmal hier sehen lassen sollte.«

»Das solltet Ihr, Gremm, wirklich, das solltet Ihr. Es muss Jahre her sein, dass ich Euch hier zuletzt sah, und das ist bedauerlich, denn Ihr erschient mir immer als Mann von Verstand, gesegnet mit der Höflichkeit, andere nicht durch lange Reden zu langweilen. In dieser Beziehung gleicht Ihr Eurem seligen Vater.«

»Ihr seid zu gütig, Menher Nestur«, erwiderte Gremm mit einer Verbeugung und fragte sich, ob der Mann ihn verspottete. Er hatte in der Versammlung doch noch nie das Wort ergriffen, auch früher nicht, als er wenigstens gelegentlich an den monatlichen Sitzungen teilgenommen hatte.

»Ah, ich weiß, was Euch hierhertreibt – es ist die Goldene Frage, nicht wahr? Was auch sonst. Sie treibt uns alle um, denn diese Sache rast doch wie ein wütender Seegeist über Meere, die auch unsere Schiffe befahren.«

»Ja, sie macht mir Sorgen«, behauptete Gremm unsicher, da er keine Ahnung hatte, was Nestur meinte.

»Und wie ist Euer Standpunkt?«

»Ich fürchte, ich kann jetzt nichts dazu sagen.«

Telius Nestur sah ihn durchdringend an, dann zwinkerte er plötzlich und sagte mit halblauter Stimme: »Ihr seid ein weiser Mann, Menher Gremm, ein weiser Mann. Ganz wie Euer Vater!«

Zu seiner Erleichterung erspähte Gremm seinen Nachbarn, Abar Brasus, am anderen Ende der großen Ratshalle. Er bat

Nestur, ihn zu entschuldigen, und begab sich auf knarrenden Sohlen hinüber. »Ich bin wirklich erfreut, Euch zu sehen, Menher Brasus.«

»Ah, Gremm, Ihr seid gekommen! Sehr gut, wir Kauffahrer können in dieser Angelegenheit jede Stimme brauchen!«

Gremm nickte flüchtig.

»Kommt, ich stelle Euch ein paar Leuten vor, die Ihr wohl noch nicht kennt«, meinte Brasus und zog ihn schon zu einer Gruppe jüngerer Patrizier. Gremm kannte in der Tat keinen einzigen von ihnen, und er hatte Zweifel, dass er sich die Namen merken konnte, die Brasus ihm nannte, und dann entdeckte er eine Gruppe älterer Kauffahrer, die er von früher kannte, aber deren Namen er vergessen hatte.

Er fand, dass die weitläufige Säulenhalle viel besser besucht war als zu seiner Zeit. Ihm dämmerte, dass irgendetwas Wichtiges zur Abstimmung stehen musste.

»Wie werdet Ihr stimmen, Menher?«, fragte einer der jüngeren Räte.

»In welcher Frage?«

Die Großen tauschten verdutzte Blicke, dann lachte der Fragesteller, ein junger Mann mit roten Pausbacken, und rief: »Ihr lasst Euch wohl nur ungern in die Karten schauen, Menher?«

»Nein, Menher, ich habe nur das Gefühl, dass ich noch nicht genug über diese Angelegenheit weiß, um mich festzulegen«, gab er vorsichtig zurück.

»Aber irgendwann müsst Ihr Euch entscheiden«, erwiderte der Pausbäckige, und das Lächeln war aus seinem jungen Gesicht verschwunden.

»Das wird er, Ihr Herren, das wird er«, sagte Telius Nestur, der plötzlich wie aus dem Nichts aufgetaucht war. Er fasste den verwirrten Gremm am Arm und zog ihn davon.

Überall standen Räte in kleinen Gruppen und diskutierten,

aber Nestur, dem einen oder anderen zunickend, führte ihn an allen vorbei bis fast nach draußen.

»Ihr redet Euch noch um Kopf und Kragen«, sagte er leise, als sie an der äußersten Säulenreihe angekommen waren.

»Ich habe leider keine Ahnung, worum es überhaupt geht.«

»Die Goldene Frage, wie schon seit Monaten. Bei allen Himmeln, Gremm – wo lebt Ihr eigentlich? Es geht um den Krieg auf dem Goldenen Meer, wo sich das Reich von Oramar und der Seebund gegenseitig die Köpfe einschlagen.«

»Und was geht uns das an?«

Nestur schüttelte den hageren Schädel. »Beide Seiten haben um unsere Unterstützung ersucht, und beide Seiten berufen sich auf unsere Freundschaft, die guten Geschäfte und ein paar alte Versprechen, an die sich hier niemand gern erinnern will.«

»Kein Wunder, dass die Halle so voll ist. So viele Große habe ich zu meiner Zeit hier nie gesehen«, seufzte Gremm.

»Das heißt, Ihr seid nicht deswegen hier?«

»Auch wenn es Euch zu erstaunen scheint, Menher Nestur, nein, deswegen bin ich nicht hier.«

»Ah – sagt es nicht, ich verstehe, ich verstehe.« Der Ratsherr senkte die Stimme zu einem Flüstern: »Es geht Euch um Eure Schwester, nicht wahr?«

»So ist es. Ich wollte mich ein wenig umhören, herausfinden, wie die Versammlung über den Fall denkt, doch wie es aussieht, ist man anderweitig beschäftigt.«

»Aber Gremm, es wäre Wahnsinn, die Sache hier und heute öffentlich zur Sprache zu bringen! Das Urteil des Geheimen Gerichts kann nicht angefochten werden, das solltet Ihr wissen. Und wie sollte es auch? Euer Schwager Merson hat schließlich gestanden, ein Hexer zu sein.«

»Im Verhör der Gespenster haben schon viele Männer vieles gestanden«, gab Gremm gereizt zurück. »Außerdem war es doch das schwarze Pulver, das den Stollen sprengte. Was hätte das mit Hexerei zu tun? Schließlich ist dieses Pulver etwas, das die Scholaren nach Xelidor gebracht haben – und die hat bisher niemand der Hexerei bezichtigt!«

Nestur sah Gremm mit hochgezogenen Brauen an, räusperte sich und sagte: »Ihr solltet vorsichtig mit Euren Worten sein, Freund.« Gleichzeitig gab er ihm einen Wink mit den Raubvogelaugen.

Gremm folgte dem Wink und bemerkte, gar nicht weit entfernt, ein paar weiß gewandete Männer und Frauen, die sich unter die Großen gemischt hatten. Man schien in muntere Plauderei vertieft.

Nestur senkte seine Stimme: »Neuerdings beehren die Scholaren die Versammlung immer öfter mit ihrer Anwesenheit, sie bringen sogar Frauen in diese ehrwürdige Halle, und ich fürchte, ich werde den Tag noch erleben, an dem die Bruderschaft der Weißen Schriften eigene Leute in die Sitzungen des Hohen Rates schickt. Als hätten sie in dieser Stadt nicht schon genug zu sagen.«

»Ich verstehe«, murmelte Gremm.

»Wirklich? Dann seid besser nicht noch einmal so unvorsichtig, ihrem Pulver die Schuld an jenem Verhängnis zu geben. Es war Hexerei, wie das Gericht festgestellt hat. Punkt.«

»Ich hatte keinesfalls vor, Zweifel an der Weisheit des ehrwürdigen Gerichts zu äußern, Menher«, behauptete Gremm. Er schwitzte jetzt nicht nur wegen des Harnischs. »Ich suche lediglich nach einem Weg, an dessen Ende meine Schwester und ihre Kinder begnadigt werden könnten. Kann man mir das verübeln? Es sind Gremms, meine Familie!«

Nestur schüttelte wieder den Kopf. »Dann kommt in zehn Jahren wieder, Menher, frühestens! Wisst Ihr nicht, was die ehrenwerte Rohana Merson getan hat? Sie hat die Richter beschuldigt, gekauft zu sein! Sie hat außerdem Feles Ajeler, unserem ehrenwerten Kämmerer, unterstellt, er trage eigentlich die Verantwortung für das Desaster und wolle ihren Mann nur dem Henker übergeben, um den eigenen Hals zu retten. Denkt Euch, sie forderte ein Ehrengericht – Aretor Merson gegen Feles Ajeler, Schwert gegen Schwert in der Arena, wie in der finsteren, alten Kaiserzeit.«

»Das hat sie getan? Entsetzlich, aber – Augenblick, woher wisst Ihr das, Menher? Ihr wart doch nicht etwa einer der …«

»Nein, bewahre! Als im Hohen Rat die Lose gezogen wurden, war ich wirklich in Sorge, es könne auch eines auf mich fallen, doch blieb mir dieses Schicksal, den Himmeln sei Dank, erspart. Sagen wir einfach, ich hörte einige Dinge, die im Gerichtssaal vorgingen. Und glaubt mir, Eure Schwester hat alles getan, um ihre Lage zu verschlimmern. Sie hat nicht nur das Angebot abgelehnt, in eine der Kolonien zu gehen, nein, sie hat den Richtern mit Vergeltung gedroht.«

Gremm entfuhr ein erstickter Aufschrei.

»Leise doch! Ich weiß nicht, welcher Dämon sie geritten hat, doch glaube ich nicht, dass irgendeiner der Richter es je vergessen wird. Zumal es heißt, Euer Schwager habe im Verhör auch zugegeben, Verbindungen zur Bruderschaft der Schatten zu haben. Begnadigung? Nein, Gremm, diese Tür hat Eure schöne und leider so unkluge Schwester zugeschlagen. Es mag sein, dass man ihre Kinder irgendwann hinauslässt, doch selbst darauf würde ich nicht hoffen. Immerhin könnten sie versuchen, den Willen ihrer Mutter zu vollstrecken. Sie sind verbannt zu den Vergessenen, und schon, dass wir über sie reden, kann uns in Schwierigkeiten bringen.«

Gremm konnte nicht fassen, was er da hörte: Sein Schwager Merson sollte also nicht nur ein Hexer gewesen sein, nein, er sollte auch noch Verbindungen zu den Meuchelmördern der

Schatten gehabt haben! Es wurde immer absurder. Und Nestur hatte all das nur zufällig erfahren? Nein, der Hohe Rat Telius Nestur steckte wohl tiefer in dieser Angelegenheit, als er zugab.

Gremm kam plötzlich der Verdacht, dass der Mann ihn nicht warnen, sondern aushorchen wollte.

Er spürte kalten Schweiß, der ihm über den Rücken hinablief, und es fiel ihm nicht schwer, bestürzt zu tun: »Rohana hat den Richtern gedroht? Ich wusste nicht, dass es so schlimm steht. Danke, dass Ihr mich warnt, Menher Nestur, ich hätte mich wohl tief in die Nesseln gesetzt, wenn ich mich in dieser Angelegenheit zu weit vorgewagt hätte.«

»Lasst den Mut nicht sinken, Gremm. Im Augenblick reden alle nur vom Krieg, und sie haben alles andere vergessen, aber irgendwann wird man sich an den Fall erinnern. Und dann wird man vielleicht gerade jenen, die Eure Schwester dorthin brachten, wo sie jetzt ist, einen Strick aus der Sache drehen, oder eine Intrige spinnen, an deren Ende die Freiheit für Eure Schwester steht. Das kann schneller gehen, als Ihr glaubt. Ihr wisst doch, wie es bei uns im Rat zugeht. Der Wind kann sich drehen, Gremm, er kann sich drehen. Es sind doch bald Wahlen, wie vielleicht sogar Ihr gehört habt.«

Gremm überhörte die Ironie des letzten Halbsatzes und nickte zerstreut. Er wusste natürlich, dass die Versammlung der Großen, die eigentlich nicht viel zu sagen hatte, einmal im Jahr zehn der fünfzig Hohen Räte wählte, die eigentlich die Geschicke der Stadt lenkten. »Aber was haben die Wahlen mit meiner Schwester zu tun?«

»Nun, Gremm, Ihr wart lange nicht hier, deshalb muss ich es Euch wohl erklären. Es gibt einige Männer, denen nicht gefällt, wie viel Macht und Einfluss die Scholaren in dieser Stadt inzwischen haben. Der Archont ist offensichtlich blind für diese Gefahr, aber ich hoffe, dass der Rat ihm doch noch die Augen öffnen kann. Allerdings kommt es darauf an, dass die Versammlung in zwei Monaten auch die richtigen Männer wählt, versteht Ihr?«

Gremm nickte und fühlte wachsendes Unbehagen. Hatte Nestur vor, ihn in eine Intrige einzuspannen?

»Auch mein Sitz steht zur Wahl. Kann ich auf Eure Stimme und Eure Unterstützung zählen, Gremm? Es würde Euch und Eurer Schwester nicht schaden.«

»Ich wüsste nicht, wem ich sie lieber gäbe«, versicherte Gremm ausweichend.

»Ah, hier seid Ihr, Menhers«, rief Abar Brasus aufgeregt. »Der Archont ist eben eingetroffen, und er schickt nach Euch, Nestur. Schließlich sollt Ihr die Verhandlung für ihn führen.«

»Ich danke Euch, Menher. Geht Ihr mit hinein, Gremm? Ich wäre interessiert daran, die Meinung eines Mannes zu hören, der sich den Kopf über diese Fragen nicht so heiß geredet hat wie wir anderen.«

Der Archont war endlich erschienen. Gremm sah gerade noch, wie er sich auf seinen schlichten Stuhl setzte. Er war in Begleitung des Hohepriesters des Himmelstempels und des alten Hochmeisters der Scholaren, umgeben von einer breiten Schleppe aus Beamten, Räten und dienstbaren Geistern. Kein günstiger Augenblick für eine heikle Bitte.

»Meine Meinung? Wozu?«, fragte er zerstreut.

»Zum Krieg, Gremm, zum Krieg. Die Goldene Frage – wen sollen wir unterstützen? Seebund oder Oramar?«

Gremm hatte keine Ahnung und stieß hervor: »Vielleicht sollten wir uns einfach heraushalten. Wir haben schließlich nichts davon, wenn wir es uns mit einer Seite verderben.«

»Aber wenn wir uns gar nicht entscheiden, dann verderben wir es uns vielleicht mit beiden, Menher«, gab Nestur lächelnd zu bedenken.

»Dann helft eben beiden!«, rief Gremm ungehalten. Er öffnete den Verschluss seines Ratsmantels. Er musste sich einfach Luft verschaffen.

»Aber Menher Gremm, was redet Ihr da?«, rief Brasus.

»Was ich rede, Brasus? So sind wir doch stets verfahren, oder nicht? Wir haben uns herausgehalten, die Dinge in endlosen Disputen durch die Versammlung und den Rat treiben lassen, und erst dann, wenn die Sache praktisch entschieden war, haben wir uns auf die Seite der Sieger geschlagen. Warum mit dieser guten Tradition brechen? Und nun entschuldigt mich, Ihr Herren, meine Frau ist nicht gesund, und es ist wohl besser, wenn ich nach ihr sehe.«

Er deutete eine Verbeugung an, machte auf dem Absatz kehrt und hastete auf knarrenden Schuhen davon. Die Reue ereilte ihn, noch bevor er die Stufen der Halle hinunter war. Was hatte er sich nur dabei gedacht, sich derart gehen zu lassen? Und warum hatte er sich ausgerechnet dem alten Fuchs Nestur anvertraut? Dieser Mann hatte bei früheren Streitereien im Rat doch öfter die Seiten gewechselt als die Hemden, und dennoch war er unaufhaltsam aufgestiegen, und vielleicht nannte man ihn auch deshalb den Habicht.

Gremm überquerte den großen Tempelplatz. Hier oben, zwischen Himmelstempel, Archontenpalast, Versammlungshalle und Akademie, waren weniger Menschen als sonst unterwegs, vermutlich, weil alle Männer von Bedeutung, oder alle, die sich dafür hielten, in der Säulenhalle waren, wie Gremm dachte. Er durchquerte die großzügige Grünanlage, hörte Offiziere in der Festung zu seiner Linken Befehle bellen, erreichte den Obermarkt und blieb stehen. Linker Hand lag die Reitschule der Silbergarde, und zwischen dem imposanten Gebäude und der alten Festung stand abweisend und grau das Hauptquartier der Gespenster. Dort hatte man seinen Schwager gefangen gehalten und gefoltert, bis er all den Unsinn, den man ihm vorwarf, gestanden hatte.

Gremm wandte sich mit Schaudern ab, aber vor ihm ragten die hohen Mauern der Arena in den Himmel. Dort war sein Schwager gestorben. Ob seine Schwester es mit angesehen hatte? Merkwürdigerweise hatte es niemand erwähnt. Hatte man ihn nur schonen wollen?

Er dachte daran, seinen Schreiber zu fragen, aber dann ließ er es. Der Mann druckste ohnehin ständig verlegen herum, wohl weil ihm inzwischen aufgegangen war, dass es nicht sehr klug gewesen war, zur eigenen Unterhaltung der Hinrichtung eines Verwandten seines Brotherrn zuzusehen.

Gremm drängte sich an den unvermeidlichen fliegenden Händlern vorbei und war erleichtert, als er unter sich das Seeviertel erblickte, den Hafen und dahinter den Wald aus den Masten unzähliger Schiffe, die sich an den Molen drängten. Das war eher seine Welt als die Halle mit ihren hohen Säulen, zwischen denen er sich klein und verloren vorkam, noch kleiner und verlorener, als er sich ohnehin seit dieser unseligen Geschichte fühlte. Und dann diese Andeutungen von Nestur. Gremm hatte nicht vor, sich auch noch in eine Intrige gegen die Scholaren hineinziehen zu lassen.

Er blieb stehen. Dort unten zwischen Lagerschuppen, Handelshäusern und Tavernen befand sich auch der *Rote Löwe.* Es gab gute Gründe, diese Schänke *nicht* aufzusuchen, aber vielleicht blieb ihm gar nichts anderes mehr übrig.

Das wäre dann allerdings wieder etwas, was er vor seiner Frau verheimlichen müsste, und das war etwas, worin er sehr schlecht war. Er seufzte tief, aber dann, ganz plötzlich, stand eine andere Möglichkeit klar und deutlich vor seinem inneren Auge: Er konnte es auf sich beruhen lassen!

Vorerst nur, natürlich, bis etwas Gras über die Sache gewachsen war. Er hatte doch schon einiges für seine Schwester getan, noch mehr versucht und dabei viel gewagt. Niemand, selbst Rohana nicht, konnte mehr von ihm verlangen. Vielleicht hatte Telius Nestur ja recht, und er musste einfach nur warten, bis der Wind sich drehte.

Nach einer kurzen Hitzewelle zu Beginn des Sommers war das Wetter umgeschlagen, und dunkle Wolken ließen lang anhaltenden Regen durch die Himmelspforten fallen. Vil hockte auf seinen Fersen und beobachtete den Eimer, der sich langsam mit Wasser füllte, Wasser, das nicht so schal und sandig schmeckte wie das, was sie sonst bekamen.

Sed war bei ihm, auch die anderen Haldenbewohner hatten sich aus ihren Höhlen und Löchern gewagt und alle Behältnisse, die sie besaßen, in den Regen gestellt, immer mit dem besorgten Blick nach oben, ob die Werftarbeiter nicht gerade jetzt wieder schweres Holz oder andere Dinge herabwerfen würden. Aber es war recht still auf der Werft.

Vielleicht, so dachte Vil, war der Regen zu stark, um draußen zu arbeiten. Er hätte allerdings sonst etwas dafür gegeben, jetzt draußen durch den Sommerregen zu rennen. So konnte er es nicht einmal wagen, sich unter die Öffnung zu stellen, aus Angst, ein Kantholz könnte ihn erschlagen.

Es wäre allerdings auch wenig Platz gewesen, denn es standen zu viele Krüge, Schüsseln, Töpfe und Eimer dort. Es gab hin und wieder Streit darüber, wem welches Gefäß gehörte.

Der Eimer der Mersons stand beinahe in der Mitte, und wem er gehörte, war unstrittig. Es schien, dass die anderen darauf achteten, diesem Eimer mit ihren Gefäßen nicht zu nahe zu kommen, so wie sich auch die Haldenbewohner, bis auf Sed, von Vil fernhielten.

»Haben die eigentlich Angst vor mir?«, fragte er Sed leise.

»Weswegen? Wegen der Sache mit der alten Fura? Nein, sicher nicht, da haben sie hier schon ganz andere Kämpfe erlebt.«

»Aber irgendwie habe ich das Gefühl, dass sie mich meiden.«

»Kann schon sein«, meinte Sed, und dann starrten sie eine Weile schweigend in den Regen.

»Ich glaube, es ist, weil ihr irgendwie nicht dazugehört«, setzte Sed seinen Gedankengang irgendwann fort. »Ihr bezahlt für euren Reis, arbeitet nicht, tragt feine Kleider.«

»Ich brauch die da auch nicht«, meinte Vil geringschätzig, und er fragte sich, wie lange es wohl noch dauern würde, bis der Eimer voll war.

»Sei vorsichtig mit dem, was du laut sagst. Ich kann dir nicht immer den Rücken freihalten.«

»Aber es ist doch nicht meine Schuld, dass ich nicht arbeiten darf. Ich würde es ja tun, wenn Mutter es erlaubte. Wir sind jetzt schon fast zwei Monate hier, und ich langweile mich zu Tode. Außerdem« – er stand auf und huschte hinüber in den Regen, um den Eimer zu holen, der seiner Meinung nach voll genug war – »außerdem ist Eimerschleppen doch auch eine Arbeit. Was ist? Kommst du?«

Aber Seds verbeulter Krug war noch nicht voll. »Geh schon vor. Ich komme dann später nach.«

Die Sommertage verstrichen langsam, aber bald gab Rohana Merson Vils Mantel weg, weil ihr Kredit beim Eisenkönig aufgebraucht war. »Keine Sorge«, sagte sie, als sie den skeptischen Blick ihres Ältesten sah, »wir sind längst hier heraus, bevor es Winter wird. Wir haben immer noch Freunde da draußen.«

Aber in Vil wuchsen Zweifel. Der Hauptmann, der ihnen das Messer verschafft hatte, war noch einmal erschienen, aber seine Mutter hatte den kleinen Beutel mit Kronen, den er ihr aufnötigten wollte, nicht angenommen. Seither ließ sich der Mann nicht mehr blicken, und Semer Geffai schien mit jedem

Tag, den der Hauptmann fernblieb, unverschämter zu werden. Er erhöhte willkürlich die Preise, und da es niemand anders gab, bei dem sie einkaufen konnten, konnten sie nichts dagegen unternehmen.

»Wir könnten auch drüben bei diesem Brenner nachfragen. Ich hörte, da gibt es sogar Obst«, sagte Vil eines Morgens, als sie wieder bei Reis und Fisch saßen.

»Menher Geffai würde es nicht gerne sehen, mein Sohn. Und ich auch nicht. Dieser Mann brennt Schnaps und ist gewiss kein Umgang für uns.«

»Aber er macht ihn aus Obst, Mutter, und ich habe schon so lange keinen Apfel, keine Birne oder irgendetwas Süßes gegessen.«

Seine Mutter blieb jedoch bei dem strikten Verbot, und Vil musste warten, bis sie eines Tages mit Tiuri und Faras zum Bach ging, um Hemden zu waschen, bevor er tun konnte, was er sich vorgenommen hatte.

»Kommst du mit?«, fragte er Sed.

»Wohin?«

»Zum Brenner.«

»Bist du verrückt?«

»Er wird mir schon nicht den Kopf abreißen. Schau, ich habe ein paar Nägel gesammelt. Vielleicht hat er ja einen Apfel für mich.«

Sed starrte auf die offene Faust und die verbogenen Eisen- und Kupferstifte darin. »Pass auf, dass Geffai das nicht mitkriegt. Bei Eisen hört für ihn der Spaß auf.«

»Was ist jetzt?«

»Ich wollte eigentlich zu deiner Schwester.«

»Sie ist mit Fari am Bach, Wäsche waschen. Willst du ihr helfen? Da kann ich mir Schöneres vorstellen.«

»Ich mir auch, aber, nein, in die Höhle vom Brenner kriegen

mich keine zehn Pferde. Und du solltest da auch nicht hingehen, du wirst nichts als Ärger bekommen.«

Vil sah ihm nach. Er betrachtete Sed trotz allem, was seine Mutter sagte, als Freund, und es verstimmte ihn, dass er ihn nicht begleiten wollte. Er hatte das Gefühl, dass es dafür einen bestimmten Grund gab, hatte es aber versäumt, danach zu fragen. Jetzt war es zu spät, denn Sed war schon fast am Bach.

Also setzte er seinen Weg notgedrungen allein fort, fast allein, denn Triefauges Katze war plötzlich da und folgte ihm. Er trat nach ihr, sie fauchte und ging auf Abstand. »Hau bloß ab, ich kann's nicht brauchen, dass du mir Unglück bringst, heute nicht«, knurrte er.

Aber die weiße Katze schien nicht sehr beeindruckt. Sie achtete auf Abstand, aber sie folgte ihm doch.

Als er die unsichtbare Grenze zwischen den beiden Steinpyramiden überquerte, bekam er ein mulmiges Gefühl. Sollte er umkehren? Nein, er war ein Merson, verdammt noch mal, und was sollte schon passieren?

Mit festen Schritten näherte er sich der weit offenen Höhle, in der der Brenner hauste. Ein übler Geruch nach vergorenem Obst schlug ihm entgegen, und dann schoss plötzlich ein alter Mann aus dem Halbdunkel hervor, wankte, kam auf Vil zu und stützte sich auf seine Schultern. Dann murmelte er »Verzeihung« und wankte einen Schritt zurück. »Na, wen haben wir denn da?«

Andere Köpfe zeigten sich im Halbdunkel der Höhle. Vil sah in glasige Augen und aufgedunsene Gesichter.

»Ist das nicht der kleine Liebling vom Eisenkönig?«, fragte einer mit einem verbeulten Zinnkrug in der Hand.

»Der oder seine Mutter?«, wollte ein anderer wissen.

»Beide, mein Freund, beide, wenn du mich fragst«, meinte ein Dritter.

»Mir würde er gefallen«, rief eine zahnlose Alte.

Vil trat noch einen Schritt vor, schluckte die Angst hinunter und sagte: »Ich will etwas kaufen.« Er konnte jedoch nicht verhindern, dass seine Stimme sich überschlug.

»Brenner, hast du gehört? Kundschaft!«

Die Reihe der ausgemergelten Gestalten teilte sich, und ein dürrer Mann mit langem Haar und einem geradezu ins Auge stechenden Spitzbart trat hervor.

»Ah, Kundschaft von vornehmen Stand!«, rief er. »Womit kann ich Euer Gnaden dienen?«

Die Männer lachten, und Vil wurde wütend, denn sie lachten über ihn.

»Obst. Ich will Obst kaufen, Menher.«

»Obst?« Die Gäste der Höhle lachten grob. »Seine Gnaden will Obst kaufen!«

»Und er hat sicher die Taschen voller Gold!«

»Ich habe Nägel.«

Schallendes Gelächter schlug über Vil zusammen.

»Ruhig, Freunde, ruhig«, meinte der Brenner breit grinsend und wirkte doch von all diesen Menschen am freundlichsten. »Wie kommst du auf die Idee, ich würde hier Obst verkaufen, mein Junge? Das ist nicht ganz mein Geschäft.«

»Aber Ihr brennt doch Schnaps, Menher. Und Schnaps brennt man aus Obst.«

»Bei allen Himmeln, der Knabe ist schlau«, japste einer im allgemeinen Gelächter.

»Barbaren! Ich glaube, ihr wisst nicht einmal, woraus ich mein edles Gebräu herstelle.«

»Ist vielleicht auch besser!«, johlte einer.

Der Brenner beugte sich zu Vil hinab. »Tut mir leid, mein Junge, du hast zwar nicht ganz unrecht, aber das Obst, das zum Geist in meinen Krügen wird, ist schon ein wenig vergoren oder, sagen wir, angefault, wenn ich es bekomme. Essen willst du das jedenfalls nicht mehr. Aber warte einen Augenblick ...«

Er verschwand wieder in der übelriechenden Höhle, und das Gelächter verebbte allmählich. Der Brenner kam kurz darauf mit einem verschlossenen Steinkrug zurück, dem beide Henkel fehlten. Er nahm Vil die Nägel ab und drückte ihm den Krug in die Hand.

»Menher, ich kann doch nicht ...«

»Oh, dafür ist man nie zu jung«, krächzte einer der Männer.

»Wirst schon lernen, es zu mögen, Kleiner«, wieherte sein Nachbar.

Der Brenner beugte sich wieder hinab, legte Vil die Hand auf die Schulter und sagte: »Es ist Wasser, mein Junge, aber es ist besser als euer Bach, in den sie immer wieder pissen. Ich habe nämlich hier meine eigene Quelle.«

»Wasser?«

»Und den Krug will ich wiederhaben!«

Verwirrt und ziemlich froh, diesen schrecklichen Leuten entronnen zu sein, machte sich Vil auf den Heimweg. Doch als er die Steinpyramiden erreichte, verstellte ihm plötzlich jemand den Weg. Es war ein einarmiger Mann. Sein Gesicht war gerötet vom Schnaps, und er wirkte ausgesprochen böse. »Du bist das also!«, knurrte er mit schwerer Zunge.

»Wer, Menher?«, fragte Vil und versuchte, sich an dem Mann vorbeizuschieben.

»Der Fremde, mit dem mein Sohn sich herumtreibt.«

»Euer Sohn, Menher?«

Der Mann packte ihn am Kragen. »Sed. Warum geht er mir aus dem Weg? Hast du ihm das in den Kopf gesetzt?«

»Ich habe nichts dergleichen getan«, rief Vil.

»Aber ich sehe ihn mit dir, immer wieder. Sind ihm Fremde jetzt wichtiger als seine eigene Familie, sein eigener Vater? Frag ihn das, hörst du, frag ihn das! Und sei gewarnt! Niemand stellt sich zwischen mich und meinen Sohn, hörst du, niemand.« Der glasige Blick des Mannes ging plötzlich ins Leere, der Griff lockerte sich, und Vil machte, dass er davonkam.

Er bekam Hausarrest dafür, dass er seiner Mutter nicht gehorcht hatte, aber das Wasser war wirklich viel besser als das, was sie sonst trinken mussten. Dabei hatte seine Mutter zunächst versucht, den noch vollen Krug zurückzubringen, aber der Brenner wollte ihn nicht voll zurücknehmen, da er schließlich bezahlt sei. Also nahm sie ihn widerwillig an.

Als Vil drei Tage später ihre winzige Wohnhöhle verlassen durfte, suchte er nach Sed und fragte ihn nach seinem Vater, aber er bekam keine Antwort.

Eine Woche später kam eines Abends der Eisenkönig, der sie sonst in Ruhe ließ, überraschend zu Besuch.

»Ich würde Euch hereinbitten, Menher Geffai«, sagte Vils Mutter, als sie die Bretter vor dem Eingang zur Seite geschoben hatte, »aber es ist nicht aufgeräumt.«

Vil war sich nicht sicher, ob sie das ernst meinte, sie hatten nicht viel, was man aufräumen konnte.

»Ich muss mit Euch sprechen, Doma Rohana, denn ich habe gute und weniger gute Nachrichten für Euch.«

»Nachrichten, Menher?«, fragte Rohana Merson, während sie nach draußen kroch, aufstand und sich mit unvergleichlicher Eleganz Strohhalme aus ihrem einzigen Kleid strich.

»Es betrifft den Hauptmann, der sich so selbstlos bereit erklärt hat, gelegentlich nach Euch zu sehen. Wie es aussieht, wurde er auf ein Schiff abkommandiert, das auf dem Weg zu den Teeinseln weit im Süden ist. Das ist zwar bedauerlich, aber kein Grund zur Besorgnis, Doma Rohana, denn natürlich werden die Wachen und ich weiterhin für Eure Sicherheit garantieren.«

Vil wartete drinnen ab, was seine Mutter wohl antworten würde, doch sie schwieg.

Dann erklang wieder die träge Stimme des Eisenkönigs: »Allerdings erfordert diese Garantie von Euch eine gewisse Veränderung Eures Verhaltens, zu Eurer Sicherheit und der Eurer Kinder, Doma.«

»Ich kann Euch nicht folgen, Menher.«

»Seht, Ihr genießt Privilegien, wie zum Beispiel diese schöne Unterkunft, die den Neid und die Missgunst Eurer Nachbarn auf sich ziehen. Nein, seid unbesorgt, Ihr werdet nicht in eines dieser kalten und ungesunden Löcher im Fels ziehen müssen. Doch ich fürchte, Ihr werdet in Zukunft arbeiten müssen.«

»Menher, wenn es um Geld geht, so habe ich Euch erst vor kurzem den Mantel meines Sohnes ...«

»Natürlich, Doma, natürlich. Leider hat mich die Wache daran erinnert, dass es Gefangenen nicht erlaubt ist, etwas von Wert mit auf die Halde zu bringen. Glaubt mir, ich habe mein Äußerstes gegeben und konnte so gerade noch verhindern, dass sie die Herausgabe Eurer Kleidung verlangen, doch eigentlich gehört diese Kleidung, da sie einen gewissen Wert hat, nicht mehr Euch, Doma. Und auch sonst nichts, was Ihr gerade Euer Eigen nennt. Das Geschirr, der Kessel – das alles muss ich wohl zurückfordern.«

Vil hörte mit wachsendem Zorn zu. Was erlaubte dieser Mann sich? Er kroch zu dem Stein, unter dem er den Dolch versteckt hatte. Doch plötzlich spürte er die Hand seiner Schwester auf dem Unterarm.

»Nicht!«, flüsterte sie nur und sah ihn mit ihren großen Kinderaugen ernst an.

»Menher Geffai, ich habe für all das bezahlt.«

»Mit Dingen, die Ihr eigentlich nicht besitzen durftet! Nun muss ich mich vor der Wache rechtfertigen, Doma, das ist nicht angenehm. Ich kann Eure Empörung verstehen, und ich habe auch nicht vor, Euch etwas von dem, was ich Euch überließ, fortzunehmen, doch fürchte ich, ich muss darauf bestehen, dass Ihr es auf andere Weise abbezahlt.«

»Und woran habt Ihr gedacht?«, fragte die eisige Stimme von Rohana Merson.

»Nun, an das, was alle tun. Die Halde absuchen nach Holz, Werg, Leinen, Nägeln, nach Dingen von Wert eben. Ich werde Euch für alles, was Ihr mir bringt, entlohnen. Ehrlicher Lohn für ehrliche Arbeit.«

»Meine Kinder werden nicht für Euch den Abfall durchwühlen!«

»Sie würden es doch freiwillig tun, wenn Ihr sie nicht hindern würdet, Doma. Aber falls Ihr Euch Sorgen macht um Eure Tochter, denn ich gebe zu, dass die Arbeit unter den Himmelspforten nicht ungefährlich ist, möchte ich etwas vorschlagen. Doma Geffai, also, Coria, meine Frau, würde sich über ein wenig Hilfe im Haushalt freuen. Und wäre es nicht ganz in Eurem Sinne, wenn Eure Tochter auf diesem Wege lernt, wie man einen richtigen Haushalt führt? Hier, in dieser Behausung, kann sie nicht viel darüber lernen. Ihr seht, ich habe auch unter diesen widrigen Umständen nur Euer Bestes im Sinn. Nein, Doma Rohana, sagt jetzt nichts. Ich kann verstehen, dass Euch diese unerfreuliche Wendung des Schicksals nicht gefällt. Ihr sollt über mein Angebot nachdenken. Ich erwarte Eure Antwort morgen früh.«

Dann entfernte er sich endlich.

»Niemals«, stieß Rohana Merson nur hervor, als sie nach sehr langer Zeit endlich in den Verschlag zurückkehrte, »niemals.«

Zwei Tage später meldeten sich Vil und Faras beim Eisenkönig zur Arbeit, und auch Tiuri bekam eine Aufgabe, doch wie Semer Geffai gesagt hatte, musste sie nicht den Unrat der

Halde durchwühlen, sondern sollte Doma Geffai im Haushalt helfen und »lernen, was es eben braucht, um einem Ehemann später ein Heim zu geben«, meinte die Doma mit einem überfreundlichen Lächeln.

»Und Eure Mutter?«, fragte der Eisenkönig, als seine Frau das Mädchen in die Hütte gezogen hatte.

»Sie wird nicht für Euch arbeiten, Menher«, erwiderte Vil finster.

»Ihre Sache«, sagte der große Mann, »doch werdet ihr für sie mitarbeiten müssen, wenn ihr satt werden wollt.«

Vil lernte rasch, dass es eine Sache war, die Halde nach interessanten Dingen zu durchstöbern, und eine ganz andere, die gleiche Sache stundenlang als Arbeit zu verrichten. »Nägel aus Eisen und Kupfer, Bleibeschläge, Werkzeug, das sind die Dinge, die ich suche«, hatte der Eisenkönig ihm eingeschärft, »aber natürlich auch alles Holz, das ihr findet.«

Also kroch Vil mit seinem kleinen Bruder über den Haldenboden, immer in der Nähe der beiden großen Löcher, durch die die Werftarbeiter alles warfen, was nicht mehr brauchbar war: Bretter, Latten, gesplitterte Planken, zerfaserte Hanfseile, zerfetztes Segeltuch, Teereimer, zerbrochenes Werkzeug, aber auch Tonkrüge und Essensreste und all die anderen Dinge, die anfielen, wenn hunderte Menschen in harter Arbeit Schiffe bauten. Sein kleiner Bruder, ohnehin von eher schwächlicher Konstitution, war ihm bald mehr Last als Hilfe, weil er immer wieder irgendetwas zum Spielen fand und die Arbeit darüber vergaß. Oder er fing sich einen Splitter und heulte deswegen.

Schließlich drückte ihm Vil den Korb in die Hand, in dem sie alles Metall zu sammeln hatten. »Hier, trag den für mich, Fari, dann kann ich schneller arbeiten. Aber lass ihn bloß nicht irgendwo stehen. Er ist nur geliehen, und Menher Geffai wird ihn uns berechnen, wenn wir ihn nicht zurückbringen.«

Ab da ging es besser. Vil sammelte, trug das Holz zu einem Stapel zusammen, den Faras bewachte, während Vil weiter nach Beute jagte.

»Macht es Spaß?«, fragte Sed, der nur zusah.

»Wieso arbeitest du nicht?«, fragte Vil zurück.

»Ich habe noch ein paar gute Nägel zur Seite geschafft, mit denen werde ich mir noch ein paar Tage die große Kelle erkaufen. Ich muss dem Eisenkönig ja auch keine Miete zahlen.«

»Vielleicht sollten wir einfach diese Hütte aufgeben und uns ein schönes gemütliches Loch in der Wand oder im Boden suchen so wie du.«

»Davon würde ich abraten«, meinte Sed ernst. »Da oben, zwischen Eisenkönig und Wache, da seid Ihr halbwegs sicher.«

»Ich kann auf uns aufpassen.«

»Klar doch. Vor allem, wenn du hier im Abfall wühlst, während deine Mutter und deine Schwester allein zu Hause sind.«

»Tiuri ist nicht zu Hause, sie ist bei Doma Geffai und hilft ihr im Haus.«

»Sie ist ... *beim Eisenkönig im Haus?*«

»Ist doch wohl besser als hier, wo du aufpassen musst, dass dich nicht so ein verfluchter Teereimer erschlägt.«

Aber Sed antwortete nicht.

»Was hast du denn?«

»Nichts«, murmelte der Freund. Dann stand er auf und verschwand.

Gegen Mittag kam Tiuri vorbei, um Vil und Faras ein paar Reste vom Morgen zu bringen.

»Du sollst es aber gerecht aufteilen«, mahnte sie, als Vil sich, ohne zu zögern, den größeren Teil nahm.

»Das ist doch gerecht – ich arbeite, er ist nur im Weg«, erwiderte er.

Faras standen Tränen in den Augen. »Oh, Mann, fang bloß

nicht an zu heulen«, seufzte Vil und gab ihm ein bisschen mehr ab, obwohl er wirklich hungrig war.

Er fragte seine Schwester, wie es beim Eisenkönig sei. »Sauberer als hier«, sagte sie naserümpfend, »wenn auch nur ein bisschen.« Dann plauderte sie darüber, dass die Doma ihr das Nähen beibringen wollte und eigentlich überhaupt sehr fürsorglich sei. »Ich habe sogar zu essen bekommen, und etwas, das sie Tee nennen, das aber nur wie Wasser mit irgendwas drin schmeckt.«

Tiuri blieb noch ein wenig, aber Vil machte sich nach dem Essen gleich wieder an die Arbeit. Er hatte noch nicht viel gefunden, was brauchbar war, nur ein paar Nägel, ein verbogenes Stück Kupferbeschlag, eine Handvoll Nieten und ein paar armselige Latten. Das würde den Eisenkönig kaum zufriedenstellen.

Rauch stach ihm in die Nase, und als er begriff, dass er ganz aus der Nähe kam, war es schon fast zu spät. »Was macht Ihr denn da?«, herrschte er seine Geschwister an, die ein paar brennende Bretter bestaunten.

»Das war ich nicht!«, rief Faras.

»Ich war's aber auch nicht«, behauptete Tiuri.

Vil riss die Planken auseinander und trat die Flammen aus. Eine schöne Bescherung war das. »Das gibt für uns alle weniger zu essen, ist euch das nicht klar? Jetzt heul doch nicht gleich wieder, Fari.«

Als er am Abend mit seinem Bruder die Ausbeute des Tages ablieferte, versuchte er, das angesengte Holz unauffällig unter anderen Brettern und Latten zu verstecken, aber das misslang.

»Ich habe doch gesehen, dass ihr Feuer gemacht habt«, stellte ihn der Eisenkönig zur Rede, »und zwar mit meinem Holz! Und wer von euch Unglücksvögeln war so dreist, sich an meinem Eigentum zu vergehen?«

»Ich war das, Menher Geffai«, sagte Vil schnell. Bevor Faras auch nur den Mund öffnen konnte.

»Und warum hast du das getan, junger Viltor?«

»Wollte sehen, ob ich das noch kann, Menher.«

Der Eisenkönig schüttelte den Kopf. »Morgen nichts zu essen für dich.«

Vil nahm es mit einem Achselzucken hin.

»Aber du warst es doch gar nicht«, sagte Faras, als sie nach Hause liefen.

»Aber ich halte es besser aus als du. Und kein Wort zu Mutter, sie regt sich sonst wieder nur unnötig auf.«

Schon wenige Tage später gab es neuen Ärger, weil zwei Jungen versuchten, Holz vom Stapel zu stehlen, als Faras, wieder einmal in irgendein geheimnisvolles Spiel mit einem Stück Blei vertieft, nicht aufpasste.

Aber Vil hatte das Unheil kommen sehen, zu lange schon hatten die Blicke der beiden auf dem Stapel geruht. Er stürzte sich auf sie, schlug den einen nieder, fing sich einen Tritt in die Magengrube, wurde an den Haaren gezogen und schlug dem Angreifer den Ellbogen hart ins Gesicht, um sich zu befreien. Aber die anderen waren zu zweit, während Faras nur dabeistand und mit schreckgeweiteten Augen zusah. Vil wehrte sich nach Kräften, doch immer, wenn er einen am Boden hatte, kam der andere über ihn. Es war abzusehen, wie das ausgehen würde. Doch dann wurde der Junge, der auf seinem Rücken kniete, plötzlich schwungvoll angehoben und davongeschleudert. »Packt Euch, bevor ich mich vergesse«, raunzte eine kräftige Stimme.

Vil kam auf die Beine und spuckte Blut. »Ich danke Euch, Menher«, keuchte er.

»Keine Ursache. War kein fairer Kampf, und das kann ich nicht leiden«, meinte der Brenner und strich sich über den Spitzbart.

Unwillkürlich blickte Vil hinüber zu den Steinpyramiden, die die Grenze markierten. Sein Retter war weit jenseits davon.

»Ich habe dich eigentlich gesucht, mein Junge, denn ich habe etwas für dich oder für euch, wenn du es denn teilen willst.« Er zog etwas aus der Tasche.

»Ein Apfel!«, rief Faras.

»Nicht so laut, mein Junge, sonst müsst ihr euch um den auch noch prügeln. Habt ihr ein Messer? Nein, natürlich nicht. Gut, ich teile ihn für euch.« Der Brenner schnitt den roten Apfel in zwei Hälften.

»Ich kann Euch aber nichts dafür geben, Menher.«

»Musst du auch nicht. Ich hatte das Gefühl, ich schulde es dir. Aber wenn du mir einen Gefallen tun willst, junger Merson, dann richte deiner Mutter einen schönen Gruß von mir aus. Willst du das für mich tun?

»Natürlich, Menher«, antwortete Vil mit vollem Mund, denn er konnte einfach nicht länger warten.

Esrahil Gremm fühlte sich noch unwohler als sonst. Seit er sich entschieden hatte, vorerst nichts für seine Schwester zu unternehmen, schlief er schlecht, und bei der unausweichlichen Arbeit mangelte es ihm an der nötigen Aufmerksamkeit.

Und sein Schreiber, stumm und ergeben, war ihm auch keine große Hilfe, denn dem Mann fehlte der Antrieb, etwas von sich aus zu tun. Also musste Gremm ihm alles bis ins Kleinste auftragen, aber da er selbst die Übersicht verlor, verwandelte sich das kleine Handelshaus, das er führte, allmählich in ein Chaos.

Zu allem Überfluss hatte ihm Abar Brasus noch berichtet, dass sein hingeworfener Vorschlag, bei dem Krieg im Goldenen Meer doch beide Seiten zu unterstützen, in der Versammlung der Großen ernsthaft diskutiert wurde. Er versuchte sich mit dem Gedanken zu beruhigen, dass in der Halle kaum wirkliche

Entscheidungen gefällt wurden, aber angeblich waren der Hohe Rat und sogar der Archont ebenfalls angetan von der Idee.

»Aber denkt Euch«, hatte Brasus einige Tage nach der Versammlung aufgebracht erzählt, »der Habicht, Telius Nestur, den man lieber einen Geier nennen sollte, beansprucht die Idee inzwischen für sich!«

»Soll er nur, soll er nur, dann bleibt es an ihm hängen, wenn es schiefgeht«, hatte Gremm geantwortet und sich erleichtert, aber auch klein und elend gefühlt.

»Wo waren wir?«, fragte er den Schreiber, weil er wieder einmal den Faden verloren hatte.

»Die Wolle von den Bocksinseln, Herr«, antwortete der Schreiber träge.

»Richtig. Wir müssen sie auslagern, wenn der Regen nicht bald aufhört, denn das alte Lagerhaus zieht Feuchtigkeit, und wenn die Wolle nass wird … notiert Euch das.«

»Ja, Herr.«

»Ist das der ganze Bestand? Ist eine Lieferung ausgeblieben?«

»Ich sehe nach, Herr«, entgegnete der Schreiber und öffnete gemächlich ein anderes Buch, in dem sämtliche Schiffsladungen, die eingegangen wie die erwarteten, verzeichnet waren.

Die Köchin klopfte an die Tür und meldete einen Besucher.

»Wer ist es?«, fragte Gremm ungehalten, weil er fast sofort ein ungutes Gefühl hatte.

»Er sagte keinen Namen, Herr, aber er sagte, es sei ungeheuer wichtig.«

Das ungute Gefühl verstärkte sich zu einem schmerzenden Stein in seiner Magengrube, als er den Fischer wiedererkannte.

»Was wollt Ihr denn hier – und wie habt Ihr mich überhaupt gefunden?«, zischte er, als er den Fischer in die Wohnstube gezogen hatte.

»Euch zu finden war nicht schwer, Herr, denn mir war klar,

dass ein vornehmer Kauffahrer wie Ihr sich nicht aus reiner Liebe zu den Verdammten der Halde von seinen Münzen trennt. Ihr musstet jemanden dort kennen. Es sind aber nicht viele vornehme Leute da unten, und selbst ich, der ich mich nicht viel um den Lärm der Stadt kümmere, habe schon von der schönen Frau gehört, die mit ihren Kinder freiwillig zu den Vergessenen ging. Sie ist berühmt geworden, und so war es nicht schwer herauszufinden, dass sie einen Verwandten hat.«

»Und was wollt Ihr nun?«

»Die Wochen und die beiden Monate, für die Ihr bezahlt habt, Herr, sind längst vorüber, und meine Freunde fragen mich, wann der unbekannte Wohltäter uns denn endlich wieder die versprochenen Münzen zukommen lässt.«

»Ich habe nie gesagt, dass dies eine Übereinkunft für die Ewigkeit ist!«

»Auch der Priester stellt bereits Fragen, Herr. Er hat irgendwann bemerkt, dass wir großzügiger wurden, jetzt wundert er sich, warum wir es nicht mehr sind. Es fällt mir schwer, den Vertreter der Himmel anzulügen, Herr.«

Gremm sah den Mann scharf an. »Ihr wollt mich erpressen!«

Der Fischer hielt seinem Blick stand. »Ein böses Wort, Herr. Ich erinnere Euch nur daran, dass Ihr Gutes tun wolltet.«

»Und wenn ich es nicht mehr will?«

»Werde ich den Priester nicht mehr belügen, Herr. Es sind doch nur ein paar Münzen, für Euch sicher nur Wechselgeld, für uns Fischer kann es entscheiden, ob unsere Familien satt werden oder nicht, ob wir unsere Netze flicken können oder nicht, ob wir die Boote in Schuss halten können oder nicht, ob wir …«

»Schon gut, schon gut, wartet einen Augenblick.«

Gremm hastete in die Schreibstube, nahm Geld aus der Schatulle, ohne den Schreiber, der ihm mit offenem Mund zusah, eine Erklärung zu geben, und kehrte zurück. »Hier. Was hatten wir vereinbart? Acht Kronen für die Körbe, eine Krone für Euch, macht neun Kronen täglich, was bei dreißig Tagen im Monat zweihundertundsiebzig Kronen ergibt.«

»Vierhundertfünfzehn, wenn wir die vergangenen Wochen mitrechnen, Herr.«

»Aber Ihr habt gerade gesagt, dass Ihr wieder weniger gegeben habt.«

»Weniger Fisch, aber mehr Lügen, Herr, und die lasten mir schwer auf der Seele.«

»Meinetwegen. Doch so viel Bargeld kann ich Euch nicht geben, ohne Verdacht zu erregen. Hier habt Ihr hundert, den Rest bringe ich morgen oder übermorgen.«

Gremm zählte dem Fischer die Münzen vor, tat sie in einen anderen Beutel und drückte sie dem Mann in die Hand. »Diese Vereinbarung gilt für diesen Monat. Doch dann ist Schluss, habt Ihr das verstanden?«

»Wir werden sehen, Herr. Seit die Große Mine verloren ist, hat sich vieles zum Schlechteren entwickelt. Die Witwen, die durch die Schuld Eures Schwagers ihren Ernährer verloren haben, die Schmiede und Gießer, die nun kein Erz mehr haben, das sie verarbeiten können, sie alle kaufen nicht mehr bei uns, und die Preise fallen. Eure Großzügigkeit hilft vielen Menschen, Herr. Wir werden das nicht vergessen.«

Als der Mann gegangen war, sank Gremm auf einem Stuhl zusammen. Der letzte Satz des Fischers klang wie eine Drohung. Natürlich, jetzt, da er nachgegeben hatte, musste der Mann glauben, ihn auch weiterhin melken zu können.

Gremm verfluchte seine Schwäche. Früher wäre ihm das nicht passiert. Kurz entschlossen stand er auf, ging in den Flur und nahm Hut und Mantel.

»Wollt Ihr etwa fort, Herr? Und die Abrechnung? Und Ihr

wolltet noch Entscheidungen über die Wolle von den Bocksinseln treffen.«

»Ich habe etwas zu erledigen. Geht die Zahlen einfach noch einmal für mich durch. Ich bin bald zurück.«

Mit jedem Schritt, den Gremm zum Hafen hinablief, schwand seine Entschlossenheit. Es war eine schlechte Idee, das fühlte er, aber er hatte keine bessere. Dann, als er sein Ziel erreicht hatte, zögerte er doch wieder. Er stand da und starrte, der verblasste Löwe auf der Wand starrte zurück.

»Na gut«, murmelte Gremm, biss die Zähne zusammen und trat schließlich ein.

Es war früher Nachtmittag, und in der Taverne war nicht viel los. Ein paar alte Seebären saßen an den Tischen, jeder für sich allein, sie schienen ihren Gedanken nachzuhängen. Er musterte sie und kam zu dem Schluss, dass sie ihre beste Zeit lange hinter sich hatten, genau wie der *Rote Löwe.*

Genau wie ich, dachte er. Viel schien sich in der Schänke nicht verändert zu haben, sie sah nur noch etwas heruntergekommener aus, als er sie in Erinnerung gehabt hatte, und der Wirt am Tresen war ein anderer als zu seiner Zeit, viel jünger. *Vielleicht ein Sohn?*

Schließlich entdeckte er den Mann, den er suchte, an einem abseits stehenden Tisch. Er saß ebenfalls allein und schien in Gedanken versunken. Selbst im Sitzen sah es aus, als würde er alle im Raum überragen.

Gremm gab sich einen Ruck und ging hinüber. »Ich grüße dich, Sester.«

Sester Elgos hob den kantigen Schädel, blinzelte kurz, zeigte aber sonst kaum eine Regung.

»Erlaubst du vielleicht, dass ich mich setze?«

»Vielleicht. Es ist lange her, Esrahil.«

»Zu lange?«

Der andere ließ ein schwer zu deutendes Zucken über die Mundwinkel gleiten, und Gremm wusste nicht, ob es Verachtung oder Gleichgültigkeit ausdrückte. »Eher nicht lange genug, Esra. Aber setz dich.« Er schob mit dem Stiefel einen Stuhl eine Winzigkeit zurück.

»Du verkehrst also immer noch hier«, sagte Gremm, der nicht wusste, wie er anfangen sollte.

»Der Platz ist nicht schlechter als andere, vielleicht sogar besser. Voller Erinnerungen.«

»Ich weiß, was du meinst.«

»Manche von den Erinnerungen haben einen ausgesprochen üblen Nachgeschmack, Esra.«

»Das ist mir bewusst. Aber ich bin nicht hier, um über alte Zeiten zu reden.«

»Kann ich mir denken.«

Gremm bestellte eine Flasche Branntwein und zwei Gläser. »Sag, Sester, wie ist es dir ergangen?«, fragte er, als der Wirt das Verlangte gebracht hatte.

Der andere beugte den massigen Oberkörper nach vorn, sah Gremm lange ins Gesicht und sagte dann: »Du bist doch nicht hier, um dich nach meinem Befinden zu erkunden. Ich wäre dir dankbar, wenn du deine und meine Zeit nicht mit Geschwätz vertun würdest.«

Gremm nickte, begann zu erzählen, und dann sprudelte es aus ihm heraus, die ganze elende Geschichte von seinem unglücklichen Schwager, seiner Schwester und ihrem Stolz, der sie daran gehindert hatte, ein Schiff nach Süden zu besteigen.

»Die schöne Rohana ist also Witwe geworden«, stellte Elgos schwermütig fest.

»Eine Witwe mit drei Kindern, wenn du es genau wissen willst. Und sie ist in Not. Aber ich kann ihr nicht helfen, und wenn ich es doch versuche, geht alles fürchterlich schief.«

»Wusstest du, dass ich damals selbst ein Auge auf sie geworfen hatte?«

Gremm seufzte. Wer hatte das seinerzeit nicht? Seine Schwester mit ihren feuerroten Haaren war eine der begehrtesten jungen Frauen von Xelidor gewesen. Und dann war dieser gutaussehende und sehr reiche Fremde aus Cifat gekommen und hatte sie im Sturm erobert.

»Aber ich glaube, sie hätte sich nie mit einem Schmuggler wie mir abgegeben, oder?«, setzte Elgos seinen Gedankengang fort.

»Vermutlich nicht, Sester«, sagte Gremm sanft.

»Glaubst du, sie würde jetzt meine Hilfe annehmen?«

»Ich weiß es nicht, Sester. Es kann sein, dass sie inzwischen klüger geworden ist, aber, bei den Himmeln, ich bin mit ihrem verfluchten Stolz auch nie zurechtgekommen. Nein, vielleicht würde sie dich sogar noch zurückweisen, wenn du der einzige Mensch wärst, der sie retten könnte. Ich weiß nicht einmal, ob sie sich von *mir* helfen lassen würde. Aber was soll ich machen? Sie ist meine Schwester, ich kann sie doch nicht da unten verrotten lassen!«

Der andere sah ihn zweifelnd an, und Gremm las in seinen Augen, dass Sester Elgos ihm genau das durchaus zutraute. Aber dann sagte er: »Du bist hier, und zwar, um ausgerechnet mich um Hilfe zu bitten. Ich nehme an, dass dich das viel Überwindung gekostet hat, Esra. Wer weiß, vielleicht schlägt da irgendwo unter den Kassenbüchern in deiner Brust doch noch ein Herz. Was also kann ich in dieser Sache für dich und die schöne Rohana tun?«

Umständlich erzählte Gremm ihm von seinen Schwierigkeiten, von seinem Scheitern in der Versammlung und vor allem von dem Fischer.

Sester hörte, die mächtigen Arme verschränkt, schweigend

zu, dann sagte er: »Wenn ich es richtig verstehe, geht es hier zunächst nicht um deine Schwester, sondern um dich und diesen Fischer, der den Hals nicht vollkriegt.«

»Ja, um den Fischer, erst einmal. Aber natürlich auch um Rohana«, beeilte er sich zu versichern. »Leider weiß ich nicht, wie ich sie da unten herausholen kann.«

Der andere zuckte mit den Schultern. »Bestechung könnte eine Möglichkeit sein. Ich verstehe, dass du zu viel Angst hast, selbst da runterzugehen, aber ich kann das für dich übernehmen. Wenigstens könnten wir so erfahren, wie es ihr geht, und ob sie überhaupt bereit ist, Hilfe anzunehmen.«

»Und der Fischer?«

Sester legte ihm die Hand auf die Schulter. »Natürlich, um den kümmere ich mich zuerst. Aber dir ist doch klar, dass ich es nicht umsonst tun werde, oder?«

»Natürlich. Es ist ein Geschäft, beinahe so wie früher.«

»Ich hoffe nicht«, erwiderte Sester Elgos finster.

Es kam jetzt öfter vor, dass der Brenner Obst für Vil und seinen Bruder in der Tasche hatte. Sie hatten eine Stelle gefunden, die der Eisenkönig nicht einsehen konnte, und dort trafen sie sich von nun an fast täglich.

»Er will etwas von dir«, meinte Tiuri trocken, als er ihr von diesen Treffen erzählte.

»Du spinnst, ich habe doch nichts.«

»Frag ihn doch.«

Vil ärgerte sich, dass er sich von seiner kleinen Schwester diesen Floh ins Ohr hatte setzen lassen, denn er wurde ihn nicht mehr los.

Bei einem der nächsten Treffen, als Faras etwas abseits in eine Spielerei versunken war, platzte es aus ihm heraus. »Sagt, Menher Brenner« – er wusste immer noch keinen anderen Namen – »warum tut Ihr das? Warum schenkt Ihr uns Äpfel und Birnen?«

»Ich könnte jetzt beleidigt sein, dass du mir Hintergedanken unterstellst, mein Junge, aber nein, du hast ja recht. Ich will deine Mutter näher kennenlernen.«

Vil verschluckte sich und bekam einen Hustenanfall.

Der Brenner klopfte ihm väterlich auf den Rücken, bis es vorbei war.

»Meine Mutter?«

»Ich weiß, dein Vater ist erst wenige Monate tot, und glaube mir, ich respektiere das, so wie ich auch deine Mutter voller Respekt betrachte. Und doch, sie ist allein hier unten, schutzlos, oder vielmehr auf das Wohlwollen meines Freundes Semer angewiesen, was beinahe noch schlimmer ist. Ein Mann, oder ein guter Freund, und mehr will ich vorerst ja gar nicht werden, könnte sie beschützen.«

»Aber Menher, meine Mutter, sie ... sie ist sehr ... auf den Stand bedacht, und ich glaube nicht, dass ...«

Der Brenner unterbrach ihn mit einem Lachen. »Nichts anderes habe ich erwartet, mein Junge. Ich kenne das nur zu gut: Selbst wenn sie untergehen, die Oberen Tausend schauen genau hin, wer ihnen die Hand zur Rettung reicht, und wählen die vornehmste, manchmal auch die reichste. Aber falls es dich beruhigt, ich bin selbst mehr oder weniger von Stand.«

»Ihr, Menher?«

»Ich bin nicht in der Halde geboren, ebenso wenig wie du, mein junger Freund. Nein, ich bin der Sohn eines mächtigen Mannes, eines Ratsmitgliedes sogar – doch wurde ich nicht im Ehebett, sondern auf dem Lager einer Geliebten gezeugt, die bedauerlicherweise so gar nicht von Stand war. Also wuchs ich als Sohn einer Dienstmagd auf, gut versorgt mit Geld, doch mit wenig anderem sonst. Mein Vater, der sich nie zu mir bekannte, ermöglichte es mir sogar, die Akademie der Scholaren zu besuchen. Leider war ich dort ein Außenseiter, nicht wohlgelitten, und nach einem Streit wurde ich der Akademie verwiesen. Und mein Vater rührte keinen Finger, um das zu verhindern. Ich schlug mich eine Weile als Kaufmannsgehilfe durch, unternahm eine Reise weit in die Welt hinaus, kam zu Geld und übernahm Jahre später ein Gasthaus in der Nähe der Arena, oben, bei den Theatern. Ich brannte meinen eigenen Schnaps, und dank eines besonderen Krauts aus Tenegen, das ich auf meinen Reisen schätzen gelernt hatte, erlangte er in gewissen Kreisen einen besonderen Ruf. Eine Zeit lang lief es gut, doch dann geriet ich in Streit mit einem Mann, der sich über meine Herkunft lustig machte. Wir wurden handgreiflich, ich gewann, und in der Nacht überfielen mich seine Freunde und schlugen mich halb tot.

Ich war so dumm, sie anzuklagen, aber meine Gegner waren von hohem Stand und reich genug, die Richter zu kaufen, und ich war beides nicht. Sieben Jahre Galeere, was einem Todesurteil gleichkommt, oder lebenslange Verbannung, das war das Urteil, das gegen mich gefällt wurde. Ich hätte die Galeere gewählt, doch mein Vater mischte sich ein, das erste und das letzte Mal. Leider war er der Meinung, dass es besser für mich sei, in Xelidor zu bleiben. So landete ich hier und warte seit sechs Jahren, dass die Zeit vergeht.«

Vil hatte mit offenem Mund zugehört. Also war auch dem Brenner schreiendes Unrecht widerfahren. »Sechs Jahre – so kommt Ihr ja bald frei?«

Der Brenner schüttelte den Kopf. »Mein Junge, hast du es immer noch nicht begriffen? Der Mann, der hierher verbannt ist, kommt erst hinaus, wenn man seinen leblosen Körper fortträgt. Die sieben Jahre galten für die Galeere, nicht für die Verbannung.«

Vil erzählte später, als er wieder arbeitete, Sed von diesem Gespräch, doch der sah ihn kritisch an und meinte: »Ich glaube, dein neuer Freund hat eine winzige Kleinigkeit ausgelassen. Er hat bei diesem Streit seinen Gegner nämlich erstochen, und zwar von hinten, soviel ich gehört habe.«

Vil schwieg betroffen.

»Ach, komm schon, die meisten hier werden dir ihre größten Sünden nicht erzählen, und wenn du sie fragst, was sie verbrochen haben, so sind sie doch alle mehr oder weniger unschuldig.«

»Aber dass er nie wieder hier hinaus kann!«

»Ja, das ist seltsam, denn eigentlich ist er doch gesund, wenn man das von einem Trunkenbold so sagen kann.«

Diese Bemerkung verstand Vil nun so gar nicht. Sed seufzte, und dann erklärte er es ihm: »Du hast doch sicher bemerkt, dass es hier nur Frauen, Kinder und alte Männer gibt oder solche, denen ein Arm oder Bein fehlt.«

»Klar«, behauptete Vil. Er lutschte an seiner Hand, denn er hatte sich wieder einmal einen Splitter gefangen, den er nun mit den Zähnen zu erwischen versuchte.

»Also nicht«, meinte Sed grinsend. »Aber hör zu, hier herunter kommen nur jene, die für den Dienst auf der Galeere nicht taugen, weil sie zu alt, zu jung oder zu schwach sind. Nun werden die, die zu jung sind, älter. Es gibt also für dich eine Möglichkeit, diesem Ort zu entrinnen, du musst nur so groß und stark werden, dass du für die Galeere in Frage kommst.«

»Die Galeere?«

»Sie kommen hier herunter, zwei- oder dreimal im Jahr, und suchen nach Jungen, die stark genug sind, die Riemen zu bemannen. Und wenn du drei Jahre durchhältst, schenken sie dir die Freiheit.«

»Drei volle Jahre?« Vil hatte Galeeren gesehen – und vor allem gerochen. Sein Vater hatte ihm erklärt, dass der üble Geruch daher rührte, dass die Ruderer, sofern sie Gefangene waren, Tag und Nacht fest an ihre Riemen gekettet wurden und dort schliefen, aßen und auch ihre Notdurft verrichteten. Es schüttelte ihn.

»Ich weiß, es ist eine lange und bestimmt auch harte Zeit«, meinte Sed, »aber ich glaube, wenn du, wie ich, hier unten fünf Jahre überleben kannst, dann überlebst du auch drei Jahre auf einer Galeere. Ich werde mein Glück jedenfalls versuchen.«

Sed war größer als er und vielleicht ein, höchstens zwei Jahre älter. Vil bekam plötzlich Angst, dass der einzige Freund, den er hier unten hatte, bald fortgehen würde. Und er selbst? Kam es für ihn, einen Spross der ehrwürdigen Gremms, überhaupt in Frage, auf die Galeere zu gehen wie ein gemeiner Verbrecher? Seine Mutter würde es sicher nicht erlauben.

Er schüttelte den Gedanken ab. Nein, so weit würde es nicht kommen. Bestimmt würde man sie vorher herausholen. Seine Mutter glaubte fest daran, aber sie sagte es nicht mehr so oft wie zu Beginn.

Die Wochen vergingen, und irgendwann, so langsam und schleichend, dass es Vil zuerst gar nicht auffiel, begann Faras wieder zu husten. Es war Tiuri, die es abends bemerkte, noch vor ihrer Mutter.

Sie befühlte die Stirn ihres Jüngsten, konnte aber kein Fieber feststellen und zögerte zunächst, den Eisenkönig um Teeblätter zu bitten, denn seit ihrer Weigerung, für ihn zu arbeiten, behandelte der Mann sie mit einer unübersehbaren Feindseligkeit.

Doch der Husten wurde stärker, und dann kam auch das Fieber.

Vil berichtete dem Eisenkönig, dass sein Bruder erkrankt sei, aber er tat es mit einem Achselzucken ab. »Dann musst du wohl für zwei arbeiten«, sagte er nur und drückte ihm den Korb für das Metall in die Hand.

Vil nutzte die erste Gelegenheit und lief hinüber zum Brenner.

»Ihr braucht also Kräuter für einen Tee?«, sagte der, als Vil ihm die Lage geschildert hatte.

»Meine Mutter will den Eisenkönig nicht bitten, und Ihr würdet ihr einen großen Gefallen tun, wenn Ihr diese Teekräuter besorgen könntet, Menher.«

»Ein dankbarer Blick deiner Mutter wäre mir zwar reicher Lohn, doch kann ich damit die Wärter nicht bestechen. Frag sie, ob sie etwas hat oder besser, schick sie, ich meine, bitte sie doch, zu mir herüberzukommen. Vielleicht finden wir gemeinsam eine Lösung für dieses Problem.«

Vil spürte eine plötzliche Abneigung gegen diesen Vorschlag, aber da es Faras wirklich schlecht ging, bestellte er seiner Mutter, was der Brenner vorgeschlagen hatte.

»Ich glaube ja immer noch, dass dieser Mann etwas von ihr will«, sagte Tiuri, als ihre Mutter gegangen war. Sie versorgte seine Schrammen, die er sich am Tag in der Halde geholt hatte. Jeden Tag holte er sich Schrammen und blaue Flecken oder fing sich Splitter ein.

Tiuri hatte es besser getroffen – sie sah aus wie am ersten Tag, vielleicht sogar besser, denn, so gestand sie es Vil, Doma Geffai versorgte sie heimlich mit kleinen Leckerbissen, wenn sie ihr drüben im Haus half, wovon aber eigentlich niemand etwas wissen durfte.

»Kann schon sein, dass er was von ihr will, aber ich glaube nicht, dass Mutter ihm das gibt«, meinte Vil.

»Sie braucht doch seine Hilfe für Faras.«

»Menher Brenner ist von Stand, jedenfalls zur Hälfte. Er wird das niemals ausnutzen!«, rief Vil, empört über die Unterstellung, die in den Worten seiner kleinen Schwester mitschwang. Aber was hieß schon klein? Sie war zwar noch keine zwölf, aber seit sie in der Halde waren, schien sie ihm viel erwachsener geworden zu sein. Ob das bei ihm auch so war?

Ihre Mutter kam bald darauf zurück, was Vil ungemein beruhigte.

»Bekommst du die Kräuter, Mutter?«, fragte Tiuri.

»Etwas viel besseres«, sagte sie mit leuchtenden Augen, »wir bekommen einen Arzt!«

Sie habe dem Brenner, so erzählte sie, einen silbernen Anhänger, ein Erbstück von ihrer Mutter, gegeben, und Vil erinnerte sich, dass die Kette, die zu diesem Anhänger gehörte, schon länger im Besitz des Eisenkönigs war. Also musste sie dem Brenner irgendetwas anderes gegeben haben.

»Aber Mutter«, protestierte Faras schwach, doch sie beruhigte ihn und meinte, dass es ohnehin nur ein alter, nicht sonderlich wertvoller Anhänger gewesen sei, den sie nicht einmal besonders gemocht habe. Sie strich ihrem Jüngsten dabei liebevoll über die Wangen, und Vil sah erstaunt, dass sie Tränen zu verbergen versuchte.

Der Arzt kam am nächsten Nachmittag. Er schlurfte, in einen schäbigen Mantel gehüllt, griesgrämig durch die Kaverne, bei jedem Schritt offensichtlich angewidert vom allgegenwärtigen Unrat, verfluchte sein Schicksal und weigerte sich, als er endlich den Verschlag erreichte, ihn zu betreten: »Wenn es eine Seuche ist oder etwas anderes Gefährliches, so hat es vielleicht bereits alles dort drinnen befallen, auch Euch, gute Frau, und Eure Kinder, wenn Ihr so dumm wart, sie dort drinnen schlafen zu lassen. Er soll herauskommen, der Kranke.«

Dazu war Faras viel zu schwach, und Vil, der sich von der Arbeit davongestohlen hatte, als er den Arzt hatte kommen sehen, half seiner Mutter, seinen Bruder vor die Unterkunft zu tragen.

»Manche meinen, alle Krankheiten stammten von einem

Ungleichgewicht der Körpersäfte, der gelben oder der schwarzen Galle zum Beispiel, und sie schröpfen die Todkranken, womit sie dem Tod nur einen Teil seiner Arbeit abnehmen, aber ich war auf der Akademie der Scholaren, die viel über den menschlichen Körper und seine Gebrechen wissen.« Er beugte sich hinab zu Faras, legte ihm ein langes Messingrohr mit einem Trichter am Ende an die Brust und lauschte.

»Tief atmen, mein Junge.«

Er lauschte noch inniger, legte dann das Rohr zur Seite und sagte: »Sollte Euch jemand raten, ihn zu schröpfen, lehnt ab, gute Frau. Es ist etwas in seiner Lunge, dass sie nicht frei atmen kann. Tee wird ihm helfen.«

»Wir gaben ihm immer Kräutertee, das hat geholfen.«

Der Mann sprach mit seiner Mutter, aber es sah aus, als würde er dabei Vil ansehen, weil er fürchterlich schielte. »So?«, erwiderte er gedehnt.

»Auch unser letzter Arzt hatte sein Handwerk bei den Scholaren gelernt, Menher.«

»Handwerk? Wissenschaft, gute Frau, eine Kunst! Was hat er geraten, dieser andere Arzt? Hahnenkraut und Fünfblatt? Ja? Doch hat er Euch auch *dieses* Kraut empfohlen?« Er zog ein Bündel unansehnlicher getrockneter Blätter aus seiner Tasche. »Nein? Ah, nun, ich will ihm keinen Vorwurf machen, denn unser Handwerk, wie Ihr es in Eurer Einfalt zu nennen beliebtet, erfährt doch immer Neuerungen. Und die Scholaren von der Bruderschaft der Weißen Schriften sind nie müßig, immer sammeln sie Wissen, neues und verlorenes in Ländern, in denen die Menschen klüger sind als hier, was, wenn Ihr erlaubt, nicht schwer ist. Diese Kräuter hier, sie wirken Wunder bei vielen Leiden, auch wenn die meisten meiner Kollegen noch daran zweifeln.« Er hielt inne. »Ich hatte eine Frage, doch habe ich sie nun vergessen.«

»Auch ich habe eine Frage, Menher; dieses Kraut, wie wird es genannt? Und wo bekomme ich es her?«

»Ich werde Euch etwas davon hierlassen, doch wartet, ich weiß sie wieder, die Frage! Dieser Arzt, er kam hierher?«

»Nein, Menher, das war zu besseren Zeiten, als meine Familie noch auf der Ritterseite wohnte.«

»Ah, Ihr seid von Stand, natürlich ... sagt, wie ist Euer Name, Doma?« Der Mann war mit einem Schlag viel höflicher, wirkte aber auch beunruhigt.

»Rohana Merson, aus dem Hause Gremm, falls Euch das etwas ...«

»Merson? Wie Merson der Hexer? Bei den Himmeln!« Er fuhr zurück, als habe er ein Ungeheuer gesehen. »Warum wird mir das verheimlicht? Warum belügt man mich? Merson? Bei allen Himmeln!« Er ließ die Kräuter fallen, nein, schleuderte sie geradezu von sich. »Wenn jemand erfährt, dass ich einen Merson behandelt ... dass ich Silber von Euch genommen ... bei den Dämonen und den Himmlischen!«

Er war kreidebleich geworden, und seine schielenden Augen waren so angstgeweitet, als fürchtete er, die Mersons könnten über ihn herfallen. Dann fuhr er herum und rannte davon. »Wache! Wache! Lasst mich hinaus! Schnell, schnell doch!«

Sie sprachen nicht über diesen Arzt und sein merkwürdiges Benehmen, nicht am Abend und nicht am nächsten Tag. Vil brannten zwar nach dem, was der Mann über seinen Vater gesagt hatte, Fragen auf der Seele, aber seine Mutter würgte jede vorsichtige Äußerung in dieser Richtung mit einem eisigen Blick ab.

Immerhin hatten sie diese namenlosen Wunderkräuter, der Brenner brachte sogar frisches Wasser für den Tee, damit sie ihn nicht mit der Brühe aus dem Bach aufkochen mussten. Rohana Merson dankte ihm aufrichtig, und Vil sah in ihrem Blick, dass da nichts anderes war als ehrliche, aber kühle Dankbarkeit. Falls der Brenner sich etwas Bestimmtes von seiner Hilfe versprach, sah es für Vil nicht so aus, als wäre der Mann seinem Ziel auch nur einen Schritt näher gekommen.

Faras' Husten wurde besser, und bald war er wieder auf den Beinen und kräftig genug, Vil mit seiner Quengelei auf die Nerven zu gehen. Allerdings war er der Ansicht ihrer Mutter nach nicht gesund genug, um wieder zu arbeiten, und so musste Vil auch weiterhin für zwei schuften.

»Ich muss dich warnen«, sagte Semer Geffai, als Vil einen ersten Arm voll Holz zum Lagerplatz schleppte. »Der Brenner – er hat seinerzeit einen Mann ermordet. Man kann ihm nicht trauen.«

»Aber macht Ihr nicht auch Geschäfte mit ihm, Menher?«

»Das ist etwas ganz anderes! Trödel nicht, das da ist noch lange nicht genug, um eine große Kelle zu rechtfertigen, geschweige denn drei. Und halte dich vom Brenner fern, das rate ich dir!«

Vil dachte nicht daran, ihm zu gehorchen. Er hasste den Mann von Tag zu Tag mehr, und seine Herrschaft über den Reis war schwer zu ertragen. Wenn der Eisenkönig schlechte Laune hatte, konnte Vil so viel Holz, Eisennägel oder Bleiplatten anschleppen, wie er wollte, und es gab dennoch nur die »kleine Kelle«, für ihn, seine Mutter und seinen Bruder.

Tiuri erging es hingegen besser. Sie war die einzige in der Familie, die immer satt wurde. Doma Geffai schien sie regelrecht ins Herz geschlossen zu haben, sie drückte das aus, indem sie dem Mädchen kleine Happen zusteckte, leider aber auch stets darauf achtete, dass sie sie gleich aß.

»Sie will ihren Mann nicht wütend machen«, erklärte Tiuri, die ein schlechtes Gewissen hatte, weil sie ihren Brüdern nichts abgeben konnte. Sie bot sogar an, etwas von den Vorräten in der Hütte zu entwenden, was sicher nicht auffallen würde, doch wurde sie von ihrer Mutter scharf zurechtgewiesen: »Wir sind keine Diebe, Tiuri, und wir werden es auch nicht werden. Wir sind Mersons und Gremms, wir sind diesen Namen würdiges Betragen schuldig.«

Vil fragte sich allerdings insgeheim, wo diese Würde blieb, wenn er zwischen Abfall herumkroch und nach verbogenen Nägeln suchte.

»Ich kann dir oder Fari etwas zustecken, wenn Mutter es nicht merkt«, meinte Tiuri eines Tages, als sie wieder seine Schrammen pflegte.

Vil schüttelte den Kopf. »Wenn sie dich erwischen, ist es vielleicht aus mit der Freundlichkeit von Doma Geffai. Und dann wird keiner von uns richtig satt. Außerdem merke ich doch, dass du Fari heimlich von deinem Reis abgibst.«

»Er braucht es dringender als ich.«

»Ich weiß«, meinte Vil, der sich nach den Zeiten zurücksehnte, als auch er umsorgt und verwöhnt worden war. Es schien Jahre her zu sein.

Es wurde etwas leichter für ihn, weil ihm der Brenner hin und wieder etwas zusteckte – ein paar Kupfernägel, größere Stücke Segeltuch und sogar zerbrochenes Werkzeug. »Ist von meiner Kundschaft. Ich habe meinen Schnaps ja auch nicht zu verschenken«, erklärte er mit der schleppenden Stimme, die verriet, dass er selbst schon getrunken hatte. Der Steinkrug in seinen Händen enthielt jedenfalls kein Wasser, das konnte Vil riechen.

»Wie habt Ihr es eigentlich geschafft, hier unten eine Brennerei zu errichten, Menher?«, fragte er, doch auch neugierig, etwas mehr über diesen Mann zu erfahren.

»Als ich etwa ein Jahr hier drin war, habe ich deinem Freund dem Eisenkönig wohl erzählt, dass ich früher selbst gebrannt habe. Er hat es der Wache gesteckt, und die war der Meinung, ich könne mich nützlich machen. Es war mir ganz recht, denn wenn man in diesem Loch nichts tut, wird man doch völlig verrückt. Außerdem verschafft es mir ein paar Privilegien. Mir gehört die gemütlichste Höhle und die einzig saubere Quelle in diesem Drecksloch.«

Er nahm einen langen Zug und bot dann grinsend Vil den Krug an. Aber der lehnte dankend ab.

»Aber diese prachtvolle Höhle, in der ich meine ehrenwerten Gäste empfange, habe ich auch erst, seit ich den Wachen klarmachte, dass ein guter Schnaps eine förderliche Umgebung braucht. Es gab ziemlich viel böses Blut damals, weil sie ein halbes Dutzend Leute hinauswerfen mussten, aber nichts, was ein guter Klarer nicht hätte bereinigen können.«

»Man hat die Leute verjagt?«

»War leider unvermeidlich, mein Junge, die Schildkröte muss doch immer weiter kriechen.«

Vil verstand diese Bemerkung nicht.

Der Brenner kratzte sich am Bauch. »Weißt du nicht, dass man unsere Insel, Chelos, nach der alten Göttin der Zeit benannt hat, die in der Gestalt einer geflügelten Schildkröte dargestellt wurde? Deshalb trägt doch unsere ach so geliebte Stadt so ein Tierchen im Wappen. Äußerst passend, wenn du mich fragst, denn wenn du von See kommst, dann ragt Xelidor wie ein morscher Schildkrötenpanzer aus dem Wasser auf. Und die Stadt kriecht voran, durch die Zeiten. Die Könige und Kaiser kommen und gehen, Reiche entstehen und vergehen, nur Xelidor auf Chelos bleibt bestehen. Heißt es nicht so in einem Lied?«

Wenn es das Lied gab, kannte Vil es nicht.

»Also, mein Junge, wir sind uns demnach einig, dass unsere Stadt eine Schildkröte ist. Nun gibt es die glücklichen Menschen, die Händler, die Adligen, die Räte und Kauffahrer, Leute wie deine Familie, die sonnen sich auf ihrem Rücken, und es gibt die anderen, die schuften unter dem Panzer, in den Minen, in den großen Schmieden und Gießereien oder, nicht zu vergessen, auch in den Bordellen und Schänken, die sorgen dafür, dass die alte Schildkröte sich quält, schwitzt, keucht und immer weiter vorankriecht, langsam, aber unermüdlich.«

Er legte einen Arm um Vil, und der Geruch von Fusel verschlug dem Jungen fast den Atem.

Der Brenner lachte leise, dann fuhr er fort. »Und dann gibt es noch uns, die Ratten, wir haben einen ganz besonderen Platz, denn wir leben in ihrem Arsch!« Er ließ Vil los, stierte ihn mit glasigen Augen an, lachte dann laut und wankte davon. »In ihrem Arsch, mein Junge, in ihrem Arsch!« Er machte noch einmal kehrt, stolperte auf Vil zu und meinte: »Glaubst du, dass deine Mutter irgendwann einsieht, dass sie nun hierbleiben wird? Dass sie eine Ratte ist wie du und ich, gefangen in diesem elenden Loch? Glaubst du das?«

»Meine Mutter ist keine Ratte – und Ihr seid betrunken, Menher!«, rief Vil mit geballter Faust.

»Kann schon sein. Entschuldige, Kleiner, war nicht so gemeint, ich wollte deine Mutter nicht … war nicht so gemeint. Sag ihr nicht, dass ich das … ach, es wird wohl keinen Unterschied machen.« Und dann wankte der Brenner davon.

»Was meint er damit?«, fragte Faras, der plötzlich hinter ein paar Felsen auftauchte. Angst stand in seinen Augen.

»Hast du gelauscht?«

»Nein, hab ich nicht. Aber was hat er gemeint, dass wir Ratten sind? Und … und dass wir hier nicht herauskommen?«

»Er ist betrunken. Natürlich kommen wir hier raus, schon bald.«

»Versprochen?«

»Klar. Frag Mutter, die sagt das doch auch.«

»Das stimmt«, sagte Faras und versuchte, seinen Husten hinter vorgehaltener Hand zu verbergen.

»So ganz gesund bist du auch noch nicht, oder? Weiß Mutter überhaupt, dass du dich hier draußen herumtreibst? Was ist?«, fragte Vil schließlich, weil der Kleine nicht antwortete, sondern auf seine Hand starrte.

»Nichts«, sagte Faras.

Aber Vil packte seinen kleinen Bruder an der Hand und zwang ihn, die geballte Faust zu öffnen. Sie war voller Schleim und Blut.

»Komm«, sagte Vil.

»Aber musst du nicht noch für Menher Geffai sammeln?«

»Halt den Mund und komm jetzt, Fari!«

Seine Mutter verfärbte sich, als sie das Blut sah, aber sie tat, als sei es nichts Ernstes, und schickte Faras nur hinein in die Hütte. Dann nahm sie Vil zur Seite: »Lauf hinüber zu Menher Delior, wir brauchen seine Hilfe.«

Er brauchte einen Augenblick, um zu begreifen, dass sie den Brenner meinte. Er hatte ihr also seinen Namen verraten. Vil rannte los. Als er an der Hütte des Eisenkönigs vorüberkam, sah ihn der Mann, erhob sich schwerfällig von seiner Bank und rief: »Die Nägel! Wo bleiben meine Nägel!«

»Mein Bruder ist krank, Menher!«, rief Vil ohne anzuhalten. »Sagt es meiner Schwester, bitte.«

Er war völlig außer Atem, als er die Höhle des Brenners erreichte. Ein paar zerlumpte Gestalten saßen auf Steinen oder lehnten an der Wand und blickten kaum auf, als Vil hereinstürmte.

»Der Brenner, wo ist er?«, fragte er die Alte, die ihm manchmal aushalf.

Sie sah ihn schwankend an. »Schläft«, verkündete sie nach einer Ewigkeit und deutete mit dem Daumen nach hinten.

Vil lief an ihr vorbei und ignorierte ihren müden Protest. Er war noch nie wirklich innerhalb dieser Höhle gewesen. Sie war größer, als es auf den ersten Blick aussah, und die Bergleute hatten seinerzeit auf der Suche nach Erz noch einige kurze Stollen in die Wand getrieben. In einem fand Vil einen kleinen Teich, in den von oben klares Wasser rieselte. Für einen Augenblick blieb er stehen. So viel sauberes Wasser gab es hier? Und all die Leute in der Halde mussten das ölige Wasser aus dem Bach trinken? Er lief weiter, erahnte in einem finsteren, übelriechenden Gang die Destille, dann endlich fand er den Brenner selbst.

Der Mann lag auf ein paar Decken, unter denen Stroh hervorquoll, und schnarchte. In der Kammer roch es kaum besser als in der Destille nebenan. Steinkrüge rollten über den Boden, als Vil über sie stolperte.

»Menher Brenner?«, versuchte er es vorsichtig. Aber bald wurde ihm klar, dass er so nichts erreichen würde. Er rief lauter, schüttelte den Mann, aber der schlief einfach weiter. Vil nahm sich eine gesprungene Holzschale, lief zum Teich, schöpfte Wasser und goss es dem Mann Sekunden später ohne weitere Umstände über den Kopf. »Menher Delior, wacht auf!«

Der Brenner hob den Kopf eine Handbreit, brabbelte etwas. Sabber lief ihm aus dem Mund und bildete einen dunklen Fleck auf der Decke.

Die Alte von der Theke war unterdessen herangeschlichen. Sie lehnte im Eingang und kicherte leise. Dann sagte sie schleppend: »Lass mich versuchen.« Sie schob Vil zur Seite und trat dem Brenner mit dem nackten Fuß in den Unterleib. Vil hatte noch nie so schmutzige Füße gesehen. »Hey, Brenner, bei allen Dämonen, steh auf! Deine verdammte Destille brennt!« Sie trat noch einmal zu, aber der Brenner zuckte nur leicht und sabberte auf die Decke.

Die Alte bückte sich, nahm dem Brenner den Krug ab, den

er noch in der Hand hielt, schüttelte ihn und roch an dem leeren Gefäß. »Nein, er hat vom besonderen Brand getrunken. Vor morgen brauchst du es wohl gar nicht erst zu versuchen, Kleiner.«

»Aber wir brauchen seine Hilfe!«

»Klar. Vielleicht hilft er. Aber erst morgen«, meinte die Alte und schlurfte zurück, wobei sie den leeren Krug ansetzte und sich mit verklärtem Gesicht die letzten Tropfen auf die Zunge träufeln ließ.

Aber Faras ging es so schlecht, dass sie nicht warten konnten. Also ging Rohana Merson wachsbleich hinunter zum Eisenkönig und bat ihn um Hilfe. Vil begleitete sie, denn er hatte das Gefühl, auf seine Mutter aufpassen zu müssen.

»So kann Euch Euer Freund, der Brenner, nicht helfen?«, fragte Geffai.

»Ich hoffe auf Eure Hilfe, Menher. Ich weiß den Namen des Arztes, aber nicht des Wunderkrauts, das meinem Sohn so geholfen hat. Ich weiß aber, dass Ihr Euch gut mit den Wachen versteht. Bittet sie doch, nach dem Mann zu schicken, damit er uns wenigstens etwas von dem Kraut sendet, wenn er nicht selbst hierherkommen will.«

»Der schielende Arzt? Ich denke, den Weg kann man sich sparen, so wie er sich beim letzten Mal aufgeführt hat, als er Euren Namen erfuhr. Vielleicht ließe er sich überreden, die Kräuter zu schicken, doch wüsste ich nicht, was Ihr ihm dafür geben wollt, Doma Rohana. Für einen Mantel oder ein Paar Stiefel wird er Euch sicher nicht helfen, nicht einmal mit Kräutern.«

Rohana Merson öffnete ihre geballte Faust. Ein goldener Ring lag darin. »Es ist mein Ehering, reines Gold. Das wird doch wohl reichen – für den Boten und den Arzt.«

»Gold«, murmelte der Eisenkönig ehrfürchtig. »Das ändert die Sache natürlich. Gut. Ich werde selbst gehen.«

»Ihr ... Ihr dürft hinaus?«

»Es ist ein Privileg, das ich mir durch meine bewiesene Ehrlichkeit verdient habe, Doma. Ja, zu besonderen Anlässen darf ich die Halde für kurze Zeit verlassen. Gebt mir den Ring, und ich werde alles tun, was in meiner Macht steht, um Euch die Kräuter, die Ihr braucht, zu besorgen.«

Ohne zu zögern drückte Vils Mutter ihm den kleinen Ring in die Pranke.

»Ich bin bald zurück, Doma. Mit den Kräutern«, sagte er und machte sich auch sofort auf den Weg.

Vil beobachtete, wie der Mann so lange auf das Triefauge einredete, bis dieser tatsächlich das eiserne Gittertor öffnete. Geffai ging hinaus. Vil bekam ein ungutes Gefühl.

Er rannte wieder hinüber zur Höhle des Brenners, der immer noch fest schlief, um frisches Wasser zu holen, auch bereiteten sie die Feuerstelle vor, um sofort den Tee zubereiten zu können, der Faras retten würde. Doch ihre Eile war nutzlos, denn Semer Geffai kehrte nicht so bald zurück. Es wurde Nachmittag, es wurde Abend und schließlich Nacht.

Vil erwachte, weil Faras sich wieder einmal mit einem schlimmen Hustenanfall quälte. Er hörte aber auch Stimmen oben am Gitter. Er war sofort hellwach und lief hinauf. Ja, das war die Stimme des Eisenkönigs – der mit dem Triefauge angelegentlich plauderte. Vil packte die Wut, aber was sollte er machen? Die beiden schwatzten und lachten da oben gut gelaunt, und es dauerte eine Ewigkeit, bis das Gitter sich öffnete.

Vil weckte seine Mutter, die neben Faras eingeschlafen war.

»Eure Kräuter, Doma«, sagte Geffai. »Es war wirklich nicht leicht, sie diesem Arzt abzuschwatzen, aber ich weiß ja, wie sehr Ihr an Eurem Jüngsten hängt.«

»Ich danke Euch, Menher«, murmelte Vils Mutter und riss

ihm die in ein etwas schmutziges Tuch eingeschlagenen Kräuter aus den Händen. Tiuri entfachte das Feuer.

Vil runzelte die Stirn: »Diese Kräuter sehen anders aus als jene, die der Arzt uns gab, Menher.«

Der Eisenkönig zuckte mit den Schultern. »Es sind die, die er mir in die Hand drückte. Und ich nehme doch an, dass ein Mann, ein Arzt zudem, einen Hilfesuchenden nicht betrügen würde, zumal der ihm einen goldenen Ring gegeben hat. Und nun entschuldigt mich. Dieser kleine Ausflug hat mich eine Menge Zeit gekostet, und ich habe viel zu tun.«

»Sie riechen auch anders«, sagte Tiuri leise, als sie im heißen Wasser zogen und sich ein frischer Duft in der niedrigen Unterkunft verbreitete. Semer Geffai war da schon längst wieder in seiner eigenen Hütte verschwunden.

»Aber wenn der Arzt sie ihm doch gegeben hat«, sagte die Mutter, und Vil widersprach nicht, weil er ihre Verzweiflung spürte.

Die Kräuter schienen zu helfen. Faras' Husten ließ für die Nacht und den folgenden Morgen nach, und auch am Tag schien es ihm besser zu gehen. In der folgenden Nacht kehrte er jedoch zurück, begleitet von einem schlimmen Auswurf.

Vil erwachte davon mitten in der Nacht, und für einen Moment verfluchte er seinen kleinen Bruder dafür, aber dann erkannte er, dass es schlimm um Faras stand.

Sie kochten Tee, und seine Mutter fragte nicht, woher Vil das Holz für das Feuer hatte. Der Tee brachte aber nur wenig Linderung. Faras' Atem ging flach, und er wurde vom Fieber geschüttelt.

So ging es drei Tage, in denen Vil sich immer in Rufweite der Hütte aufhielt. Er hätte am liebsten gar nicht gearbeitet, aber Faras musste etwas essen, und der Eisenkönig war nicht bereit, ihnen etwas zu schenken. Tiuri hatte am Abend immerhin richtiges Brot und eine Schale mit einer nahrhaften Gemüsesuppe dabei, die Doma Geffai ihr mitgegeben hatte.

Faras, der sehr schwach war, brachte jedoch nichts hinunter. »Vielleicht später«, sagte die Mutter und stellte die Suppe zur Seite.

Vil spürte ein nagendes Hungergefühl, aber er rührte das Essen für seinen Bruder nicht an.

In der Nacht wurde es so schlimm, dass seine Mutter Vil noch einmal zum Eisenkönig schickte, damit er den Arzt hole.

Semer Geffai war wütend, weil Vil ihn geweckt hatte, und unterbrach ihn, als er sein Anliegen vortrug: »Die Doma, die zu fein ist, für mich zu arbeiten, verlangt also erneut nach meiner Hilfe? Aber selbst wenn ich bereit wäre, noch einmal diesen Weg auf mich zu nehmen, womit sollte ich diesen Arzt bezahlen? Hat sie vielleicht noch einen goldenen Ring, den sie vor mir versteckt?«

Vil schüttelte den Kopf. »Aber könnt Ihr uns nicht vielleicht etwas vorschießen, Menher? Ich würde es mit doppelter Arbeit abbezahlen.«

»Unsinn! Und jetzt verschwinde. Die Himmel werden entscheiden, wie diese Sache ausgeht.«

Vil eilte hinüber zum Brenner, der jedoch wieder – oder immer noch – betrunken war. Er schüttelte ihn, versuchte ihm die verzweifelte Lage begreiflich zu machen, aber es dauerte lange, bis der Mann überhaupt etwas verstand. Schließlich stierte er Vil mit glasigen Augen an, griff ins Stroh seiner Schlafstatt und zog einen kleinen Krug hervor. »Bei manchen Krankheiten«, sagte er mit schwerer Zunge, »hilft es, wenn man sich damit einreibt.«

Vil kehrte zur Hütte zurück. Tiuri saß vor der Tür am Feuer. In ihren Augen glitzerten Tränen.

»Der Husten hat nachgelassen, den Himmeln sei Dank«, meinte die Mutter, als er in die Behausung kroch.

Tatsächlich ging Faras' Atem viel ruhiger. Der Husten schien sogar ganz zu verschwinden. Vil schöpfte Hoffnung, aber schon im Morgengrauen kehrte der Husten zurück, schlimmer als zuvor, schüttelte den schmächtigen Körper und wurde dann von einem schwachen Röcheln abgelöst. Vils Mutter erklärte, das sei ein gutes Zeichen. Das Röcheln wurde schwächer, so wie Faras zusehends schwächer wurde, bis er schließlich gegen Mittag mit einem leisen Seufzer starb.

Der Eisenkönig tauchte am Nachmittag auf und fragte, warum Vil nicht zur Arbeit und Tiuri nicht in seinem Heim erschienen seien.

»Mein Sohn Faras ist gestorben, Menher.«

»Ah, bedauerlich. Wissen die Wachen schon Bescheid? Nein? Gut, ich sage es ihnen, denn Ihr könnt den Knaben schließlich nicht in meiner Hütte lassen.«

Das Triefauge erschien mit einer zerschlissenen Trage und sechs Männern, was Vil verwirrte. Er hätte Faras allein tragen können, wozu brauchten sie sechs Männer?

Das Triefauge warf einen Blick auf Faras, der bleich und kalt auf dem Stroh lag. »Tatsächlich, er ist tot. Macht ein wenig Platz, Doma, damit wir ihn fortschaffen können.«

»Nur noch eine Weile, Herr Hauptmann«, bat Vils Mutter. »Nur noch eine Weile, damit ich Abschied nehmen kann, bevor er in die Gruft der Gremms gebracht wird.«

»Die Familiengruft? Liegt die hier irgendwo in der Halde? Wohl kaum. Aber keine Sorge, wir haben einen Platz für den Kleinen. Er kommt dahin, wo alle hingegangen sind, die hier starben, in den Südschacht. Ihr könnt es ausgleichende Gerechtigkeit nennen, Doma Merson, denn auch mein Vetter endete in einem Schacht, weil Euer Mann die Schwarze Kunst anwandte.«

»Es ist doch nur der Leib, Doma«, sagte einer der jüngeren Wachsoldaten, der wohl etwas mitfühlender war.

»Er hat recht, Mutter«, sagte Tiuri leise. »Faris Seele ist an einem besseren Ort.«

»Als ob der Himmel auch den Ratten offen stünde«, schnaubte das Triefauge verächtlich. »An die Arbeit, Männer.«

»Wir begleiten ihn«, rief die Mutter.

»Wenn Ihr unbedingt wollt. Aber es muss schnell gehen. Ist kein Ort zum Verweilen, der Südschacht«, brummte der Wachoffizier missmutig.

Der kleine Zug fand, wie Vil feststellte, nicht viel Beachtung. Die Haldenbewohner blickten vielleicht kurz auf, aber dann gingen sie wieder ihrer Beschäftigung nach, selbst wenn es das Nichtstun war. Von oben drang das Hämmern der Werft durch die Himmelspforten, und während sie die Kaverne durchquerten, wurde weiter Abfall durch die Gitter gekippt und sprang mit großem Getöse über den steinernen Boden.

Sed tauchte plötzlich auf und reihte sich neben Tiuri ein. Er drückte ihr stumm die Hand, und sie lächelte kurz, beides schien Vil irgendwie unangebracht zu sein.

Sie erreichten den Stollen, vor dem Sed ihn immer gewarnt hatte, und das Triefauge entzündete eine Fackel. Er gab einem seiner Männer ein Zeichen. Der schlug mit seinem Schwert auf den Schild und rief: »Wir bringen einen Toten!«

Dann lauschten sie.

Aber nur Stille antwortete, und der Offizier gab das Zeichen weiterzumarschieren. Mit jedem Schritt wuchs Vils Beklemmung, und das lag nicht nur an dem traurigen Anlass für diesen Marsch.

Schließlich, nachdem sie verschiedenen Windungen gefolgt waren, hielt das Triefauge an. Vor ihnen öffnete sich ein großes

Loch im Boden, rechts und links davon erinnerten verrottete Seile und Bretter daran, dass hier einmal in einem Schacht gearbeitet worden war.

»Können wir?«

»Aber was geschieht hier?«, fragte Vil, weil seine Mutter stumm blieb.

»Nimm Abschied, mein Junge. Und dann geht besser. Wir übergeben ihn der Tiefe, und das solltet ihr nicht sehen«, meinte der freundliche Wächter.

»Nun macht schon«, trieb das Triefauge sie zur Eile, »ich hab hier immer ein böses Gefühl.«

Die Soldaten gehorchten. Sie trugen Faras auf der Bahre zu diesem schwarzen Loch.

Rohana Merson schrie auf und machte Anstalten, sich auf die Bahre zu werfen. Vil hielt sie mit Mühe zurück und sah dann entsetzt zu, wie die beiden Träger seinen kleinen Bruder einfach in die Finsternis kippten.

Erstarrt wartete er auf irgendetwas – dass die Decke einstürzte oder ein Blitz die Männer erschlüge, doch nichts geschah, und dann fiel ihm auf, dass er nicht einmal den Aufprall des schmächtigen Leibes in der Tiefe gehört hatte.

»Dafür werdet Ihr zahlen, Hauptmann«, sagte Rohana Merson tonlos, als der Mann an ihr vorüberging. »So wahr ich eine Gremm bin – dafür werdet Ihr bezahlen!«

Vil fühlte keine Wut, er fühlte sich wie betäubt, als sie den Stollen verließen.

Und der Tag war noch nicht zu Ende.

»Wie ich erfahren habe, hat der Knabe Blut gehustet«, erklärte das Triefauge, als sie wieder bei ihrer Unterkunft angekommen waren. »Es kann also sein, dass es die Seuche war. Wir werden das hier verbrennen müssen.«

»Aber Herr, das könnt Ihr doch nicht …«, rief Sed.

»Halt den Mund, mein Junge, oder soll ich den Anwerbern sagen, dass sie dieses Jahr nicht zu kommen brauchen?«

Sed verstummte, aber Tiuri, die viel schneller als Vil begriff, was hier vorging, rief: »Unsere Sachen, lasst uns wenigstens unsere Sachen herausholen, Hauptmann.«

Doch der schnaubte verächtlich und warf schon die Fackel durch die Eingangsluke. »Aber da du es ansprichst – die Mäntel, die Stiefel, sie könnten ebenfalls verseucht sein. Gebt sie her, wir werden sie dann später verbrennen. Und die Kleider auch.«

»Was, bei allen Himmeln, tut Ihr da?«, kreischte der Eisenkönig, der wohl den Qualm gerochen hatte.

»Wir schaffen Ordnung, Semer, da du das wohl nicht kannst. Besorg denen da doch ein paar Lumpen, damit die Familie des Hexers nicht nackt herumlaufen muss.«

Als er genug gejammert und sich wieder gefasst hatte, schrieb Semer Geffai beides auf die Rechnung: die schmutzigen Lumpen, die sie nun trugen, ebenso wie die niedergebrannte Unterkunft, und so standen sie, in zerrissene Kleider gehüllt, die einmal anderen Ausgestoßenen gehört hatten, vor den rauchenden Trümmern ihrer Hütte und hatten nicht einmal ein Obdach für die kommende Nacht.

»Warum haben die das getan?«, fragte Tiuri, als sie wieder allein waren.

Vil wusste es auch nicht.

»Das Triefauge kann Leute von Stand nicht leiden, aber warum er seinem Freund Geffai diese schöne Unterkunft verbrennt, das verstehe ich auch nicht«, meinte Sed.

»Glaubst du immer noch, dass wir hier wieder herauskommen, Mutter?«, fragte Vil.

Sie antwortete nicht.

Er fragte sich, warum er nicht um seinen Bruder weinte, oder warum er nicht vor Wut über das Triefauge und den Eisenkönig tobte. Er fühlte nichts außer einer kalten Leere, und so fragte er seine Mutter noch einmal, ernst und ruhig, ob sie wirklich daran glaubte, dass sie dieses Höllenloch je wieder verlassen würden.

»Ich weiß es nicht, mein Sohn. Ich glaube nicht, dass ich die Sonne jemals wiedersehen werde, und selbst wenn ich sie wiedersehe, ob ich sie erkenne, jetzt, da dein kleiner Bruder tot ist.« Plötzlich beugte sie sich zu ihm herab und sah ihm tief in die Augen. »Aber du musst überleben! Du darfst das, was heute geschehen ist, ebenso wenig vergessen wie das, was in der Arena geschah. Und du wirst sie bezahlen lassen, alle, die uns dieses Unrecht angetan, die deinen Vater und deinen Bruder getötet haben, und alle, die uns im Stich gelassen haben. Wirst du das tun, Viltor Aretus Merson aus dem Hause Gremm?«

Vil spürte einen Kloß im Hals, und so nickte er bloß, statt zu antworten.

Später, als es dunkel geworden war, durchsuchte er die verbrannten Überreste. Der Stein, den er suchte, war in der Hitze gesprungen, und der Griff des Messers, das sie darunter versteckt hatten, war verkohlt, und weil die Kupfernägel, die ihn zusammenhielten, geschmolzen waren, fiel er auseinander, als er es berührte. Aber die Klinge war unversehrt und scharf. Vil nahm sie an sich.

Es war ein recht kühler Sommernachmittag, als es an der Pforte klopfte, und die Köchin Esrahil Gremm einen Besucher meldete.

Gremm schaute unwillig von den Büchern auf. In letzter Zeit schien die Unordnung in all seinen Unternehmungen stetig zuzunehmen. »Wer ist es?«

»Ein Leutnant der Wache, Herr.«

»Ein Leut…« Gremm erbleichte, versuchte, die aufsteigende

Panik zu unterdrücken, und gab der Köchin den Auftrag, den Gast in die Wohnstube zu führen. »Aber bittet ihn um Ruhe. Wir wollen meine Frau nicht wecken.«

In seinem Verstand rasten die Gedanken. Hatte ihn vielleicht jemand angeschwärzt? Sester Elgos hatte einen Mann zur Halde geschickt. Der hatte den Hauptmann der Wache dort bestochen, damit er ein Schreiben an seine Schwester Rohana weiterleiten sollte. Die hatte jedoch nicht geantwortet. War herausgekommen, wer der Absender war? Elgos hatte gesagt, dass diesem Schreiben nichts Verfängliches und schon gar kein Absender zu entnehmen sei, aber wer konnte das schon wissen?

Gremm versuchte, sich zu beruhigen. Er trank noch etwas von dem lang erkalteten Tee, ordnete die Bücher ohne viel Sinn und Verstand neu und ging schließlich hinüber in die Wohnstube.

Kein Gespenst, war der erste Gedanke, der ihm durch den Kopf schoss, als er den Mann sah, denn der trug nicht das schlichte Grau der Geheimen Wacht. Nein, ein stählerner Halbkürass glänzte matt über dem unscheinbaren Braun und Schwarz der Stadtwache.

»Was kann ich für Euch tun, Leutnant?«, fragte er freundlich. Der Mann wirkte nicht sonderlich auffällig. Er war nicht groß, beinahe so klein wie er selbst, und das blonde Haar kräuselte sich über einem breiten, offenen Gesicht.

»Leutnant Lizet, zu Euren Diensten, Menher. Ich bitte die Störung zu entschuldigen, aber ich habe ein paar Fragen und hoffe, dass Ihr sie mir vielleicht beantworten könnt.«

»Gerne, wenn ich kann. Doch erlaubt mir, die Tür zu schließen. Meine Frau ist leider erkrankt, und sie braucht Ruhe.«

»Ah, wie bedauerlich. Was fehlt ihr?«

»Wie? Ach, ein Fieber, das sie aus ihrer Heimat am Goldenen Meer mitgebracht hat. Es gibt Mittel dagegen, doch die sind hier nur schwer zu bekommen.«

»Wie bedauerlich«, sagte der Leutnant noch einmal.

»In der Tat«, meinte Gremm und fühlte sich sehr niedergeschlagen.

»Soll ich zu anderer Stunde wiederkommen, Menher?«

Ein Teil von Esrahil Gremm hätte am liebsten laut »Ja« geschrien, doch er würde keine ruhige Minute mehr haben, solange er nicht wusste, was den Leutnant zu ihm geführt hatte. Also sagt er: »Eine Besserung ist leider so bald nicht in Sicht, und wo Ihr nun schon einmal hier seid ...«

»Ich danke Euch, Menher«, sagte Lizet mit einer kleinen, höflichen Verbeugung. »Seht, Menher, es ist etwas vorgefallen, ein Verbrechen, das ich untersuchen muss.«

Gremm fühlte kalte Schweißtropfen auf seine Stirn treten. »Ein Verbrechen?«

»Ein Mord, Menher, doch erlaubt, dass ich von vorn beginne. Vielleicht sollten wir uns setzen, denn ich fürchte, ich kann es nicht kurz machen.«

Ein Mord? Es ging nicht um das gefährliche Schreiben? »Tee?«, fragte er, um überhaupt etwas zu sagen.

Der Leutnant lehnte ab. Als sie sich gesetzt hatten, begann er: »Es gab einen Mord, vor drei Tagen, im Katzenviertel. Ich nehme an, Ihr kennt die Gegend unterhalb der Arena, wo Huren und Spieler ihr Unwesen treiben.«

Gremm nickte. Jedermann kannte das Katzenviertel. Es war ein einziges großes Bordell, und jeden Tag wechselte dort viel Geld den Besitzer. Er besaß ein Haus am Rande dieses Viertels, ein Überbleibsel aus alten Zeiten. Früher hatten die Mieterinnen ihm viel Geld erwirtschaftet, doch dann hatte er es seiner Frau zuliebe an etwas ehrbarere Menschen vermietet. Ob dort etwas vorgefallen war?

»Ein Mann ist dort auf offener Straße niedergestochen und ausgeraubt worden.«

»Ah, ein Raubmord.«

»Vermutlich, Menher, es wäre nicht der erste im Katzenviertel. Es ergaben sich jedoch ... Merkwürdigkeiten.«

»Welcher Art?«

»Der Mann war ein Fischer, doch hatte er in den letzten Wochen erstaunlich viel Geld in den dortigen Schänken gelassen.«

Ein Fischer?, durchzuckte es Gremm. *Sollte etwa ...*

»Ein Fischer mit Geld ist in diesen Tagen an sich schon erstaunlich. Noch erstaunlicher aber ist, dass seine Verwandten berichteten, er habe sein Geld an den Spieltischen gewonnen. Als ich mich aber in den Schänken umhörte, schien es, als habe er überall stets verloren. Wie könnte es auch anders sein, wenn man weiß, wie die Würfelspieler ihr Geld verdienen?«

»Ihr meint, sie spielen falsch?«, warf Gremm etwas dümmlich ein.

Der Leutnant antwortete mit einem feinen Lächeln. »Oh, einer dieser Männer verbürgte sich sogar dafür, dass das Opfer gewiss nicht an seinem Tisch gewonnen habe. Ich befragte die anderen Fischer etwas eingehender, ohne viel zu erfahren, aber dann sprach ich mit dem dortigen Priester ...«

Gremm stand auf, bat, ihn zu entschuldigen, öffnete die Tür und rief leise zur Küche hinüber, dass er und sein Gast Tee wünschten. Er hatte keinen Durst, aber er hielt die Anspannung nicht mehr aus.

»Ich verstehe nicht ganz, was der Priester mit dem Raubmord zu tun haben soll, wie ich gestehe«, sagte er, als er sich wieder gesetzt hatte.

»Diese Menschen bringen seit den Tagen der Pest ein erstaunliches Opfer – sie werfen einen Teil ihres Nachtfangs durch ein Loch hinab in die Halde, wo die Vergessenen hausen.«

»Wirklich? Wie überaus nobel.«

»Sie werden dafür vom Tempel entschädigt, jedoch nicht sehr üppig, wie Ihr Euch denken könnt. In den letzten drei Monaten schienen sie jedoch noch großzügiger als sonst zu sein, so großzügig, dass es sogar dem alten Priester auffiel, und bei meiner inzwischen dritten Befragung gaben sie zu, dass ein unbekannter Wohltäter, ein Mann von Stand, sie dafür entlohnte.«

»Ich verstehe«, sagte Gremm und zwang sich, sitzen zu bleiben und nicht unter dem Vorwand, nach dem Tee sehen zu wollen, aufzuspringen und dabei das Haus für immer zu verlassen.

»Das führte mich schließlich zu Euch, Menher Gremm.«

»Zu mir?«

»Es ist in diesem Jahr nur eine Familie von Stand an diesen Ort verbannt worden, und diese Familie hat nur einen einzigen Verwandten in der Stadt, Euch, Menher.«

»Aber es wäre nicht erlaubt, sich um sie zu kümmern!«, rief Gremm.

Der Leutnant zuckte mit den Achseln. »Ich kann Euch beruhigen, Menher, ich bin nicht hier, um Euch wegen dieser mildtätigen Geste zu verhaften. Ich kann sie nicht gutheißen, denn sie verstößt gegen das Gesetz, aber ich kann sie Euch auch nicht nachweisen, oder, sagen wir, mein Ehrgeiz, Euch dieses Verbrechens zu überführen, ist nicht sehr groß.«

Die Köchin trat mit einem Tablett ein, auf dem Teekanne und -geschirr klapperten.

»Jetzt nicht!«, herrschte Gremm sie an, woraufhin sie sich fluchtartig zurückzog. »Aber was wollt Ihr dann von mir, Leutnant?«

»Nun, zunächst wollte ich Gewissheit, ob meine Schlussfolgerungen richtig waren, und die habe ich nun. Aber ich muss wissen, ob Ihr vielleicht jemandem von diesem Handel erzählt habt. Versteht Ihr?«

Gremm verstand, er verstand nur zu gut. Natürlich hatte er jemandem davon erzählt, Sester Elgos, seinem alten »Freund« aus dunklen Tagen. Plötzlich wusste er, was geschehen war. Er legte jedoch die Stirn in angestrengte Falten, als müsse er sehr gründlich nachdenken, und sagte schließlich mit trockener Kehle: »Nein, Leutnant, nein, ich habe niemandem davon erzählt. Nicht einmal meiner Frau, vor der ich wirklich ungern Geheimnisse habe. Denn, wie Ihr schon sagtet, es verstößt gegen das Gesetz, jenen zu helfen, die unsere Stadt verbannt hat.«

»Kein Wort? Nicht einmal zu einem Freund oder Bekannten?«

Gremm lächelte schwach. »Leutnant«, sagte er dann, »in meinem Alter sind Freunde ein rares Gut, ein Gut, das immer knapper wird. Früher, da gab es die Kauffahrer, mit denen ich um Geschäfte wetteiferte und doch befreundet war. Man traf sich, trank einen Humpen auf gute Geschäfte, doch das war einmal. Die meisten von ihnen haben sich zur Ruhe gesetzt, soweit ich weiß, die anderen, jüngeren, haben keine Zeit mehr für solch altmodische Vergnügungen. Also, nein, Leutnant Lizet, ich habe keine Freunde, denen ich dieses Geheimnis anvertrauen würde, und schon gar keine, die um ein paar Kronen willen einen Mord begehen würden.«

»Und wisst Ihr, ob dieser Fischer vielleicht ... ich meine, Ihr habt doch mit ihm gesprochen, oder?«

»Gewiss, doch weiß ich nicht, wem er davon erzählt hat. Ihr sagtet, dass die Menschen in seinem Dorf es wussten. Arme Leute nach allem, was ich dort gesehen habe. Vielleicht solltet Ihr eher dort suchen.«

»Ja, es wird mir wohl nichts anderes übrig bleiben. Ich danke Euch für Eure Zeit, Menher Gremm.«

Damit kam das Gespräch unter allerlei Floskeln, aber ohne

Tee zu seinem Ende. Als der Leutnant das Haus endlich verlassen hatte, lehnte sich Gremm erschöpft an die Wand. »Sester Elgos«, murmelte er leise, »was hast du nur getan?«

Auf der Straße blieb Livus Lizet noch einmal stehen und betrachtete das schmale Haus. Nichts daran wirkte auffällig oder gar verdächtig. Gremm selbst war hingegen ein Nervenbündel. Nun, jeder wurde nervös, wenn ein Leutnant der Stadtwache ihn besuchte, und Gremm war sicher auch sonst kein Ausbund an Tapferkeit, nur ein kleiner, unbescholtener Kauffahrer. Und leider konnte Lizet nicht erkennen, warum Gremm diesen Fischer hätte töten – oder töten lassen – sollen. Nein, Gremm schied als Verdächtiger vorerst aus.

Dennoch, der Leutnant wurde das Gefühl nicht los, dass es hier um mehr als einen gewöhnlichen Raubmord ging. Er beschloss, Gremm noch nicht ganz von der Liste der Verdächtigen zu streichen.

Er gähnte und machte sich auf den Weg zu seiner Wache. Es war spät geworden. Morgen würden sie also notgedrungen das Fischerdorf auf den Kopf stellen, und er wollte dafür sorgen, dass er genug Leute zur Verfügung hatte.

Wenn du das Geld findest, hast du auch den Mörder, dachte er, als er unter den Laternen, die gerade entzündet wurden, nachdenklich zurück ins Katzenviertel lief.

Gremm wartete bis Mitternacht, bevor er aus dem Haus schlich. Um diese Zeit war es auf den Straßen ruhig. Er zwang sich, langsam zu gehen, denn es waren Streifen der Stadtwache unterwegs, und die durften keinen Verdacht schöpfen.

Wie er angenommen hatte, fand er Sester Elgos im *Roten Löwen* hinter einer Flasche Branntwein.

»Was hast du getan?«, zischte er.

»Sei mir gegrüßt und setz dich«, meinte Elgos und lehnte sich in seinem Stuhl zurück. Offenbar wollte er sich nicht aus der Ruhe bringen lassen.

»Die Stadtwache war heute bei mir!«

»Weswegen?«, fragte Elgos und grinste flüchtig.

Gremm sah sich um. Es waren wieder nicht viele Gäste hier, und der Wirt schien damit beschäftigt zu sein, Zinnkrüge zu polieren. Niemand beachtete sie. Dennoch senkte er die Stimme noch weiter: »Was glaubst du wohl? Der tote Fischer! War von Tod die Rede? Habe ich verlangt, dass du ihn umbringst? Du solltest mit ihm reden, mehr nicht.«

Elgos beugte sich zu ihm hinüber, sah ihn unter schweren Augenlidern düster an und erwiderte: »Du hast gesagt, rede mit ihm – das habe ich getan. Ich habe ihm das Geld gebracht und versucht, ihn davon zu überzeugen, mit dem, was er hat, zufrieden zu sein. Er war leider nicht sehr einsichtig. Eigentlich hat er mich sogar ausgelacht, dich und mich, um genau zu sein. Also habe ich ihn beobachtet. Er ging oft in die Arena, runter in die Katakomben, zum Spielen, und er hat die Frauen im Katzenviertel besucht, auch ziemlich häufig. Man kann sagen, er hat dein Geld mit vollen Händen ausgegeben, anstatt es mit den anderen Fischern redlich zu teilen, und ein Mann, der diesen Weg beschreitet, wird nie genug Geld haben. Und eines Nachts, fast schon gegen Morgen, waren wir plötzlich allein auf der Straße. Die Hahnengasse, du erinnerst dich? Das alte Bordell dort gibt es immer noch.«

»Das ist nicht die Zeit, um in schönen Erinnerungen zu schwelgen, Sester, zumal ich dieses Haus nie betreten habe!«

»Wirklich nicht? Dann hast du etwas verpasst. Ich dränge also unseren Mann in eine dunkle Ecke und will noch einmal mit ihm reden – und was macht er? Er zieht ein Messer! Was hätte ich also deiner Meinung nach tun sollen? Ich habe die Sache beendet und das Geld genommen, damit es wie ein Raub aussieht.«

»Offenbar hast du diesen Leutnant der Wache aber nicht täuschen können. Er hat mir Fragen gestellt, viele Fragen, und er hat einiges von dem erraten, was wirklich vorgefallen ist.«

»Und was hast du ihm erzählt?«

»Gar nichts! Aber dieser Mensch gibt keine Ruhe. Er will als Nächstes die Fischerhütten auf den Kopf stellen.«

»Kann er da etwas finden, was dich auf die Galeere bringt?«

»Nein, natürlich nicht. Aber wenn er nichts findet, dann wird er weitersuchen. Und irgendwann wird er wieder bei mir an die Tür klopfen. Ein heller Kopf und hartnäckig.«

»Also müsste er etwas finden.«

»Wie?«

»Dieser Büttel, den du so bewunderst, mein Freund. Er muss etwas finden. Dann wird er zufrieden sein, wie ein Bluthund, der ein schönes Stück Fleisch bekommt.«

Gremm runzelte die Stirn. »Aber die Fischer haben doch mit diesem Mord nichts zu tun. Er kann dort gar nichts …«

»Noch nicht«, meinte Sester Elgos und erhob sich. »Ich muss mich wohl beeilen.«

»Was hast du vor?«, fragte Gremm verwirrt.

»Eigentlich eine Sache, für die ich einen zweiten Mann bräuchte, doch bezweifle ich, dass du ein Mann bist. Nein, du gehst besser heim. Man sollte dich auch nicht mehr in der Nähe dieses Dorfes sehen, denn wenn sie dich verhaften, wird es nicht lange dauern, bis sie von dir genug erfahren, um auf mich zu kommen.«

»Aber Sester …«

»Schon gut. Du kannst eben nicht aus deiner Haut, Esra. Aber bezahl das da für mich – und komm nicht wieder her.«

Gremm saß noch lange und starrte auf den leeren Stuhl, den

der massige Mann so selbstbewusst ausgefüllt hatte. Dann zahlte er und schlich nach Hause. Er hoffte inständig, dass seine Frau nicht aufwachte, denn er hatte keine Ahnung, wie er ihr diesen späten Ausflug erklären sollte.

»Wenn Ihr jemals wieder etwas essen wollt, Rohana Merson, werdet Ihr arbeiten müssen, hart arbeiten!« Semer Geffai war immer noch wütend und offenbar fest entschlossen, seine Wut an Vils Familie auszulassen. »Das hat man nun von seiner Großherzigkeit! Da nehme ich Euch auf, und was ist der Dank? Ihr bringt mir die Seuche ins Haus!«

»Es war nicht die Seuche, Menher«, wandte Tiuri ein.

Vil betrachtete den feisten Mann, der sich über so eine Nichtigkeit wie ein paar verbrannte Bretter – denn mehr war ihre Unterkunft ja nicht gewesen, ein paar Bretter, ein halbes Dach, eine Höhlung im Fels – derart in Rage redete, wo doch viel schlimmere Dinge geschehen waren. Faras war tot, und der Auftritt des Eisenkönigs erschien Vil irgendwie unwirklich. Dennoch entging ihm nicht, dass der Mann jegliche Höflichkeit, die er früher seiner Mutter gegenüber an den Tag gelegt hatte, vermissen ließ. Er nannte sie nicht einmal mehr Doma, und sie ließ es mit bleichem Gesicht einfach über sich ergehen, widersprach nicht, wies ihn nicht zurecht. Vil fühlte die Klinge unter seinem Hemd. Wenn der Eisenkönig so weitermachte, würde er sie bald benutzen.

Doch dann erschien plötzlich der Brenner. Sein blondes Haar stand wirr vom Kopf ab, selbst sein sonst sorgsam gepflegter Spitzbart sah aus wie ein zerrupfter Besen. »Bei allen Himmeln, Semer, lass sie in Ruhe!«

Der Eisenkönig fuhr herum. »Halte du dich da heraus, Brenner! Die Sache geht dich nichts an!«

Der Brenner stolperte an ihm vorbei, blieb stehen und legte

eine Hand aufs Herz. »Doma Rohana, ich habe es gerade erst erfahren. Was für ein schrecklicher Verlust!«

»Ihr seid betrunken, Menher Delior.«

»Gewiss, Doma, doch bin ich hier, um Euch meine Hilfe anzubieten.«

»So? Willst du den Schaden bezahlen?«, höhnte der Eisenkönig.

Der Brenner streifte die Asche mit einem Blick und erwiderte: »Ich kann dir ein paar Bretter geben für *das da.* Dann kannst du es ebenso prachtvoll wieder aufbauen, wie es war. Und Euch, Doma Rohana, biete ich eine Unterkunft an, wenigstens, bis dieser *Palast* wieder steht.«

»Was versuchst du, Brenner? Willst du sie abwerben? Willst du, dass sie in deiner Lasterhöhle deinen Fusel ausschenkt?«

Der Brenner schüttelte den Kopf. »Eine Dame wie Ihr, Doma Rohana, sollte nicht arbeiten. Nicht für mich, aber erst recht nicht für den da.« Dabei griff er zart nach ihrer Hand.

Vils Mutter blickte stirnrunzelnd erst auf die Hand, dann auf den Mann und erwiderte: »Ich danke Euch für Euer Angebot, Menher, doch habe ich Eure Schänke gesehen. Sie ist wohl kaum die richtige Umgebung für meine Kinder.«

»Oh, es gibt eine kleine Höhle etwas abseits der Schänke. Ich nutze sie als Lager, doch kann sie Euch und Euren Kindern auch als Unterkunft dienen. Sie hat sogar eine Tür, die man verriegeln kann.«

»Aber sie haben Schulden bei mir, riesige Schulden!«

Der Brenner seufzte und verdrehte die Augen. »Wie viele Krüge soll ich dir bringen, Semer?«

Der Eisenkönig verstummte für einen Augenblick. Dann sagte er: »Ich will dein Gebräu nicht, Brenner, und auch sonst nichts von dir. Ich will, dass diese Leute ihre Schulden selbst bezahlen! Oder ich rufe die Wachen und lasse sie in Ketten legen, damit sie endlich begreifen, wo sie hier sind und wer hier das Sagen hat!«

»Ich kann weiter bei Euch im Haus arbeiten, Menher«, rief Tiuri plötzlich.

»Und ich werde weiter Eisen für Euch sammeln«, stieß Vil widerwillig hervor, denn ihm war klar, dass der Mann imstande war, sie wirklich in Ketten legen zu lassen, nur um seinem Zorn Luft zu verschaffen.

»Und Ihr, Rohana Merson?«, fragte Semer Geffai finster.

»Sie wird nicht für dich arbeiten, Semer. Ich bringe dir heute Abend fünf Krüge von meinem Besten. Das sollte doch wohl mehr als reichen, um deinen Schaden auszugleichen.«

»Meinetwegen, so soll es sein. Aber sie soll nicht glauben, dass sie oder ihr Sohn je mehr als die kleine Kelle empfangen werden, bis sie von ihrem hohen Ross heruntersteigt und mir den Respekt erweist, den ich verdiene!«

»Tut sie das nicht längst?«, meinte der Brenner grinsend.

Der Eisenkönig trat einen Schritt auf ihn zu, ballte die Faust. »Ein Wort von mir, Brenner, ein Wort von mir …«

Der Brenner seufzte, lachte plötzlich und meinte: »Komm, alter Freund, bis jetzt haben wir doch immer eine Lösung gefunden! Am besten, wir bereden das unter vier Augen.«

Damit legte er den Arm um die Schulter des anderen und führte ihn zur Seite. Vil fand das eigenartig. Er hätte gerne gelauscht, was die beiden Männer da besprachen, aber als er vorsichtig näher schleichen wollte, wurde er von seiner Mutter missbilligend zurechtgewiesen.

Die Männer stritten eine Weile, aber irgendwann schienen sie sich doch zu einigen.

Der Brenner hatte einen beinahe verträumten Gesichtsausdruck, als er zurückkehrte. »Er wird niemanden in Ketten legen lassen, Doma Rohana. Allerdings erwartet er, dass wenigstens

Eure Kinder für ihr Essen arbeiten. Euch selbst will er wegen Eurer Trauer nicht behelligen. Was die Schulden betrifft, so werden sieben Krüge meines besten Brands ausreichen, dieses niedergebrannte Schloss zu ersetzen. Er will allerdings nicht, dass Ihr weiterhin hier wohnt.«

»Wir werden etwas anderes finden, Menher«, erklärte Vils Mutter, »und wir werden Euch Eure Auslagen ersetzen mit der Zeit.«

»Ihr macht es einem wirklich nicht leicht, Euch zu helfen, Doma Rohana. Doch kommt, Ihr könnt einen Teil Eurer Schuld begleichen, indem Ihr mir helft, das Lager aufzuräumen, das ich Euch nach wie vor als Wohnstatt anbiete. Seht es Euch einfach an, wenn es Euch nicht gefällt, werde ich Euch helfen, ein gemütlicheres Loch auf diesem Abfallhaufen zu finden.«

Das Lager war ein alter Stollen, der zwei Dutzend Ellen weit in die Wand getrieben worden war. Es war vollgestellt mit Dingen, die der Brenner als »noch brauchbar« bezeichnete, obwohl sie Vil selbst für die Verhältnisse der Halde wie Abfall erschienen. Es war Abend, als sie mit dem Aufräumen fertig waren, und Vil und seine Schwester beknieten ihre Mutter, doch dort zu bleiben, und schließlich gab sie nach. Der Brenner besorgte Decken, und so rollten sie sich im Licht einer einsamen Kerze am Ende des Stollens zusammen und versuchten zu schlafen.

Jetzt, wo der Tag mit seinen Aufregungen vorüber war, kam die Trauer mit Macht. Vil legte sich auf den Rücken und starrte an die steinerne Decke, die ihn plötzlich an eine Gruft erinnerte. Er wäre beinahe aufgesprungen, um hinauszulaufen, weil er diesen Gedanken nicht ertrug, aber er zwang sich zur Ruhe und schlief endlich doch ein.

Irgendwann in der Nacht wurde er vom Weinen seiner Mutter wach. Er hätte sie gerne getröstet, aber er wusste nicht, was er sagen sollte. Er wünschte sich nur, sie würde endlich auch einschlafen, um Ruhe zu finden.

Als er sie am nächsten Morgen verstohlen betrachtete, war er sich sicher, dass sie kein Auge zugetan hatte, und dies wiederholte sich in der folgenden Nacht. Tagsüber ließ der Eisenkönig ihn schuften, und er war dankbar dafür, denn das löschte die dunklen Gedanken wenigstens vorübergehend aus, und die Arbeit ermüdete ihn so, dass er in der Nacht durchschlief. Am Morgen hatte er jedoch deswegen ein schlechtes Gewissen, weil er die rotgeweinten Augen seiner Mutter sah, die weder essen noch trinken wollte.

»Ich denke, diese tiefe Trauer muss sein«, meinte der Brenner, als Vil ihn vorsichtig darauf ansprach. »Ich habe sie nicht ohne Grund mit ihren Gedanken allein gelassen, auch wenn es vielleicht grausam erscheint. Nein, mein Junge, sie muss diesen Kelch erst bis zur bitteren Neige leeren, bevor es besser werden kann.«

»Aber sie schläft nicht, isst nicht.«

»Ich weiß, aber keine Sorge, ich habe einen besonderen Tee vorbereitet, der wird ihr helfen.«

Als Vil am Abend zurückkehrte, stellte er fest, dass es seiner Mutter wirklich besser zu gehen schien. Ihr Blick war traurig, aber nicht mehr völlig leer. Sie lächelte sogar schwach, als er heimkam, winkte ihn zu sich heran und nahm ihn in den Arm.

Vil war perplex, denn so etwas tat sie sonst nie. Dann nahm er einen Geruch wahr, den er inzwischen gut kannte. Seine Mutter war betrunken.

»Willst du, dass sie schläft, oder nicht?«, fragte der Brenner gelassen, als er ihn zur Rede stellte.

»Ihr sollt sie nicht betrunken machen, Menher!«

»Wäre es dir lieber, sie würde verrückt?«

»Nein, aber …«

»Keine Sorge, mein Junge. Schon bald wird es ihr so gut gehen, dass sie diesen Tee nicht mehr braucht.«

Von nun an fand Vil seine Mutter jeden Abend angetrunken vor. Sie weinte viel, umarmte ihn und seine Schwester häufig und weinte noch mehr. Dann klagte sie ihr Leid, und manchmal verfluchte sie alle, die sie in dieses Unglück gestürzt hatten.

»Sie macht mir Angst, Vil«, sagte Tiuri, »sie ist gar nicht mehr wie Mutter.«

»Ich rede mit Menher Delior«, versuchte er sie zu beruhigen.

Esrahil Gremm verbrachte unruhige Tage, in denen er sich kaum aus dem Haus wagte. Er vertiefte sich in Arbeit, auf die er sich gleichwohl nicht konzentrieren konnte, zuckte bei jedem Klopfen an der Pforte zusammen, weil er damit rechnete, dass die Wachen kämen, um ihn abzuholen, und er schlief und aß mehr schlecht als recht.

Mehr als einmal stand er kurz davor, doch wieder in den *Roten Löwen* zu gehen, um Sester Elgos zu fragen, wie die Sache ausgegangen war, aber letztlich wagte er es nicht. Vielleicht hätte er sich auch auf der Straße erkundigen können, ob man Neues gehört hatte von dem Mord im Katzenviertel. Aber wussten die Leute davon? Kümmerte es irgendjemanden im Seeviertel oder überhaupt auf der Ritterseite, wenn in diesen verrufenen Gassen jemand ermordet wurde? Würde er nicht eher Verdacht erregen? Also unterließ er auch das.

Einige Tage nach seiner Unterredung mit Sester Elgos hörte Esrahil Gremm durch die geöffnete Tür seines Arbeitszimmers die Köchin mit jemandem auf der Straße reden; der Stimme nach war es der Gärtner der Nachbarn.

»Ja, so wahr ich hier stehe«, rief die Köchin, »ein Priester! Er lebte wohl in einem Tempel in dieser Fischersiedlung unweit der Neuen Werft, die Ihr vielleicht kennt.«

Gremm spitzte die Ohren, der Gärtner entgegnete etwas, was Gremm aber nicht verstand, woraufhin die Köchin empört ausrief: »Es ist mir gleich, ob ihr Fisch gut ist! Diese Menschen dort scheinen abgefeimte Bösewichte zu sein. Warum? Nun, Ihr glaubt doch wohl nicht, dass ein Priester diesen Fischer auf offener Straße ermordete, aber irgendjemand hat die geraubten Münzen am Tempel versteckt.«

Ein leichtes Lächeln glitt über Gremms Lippen. Sester Elgos hatte die verfängliche Beute dem Priester untergeschoben? Er war schon früher einfallsreich gewesen, wenn es um solche Streiche ging.

Der Gärtner hatte wieder etwas gesagt, irgendetwas darüber, dass man niemandem mehr trauen könne, aber die Köchin erwiderte: »Nein, die Wachen glauben auch nicht, dass es dieser fromme Mann war. Was sie getan haben? Na, sie haben alle Fischer festgenommen. Beim Verhör werden sie schon gestehen, und wenn der Mörder nur einen Funken Ehre im Leib hat, gesteht er, bevor die Folter beginnt.«

Und dann plädierte sie leidenschaftlich dafür, den Übeltäter hinzurichten, so ein Mord unter Gesindel möge ja angehen, aber es einem Mann des Himmels unterzuschieben …

Gremm hörte dem Geplapper nicht mehr zu. Er fühlte sich hundeelend. Aber was sollte er machen? Die einzige Möglichkeit, den Fischern zu helfen, wäre wohl, sich selbst aufs Schafott zu legen.

An diesem Morgen war Vil mit Sed unten an der Fischpforte und wartete auf die übliche Morgengabe, aber sie blieb aus. Die Haldenbewohner blickten erwartungsvoll nach oben, doch nichts tat sich jenseits des Gitters, nur hohe weiße Wolken zogen über einen unerreichbaren Himmel. Nach und nach zerstreute sich die Versammlung, hungrig und besorgt. Selbst die

Ältesten konnten sich nicht erinnern, dass so etwas jemals vorgekommen war.

Vil redete mit dem Brenner, wie er es Tiuri versprochen hatte, doch der war taub gegenüber allen Einwänden, die Vil erhob. »Ich wäre ein herzloser Mann, wenn ich ihr nun das Einzige nähme, was ihr wirklich Trost spendet«, erklärte er lapidar. Dann seufzte er und fragte: »Wie alt bist du, mein Junge?«

»Fast Sechzehn«, erwiderte Vil, obwohl es noch einige Wochen bis zu seinem Geburtstag waren.

»Ah, wirklich? Du bist nicht sehr groß für dein Alter. Sei's drum, es wird Zeit, dass du das Leben endlich als das annimmst, was es ist – ein harter Kampf, bei dem man gute Freunde braucht. Ich bin ein solcher Freund, Vil, und ich werde deiner Mutter helfen, so gut ich es eben kann. Vertrau einem Mann mit ein wenig mehr Lebenserfahrung, der dir sagt, dass es deiner Mutter schon bald viel besser gehen wird.«

Vil vertraute dem Brenner aber keineswegs. Er versuchte, so oft und lange wie möglich bei seiner Mutter zu sein, auch wenn er sie und ihre seltsamen Stimmungen kaum ertrug. Tiuri hingegen blieb ihrer neuen Unterkunft immer länger fern.

»Sie haben mir angeboten, bei ihnen zu übernachten«, sagte sie irgendwann.

»Wer?«

»Der Eisenkönig oder vielmehr die Doma, aber er hat nichts dagegen. Er will es nicht einmal zu unseren Schulden dazurechnen.«

»Aber Mutter braucht uns jetzt, Tiuri.«

»Ach, Vil, sie merkt doch kaum noch, ob ich da bin oder nicht. Gestern hat sie mich Faras genannt, als sie mich umarmte, nicht zum ersten Mal. Ich ertrage das nicht länger.«

Vil sah im Gesicht seiner kleinen Schwester, wie sehr ihr das zu schaffen machte. Sie war doch erst elf. Auch ihn hatte ihre

Mutter schon mehrfach mit dem Namen seines kleinen Bruders angesprochen. »Aber wir können sie jetzt nicht im Stich lassen«, sagte er dennoch, und schließlich gelang es ihm, seine Schwester zu überzeugen, noch ein wenig länger durchzuhalten.

»Aber wenn es nicht bald besser wird …«

»Es wird besser, Tiuri, bestimmt.«

Auch am nächsten Morgen gab es keinen Fisch und auch keine Auskunft, was geschehen sei, doch es gab Streit, und ein einarmiger Mann wurde verprügelt, weil er etwas von der Strafe der Himmlischen faselte. Vil sah zu. Er konnte die Leute verstehen. Sie waren in der Halde – wie hart wollten die Himmel sie denn noch bestrafen?

Er kehrte mit leeren Händen zum Lagerstollen zurück, hungrig und getrieben von dem unbestimmten Gefühl, dass etwas nicht stimmte. Schon von weitem hörte er ein leidvoll klingendes Stöhnen.

Er rannte die letzten Meter, riss das Gatter, das ihnen als Tür diente, in Panik auf und fand seine Mutter halb nackt auf dem Boden liegend. Der Brenner lag auf ihr.

»Faras, mein Sohn«, stieß Rohana Merson lallend hervor und versuchte ungeschickt, ihre Blöße zu bedecken.

Vil blieb wie vom Donner gerührt stehen.

»Hast du keinen Anstand, Kleiner?«, rief der Brenner. »Verschwinde, wenn du nicht mitmachen willst!«

Vil stürzte davon. Es war, als hätte man ihm ins Gesicht geschlagen – und er konnte nicht zurückschlagen. Er zerbrach ein paar morsche Latten, trat eine der beiden Steinpyramiden um, die das Reich des Brenners begrenzten, und fühlte sich doch völlig hilflos. Dann setzte er sich und wartete auf seine Schwester, und er wartete darauf, dass der Brenner endlich aus dem Stollen verschwände.

Doch er blieb dort drinnen.

Dann kam Tiuri. Sie hatte Reis für das Frühstück geholt. Er fing sie ab, wollte ihr erklären, was vorgefallen war, stotterte sich durch Sätze ohne Anfang und Ende, bis schließlich Sed, der aus dem Nichts erschien, sagte: »Ihr solltet nicht in den Stollen gehen. Eure Mutter und der Brenner, sie treiben es miteinander.«

»Das ist nicht wahr!«, entfuhr es Tiuri, und sie sah ihren großen Bruder hoffnungsvoll an. Der ertrug ihren Blick nicht und wandte sich ab.

In dieser Nacht übernachteten Vil und Tiuri in Seds winziger Behausung.

Am nächsten Tag war das Gatter vor dem Stollen immer noch geschlossen. Vil ging, sich seine Schale Reis zu holen, aber seine Mutter war nicht bei der Essensausgabe, und der Eisenkönig grinste so höhnisch, dass Vil am liebsten auf die Kelle voll Reis verzichtet hätte. Er kehrte zum Stollen zurück und traf den Brenner, der sich in eine Decke gehüllt hatte und einige Meter vom Lager entfernt in eine Bodenspalte pinkelte. »Ah, Kleiner«, sagte er, und seine Augen waren glasig. »Weißt du, ich stelle mir immer vor, dass da unten Leute leben, denen es noch dreckiger geht als uns. Und ich pisse auf sie.«

»Menher, Ihr habt, Ihr habt …«

»Was? Deine Mutter gefickt? Ist das ein Grund, zu stottern oder mit geballten Fäusten dazustehen und einem anderen Mann auf den Schwanz zu glotzen? Werde erwachsen, Kleiner.«

»Aber sie ist meine Mutter.«

»Die meisten Frauen sind die Mütter, Töchter oder Schwestern von irgendwem. Worauf willst du hinaus?«

»Sie ist zu gut für Euch!«

Der Brenner hatte sein Geschäft inzwischen verrichtet. Er rückte die Decke zurecht, straffte sich und erwiderte: »Pass auf, was du sagst, Kleiner! Ich habe dir erzählt, von welch vornehmer Herkunft ich bin. Und doch bin ich hier gelandet, so wie ihr, so wie deine Mutter. Und was ist sie jetzt? Doch nur eine weitere verlorene Seele in dieser Hölle, so wie du und ich. Sei froh, dass sie jemanden hat, der ihr Trost spendet in dieser schweren Zeit.«

»Ihr habt sie betrunken gemacht!«

Der Brenner zuckte mit den Achseln und schnäuzte sich in seine Decke. »Ich habe Ihr etwas angeboten, sie hat es angenommen. Ich habe sie zu nichts gezwungen. Und jetzt verzieh dich, ich habe Kopfschmerzen, und sie werden nicht besser, wenn du hier herumkrakeelst wie ein Säugling.«

»Wie kann sie nur!«, rief Vil immer wieder, als er Sed von diesem Gespräch erzählte.

»Ich habe dich vor ihm gewarnt«, meinte Sed.

»Aber ich verstehe es nicht. Selbst betrunken ...«

»Ich nehme an, er hat ihr seinen besonderen Brand verabreicht. Hat er dir nie davon erzählt? Es sollen Kräuter aus dem fernen Tenegen darin sein, und die Wachen besorgen sie, weil sie selbst mit dem Zeug ein gutes Geschäft machen. Es heißt übrigens auch, dass dieser Schnaps ihn erst hier heruntergebracht hat. Den hat er nämlich auch in seiner Taverne ausgeschenkt, und dieser Fusel ist so übel, dass die Leute nicht mehr wissen, was sie tun. Deshalb der Streit, deshalb der Tote.«

»Sie weiß nicht, was sie tut!«

»Und was machst du, wenn sie es doch weiß?«

Am Abend sprach Tiuri mit ihm. »Doma Geffai hat erfahren, was passiert ist. Sie hat mir noch einmal angeboten, bei ihnen zu schlafen.«

»Du kannst auch bei Sed und mir bleiben.«

»Komm, hör auf, du hast mich letzte Nacht ein paarmal getreten, einfach weil da so wenig Platz ist. Und bei den Geffais gibt es Decken und trockenes Stroh, und ich bekomme jetzt morgens sogar Tee.«

»Meinetwegen«, sagte Vil missmutig. »Die scheinen dich ja ins Herz geschlossen zu haben.«

»Die Doma hat gesagt, dass sie mir sogar hübsche Kleider besorgen wollen. Ich werde aussehen wie eine Dame von Stand, hat sie gesagt.«

»Du bist elf.«

»Und du nur neidisch.«

»Weil ich nicht aussehe wie eine Dame?«

»Du bist doof.«

Sie lachten miteinander, das erste Mal seit langem, aber ansonsten waren die Tage traurig. Vil versuchte, mit seiner Mutter zu sprechen, doch die war schon am Morgen meist so betrunken, dass sie kaum reden konnte. Sie weinte viel, und dann umarmte und erdrückte sie ihn fast, küsste ihn sogar und nannte ihn Faras, was ihn so erschütterte, dass er sie schließlich kaum noch besuchte.

»Wie kriege ich sie nur da raus?«, fragte er Sed, als sie abends vor seinem Wohnloch saßen und zu den wenigen Sternen aufschauten, die sie durch eine der Himmelspforten sehen konnten. Es war kalt geworden, und in der Kaverne brannten hie und da schon kleine Lagerfeuer.

»Du müsstest dem Brenner den Fusel anzünden, damit sie auf dem Trockenen sitzt und wieder klar wird, allerdings kannst du dann auch gleich dein Todesurteil unterschreiben. Wenn dich der Brenner nicht kaltmacht, übernehmen das seine Kunden – oder die Wachen, die ja auch zu seinen Kunden gehören. Ich wundere mich, wie es deine Schwester bei ihr aushält.«

»Tiuri?«

»Hast du noch eine andere?«

»Aber Tiuri übernachtet doch beim Eisenkönig. Hat sie dir das nicht erzählt?«

Sed schien zu erstarren. »Sie *übernachtet* da?«

»Die haben frisches Stroh, halbwegs saubere Decken und genug Platz. Nicht dass ich mich beschweren will, aber …«

»Sie übernachtet bei Semer Geffai?«

»Hat mich auch überrascht. Vielleicht sind die doch nicht so übel, wie ich dachte.«

Sed sagte eine Weile gar nichts, und Vil konnte in der Dunkelheit nicht in seinen Gesichtszügen lesen.

Dann sagte er: »Doch, Vil, sie sind so übel, vielleicht sogar noch übler. Und ich bin ein Idiot, dass ich bisher nichts gesagt habe.«

»Ich verstehe nicht, was du meinst.«

»Weil du auch ein Idiot bist. Jetzt verstehe ich auch, warum er Euch hat gehen lassen. Es war ein Handel mit dem Brenner. Der eine kriegt die Mutter, der andere die Tochter. Das erklärt auch, warum das Triefauge euch die Hütte abgebrannt hat – sie wollten euch trennen.«

»Was redest du da? Tiuri ist doch gerade mal elf, und der Eisenkönig ist doch verh…« Die Worte erstarben ihm auf den Lippen.

»Er will sie nicht für sich, Dummkopf, hast du vergessen, dass er gelegentlich Ausgang hat? Es kann sein, dass er sie mitnimmt, aber nicht zu ihrem Besten. Es gab andere Mädchen, vor deiner Schwester.«

Vil sprang auf.

»Was hast du vor?«

»Ich hol sie da raus, was glaubst du denn?«

Sed packte ihn am Arm. »Das wird nicht so leicht sein, wie du vielleicht denkst.«

»Das ist mir egal. Kommst du?«

»Du solltest warten, bis es Tag ist. In der Nacht kann zu viel passieren.«

»Es kann wirklich viel passieren, und zwar diesem feisten Schwein. Warte nur einen Augenblick, ich hole noch eine Kleinigkeit, die ich brauche.«

Er riss sich los und lief hinüber zum Stollen. An der Tür blieb er stehen und lauschte. Es war ruhig da drin. Also schlich er hinein.

»Bist du das, Faras?«, fragte seine Mutter aus der Dunkelheit mit schwerer Zunge.

»Nein, Mutter, ich bin es, Viltor.«

»Ah, Viltor, mein Prinz, komm zu deiner Mutter. Wo ist dein Bruder?«

Prinz? So hatte sie ihn genannt, als er klein gewesen war. »Ihm geht es gut, Mutter.«

»Wirklich? Ich hatte einen schrecklichen Traum.«

»Es war nur ein Traum, Mutter. Fari geht es gut. Er ist draußen … und spielt.« Er scheute davor zurück, eine Kerze zu entzünden, denn er wollte sie nicht sehen, also suchte er mit den Händen nach dem Brett, unter dem er die Klinge versteckt hatte.

»Aber dieser Traum … Was suchst du, mein Junge?«

Seine Finger ertasteten endlich das Stück Holz. Er hob es an, fasste darunter. Das Messer war nicht dort!

War es das falsche Brett? Er entzündete jetzt doch eine Kerze. Seine Mutter saß an der Wand zusammengekauert, mit glasigen Augen, das rote Haar völlig zerzaust und schmutzig. Auch ihre Arme und ihr Gesicht sahen aus, als habe sie sich seit Tagen nicht gewaschen.

Vil wandte den Blick ab. »Wo ist es?«, stieß er hervor.

Sie schien zunächst nicht zu wissen, was er meinte, aber dann sagte sie: »Ah, das Messer. Delior hebt es für mich auf.«

»Der Brenner? Er hat das Messer?«

»Was willst du denn damit?«

»Nichts, Mutter«, stieß Vil hervor und stürmte aus dem Stollen.

Er konnte den Brenner fragen, doch der würde es ihm nicht geben. Wenn Sed recht hatte, dann steckte er mit dem Eisenkönig unter einer Decke. Er lief zurück zu Sed. »Dein halbes Messer – gib es mir.«

»Sei nicht dumm, Vil.«

»Gib es mir!«

»Mit Gewalt erreichst du gar nichts, höchstens, dass sie dich umbringen. Vergiss nicht, der alte Sack hat die Wachen auf seiner Seite.«

»Dann müssen wir fliehen!«

»Als wenn das so einfach wäre«, erwiderte Sed. Er klang niedergeschlagen.

»Die Galeere! Wann sagtest du, kommen die Anwerber?«

»Bald. Nächste Woche oder auch erst in vier, irgendwann im Herbst halt. Aber was soll das helfen?«

»Ich werde mich anwerben lassen. Und sobald ich da oben aus dem Tor bin, hau ich ab. Und dann, dann hole ich Tiuri. Ich seile mich ab, von da oben.«

»Der Plan ist nicht neu«, meinte Sed düster, »schon viele, die auf die Galeere gingen, haben Stein und Bein geschworen, dass sie ihre Familie hier herausholen, aber noch keiner hat bisher Wort gehalten. Außerdem glaube ich nicht, dass sie dich nehmen. Du bist zu klein.«

»Ich bin fast sechzehn und stärker als du!«

»Meinetwegen. Du kannst es gerne versuchen.«

»Ich hol Tiuri da raus. Irgendwie. Hilfst du mir jetzt oder nicht?«

»Ich würde dir helfen, Vil, aber es wäre Selbstmord.«

»Hast du so viel Angst vor denen?«

»Hab ich. Ich bin schon ein bisschen länger hier als du, und ich weiß, wozu die fähig sind.«

»Feigling!«

Sed stand auf. Er war wirklich einen halben Kopf größer und auch stärker, wie Vil durchaus wusste, auch wenn er das Gegenteil behauptet hatte.

»Wenn du einen Plan hast, Vil Merson, einen guten Plan, dann helfe ich dir, aber ich werde dir nicht helfen, ins offene Messer zu rennen. Du kannst es feige nennen, aber ich werde schon um Tiuris willen nichts unternehmen, was am Ende doch alles nur noch schlimmer machen würde. Und jetzt ist es besser, du gehst und suchst dir einen anderen, den du beleidigen kannst.«

»Deine Mutter hat mir erzählt, dass du nach dem Messer gesucht hast«, sagte am nächsten Tag der Brenner, als sie sich begegneten.

Vil wäre dem Mann gerne entweder an die Gurgel oder aus dem Weg gegangen, reden wollte er mit ihm nicht. »Es ist mein Messer«, erwiderte er knapp.

Die weiße Katze des Triefauges schlich über die Steine. Sie betrachtete die Szene aus ihren kalten gelben Augen. Inzwischen war Vil davon überzeugt, dass sie Unglück brachte, es war nur noch nicht sicher, wem.

Der Brenner nahm einen Schluck aus seinem Zinnbecher. Er roch nach billigem Fusel. »Eigentlich gehört es deiner Mutter, und ich glaube, es ist besser, dass ich es für sie aufhebe, denn du könntest damit viel Unheil anrichten.«

Vil hob eine Planke auf und betrachtete sie, gutes Holz, zwar gesprungen, aber fest, sogar hart, nicht brauchbar für ein Schiff, aber gut genug, um einen Schädel damit einzuschlagen. Der Brenner schien angetrunken zu sein so wie immer.

Vil holte aus und sprang los.

Doch sein Gegner wich aus und verpasste Vil einen harten Tritt in den Unterleib, so dass ihm die Luft wegblieb und er zusammenklappte. Er war wohl nicht ganz so betrunken, wie Vil geglaubt hatte.

Kaum lag er auf dem Boden, saß der Brenner auf seinem Rücken. »Hör zu, Kleiner, ich mag deine Mutter, und das ist dein Glück, denn ich will ihr keinen Kummer machen. Solltest du mir aber noch einmal querkommen, könnte ich es mir anders überlegen.«

»Ich weiß, was der Eisenkönig mit meiner Schwester vorhat«, keuchte Vil wütend.

»Vorhat? Was soll das denn wieder heißen?«

»Er will sie verkaufen, an Männer.«

»Bist du verrückt? Wo hast du den Unsinn her? Nein, lass mich raten – Sed der Lügner. Er hat dir das erzählt, oder?«

»Er ist kein Lügner!«

»Was glaubst du wohl, warum sein Vater nichts mit ihm zu tun haben will? Dein Freund Sed war es doch, der sie beide hier herunterbrachte! Er hat behauptet, sein Vater habe die Mutter erstickt, in Wahrheit ist sie friedlich eingeschlafen.«

Vil hatte Sed mehr als einmal nach seinem Vater gefragt, aber immer ausweichende Antworten bekommen.

Der Brenner, der keine Anstalten machte aufzustehen, fuhr fort: »Die Sache wäre vielleicht glimpflich ausgegangen, aber Seds Vater hat sich gegen die Verhaftung gewehrt, eine Wache getötet und dafür mit einem Arm und seiner Verbannung hier herunter bezahlt. Den Kleinen haben sie auch hergeschickt, als herauskam, dass alles gelogen war. Und ein Lügner ist er geblieben. Jeder weiß das außer dir, Dummkopf.«

»Aber der Eisenkönig, warum ist er so gut zu meiner Schwester, wo er doch sonst nichts umsonst tut?«

Der Brenner stieg endlich von seinem Rücken und reichte Vil sogar die Hand zum Aufstehen, die Vil jedoch ignorierte.

Die Katze trollte sich. Sie wirkte enttäuscht. Vielleicht hatte sie auf Blut gehofft.

»Ich kann dir nicht sagen, was in Semers Schädel vorgeht, Kleiner, aber so, wie ich das sehe, hat die Doma einfach einen Narren an der Kleinen gefressen. Darüber solltest du froh sein, denn in der Hütte ist sie in Sicherheit. Ich glaube nicht, dass hier unten je irgendein Mädchen seinen dreizehnten Geburtstag noch als Jungfrau feierte.«

Vil suchte sich in dieser Nacht wieder einen eigenen Platz zum Schlafen. Er musste nachdenken. Alles in ihm sagte ihm, dass der Brenner log und Sed die Wahrheit sprach. Andererseits hatte Sed ihm nie von seinem Vater erzählt, und die Geschichte des Brenners erklärte das überzeugend. Vil hatte Sed am Vorabend einen Feigling genannt, und dieser hatte das mehr oder weniger auf sich sitzen lassen. Hatte er denn kein Ehrgefühl? Und war er vielleicht auch ein Lügner? Ein Teil von Vil hoffte das sogar, denn das hätte bedeutet, dass seine Schwester in Sicherheit war.

In den nächsten Tagen hielt er sich abseits von allen und jedem, soweit das möglich war, nur auf Tiuri passte er jetzt besser auf. Er war so oft wie möglich in der Nähe von Semer Geffais Hütte, und sie freute sich, wenn sie ihn sah.

Der Eisenkönig wurde zwar immer ziemlich unwirsch, weil er der Meinung war, Vil sollte lieber für sein Essen arbeiten, aber er gab sich dann doch meist mit dem zufrieden, was er im Laufe des Tages anschleppte.

Er brauchte einige weitere ungemütliche Nächte in einem kalten Loch in der Wand, bis er sich dazu überwinden konnte, sich bei Sed zu entschuldigen. »Tut mir leid, das mit dem Feigling und so …«, murmelte er, als er dem Älteren nicht ganz zufällig in der Halde begegnete.

»Schon gut«, meinte Sed, aber er wirkte immer noch beleidigt und sagte nichts mehr.

»Diese Anwerber, wann kommen die?«, fragte Vil nach einer peinlichen Pause.

»Nächste Woche, vielleicht auch übernächste, habe ich gehört. Aber sie werden dich nicht auswählen. Du bist zu jung.«

»Aber vielleicht kann ich mich irgendwie da reinschmuggeln, und wenn das Tor auf ist, dann kann ich vielleicht …«

»Mehr als eine Handvoll Anwärter wird es kaum geben, wie willst du dich denn da dazwischenmogeln?«

»Ein Versuch kann doch nicht schaden.«

»Vielleicht doch. Die Wache wird dich erwischen, und sie werden dich in Eisen legen, wenn sie der Meinung sind, dass du zu viele Schwierigkeiten machst.«

Sed würde ihm also nicht helfen. Aber er war doch sein einziger Freund hier unten, und Vil hatte noch eine Frage, die ihm kein anderer beantworten konnte. Er versuchte, sie möglichst unverfänglich klingen zu lassen: »Diese Gänge im Süden, wo führen die eigentlich hin?«

Sed runzelte die Stirn. »Du warst doch dort. Zum Schacht der Toten.«

»Und dieser Schacht?«

»Ist sehr, sehr tief und voller Leichen. Aber wenn du Pech hast, triffst du auch auf Lebende, und zwar solche, denen du nicht begegnen willst, weil ihnen vielleicht gleich ist, ob ihre Mahlzeit wirklich tot ist oder nicht.«

»Wie kommt es, dass ich noch nie einen von denen hier draußen gesehen habe?«

»Wenn du Pech hast, kannst du sie nachts treffen, wenn es wirklich dunkel ist. Sie meiden das Licht und die Lebenden, und das mit gutem Grund. Wir wissen, was sie da unten tun, und es könnte sein, dass wir sie büßen ließen für das, was sie mit unseren Toten anstellen.«

Vil nickte, und er fragte sich, ob vielleicht einer von diesen unheimlichen Menschen einen Weg wusste, der hinausführte. Aber dann fiel ihm ein, dass diese Leute schon sehr lange dort unten waren. Gäbe es einen Weg – sie hätten ihn wohl längst genommen.

Der Herbst schritt mit kalten Regentagen voran, und Vil fror in seinen Lumpen, er war fast immer hungrig, weil es keinen Fisch mehr gab und der Reis nicht reichte, um satt zu werden, und er wusste noch immer nicht, was er tun sollte.

Er konnte im Verhalten des Eisenkönigs nichts entdecken, was ihm verdächtig erschien, ja, die Doma war so freundlich zu seiner Schwester, dass ihm das, was Sed behauptet hatte, von Tag zu Tag unwahrscheinlicher erschien.

Wenn er abends mit Sed vor dessen Behausung saß, mied er das Thema, denn er wollte nicht wieder mit Sed streiten, der, und das bedrückte ihn mehr, als er wahrhaben wollte, vielleicht bald nicht mehr da sein würde.

»Die Anwerber kommen morgen«, sprach Sed eines Abends den befürchteten Satz aus.

»Und du willst wirklich auf die Galeere?«

»Ich will hier raus, und das ist die einzige Möglichkeit.«

»Aber als Rudersklave? Nicht viele überleben die drei Jahre nach allem, was man hört.«

»Versuchst du gerade, mir das auszureden, Vil?«

»Nein, du hast recht. Ich werde es ja selbst versuchen.«

»Würde ich an deiner Stelle auch, obwohl ich mich frage, wer auf deine Schwester aufpassen soll, wenn du nicht mehr hier bist.«

»Vielleicht … vielleicht hast du dich aber auch geirrt, und die Geffais meinen es gut mit ihr.«

Sed schüttelte den Kopf. »Wann hätte es der Eisenkönig jemals gut mit euch oder irgendjemand anders gemeint? Was glaubst du denn, warum sie Tiuri nicht in der Halde arbeiten lassen? Sie wollen nicht, dass sie sich all die kleinen Narben holt, die man sich eben holt, wenn man hier im Dreck wühlt. Sie wollen, dass ihr Körper unversehrt und rein ist.« Er seufzte. »Wenn ich könnte, würde ich sie freikaufen, ja, sobald ich die Galeere hinter mir habe, werde ich sehen, dass ich schnell an Geld komme. Allerdings ist das erst in drei Jahren, und bis dahin …« Er führte den Satz nicht zu Ende.

»Freikaufen?«, fragte Vil.

»Nun, ich nehme an, der Eisenkönig wird sie irgendwann an eines der Bordelle im Katzenviertel verkaufen, später. Und von da kann man sie vielleicht freikaufen.«

»Niemand wird jemals meine Schwester kaufen!«

»Sie käme immerhin hier heraus. Das ist der einzige Weg für die Mädchen, so wie es für uns die Galeere ist. Aber ja, ihr Weg ist schlimmer als unserer.«

»Aber der Brenner sagte …«, begann Vil, aber dann hielt er inne. Mädchen verschwanden, und niemand hatte Fragen gestellt. Und es mochte ja sein, dass sie da oben einer vornehmen Familie entstammten, aber der Eisenkönig hatte es gesagt: Hier unten waren sie nur ein paar Ratten unter anderen, niemand würde sich darum scheren, wenn seine Schwester plötzlich verschwand. Aber er durfte das nicht zulassen!

Am nächsten Tag nahm er Tiuri nach dem kargen Reis-Frühstück zur Seite. »Gibt es Neues von Mutter?«, fragte sie.

»Nein, aber Sed sagte, dass heute die Anwerber kommen.«

»Ich weiß. Er hat mir das erzählt. Ich will aber nicht, dass er geht.«

»Er wird versuchen, dich auch hier herauszuholen«, behauptete Vil.

Seine Schwester sah ihn kritisch an. »Von der Galeere aus? Wie soll das gehen?«

»Nein, danach.«

»Aber das ist erst in drei Jahren! Und er kann sterben. Viele sterben auf den Galeeren. Ich will nicht, dass er geht!«

»Ich auch nicht, aber, Tiri, ich werde mich selbst bewerben.«

Seine Schwester starrte ihn mit offenem Mund an. Tränen füllten ihre großen Augen.

»Ich lasse mich anwerben, aber dann werde ich fliehen, komme zurück und hole dich hier heraus.«

»Du kannst nicht gehen, Vil. Dann bin ich ja ganz allein!«

»Nur kurz, ich bin im Handumdrehen wieder da.«

»Und Mutter?«

»Die nehmen wir mit. Wenn sie erst einmal hier heraus ist, geht es ihr bestimmt schnell besser.«

»Aber ich will nicht, dass du gehst, dass Sed geht, niemand soll gehen!«

»Tiri, vertrau mir. Ich bin so schnell zurück, dass du gar nicht merkst, dass ich fort war.«

»Dann geh doch!«, rief sie und lief weinend davon.

Die Werber kamen am Nachmittag, drei übellaunige Männer, die die acht Jungen, die so verzweifelt waren, dass sie darauf hofften, Rudersklave zu werden, behandelten wie Dreck. Sie untersuchten ihre Zähne, befühlten Arme und Beine und schickten die ersten gleich wieder zurück. Dann kam die Reihe an Sed. Er wurde beäugt, befühlt, und schließlich, nach kurzer Beratung, verkündete einer: »Der da, für die Eisen.«

Eisen? Vil wurde klar, dass er etwas nicht bedacht hatte: Die Ruderer auf den Galeeren waren Sträflinge – und die lagen in Ketten. Seine Gedanken rasten. In Eisen geschmiedet konnte er seiner Schwester natürlich nicht helfen, aber bevor er wusste, was er tun sollte, war die Reihe an ihm.

Der Werber musterte ihn kurz, schüttelte den Kopf und sagte: »Zu klein. Nächstes Jahr vielleicht.«

»Aber …«

»Jetzt verschwinde, wir haben nicht den ganzen Tag Zeit.«

Verwirrt stolperte Vil aus der Reihe der Anwärter. War das nun Glück oder Unglück? Sed! Er fuhr herum und konnte gerade noch sehen, wie Sed von zwei Wächtern nach draußen geführt wurde. Das Tor zur Welt öffnete sich, und Vil hörte einen Schmiedehammer dünn herüberklingen.

Sed drehte sich noch einmal um, hob den Arm zum Gruß, aber der Wächter schob ihn grob weiter. Dann schloss sich das Tor wieder, und Vil verlor den Freund aus den Augen. Sie hatten sich nicht einmal richtig voneinander verabschieden können.

Als er niedergeschlagen zu Seds kleiner Höhle ging, erlebte er eine unangenehme Überraschung – Seds Vater hatte sie in Beschlag genommen. »Ist besser als meine«, meinte er lapidar, als Vil ihn fragte.

»Es sind Sachen darin, die Sed mir überlassen hat, Menher.« Vil dachte vor allem an das halbe Messer.

»Mir hat er nichts gesagt, Kleiner, also gilt hier das Erbrecht – das heißt, es gehört alles mir.«

»Aber Sed ist nicht tot, er ist nur fort.«

»Wenn er auf die Galeere geht, ist er so gut wie tot. Außerdem, für mich ist er schon lange gestorben, seit dem Tag, an dem er mich hierherbrachte.«

Wieder musste Vil die Nacht in dem kleinen Loch verbringen, das er nun schon des Öfteren genutzt hatte.

Sed fehlte ihm, und wie er bald feststellte, fehlte er ihm von Tag zu Tag mehr. Er vermisste seine spöttischen Bemerkungen, er vermisste es, dass der Freund nur zusah, wenn er sich abrackerte, weil er eben der Meinung war, dass es ihn nichts anging.

Und er vermisste ihn, weil er nun niemanden mehr hatte, mit dem er reden konnte.

Gleichzeitig wuchs seine Sorge, dass Sed eben doch recht gehabt hatte, was seine Schwester betraf. Es gab keine Mädchen in der Halde, die älter als vierzehn oder fünfzehn waren, das war nicht zu leugnen. Aber nun war niemand mehr da, mit dem er über seinen Verdacht reden konnte – außer Tiuri selbst.

Er begann, sie vorsichtig auszufragen, und als sie von den Seifen erzählte, die der Eisenkönig für sie besorgt hatte, den bunten Bändern für ihr Haar, und dass sie vielleicht sogar bald im Waschzuber der Geffais baden dürfe, da wusste er, dass er etwas unternehmen musste.

Er arbeitete weiter für Semer Geffai, was blieb ihm auch anderes übrig? Doch begann er, besonders lange Nägel beiseitezulegen für die Waffe, die er vielleicht schon bald brauchen würde. Vielleicht kam er hier nicht heraus, aber er würde seine Schwester mit seinem Leben verteidigen.

Tiuri merkte bald, dass etwas nicht stimmte.

»Es ist wegen Mutter«, behauptete er. »Es wird immer schlimmer.« Das war nicht gelogen, und seine kleine Schwester spendete ihm Trost, aber sie sah ihn an, als würde sie ihm nicht glauben.

Er versuchte, mit seiner Mutter zu sprechen, doch war sie in einem Zustand, der dies unmöglich machte. Vil hatte auch oben, in seinem alten Leben, schon Betrunkene erlebt, aber noch nie jemanden, der sich so lange in einem so furchtbaren Zustand befand. Sie war abgemagert, verschmutzt, nichts war mehr von der stolzen, unnahbaren Rohana Merson übrig, und sie nannte ihn entweder ihren Prinzen, oder, was schlimmer war, redete ihn mit dem Namen seines Bruders an. Es war unerträglich.

Seds Vater, Stammgast in der Höhle des Brenners, schien sich eines Abends besonders auf Vils Kosten amüsieren zu wollen: »Wirst schon sehen, Kleiner, wenn der Brenner sie satthat, wird er sie freigeben – für jeden, der nur genug zahlen kann.«

Vil ballte die Faust um eine Latte, die er gerade erst aufgesammelt hatte. Der Einarmige grinste ihn frech an. »Das ist der Lauf der Welt, Kleiner. Geboren als Dame von Stand, wird sie enden als Hure, die für ein paar Nägel und Bretter den Bes…«

Er kam nicht weiter, denn Vil zog ihm die Latte quer übers Gesicht.

Der Mann heulte auf, hielt sich die Hand vor das Gesicht, und so war sein Unterleib ungedeckt, als Vil ihm die Holzlatte in die Eingeweide rammte, und als sein Gegner auf dem Boden lag, stürzte er sich auf ihn und trommelte mit bloßen Fäusten auf ihn ein, bis ihn jemand von dem Wehrlosen herunterzerrte.

»Gib Ruhe, Kleiner, der ist doch schon erledigt.« Es war der Brenner.

Vil riss sich los. »Ich weiß, was hier gespielt wird!«, zischte er.

»Tatsächlich?«

»Ich geh zur Wache! Niemals wird der Eisenkönig meine Schwester …«

Der Brenner legte ihm die Hand schwer auf die Schulter. »Weißt du denn nicht, dass die Wache kräftig an unseren Geschäften mitverdient? Jedes Mal, wenn Geffai mit einem Mädchen durch dieses Tor da oben geht, wird der Geldbeutel des alten Triefauges ein wenig schwerer.«

Jetzt war es also endlich heraus. »Ihr habt mich belogen!«, zischte Vil.

»Nur zu deinem Besten und weil mir was an deiner Mutter liegt. Der Eisenkönig ist weder ein einarmiger Schwächling, noch eine halb verhungerte Ratte, mit ihm wirst du nicht so leicht fertig wie mit dem da. Er bricht dir mit einer Hand das

Genick, wenn er will. Wenn du dich ihm in den Weg stellst, wird es böse für dich enden.«

»Das ist mir egal!«

»Ist auch deine Sache. Geh, versuche den Eisenkönig aufzuhalten und lass dich umbringen – von ihm, oder von den Wachen. Ich bin sicher, deine Schwester und deine Mutter werden sehr erfreut sein.«

Einen Tag später fand Vil eine tote Ratte. Sie war wohl von irgendetwas erschlagen worden, das die Werftarbeiter herabgeworfen hatten, und das schien schon einige Tage her zu sein, denn ihr Kadaver, eingeklemmt in eine Bodenritze, stank fürchterlich und wurde von unzähligen Fliegen umschwärmt.

Plötzlich sah Vil in kristallener Klarheit, was er zu tun hatte. Er zog die Ratte an ihrem Schwanz vorsichtig aus dem Spalt. Offenbar hatten ihre Artgenossen schon an ihr genagt, aber das war ihm egal. Er trug sie zu seinem kleinen Wohnloch und versteckte sie dort, wo er sie mit Holz und Steinen bedeckte, damit die Ratten nicht noch mehr von ihr abbekamen. Dann beobachtete er die Höhle des Brenners und wartete ab. Es ging hoch her wie jeden Abend, aber nach dem fröhlichen Beginn folgte wie stets die Schwermut, und nach und nach gingen die Gäste, die nicht genug Nägel, Blech oder Blei zusammengekratzt hatten, um sich bis zur Bewusstlosigkeit zu betrinken.

Langsam wurde es immer ruhiger. Die Talgkerzen erloschen eine nach der anderen, und irgendwann ging der Brenner, eher beschwingt als betrunken, hinüber zu dem Lager, in dem Vils Mutter hauste, einen Krug in der Hand.

Vil wartete, bis es ganz ruhig geworden war. Dann nahm er die halb verweste Ratte am Schwanz und trug sie hinüber.

Es waren Gäste dageblieben, aber die schnarchten in der Ecke oder auf dem Boden.

Er schlich vorsichtig an ihnen vorbei. Dann lag einer der

Schläfer genau im Weg, und er musste über ihn hinwegsteigen. Ein Stein knirschte unter seinem Fuß. Der Schläfer wurde halb wach, langte zärtlich nach Vils Bein, murmelte etwas von einer »Süßen« und schlief wieder ein. Das Bein ließ er jedoch nicht los.

Vil blieb starr vor Schreck stehen. Dann fluchte er und hielt dem Schläfer die Ratte vor die Nase. Der schnaubte missbilligend im Schlaf, ließ das Bein los und rollte sich zur Seite.

Erleichtert schlich Vil weiter. Er nahm eine Kerze vom schief zusammengenagelten Tresen, wagte aber noch nicht, sie zu entzünden. Endlich erreichte er sein Ziel. Das Kerzenlicht flammte auf und zeigte ihm die Destille des Brenners. Er fand es immer noch erstaunlich, welche Vielzahl an Geräten die Wachen ihm besorgt hatten, nur damit er für sie Schnaps brannte. Er suchte den Kessel mit der Maische und öffnete ihn vorsichtig. Der süß-faulige Geruch, der ihm entgegenschlug, war kaum besser als der seiner toten Ratte.

Vil zögerte. Er hatte keine Ahnung, was seine Tat bewirken würde. Vielleicht würden es die Trinker nicht einmal merken, vielleicht aber würde auch jemand daran sterben. Er schloss die Augen, schickte ein Gebet zu den Himmeln, dass es nicht seine Mutter sein möge, und ließ die Ratte in die Maische fallen.

Er schlich zurück, musste noch einmal umkehren, weil er die Kerze vergessen hatte, aber dann war er der Schänke entronnen. Jetzt musste er nur noch abwarten, was geschah.

Es geschah gar nichts, vorerst, was, wie Vil sich sagte, daran liegen musste, dass es noch einen gewissen Vorrat gab. Dieser Vorrat reichte offenbar für den ersten und auch für den zweiten Tag nach Vils kleinem Anschlag. Dann bekam er mit – er richtete es ein, meist in Sichtweite der Höhle zu arbeiten –, dass sich die ersten Gäste über den seltsamen Geschmack des Fusels beschwerten. Der Brenner probierte selbst und erklärte, leichte

Variationen seien ein Zeichen von Qualität. Am Abend kotzte der erste Gast dem Brenner vor den Tresen. Er wurde ausgelacht, aber bald darauf erwischte es den zweiten, schließlich einen dritten, am Ende den Brenner selbst. Sie krochen über den Boden, kotzten sich die Seele aus dem Leib und wanden sich in Krämpfen.

Vil konnte sich ein Grinsen nicht verkneifen. Der Brenner raffte sich irgendwann auf und verschwand in Richtung seiner Destille. Vil hörte ihn bis hinaus in die Halde fluchen. Hatte er die Ratte entdeckt? Wenn er aber daraus irgendwelche Schlüsse zog, behielt er sie vorerst für sich, denn er kam nicht wieder nach vorn, wo sich seine leidende, fluchende Kundschaft im eigenen Erbrochenen wälzte.

Dann erschien Vils Mutter in der Tür des ehemaligen Lagers. Sie kroch auf allen vieren und übergab sich.

Vils Grinsen erlosch. Er hatte zwar irgendwie damit gerechnet, dass das geschehen würde, aber es war eine Sache, etwas zu planen, und eine ganz andere, dann das furchtbare Ergebnis zu sehen. Da er keine Ahnung hatte, was er nun machen sollte, holte er Tiuri zu Hilfe.

»Was ist denn passiert?«, fragte seine Schwester.

Vil flüsterte ihr zu, was er getan hatte.

»Aber warum?«

»Wenn es keinen Schnaps mehr gibt, dann kann sie sich auch nicht mehr betrinken. So einfach ist das.«

»Ich weiß nicht, ob das so einfach ist«, sagte seine kleine Schwester, und dann schickte sie ihn frisches Wasser holen. Sie führten ihre Mutter zurück in das Lager, weil sie beide keinen anderen Platz wussten. Tiuri nahm ein halbwegs sauberes Tuch und begann, ihre Mutter, die kaum bei Bewusstsein war, zu waschen.

Vil sah zu. Seine kleine Schwester, noch keine zwölf Jahre

alt, wusch seine Mutter. Wie erwachsen sie dabei wirkte! Ob es bei ihm ähnlich war? Wie lange waren sie jetzt hier? Er hätte es nicht einmal genau sagen können. Ein halbes Jahr? Ja, sie waren im Frühling verbannt worden, nun war es schon lange Herbst. Sechs Monate, vielleicht sieben, aber sie kamen ihm wie Jahre vor.

Irgendwann zwischen den furchtbaren Krämpfen, die sie schüttelten, kam ihre Mutter wieder halbwegs zu sich. Sie erkannte ihre Kinder, nannte sie bei ihren richtigen Namen, und dann blickte sie in die Wasserschale, in der sich ihr eigenes Bild spiegelte.

»Bei den Himmeln«, stieß sie hervor und wich entsetzt zurück.

»Es ist schon gut, Mutter«, versuchte Tiuri sie zu beruhigen.

»Aber Tiri, nichts ist gut, gar nichts«, lautete die Antwort, und wieder musste die Mutter sich übergeben. Tiuri machte es sauber.

Irgendwann, viel später in dieser Nacht, nahm Rohana Merson ihre beiden Kinder in den Arm und ließ sie lange nicht mehr los.

Nicht lange danach stand plötzlich der Eisenkönig in der Tür. »Die Doma vermisst dich, Tiuri«, sagte er nach einer mürrischen Begrüßung.

Tiuri sah erst Vil und dann ihre Mutter fragend an. »Meine Kinder schlafen heute Nacht bei ihrer Mutter«, erwiderte Rohana Merson mit zitternder Stimme. »Aber ich danke Euch sehr, Menher, dass Ihr Euch während der vergangenen Tage so gut um sie gekümmert habt.«

»Tage? Wohl eher Wochen, möchte ich meinen.«

»Schließ die Tür, Vil«, verlangte seine Mutter, als der Eisenkönig grußlos wieder verschwunden war. »Nimm dieses Stück Holz, damit kannst du sie verriegeln.«

»Und Menher Delior?«

»Soll uns heute Nacht nicht stören.«

Später, als Tiuri auf dem Schoß ihrer Mutter eingeschlafen war, fragte sie, immer noch wachsbleich und mit zitternder Stimme, was in den vergangenen Tagen vorgefallen war. Vil fiel die Antwort nicht leicht. Er druckste herum, ließ einiges aus, erzählte aber das Wesentliche: »Es ist etwas in dem Schnaps, den er braut, Mutter, ein fremdes Kraut, das macht ihn so stark.«

»Und ich war so schwach, ihn zu trinken und … andere Dinge zu tun. Aber dir geht es gut – und deiner Schwester auch?«

»Mir geht es gut, Mutter, aber Tiuri …« Er hielt inne, dann berichtete er vorsichtig, was ihm Sed erzählt hatte.

Seine Mutter hörte schweigend zu, aber mit jeder Minute, die sie schwieg, wurde sie kälter und stärker, das konnte Vil fühlen. »Ich … ich werde das niemals zulassen, Mutter, niemals«, versicherte er.

»Ich auch nicht, Vil. Oh, in was für einem Nebel war ich gefangen, vor Trauer, wo doch Zorn hätte sein müssen! Zorn auf all die, die uns das angetan haben! Aber jetzt endlich sehe ich wieder klar. Vil, du musst von hier fort, hörst du? Du musst einen Weg hier hinaus finden!«

»Aber ich weiß keinen, Mutter.«

»Dann hör dich um. Ein Gremm findet immer einen Weg! Dann kannst du deine Schwester retten.«

»Und dich, Mutter.«

»Ja, aber ich bin nicht wichtig, mein Leben hat seinen Sinn verloren nach dem, was ich getan habe, was ich … Nun, ich werde solange auf deine Schwester aufpassen. Menher Geffai muss sich in Acht nehmen. Er wird meiner Kleinen nicht wehtun, und wenn ich ihn töten muss.«

»Aber Mutter, die Wachen, sie werden das nicht hinnehmen, und dann wird vielleicht alles nur noch schlimmer.«

Seine Mutter packte ihn hart am Arm: »Höre, Sohn, wir haben fast alles verloren, und was mich betrifft, so bin ich lieber tot als ehrlos. Es ist nicht schlimm, wenn ich hier sterbe, denn leben will ich hier nicht mehr. Du aber, du wirst überleben, und du wirst den Glanz unserer Familie und unsere Ehre wiederherstellen, indem du alle, die sie mit Füßen getreten haben, bestrafst. Sie sollen mit ihrem Blut für das bezahlen, was sie uns angetan haben. Alle, mein Sohn, hier und da oben! Hast du das verstanden?«

Die abgemagerten Finger seiner Mutter krallten sich schmerzhaft in seine Muskeln. Vil nickte stumm.

»Dann schwöre es, schwöre beim Leben deiner Schwester, dass du nicht ruhen wirst, bis du es getan hast.«

»Aber Mutter, Vater hat gesagt, man soll nicht schwören ...«

»Schwöre es, bei der Ehre der Gremms! Enttäusche mich nicht, Viltor Aretus Merson!«

Vil schluckte, und dann schwor er, wie seine Mutter es verlangt hatte.

»Gut, du bist früher ein Mann geworden, als ich dachte, vielleicht früher, als du solltest, aber das ist nun einmal so.«

Rohana Merson erhob sich, sie stand auf unsicheren Beinen, aber Vil sah den alten Stolz wieder in ihrem bleichen Gesicht, und er spürte diese Ausstrahlung schneidender Verachtung, die ihm früher – und nicht nur ihm – regelrecht Angst gemacht hatte.

»Was hast du vor, Mutter?«

»Ich werde mit Delior reden – und mit Menher Geffai. Nein, du bleibst hier. Ich bin bald zurück, und ich will nicht, dass deine Schwester allein ist, wenn sie aufwacht. Du bist für sie verantwortlich, Vil, hörst du?«

»Ja, Mutter.«

Sie war immer noch so geschwächt, dass sie Schwierigkeiten

hatte, den Riegel vor der Tür zu entfernen, aber Vil traute sich nicht, ihr seine Hilfe anzubieten. Dann war sie gegangen, auf unsicheren Beinen, aber voller Stolz und Zorn.

Die Tür blieb einen Spalt weit offen, und Vil sah, dass der neue Tag grau in die Kaverne sickerte. Von oben dröhnten bereits die ersten Hämmer der Schiffswerft. Das war jeden Morgen so, aber er fand, dass sie Unheil kündend klangen.

Er blieb bei seiner Schwester, wie seine Mutter befohlen hatte, aber die Unruhe wuchs. Er hatte einfach kein gutes Gefühl bei der Sache. Ja, Rohana Merson konnte angsteinflößend sein, wenn sie wollte, er hatte schon so manchen Handwerker, Händler oder Bediensteten vor ihr erzittern sehen, aber das hier war nicht mehr die Welt der Ritterseite, das war die Halde. Der Eisenkönig und der Brenner waren aus ganz anderem Holz geschnitzt als die Männer dort oben.

Vil erhob sich leise, doch nicht leise genug, denn seine Schwester wurde wach.

»Nichts«, sagte er, als sie fragte, was los sei, und »sie ist bald zurück«, als Tiuri wissen wollte, wo ihre Mutter war.

»Ich bin so froh, dass es ihr wieder besser geht«, seufzte sie und kuschelte sich an ihn.

»Ja«, murmelte Vil.

Dann ertönte draußen ein spitzer Schrei, der Schrei einer Frau, nein, nicht seiner Mutter, aber Vil rannte, getrieben von einer bösen Vorahnung. Er rannte aus dem Stollen und achtete gar nicht darauf, dass seine Schwester ihm folgte, er rannte zu der kleinen Gruppe, die sich unter einer der Himmelspforten gebildet hatte.

Und da, im einsickernden grauen Licht des neuen Tages, lag seine Mutter auf der Erde, mager und bleich, eine rotschimmernde Lache hatte sich um ihren Kopf gebildet, und ein blutiges Kantholz lag auf der Erde unter all dem anderen Unrat, der

Rohana Merson umgab. Fassungslos stand Vil vor ihrer Leiche, unfähig, sich zu bewegen, fast als hätte es ihn selbst erschlagen, und Tiuri stand still und stumm an seiner Seite.

»Was läuft sie auch unter den Himmelspforten herum«, meinte das Triefauge, der mit seinen Leuten erschien, um die Leiche fortzuschaffen. »Wie ich höre, war sie besoffen wie drei Seemänner.«

Vielleicht wollte er Vil damit beleidigen, doch der hielt nur seine Schwester im Arm und bekam nicht viel von dem mit, was um ihn herum geschah. Hatte es nicht vor wenigen Stunden noch so ausgesehen, als könne sich alles doch noch irgendwie zum Besseren wenden?

Er folgte den Wachen, die seine Mutter auf der Bahre zum Südstollen schafften, und spürte kaum, dass Tiuri seine Hand hielt.

Irgendwann bemerkte er, dass Doma Geffai sie begleitete, er hörte sie leise weinen, was er für unangebracht hielt. Ihr Mann hatte einen großen Teil Schuld an dem, was hier geschehen war. Er spürte Zorn dort, wo er eigentlich Trauer fühlen sollte. Der Eisenkönig würde dafür bezahlen, der Brenner würde dafür bezahlen, vielleicht würden sogar die Werftarbeiter, die so achtlos ihren Abfall in die Pforten kippten, eines Tages dafür bezahlen.

Dann blieb die Wache stehen. Tiuri trat zur Bahre und legte etwas Moos – etwas anderes hatte sie in der Halde nicht gefunden – in die kalten Hände ihrer Mutter. Dann gab das Triefauge das Kommando, und Augenblicke später hatte das schwarze Loch des Totenschachtes Rohana Merson verschluckt.

Vil lauschte. Er glaubte etwas zu hören, einen dumpfen, weit entfernten Aufschlag, und etwas anderes, ein leises, böses Zischen, das aus dem Schacht aufstieg. Er betete, dass er sich täuschte.

Doma Geffai lud Tiuri ein, wieder bei ihnen zu wohnen, und

Vil willigte ein, denn nun, da seine Mutter fort war, wollte er seine Schwester nicht in der Obhut des Brenners lassen, und er selbst konnte nicht auf sie aufpassen.

Und dann war da auch noch der Eisenkönig, der, während die Soldaten seine Mutter auf die Trage gehoben hatten, zu Vil gesagt hatte: »Einen halben Tag, mehr kann ich dir nicht freigeben, denn du hast eine Menge Schulden geerbt, mein Junge. Außerdem ist es auch besser, wenn du zu tun hast. Das Leben geht doch weiter, nicht wahr?« Dabei hatte er ein Lächeln gezeigt, das vielleicht gütig wirken sollte, das aber Vil ebenso höhnisch erschien wie diese geheuchelte Fürsorge. Und dann sagte er: »Im Übrigen halte ich es für besser, wenn du deine Schwester in Zukunft in Ruhe lässt.«

»Tiuri?«

»Du hast einen schlechten Einfluss auf sie, scheint mir. Ich bin mir mit meiner Frau – und den Wachen – einig, dass es besser ist, wenn du sie nicht mehr siehst.«

»Sie ist meine Schwester, Ihr könnt mir nicht verbieten …«

»Ich kann – und ich tue es. Halte Abstand, oder du wirst es bereuen.«

Vil war außer sich. Der Mann verlangte, dass er weiter für ihn arbeitete, aber er wollte ihn von seiner Schwester fernhalten? Wurde es denn immer noch schlimmer? Er arbeitete mit viel Wut im Bauch und so verbissen, als gäbe es kein Morgen.

Als er am Abend, völlig erschöpft und innerlich leer, zum Stollen zurückkehrte, wurde er bereits erwartet. Der Brenner lehnte in der Tür und machte keine Anstalten, ihn hineinzulassen.

»Ich habe Euch bei der Beerdigung vermisst, Menher.«

»Ich war unpässlich. Stell dir vor, da ist es doch tatsächlich einer Ratte gelungen, sich in einen verschlossenen Behälter mit Maische hineinzuschmuggeln. Eine beachtliche Leistung für so ein Tier, vor allem wenn man bedenkt, dass es bei diesem Meisterstück bereits halb verwest gewesen sein muss.«

»Ich weiß nicht, wovon Ihr redet, Menher.«

Der Brenner lächelte böse, aber dann verkrampften sich seine Gesichtszüge plötzlich, und er presste sich die Hand auf den Magen. »Oh, du weißt es, mein Junge, du weißt es.«

»Warum erzählt Ihr das nicht dem alten Triefauge von der Wache, wenn Ihr Euch so sicher seid?«

»Ich brauche keine Soldaten, um diese Sache zwischen uns zu klären nach Haldenart. Sei froh, dass die Trauer um deine Mutter und gewisse Beschwerden mich daran hindern, jetzt gleich mit dir abzurechnen. Aber wenn ich dich das nächste Mal sehe, hole ich das nach, verlass dich darauf.«

Vil zuckte mit den Achseln. »Tut, was Ihr nicht lassen könnt. Doch nun lasst mich hinein, ich will unsere Sachen holen.«

»Du hast Nerven, Vil Merson, das muss ich sagen, aber sonst hast du vermutlich nichts mehr, denn alles, was dort drinnen ist, gehört jetzt mir.«

Vil ballte die Faust. Der Mann war angeschlagen, er könnte ihn vielleicht besiegen. Aber das hatte er schon einmal gedacht und war verprügelt worden. »Wie Ihr meint, Menher«, sagte er und drehte sich um. Er besaß nun wirklich nichts mehr, denn alles, was ihm gehörte, lag in diesem Stollen. »Wenn man nichts hat, kann man auch nichts verlieren«, murmelte er einen Satz, den er irgendwann in der Halde aufgeschnappt hatte. Er lief zu dem Loch, in dem er nun schon öfter übernachtet hatte, doch dann erschien es ihm klüger, sich ein neues Versteck zu suchen.

In den nächsten Tagen wurde das Arbeiten in der Halde für Vil schwierig, denn er musste nun nicht immer nur mit einem Auge nach oben schauen, sondern auch nach dem Brenner, dessen Drohungen er sehr ernst nahm. Der Mann schien es jedoch mit seiner Vergeltung nicht eilig zu haben. Er sah ihn oft auf einem Stein vor seiner Schänke sitzen und an einem großen Stock schnitzen. Einmal winkte er sogar zu Vil herüber und zeigte dann lächelnd auf den Knüppel.

Vil hatte keine Ahnung, was er machen sollte. In einem ehrlichen Kampf war er dem Mann nicht gewachsen, und in einem unehrlichen Kampf auch nicht, denn der Brenner hatte sicher keine Skrupel, mit schmutzigen Tricks zu arbeiten. Und selbst wenn er ihn irgendwie besiegen könnte, würde er am Ende doch verlieren, denn der Brenner stand unter dem Schutz der Wachen. Sie würden ihn in Eisen legen oder Schlimmeres. Und wer würde dann auf seine Schwester aufpassen? Nein, er durfte nicht Futter für die Menschenfresser im Totenschacht werden.

Dieser letzte Gedanke ging ihm eine Weile nach, denn er spürte, dass etwas von dem, was er über die Menschenfresser gehört hatte, keinen Sinn ergab: Angeblich kamen die Verfemten so gut wie nie in die Halde. Aber wovon ernährten sie sich? Die Halde war nicht mehr so voll, wie sie es einst gewesen sein musste, und es gab zwar hin und wieder Tote, doch lagen meist Wochen zwischen diesen grauenvollen Beisetzungen im Schacht. Davon konnten sie nicht sehr lange zehren. Aber was aßen sie stattdessen?

Er hatte so eine Ahnung, wer ihm diese Fragen vielleicht beantworten konnte. Er ließ alles stehen und liegen, entnahm seinem Versteck all die langen Nägel, mit denen er eigentlich eine Keule hatte spicken wollen, und lief hinunter zum südlichen Stollen.

»Fura – bist du hier? Ich habe etwas für dich!«

»Da ist es wieder, das freche Ding«, zischte es aus der Felsspalte.

»Dieses Mal werden wir uns nicht überraschen lassen«, meinte eine zweite Männerstimme.

»Ich habe Geschenke, Fura«, rief Vil.

»Man kann ihm nicht trauen. Lass es uns töten, Fura.«

»Ach, halt's Maul«, rief die Alte und zeigte sich vorsichtig. »Geschenke, was für Geschenke?«

»Sieh nur, Nägel aus Kupfer und Eisen, schön lang, und sicher genug für einen oder zwei gute Krüge vom Brenner.«

»Nägel, ja? Und das willst du mir schenken, ja?«

Ihre beiden Liebhaber waren aus ihren Verstecken hervorgekrochen, und sie drohten Vil mit geballten Fäusten. Er nahm sie nicht ernst. Er war größer und stärker geworden seit ihrer ersten Begegnung, sie hingegen sahen noch abgerissener aus als damals.

»Ich schenke sie dir, wenn du mir ein paar Fragen beantwortest, Fura.« Er hielt ihr die Nägel auf der ausgestreckten Hand hin.

»Wir können sie dir auch einfach wegnehmen.« In Furas Augen glitzerte die Gier.

»Ich will deine Liebhaber nicht schon wieder verprügeln. Sag mir doch einfach, was ich wissen will, und du bekommst, was du willst.«

»Frag, und wir werden sehen.«

»Ich weiß, dass ihr von den Toten esst«, begann er.

»Lüge!«, zischte Fura. »Böse Lüge!«

»Es ist mir gleich«, behauptete Vil, obwohl ihn der Gedanke, dass diese Menschen von seinem Bruder oder von seiner Mutter … Er schüttelte den Ekel ab und zog die Hand zurück.

»Vielleicht, ein wenig«, gab Fura zu. »Wir tauschen mit denen, die da unten hausen. Tauschen Kerzen, Schnaps, Holz gegen Fleisch. Was ist falsch daran? Alle tauschen sie hier, alle. Und die Toten sind tot.«

Vil holte tief Luft, es kostete ihn große Überwindung, weiter zu fragen, aber er musste es einfach wissen: »Aber die da unten, woher nehmen sie ihr Fleisch, wenn hier lange niemand stirbt?«

Fura sah ihn plötzlich lauernd an. »Wie neugierig du doch bist. Eine gefährliche Frage. Niemand stellt sie, niemand, auch Fura nicht.«

»Willst du die Nägel, oder nicht?«

»Sie haben Fleisch, immer, aber Fura weiß nicht, woher. Jetzt gib mir die Nägel.«

»Hier hast du sie!«, rief Vil und schleuderte sie der alten Frau entgegen.

Sie duckte sich, so dass die Nägel gegen die Felswand prallten und in alle Richtungen davonsprangen. Und als sie sie fluchend und kreischend mit ihren Liebhabern aufsammelte, rannte er schon zurück. Er hatte seine Antwort. Wenn die Menschenfresser so viel Fleisch hatten, dass sie es tauschen konnten, mussten sie es doch irgendwo herbekommen. Dieses *Irgendwo* musste er finden, denn vielleicht führte ein Weg von dort nach draußen.

Noch am selben Abend sprach er heimlich mit seiner Schwester. »Unsere Mutter hat mir aufgetragen, einen Weg hier herauszufinden.«

Tiuri sah ihn mit ihren ernsten Kinderaugen zweifelnd an. »Sed hat gesagt, es gibt keinen.«

»Ich habe vielleicht einen gefunden, doch ist er gefährlich.«

»Wie gefährlich denn?«

»Das weiß ich noch nicht genau. Ich werde ihn erkunden. Und wenn er sicher ist, komme ich und hole dich.«

»Warum nimmst du mich nicht gleich mit?«

»Weil es zu gefährlich ist, Tiri, das habe ich doch gesagt.«

»Ich will aber nicht, dass du gehst. Ich will nicht allein hierbleiben.«

»Doma Geffai passt auf dich auf, aber du darfst ihr nicht sagen, was ich vorhabe.«

»Ich will aber nicht lügen.«

»Es ist nur dieses eine Mal.«

»Nehmen wir sie auch mit?«

»Ich weiß nicht, ich glaube, es wäre mir lieber, wir wären erst einmal für uns.«

Seine Schwester runzelte die runde Stirn. »Wo ist denn dieser Weg?«

»Ich sage es dir, wenn ich weiß, dass er sicher für uns ist.«

»Ich will ihn aber jetzt wissen!«

»Tiri, sei nicht albern.«

»Aber was sage ich Menher Geffai, wenn er nach dir fragt?«

»Sag die Wahrheit, sag, dass du nicht weißt, wo ich bin.«

Wieder schien seine Schwester angestrengt nachzudenken. Ihre dunklen Augen blickten plötzlich traurig. »Und du versprichst, dass du mich holen kommst?«

»Ich verspreche es. Ganz ehrlich. Ich bin bald zurück.« Als er das gesagt hatte, durchzuckte es ihn wie ein Blitz. *Ich bin bald zurück:* Genau das waren die letzten Worte seiner Mutter gewesen.

Er zwang sich zu einem optimistischen Lächeln, umarmte seine Schwester innig, versprach ihr noch einmal, sie so schnell wie nur irgend möglich holen zu kommen, und schärfte ihr abermals ein, niemandem etwas davon zu sagen. Sie kämpfte mit den Tränen. »Und du bist wirklich bald zurück?«

»Schneller, als du glaubst.«

»Ich werde nichts verraten.« Sie lächelte tapfer und weinte trotzdem.

Er umarmte sie noch einmal und huschte dann davon. Er wusste, er konnte sich auf Tiuri verlassen, so wie sie sich auf ihn verlassen konnte.

Auf dem Rückweg hielt er noch einmal an der Stelle, an der seine Mutter gestorben war. Er blickte hinauf zu der vergitterten Himmelspforte. Es war ihm schon am Tag ihres Todes aufgefallen, aber er hatte den Gedanken fest in seinem Inneren verschlossen: Das Kantholz, das sie erschlagen hatte, musste in einem sehr unwahrscheinlichen Bogen heruntergefallen sein.

Kalte Wut stieg in ihm auf. Es war kein Unfall gewesen, und es kamen nicht viele Männer in Betracht, die diese Untat begangen haben konnten, eigentlich nur einer: der Eisenkönig. Vil wusste es, aber, und das machte es noch schlimmer, er durfte ihm nichts tun.

Semer Geffai und seine Frau passten auf Tiuri auf, ohne diese beiden wäre sie völlig schutzlos. Die widerstreitenden Gefühle zerrissen ihm fast die Brust. Der Mörder seiner Mutter war der Beschützer seiner Schwester.

Beschützer? Er hatte nicht vergessen, was Sed über die Mädchen gesagt hatte, die der Eisenkönig an die Hurenhäuser verkaufte. Aber er würde ihm keine Gelegenheit geben, seiner Schwester so etwas anzutun. Noch in dieser Nacht würde er verschwinden. Er würde Tiuri hier herausholen, schon bald, und dann würde er sich auch um den feisten Semer Geffai kümmern.

Vil versteckte sich in einem verlassenen Wohnloch im Felsen für den Fall, dass der Brenner ihn suchte. Doch der hatte seine Schänke wieder eröffnet und schenkte seinen Fusel gratis aus, vermutlich um seine Kundschaft zu versöhnen. Vil hatte einen Plan, aber den konnte er erst ausführen, wenn es dort drüben ruhiger wurde. Also wartete er, bis die letzten Gäste davongewankt oder an Ort und Stelle eingeschlafen waren.

Er schlich vorsichtig hinüber. Er brauchte Kerzen, und er fand es nur gerecht, sie aus der Schänke zu stehlen, obwohl ihm der seltsame Gedanke kam, dass seine Mutter das vermutlich anders gesehen hätte. Er schlich zwischen den Schläfern hindurch und steckte mit zitternden Fingern ein paar Kerzen ein.

Jemand stöhnte laut im Schlaf. Vil lauschte. Das war eindeutig die Stimme des Brenners, der dort im Schatten des Tresens lag und im Halbschlaf wirres Zeug brabbelte. Vil schlich hinüber. Da stand ein schwerer Steinkrug. *Groß genug, um einen Schädel einzuschlagen,* dachte Vil. Der Mann hatte seine Mutter auf dem Gewissen, und sie hatte Rache verlangt …

Vil nahm den Krug vorsichtig in beide Hände. Er war noch halb voll und entsprechend schwer. Vil hob ihn an. Es würde ein Leichtes sein, ein einziger harter Schlag, und die Sache wäre erledigt – aber er brachte es nicht über sich.

Nein, ein Gremm würde keinen Mann im Schlaf erschlagen, er würde seine Rache nehmen, aber gewiss nicht so. Der Mann sollte sein Ende kommen sehen. Er fluchte, drehte sich um und schlich aus der Höhle.

Erst als er schon an den Steinpyramiden war, bemerkte er, dass er den Krug immer noch in den Händen hielt. Er nahm ihn mit. Schnaps war begehrt, vielleicht konnte er damit etwas kaufen, da, wo er nun hinging.

Er hastete durch die Halde, so schnell es der von Unrat übersäte Boden zuließ, und schielte hinauf zu den Himmelspforten. Die Sterne verblassten schon. Ein neuer Tag kündigte sich an, aber er würde ihn nicht in der Halde verbringen. Plötzlich gähnte vor ihm der schwarze Schlund des Südstollens. Das war schneller gegangen, als er gedacht hatte. Er holte noch einmal tief Luft. Dann entzündete er die erste Kerze und trat ein.

Bis zum Totenschacht war es einfach, denn diesen Weg kannte er. Er tastete sich an das Loch im Boden heran und leuchtete mit der Kerze hinab. Er ließ einen Stein hinabfallen und lauschte – nichts. Entweder hatte der Schacht keinen Grund, oder irgendetwas dort unten hatte den Aufprall verschluckt. Vil versuchte, nicht daran zu denken, was das sein mochte.

Er suchte den Stollenrand ab, fand aber weder ein Seil noch eine Leiter oder irgendeine andere Klettermöglichkeit, und das Licht seiner armseligen Kerze reichte nicht sehr weit in die Tiefe.

Aber irgendwie musste es dort hinuntergehen, Fura hatte doch mit den Verfemten Handel getrieben. Er erkundete die schmalen Seitenstollen, die ihm vorher nicht aufgefallen waren. Die ersten führten nicht weiter, aber dann stieß er auf eine Ecke, in der Knochen bleich im Kerzenlicht schimmerten. Er folgte diesem Gang weiter, geriet in Sackgassen, kehrte um, fand andere Wege, manche so schmal, dass er kaum hindurchpasste.

Einmal öffnete sich vor ihm ein gähnendes Loch, und es dauerte eine Weile, bis er begriff, dass er wieder am Totenschacht stand, nur viel weiter unten. Aber er konnte weder oben noch unten ein Ende absehen. Er irrte weiter voran, irgendwie, kroch, kletterte, zwängte sich durch Spalten und Gänge und verlor bald völlig die Orientierung.

Gerade als er glaubte, sich für alle Zeiten verirrt zu haben, hörte er ein Geräusch. Es war ein unheilvolles Nagen und Schmatzen, nicht weit entfernt. Er wäre am liebsten umgekehrt, aber er ging weiter auf das Geräusch zu, durch einen langen, niedrigen Gang. Am anderen Ende fiel aus einer Kammer schwaches Licht in den Stollen.

Vil ging weiter, den Krug wie eine Waffe in der Hand. Das Schmatzen wurde lauter. Vil spähte vorsichtig hinein. Auf der anderen Seite einer engen Kammer saß eine kahlköpfige Gestalt und nagte an etwas, das sich Vil nicht genauer ansehen wollte.

Er holte tief Luft und trat ein. »Ich grüße Euch, Menher.«

Die Gestalt hielt inne, blickte auf und zog sich noch ein Stück weiter in die Ecke zurück. »Wer grüßt da? Wer spricht mit mir?«, zischte sie.

»Vil ist mein Name, Menher. Ich suche einen Weg nach draußen«, fügte er schnell hinzu.

»Ich kenne keinen Vil. Bluthand kenne ich, Eisenfuß und Immerschlund, aber keinen Vil.«

»Ich komme aus der Halde.«

»Von oben also. Was willst du? Warum störst du mich?«

»Ich suche einen Weg hinaus. Ich muss hinaus.«

»Willst nach oben, gehst aber nach unten? Das ist verrückt, ganz verrückt!«

»Vielleicht, Menher. Aber vielleicht wisst Ihr ja einen Weg ganz nach oben, in die Stadt.«

»Die Stadt? Da war ich lange nicht, sehr lange, erinnere mich kaum an die Stadt. Steht sie denn noch? Bin immer nur hier unten, bei meinen Freunden. Bluthand, Eisenfuß, Immerschlund.«

»Aber vielleicht erinnert Ihr Euch doch, wie man in die Stadt gelangt, Menher.«

»Vielleicht, vielleicht nicht. Ich wandere nur unter den Toten, unter den Toten. Aber ja, die Stadt, es muss sie noch geben, denn sie bringen immer neue Leichen hier herunter, füttern uns, machen uns satt.«

»Vielleicht könnt Ihr mir ja den Ort zeigen, wo sie Euch … füttern, Menher.« Er hatte längst erkannt, dass dieses unheimliche Wesen an einer menschlichen Hand nagte. Aber es war eine Männerhand, unzweifelhaft, und damit stammte sie nicht aus der Halde, denn dort hatte es zuletzt nur zwei Beisetzungen gegeben. *Wahrscheinlich,* so dachte Vil, *stammt sie aus einer der Nekropolen.*

Er hatte sich früher, als seine Mutter ihm von diesen unterirdischen Totenstädten erzählte, immer gegruselt, nun waren sie seine größte Hoffnung.

»Warum sollte ich dir die guten Plätze zeigen? Sie sind nicht für dich, sind für uns. Such dir eigene Tröge.«

»Ich will nichts von Eurem Essen, Menher, ich will nur hier heraus.«

»Aber vielleicht lügst du? Was willst du dort oben? Dort hassen sie uns, verfolgen uns, töten uns, wenn sie uns beim Fleisch erwischen. Ein unsicherer Ort und immer unsicherer, je höher du steigst.«

»Bitte, Menher, ich würde Euch auch entlohnen«, sagte Vil und schüttelte den Krug.

»Wasser? Ich habe genug Wasser, kann es von den Wänden lecken, immer und überall.«

»Kein Wasser, Schnaps, Menher.«

»Ah! Schnaps. Lange her, dass ich so etwas getrunken habe. Lass mich kosten!« Die Gestalt rückte in der Hocke ein wenig aus ihrer Ecke heraus. Sie war hager, klein, aber in ihren Augen lag Wahnsinn.

»Nur riechen, Menher«, sagte Vil vorsichtig. Er nahm den Deckel vom Krug.

»Ah, kann es riechen, guter Schnaps. Gut genug für Eisenfuß, Bluthand, Immerschlund. Gut genug für mich.«

»Der Krug ist noch halb voll. Und er gehört Euch, wenn Ihr mir den Weg nach oben zeigt.«

»Wandere nicht mit anderen. Traue ihnen nicht. Nachher betrügst du mich. Die von oben sind alle Lügner, Betrüger, Mörder. Das weiß jeder.«

»Ich nicht. Ich kann Euch doch gar nicht betrügen, ich will doch hinaus, und nur Ihr kennt den Weg.«

Das schien die Gestalt zu überzeugen, aber dennoch zierte sie sich eine ganze Weile, nagte gelegentlich an der Hand, die sie ängstlich an die Brust gedrückt hielt, als fürchte sie, dass Vil sie für sich haben wolle, und bequemte sich dann doch endlich aus der Ecke heraus. Sie verstaute die Hand in einer Umhängetasche, nahm den dicken Kerzenstumpen vom Boden und leuchtete Vil ins Gesicht. »Jung. Jung und zart. Folge mir, jung und zart.«

»Mein Name ist Vil.«

»Jung und zart.«

Vil folgte der Gestalt und kam bald zu dem Schluss, dass das ein gefährlicher Fehler war. Dieser unheimliche Mensch führte ihn durch Stollen und Gänge, hinauf und hinab, aber wann immer er fragte, wann sie am Ziel seien, hieß es nur: »Bald, bald.«

Er begann, kleine Markierungen in den Stein zu ritzen, wenn er dachte, dass sein Führer es nicht merken würde. Er hatte das zu Beginn seiner Flucht schon getan, aber irgendwann damit aufgehört. Ihm war inzwischen klar, dass er den Weg zurück niemals finden würde. *Ich werde einen anderen Weg finden, Tiri da rauszuholen,* sprach er sich Mut zu.

Immer weiter krochen sie durch Gänge, und nach einer Zeit, die dem müder werdenden Vil wie eine Ewigkeit vorkam, entdeckte er eine seiner Markierungen wieder.

»Wir gehen im Kreis«, rief er.

»Wie? Nein, nein, immer voran, immer nach oben. Wie du es wolltest.«

»Wir waren schon einmal hier, mindestens einmal.« Wie lange war er schon unterwegs? Er hatte nicht nur die Orientierung, sondern auch sein Zeitgefühl verloren.

»Nein, nein, auf keinen Fall. Das ist die Müdigkeit. Sie verwirrt, ich kenne das, kenne das gut. Wir ruhen einen Augenblick. Da, in der Kammer. Ein sicherer, ruhiger Ort. Sicher vor Eisenfuß, Immerschlund, Bluthand. Wir ruhen, ein Weilchen nur, und dann geht es weiter nach oben, nach oben und hinaus. Nicht mehr weit, gar nicht mehr weit.«

»Ausruhen, aber nur kurz«, murmelte Vil, gähnte und setzte sich aufrecht an die Wand. Er durfte nicht einschlafen.

Dann fühlte er eine Berührung an seinem Bein. Er war doch eingeschlafen. Er schreckte hoch. Sein Führer war herangeschlichen, hockte vor ihm, blitzte ihn aus seinen blassen Augen an und hielt eine Waffe in der Hand, einen angespitzten Knochen. Vil riss den Krug hoch und wehrte den Stoß im letzten Augenblick ab. Sein Führer zischte böse, griff nach Vils Hals und holte noch einmal mit dem Knochenmesser aus.

Vil wehrte sich mit der Kraft der Verzweiflung, er riss den Krug hoch und schmetterte ihn dem anderen an den Unterkiefer. Es knirschte hässlich, und irgendwas spritzte Vil ins Gesicht. Der Verfemte kreischte, wankte in der Hocke und ließ sein Messer fallen. Vil holte noch einmal aus und schmetterte ihm den Krug mit voller Kraft ins Gesicht.

Der andere flog regelrecht ein paar Schritte nach hinten, jammerte und klappte zusammen wie ein Sack Knochen. Im schwachen Licht der Kerze sah Vil Blut und Schleim aus dem Loch laufen, das vormals ein Mund gewesen war. Er kam auf die Beine, holte noch einmal aus und merkte erst jetzt, dass der Krug zerbrochen war. Er ließ ihn fallen, griff sich das Knochenmesser und seine Kerzen und floh. Er rannte, ohne Sinn und Verstand, so gut geradeaus, wie es nur ging, verfolgt vom Fluchen und Wehklagen des Verfemten. Irgendwann wurde es leiser, dann war es ganz verstummt.

Aber Vil hastete weiter, so schnell er konnte, und hielt nur an, wenn er eine niedergebrannte Kerze gegen eine andere austauschte. Irgendwann, als es wieder einmal so weit war und er sich keuchend an eine Wand lehnte und besorgt feststellte, dass er gerade die vorletzte Kerze entzündete, bemerkte er die Veränderung. Rechts und links von ihm waren regelmäßige und schmale Vertiefungen in die Wand gehauen, aus denen ihn nun Totenschädel angrinsten, fein säuberlich nebeneinander aufgereiht. In anderen Vertiefungen hatte jemand Knochen nach ihrer Größe gestapelt. Eine Nekropole – er war auf eine Nekropole gestoßen!

Und direkt vor ihm zeigten sich die Stufen einer Treppe, die nach oben führte. Er stieg sie vorsichtig hinauf.

ZWEITES BUCH
KATZEN

Vil erreichte eine Gruft mit zugemauerten Grabnischen in den Wänden. Eine steinerne Pforte hatte die Gruft einst abgeschlossen, aber sie war aufgebrochen worden. Auch einige der zugemauerten Gräber waren zerstört. Sein Führer hatte andere Namen genannt, weitere Menschenfresser, und vermutlich waren sie in dieser Grabkammer gewesen.

Er schlüpfte durch die aufgebrochene Tür und schlich weiter. Es gab weitere Treppen, einige, die nach unten, andere, die nach oben führten. Er folgte seinem Instinkt, lief dennoch in einige Sackgassen und wäre fast verzweifelt, zumal er inzwischen seine letzte Kerze angezündet hatte. Dann hörte er Stimmen.

Es waren mindestens drei, und sie sprachen leise miteinander. Drei? *Bluthand, Immerschlund, Eisenfuß,* schoss es ihm in den Sinn. Vil blieb mit klopfendem Herzen stehen und lauschte. Er verstand kein Wort von dem, was gesprochen wurde, aber nach und nach dämmerte ihm, dass es nicht halb so verrückt klang wie das, was der Verfemte von sich gegeben hatte. Er schlich weiter und löschte seine Kerze, als er glaubte, einen Lichtschimmer im Gang zu erkennen. Mehrere schmale Löcher waren in die Wand getrieben worden, und auf der anderen Seite befand sich eine große Gruft. Und auf einem der Sarkophage dort drinnen hockte ein Mann mit schlohweißen Haaren und aß ein paar Weintrauben. Ihm gegenüber lehnte ein anderer, ungeheuer breitschultriger Mann mit ebenfalls schneeweißen Haaren an der Wand. Und da saß noch jemand auf dem Boden, mit dem Rücken zu Vil, der leisen Stimme nach eine junge Frau. Aber auch ihre Haare waren weiß.

Vil prallte entsetzt zurück: *Gesegnete.* Er war auf Gesegnete gestoßen! Musste es denn immer noch schlimmer kommen?

Er duckte sich an die Wand. Noch hatten sie ihn nicht gesehen, das war immerhin etwas. Andererseits, vielleicht mussten sie ihn gar nicht sehen, um zu wissen, dass er da war, es waren Gesegnete. Er atmete tief durch und versuchte, all die Schauergeschichten, die er über diese Menschen gehört hatte, zu vergessen. Er war einem Menschenfresser begegnet – schlimmer konnten die da eigentlich auch nicht sein. Aber sie waren zu dritt, er war allein, und früher hatte ihm seine Großmutter erzählt, dass die Gesegneten um Häuser herumschlichen und Kinder raubten. Er biss die Zähne zusammen, er war schließlich kein Kind mehr.

Als er seine Nerven wieder im Griff hatte, fiel ihm noch etwas auf, ein Lichtschimmer am Ende des Ganges, und er war nicht gelblich, wie von Kerzen, nein, er schimmerte blassgrau, wie von … Tageslicht! Das Dumme war nur, dass er, um dorthin zu gelangen, an der offenen Tür der Gruft vorübermusste. Aber wenn er erst einmal diesen Lichtschimmer erreicht hätte …

Vil hörte auf nachzudenken. Er holte tief Luft und rannte los.

»He, wer ist das?«, hörte er aus der Grablege, aber da war er schon fast am Ziel. Der schmale, blasse Lichtspalt kam näher. Eine Tür, und sie war nicht verschlossen! Vil erreichte sie, stieß sie auf und rannte weiter, hinaus auf eine schmutzige Gasse, rannte, bis er mit jemandem zusammenstieß und zu Boden fiel.

Regennasses Pflaster, eng stehende Häuser, ihre Dächer stießen fast zusammen, aber darüber stand ein langer Streifen hellgrauen Himmels, aus dem leichter Regen auf die Stadt und auf Vil herabfiel, der ungläubig nach oben starrte.

»Hast du dir wehgetan, Junge?«, fragte der Mann, mit dem er zusammengestoßen war und der unter der Last eines riesigen Kohlensacks ächzte.

»Nein, Menher«, antwortete Vil.

»Schade«, sagte der Kohlenschlepper, drehte sich um und stapfte seines Weges.

Vil kam rasch auf die Füße. Er hatte es geschafft, er war der Halde entronnen! Er konnte sein Glück kaum fassen. Er betrachtete die schmalen, einfachen Häuser, und er sah das eine oder andere Handwerkerschild über einem Eingang baumeln. Er musste sich also irgendwo in der Osthälfte der Stadt befinden, in einem der Handwerkerviertel vermutlich. Früher hätten seine Eltern ihm sicher verboten, sich hier herumzutreiben, jetzt erschien ihm schon der freie Himmel wie unerhörter Reichtum, und ein Haus, ein gemauertes Haus mit richtigen Türen und Fenstern, wie der Himmel auf Erden. Seine gute Laune verflog. Seine Eltern würden ihm nie wieder etwas verbieten, sie waren beide tot, und er war zwar entkommen, aber seine Schwester nicht, und er würde den Weg zurück niemals finden.

»Was stinkt denn hier so erbärmlich?«, fragte eine Frau, die, einen Korb Wäsche in die Hüfte gestemmt, die Straße heraufkam.

»Ich weiß es auch nicht. Waren denn die Kehrichtmänner heute nicht hier?«, fragte ihre Nachbarin, die ebenfalls einen schweren Korb Wäsche trug.

»Wenn sie hier waren, haben sie wohl irgendetwas übersehen. Oder, halt! Bist du das etwa, Freundchen?«

Die Frau starrte Vil feindselig an.

»Willst du etwa betteln?«, rief die andere. »Nicht bei uns!

Hier wohnen ehrbare Leute, die für ihr Geld hart arbeiten. Pack dich! Oder ich rufe den Büttel!«

Vil stand der Mund offen. Dann wurde er knallrot. Die Frau hatte vermutlich recht, er hatte die letzten Monate im Abfall gelebt, nur dass er es selbst nicht mehr roch. Er stammelte ein paar sinnlose Entschuldigungen und rannte davon. Die Handwerker, die vor ihren kleinen Läden saßen, die Lastenträger, die Hausfrauen und sogar die Kinder schienen ihn feindselig anzustarren. War das ein Wunder? Seine zerlumpte Kleidung und der Gestank, der ihm auf der Haut klebte, waren ja unübersehbare Hinweise auf das, was er war: eine Ratte, gerade erst der Halde entronnen. Das Meer. Er musste zum Meer und den Dreck der vergangenen Monate abwaschen!

Das war allerdings leichter gesagt als getan, denn die Straßen dieses Viertels waren eng und gewunden, und auch wenn er die Lagune manchmal sehen konnte, wenn er bergab lief, so versperrten ihm doch immer neue Häuserreihen oder große Handwerksbetriebe den Weg. Irgendwann fand er dann allerdings eine Lücke. Er stieß auf ein Dorf, ein Fischerdorf vielleicht, und da war endlich der Strand, das Meer. Er machte sich nicht erst die Mühe, sich auszuziehen. Er lief hinein und hätte am liebsten laut aufgeschrien, weil das Wasser eiskalt war. Es verschlug ihm den Atem, und erst dann wurde ihm bewusst, dass hier draußen schon beinahe Winter sein musste. Er biss die Zähne zusammen und wusch sich, aber er verlor schnell jedes Gefühl in den Gliedern und stapfte fluchend wieder hinaus.

Ein paar Frauen und Kinder standen am Ufer, warm eingepackt, und sie lachten, vermutlich über ihn.

»Wenn du deine Sünden abwaschen willst, solltest du vielleicht in einen Tempel gehen«, meinte eine der Frauen. Sie war jung, aber in ihrem Gesicht lag ein Zug von Kummer und Leid.

Vil blieb stehen. Ein Fischerdorf! Er erinnerte sich an das, was Sed gesagt hatte. »Ist das das Dorf, das den Vergessenen Fisch opfert?«, fragte er vorsichtig.

Das Lachen verebbte. »So war es früher, doch ist diese Verpflichtung erloschen.«

»Aber warum?«, fragte Vil plump.

»Das geht dich nichts an, Bürschchen. Und jetzt verschwinde, wir haben hier nicht viel übrig für Gesindel.«

Vil setzte zu einer scharfen Antwort an, besann sich aber rechtzeitig eines Besseren.

»Verzeiht, gute Frau, es war nicht meine Absicht, Euch zu kränken. Doch sagt, gibt es hier nicht einen Tempel? Ich suche nämlich tatsächlich einen Ort, um meine Sünden zu büßen.«

Die Frau sah ihn misstrauisch an, aber dann schob eine alte Frau sie zur Seite und sagte: »Dort hinten, mein Junge. Und er steht allen offen, die Trost suchen. Jedenfalls war das früher so«, fügte sie mit einem strafenden Seitenblick hinzu.

»Früher war vieles anders«, zischte die junge Frau, der der Blick galt.

»Ich danke Euch«, sagte Vil schlotternd vor Kälte in seinen nassen Sachen. Er schlug einen Bogen um die Frauen, die ihn nicht sehr freundlich musterten, und entdeckte den weißen, niedrigen Turm des Tempels hinter den Hütten.

Irgendwo dort in der Nähe musste er doch die Fischpforte finden. Das wäre ein Anfang. Er hatte zu keiner Sekunde vergessen, dass er seine Schwester retten musste. Er lief zum Tempel und fand das Tor zum Vorhof verschlossen. Die weißen Mauern waren auch zu hoch, um einfach hinüberzuklettern.

Er klopfte an das Tor und musste eine Ewigkeit warten, bis er die schlurfenden Schritte eines Mannes hörte.

»Der Tempel ist geschlossen.«

»Aber ich … ich … ich muss ein Gelübde erfüllen, Vater.«

»Was für ein Gelübde?«

»Ich versprach meiner seligen Mutter, hier für sie zu beten. Es war ihr letzter Wunsch.« Etwas Besseres fiel Vil auf die Schnelle nicht ein.

»Dann komm morgen wieder.«

»Ich bin den ganzen Weg durch die Stadt gelaufen, Vater, und mein Dienstherr wird mir nicht so bald wieder einen freien Tag gönnen.« Jetzt, wo er in Fahrt war, kamen die Lügen schneller.

»So? Na, wenn es denn sein muss. Warte einen Augenblick, mein Sohn.«

Vil hörte schwere Schlüssel im Schloss klirren, dann wurde unter einigem Ächzen ein Riegel zurückgeschoben, und endlich öffnete sich das Tor.

Der Priester, ein alter Mann mit einer frischen Narbe auf der Wange, glotzte ihn an. »Du siehst aus wie ein Bettler, nicht wie einer, der irgendwo arbeitet. Und du riechst wie eine faulige Brise bei Ebbe.«

»Kehrichtfahrer, mein Meister ist ein Kehrichtfahrer, weit im Norden, Vater.«

»Meinetwegen. Du kannst hinein, aber nur kurz, denn ich will nicht, dass dieser Gestank sich im Tempel festsetzt. Gerade, wo wir den Fischgeruch langsam loswerden.«

»Ihr seid zu gütig, Vater«, presste Vil hervor.

Der Tempel war klein und schmucklos. Die steinerne Wolke, die den Himmel symbolisierte, war nicht vergoldet wie in dem Tempel auf der Ritterseite, in dem Vil sich früher so gelangweilt hatte, und der hölzerne Altar war alt, klein und schadhaft.

Er räusperte sich. »Verzeiht, Vater, aber meine Mutter bat mich, an einem besonderen Ort in diesem Tempel zu beten. Sie sprach von einer Pforte für Fische, die nach unten führen soll, in eine Art Höhle.«

»Und warum sollst du ausgerechnet dort dein Gebet verrichten?«

»Weil mein Vater ein Fischer war, Vater.«

»Von hier, aus dem Dorf?«

»Gewiss, Vater.«

»So? Und wie war sein Name?«

»Den weiß ich nicht, denn er heiratete eine andere, als meine Mutter bereits mit mir schwanger war. Sie hat mir nie seinen Namen gesagt, doch vor kurzem hörte sie, er sei gestorben. Und da sie selbst schon erkrankt war, bat sie mich, für ihn zu beten, falls sie den Weg nicht mehr schaffe.«

»Er hat sie verlassen, und sie will für ihn beten, hier?«

»Sie war sehr fromm, Vater.«

»Scheint mir auch so. Aber es wundert mich nicht, dass dein Vater aus diesem Dorf der Verbrecher stammt. Sei froh, dass deine Mutter ihn nicht geheiratet hatte. Gier, Mord, Verleumdung haben Einzug gehalten bei diesen Menschen, die ich für gut und ehrlich gehalten habe. Jetzt folge mir. Ich zeige dir diese Pforte. Wir müssen dort durch die Tür.«

Vil, der sich fragte, was der Priester gegen die Fischer hatte, wartete ungeduldig, bis der Mann die Pforte umständlich geöffnet hatte. Er schlüpfte hinaus und sah schon das Loch im Boden. Es befand sich in einem weitläufigen Hinterhof, in dem jemand einen Kräutergarten angelegt hatte. Er war auf drei Seiten von der hohen weißen Mauer umgrenzt, die Vil für nicht unüberwindlich hielt. Auf der vierten Seite jedoch erhob sich eine beeindruckend hohe rote Mauer, die mit Wachtürmen versehen war.

»Was ist das, Vater?«, fragte er.

»Die Neue Werft. Den halben Garten haben sie mir damit überbaut, ohne groß zu fragen. Und dann kam die Schmiede, und die raubt mir die Sonne mit ihren hohen Schornsteinen, von dem Lärm und dem Rauch ganz zu schweigen.« Er deutete auf einen anderen dunkelroten Bau, der sich hinter dem Garten erhob, und Vils flüchtiger Blick streifte eine graue Mauer und ein paar stumpfe Schlote.

Da lag die Fischpforte, unter der seine Schwester auf Rettung wartete. Er brauchte nur noch ein Seil und eine dunkle Nacht.

Er kniete nieder, faltete die Hände, als wolle er beten, und spähte hinab. Er konnte nicht viel erkennen, nur das Gitter, durch das die Fische geworfen worden waren. Er suchte die Scharniere, mit denen man es öffnen konnte – aber er fand keine. Er erbleichte. Die Pforten drüben auf der Werft waren auch vergittert, aber diese Gitter waren immer wieder geöffnet worden, um sperrigen Abfall hindurchzulassen. Vil hatte es auf die Faulheit der Fischer geschoben, dass das hier nie geschehen war, doch jetzt sah er, dass dieses Gitter solide eingemauert war – man konnte es gar nicht öffnen.

Stunden später, es dunkelte bereits, hockte Vil in einer schmalen Gasse gegenüber der Neuen Werft. Ihre hohen Mauern und die großen Tore, aus denen nun die Werftarbeiter strömten, wurden streng bewacht. Ob er sich irgendwie am Morgen unter die Arbeiter mischen könnte? Vil machte sich nichts vor, er hatte die Werftarbeiter gesehen, kräftige, gut gelaunte Burschen, deren Kleidung verriet, dass sie mit dem Schiffsbau gutes Geld verdienten. So sah er gewiss nicht aus. Die Wachen würden ihn niemals hineinlassen.

Eine Katze, ein struppiges schwarzgetigertes Tier, strich ihm um die Beine. Vermutlich wollte sie etwas zu fressen, aber Vil hatte selbst nichts. Eine Weile schmeichelte sie ihm, dann zog sie von dannen Richtung Werft, aber die Wache am Tor scheuchte sie mit einem Fußtritt davon.

Wenn sie nicht einmal eine Katze hineinließen, dann erst recht niemanden wie ihn. Und selbst wenn er es hineinschaffte, dann waren auf den Mauern noch weitere Wachen. Er würde niemals unentdeckt zu den Pforten kommen, geschweige denn, seine Schwester dort herausbringen. Er barg den Kopf in den Händen. Sollte er doch zurück unter die Erde? Einen Weg durch das Labyrinth der Gänge suchen?

Dann fiel ihm ein, dass es noch eine vierte Pforte gab. Sed hatte ihm erzählt, dass sie zugemauert worden war, als man oben eine große Schmiede errichtete.

Vil hatte die Backsteine in der ehemaligen Pforte gesehen und nicht weiter beachtet. Jetzt dachte er an die Gräber, die er in der Nekropole gesehen hatte: Auch sie waren zugemauert worden, aber die Menschenfresser hatten sie aufgebrochen. Und was die Verfemten konnten, das konnte er vielleicht auch. Er musste nur noch die Schmiede finden.

Zuerst aber, so dachte er, weil er sich doch ziemlich schwach auf den Beinen fühlte, brauchte er etwas zu essen.

Die Gegend um die Werft schien nicht die allerbeste zu sein. Er sah einige ziemlich finster aussehende Schänken und Frauen, die aus den Fenstern ihrer Wohnungen heraus Männer ansprachen und einluden. Und da war auch der Hohlweg, den sie damals auf dem Weg in die Halde genommen hatten. Vil hätte ihn fast nicht bemerkt, als er ihn auf einer schmalen Holzbrücke überquerte, und er ließ ihn schnell hinter sich, denn er fürchtete, es könnten Wachen dort unten unterwegs sein.

Dann sah er die riesige Arena im Norden aufragen. Er hatte sie früher nur von der anderen Seite gesehen, vom Obermarkt, wo sie die umliegenden prachtvollen Häuser ebenfalls deutlich an Höhe übertraf. Aber hier in der Unterstadt ragte sie steil und schwarz sechs Stockwerke hoch in den Abendhimmel, ein riesiges Nest, über dem seit den Zeiten der Kaiser Raben kreisten und auf Aas warteten. Für einen Augenblick glaubte Vil, dass sich ihre Mauern nach außen neigen und ihn und das ganze Viertel unter sich begraben würden.

»Mann, hier stinkt's nach Fisch«, meinte jemand in seiner Nähe und riss ihn so aus seinen Gedanken.

Vil lief weiter. Offenbar hatte das kalte Bad nicht gereicht, die Halde abzuwaschen. Die Gassen hatten sich gefüllt. Er sah Bergleute und Hafenarbeiter, Matrosen und Soldaten, die sich zwischen den Schänken hin und her bewegten, er sah fliegende Händler und Mädchen, die sich den Matrosen anboten, aber er sah auch Wachen, die gemächlich die Straßen auf und ab patrouillierten. Er ging ihnen aus dem Weg und fragte sich, ob sie nach ihm suchten.

Außerdem war der Zugang zur Halde nicht weit – was, wenn er hier draußen Leute von der Wache traf, am Ende das alte Triefauge selbst? Vil achtete von nun an darauf, sich im Schatten zu halten, und er mied die breiteren Gassen.

»Hey, was hast du in unserem Revier zu suchen?«

Vil hatte einen Augenblick nicht aufgepasst. Jetzt fand er sich einem Jungen auf Krücken gegenüber, der ihn zornig musterte.

»Geht dich nichts an«, entgegnete er knapp.

Der Junge hielt ihn mit einer Krücke auf, als er vorbeiwollte. »Geht mich sehr wohl was an, wenn hier einer betteln will, der nicht zu uns gehört.«

»Ich bettle nicht!«

»Siehst aber so aus, als wolltest du.«

»Lass mich bloß in Ruhe«, knurrte Vil und ballte die Faust in der Tasche.

»Spiel dich nicht so auf«, sagte eine Stimme hinter ihm.

»Der bettelt hier, Timus«, sagte der mit der Krücke.

Vil hatte sich umgedreht und stand nun einem Jungen gegenüber, der mehr als einen Kopf größer war. »Ich sag's noch einmal, ich bettle nicht.«

»Das lässt sich ja rausfinden«, meinte der Große und sagte dann: »Halt ihn fest.«

Vil fühlte plötzlich zwei Arme, die ihn von hinten packten. Die Krücken fielen zu Boden. Offensichtlich brauchte der Junge sie gar nicht. Er war so verblüfft, dass er erst gar nicht versuchte, sich loszureißen. Aber dann fasste der andere ihm in die Hosentasche.

Meine Nägel, durchzuckte es Vil. »Das gehört mir!«, zischte er und machte Anstalten, den anderen abzuschütteln.

Der Große zog die Hand zurück. Er hielt ein paar Kupfernägel in der Hand und starrte sie ratlos an. »Was ist denn das?«

»Die gehören mir!«

Der Große fing plötzlich an zu lachen. »Lass ihn los, Ref, der ist offensichtlich verrückt.«

»Aber betteln darf er hier trotzdem nicht!«

»Tut er auch nicht, sonst trete ich ihm nämlich gewaltig in den Arsch, hast du verstanden?«

Fassungslos sah Vil zu, wie der andere die Nägel einfach auf den Boden warf. Er sah sie über das schlechte Pflaster hüpfen, dann warf er dem Großen einen zornigen Blick zu. Er hatte noch das Knochenmesser im Gürtel. Seine Hand zuckte schon, aber dann kam er zur Besinnung.

Er drehte sich um und rannte davon. Nägel, er hätte sich beinahe wegen ein paar Nägel geprügelt, die hier oben doch nichts wert waren.

Nachdem er ziellos um mehrere Ecken gebogen war, hielt er an. Er war wütend, und inzwischen bedauerte er es, dass er die beiden nicht verprügelt hatte. Sie hatten ihn gedemütigt, mehr, als ihnen bewusst war.

Plötzlich ragte eine dunkle Mauer vor ihm auf, von stumpfen

Schloten überragt. War das etwa die Schmiede, die er suchte? Er sah sich um, fühlte sich unbeobachtet und kletterte die Mauer hinauf, wobei er sich einige blutige Schrammen holte, weil es erst im dritten Anlauf klappte. Oben angekommen, konnte er den Tempel und die Werft sehen. Er war am Ziel!

Die Schmiede war groß, geradezu riesig, ein paar Laternen hingen auf den Wegen zwischen den schmucklosen Gebäuden, und er sah merkwürdige Gebilde, die er für Schmelzöfen hielt.

Er sprang von der Mauer. Er musste die zugemauerte Pforte finden. Er versuchte, die Entfernung zum Tempel und zur Werft zu schätzen, und rief sich die Lage der vier Himmelspforten der Halde ins Gedächtnis. Dann schlich er los. Er ging davon aus, dass es hier Wachen gab, auch wenn er noch keine gesehen hatte. An der Stelle, die er berechnet hatte, stand eines der hässlichen Gebäude. Vil fand eine unverschlossene Tür. Offenbar hatten die Himmel doch ein Einsehen. Er glitt hinein.

Er war noch nie in einer Schmiede gewesen und staunte über eine Reihe von Vorrichtungen, die er nicht verstand. Da hingen Kessel in schweren Ketten von der Decke, er entdeckte Ambosse und Essen und schwere steinerne Werkbänke. Es gab auch allerlei Werkzeug, das nützlich sein konnte.

Er borgte sich einen Schmiedehammer, den er sicher brauchen würde, wenn er die Decke einschlagen wollte. Er schob den Gedanken, dass er doch gar kein Seil hatte, um hinabzugelangen, erst einmal zur Seite. Auch das würde sich hier irgendwo finden.

Aber wo war die zugemauerte Pforte? Vorsichtig nahm Vil eine Laterne von einer Werkbank. Er entzündete die Kerze darin und schloss das trübe Glas wieder. Er suchte den Boden ab, fand aber nichts. War er vielleicht im falschen Gebäude? Das musste es sein. Er fluchte leise, aber ausgiebig. Gerade als er diese Werkstatt verlassen wollte, fiel ihm etwas ins Auge, etwas, das er schon gerochen, aber ignoriert hatte. Da stand eine gusseiserne Schüssel auf einem Tisch. Ein Löffel steckte unter dem Deckel. Es roch nach kalten Bohnen. Er schlich zögernd hinüber. Sein knurrender Magen riet ihm zuzugreifen. Er öffnete den Deckel. Es war eine Art Bohnensuppe, schwer und dunkel, ein Rest, vielleicht etwas, was die Arbeiter übrig gelassen hatten. Es war ihm egal. Er nahm den Löffel und begann, die kalte Suppe in sich hineinzuschaufeln. Sie war köstlich. Für einen Augenblick war er bereit, alles um sich herum zu vergessen, doch die Welt brachte sich wieder in Erinnerung mit einer festen Stimme, die aus den Schatten hinter ihm rief: »Blitz und Donner – wen haben wir denn da?«

Vil stellte fest, dass die Bohnensuppe gewärmt noch viel besser schmeckte als kalt. Er saß an einem Tisch, das erste Mal seit vier Monaten, und brach Brot in die dampfende Schale.

»Jetzt noch einmal von vorn, mein Junge: Wie ist dein Name, und was hast du hier zu suchen?« Der Schmied saß ihm mit verschränkten Armen gegenüber. Vil war viel zu hungrig, um sich lange mit der Frage aufzuhalten, warum der Mann ihn nicht einfach davonjagte. »Vil, Herr, mein Name ist Vil«, antwortete er mit vollem Mund.

»Und deine Eltern?«

»Tot, Menher«, antwortete er vorsichtig. »Hab nur eine Schwester, und die suche ich, Herr.«

»In meiner Schmiede?«

»Nein, Herr. Sie ist aber wohl in der Nähe. Zwischen Werft und Arena, das ist alles, was ich weiß.«

»Im Katzenviertel? Wie alt ist deine Schwester, Vil?«

»Elf, Herr.«

»Bei den Himmlischen! Und da treibt sie sich im Katzenviertel herum?«

»Sie wollte nicht, Herr. Ist abgeholt worden. Aber nicht von guten Menschen, Herr.« Vil schien es, als ob der Mann ein gutes Herz hatte.

»Du könntest zur Wache gehen, Junge. Sie könnten dir helfen.«

»Da war ich schon, Herr. Die haben mich ausgelacht.«

Der Mann seufzte. »So wie du aussiehst und riechst, ist das kein Wunder. Man kann arm sein, aber das heißt doch nicht, dass man schmutzig durch die Welt gehen muss. Du solltest ein Bad nehmen, dich waschen, deine Kleider flicken. Dann werden die Wachen eher geneigt sein, dir zuzuhören.«

»Hab aber keine Seife, Herr, und auch sonst nichts. Unser Haus haben sie uns weggenommen, und auch alles, was darin war.« Auch das war nicht gelogen. Vil beschloss, auch weiterhin so dicht wie möglich an der Wahrheit zu bleiben.

»So lebst du auf der Straße?«

Er antwortete mit einem Schulterzucken, aber ihm wurde bewusst, dass es genau so war. Und ganz plötzlich tauchte die Frage auf, wohin er mit seiner Schwester eigentlich gehen wollte, wenn er sie erst einmal befreit hatte. Er hatte nichts, keinen sicheren Ort.

Er erinnerte sich dunkel an einen Onkel, der aber aus irgendeinem Grund bei seiner Mutter in Ungnade gefallen war. Er hatte den Mann nur einmal gesehen, und das war eine verschwommene Erinnerung aus seiner Kindheit. Er musste irgendwo auf der Ritterseite oder im Seeviertel wohnen. Aber konnte er dorthin? Man würde sie suchen und sicher zuerst bei den Verwandten nachforschen.

»Bist du denn nicht irgendwo in der Lehre, Junge?«

»Herr?«

»Na, du bist doch wohl alt genug, um eine Lehre begonnen zu haben.«

»Meine Eltern wollten keinen Lehrherrn bezahlen, Herr.«

»Verstehe. Dein Vater, was war der von Beruf?«

»Vieles, Herr, hat gehandelt, war in den Minen, war viel unterwegs.«

»Klingt nicht gerade solide. Und deine Mutter?«

»Durfte nicht arbeiten, Herr, Vater hat es nicht erlaubt.«

»Bei den Himmlischen! Da steht diesen Leuten das Wasser bis zum Hals, und dann sind sie zu stolz, ihre Frauen arbeiten zu lassen. Fürchterlich!«

Der Mann war aufgesprungen und marschierte nun in der Schmiedewerkstatt auf und ab. Er redete leise mit sich selbst, warf Vil immer wieder Seitenblicke zu und schüttelte den Kopf.

Vil hatte seinen Teller inzwischen geleert und stippte die letzten Reste Suppe mit der letzten Kante Brot heraus.

»Aber du hast Manieren. Verstehst, mit dem Löffel umzugehen«, sagte sein Gastgeber plötzlich.

Vil verschluckte sich. Er war aus der Rolle gefallen. »Das war meiner Mutter wichtig, Herr. Sie ist früher in vornehmen Häusern gewesen.«

»Eine Dienstmagd, also?«

»Das weiß ich nicht, Herr.«

»Hm, nun, seltsam, kein Dach über dem Kopf, weiß aber, sich zu benehmen. Es ist nicht schlecht, wenn man es versteht, sich den Leuten angenehm zu machen. Das solltest du pflegen.«

»Ja, Herr.«

»Sag, du kannst nicht zufällig lesen und schreiben, oder?«

Vil zuckte mit den Achseln, weil er den Sinn der Frage nicht gleich verstand, aber dann nickte er.

»Wirklich? Soll ich das glauben? Augenblick!«

Der Mann verschwand in einem Nebenraum und gab damit einen Fluchtweg frei. Vil konnte den Ausgang sehen. Aber er blieb sitzen.

»Hier«, sagte der Mann, als er zurückkehrte, und hielt ihm ein Buch unter die Nase. Es war eine Art Kassenbuch.

»Herr?«

»Ich denke, du kannst lesen, oder hast du mir da etwas vorgeflunkert?«

Vil nahm das Buch. Er hatte am Fechtunterricht viel mehr Spaß gehabt als an den trockenen Stunden seines Hauslehrers, aber er hatte doch etwas gelernt. Er versuchte, es nicht zu gut zu machen. Stockend las er: »Eine Last Kohlen zu einhundertunddreißig Kronen, erhalten am Siebenten von Mh. Kalos. Drei Lasten gutes Erz zu vierhundertundfünf Kronen je Last, erhalten am Siebenten von Mh. Fernor. Acht Kronen Liefergeld gezahlt an je ...«

»Du kannst also wirklich lesen, und zwar besser als die meisten meiner Gesellen. Hast du auch verstanden, was du gelesen hast?«

»Es geht um Kohlen und Erz, Herr?«

»Und um die Preise, die Goll, meine rechte Hand, dafür gezahlt hat. Vierhundertundfünf Kronen! Es wird immer schlimmer.«

»Ist das viel, Herr?«

»Vor einem Jahr kostete das Erz knapp die Hälfte, aber Eisen ist teuer geworden, seitdem dieser Hexer aus Cifat unsere Minen zerstört hat. Was ist?«

Vil hatte die Fäuste geballt, aber jetzt schluckte er die Wut hinunter. »Nichts, Herr.«

»Hast du etwa auch jemanden bei dieser Katastrophe verloren?«

»Meinen Vater.«

»Ja, du sagtest ja, dass er gelegentlich in den Minen war. Das tut mir leid, mein Junge, sehr leid. Pass auf, ich mache dir einen Vorschlag. Dort hinten neben der Esse ist ein warmer Platz.

Ich bringe dir eine Decke, und du bleibst über Nacht hier. Und morgen stecken wir dich in eine Wanne, und dann sehen wir weiter. Ist das nichts?«

Der Mann strahlte ihn an.

Vil wurde misstrauisch. Warum war dieser Mann so nett zu ihm? Seiner Erfahrung nach bedeutete das, dass er ihm für diese Freundlichkeit irgendwann eine dicke Rechnung unter die Nase halten würde. Aber er war in der Werkstatt, dort, wo irgendwo die zugemauerte Pforte sein musste. Außerdem – wo sollte er sonst hin?

Am nächsten Morgen bot ihm Meister Turro, Eigentümer der Schmiede, an zu bleiben. »Kost und Logis frei, wenn du bei mir in die Lehre gehst, und ich verlange kein Lehrgeld, ja, ich werde dir sogar ein wenig Taschengeld geben, wenn du dich bewährt hast.«

Vil hatte keinesfalls vor, Schmied zu werden, und er konnte sich gut vorstellen, was seine Mutter von der Vorstellung gehalten hätte, dass ein Gremm ein so niederes Handwerk erlernen solle. Außerdem war er misstrauisch, denn er verstand einfach nicht, warum Meister Turro ihm dieses Angebot unterbreitete.

Der verstand sein Zögern falsch. »Ich kann verstehen, dass du überwältigt bist, mein Junge. Komm, schlag ein. Wir statten dich mit sauberer Kleidung aus, und wenn du den Wachen sagen kannst, dass du bei Meister Turro in der Lehre bist, werden sie auch nicht mehr über dich lachen, wenn du sie um Hilfe bei der Suche nach deiner Schwester bittest.«

Vil schlug ein, mit schlechtem Gewissen, denn er würde nur so lange bleiben, bis er Tiuri aus der Halde befreit hatte.

Die Arbeit war schwer. Er musste den ganzen Tag Kohlen schleppen und den großen Schmelzofen damit füttern, und etwas anderes durfte er nicht tun. »Alles zu seiner Zeit, junger Vil«, sagte der Meister, als er ihn fragte, ob er auch einmal sein Glück am Amboss versuchen dürfe. »Lerne erst laufen, bevor du rennst, wie meine selige Frau immer zu sagen pflegte.«

Immerhin besaß er nun anständige Kleidung, und er bekam ausreichend zu essen, was, gemessen an den Tagen in der Halde, ein ungeheurer Luxus war.

Es gab noch einen weiteren Lehrling sowie drei Gesellen, die allesamt der Meinung waren, dass es zu ihrem Vorrecht gehörte, den Neuen zu schikanieren. »Damit du etwas fürs Leben lernst, Kleiner«, sagte einer der Gesellen, der Vil ein Bein gestellt hatte, als er mit einem Sack Kohlen auf dem Rücken durch die Werkstatt gewankt war.

»Hilf mir wenigstens, das aufzuheben«, knurrte Vil, als er die Kohlen aufsammelte.

Aber natürlich half ihm niemand, und er bekam eine sehr freundschaftliche Rüge von Meister Turro, weil er so spät kam.

Aber Vil beschwerte sich nicht. Er würde schon einen Weg finden, es den anderen heimzuzahlen.

Er ertrug ihren Spott bald mit einem gewissen Gleichmut, was sie ziemlich zu ärgern schien. Aber auch das kümmerte ihn nicht. Er suchte immer noch nach der zugemauerten Pforte, wofür ihm nur die Nacht blieb, denn Meister Turro schlief in seiner Schmiede, und er ging spät zu Bett und war morgens vor Sonnenaufgang auf den Beinen.

Allmählich verstand Vil, dass diese Schmiede gar nicht dem Schmied gehörte, er war nur ihr Meister, einer von vieren, die in den vier Werkstätten dieses großen Betriebs die Aufsicht über zwei Dutzend Gesellen führten. Jedoch hatte jeder seinen eigenen Bereich, und sie reagierten nicht sehr freundlich, wenn sie den Lehrling eines anderen Meisters in ihrer Schmiede erwischten.

Also schlich Vil nachts umher, sah in jede Ecke, aber er konnte die gesuchte Pforte einfach nicht finden. Und so verging Tag um Tag in der Schmiede mit schwerer Arbeit, ohne dass er der Erfüllung des Versprechens, das er seiner Schwester gegeben hatte, näher gekommen wäre. Abends saß er oft auf der Mauer und blickte hinüber zur Werft, deren Türme in den Abendhimmel ragten. Sollte er es vielleicht doch dort versuchen?

Dann, an einem dieser Abende, hatte er plötzlich das Gefühl, dass er beobachtet wurde. Er drehte sich um. An der nächsten Ecke stand eine schmächtige Gestalt in der Dämmerung und sah zu ihm herüber, oder täuschte er sich? Er konnte nicht viel erkennen, denn das Gesicht dieses Menschen war im Schatten einer Kapuze verborgen. Und gerade als er von der Mauer springen und hinüberlaufen wollte, verschwand die Gestalt in der Dunkelheit.

Esrahil Gremm erhielt eines Abends überraschenden Besuch. Es war Abar Brasus, und er kam in Begleitung eines pausbäckigen jungen Kauffahrers, den Gremm erst auf den zweiten Blick wiedererkannte. Er hatte ihn oben in der Versammlung getroffen, wusste aber den Namen nicht mehr.

Er war zunächst ungehalten wie bei jeder Störung, aber dann dachte er, dass ihn dieser Besuch vielleicht von jener seltsamen Unruhe befreien könnte, die er seit Tagen spürte. Also lotste er die Herren in die Wohnstube, ließ Tee bringen und war gespannt, was die beiden von ihm wollten. Er nahm an, dass es um ein gemeinsam zu unternehmendes Geschäft ging, vielleicht einen Anteil am Frachtraum eines Südmeerfahrers, aber er hatte sich getäuscht.

»Euer Name ist in aller Munde, Menher Gremm«, kam Abar Brasus nach den üblichen Höflichkeitsfloskeln schließlich zur Sache.

»Mein Name? Wie darf ich das verstehen?«

»Euer Vorschlag, im Krieg beide Parteien zu unterstützen,

hat sich als äußerst einträglich erwiesen. Unsere Schmieden und Werften arbeiten auf Hochtouren, und unsere Waren finden reißenden Absatz, sowohl beim Seebund wie auch in Oramar. Und glücklicherweise zieht sich der Bruderkrieg in Oramar länger hin, als wir ahnten, was bedeutet, dass wir derzeit nicht nur einen oramarischen Herrscher beliefern, sondern gleich drei.«

»Ich dachte, der geschätzte Rat Nestur hätte sich die Lorbeeren dafür aufgesetzt«, erwiderte Gremm, der gar nicht gewusst hatte, dass in Oramar ein Bruderkrieg ausgebrochen war.

»In der Tat, das hat er«, warf der pausbäckige Kauffahrer ein, der sich als Rorus Vinir vorgestellt hatte. »Euer guter Freund Brasus hat jedoch dafür gesorgt, dass sich herumspricht, auf wessen Schiff diese Idee zuerst den Hafen erreichte.«

Gremm war einigermaßen entsetzt. »Aber Brasus – warum, um der Himmel willen, habt Ihr das getan?«

»Ehre, wem Ehre gebührt, Gremm«, gab Brasus zurück.

»In der Tat ist es so, dass unter uns jungen Kauffahrern eine gewisse Unzufriedenheit darüber herrscht, wie Telius Nestur die Dinge im Rat handhabt«, ergänzte Vinir.

»Er ist sehr erfahren in diesen Dingen«, gab Gremm vorsichtig zurück. Ihm schwante nichts Gutes.

»Erfahren? *Erstarrt* trifft es besser. Der Habicht hat nur die großen alten Häuser im Blick und tut nichts für die jungen und aufstrebenden Männer dieser Stadt. Ganz im Gegenteil, er nutzt seinen Einfluss, um uns bei jeder sich bietenden Gelegenheit zu behindern.«

»Es sitzen noch neunundvierzig andere Herren im Rat.«

Vinir lächelte. »Ihr wisst vielleicht, dass bald zehn dieser Herren zur Wahl stehen.«

»Wie jedes Jahr«, meinte Gremm, dem die Richtung des Gesprächs immer weniger behagte.

»Nestur ist einer von denen, über die abgestimmt wird.«

»Und er hat viele Freunde, wird also vermutlich bestätigt werden«, murmelte Gremm.

»Nicht, wenn es für die Kauffahrer einen wählbaren Gegenkandidaten gibt.«

Gremm schob Brasus' Hand, die sich freundschaftlich auf seinen Arm gelegt hat, höflich zur Seite. »Nein, meine Herren, schlagt Euch das aus dem Kopf.«

»Aber Ihr seid sehr angesehen, Gremm, und gleichzeitig unbescholten, eine reife Leistung in einer Stadt wie Xelidor.«

»Ich werde nicht zur Wahl antreten! Schon gar nicht gegen Nestur!«

»Bitte, Menher«, versuchte es Brasus noch einmal. »Ich kann verstehen, dass Euch das überrascht, und Eure Zurückhaltung ehrt Euch, aber wir brauchen Euch. Denkt doch daran, was Ihr in dieser Position bewirken könntet – auch für Eure Schwester. Schlaft eine Nacht darüber oder zwei, denkt in Ruhe nach und gebt uns nächste Woche einfach eine Antwort.«

»Nein, Menhers, ich sage Nein und nochmals Nein, und dafür muss ich keine Woche warten. Schon mit Rücksicht auf meine leidende Frau kann ich ein solch verantwortungsvolles Amt weder anstreben noch bekleiden. Ich danke Euch für diesen Vorschlag, aber es bleibt bei meinem Nein. Und nun entschuldigt mich, ich habe zu tun.«

Als er die Tür hinter den beiden ziemlich verblüfft wirkenden Männern schloss, lehnte er sich ermattet an die Wand. Hatte er sie zu heftig vor den Kopf gestoßen? Er hoffte nicht, denn so viele Freunde hatte er in der Stadt nicht mehr. Aber das fehlte ihm noch, dass man ihn in die Politik einspannte. Nein, er hatte ganz andere Sorgen. Er fragte sich, wie Brasus überhaupt auf die Idee kommen konnte, ihm das vorzuschlagen, er wusste doch, wie es um seine Frau stand.

»Er hat Angst vor den Wolken«, spottete Goll, der schlimmste unter den Gesellen, als Vil wieder einmal bei einem lauten Geräusch zusammengezuckt war und nach oben gestarrt hatte. Der Geselle war zwei oder drei Jahre älter als Vil, nicht viel größer, aber in seinen Armen steckte eine ungeheure Kraft. Er stand den ganzen Tag am Amboss und schwang den schweren Hammer. Bei einem Kampf, auf den Vil jeden Tag mehr Lust verspürte, wäre also mit purer Stärke nichts auszurichten.

Drei Wochen war er nun schon Lehrling in der Schmiede, ohne dass er seinem Ziel auch nur einen Schritt näher gekommen wäre. Er konnte die zugemauerte Himmelspforte nicht finden, obwohl sie doch, und das machte ihn fast wahnsinnig, irgendwo ganz in der Nähe sein musste. »Möchte wissen, was du immer hier herumzuschleichen hast«, meinte Goll, als Vil wieder einmal den Boden in der Werkstatt nach einem Zeichen absuchte.

Vil gab ihm keine Antwort, weil er festgestellt hatte, dass es Goll am meisten ärgerte, wenn er ihn gar nicht beachtete.

»Hey, ich rede mit dir!«, rief Goll und warf mit einem kurzen Vierkanteisen nach Vil, der sich im letzten Augenblick duckte.

»Weiß der Meister, wie du mit seinem Eisen umgehst?«, spottete Vil.

»Halt's Maul und bring mir das Eisen!«

»Hol's dir doch selbst.«

Der andere legte den Hammer weg und baute sich drohend hinter dem Amboss auf. »Wird Zeit, dass dir jemand Benehmen beibringt.«

Sie waren nicht allein. Der andere Lehrling, ein schwerfälliger Bäckersohn, der sich das Wohlwollen der Gesellen mit einer Menge frischem Brot erkauft hatte, schleppte gerade einen Sack Kohlen zur Esse, blieb aber jetzt stehen. Auch die Gesellen ließen für einen Augenblick die Hämmer ruhen. Sie sahen nicht aus, als würden sie Vil beistehen.

Vil hob das Eisen auf und betrachtete es. Es lag gut in der Hand. »Willst du es wirklich haben?«, fragte er mit einem freundlichen Lächeln.

Goll streifte seine Ärmel hoch und ballte die starken Fäuste. »Leg dich nicht mit mir an, Kleiner!«

»Hey, Goll, dem Meister wird es nicht gefallen, wenn du den da verprügelst«, meinte Fleris, der zweite Geselle. »Hat doch einen Narren an ihm gefressen.«

»Is' mir egal«, erwiderte Goll. »Der Meister wird weich, sieht nicht, dass wir es hier mit Abschaum zu tun haben.«

»Wen nennst du Abschaum?«, fragte Vil forsch und hoffte, dass Goll nachgeben würde. Er war wirklich viel stärker als er.

Aber der Geselle grinste nur höhnisch und sagte: »Dich. Du riechst immer noch nach dem Abfall, den dein Vater aufgesammelt hat. Und wenn du wirklich nach deiner Schwester suchst, kann ich dir sagen, wo du sie findest – im Rinnstein, bei den anderen Ratten-Huren, die für einen halben Kreuzer ihre Beine breit ...«

Er kam nicht weiter. Vil hatte ihm mit einer blitzschnellen Bewegung die Faust ins Gesicht gerammt. Es knirschte, als die Nase brach, und erst jetzt begriff er, dass er das Eisen noch in der Faust hielt.

Goll taumelte zurück, heulte vor Schmerz und schlug die Hände vors Gesicht. Blut sickerte durch seine Finger.

Vil ließ das Eisen fallen. Die anderen in der Werkstatt standen starr vor Entsetzen.

»Bei allen Himmeln! Was ist hier los?« Meister Turro stand in der Tür, die Hände in die Hüften gestemmt. »Warum schweigen die Hämmer? Gibt es kein Eisen mehr?«

Goll stammelte unverständliches Zeug, und das Blut quoll

jetzt in einem kräftigen Strom zwischen seinen Händen hervor.

»Vil! Bei den Himmlischen! Was hast du getan?«

Eigentlich fühlte sich Vil nicht besonders schuldig. Goll hatte es verdient. Leider sah Meister Turro das anders.

»Ich musste nach dem Arzt schicken«, begann er. Er hatte Vil in seine kleine Stube gezerrt, wo er nicht nur schlief, sondern auch seine Bücher und das Geld verwahrte. Vil war erst zum zweiten Mal in dieser Kammer, die normalerweise für alle außer dem Meister tabu war. Er fragte sich, ob die Pforte, die er suchte, vielleicht unter dem Bett sein könnte.

»Warum hast du Goll die Nase gebrochen?«, fuhr der Meister fort.

Vil zuckte mit den Achseln.

»Mein Junge, ich habe dich hier aufgenommen, obwohl du mich bestehlen wolltest. Ich habe dich gegen jede Vernunft zu meinem Lehrling gemacht, weil ich dachte, da stecke ein guter Kern in dir. Habe ich mich geirrt?«

»Nein, Meister. Aber er hatte es verdient.«

»So? Goll verdient Kronen, indem er bei mir arbeitet. Mir war neu, dass er dabei auch gebrochene Knochen verdient.«

»Hat mich geärgert. Seit ich hier bin.«

»Geärgert? Oder hat er dir nur gesagt, was du zu tun hast? Verträgst du es nicht, wenn dir jemand Befehle gibt? Er ist nun einmal Geselle, der älteste und fähigste unter meinen Gesellen. Er tut, was ich sage, und du tust, was er sagt, verstanden?«

»Ja, Meister.«

»Du wirst dich bei ihm entschuldigen.«

Vil schwieg.

»Vil, ich meine es ernst!«

»Ja, Meister. Werde mich entschuldigen.«

»Und du wirst den Arzt bezahlen. Ich werde dein Handgeld halbieren, bis das beglichen ist.«

Vil schluckte. Er bekam vier Kronen in der Woche als Handgeld, was, wie er erfahren hatte, äußerst unüblich war, denn für gewöhnlich bezahlten die Eltern die Meister für die Ausbildung ihrer Kinder.

Sed hatte einmal gesagt, dass man die Mädchen auch freikaufen konnte. Er hatte keine Ahnung, was so etwas kostete, aber er wollte jede Viertelkrone dafür zurücklegen, falls er seine Schwester nicht auf anderen Wegen befreien konnte.

»Ah, diese Sprache verstehst du also. Ich werde dir eine weitere halbe Krone die Woche abziehen. Die bekommt nun Goll für den Rest des Jahres.«

Vil starrte den Meister entsetzt an.

»Und du wirst von nun an tun, was Goll sagt, ohne Widerworte.«

»Ja, Meister«, stieß er hervor.

»Und noch etwas. Sollte Derartiges noch einmal vorkommen, so werde ich dich wieder auf die Straße zurückschicken. Ja, ich werde diese Nacht darüber schlafen, und vielleicht werde ich es schon morgen früh tun.«

»Bitte nicht, Meister, es tut mir doch leid.«

»So? Den Eindruck habe ich nicht, junger Vil, den Eindruck habe ich leider nicht. Und jetzt geh mir aus den Augen. Ich bin sehr enttäuscht.«

Vil fühlte sich eigenartig. Wenn seine Schwester erst befreit war, würde er die Schmiede ohnehin verlassen müssen, es konnte ihm also eigentlich gleich sein, was dieser Mann von ihm hielt. Aber aus irgendeinem Grund war es das nicht.

Er verließ die Schmiede, um einen Augenblick allein zu sein, und streifte ziellos durch die Gassen. Plötzlich hatte er das Gefühl, beobachtet zu werden. Er fuhr herum und erblickte dieselbe schmächtige Gestalt am Ende der Gasse, die er schon einmal gesehen hatte. Und wieder blieb ihr Gesicht im Schatten einer Kapuze.

Als er hinüberlaufen wollte, um sie zur Rede zu stellen, drehte die Gestalt sich um und verschwand hinter der nächsten Ecke.

Vil lief schnell hinterher, aber er war nicht schnell genug. Hinter der Ecke lag eine kurze Gasse. Sie war menschenleer. Der Fremde hatte sich scheinbar in Luft aufgelöst.

»Da erlaubt sich jemand einen Scherz mit mir, Herr.«

Esrahil Gremm blickte zerstreut von dem Tee auf, in den er viel zu viel Zucker hineingelöffelt hatte. »Einen Scherz?«, fragte er schließlich, weil die Köchin mit hochrotem Kopf vor ihm stand.

»Es ist das dritte Mal. Aber ich schwöre bei den Himmlischen, als ich heute Morgen den Flur gekehrt habe, war sie noch nicht da. Doch kaum bin ich fertig, lugt sie unter der Tür hervor. Genau wie gestern, Herr, und wie am Tag davor!«

»Wer lugt unter welcher Tür hervor?«

»Na, diese Feder, Herr. Eine lange graue Möwenfeder, die dritte, wie schon gesagt. Ich habe den Gärtner unserer Nachbarn gefragt, aber er hat niemanden gesehen. Ich weiß ja, dass in gewissen Kreisen diese Feder ein Zeichen dafür ist, dass ein Seefahrer Gefallen an einem jungen Mädchen gefunden hat, doch wahrlich, ich kann mir nicht denken, wer mir …«

»Eine Möwenfeder?« Gremm stellte die Tasse so eilig ab, dass es klirrte.

»Ja, Herr. Es sind sicher die Kinder von diesen Leuten, die das Haus am Ende unserer Straße erworben haben. Sie verspotten mich. Dabei bin ich eine ehrbare Witwe, und mein Mann, den hat die See geholt. Ich weiß, ich bin ansehnlich für mein

Alter, aber dennoch, es gibt leider niemanden, der mir so nahe steht, dass er es wagen könnte, auf diese Art ...«

»Und es ist bereits die dritte Feder?«

»Ja, Herr. Beim ersten Mal dachte ich noch, es habe sich jemand in der Tür geirrt, und beim zweiten Mal habe ich mich nur gewundert, doch jetzt weiß ich, es treibt jemand bösen Spott mit mir. Es müssen diese Bälger von jenen Fremden sein, die das Haus ...«

»Ein Streich, gewiss. Ich werde mich darum kümmern, Inna.«

»Ihr, Herr?«

»Natürlich. Gebt mir nur die Feder. Ich werde mit dem Vater dieser Kinder reden, damit solche Streiche zukünftig unterbleiben.«

»Danke, Herr. Ich bin vielleicht nur eine Köchin, aber auch ich habe ein Herz, das verletzt werden kann, wenn derart grausam damit umgegangen wird.«

Gremm fand noch ein paar Floskeln, um seine Köchin zu besänftigen, versprach hoch und heilig, diese Angelegenheit zu regeln, und wartete voller Unruhe auf die Nacht.

Als es dann endlich spät genug und die Köchin in ihre vermutlich noch leerer als sonst wirkende Witwenwohnung gegangen war, schlich er aus dem Haus und begab sich hinunter zum Hafen. Er kämpfte mit mäßigem Erfolg gegen den ständigen Drang, sich nach möglichen Verfolgern umzusehen, konnte aber im aufziehenden Winternebel keine entdecken. Er ging einmal am *Roten Löwen* vorüber, um ganz sicher zu sein, kehrte dann um und trat schließlich ein.

Sester Elgos saß allein auf seinem Stammplatz hinter einem großen Krug Branntwein und begrüßte ihn mit einem finsteren Blick.

Gremm legte die Möwenfeder auf den Tisch. »Was soll das?

Es ist nicht jeder so einfältig wie meine Köchin, die das nur für das Zeichen eines verliebten Seemannes hielt.«

»Ich fürchtete schon, du hättest es vergessen, Esra. Morgen hätte ich die Feder persönlich zu dir nach Hause gebracht.«

»Wie gesagt, die Köchin hat sie gefunden, alle drei, und sie hat schon dem Gärtner der Nachbarn davon erzählt, und wer weiß, wem noch.«

Elgos schob ihm einen Stuhl hin. »Und was lässt dich glauben, dass das da nicht von einem liebeskranken Matrosen stammt?«

»Mir ist nicht nach Scherzen, Sester. Außerdem erinnere ich mich ganz gut, dass du mir gewissermaßen befohlen hast, mich vom *Löwen* fernzuhalten. Was also, frage ich dich, soll das?«

»Ich erzähle es dir, wenn du dich endlich setzt. Schon besser. Hör zu, ich bin auch nicht glücklich darüber, dass wir uns hier treffen, aber ein paar Dinge haben sich geändert.«

»Inwiefern?«

»Ich war eine Weile auf dem Festland, in Cephros. Ich sehe, der Name weckt Erinnerungen. Gut. Ich habe tatsächlich einen alten Bekannten von uns getroffen, Orn Wraas.«

»Wraas lebt noch? Ich hatte gehofft, die Haie hätten ihn längst geholt.«

»Nein, ich muss dich enttäuschen. Er ist sogar immer noch im Geschäft. Wir haben über die alten und die neuen Zeiten geplaudert, und dann ist dein Name gefallen.«

»Du hast meinen Namen erwähnt?«

Elgos beugte sich vor und sah Gremm tief in die Augen. »Ich habe deinen Namen damals aus der Sache herausgehalten, und ich bin gewiss nicht so verrückt, ihn heute zu erwähnen, nicht bei Wraas. Er hat deinen Namen von einem Neffen gehört, einem jungen Mann, der offenbar versucht, hier als ehrbarer

Kauffahrer seinen Weg zu machen, Rorus Vinir ist sein Name. Sagt dir das was?«

Gremm runzelte die Stirn, der Name kam ihm bekannt vor. Dann fiel es ihm wieder ein: »Vinir, ja, so ein junger Kerl mit roten Wangen. Er war vor ein paar Wochen bei mir, mit meinem Nachbarn Brasus. Die beiden hatten die verrückte Idee, ich solle für den Rat kandidieren.«

Elgos nickte. »Du hast abgelehnt, wie ich hörte.«

»Du weißt davon?«

»Sein Onkel ist der Meinung, du solltest es tun.«

»Augenblick, Wraas will ... bei den Dämonen, nein! Für so einen Unsinn habe ich keine Zeit!«

»Du wirst sie dir nehmen, nehmen müssen, fürchte ich.«

»Und warum sollte ich das tun?«

»Sieh es so. Du schuldest mir einen Gefallen für die Sache mit dem Fischer. Und ich schulde Wraas einen Gefallen wegen der Sache mit der verlorenen Ladung, die ich damals auf meine Kappe genommen habe. Und dafür schuldest du mir noch einen Gefallen.«

Die Erinnerung an jene Winternacht vor fünfzehn Jahren stand jäh und lebhaft vor Gremms Augen: die Bucht, das Signal für die Schmuggler, das vom falschen Mann gesehen wurde. Der kurze Kampf im kalten Regen, als er dem Arglosen von hinten das Messer zwischen die Rippen gejagt hatte.

»Ihr habt mir seinerzeit versichert, dass es keine Toten geben würde.«

»Esra, hast du ernsthaft geglaubt, unsere Ware sei einfach von irgendwelchen Schiffen heruntergefallen? Nichts ist umsonst, mein Freund. Du wusstest, dass wir mit Blut für die Ware bezahlt haben, nur eben nicht unbedingt mit unserem Blut.«

Gremm sprang auf und zischte: »Aber es war nie die Rede davon, dass *ich* jemanden umbringen muss!«

»Du solltest dich setzen und etwas leiser sprechen, Esrahil.«

Gremm setzte sich. Er hatte in dieser verregneten Nacht das Gesicht des Mannes kaum gesehen, aber der unheimliche Schemen verfolgte ihn immer noch in seinen Träumen. Und dann hatte er in Panik das Signalfeuer gelöscht, das Schiff war auf Grund gelaufen, und Tee und Pfeffer im Wert vieler tausend Kronen waren verloren gegangen.

»Warum hast du mich eigentlich damals gedeckt, Sester? Warum hast du den Kopf für mich hingehalten?«

»Dich hätte Wraas kaltgemacht, mich hat er noch gebraucht. Und ich war damals verrückt nach deiner Schwester.«

Gremm verfiel in nachdenkliches Schweigen.

»Hast du etwas von ihr gehört?«, fragte Elgos, der in seinen Zinnbecher starrte.

»Von Rohana? Nein, nichts. Ich habe überlegt, ihr noch eine Botschaft zu senden, obwohl sie das ja offensichtlich nicht will, aber nach der Sache mit dem Fischer erschien es mir einfach zu riskant.«

Elgos seufzte. »Gut. Ich mache dir einen Vorschlag. Ich finde heraus, wie es um deine Schwester steht, du sprichst mit diesem Neffen unseres alten Freundes Wraas.«

»Vinir?«

»Ja, genau. Lass dich für die Wahl aufstellen. Tu es für Rohana, Esra. Im Augenblick ist sie die Witwe eines Hexers und die Schwester eines nicht sehr bedeutenden Kauffahrers – wenn du gewählt wirst, wird sie zur Schwester eines Ratsherren. Das kann ihr nur nützen.«

»Ja, mag sein, mag sein. Aber niemand von den großen Familien wird mir seine Stimme geben.«

»Umso besser für dich, oder? Also, haben wir einen Handel?«

Gremm nickte, erfüllt von der dunklen Vorahnung, dass er noch nicht das letzte Mal im *Roten Löwen* gewesen sein würde.

Vil arbeitete härter als je zuvor, denn er konnte nicht riskieren, dass Meister Turro ihn vor die Tür setzte. Die Gesellen mieden ihn, eigentlich behandelten sie ihn wie einen Aussätzigen. Das einzig Gute war, dass Crum, der andere Lehrling, jetzt Angst vor ihm hatte und versuchte, sein Wohlwollen mit frischem Brot zu erkaufen.

Goll kam erst nach einer Woche wieder. Er sah übel aus. Die Nase war eingedrückt, eine geschwollene Masse in einem grün und blau verfärbten Gesicht.

Unter dem strengen Blick des Meisters ging Vil zu ihm und bat ihn um Entschuldigung. Goll nahm die dargebotene Hand an, sagte aber nichts. Später, als Turro andernorts beschäftigt war, kam er jedoch zu Vil herüber. Fleris, der zweite Geselle, war bei ihm. »Glaube nicht, dass es damit vorbei ist, Vil«, stieß Goll hervor.

Vil verstand ihn kaum, so schwer fiel ihm das Sprechen. »Ich habe keine Angst vor dir«, gab er zurück.

»Du solltest mir trotzdem nicht den Rücken zukehren, und wenn du nachts schläfst, hältst du besser ein Auge offen.«

Vil antwortete mit einem verächtlichen Lächeln. Der Geselle hatte Angst vor ihm, das konnte er förmlich riechen, er wagte es ja nicht einmal, ihn zu einem ehrlichen, offenen Kampf herauszufordern, dabei war er viel stärker als Vil. Aber natürlich konnte er seine Drohung wahrmachen, ihn nachts zu überfallen, wenn er schlief.

Am Nachmittag, als er wieder Kohle zur Schmelze schleppte, war Meister Turro gerade dort. Er sah besorgt aus und schien Crum einen Vortrag zu halten. Vil legte keuchend seine Last ab.

»Nicht zu hoch heizen, Crum, nicht zu hoch heizen. Hörst du denn nicht, dass der Mantel schon ächzt?«

Vil lauschte, aber er hörte da nichts ächzen oder stöhnen, nur das gleichmäßige Fauchen des Feuers. Auch Crum schien ratlos zu sein, aber das war er eigentlich immer.

»So sieh doch hin! Der Ofen hat sich gesetzt, weil der Untergrund nachgegeben hat. Und jetzt ächzen die Fugen und Nähte. Eigentlich müssten wir ihn abreißen und neu bauen, aber dafür haben wir weder Zeit noch Geld. Das Auftragsbuch ist voll, und da Goll ausgefallen war, sind wir schon im Verzug.«

Vil war sich nicht sicher, ob diese Worte an ihn, an Crum oder an keinen von ihnen beiden gerichtet waren, aber sein Blick wanderte zum Boden.

Dieser bestand zum größten Teil aus gestampftem Lehm, steinhart von den vielen Füßen, die über ihn hinweggetrampelt waren, trocken von der ewigen Hitze des Schmelzers, aber da, genau unter dem großen Ofen, entdeckte er jetzt, schwarz vom Ruß und kaum vom übrigen Boden zu unterscheiden, die feinen Linien einiger Backsteine. Dort war gemauert worden.

Vil erbleichte, es war ein Schock: Er hatte die Pforte gefunden, aber sie lag genau unter dem großen Schmelzofen der Schmiede. Ebenso gut hätte sie auf dem Grund des Meeres liegen können.

Vil war verzweifelt, das Versprechen, das er seiner Schwester gegeben hatte, schien gerade unerfüllbar geworden zu sein. Er hatte die Pforte gefunden, aber sie war versperrt, und er hatte nicht das Geld, das er brauchen würde, seine Schwester freizukaufen – er hatte nicht die geringste Vorstellung, was ihn das kosten würde. Es würde aber ohne Zweifel mehr sein, als ein Schmiedelehrling verdienen konnte.

Eines Abends – es war ein Tempeltag, an dem die Arbeit ruhte – ging Vil hinüber zur Stube des Meisters und klopfte vorsichtig an die Tür. Er hörte etwas, was nach der Aufforderung zum Eintreten klang, und öffnete die Tür. Der Schmied saß auf einem Hocker. Er war in sich zusammengesunken, und Vil sah gleich, dass der Meister betrunken war.

»Ah, Vil, mein Kummer und meine Freude, komm rein und trinke mit mir. Nein? Nun, du bist auch noch zu jung, viel zu jung. Was führt dich zu mir, mein Junge, an diesem besonderen Tag?«

»Ein besonderer Tag, Herr?«

»Es ist der erste Tempeltag nach Mittwinter, wahrlich ein besonderer Tag, denn das ist der Tag, an dem ich Frau und Kind verlor.«

»Das tut mir leid, Meister«, sagte Vil unbeholfen. Glitzerten da Tränen in den Augen des Mannes?

»Es ist lange her, Vil, lange her, doch auch heute, nach über zwanzig Jahren, tut es weh. Sie ist bei der Geburt gestorben, Vil, und das Kind auch. Weder die Scholaren noch die Gesegneten konnten sie retten. Schmied hätte er werden sollen so wie ich, Schmied wie mein Vater und Großvater und dessen Vater auch. Aber nun endet die Linie mit mir. Das Feuer der Turros wird erlöschen, für alle Zeit.«

Vil fühlte sich reichlich unbehaglich. Wie konnte er es wagen, den Mann jetzt mit seiner Bitte zu belästigen?

»Aber du bist nicht hier, um mit mir zu trauern, oder? Weißt du, als ich dich gesehen habe, da dachte ich, vielleicht würde mein Sohn heute so aussehen. Vielleicht hätte er dein Wesen, das wild ist, aber auch gewinnend. Weißt du, ich mochte dich gleich, was wahrlich selten ist, wenn ich einem Dieb begegne.«

Vil schwieg und verkniff sich die Bemerkung, dass der Sohn des Schmieds viel älter als er selbst wäre. »Ich habe heute Geburtstag, Meister«, stieß er hervor. Das war gelogen, denn sein Geburtstag lag sechs Wochen zurück, und er hatte ihn völlig vergessen. Er war jetzt sechzehn. Eigentlich hätte sein Vater ihm an diesem Tag sein Schwert überreichen müssen. Aber der war tot, so wie Frau und Kind dieses Mannes, den er nun belog, um ihn günstig zu stimmen.

»Heute?«, Meister Turro sah ihn schwermütig an. »Gerade wie mein Junge?«

»Eigentlich hatte ich wegen meines Geburtstages einen Wunsch, eine große Bitte, doch Ihr seid in Trauer, und ich will Euch nicht darin stören.«

»Nur zu, Vil, nur zu. Ich bin froh, wenn du mich von meinen düsteren Gedanken ablenkst.«

»Ich habe Euch doch von meiner Schwester erzählt, Meister …«

»Ah, das arme Mädchen, ja! Hast du sie endlich gefunden, Vil?«

»Nein, Meister.« Offenbar war dem Schmied nicht aufgefallen, dass er gar keine Anstalten gemacht hatte, im Katzenviertel nach ihr zu suchen. »Ich habe jedoch einen Bettler getroffen, der meinte, dass er vielleicht jemanden kenne, der wisse, wo sie ist.«

»Ah, das ist nicht viel, oder? Wie kann ich dir da nun weiterhelfen?«

»Ich werde diesem Hinweis nachgehen. Doch wenn ich sie finde, so ist sie doch nicht frei. Ich muss sie vielleicht loskaufen, Meister.«

»Du solltest zu den Wachen gehen, Junge. Du bist doch nun ein Handwerker, ein Mann mit einem Beruf. Sie werden dich mit mehr Respekt behandeln als früher.«

»Das ist sicher wahr, Meister, doch dieser Bettler sagte auch, dass die Männer, die meine Schwester entführt haben, Leute in der Wache bestochen haben. Deshalb kann ich von dort keine Hilfe erwarten. Am Ende werden die Verbrecher gewarnt und verschwinden, und ich finde meine Schwester nie wieder.« Er musste sich nicht verstellen, um seine Stimme beben zu lassen. Er dachte Tag und Nacht an Tiuri und an das Versprechen, das er seiner Mutter gegeben hatte – sie zu beschützen.

»Dennoch meine ich, du solltest es zuerst bei der Wache versuchen, Vil«, sagte der Schmied.

»Mir scheint es klüger, erst meine Schwester freizukaufen und dann zur Wache zu gehen. Jedoch fürchte ich, dass ich nicht genug Geld habe, Meister.«

»Wie viel verlangen sie denn?«

»Das weiß ich noch nicht, Meister.«

»Ah, ich verstehe – du möchtest das Geld von mir, wenn es so weit ist!«

»Ja, Meister. Ich weiß, es ist eine große Bitte. Doch werde ich jede Viertelkrone zurückzahlen.«

»Wenn du es denn kannst, mein Junge, wenn du es denn kannst und nicht wieder jemanden verprügelst, den du entschädigen musst.« Der Meister versank in tiefes Schweigen, und seine Augen waren auf den Fußboden gerichtet, obwohl dort nichts zu sehen war.

»Nein, Vil, ich verstehe dich, doch erscheint es mir falsch, dir Geld zu leihen, als sei ich ein Wucherer. Verdiene es dir mit harter Arbeit, denn nur dann lernst du, seinen Wert zu schätzen.«

»Ich weiß nicht, ob meine Schwester so viel Zeit hat, Meister.«

»Dennoch, Vil, ehrliche Arbeit, das ist der Schlüssel zu einem glücklichen Leben. Und wenn du weiter so fleißig arbeitest wie in den letzten Wochen, so werde ich deinen Lohn vielleicht schon bald um eine Krone in der Woche erhöhen oder zwei. Aber leihen, Vil? Nein, Schulden sind immer der Anfang von etwas Üblem. Das kann ich nicht.«

Vil verließ die Schmiede mit Wut im Bauch. Vielleicht sollte der Mann ihm leidtun, aber das tat er nicht. Das Gefasel von einem glücklichen Leben, das durch harte Arbeit zu erringen sei, war doch lächerlich! Wie glücklich war denn dieser hart arbeitende Schmied, der allein in seiner Stube saß und weinte? Ein oder zwei Kronen mehr? Das war lächerlich!

Er war selten außerhalb der Schmiede unterwegs gewesen, denn er fürchtete, dass man vielleicht nach ihm suchte. Er hatte auf das gelauscht, was die Gesellen in den Pausen redeten, und er hatte Crum ausgefragt, was schwierig war, da er dem Lehrling die Worte einzeln aus der Nase ziehen musste, aber keiner von den vieren hatte irgendetwas über einen entflohenen Vergessenen gesagt. Hatte man sein Verschwinden vertuscht? Oder hielt man ihn für tot? Oder würde er sofort verhaftet, wenn er da draußen einer Wache in die Arme lief?

Er musste es riskieren. Da er in der Schmiede nicht weiterkommen würde, musste er sich irgendwo im Katzenviertel Hilfe suchen.

Meister Turro hatte von Wucherern gesprochen. Vielleicht könnte er dorther das nötige Geld bekommen. Doch was kostete ein Mensch? Und wie sollte er seine Schwester überhaupt befreien? Er konnte ja schlecht in die Halde hinabmarschieren und dem Triefauge die Kronen in die Hand drücken.

Er lief durch die dunklen Gassen und wälzte dunkle Gedanken.

»Eine Krone, der Herr? Für einen armen, hungernden Jungen?«

Vil blickte unwillig auf. Da stand ein Bettler in der unbelebten Gasse, hielt ihm die Hand hin und konnte sich kaum auf den Krücken halten. Vil erkannte ihn gleich wieder.

»Warum sollte ich dir was geben?«, fragte er schroff.

»Die Himmlischen werden es Euch lohnen, Herr.«

Er betrachtete den Jungen fasziniert. Ganz offensichtlich erkannte der ihn nicht wieder! Hatte er sich so verändert? Es war noch keine zwei Monate her, dass er der Halde entronnen war.

»Was ist nun, Herr?«

»Ich könnte dir die Krücken abkaufen, für, sagen wir, eine Krone. Ich weiß nämlich, dass du sie nicht brauchst.«

»Warum verspottet Ihr einen armen Krüppel, Herr?«

»Weil du nicht so arm bist, wie du tust, Kerl«, rief Vil und trat gegen eine der Krücken. Der Junge verlor das Gleichgewicht, fing sein Gewicht mit dem angeblich verkrüppelten Bein ab und fiel dann doch heulend zu Boden. Eine Bewegung im Schatten zeigte, dass jemand die Szene beobachtete. Er trat zögernd hinaus ins Licht. Es war der andere Bettler, der größere, der ihm damals die Nägel aus der Tasche gestohlen hatte. Aber er kam nicht näher, und der angebliche Krüppel blieb jammernd auf dem Boden liegen.

Jetzt, da Vil wohlgenährt und gut gekleidet war, trauten sie sich nicht an ihn heran. Er warf ihnen finstere Blicke zu, drehte sich um und ging seiner Wege.

Wenn diese beiden ihn nicht erkannten, dann traf das vielleicht auch auf andere zu. Also traute er sich tiefer in das Katzenviertel hinein, und er zuckte auch nicht mehr zusammen, wenn er eine Patrouille der Wache sah. Er bekam Angebote von jungen und weniger jungen Frauen, die in den Fenstern oder an Wänden lehnten. Er wies sie verwirrt ab und ließ sich ziellos treiben. Er brauchte Geld, viel Geld vermutlich. Doch woher nehmen und nicht stehlen?

Vor einer Schänke stand ein Mann und pries mit heiserer Stimme gutes Bier, schöne Frauen und saubere Würfel an. Vielleicht erkannte er Vils Unentschlossenheit, jedenfalls fasste er ihn am Arm und versuchte, ihn unter honigsüßen Worten in diese Taverne hineinzuziehen: »Nie wart Ihr dem Glück so nah, Menher! Es ist nur einen Würfelwurf entfernt. Es grenzt an

Zauberei – Ihr setzt eine Krone ein und verwandelt sie in zehn, Ihr setzt zehn, und sie werden zu hundert. Kommt herein, versucht es nur, junger Herr, macht Euer Glück.«

Vil ließ sich locken. Was hatte er schon zu verlieren? In seiner Tasche klimperten gerade einmal vier Kronen.

»Ein Bier, der junge Herr?«, fragte eine weiche Mädchenstimme.

Er lehnte ab und errötete, weil er noch nie eine so aufreizend gekleidete Frau gesehen hatte.

»Ihr müsst entweder trinken oder spielen, Menher!«, wies ihn ein sehr großer Mann zurecht, der an einer Säule stand und den Laden überblickte. Ein schwerer Knüppel baumelte an seinem Gürtel.

Vil nickte verwirrt und fand einen Spieltisch. Offenbar ging es darum, mit zwei Würfeln die Augenzahl eines Spielers, der zur Taverne gehörte, zu übertreffen, man konnte auch darauf wetten, ob der Gast gegen den Spieler der Schänke gewinnen würde. Vil setzte eine halbe Krone, gewann, setzte wieder und gewann erneut, dann verlor er und stieg aus. Er hatte genau eine halbe Krone gewonnen.

»Wollt Ihr es nicht selbst einmal versuchen, Menher? Eine Viertelkrone Einsatz«, rief der Würfler.

Vil wollte. Er würfelte hohe Augen, aber nach fünf Runden hatte er dennoch zwei seiner vier Kronen eingebüßt.

»Gib mir eine halbe Krone – ich bringe dir bestimmt Glück«, flüsterte ein Mädchen, und ein wohliger Schauer lief ihm über den Rücken. Sie war fast noch aufreizender gekleidet als die, die ihn zu einem Bier hatte überreden wollen, und hübscher obendrein. Vil spürte plötzlich ein starkes Verlangen, aber er besaß nur noch zwei Kronen und lehnte dankend ab.

»Geizkragen«, zischte das Mädchen und sah gleich viel weniger süß und verlockend aus.

Vil machte, dass er aus der Schänke herauskam.

»Und? Habe ich zu viel versprochen?«, fragte der Ausrufer.

»Von wegen verzehnfachen – halbieren, das müsstet Ihr rufen«, fuhr ihn Vil ein.

»Dann würde aber niemand hier eintreten, oder, junger Herr?«

»Aber das ist doch Betrug!«

»Das ist das Katzenviertel!«, rief der Ausrufer lachend und machte sich daran, die nächsten Gäste anzulocken.

Verdrossen zog Vil weiter, tiefer in das Viertel hinein, vor dem ihn sein Meister so eindringlich gewarnt hatte. Mit Spielen würde er das Geld, das er brauchte, also auch nicht zusammenbekommen.

Meister Turro hatte die Wucherer erwähnt, Leute, vor denen ihn sein Vater immer gewarnt hatte. Aber jetzt war es wohl an der Zeit, den väterlichen Rat in den Wind zu schlagen. Er fragte einen Mann, ob er einen Wucherer kenne, aber der sah ihn schräg an und meinte: »Wenn Ihr Euch die Mädchen hier nicht leisten könnt, junger Freund, solltet Ihr schon gar keine Schulden deswegen aufnehmen. Sie sind es am Ende doch nicht wert.«

»Aber es geht nicht um ein Mädchen, Menher.«

»Natürlich nicht. Dennoch, wer zum Wucherer geht, muss sehr verzweifelt sein, und gewiss ist, dass er bald darauf noch viel verzweifelter sein wird.«

»Kennt Ihr nun einen oder nicht, Menher?«

»Es gibt einen, im Hahnensteig. Geht Richtung Arena, dann in die zweite Gasse rechts. Er wohnt in einem gelben Haus und hat drei Goldmünzen auf sein Schild gemalt, das Zeichen seiner Zunft für die, die nicht lesen können.«

»Ich kann lesen, Menher!«

»Besonders klug scheint Ihr dennoch nicht zu sein.«

Vil fand das bezeichnete Haus und trat in eine schmale, dunkle Kammer ein. Der strohblonde, rundliche Mann, der dort im Licht zweier Kerzen seine Bücher durchging, blickte kurz auf und meinte: »Es ist ein Tempeltag, junger Mann. Kommt morgen wieder.«

»Ihr seid ein Wucherer?«

»Geldverleiher, junger Freund. Und ich verleihe an Tempeltagen kein Geld. Doch wartet, lasst mich Euch anschauen. Ihr seid ein Handwerksgeselle, oder?«

»Ein Schmied, und erst Lehrling, Menher.«

»Doch schon recht alt für einen solchen. Besitzt Ihr ein Haus? Oder eine eigene Schmiede vielleicht?«

»Nein, Menher, warum fragt Ihr?«

»Sicherheiten, junger Freund. Ich verleihe nichts ohne Sicherheiten. Aber an welche Summe habt Ihr überhaupt gedacht?«

»Ich weiß es nicht genau. Dreihundert Kronen, vielleicht. Oder mehr.«

»Ah, ich sehe, Ihr habt genaue Vorstellungen, junger Mann.«

»Verspottet Ihr mich, Menher?«

»Nein oder vielleicht ein wenig. Ich frage auch nur, weil ich Euch einen Weg ersparen wollte. Ihr braucht nicht wiederzukommen, junger Mann, denn ich werde Euch sicher keine so große Summe leihen.«

»Habt Ihr so viel Geld nicht?«

»Ah, nun verspottet Ihr mich, wie? Vielleicht habe ich das verdient. Aber nun verschwendet nicht länger Eure und meine Zeit und seid so freundlich, die Tür hinter Euch fest zu schließen. Sie klemmt manchmal ein wenig.«

Vil schlug die Tür krachend ins Schloss. Wieder ein Fehlschlag. Er glaubte, von drinnen ein halblautes Lachen zu hören. Hatte er sich derart zum Gespött gemacht? Der Wucherer saß da drinnen offenbar auf viel mehr Geld, als Vil brauchte. Sollte er noch einmal hineingehen und sich nehmen, was er benötigte?

Seine Schwester war dem Eisenkönig hilflos ausgeliefert. War es vielleicht nicht sogar seine heilige Pflicht als Bruder, diesem reichen Mann seine Kronen abzunehmen, um Tiuri zu retten? Oder sollte er doch versuchen, seinen Weg durch das Labyrinth der Nekropole und der alten Stollen zu finden? Er hätte ihn schon vor zwei Monaten, als die Erinnerung noch frisch war, nicht gefunden, jetzt war es absolut hoffnungslos.

»Na, Geldsorgen?«

Vil drehte sich um. Im Schein einer Laterne stand der blasseste Mensch, den er je gesehen hatte, und grinste ihn schief an. Er hielt ein Mädchen im Arm, das ihn geradezu anzuhimmeln schien.

»Was geht Euch das an, Menher?«

»Vielleicht nichts«, sagte der Blasse, der nicht viel älter als Vil sein konnte. »Vielleicht könnte ich aber auch helfen, diese Sorgen zu beheben.«

»Und wie kommt Ihr darauf, dass ich Eure Hilfe brauche?«

»Ihr meint, abgesehen davon, dass Ihr wutschnaubend vor dem Laden eines Wucherers steht? Nun, sagen wir, eine gute Freundin flüsterte mir zu, ich solle mich mit Euch unterhalten.«

»Was für eine gute Freundin?«

»Sie sagte, ich soll Euch etwas ausrichten, doch ich weiß nicht, ob ich es richtig zusammenbringe, wartet …« Er schloss die Augen. *»Er wird weder auf dem Amboss noch auf dem Pfad der Toten finden, was er sucht.«* Der Blasse öffnete die Augen wieder, grinste und tätschelte dem Mädchen den Hintern. »Ich hoffe, Ihr könnt damit mehr anfangen als ich.«

Vil fühlte einen Schauer seinen Rücken hinablaufen.

»Ah, so wie Ihr dreinschaut, hat sie den Nagel wieder einmal auf den Kopf getroffen. Seid Ihr nun bereit, mich anzuhören, Menher? Wenn ich es noch nicht erwähnt haben sollte – es könnte sich für Euch lohnen.«

Wenig später saßen sie in einer schummrigen Spelunke bei zwei Humpen mit schalem Bier, die Vils neuer Freund bestellt hatte. »Ich bin Peker Aros, aber du kannst mich Pek nennen, machen eigentlich alle.«

»Vil«, sagte Vil knapp, noch nicht sicher, ob ihm diese Anbiederung gefiel, »Vil Aretus«. Er hatte schon dem Schmied seinen zweiten Vornamen als Nachnamen genannt.

»Verzieh dich, Süße«, sagte Peker und gab dem Mädchen einen Klaps. Sie sah ihn kurz schmollend an und verschwand. Vil nippte vorsichtig an seinem Bier.

Der Blasse wartete noch einen Augenblick, dann sagte er: »Damit wir uns verstehen. Die Dinge, die wir bereden, sind vertraulich, verstanden? Fein. Wenn du also, wie die erwähnte Freundin andeutete, dringend Geld brauchst, so kann ich dir vielleicht behilflich sein.«

»Wer ist diese Freundin von der Ihr … von der du dauernd sprichst?«

»Du wirst sie zur gegebenen Zeit schon kennenlernen, nämlich dann, wenn du mein Vertrauen erworben hast.«

»Ich höre.«

»Es gibt da ein Lagerhaus, das uns interessiert, oder sagen wir, uns interessiert eher der Inhalt.«

»Ich bin kein Dieb!«

»Na, komm, hast du nicht, als du vorhin vor dem Laden unseres reizenden Geldverleihers gestanden hast, daran gedacht, dir einfach zu nehmen, was er dir nicht geben wollte?«

»Das war nur so ein Gedanke.«

»Der Gedanke eines Diebes. Sie sagt, du hast das Talent

dazu, und sie irrt sich nie in diesen Dingen. Jedenfalls brauchst du offensichtlich Geld, und zwar mehr, als du auf ehrliche Art beschaffen kannst, oder?«

Vil nickte.

»Dann sieh es einfach als eine Art Umverteilung – jemand, der es nicht braucht, besitzt viel Geld, du, der du es dringend brauchst, nimmst dir einen Teil. Der Mann, von dem wir reden, wird den Unterschied kaum merken, du schon.«

»Es bleibt Diebstahl.«

»Ich sehe es als eine Art Handwerk. Du bist doch Handwerker, Schmied, nicht wahr?«

»Woher …«

»Weil sie von einem Amboss gesprochen hat. Verstehst du dich auf Schlösser?«

»Du meinst, wie man sie macht? Ich bin kein Schlosser.«

Pek grinste dünn. »Ich meinte eher, wie man sie knackt.«

Vil schüttelte düster den Kopf. Die Richtung, die dieses Gespräch nahm, gefiel ihm immer weniger. Er sollte wohl besser aufstehen und gehen. Aber er blieb sitzen, nippte an seinem Bier und fragte sich, wer »sie« wohl sein mochte.

»Jedenfalls bist du schmal, und deine Finger sind noch recht schlank für einen Schmied. Das kommt uns zupass, denn wer das erwähnte Lagerhaus unbemerkt betreten will, muss durch eine schmale Luke auf dem Dach, zu schmal für mich.«

»Ihr wollt, dass ich in ein Lagerhaus einbreche?«

»Du hast es erfasst, Vil. Es ist voller schöner Ware, die es wert wäre, gestohlen zu werden, uns interessieren jedoch nur einige kleine Schatullen.«

»Was ist denn in den Schatullen? Ich meine, das heißt nicht, dass ich eingewilligt hätte, das wirklich für euch zu tun.«

Der Blasse nahm einen Zug von seinem Bier, grinste wieder dünn und sagte: »Ich würde es dir nicht sagen, selbst wenn ich es wüsste. Es geht dich nichts an, und je weniger du weißt, desto weniger kannst du verraten.«

»Und was soll mein Lohn sein – wenn ich es denn machen sollte?«

»Es ist dein erster Auftrag, also kannst du keine Wunderdinge erwarten. Ich gebe dir für jede der Schatullen, sagen wir, zwanzig Kronen.«

Vil schluckte. Die Gesellen in der Schmiede bekamen dreißig als Monatslohn. »Wie viele sind es denn?«

»Das wissen wir nicht genau. Mit etwas Glück sind es sechs oder mehr, vielleicht aber auch weniger.«

Sechs mal zwanzig Kronen? Vil wurde es heiß und kalt. Er willigte ein.

Drei Tage später bat Vil den Meister abends um Erlaubnis, die Schmiede noch einmal verlassen zu dürfen. Als Grund gab er an, er habe etwas zu erledigen, was seinem Meister Anlass gab, die breite Stirn in Falten zu legen. »Zu erledigen, Vil?«

»Ich traf am Tempeltag einen Schneider, der mich fragte, ob ich nicht abendliche Botengänge für ihn erledigen könne.«

Das war die Lüge, die Pek ihm empfohlen hatte. Er hatte ihm sogar den Namen eines Schneiders genannt, der die Sache zur Not bestätigen würde, aber Meister Turro fragte nicht nach. »Nun, solange es die Arbeit in der Schmiede nicht stört, will ich nichts dagegen haben, wenn du dir etwas dazuverdienst. Ganz im Gegenteil, ich freue mich, dass du so viel Fleiß zeigst. Nur der Fleißige wird es in diesem Leben weit bringen, Vil, nur der Fleißige.«

»Ja, Meister.«

Er traf Pek in einer dunklen Seitenstraße. Der erwartete ihn nicht allein, sondern hatte wieder ein Mädchen im Arm, es war jedoch, wie Vil erstaunt feststellte, ein anderes als bei ihrer letzten Begegnung. Aber auch dieses Mädchen schickte Pek fort, ohne es vorzustellen, nicht jedoch, ohne einen sehr langen Kuss zum Abschied zu erhalten.

»Mit welchem dieser Mädchen bist du denn zusammen?«, fragte Vil, nachdem sie lange schweigend durch den dichter werdenden Winternebel hinüber ins Hafenviertel gelaufen waren.

»Mit beiden natürlich. Doch Vorsicht jetzt, wir sind gleich da, und hier treiben sich immer ein paar Wachen herum.«

Sie bogen in eine schmale Sackgasse ab, dann kletterten sie mit Hilfe einer Räuberleiter und eines Seils auf eine niedrige Mauer und balancierten vorsichtig hinüber zu einem flachen Gebäude, das sie überquerten. Vil hörte sein Herz klopfen, es kam ihm lauter vor als das Knirschen der Ziegel unter seinen Füßen, und schon das erschien ihm viel zu laut. Der Nebel schien doch alle anderen Geräusche zu dämpfen – warum nicht auch jene?

Jenseits einer weiteren schmalen Gasse wartete ihr Ziel, ein breites und hohes Gebäude, dessen Giebel zu ihrem Glück mit Schmuckzinnen verziert war.

Peker warf das Seil hinauf und erwischte die Zinne schon im ersten Versuch. »Ich mache das eben nicht zum ersten Mal«, brummte er zufrieden. Dann aber gab er Vil ein warnendes Zeichen.

Im Nebel waren Schritte. Sie schallten durch die schmale Gasse, ein blasses Licht erschien, und in seinem Kegel waren die Gestalten zweier Bewaffneter zu erkennen. Sie unterhielten sich halblaut, als sie im gemächlichen Tempo unter ihnen vorbeimarschierten.

»Ich hab ja gesagt, das Lagerhaus wird gut bewacht«, flüsterte Pek und zog das Seil straff. »Du zuerst.«

Vil kletterte rasch auf das Dach. Das Seil bewegte sich, und dann hörte er ein leises Fluchen, als Pek gegen die Fassade prallte. Sekunden später war auch er auf dem Dach.

»Und wo geht es nun hinein?«

»In der Mitte soll es irgendwo eine ungesicherte Luke geben.«

»Soll?«

»Nun komm schon, hilf mir suchen.«

Sie glitten vorsichtig über die nebelfeuchten Ziegel und fanden eine große Luke, die jedoch verriegelt war. Dann, etwas später, eine zweite, viel kleinere. Die war nicht verriegelt.

»Was für einen Zweck hat die?«, fragte Vil leise. Sie war für einen Kaminkehrer oder Dachdecker viel zu klein.

»Mein Gewährsmann sagte mir, dass hier einst ein Kamin war, der irgendwann abgerissen wurde. Das mag stimmen oder auch nicht, aber es ist gut für uns, oder?«

»Da passe ich niemals durch.«

»Du musst dich ausziehen.«

»Was?«

»Ich hab auch Öl mitgebracht. Dachte mir schon, dass es eng werden könnte.«

»Augenblick – davon war nie die Rede.«

»Zwanzig Kronen pro Schatulle, Vil.«

Leise fluchend entkleidete sich Vil, dann rieb er sich, immer noch fluchend, mit Olivenöl ein.

»Es ist schade, dass ich dich nicht richtig sehen kann, Vil, ein Bild für die Götter. Aber Spaß beiseite. Es ist nicht ausgeschlossen, dass auch da unten jemand Wache hält.«

»Und was mache ich dann?«

»Mach dich unsichtbar.«

Vil war wieder drauf und dran, die Sache hinzuschmeißen, aber dann dachte er an seine Schwester. Sie öffneten die Luke vorsichtig und spähten hinein. Es brannte eine Laterne in der Nähe des breiten Tores, aber einen Wächter konnten sie nicht entdecken. Allerdings konnten sie auch nicht das ganze Lager einsehen, in dem sich große Kisten, Säcke und riesige Tonkrüge stapelten.

»Wo soll ich anfangen zu suchen?«

»Keine Ahnung. Suche nach Kisten, die mit zwei blauen Kreuzen gekennzeichnet sind, du wirst sie schon finden. Ich werde dir ein Brecheisen und Kerze und Feuer hinunterwerfen. Und versuch, keinen Lärm zu machen.«

Vil zwängte sich ächzend durch die schmale Luke. Er war nicht mehr so dünn, wie er es in der Halde gewesen war. Er holte sich ein paar Schrammen und blaue Flecken, aber er passte hindurch.

Vorsichtig hangelte er sich am Seil hinab. Auf halber Strecke hielt er inne. Es schien ihm unnatürlich still in diesem Lagerhaus zu sein. Er landete auf den nackten Füßen und blickte nach oben. Die Kerze und der Feuerstein waren in einen Fetzen Stoff eingewickelt. Er sah sie dennoch nicht kommen und wurde am Kopf getroffen.

»Besser, du fängst das Brecheisen nicht mit dem Kopf«, rief es leise von oben herab.

Vil entzündete notgedrungen die Kerze. Das Eisen kam herab, ebenfalls in Stoff gewickelt, und er fing es geschickt. Er löschte die Kerze wieder und schlich mit klopfendem Herzen hinüber zum Tor, um zu sehen, warum da eine Laterne brannte. Ein Wachmann! Er saß dort auf einem Stuhl in einer dunkleren Ecke, halbwegs geschützt vor dem eisigen Wind, der durch das Tor hereinzog, zwischen einigen Kisten – und schlief.

Vil machte sich auf die Suche. Im Licht seiner Kerze stieß er auf alle Arten, Größen und Formen von Kisten mit allen möglichen oder auch gar keinen Symbolen, aber fast, wie er es erwartet hatte, fanden sich die fraglichen Kisten erst nach langer Suche in einer der hintersten Ecken des Lagers.

Er zählte zwölf Kisten, die übereinandergestapelt waren.

Wenn das, was er suchte, in einer der unteren Kisten war, würde er nicht herankommen, denn heben konnte er die schweren Holzkisten auf keinen Fall. Obwohl er vor Kälte zitterte, gelang es ihm, die erste beinahe lautlos aufzustemmen. Sie enthielt mit Stroh verpackte Krüge, vermutlich Öl.

Die zweite knarrte so laut, dass er fast sicher war, dass der Wachmann davon aufwachen musste. Er wartete einen Augenblick mit pochendem Herzen, aber nichts geschah. Auch diese Kiste enthielt nicht, was er suchte. Auch die nächste und übernächste waren wieder nur mit Krügen gefüllt.

Die fünfte knarrte verräterisch, aber wieder war vom Tor nichts zu hören. Und da – die Schatullen, eingewickelt in Stroh, wie die Ölkrüge. Mit zitternden Händen holte Vil die erste heraus. Er entfernte das Stroh und fand das Kästchen zu seiner Enttäuschung verschlossen und versiegelt. Und noch etwas entdeckte er: ein Symbol, eine weiße Schriftrolle, die auf den Deckel der Schatulle gemalt war. Er erkannte es gleich wieder, es war das Zeichen der Scholaren. Er runzelte die Stirn. Ob Pek wusste, dass sie gerade dabei waren, die mächtige Bruderschaft der Weißen Schriften zu bestehlen?

Er wickelte das Kästchen wieder ein und holte die nächsten zwei hervor. Dann grub er tiefer, aber zu seiner Enttäuschung gab es nicht mehr als diese drei. Er zögerte kurz, dann öffnete er die nächste Kiste. Sie enthielt nur Öl. Vil fluchte, an mehr Kisten kam er allein nicht heran. Dann waren es eben nur drei, halb so viele wie erhofft, aber sie würden ihm einen Batzen Geld einbringen, viel mehr, als er in der Schmiede verdiente.

»Es sind nur drei«, rief er leise hinauf, als er wieder unter der Luke war.

»Binde sie einzeln ans Seil, ich ziehe sie rauf«, antwortete Pek.

Vil hörte den Wachmann husten.

Er löschte die Kerze und band mit zitternden Fingern die erste Schatulle an das Seil. Es verschwand nach oben und fiel kurz darauf wieder herab.

Der Wachmann hustete wieder und gähnte ausgiebig.

Das zweite Kästchen verschwand durch die Luke.

Das Licht am Tor flackerte, nein, es bewegte sich! Der Wachmann drehte eine Runde.

Das Seil fiel herab. Vil knotete hastig die dritte Schatulle fest. Jetzt war er froh, dass es nur drei waren.

Die Schritte des Wächters schlurften durch die Gänge. Er kam näher.

Vil musste eine gefühlte Ewigkeit warten, bis das Seil wieder fiel. Er nahm die Kerze zwischen die Zähne, knotete das Brecheisen am Seil fest und kletterte hastig hinauf. Aber die Luke schien irgendwie geschrumpft zu sein – er passte nicht hindurch! Panik stieg in ihm auf.

»Leise doch«, flüsterte Pek. Offenbar hatte er gemerkt, was los war. Er nahm Vil die Kerze aus dem Mund und begann nun, ihn wieder mit Öl einzureiben. Einige lange Momente und tiefe Abschürfungen später lag Vil keuchend auf dem Dach.

»Zieh dich lieber rasch an. Wenn unser Freund da unten die Kisten sieht, werden sie schon bald wissen, was los ist«, flüsterte Pek, der die Luke wieder geschlossen hatte.

Wenig später kletterten sie am Seil hinunter in die schmale Gasse, in der sie die Wachen gesehen hatten. Die Straßen schienen verlassen, nur der Winternebel wallte schwerfällig über das Pflaster. Dann schlug der Wächter Alarm.

Sie konnten ihn bis auf die Gasse schreien hören. Sie rannten. Ein helles Hornsignal ertönte, und aus scheinbar allen Richtungen kamen schwere Stiefel herangepoltert.

Pek zog Vil in eine dunkle Ecke. »Das war knapp«, keuchte er, als draußen Wachen mit klirrenden Waffen vorüberrannten.

»Und was jetzt?«, fragte Vil aufgeregt.

»Im Augenblick rennen sie alle zum Lager. Wenn wir Glück haben, ist der Weg ins Katzenviertel frei.«

»Aber in der Richtung werden sie doch zuerst suchen. Wir sollten in die andere Richtung gehen.«

»Guter Einwand, aber rennen ist wohl besser als gehen«, meinte Pek.

Sie spurteten los, hetzten durch den Nebel, wichen allen Geräuschen aus, irrten durch Seitengassen und kletterten über Hofmauern. Bald wurden die Signalhörner leiser. Offenbar vermutete man die Diebe wirklich auf dem Weg ins Katzenviertel.

Sie waren schon lange im Seeviertel, in dem die Kauffahrer wohnten, als sie endlich anhielten.

»Die betreiben ganz schön viel Aufwand für einen einfachen Diebstahl«, meinte Pek keuchend.

»Weißt du denn nicht, wen wir bestohlen haben?«, fragte Vil japsend. Und als der andere den Kopf schüttelte, zeigte er ihm im Schein einer Straßenlaterne das weiße Symbol.

»Scheiße – die Bruderschaft? Jetzt wird mir so einiges klar. Ich denke mal, da wird der Boss den Preis sicher neu verhandeln.«

»Der Boss?«

»Du wirst ihn noch kennenlernen. Hast dich gut geschlagen heute Nacht«, sagte Pek grinsend.

»Und wann kriege ich mein Geld?«

»Wenn das Geschäft abgewickelt ist.«

»Und wie lange dauert das?«

»Du hast es eilig, wie? Es dauert so lange, wie es dauert. Und da es hier um Eigentum der Bruderschaft geht, kann es ein bisschen länger dauern als sonst. Aber jetzt komm, wir sind noch nicht in Sicherheit. Das kann noch eine lange Nacht werden.«

Sie wurde es auch, denn als sie versuchten, in das Katzenviertel zurückzukehren, stießen sie immer wieder auf Patrouillen, denen sie ausweichen mussten.

»Gut, das reicht«, sagte Pek irgendwann. »Wir trennen uns hier und schlagen uns einzeln durch. Dir würde ich einen Umweg über das Meer empfehlen – du riechst nach ranzigem Olivenöl.«

»Besten Dank, und du?«

»Ich werde das hier verstecken und es morgen oder übermorgen holen, sobald sich die Aufregung gelegt hat.«

»Und du bist nicht neugierig zu sehen, was da drin ist?«

»Doch, aber ich bin nicht lebensmüde. Schlimm genug, dass es der Bruderschaft gehört.«

»Und wann kriege ich …«

»Nur die Ruhe. Es wird eine Weile dauern, wie gesagt. Findest du den *Goldenen Kelch* wieder?«

»Was für einen Kelch?«

»Die Schänke, in der wir unser erstes Bier getrunken haben. Sie heißt tatsächlich so, auch wenn man dort nicht mal einen *sauberen,* geschweige denn einen goldenen Kelch zu Gesicht bekommen wird. Jedenfalls kannst du mich da an den Markttagen finden. Aber lass erst einmal zwei oder noch besser drei Wochen verstreichen. Offenbar haben wir hier viel Staub aufgewirbelt, und der muss sich erst legen.«

Vil nickte unglücklich. Es würden also wieder viele Tage vergehen, in denen er seiner Schwester nicht beistehen konnte.

»Es ist ein Rätsel«, sagte Bruder Melid nicht zum ersten Mal.

Leutnant Lizet nickte flüchtig. Er besah sich die aufgebrochenen Kisten im Schein seiner Lampe. Nur eine war geleert worden.

»Dort hinten gibt es Säcke mit Pfeffer und Tee, aber das hat die Einbrecher ganz offensichtlich nicht interessiert.«

»Den Einbrecher.«

»Wie?«

»Es war nur einer«, meinte Lizet.

»Wie könnt Ihr das wissen?«

»Er hat nur die oberen Kisten aufgebrochen, weil sie zu schwer sind, um sie allein zu bewegen. Zwei Männer hätten vermutlich auch in der Reihe darunter nachgesehen.«

»Und habt Ihr auch schon eine Vorstellung, wie sie in dieses Lager gelangt sind? Die Schlösser und Riegel sind jedenfalls unversehrt. War es vielleicht doch der Wächter? Er schwört Stein und Bein, die Tore nicht geöffnet zu haben, aber die Befragung war bislang auch noch nicht sehr … intensiv.«

Lizet, der sich fragte, wann er endlich den eigentlichen Grund für diese Aufregung erfahren würde, deutete zum Dach.

Melid legte den Kopf in den Nacken und hob seine Laterne. »Ich sehe dort nichts.«

»Dort, gerade zwischen den Sparren, die kleine Luke.«

»Da durch? Wirklich? Dann muss es ein Kind gewesen sein.«

»Das nun auch nicht gerade. Schlank, ja, aber er war eigentlich schon fast zu groß für diese schmale Öffnung.«

»Woher wollt Ihr das wissen, Leutnant?«

»Wenn Ihr in den Gang darunter geht, findet Ihr frische Flecken auf dem Boden. Dem Geruch nach Olivenöl. Er wird sich damit eingerieben haben.«

»Ah, Ihr seid wirklich erstaunlich, Lizet. Eure Vorgesetzten haben nicht zu viel versprochen. Das heißt, der Nachtwächter ist wirklich unschuldig?«

»Vermutlich, Ihr könnt ihm die Folter also ersparen. Ich nehme an, der Mann hatte keine Ahnung, was er hier bewachte, oder?«

»Nein, natürlich nicht.«

»Dann gibt es auch keinen Grund anzunehmen, dass er den Dieben gesagt hat, wonach sie suchen müssen. Was mich zu der Frage bringt, was sie denn nun eigentlich gestohlen haben?«

»Oh, ich würde Euch wirklich gerne mehr sagen, Lizet, doch habe ich nicht die Erlaubnis dazu.«

»Ich kann nicht das Katzenviertel auf den Kopf stellen, wenn ich nicht weiß, wonach ich suchen muss.«

»Ihr werdet dieses Viertel keinesfalls auf den Kopf stellen. Leutnant, habt Ihr je gehört, dass unser Orden bestohlen wurde? Nein? Eben. Und das soll auch so bleiben. Diese Sache muss geheim bleiben.«

»Geheim? Warum habt Ihr dann nach mir und nicht nach den Gespenstern gerufen?«

»Oh, der Hochmeister war der Meinung, Ihr wäret der richtige Mann«, antwortete der Scholar mit einem Lächeln.

Wenn du so breit grinst, heißt das wohl, dass die Gespenster ebenfalls ermitteln, dachte Lizet. Die Geheime Wacht hatte ihm schon bei den Fischern ins Handwerk gepfuscht. Gerade als er dabei gewesen war, Licht ins Dunkel zu bringen, waren sie in ihren grauen Waffenröcken gekommen und hatten einfach alle Männer des Dorfes in den Kerker geworfen mit der Begründung, sie würden so schon erfahren, wer der Schuldige sei.

Am Ende hatte ein alter Mann die Tat auf sich genommen, aber wohl nur, weil er seinen Nachbarn und Freunden die Folter ersparen wollte. Das jedoch interessierte die Gespenster nicht. Sie hatten ihr Geständnis, und damit war der Fall für sie abgeschlossen.

Für Lizet jedoch nicht, im Augenblick hatte er aber andere Aufgaben, denen er sich mit ganzer Kraft widmen wollte. Also sagte er: »Es ist recht schwierig, etwas wiederzufinden, wenn man nicht weiß, was es ist, noch dazu, wenn niemand merken darf, dass man etwas sucht.«

»Es würde uns schon genügen, wenn Ihr den Dieb finden würdet.«

»Die Diebe.«

»Eben sagtet Ihr noch, es sei nur …«

»Hier unten war zwar nur einer, aber er brauchte doch Hilfe. Wenigstens einer wird dort oben auf dem Dach gestanden haben.«

»Das klingt einleuchtend. Sagt, stimmt es, dass Ihr ebenfalls unsere Schule durchlaufen habt, Leutnant?«

Lizet nickte flüchtig. *Zwei Diebe, vielleicht drei,* dachte er. *Mehr waren auf keinen Fall nötig, vielleicht sogar eher hinderlich. Sie wussten genau, wonach sie suchen mussten. Jemand hat es ihnen gesagt.*

»Ich hörte, Ihr wäret ein sehr vielversprechender Scholar gewesen. Warum habt Ihr den Orden verlassen?«

»Das ist eine lange Geschichte, Melid. Sagt, woher kam diese Fracht, wenn Ihr befugt seid, mir wenigstens das zu verraten?«

»Von den Feuerfrostinseln im Norden, Leutnant. Aber warum fragt Ihr, das Verbrechen geschah doch hier, nicht dort?«

Lizet seufzte. Für einen Scholar war der Mann reichlich begriffsstutzig. »Die Frage ist, von wem die Diebe ihre Informationen hatten. Entweder es war jemand aus der Umgebung dessen, der die Ware eingeschifft hat, oder es war jemand von hier, vielleicht sogar aus dem Orden.«

»Bei allen Himmeln! Wie könnt Ihr nur glauben … Die Männer und Frauen unserer Bruderschaft sind über jeden Zweifel erhaben! Sie haben Ihr Leben ausschließlich der Mehrung des Wissens und der Bekämpfung der dunklen Künste verschrieben, wie selbst Ihr wissen müsstet, auch wenn Ihr uns den Rücken gekehrt habt.«

Lizet lächelte dünn. »Wisst Ihr, nicht alle Eure Brüder und Schwestern haben die Kraft, sich ganz und gar dem Orden zu verschreiben, manche, so wie ich, gehen einen anderen Weg. Vielleicht haben wir hier jemanden, der sogar ganz vom Weg abgekommen ist.«

»Ich muss es dem Hochmeister sagen«, murmelte Melid.

»Tut das. Und fragt ihn dann gleich, ob Ihr mich nicht etwas tiefer in die Geheimnisse rund um dieses Verbrechen einweihen könnt. Ich muss wissen, was gestohlen wurde, sonst kann ich kaum in Erfahrung bringen, wer ein Interesse daran haben könnte, es zu erwerben.«

Er sah dem Scholar nach, der mit geraffter Robe davoneilte, dann besah er sich die Kisten noch einmal, ohne allerdings neue Erkenntnisse zu gewinnen. Er würde sich umhören. Er kannte die Schänken, in denen über so etwas geredet wurde, er kannte sogar einige Männer, denen ein solches Verbrechen zuzutrauen war. Aber er musste behutsam vorgehen. Die Bruderschaft der Scholaren wollte offensichtlich nicht, dass irgendjemand erfuhr, was ihr hier gestohlen worden war. Es musste sehr wertvoll sein, vielleicht aber auch nur für den Orden, der seine eigenen Wertvorstellungen hatte. Lizet bekam ein seltsames Gefühl in der Magengegend. Er nahm es als Warnung, dass diese Sache gefährlich werden konnte, auch für ihn.

Esrahil Gremm starrte unglücklich auf seine neuen Schuhe. Sie waren ein Geschenk ebenso wie der neue schwarze Mantel, den er übergeworfen hatte.

»Es ist wohl doch etwas daran, dass Kleider Leute machen«, staunte Abar Brasus, der der Anprobe beiwohnte.

»Leider nur äußerlich, Menher«, seufzte Gremm.

»Ich bitte Euch, Menher Gremm«, rief der pausbäckige Rorus Vinir, »Ihr strahlt die Würde der großen alten Familien aus. Eine wunderbare Arbeit. Edel im Stoff und doch bescheiden im Schnitt. Ihr solltet Eurem Schneider danken.«

»Ich denke, die fünfhundert Kronen, die er bekommen hat, sind Dank genug«, brummte Gremm.

»Offenbar versteht er sich nicht nur aufs Schneidern, sondern auch aufs Geschäftemachen«, meinte Vinir grinsend.

»Es wird langsam Zeit«, unterbrach Brasus.

»Also gut, bringen wir es hinter uns«, murmelte Gremm.

Bevor sie aufbrachen, nahm Vinir ihn noch einmal auf die Seite. »Eines noch, Menher. Wenn wir in der Halle sind, werden viele Blicke auf Euch gerichtet sein, außerdem werden viele der Großen die eine oder andere Frage an Euch richten, und sie werden geistreiche Antworten von einem künftigen Rat erwarten.«

»Das hättet Ihr Euch vorher überlegen sollen.«

»Ihr schafft das schon, mein Freund. Nur, ich bitte Euch, erwähnt Eure Frau nicht.«

»Weil sie leidend ist?«

»Nun, auch das, ja, die Leute sollen nicht glauben, Ihr könntet Euch Eurer Arbeit nicht mit ganzer Kraft widmen. Aber außerdem ist sie eine Ausländerin aus einer der Städte des Seebundes, nicht wahr?«

»Aus Malgant«, bestätigte Gremm automatisch.

»Eben, und in diesen bewegten Zeiten, in denen so schnell aus unsicheren Verbündeten sichere Feinde werden können, wäre es nicht gut, bei Euch so etwas wie geteilte Loyalität zu vermuten.«

»Ich schäme mich ihrer nicht!«, erwiderte Gremm zornig.

»Das sollt Ihr auch keineswegs. Aber wir wollen dieses Thema vermeiden und uns stattdessen auf die Politik konzentrieren.«

Auf dem Obermarkt wurden sie von weiteren Freunden Vinirs erwartet, und noch mehr Kauffahrer in ernstem Schwarz warteten vor der Halle, so dass Gremm schließlich mit einem stattlichen Gefolge zwischen die hohen Säulen trat, was jedoch seine Unsicherheit nicht minderte.

Er hatte diese Kandidatur für ein totgeborenes Kind gehalten, etwas, das so schnell scheitern würde, dass sich schon bald nicht einmal mehr jemand daran erinnerte. Aber nun sah er die vielen Unterstützer, die Vinir aufgetrieben hatte, und ihm dämmerte, dass die Sache besser durchdacht war, als er angenommen hatte.

Die Halle war, wie Gremm befürchtet hatte, gut besucht. Hunderte Patrizier standen zwischen den Säulen und diskutierten, vielleicht amüsierten sie sich auch gerade auf seine Kosten.

Er fühlte sich beobachtet und fragte sich wieder, warum er sich auf diesen Handel eingelassen hatte. Die Unterstützung, die dieser Neffe von Wraas organisierte, würde ihn irgendwann irgendetwas kosten, vermutlich mehr, als er ahnte, und es war unerheblich, dass er gern auf sie verzichtet hätte.

»Sieh an, unser zukünftiger Rat gibt sich die Ehre. Wahrlich, schon zum zweiten Mal in den vergangenen zehn Jahren – oder waren es fünfzehn?« Das kam quer durch die Halle, und es kam von Telius Nestur, einem der zehn Hohen Räte, um deren Sitz sich nun auch Gremm bewarb.

Gremm deutete eine höfliche Verneigung in seine Richtung an. Vor dieser Begegnung hatte er sich gefürchtet.

»Er braucht die große Bühne wohl nicht so dringend wie Ihr, Nestur«, rief Vinir an seiner Stelle zur Antwort.

»Selbst auf einer kleinen Bühne könnte man diesen Mann auch leicht übersehen.«

»So wie man einen guten Diener leicht übersieht, dessen Dienste gleichwohl unersetzlich sind. Esrahil Gremm will dieser Stadt eben in Bescheidenheit dienen, nicht ihr Herr sein, Nestur.«

»Und hat er keine eigene Stimme, dass immer dieser junge Frosch für ihn quaken muss?«

Gremm fühlte hunderte Blicke auf sich ruhen. Er räusperte sich. »Ich bitte Euch, Ihr Herren. Wir sind nicht hier, um unsere Eitelkeit zu pflegen«, *ich jedenfalls ganz gewiss nicht,* setzte er in Gedanken hinzu, »wir haben doch hier wichtigere Dinge zu erörtern.«

Eigentlich wollte Gremm nur von sich ablenken, aber das zustimmende Raunen der Versammelten sagte ihm, dass er damit wohl die Gedanken vieler Großer getroffen hatte.

»Ganz hervorragend«, flüsterte Brasus und klopfte ihm auf die Schulter.

Gremm fing einen finsteren Blick von Rat Nestur auf. Ohne Zweifel, er hatte sich einen Feind gemacht.

Die Versammlung wurde zu einer langwierigen Angelegenheit, vor allem für Gremm, den seine neuen Schuhe drückten. Wieder einmal ging es um den Krieg, der im Goldenen Meer und den angrenzenden Ländern tobte. Bislang, so verkündete Telius Nestur stolz, habe *sein* Vorschlag, beide Seiten zu beliefern, den Werften und Schmieden der Stadt gute Aufträge beschert.

Es wurde viel gehustet in der Halle, als Nestur seine eigenen Verdienste so schamlos in den Vordergrund rückte, offenbar hatte sich inzwischen herumgesprochen, dass dieser Vorschlag eigentlich von Gremm gekommen war, aber Nestur ließ sich davon nicht beeindrucken. Er war immer noch der Vertreter des Rates in dieser Versammlung und sprach mit ausdrücklicher Einwilligung des Archonten, der wie immer schweigend auf seinem schlichten Stuhl saß und nur zuhörte. Er war der Einzige, der in dieser Halle sitzen durfte, und Gremm fragte sich, ob der Mann vielleicht mit offenen Augen schlief. Er hätte das gut verstanden.

Zu seiner Linken standen Hochmeister Methos und drei weitere Vertreter der Scholaren, auf der anderen Seite der Hohepriester des Himmelstempels mit einigen anderen Priestern. Sie alle hörten aufmerksam zu, und ab und an flüsterten der Hochmeister oder der Hohepriester einem ihrer Untergebenen etwas zu, und dieser verschwand dann, um kurz darauf aus einer der hinteren Kammern zurückzukehren.

Gremm beobachtete sie, weil er Mühe hatte, den langwierigen Ausführungen Nesturs über die möglichen Entwicklungen des oramarischen Bruderkrieges, der die Kriegsfragen offenbar zusehends verkomplizierte, zu folgen. Er verstand immerhin, dass der Seebund einen Gesandten geschickt hatte, offenbar wollte man erzwingen, dass sich Xelidor endlich für eine Seite in diesem Krieg entschied.

Zu seiner Überraschung zupfte plötzlich ein junger Scholar an seinem Mantel und drückte ihm wortlos ein zusammengerolltes Pergament in die Hand. Es enthielt in knappen Worten die Bitte, doch in den nächsten Tagen einem Bruder Ifid in der Akademie des Ordens einen Besuch abzustatten.

Er zeigte Brasus das Schreiben, der es vor Aufregung fast fallen ließ und es dann an Vinir weitergab.

»Ausgezeichnet«, flüsterte der, »Ihr habt die Aufmerksamkeit wichtiger Leute auf Euch gezogen. Das ist ein gutes Zeichen!«

Gremm nickte ergeben, aber ziemlich unsicher, ob es wirklich ein gutes Zeichen war. In gewisser Weise fühlte er sich bestätigt: Es war jetzt schon schlimmer, als er es sich hatte vorstellen können. Seine Frau hatte ihn gewarnt, und wie immer, wenn er nicht auf sie hörte, hatte sie recht behalten.

Die Sitzung zog sich bis in den späten Abend hin, und Gremm war froh, als er sich im Silbersteig endlich von seinen Begleitern verabschieden konnte. Brasus sah aus, als hoffe er, noch auf einen Tee eingeladen zu werden, aber Gremm schüttelte ihm nur die Hand und wünschte ihm recht schroff eine gute Nacht.

Er hatte es überstanden. Die Aussicht auf ein Fußbad für seine gequälten Füße und einen Tee für seinen ermatteten Geist versetzte ihn für einen kurzen Augenblick in Hochstimmung, die aber schon an der Haustür verflog.

»Er … er hat sich nicht abweisen lassen, Herr«, stammelte die Köchin, die ihn aufgeregt erwartete.

»Wer?«, fragte Gremm, sofort wieder tief besorgt.

»Ein Fremder, der seinen Namen nicht sagen wollte.«

»Warum habt Ihr ihn nicht des Hauses verwiesen?«

»Er erschien vor zwei Stunden und sagte, es gehe um dringende Familienangelegenheiten, Herr, und auch wenn er fremd ist, so macht er doch keinen unangenehmen Eindruck.«

»Wunderbar«, murmelte Gremm. *Sester Elgos hat sich also hierhergewagt,* dachte er. *Hoffentlich hatte ihn niemand gesehen.* »Habt Ihr ihm Tee angeboten?«

»Nein, Herr.«

»Dann seid so gut. Und macht ihn stark, ich kann es brauchen. Und dann könnt Ihr nach Hause gehen, Inna.«

»Aber der Fremde …«

»Ich glaube, ich weiß, wer es ist. Seid so gut und sagt meiner Frau, dass ich gleich zu ihr komme, sobald das hier erledigt ist, was sicher nicht lange dauern wird. Wollt Ihr das für mich tun? Wunderbar, Inna, ich weiß nicht, was wir ohne Euch tun würden.«

Mit äußerst gemischten Gefühlen betrat er die dunkle Wohnstube und sah dort auf seinem Platz nicht etwa Sester Elgos, sondern wirklich einen Fremden sitzen, der ihm auf den zweiten Blick gleichwohl bekannt vorkam.

»Ihr müsst Esrahil Gremm sein«, rief der Fremde und erhob sich. »Ich freue mich, Euch endlich kennenzulernen.« Und dann schüttelte er Gremm beinahe überschwänglich die Hand.

Gremm studierte misstrauisch das Gesicht des Mannes, sah wache Augen, eine auffallend schmale Nase, schütteres blondes Haar, ein offenes Lächeln.

Warum kam ihm der Mann bekannt vor, und warum war er so überaus freundlich? Er hielt immer noch seine Hand gedrückt, ein warmer, Vertrauen erweckender Händedruck. »Nun ja, meinetwegen. Und Ihr seid, Menher?«

»Oh, verzeiht, ich vergaß, mich vorzustellen. Ich bin Tesir Merson aus Cifat, zu Euren Diensten.«

»Merson?«

»Ich bin Aretors Bruder. Euer Geschwisterschwager, wenn Ihr so wollt.«

Gremm sank in seinen Sessel. »Ich wusste nicht, dass Aretor einen Bruder hatte«, stieß er hervor, »aber, bitte, setzt Euch doch, Menher.«

»Er hat mich nie erwähnt?«

»Tut mir leid, ich kannte Euren Bruder kaum, da unser Verhältnis zu meiner Schwester, seiner Frau, zuletzt nicht das Beste war.«

»Ja, er schrieb mir darüber. Sie wurde von Eurem Vater an Eurer Stelle als Erbe eingesetzt, nicht wahr?«

»Ja, aber lassen wir das, Menher. Sagt mir, was führt Euch nach Xelidor, und was führt Euch zu mir?«

»Ihr könnt Euch vielleicht denken, dass ich schockiert war, als ich die Nachricht vom Tod meines Bruders erhielt. Und ich bin aufgebracht, weil ich erfuhr, dass es sein Kopf ist, der, bereits zur Unkenntlichkeit verwest, auf einem Pfahl vor dieser Arena zur Schau gestellt wird.«

»Das verstehe ich«, murmelte Gremm betreten.

»Zu Euch bin ich nun gekommen, Schwager, um zu erfahren, wie es so weit kommen konnte? Wieso wurde mein Bruder wie ein gemeiner Verbrecher hingerichtet?«

Gremm seufzte, und dann erzählte er stockend von der Explosion im Bergwerk, von den Dutzenden ertrunkenen Bergleuten, den Unruhen auf der Stahlseite, dem Geheimen Gericht und seinem schnellen Urteil.

»Man hat Aretor wegen *Hexerei* verurteilt? Glaubt Ihr diesen Unsinn etwa?«

»Die Richter glaubten es leider, denn er hat es im Verhör gestanden.«

Merson sah ihn lauernd an. »Darf ich annehmen, dass dieses Verhör unter Folter stattfand?«

Gremm nickte unglücklich.

»Ich verstehe«, sagte Merson, der erstaunlich ruhig blieb.

Gremm meinte jedoch eine tiefe Verbitterung bei seinem Besucher zu verspüren. »Und meine Schwägerin, Eure Schwester? Ich habe mich nach ihr erkundigt, jedoch keine Auskunft erhalten.«

Also erzählte Gremm auch von ihrem Schicksal und dem ihrer Kinder.

»Verbannung? Aber mit welcher Berechtigung?«

»Seht, Menher, so ist unser Gesetz. Ich weiß, dass man in anderen Ländern und Städten anders verfährt, doch in Xelidor ist es nun einmal so, dass die Richter davon ausgehen, dass eine Ehefrau weiß, was ihr Mann tut. Also ist sie auch mit verantwortlich.«

»Ihr *verteidigt* dieses barbarische Gesetz auch noch?«

»Nein, Menher, ich beschreibe es nur. Hat die Familie Vermögen, wird auch das beschlagnahmt, um den entstandenen Schaden zu begleichen, obwohl ich bezweifle, dass die Hinterbliebenen der ertrunkenen Bergmänner viel davon zu sehen bekamen.«

»Aber Aretor hatte auch Kinder, was ist mit denen geschehen?«

»Leider wurden auch die mit verbannt, Menher.«

Merson lehnte sich zurück, faltete die Hände und sagte schließlich: »Und wohin wurden sie verbannt? Ich habe Verbindungen, vielleicht kann ich ein Schiff senden, das sie aus der Hölle befreit, in die sie ohne Zweifel geraten sind.«

»Leider ist meine Schwester ebenso stolz wie töricht. Sie hat sich geweigert, Xelidor zu verlassen, und ist mit ihren Kindern stattdessen in die Halde, eine alte Pesthöhle unter der Stadt, gegangen.«

»Sie ist noch in der Stadt? Wie geht es ihr?«

»Das weiß ich nicht«, gab Gremm zu, der sich mit jedem seiner Sätze elender fühlte. »Menschen, die dorthin gehen, werden als Vergessene bezeichnet, denn ihre Namen werden aus den Büchern der Stadt gestrichen. Es ist sogar ein Verbrechen, sich nach ihnen zu erkundigen.«

Merson schüttelte ungläubig den Kopf. »Ich dachte immer, Xelidor sei eine zivilisierte Stadt, aber wie ich sehe, herrschen hier immer noch die barbarischen Sitten des alten Kaiserreichs.«

Gremm hob in hilfloser Geste die Arme – was sollte er auch sagen?

»Vielleicht«, so sagte Merson nach einer düsteren Pause, »vielleicht kann ich etwas an ihrer Situation ändern. Ich bin mit dem Gesandten des Seebundes hierhergekommen. Sein Wort hat Gewicht.«

»Das wäre schön, Menher, doch solltet Ihr Euch keine allzu großen Hoffnungen machen. Leider hat meine Schwester ihre Lage durch düstere Drohungen noch verschlimmert.«

»Ah, wirklich?«

»Sie hat den Richtern, eigentlich allen, die irgendwie mit diesem Fall befasst oder von ihm betroffen waren, mit Rache und Vergeltung gedroht. Eine Drohung, die hierzulande sehr ernst genommen wird, zumal Merson, ich meine Euer Bruder Aretor, auch gestanden hat, mit der Bruderschaft der Schatten in Verbindung zu sehen.«

Merson beugte sich vor und starrte Gremm ungläubig an. »Er hat *was?*«

»Ich weiß, es ist lächerlich, aber Ihr versteht nun vielleicht, warum Rohana derzeit nicht auf Gnade rechnen kann. Sie hat sich in den wenigen Tagen vor dem Urteilsspruch viele Feinde gemacht. Ich habe allerdings die Hoffnung, dass es mir langfristig vielleicht gelingt, ihr zu helfen. Ich habe mich sogar für den Hohen Rat nominieren lassen, und in ein paar Jahren, wenn Gras über die Sache gewachsen ist …«

»In ein paar Jahren?«, unterbrach ihn Merson harsch. »Seid Ihr toll? Ich weiß nicht, wie Eure Gefängnisse sind, aber ich kenne die unseren, und ich kann mir nicht vorstellen, dass ausgerechnet in Xelidor bessere Zustände herrschen sollen. Keine Frau und erst recht kein Kind wird dort lange überleben. Und Ihr wollt einfach warten?«

»Ich verstehe Eure Verbitterung, Menher, aber ich habe schon versucht, ihr insgeheim zu helfen, doch sind meine Bemühungen, ich muss es wohl zugeben, gescheitert.«

Merson war wütend aufgesprungen. Die Freundlichkeit schien ganz aus seinem Wesen gewichen, Gremm las Verachtung in seiner Miene.

Dann glättete sich das schmale Gesicht. »Lassen wir das für den Augenblick. Aber eines noch, Schwager«, sagte Merson. »Ich reise aus naheliegenden Gründen unter anderem Namen. Soweit ich weiß, habt Ihr früher die Städte am Goldenen Meer bereist?«

»Ja, das stimmt, meine Frau stammt sogar aus Malgant«, erwiderte Gremm verwirrt.

»Gut, für die Leute in dieser Stadt bin ich Kaim Reser, ein

Kauffahrer aus Frialis. Ich bin hier als Berater unseres Gesandten, der nach Xelidor gekommen ist, um über den Krieg und diverse Verträge zu sprechen. Wir beide kennen uns, weil wir seit Jahren schon Geschäfte miteinander machen, und nur aus geschäftlichen Gründen habe ich Euch heute besucht.«

»Geschäfte?«

»Ihr handelt doch mit Eisen und Wolle, oder? Gut. Das ist unsere Tarnung. Oder wäre es Euch lieber, man wüsste, dass ich wegen meines Bruders hier bin?«

»Nein, nein, Ihr habt recht, Schwager, Ihr habt vollkommen recht.«

»Dann wäre das also geklärt. Ich werde die Kontakte auf das Notwendigste beschränken, denn Ihr seid ohnehin keine Hilfe, Gremm, nein, Ihr seid eine Enttäuschung. Also werde ich die Sache wohl selbst in die Hand nehmen müssen. Und nun entschuldigt mich.«

Er verabschiedete sich mit einen knappen Kopfnicken und lehnte mit einem kalten »bemüht Euch nicht« auch Gremms selbstverständliches, aber verlegen gestammeltes Angebot ab, ihn zur Tür zu geleiten.

Gremm, halb aufgestanden, sank wieder in seinen Sessel und wartete, bis die Pforte ins Schloss gefallen war. Er fühlte sich zutiefst unglücklich, und das aus mehr Gründen, als er hätte benennen können.

Auch am nächsten Morgen wich dieses Gefühl nicht. Seine Frau schien es zu bemerken, sagte aber nichts, und er war froh, dass er sich nicht erklären musste. Nach einem kargen Frühstück verließ er das Haus und stieg hinauf auf den Tempelberg, um das Treffen mit diesem Bruder Ifid von den Scholaren hinter sich zu bringen.

Vor der mächtigen Pforte blieb er noch einmal stehen. Er fand, dass *Akademie* ein sehr bescheidenes Wort für dieses ehrfurchtgebietende Gebäude war. Es lehnte sich an die alte Festung von Xelidor an und ragte hoch und mit ausladenden Flügeln in den Himmel.

Obwohl er nun schon so lange auf dieser Insel lebte, hatte Gremm die Akademie noch nie betreten, und er tat es nun mit gemischten Gefühlen und besorgten Gedanken, die meist um die Geheimnisse kreisten, die er unfreiwillig mit sich herumschleppte.

Ein junger Scholar führte ihn durch schmale Flure und über Treppen schließlich in einen überraschend hellen Raum, wo er bereits erwartet wurde.

»Ah, Menher Gremm! Ich bin erfreut, Euch zu sehen. Setzt Euch doch. Ich bin Bruder Ifid, und im Namen der Bruderschaft der Weißen Schriften gratuliere ich Euch zu Eurer Kandidatur.« Er schüttelte ihm so überschwänglich die Hand, dass seine weiße Robe von der Schulter rutschte.

»Danke«, sagte Gremm, leicht überfordert von der überbordenden Freundlichkeit dieses Menschen. Er nahm den angebotenen Platz ebenso wie den Tee an und fragte dann: »Warum wolltet Ihr mich sprechen, Bruder Ifid?«

»Wie? Oh, entschuldigt. Wir müssen uns noch einen Augenblick gedulden.«

»Gedulden?«

»Ja, Augenblick. Es kann nicht lange dauern«, sagte Bruder Ifid freundlich, aber er verriet nicht, auf wen oder was sie warten mussten. Gremm spürte ein flaues Gefühl in der Magengegend. Konnten die Scholaren schon von seinem gestrigen Besucher wissen? Aber die Einladung hatte er doch erhalten, bevor er Merson getroffen hatte. Dennoch, vielleicht wussten diese Leute so etwas vorher.

Endlich öffnete der junge Scholar eine andere Tür, die Gremm vorher gar nicht bemerkt hatte.

Bruder Ifid erhob sich rasch, Gremm, einen Augenblick zu verblüfft, um sich zu bewegen, sprang mit Verspätung auf.

»Seid gegrüßt, Menhers«, sagte der neue Gast schlicht.

»Ihr … Ihr seid der Archont!«, platzte es aus Gremm heraus. Noch nie war er diesem Mann so nah gewesen. Natürlich saß der Archont jeder Sitzung der Versammlung vor, aber ihn umgab eine Aura der Unnahbarkeit. Nie ergriff er das Wort, nie durfte ein einfaches Mitglied der Versammlung ihn direkt ansprechen. Und nun spazierte er in einem dunkelgrünen Mantel und auf einen Stock gestützt hier herein, als sei es das Alltäglichste der Welt.

»Ich weiß, wer ich bin«, erwiderte der Mann schließlich mit einem schmallippigen Lächeln, »doch wisst Ihr auch, wer Ihr seid, Gremm?«

»Ich, Exzellenz?«

»Ihr seid der einzige Gremm in diesem Raum, oder? Ich kannte Euren Vater und Euren Großvater. Das waren tüchtige Männer, die es verstanden, den eigenen Nutzen immer mit dem Nutzen der Stadt zu verknüpfen, und sie waren nicht zimperlich, wenn es galt, ihre Interessen zu verteidigen, ja, manchmal auch gegenüber der Stadt, doch so ist es nun einmal in Xelidor. Doch Ihr, Gremm, Ihr seid aus einem anderen, einem viel weicheren Holz geschnitzt.«

Gremm starrte den Mann an. Ihm fiel ein, dass er ihn noch nie hatte sprechen hören, und jetzt vernahm er diese Stimme, wohlklingend, doch irgendwie auch scharf und durchdringend. Sie erinnerte ihn an ein Schwert.

»Sagt mir also, Gremm, was bei allen Himmeln bewog Euch, für den Hohen Rat zu kandidieren?«

»Ich verstehe die Frage nicht, Exzellenz«, stieß Gremm hervor, um Zeit zu gewinnen.

»Kommt schon, Gremm, Ihr versteht mich sehr gut, denn

dumm seid Ihr gewiss nicht. Gutgläubig, vielleicht. Also, was, und vor allem wer steckt dahinter?«

Gremm überlegte fieberhaft, ob er es wagen konnte, diesen Mann zu belügen. Aber wenn der Archont fragte, so hieß das doch, dass er es nicht wusste. Also sagte er: »Die jungen Kauffahrer kamen zu mir, Menher. Sie sind unzufrieden mit der Art, wie Telius Nestur, der doch einst ihr Sprachrohr war, die Dinge handhabt, und fühlen sich durch ihn nicht gut vertreten.« Das war doch wenigstens die halbe Wahrheit.

»Und da fragen sie ausgerechnet einen Sonderling wie Euch, der sich seit Jahren nicht um die Geschäfte der Stadt gekümmert hat?« Der Archont schaute ihn durchdringend an.

Gremm hatte das Gefühl, unter diesem bohrenden Blick zu schrumpfen.

Doch plötzlich lachte der Mann. »Ich verstehe. Ein Strohmann, nichts weiter. Euer kindergesichtiger Freund Rorus Vinir weiß genau, dass niemand ihn wählen würde. Also hat er Euch eingekauft. Ich hoffe, der Preis war angemessen, Gremm.«

»Ich weiß nicht, wovon Ihr redet, Exzellenz.«

»Schon gut, Gremm. Ich war besorgt, dass Euch andere Motive oder Mächte antreiben könnten, und dass unter Eurem Gewand eine gefährliche Giftschlange in unseren Rat gelangen könnte. Doch Ihr seid nur ein Schaf, das sich von anderen Schafen leiten lässt, die gerne Wölfe wären. Euer Großvater, Gremm, der war ein Wolf! Er hätte diesen Vinir längst zerrissen. Ihr seid ein Narr, Gremm, aber vielleicht ist das gar nicht schlecht, denn Ihr wisst wenigstens, dass Ihr ein Narr seid. Vergesst das nur nicht, wenn Ihr über das Schicksal unserer Stadt mit entscheiden solltet! Und nun entschuldigt mich, ich habe wahrlich dringendere Dinge zu erledigen.«

Der Archont war durch die geheime Pforte verschwunden,

bevor Gremm ein Wort zum Abschied, geschweige denn zu seiner Verteidigung sagen konnte.

»Grämt Euch nicht, Menher Gremm«, sagte Bruder Ifid, »es heißt, er habe die Gabe, anderen Menschen die richtigen Worte zu rauben. Wollt Ihr noch etwas Tee? Ihr seht aus, als könntet Ihr ihn brauchen.«

Vil konnte die Spannung kaum aushalten, und am Tempeltag knapp zwei Wochen nach dem Einbruch saß er schon wieder im *Goldenen Kelch.* Peker war jedoch nicht dort. Auch in der nächsten und übernächsten Woche hockte Vil vergeblich dort, und er wurde allmählich von dem Verdacht zermürbt, dass man ihn betrogen hatte. Dann, am zweiten Tempeltag nach Hochwinter, als er wieder einmal sehr lange hinter dem einzigen Krug Bier saß, den er sich dort leisten konnte, setzte sich ein junger Mann zu ihm.

»Du bist Vil, oder?«

»Möglich.«

»Du bist ein Freund von Pek, oder?«

»Vielleicht.«

»Schön, dass du so vorsichtig bist, aber ich habe euch zusammen gesehen, vor einem Monat oder so, an dem Tisch da drüben. Er hat mir von dir erzählt. Ich bin Gibean, auch ein Freund von Pek.«

»Von dir hat er aber nicht erzählt.«

»Schön, du hast gerade zugegeben, dass du ihn kennst«, meinte Gibean feixend. »Dann können wir endlich zur Sache kommen. Ich soll dich nämlich zu ihm bringen.«

»Warum ist er nicht selbst hier?«

»Pek meidet den *Kelch* zurzeit, ist ihm zu unsicher.«

Vil senkte die Stimme. »Wegen der Wachen?«

»Nein, wegen der Weiber. Er hat da gerade ein bisschen Ärger. Aber jetzt komm, er wartet schon.«

Vil folgte dem jungen Mann, den er erst seit wenigen Augenblicken kannte, mit sehr gemischten Gefühlen hinaus in den eiskalten Regen, den der Nordwind über die Stadt gebracht hatte. Irgendetwas an Gibean gefiel ihm nicht, und der nagende Verdacht, dass man ihn übers Ohr hauen wollte, verwandelte sich in die Befürchtung, dass man nun vielleicht versuchte, einen unliebsamen Mitwisser loszuwerden. Diese Befürchtung wurde stärker, als sie die belebteren Straßen verließen und in der Nähe der Arena in eine dunkle Seitengasse abbogen.

Regenwasser lief Vil kalt in den Nacken, er fror, und er verfluchte seinen Leichtsinn, denn sie hatten gerade die letzte der wenigen Straßenlaternen hinter sich gelassen und standen nun unmittelbar vor der hohen schwarzen Mauer der alten Kampfstätte, dieses unheilvollen Ortes, der das Ende seines Vaters gesehen hatte. Die Raben, die hoch oben in der Mauer nisteten, krächzten Unheil kündend gegen den Regen an. Es roch nach Rauch, und da, vor ihm, gar nicht weit, leuchtete ein dünner rötlicher Lichtstreifen durch die Nacht.

»Pek? Bist du da?«, fragte Gibean.

»Klar bin ich da.«

Ein dunkler Vorhang wurde zur Seite geschlagen und enthüllte eine geräumige Nische unter einem der starken Bogen, die die Außenmauer stützten.

»Kommt rein, oder wollt ihr im Regen ertrinken?«

»Eher erfrieren«, meinte Gibean und trat ein.

»Wie ich sehe, hat man dich nicht geschnappt«, sagte Peker, als sie sich ans kleine Feuer gesetzt hatten.

»Dich ja auch nicht.«

»Man sucht aber noch. Die Wachen hören sich um, aber irgendwie sehr zurückhaltend. Eigentlich erstaunlich, wenn man bedenkt, wie viele Männer in jener Nacht hinter uns her waren.«

»Warte – vor vier Wochen? Das Lagerhaus? Das wart ihr?«, fragte Gibean.

»Klar. Hättest ihn sehen sollen, er hatte die Ruhe weg, schon fast wie ein Alter, Gabba.«

Gibean schlug Vil anerkennend auf den Rücken. »Das traut man dir gar nicht zu, Kleiner.«

Vil nickte, aber eigentlich interessierte ihn zuallererst das Geld. »Ist denn das, was wir geholt haben, inzwischen verkauft?«

»Nein, ist es nicht, aber der Boss meinte, ich soll dir deinen Anteil trotzdem schon geben. Deshalb habe ich dich hierherbestellt«, meinte Peker und warf ihm einen Lederbeutel zu.

Vil schnürte ihn mit zitternden Fingern auf und ließ die Kronen in seine Hand gleiten. Es waren Sechskronenstücke, zehn an der Zahl. Er zählte sie zweimal und konnte kaum glauben, dass er so viel Geld in den Händen hielt.

»Hast du Interesse daran, das da zu verdoppeln?«, fragte Gibean, der die Münzen mitzuzählen schien. »Ich hätte da eine Sache laufen, die sich für dich lohnen könnte.«

»Und was es auch ist, ich rate dir, die Finger davon zu lassen«, rief Peker lachend.

»Du weißt doch gar nicht, worum es geht«, meinte Gibean verdrossen.

»Vergiss es, Gabba. Vil gehört jetzt zu uns, er ist für deine kleinen Betrügereien tabu.«

»Hier geht es aber nicht um Betrug, und es könnte sich wirklich für dich lohnen, Kleiner. Eine blitzsaubere Sache. Ich kenne da einen Würfelspieler, der mich, ich meine, uns, an seinen Gewinnen beteiligen würde, wenn wir ihm und seinen Würfeln einen guten Tisch in einer der besseren Tavernen besorgen. Denk drüber nach!«

»Ich glaube, ich halte erst einmal zusammen, was ich habe«,

erwiderte Vil und stopfte die kühlen Münzen zurück in den Beutel.

»Das ist gut. Aber es wird dennoch nicht reichen, nicht für das, was du kaufen willst«, sagte eine weibliche Stimme.

Der Vorhang hatte sich einen Spalt geöffnet, jetzt wurde er weiter zurückgeschlagen, und eine schmächtige Gestalt trat ein, das Gesicht unter eine dunklen Kapuze fast ganz verborgen.

»Ah, Skari, ich habe mich schon gefragt, wo du bleibst«, begrüßte Peker sie.

Das Mädchen schlug die regenasse Kapuze zurück, und über dem schmalen Gesicht zeigten sich dichte Büschel schneeweißer Haare.

Vil öffnete den Mund, aber er brachte kein Wort heraus.

»Sei froh, dass du hier drinnen bist, sonst würde es dir ins Maul regnen«, sagte Skari und klang gereizt.

»Du ... du ... bist eine Gesegnete!«, platzte es schließlich aus Vil heraus.

»Und?«, fragte das Mädchen.

Und?, dachte Vil entgeistert. Seine Mutter hatte ihm viele Dinge verboten, und ganz oben auf der langen Liste der Menschen, mit denen sich ein Merson oder Gremm niemals abgeben durfte, noch vor den Galeerensträflingen, standen die Gesegneten. Und nun drängte sich dieses blasse Mädchen ans Feuer, sah ihn herausfordernd an, und er wusste nicht, was er sagen oder tun sollte.

»Du willst also etwas kaufen, Vil?«, sagte Gibean, und sein Blick war immer noch auf den Beutel in Vils Hand gerichtet. »Ich kann es vielleicht für dich besorgen. Was ist es denn?«

»Nichts, was du besorgen könntest, Gabba«, antwortete die Gesegnete an Vils Stelle. »Und außerdem hat er noch lange nicht genug Geld.«

»Nicht genug?«, fragte Vil und starrte auf den Schatz in seinen Fingern.

»Bei weitem nicht.«

»Das heißt, du wirst noch ein paar Dinger mit uns drehen müssen, Vil«, rief Peker, und diese Aussicht schien ihm bedeutend besser zu gefallen als Vil.

Skari setzte sich, ohne erst zu fragen, direkt neben Vil ans Feuer, der sich sehr befangen fühlte. Er hatte die dunkelsten Geschichten über die Gesegneten gehört, die man, wenn es nach seiner Mutter gegangen wäre, eigentlich die Verfluchten hätte nennen sollen, und all diese halb vergessenen Märchen von weißhaarig geborenen Hexern, die Kinder raubten, den Tod herbeiwünschen und sich in Luft auflösen konnten, kamen ihm nun wieder in den Sinn.

»Die meisten schon«, raunte Skari ihm halblaut zu.

»Was?«, fragte er verdattert.

»Sie sind wahr, jedenfalls die meisten Geschichten, die man sich über uns erzählt.«

»Kannst du etwa meine Gedanken lesen?«, fragte Vil bestürzt.

Skari grinste dünn und erwiderte: »Nein, das ist bloß das, was sich alle zuerst fragen, wenn sie einem von uns begegnen.«

»Sag mal, Gabba, hättest du nicht noch was zu erledigen?«, fragte Peker.

»Ich, nein, wieso?«

»Sicher nicht? Der Boss hatte dich doch gebeten, ein paar Dinge in Gang zu bringen. Und er hat schon nach dir gefragt.«

»Ich habe, was er will, jedenfalls beinahe. Muss nur noch mit ein oder zwei Leuten ein paar Sachen klären.«

»Dann tust du das besser jetzt«, meinte Peker.

Gibean murmelte einen Fluch, schlug den Vorhang zurück und seinen Mantelkragen hoch und stapfte dann hinaus in den strömenden Regen.

»Meine Warnung gilt noch«, meinte Peker grinsend, als Gibean verschwunden war, »lass dich bloß nicht auf Geschäfte mit Gabba ein. Sie gehen meistens schief. Aber er kennt den Himmel und die Gasse, wie man so sagt, und kann dir wirklich fast alles besorgen, was du brauchst.«

Vil nickte und rutschte eine Handbreit von Skari fort.

Eine Weile starrten sie alle drei schweigend ins Feuer, dann platzte Vil heraus: »Woher weißt du das von meiner Schwester?«

Skari lächelte dünn. »Ich wusste nicht, dass sie deine Schwester ist. Aber ich sah ein Mädchen, ein Kind noch, an einem dunklen Ort, und ich habe dich gesehen, wie du mit einem Mann darüber gesprochen hast, dass du Geld brauchst.«

»Du kannst also Dinge sehen?«

»Manchmal.«

»Sie hat mich auf dich aufmerksam gemacht«, erklärte Peker.

»Aber wie konntest du Pek sagen, dass ich zu diesem Geldverleiher gehe? Ich wusste es eine halbe Stunde zuvor doch selbst noch nicht.«

Skari zuckte mit den Schultern. »Ich sah dich eben. Es war nicht das erste Mal, und das heißt, es ist bedeutend. Vielleicht für alle, vielleicht nur für mich.«

Vil betrachtete sie mit einem Seitenblick. Sie war ihm unheimlich. »Wo hast du mich denn noch gesehen?«

»Zum ersten Mal in der Nekropole. Doch das war keine Vision. Du kamst aus den unteren Gängen, bist an uns vorübergestürmt.«

Vil erinnerte sich nur zu gut an die Nekropole, die Gesegneten, auch das Mädchen, das er aber nur von hinten gesehen hatte, als er Hals über Kopf geflohen war. »Ich war in Eile«, murmelte er. Dann fiel ihm noch etwas ein: »Augenblick – du hast mich beobachtet, an der Schmiede!«

»Vielleicht«, lautete die Antwort, die von einem rätselhaften Lächeln begleitet wurde.

Vil war sich sicher, dass sie es gewesen war. Wenn sie nicht die Kapuze getragen hätte, dann wäre ihm natürlich damals schon aufgefallen, dass sie eine Gesegnete war. Und jetzt saß sie neben ihm und duftete nach Herbstlaub.

»Mich würde ja jetzt schon interessieren, was mit diesem Mädchen ist«, warf Peker ein.

Vil starrte in die Flammen. Skari hatte gesagt, dass das Geld nicht reichen würde. Vielleicht wusste sie mehr. Bestimmt sogar. Sie und Pek, sie kannten sich aus in diesem merkwürdigen Viertel, er hatte hingegen keine Ahnung.

»Sie ist meine Schwester«, begann er, und dann erzählte er von seiner Flucht, und das er Tiuri zurückgelassen hatte, weil er doch geglaubt hatte, sie schnell dort herausholen zu können. Ihm kam eine Idee: »Sag, Skari, du warst doch dort unten. Weißt du vielleicht einen Weg durch die alten Stollen?«

»Nein, Vil, wir gehen nicht so tief unter die Erde. Dort leben die Menschenfresser. Sie mögen keine Fremden, nicht, wenn die noch leben.«

»Du warst also in der Halde und bist entkommen. Eine reife Leistung. Habe noch nie gehört, dass das einer geschafft hätte. Bei wem hast du deine Schwester gelassen?«, fragte Peker.

»In der Halde nennt man ihn den Eisenkönig.«

»Semer Geffai? Das ist übel.«

»Ich weiß, und deshalb hoffe ich, dass ich Tiuri irgendwie freikaufen kann.«

»Wenn sie so jung ist, wie du sagst, wirst du eher sechshundert als sechzig Kronen brauchen. Und damit hast du die Wachen noch nicht bestochen, was auch nicht billig werden dürfte.« Peker sah ihn nachdenklich an. »Ich habe das Gefühl, dass hier noch ein paar andere Dinge von Bedeutung sind, die du uns aber nicht sagen willst. Aber das ist in Ordnung. Wir haben alle so unsere kleinen Geheimnisse.« Er zeigte wieder sein schiefes Grinsen, knuffte Vil in die Seite und sagte: »Ich dachte mir schon, dass mehr in dir steckt, als man auf den ersten Blick sieht.«

»Sechshundert Kronen?«, fragte Vil, dem nicht nach Scherzen zumute war.

»Tja, du wirst noch das eine oder andere Ding für uns drehen müssen, Vil, und leider werden längst nicht alle so viel einbringen wie die Geschichte im Lagerhaus.«

»Weißt du denn inzwischen, was in den Schatullen war?«

»Nein, aber ich glaube, das ist auch besser so. Der Boss sagte, es sei schwieriger als gedacht, sie loszuschlagen. Aber das kann dir doch egal sein – du hast dein Geld.«

Vil nickte – nur leider war es lange nicht genug.

»Jedenfalls hast du Mut, Vil, und du bist noch recht schmächtig für dein Alter, das ist ein Vorteil, den ich nutzen will, solange er anhält. Vielleicht wäre es besser, du würdest in der Schmiede aufhören, bevor du noch zu groß und stark für unsere Zwecke wirst.«

Aber das wollte Vil nicht, denn er hatte nicht vor, für alle Zukunft ein Dieb zu bleiben. Er würde gerade so viel erwerben, dass es reichte, um seine Schwester freizukaufen, aber dann würde er dieses unehrliche Leben nicht weiterführen. Nein, er würde vorerst bei Meister Turro in der Schmiede bleiben, auch wenn er nicht genau wusste, warum.

Ein Schmied wollte er schließlich auch nicht werden. Vermutlich würden sie ohnehin die Stadt verlassen müssen, sobald er Tiuri befreit hatte. Doch auch das war ein sehr vager Plan, und er hatte nicht vergessen, was er seiner Mutter versprochen hatte: das Unrecht zu rächen, das ihnen angetan worden war. Das aber konnte er nicht, wenn er in der Fremde war. *Ich bringe*

Tiri in Sicherheit, dann kehre ich zurück und tue, was getan werden muss, dachte er.

In der Woche darauf bekam er eine nächste Gelegenheit, sich als Dieb zu bewähren. Es war späte Nacht, als sie ihr Ziel, ein Haus auf der Ritterseite – vermutlich gehörte es einem reichen Kaufmann oder Minenbesitzer –, erreicht hatten. Es war in Dunkelheit getaucht, kein Lichtschimmer war zu sehen.

»Und wenn die nur schlafen?«, fragte Vil nervös.

»Skari hat gesagt, dass es heute Abend verlassen sein wird. Irgendein wichtiger Gesandter des Seebundes ist in der Stadt, und es gibt ein Fest, an dem sie teilnehmen müssen.«

»Wer?«

»Die Leute, die da wohnen, aber frage mich nicht, wer die sind.«

»Ist sie sich denn da sicher? Ich meine, Skaris Visionen, kann man sich wirklich darauf verlassen?«

»Das hat sie nicht in einer Vision gesehen, Vil, sie hat sich umgehört. Sie streift für uns durch die Stadt, hält die Hand auf und bringt das eine oder andere in Erfahrung.«

»Du meinst, sie bettelt?«

Peker grinste breit. »Tu nicht so vornehm. Diese Tätigkeit ist doch mindestens so ehrenvoll wie das, was wir hier treiben, oder?«

Sie schlichen hinüber zu dem Haus, das eingezwängt zwischen anderen ebenso stattlichen Häusern ruhig in der Gasse lag.

»Und wenn doch jemand da drin ist?«

»Laufen wir. Lass dich bloß nicht auf einen Kampf ein, so etwas tun wir nicht. Kein Blut, das ist unser Wappenspruch. Der Boss könnte sonst sehr ungehalten werden.«

»Lerne ich diesen Boss auch irgendwann mal kennen?«

»Dreh erst einmal noch ein paar Dinger und fang am besten gleich mit dem hier an.«

Sie drückten sich in den Schatten des Türsturzes, und Peker hantierte mit seinen Dietrichen.

Vil hörte es leise knarren und quietschen. Dann sprang das Schloss auf. »Ich werde dir irgendwann mal zeigen, wie man das macht, damit du vom Meister lernst«, raunte Peker und klang sehr zufrieden mit sich.

Sie schlichen durch einen langen Flur und dann in die gute Stube. Ein Licht flammte auf. Peker schirmte es mit der Hand ab. »Dort, die silbernen Becher. In den Sack damit. Und dann such nach dem Rest von dem Silbergeschirr.«

Leise stopfte Vil die genannten Becher in den Sack, den sie mit lockerem Stroh gefüllt hatten. Peker öffnete einen Schrank, dann einen zweiten, der laut in den Angeln knarrte.

»Leise doch«, raunte Vil.

»Memme, ist doch kein Mensch zu Hause.«

Ein Geräusch ließ ihn innehalten. Es war das Geräusch von Krallen, die über den Steinboden kratzten.

»Eine Katze?«, flüsterte Peker.

Sie lauschten. Das Geräusch kam näher.

»Zu groß«, sagte Vil.

Ein heiseres Knurren ertönte aus dem Flur.

»Ein verdammter Köter«, fluchte Peker.

Der Hund schritt durch die Tür. Er war riesig, und das Licht ihrer kleinen Kerze spiegelte sich in großen gelben Augen. Er fletschte die Zähne, und dann bellte er, laut und kräftig. Vil kannte die Rasse, ein Bärenhund, gezüchtet für die Hatz auf große und vor allem gefährliche Tiere.

»Verdammter Mist«, fluchte Peker wieder.

»Da, durch die Tür da.«

»Und wenn das eine Sackgasse ist?«

»Nein, das muss die Küche sein«, flüsterte Vil.

Sie zogen sich zurück. Das Knurren des Hundes wurde lauter. Er duckte sich zum Sprung.

»Lauf!«, rief Peker und lief selbst.

Vil ließ den großen Hund nicht aus den Augen.

Der setzte endlich zum Angriff an, rannte, sprang, und zwei Reihen beeindruckend großer Zähne öffneten sich, um zuzupacken.

Vil blieb stehen und schlug in einer unwillkürlichen Bewegung mit dem schweren Sack nach dem Tier. Er erwischte es am Kopf, aber es war so sehr im Schwung, dass es jaulend weiterflog, ihm gegen die Hüfte prallte und ihn von den Beinen holte.

Mühsam rappelte sich Vil auf, die Beute fest umklammert, aber der Hund schnappte danach, verbiss sich in den Sack und schien nicht gewillt, ihn wieder loszulassen.

»Lass den Krempel hier und komm endlich«, rief Peker von der Küchentür.

Aber Vil dachte nicht daran, diese kostbare Beute aufzugeben, er konnte es einfach nicht. Er zog sein Messer aus dem Gürtel und rammte es dem Hund in den Nacken. Mit einem kläglichen Jaulen brach das Tier zusammen.

Keuchend stand Vil über den sterbenden Hund gebeugt. »Tut mir leid, mein Freund«, sagte er leise.

»Komm endlich!«, zischte Peker.

Sie rannten durch die Küche, wieder in den Flur und dann zur Haustür. Peker spähte hinaus. »Warte, Wachen«, sagte er und hielt die schwere Pforte geschlossen.

Hinter ihnen aus der Stube klang das Wimmern des sterbenden Hundes. Vil hielt es nicht aus. Er lief hinüber und versetzte dem Tier den Gnadenstoß.

Sie sprachen nicht viel miteinander, als sie sich durch Seitenstraßen wieder hinüber zum Katzenviertel bewegten. Irgendwann aber sagte Vil: »Ich hoffe, diese Kein-Blut-Regel bezieht nicht auch Wachhunde mit ein.«

»Nein, glaube nicht. Aber wenn ich das nächste Mal sage, lass los, dann lässt du los.«

»Aber wir haben die Beute.«

»Das war Glück, nichts anderes. Wenn sich dieses Vieh in dich verbissen hätte, dürftest du dich jetzt wahrscheinlich mit ein paar Wachen unterhalten, wenn es dir nicht gleich deinen Sturkopf abgerissen hätte. Wir Diebe brauchen Glück – und heile Knochen. Und das riskieren wir nicht für ein paar Silberteller.«

»Es tut mir leid«, murmelte Vil, der plötzlich befürchtete, dass Peker ihn in Zukunft nicht mehr mitnehmen würde.

Der schlug ihm plötzlich anerkennend auf die Schulter. »Mann, das war wieder gut gemacht. Hätte mich nicht getraut, mich mit so einer Bestie anzulegen.«

»Man nimmt sie normalerweise für die Bärenhatz, nicht als Wachhunde. Darum hat er auch nicht die ganze Nachbarschaft zusammengebellt.«

»Was du alles weißt, Vil«, sagte Peker gedehnt und bedachte Vil mit einem nachdenklichen Blick.

Am nächsten Tag spazierte Peker in die Schmiede und verlangte, Vil zu sprechen.

»Was willst du denn hier?«, fragte Vil und zog Peker in eine Ecke, wo die Gesellen, die sie misstrauisch beäugten, sie nicht sehen und vor allem nicht hören konnten.

»Hier arbeitest du also. Sieht für mich nach elender Schufterei aus.«

»Ist es auch, aber es ist auch gute, ehrliche Arbeit.«

»Also nichts für mich. Aber keine Angst, ich habe deinem Meister erzählt, ich sei Geselle bei dem Schneider, für den du manchmal abends Kleider zu vornehmen Herrschaften bringst. Das ist doch deine Geschichte, oder?«

»Und bist du nur hergekommen, um mich in Schwierigkeiten zu bringen?«

»Nein, verzeih, es ist tatsächlich wichtig. Ich habe über das nachgedacht, was du neulich über deine Schwester gesagt hast, und mir ist da etwas eingefallen. Nun schau mich nicht so erwartungsvoll an, es ist nicht gesagt, dass das, was ich vorschlage, wirklich hilft.«

»Was ist es?«, stieß Vil ungeduldig hervor.

»Ich kenne einen Wächter, der da unten in der Halde Dienst tut, das heißt, eigentlich kennt ihn Gabba. Ich glaube, sie haben ein paar unsaubere Geschäfte zusammen gemacht, bevor dieser Mann zur Stadtwache ging.«

»Ein Wächter?«

»Nun, Skari hat vermutlich recht, wenn sie sagt, dass du eine Elfjährige nicht für unter sechshundert Kronen freikaufen kannst, aber vielleicht kann dieser Wächter sie für uns … stehlen. Noch einmal, es ist nicht gesagt, dass das klappt, es ist ja noch nicht einmal gesagt, dass der Mann sich auf so einen Handel einlässt, und wenn, dann wird es nicht billig. Aber wir können Gabba fragen. Wie ich ihn kenne, hat er irgendetwas gegen den Mann in der Hand.«

»Das war also ein Geselle des Schneiders, für den du manchmal arbeitest?«, fragte Meister Turro, als Peker gegangen war.

Vil nickte.

»Hatte er schlechte Nachrichten? Du siehst nicht gut aus, mein Junge.«

»Nein, alles in Ordnung, Meister.«

»So? Meinetwegen. Aber wenn du meine Meinung hören willst – dieser Schneidergeselle ist kein Umgang für dich. Irgendetwas in seinem Gesicht oder seiner Haltung sagt mir, dass er es mit der Ehrlichkeit nicht so genau nimmt. Also nimm dich in Acht, Vil!«

»Ja, Meister«, antwortete Vil, dem das Blut in den Ohren pochte. Endlich, endlich hatte er einen Weg gefunden, seine Schwester zu retten.

Seine Euphorie währte jedoch nicht sehr lange, denn Gibean verlangte, als sie sich am nächsten Abend im *Goldenen Kelch* trafen, zwanzig Kronen, allein um den Mann zu fragen, und weitere achtzig, um ihn zu bestechen.

Vil hatte jedoch keine hundert Kronen und wäre Gibean fast an die Gurgel gegangen, doch Peker ging rechtzeitig dazwischen, flüsterte Gibean ein paar Sätze ins Ohr und handelte ihn schließlich auf sechzig Kronen herunter. »Aber dafür schuldest du mir was«, meinte er düster und verlangte auch die Hälfte im Voraus.

»Komm schon, das ist nicht mehr als recht und billig«, meinte Peker, als Vil zögerte, sich darauf einzulassen.

Eine Woche darauf hieß es schließlich, der Mann sei bereit, sich mit Vil zu treffen.

»Und wenn das eine Falle ist?«, meinte Vil, plötzlich wieder völlig verunsichert. »Ich meine, der Mann kennt mich schließlich.«

»Es ist keine Falle«, sagte Skari, die nur selten zu ihren Treffen erschien, an diesem Abend aber wieder neben Vil am Feuer in der Nische unter dem großen Stützbogen der Arenamauer saß. Vil hatte Peker einmal gefragt, ob er hier wohne, aber der hatte gelacht und behauptet, das sei nur sein Laden für alles Geschäftliche, aber er verriet Vil nicht, wo er stattdessen hauste.

»Hast du es gesehen?«

»Ich habe etwas gesehen, ja, aber es ist undeutlich. Ihr werdet Euch in einem leerstehenden Haus verabreden, und ich sah dich herauskommen.«

»Das mit dem leerstehenden Haus stimmt«, sagte Gibean ehrfürchtig.

»Und wann?«, fragte Vil.

»Morgen Abend.«

Peker bot an, Vil zu begleiten, und Gibean brachte den Wachmann zum vereinbarten Ort, einer Ruine am Rande des Katzenviertels. Das Treffen fand im Dunkeln statt, was Vil nur recht war, denn es war ihm lieber, der Mann erkannte ihn nicht gleich.

»Ihr bringt mich in Schwierigkeiten, große Schwierigkeiten«, wand sich der Wächter.

»In die hast du dich selbst gebracht, mein Freund«, meinte Gabba gleichgültig.

»Schön. Aber danach ist die Sache vergessen?«

»Klar.«

Vil wusste nicht, von welcher Sache die Rede war, aber es war ihm auch gleich. Er wollte nur wissen, wann er seine Schwester endlich wiedersehen würde.

»In drei Nächten, am Tempeltag, denn das Triefauge, unser Hauptmann, verbringt diese Tage und Nächte neuerdings außerhalb. Wie es heißt, hat er ein Weib gefunden. Jedenfalls ist das die einzige Möglichkeit, denn die anderen werden nichts dagegen haben, dass ich ihre Wache übernehme. Doch wie kann ich das Mädchen dazu bringen, mir zu vertrauen? Ich kann schlecht in die Hütte des Eisenkönigs einbrechen, aber die Wände sind dünn, und so kann ich sie vielleicht rufen, ohne dass es Geffai bemerkt.«

»Bringt ihr einfach Grüße von Vil und nennt sie Tiri, dann weiß sie, dass sie Euch folgen kann.«

»Und damit ist diese unselige Sache zwischen uns wirklich endgültig aus der Welt, Gabba?«

»Klar, du hast mein Wort.«

Bis zum Tempeltag konnte Vil kaum schlafen, und Meister Turro sah ihn mehr als einmal sehr besorgt an und fragte, ob denn wirklich alles in Ordnung sei. Vil überlegte, ob er dem Mann sagen sollte, dass er seine Schwester so gut wie befreit hatte, doch er entschied sich dagegen. Er wollte es nicht beschreien, auch hätte er nur schwer erklären können, wie er dieses Wunder bewerkstelligen wollte. Also schwieg er und platzte doch fast vor Anspannung.

Der Tempeltag kam, und die Stunden schienen zu kriechen. Er war viel zu früh in Pekers »Laden« und wusste doch nichts mit sich anzufangen.

»Nur die Ruhe, Vil. Er wird auf keinen Fall vor Mitternacht dort sein, eher gegen Morgen, denke ich«, meinte Peker.

Natürlich hatte er recht, aber Vil hielt es nicht länger aus. »Du findest mich in diesem Haus, Peker«, rief er und war schon draußen, bevor er eine Antwort hatte.

Die Hausruine lag verlassen und still. Ein kalter Nordwind pfiff durch die leeren Fensterhöhlen, und später gesellte sich noch ein unangenehmer Regen hinzu, der durch das schadhafte Dach sickerte.

Peker erschien gegen Mitternacht, und er brachte etwas zu essen mit, aber Vil hatte keinen Appetit. Die Stunden schienen immer langsamer zu verrinnen. Irgendwann erschien eine schwarze Katze, die Peker mit dem Essen fütterte, das Vil verschmäht hatte.

Die verabredete Stunde kam, aber der Wächter tauchte nicht auf.

Sie warteten. Die Nacht verstrich, sie warteten, bis der nächste Wintertag trüb und grau anbrach – aber der Wächter ließ sich nicht blicken, und niemand brachte Tiuri zu ihrem Bruder.

Gremm stand auf der alten Schanze unweit des Obermarktes und starrte auf das Meer hinaus. Es herrschte reges Treiben: Galeeren und Galeassen, hochbordige Südmeerfahrer und plumpe Frachter steuerten den Hafen an oder verließen ihn.

Früher hatte diese Geschäftigkeit Gremm immer beruhigt, doch an diesem Tag war es, als würden diese Schiffe auf einem fremden Meer einen fremden Hafen ansteuern, einen Ort, der ihn nichts anging. Es berührte ihn einfach nicht, und sein Blick wanderte unstet über den großen Hafen, hinaus zur alten Festung, die ihn schützte, und weiter hinaus aufs graue Meer. *Ein Meer voller Sorgen,* dachte er. Er fand die Ruhe trügerisch. Irgendwo da draußen unter der glatten Oberfläche türmte sie sich gewiss schon auf, die Welle, die unweigerlich auf ihn zurasen und über ihm zusammenschlagen würde, kalt und hart, so wie das plötzliche Misstrauen, das ihm entgegengeschlagen war, am Vortag, dem ersten Kaisertag des Winters, an dem er in der Versammlung keine glückliche Figur gemacht hatte.

Telius Nestur hatte mit feinen Spitzen die Versammlung darauf hingewiesen, dass Gremm neuerdings Umgang mit einem Händler aus Frialis pflegte, einem Berater des Gesandten, der seit einigen Wochen die Stadt mit seinem Besuch beehrte. »Zwar sind wir mit dem Seebund durchaus freundschaftlich verbunden, doch beruht diese Freundschaft eher auf Respekt als auf Vertrauen. Warum geht Ihr also mit einem Fremden vertraulicher um als mit den Kauffahrern Eurer eigenen Stadt, Menher Gremm?«

»Und warum speist Ihr fast jeden Tag mit diesem fetten Gesandten?«, hätte Gremm ihm entgegenschleudern sollen, aber diese Worte waren ihm erst eingefallen, als es zu spät war.

Und Nestur säte weiter Zweifel an Gremms Heimatliebe, sei er doch ein Kauffahrer, der sehr oft das Goldene Meer befahren und sogar seine Frau da gewählt habe.

Gremms Anhänger verbreiteten später, er habe sich nur deshalb nicht verteidigt, weil es unter seiner Würde sei, auf diesen Unsinn einzugehen.

Viel werden sie damit nicht erreicht haben, dachte Gremm, während er über die See blickte. Es waren noch zweieinhalb Monate bis zu dieser vermaledeiten Wahl. Er wünschte, er hätte es hinter sich. Und er wünschte, sein Schwager würde die Stadt endlich wieder verlassen. Zweimal war Merson noch zu ihm gekommen, hatte ihn ausgefragt über die genauen Umstände des Minenunglücks und über die Halde.

Leider hatte Gremm niemanden, mit dem er über diese Angelegenheit reden konnte, denn Sester Elgos hatte die Stadt ziemlich überstürzt verlassen und ihm nur über einen Boten die dürre Nachricht übermittelt, dass er für einige Wochen auf dem Festland zu tun habe.

Gremm vermisste den Gefährten aus alten Zeiten eigentlich nicht, weil er auch die alten Zeiten nicht vermisste, aber in seinem Schreiben hatte Elgos kein Wort über Rohana verloren, obwohl er doch angekündigt hatte, etwas zu unternehmen, und er fragte sich, was das zu bedeuten hatte. Schließlich hatte er seiner Frau von seinen Nöten erzählt, doch die konnte auch nicht mehr tun, als ihm Mut zuzusprechen.

»Ah, hier finde ich Euch, Menher Gremm.«

Gremm drehte sich um. *Der hat mir gerade noch gefehlt,* dachte er, als er Leutnant Lizet wiedererkannte. Er begrüßte ihn dennoch betont freundlich in der Hoffnung, es handele sich um eine zufällige Begegnung.

Diese Hoffnung zerstob, als Lizet sagte: »Ich habe Euch gesucht, und Eure Köchin meinte, dass Ihr zuweilen hier zu finden wäret. Ich bedaure, dass ich Euch aus traurigem Anlass sprechen muss, Menher Gremm.«

»Traurig?«

»Eure Schwester, Menher, ich muss Euch mitteilen, dass sie leider verstorben ist.«

»Rohana? Meine …« Gremm fühlte sich, als habe ihm jemand einen Schlag in die Magengrube versetzt. Er fühlte seine Beine schwach werden, schwankte, hielt sich an der Mauer fest.

»Dort ist eine Bank, Menher. Ihr solltet Euch setzen.«

Gremm ließ sich von dem Leutnant helfen und sank ächzend auf die kalte, steinerne Bank.

»Rohana, aber wie? Was ist denn geschehen? Und die Kinder, was ist mit den Kindern?«

»Auch hier habe ich leider keine guten Nachrichten für Euch, Menher. Sie sind ebenfalls nicht mehr am Leben.«

Gremm presste die Hand an den Mund, um nicht entsetzt zu schreien. Das taube Gefühl, das er gerade noch in seinen Gedanken beklagt hatte, das Gefühl, dass ihn nichts mehr erreichen konnte, wie sehr wünschte er es sich jetzt zurück. »Die Kinder. Aber wie ist das möglich?«

Der Leutnant schien ihn besorgt zu mustern, aber Gremm war sich nicht sicher, ob Anteilnahme in seinem Blick lag oder doch nur bloße Neugier, wie er die schlechten Nachrichten aufnahm.

»Es ist eine schwierige Sache, Menher, denn in der Halde wird über solche Dinge nicht Buch geführt. Die Namen werden bei Eintritt in die Halde zwar in ein Buch eingetragen, doch dann sofort ausgestrichen, um zu zeigen, dass die Verurteilten nun von der Stadt vergessen sind. Es folgt dann nur noch ein einziges Zeichen, ein Kreis für den Tod oder ein X, falls einer der jungen Männer auf die Galeeren geht.

Hinter den Namen Eurer Verwandten fand ich leider nur Kreise, ohne nähere Erläuterung. Ich kann Euch aber ungefähre Auskunft geben, denn ich habe mit den Wächtern gesprochen. Wie es scheint, ist Eure Schwester einem Unfall erlegen, wie er in der Halde gelegentlich vorkommt. Sie wurde wohl von einem herabfallenden Balken erschlagen. Ihr jüngster Sohn, Faras mit Namen, ist, wie man mir sagte, kurz vorher einem Fieber erlegen. Diese beiden Ereignisse liegen bereits einige Wochen zurück, doch konnte mir niemand ein genaues Datum nennen.«

»Der Kleine, ja, er war kränklich, ich erinnere mich«, stammelte Gremm.

»Nach dem Tod ihrer Mutter haben die beiden anderen Kinder wohl versucht, der Halde zu entfliehen, aber sie sind dabei in einen alten Schacht gestürzt.«

»Was für ein Schacht?«

»Die Halde war früher Teil eines Stollensystems, wusstet Ihr das nicht?«

»So sind sie alle tot?«

»Zu meinem Bedauern, ja, Menher.«

Gremm fühlte eine tiefe Leere. »Ich danke Euch, Leutnant, dass Ihr mir diese Nachricht persönlich überbracht habt. Entschuldigt, ich werde nun nach Hause gehen und meiner Frau die traurigen Neuigkeiten überbringen. Es wird schwer für sie, da sie selbst immer noch leidend ist, aber ich will es ihr schonend beibringen, bevor sie es von der Köchin hört.«

Livus Lizet sah dem kleinen Mann nach, der auf unsicheren Beinen und gebeugt von Kummer davonlief. Gremm tat ihm wirklich leid.

»Wie ist es gelaufen?«, fragte Melid, der Scholar, der ihn neuerdings auf Weisung höherer Stelle unbedingt begleiten musste.

»Er war ehrlich schockiert. Nein, er hatte keine Ahnung, dass seine Schwester tot ist.«

»Ich sagte ja, diese Sache muss nichts mit Rohana Merson zu tun haben.«

»Leider kann ich nicht erkennen, Bruder Melid, aus welchem Grund sonst jemand hinab in die Halde steigen, drei Wächter töten und das Buch der Vergessenen lesen sollte. Ich glaube nicht, dass irgendwelche anderen Namen von Bedeutung darin stehen.«

Der Scholar schien in seiner weißen Robe zu frieren. Er rieb sich die nackten Arme und sagte leise: »Mich beschäftigt eher, wie es diesem Unbekannten gelang, drei Wächter zu überwältigen, ohne dass die anderen es merkten. Und er hat sich noch die Zeit genommen, einen von ihnen zu foltern. Ihr habt es gesehen, Lizet, er hat den Mann fast in Streifen geschnitten! Was aber wollte er von diesem Wächter wissen? Und warum hat der nicht Himmel und Hölle zusammengeschrien? Und wie konnte der Übeltäter unbemerkt eindringen und entkommen?«

»Ihr vermutet, dass eine ganz bestimmte Art von Zauberei im Spiel war?«

»Ihr nicht auch? Wer sonst außer einem Schatten könnte solche Taten vollbringen?«

Lizet zuckte mit den Achseln, obwohl genau das auch sein Verdacht war. Zauberei also, das war schlimm genug, aber wenn wirklich ein *Schatten* in Xelidor war, dann war das mehr als nur übel.

Doch wenn man wissen wollte, ob Rohana Gremm und ihre Kinder noch lebten, warum bestach man nicht einfach einen der Wächter? Warum musste man gleich drei von ihnen töten? Das Buch der Vergessenen war nicht gestohlen worden, aber es hatte nicht auf seinem Platz gelegen, das behauptete jedenfalls dieser triefäugige Hauptmann. Also hatte es der Eindringling gelesen. Ging es um Rohana Merson? Aber wer, wenn nicht Esrahil Gremm, könnte wissen wollen, ob sie noch lebte? Lizet hatte das Gefühl, etwas zu übersehen, aber er beschloss, der Sache später weiter nachzugehen, wenn Bruder Melid seine Gedankengänge nicht länger störte.

»Es ist sicher hart, die Nachricht von gleich vier tragischen Todesfällen, die eigentlich Wochen auseinander liegen, auf einmal zu erhalten«, sagte er, um das Thema zu wechseln.

»Es ist vielleicht weniger schlimm, als vier solche Schicksalsschläge nacheinander verkraften zu müssen«, entgegnete der Scholar.

»Auf jeden Fall hat es Gremm schwer getroffen. Er hat all seine lebenden Verwandten verloren. Jetzt bleibt ihm wohl nur noch seine Frau.«

»Seine Frau?«, fragte Melid stirnrunzelnd.

»Ja, und die scheint auch leidend zu sein.«

»Aber … Leutnant Lizet, Gremms Frau ist doch schon seit Jahren tot!«

Vil hatte einen unruhigen Tag in der Schmiede verbracht. Er hatte es kaum geschafft, sich auf seine Arbeit zu konzentrieren, und war von Meister Turro gleich zweimal milde gemaßregelt worden. Jetzt saß er bei Peker und wartete ungeduldig auf Nachricht von Gibean.

Der kam bald ins Versteck gestürmt. »Er ist tot, verdammt noch mal, der Wächter ist tot! Sagt bloß, ihr habt es noch nicht gehört? Das ganze Viertel spricht doch über nichts anderes!«

»Ich war den ganzen Tag hier. Was ist denn passiert?«, fragte Peker.

»Irgendjemand ist gestern Nacht in die Halde eingedrungen, hat ein halbes Dutzend Wächter umgebracht und ist wieder verschwunden. Mein alter Freund konnte nicht zum Treffen kommen, einfach weil er tot war.«

Als Vil begriff, was das bedeutete, tat sich vor ihm ein Abgrund der Leere auf. Er war so nah daran gewesen, und nun das! Er hörte kaum zu, als seine neuen Freunde sich in wilden Vermutungen ergingen, wer das getan haben könnte.

»Vielleicht hat irgendeiner die Galeere überlebt und ist zurückgekehrt, um sich zu rächen«, meinte Gibean.

»Ist denn jemand befreit worden?«, fragte Vil düster.

»Nein, nicht dass ich wüsste«, erwiderte Gibean. »Die Tore sollen verschlossen gewesen sein, als man die Toten fand.«

»Dann war es keiner aus der Halde«, stellte Vil fest. Er jedenfalls hätte die Tore weit aufgerissen und alle hinausgelassen. Eine Weile saß er wie betäubt, dann riss er sich zusammen und stand auf. »Ich nehme an, die Kronen sind ebenfalls verloren?«, fragte er grimmig.

Gibean zuckte bedauernd mit den Achseln.

»Dann eben von vorn«, verkündete er entschlossen. »Wenn du wieder etwas hast, Pek, du kannst auf mich zählen.«

»Geht klar. Wo willst du hin, Vil?«

»Ich brauche frische Luft«, erklärte er und verließ das Versteck. Schneidend kalte Luft, wie er sie so spät im Winter selten erlebt hatte, zog durch die Gassen, und ein paar Raben, die auf dem Pflaster um die Überreste einer toten Ratte stritten, begrüßten ihn mit heiserem Krächzen. Er stapfte missmutig durch die Straßen, taub für die Lockrufe der Huren und Türsteher. Seine Entschlossenheit war nur gespielt, er hatte keine Ahnung, was er jetzt machen sollte.

Sechshundert Kronen, hatten sie gesagt, so viel würde er brauchen, um seine Schwester freizukaufen. Wie sollte er so viel Geld nur zusammenbekommen? Diese Diebstähle waren zwar viel einträglicher als die Arbeit in der Schmiede, aber mehr als zehn oder zwölf Kronen waren an einem Abend nicht zu verdienen.

Er entdeckte den Laden des Geldverleihers wieder, vor dem Pek ihn angesprochen hatte. Durch die dicken gelben Butzenscheiben konnte er sehen, dass drinnen Licht brannte. Seine Hand wanderte zum Messer. Niemand würde einen Wucherer vermissen. Der Mann da drin hatte nicht sehr kräftig ausgesehen. Er konnte all das Geld zusammenbringen, das er brauchte, auf einen Schlag. Er fühlte plötzlich eine Berührung am Bein, blickte nach unten und sah einer der vielen Katzen dieses Viertels um seine Beine streichen. »Ich hab nichts«, stieß er hervor und schob das Tier mit dem Fuß fort.

Aber es kehrte zurück, schmiegte sich an ihn und maunzte klagend.

Vil starrte die Katze feindselig an, dann schüttelte er den Kopf. »Na, dann komm, lass mich sehen, ob ich uns beiden nicht was zu trinken besorgen kann.«

Bis zu diesem Tag hatte er Alkohol möglichst gemieden. Er trank zwar hin und wieder ein Bier mit Peker, aber nie mehr als eines, ganz gleich, wie sehr die Mädchen im *Goldenen Kelch* ihm schöne Augen machten. Doch er ging nicht in den *Goldenen Kelch,* er wählte irgendeine Taverne, und in der gab es keine Mädchen und keine Würfelbecher, nur Bier – und ein Schälchen Milch für seine Katze, die jedoch, kaum war die Schale geleert, weiterzog und ihn mit seinem Kummer allein ließ. Er trank und hörte irgendwann auf, die Becher zu zählen.

»Ich glaube nicht, dass das eine gute Idee ist«, sagte eine vertraute Stimme.

»Skari, was machst du denn hier?«, brachte er schwerfällig hervor.

»Ich bin hier, um dich nach Hause zu bringen.«

»Dass die dich hier überhaupt reingelassen haben. Ich meine, du bist eine Bettlerin, noch dazu eine Gesegnete oder Verfluchte, wie meine Mutter immer gesagt hat.«

Er meinte ein dünnes Lächeln bei dem Mädchen zu sehen. »Niemand weist einen Gesegneten von seiner Schwelle, dafür haben sie viel zu viel Angst vor mir.«

»Meine Mutter ist tot, wusstest du das?«

»Du hast es mir erzählt.«

»Wirklich? Ich rede mit dir über meine Mutter? Sie würde das nicht gutheißen.«

»Kann sein. Doch jetzt komm, lass uns gehen, bevor sie dich rauswerfen. Vor dir haben sie nämlich keine Angst.«

»Sollten sie aber. Ich habe ein Messer. Und ich bin ein Merson und ein Gremm. Weißt du, was das bedeutet?«

»Dass du leiser reden solltest, Vil. Jetzt komm.«

Er spürte, wie sie an seinem Arm zerrte, aber da war noch etwas abgestandenes Bier in seinem Krug. »Das bedeutet, dass ich zu den Herren der Stadt zähle, ein Prinz, verflucht. Seit ich sechzehn bin. Ich darf ein Schwert tragen, und ich darf in der Versammlung sprechen. Und ihr? Ihr seid für uns doch nur Abschaum.«

»Soso, jetzt komm, bevor der Abschaum die Geduld verliert.«

Widerstrebend löste sich Vil von der Bank. Irgendjemand verlangte Geld von ihm, was er mehrfach eine Unverschämtheit nannte, und dann griff ihm ein anderer Jemand, vielleicht Skari, in die Tasche, und zog seine letzten Kronen heraus. »Jetzt komm, Prinz der Stadt, bevor wir Ärger kriegen.«

Sie schob ihn hinaus auf die Straße. »Soll ich dich in die Schmiede bringen?«

Vil blinzelte. Der schneidende Wind wirkte ernüchternd, allerdings nicht sehr. »Nein, Meister Turro würde es nicht gefallen, mich mit einer wie dir zu sehen.«

»Dann sollte ich dich wohl am besten auf der Straße liegen lassen, Vil!«

»Ja, wär wohl das Beste. Irgend'ne Ecke. Die Gasse ist gut genug für 'ne Ratte wie mich. Hab sie im Stich gelassen, weißt du?«

Er hörte sie seufzen. »Hast du nicht, Vil. Reiß dich zusammen. Morgen findest du einen anderen Weg.«

»Meinst du?«

»Bestimmt. Jetzt komm, ich bringe dich ins Trockene.«

Seltsamerweise drehte sich die Straße unter seinen Füßen, und sosehr er versuchte, dagegen anzukämpfen, es hörte nicht auf, aber irgendjemand verhinderte, dass er einfach umfiel.

»Skari, bist du das?«

»Oh, Mann, Vil! Wer denn sonst?«

Er hing schwer auf ihrer Schulter, das war ihm bewusst, aber er konnte es nicht ändern. Er roch sie, ihre nassen Wollsachen, darunter ihre Haut, die irgendwie nach frisch gefallenem Herbstlaub roch. »Regnet es?« fragte er, weil ihm Wasser in die Augen lief.

Skari lachte und zerrte ihn weiter voran. »Du merkst aber auch alles, Vil. Aber warte, nicht umfallen, während ich öffne, wir sind da.«

Sie lehnte ihn gegen eine kalte Wand, er blickte nach oben, aber auch die dunklen Wolken schienen sich zu drehen, und er schloss die Augen wieder. Dann waren sie im Trockenen, und er hörte eine schwere Tür zufallen. Es roch muffig, aber vielleicht war er das selbst. Kerzen brannten in einer niedrigen Kammer. Sie setzte ihn auf eine steinerne Bank.

»Muss dir danken«, sagte er und zog sie zu sich herab auf die Bank.

»Musst du wohl, ja.«

Er lehnte sich an sie. Seltsam, bei diesem Licht sah ihr weißes Haar wie helles Gold aus. Er strich ihr über das Gesicht.

»Vil, was soll das werden?«

Er hörte sie kaum, so laut pochte das Blut in seinen Ohren. Er hielt sie fest. Drückte sein Gesicht an ihre Schulter und musste sehr an sich halten, um nicht plötzlich einfach loszuheulen.

»Ist ja schon gut«, sagte sie. Ihre Hand strich ihm über den

Rücken, ganz leicht, aber sein Blut dröhnte nun noch lauter. Er küsste sie auf den Hals.

»Ihr Kerle«, seufzte sie, aber sie ließ ihn nicht los. Ihre Lippen waren plötzlich auf seinen. Sie zog ihn an sich, und dann sank sie zurück, nahm ihn mit. Er war über ihr, hörte nasses Tuch reißen, seine zitternden Hände fühlten ihre nackte Haut und ihre Finger an seinem Gürtel. Und dann ging er ganz in ihrer Umarmung auf.

Als er die Augen wieder öffnete, befürchtete er für einen Augenblick, er könnte das alles nur geträumt haben. Aber sie war bei ihm. Er hörte ihren Atem. Er setzte sich auf und stöhnte, denn sein Schädel dröhnte, und jeder einzelne Knochen im Leib tat ihm weh.

»Na, wieder bei uns?«

»Was?«, fragte er verwirrt und sah sich um. Eine einzelne Kerze erhellte die muffige Kammer. Alles war aus Stein, es gab keine Fenster, nur eine offene Tür. In einer Ecke sah er ein paar Sachen auf einer Wolldecke liegen. Daneben stand ein steinerner Sarg auf dem Boden. Er vergaß seine Kopfschmerzen für einen Moment und sprang auf. »Verdammt, wo sind wir denn hier?«

Skari lag auf der steinernen Bank, halb eingerollt in eine Decke, und lachte.

Die Erinnerung an die vergangene Nacht kehrte zurück, doch war sie lückenhaft. »Wir haben miteinander …«

»Mehr als einmal, wenn du es genau wissen willst. Ziemlich erstaunlich, wenn man bedenkt, in welchem Zustand du warst.«

Er betrachtete sie, ihre blasse Haut war ein reizvoller Kontrast zur dunklen Decke, die auf …

»Verdammt, das ist ja ein Sarg!«

»Na ja, das sind die einzigen Möbel hier unten, Vil.«

»Wir haben es also auf einem Sarg … getan.«

»Getan, getrieben, uns geliebt, ganz genau. Ich hoffe, du erinnerst dich wenigstens daran?«

Vil setzte sich und rieb sich den dröhnenden Kopf. Da waren ein paar verschwommene Bilder, mehr nicht. »Und was riecht hier so übel?«, fragte er.

»Das Bier, das du nicht bei dir behalten konntest. Du musst noch Wasser holen, um es sauber zu machen.«

»Ich?«

»Klar, wer sonst? Oder ist das unter deiner Würde, Vil aus dem Hause Gremm, Prinz dieser Stadt?« Ihr Blick war jetzt prüfend und kühl.

»Prinz der … Das habe ich gesagt?«

»Mehrfach.«

»Ich werde nie wieder etwas trinken.«

Sie setzte sich auf, und die Decke rutschte von ihrer nackten Haut. Sie lächelte und strich ihm mit ihrer schmalen Hand über die Schulter. »Dann hoffe ich, dass du diese Leidenschaft auch nüchtern findest.«

Er wünschte sich, sie würde sich bedecken. Was hatte er nur getan? Er hatte mit einer Gesegneten geschlafen! Sein Kopf fühlte sich an, als sei er doppelt so groß. »Sag, wie spät ist es eigentlich?«

Sie zuckte mit den Achseln. »Gegen Mittag vermutlich. Warum?«

»Verdammt, ich komme zu spät zur Arbeit!«

Sie lachte, als er unbeholfen begann, seine Kleider zusammenzusuchen und zu ordnen. »Du wirst dein Glück nicht am Amboss finden«, sagte sie dann plötzlich sehr ernst.

»Mag sein«, stieß er hervor und stopfte sein zerrissenes Hemd in die Hose.

»Vielleicht solltest du besser nicht dorthin zurückgehen.«

»Und hier bei den Toten wohnen? Nein danke.«

»Du kannst nicht zwei Leben führen, Vil.«

»Ist nur vorübergehend«, rief er und schlüpfte in seine Stiefel.

»Alles ist nur vorübergehend«, erwiderte sie, setzte sich ganz auf und betrachtete ihn mit dunklen Augen.

Vil wünschte sich, sie würde endlich etwas überziehen. Seine Hände zitterten. Ein Teil von ihm hätte sich nur zu gern auf sie gestürzt, aber nein, sie hatte recht. Er konnte nicht zwei Leben führen, und das Leben als Dieb würde er so schnell wie möglich hinter sich lassen. Das Kerzenlicht lag weich auf Skaris dünner Gestalt und dem weißen Haar. Es fiel ihm schwer, den Blick davon zu lösen.

Meister Turro erwartete ihn mit verschränkten Armen und einer Strafpredigt, in der er zunächst wenig Rücksicht auf Vils Kopfschmerzen nahm. »Ich will kein Wort hören«, sagte er streng, aber Vil hatte auch gar nicht vor, sich zu verteidigen. Er hatte ein schlechtes Gewissen, wobei ihm nicht ganz klar war, ob er es gegenüber seinem Meister oder gegenüber Skari hatte. Vielleicht auch beiden gegenüber.

Der Meister teilte ihn wieder zum Kohlenschleppen, dann zum Heizen des Schmelzers ein, eine äußerst schweißtreibende Arbeit, besonders für Vil, dem immer noch jeder Knochen im Leib wehtat, was ihn nicht wunderte, wenn er bedachte, dass er auf einem steinernen Sarg geschlafen hatte.

Später brachte ihm Turro jedoch selbst frisches Wasser. »Eine wilde Nacht?«, fragte er und legte ihm dabei die Hand väterlich auf die Schulter.

Vil nickte.

Der Meister schüttelte den Kopf. »Ich hätte dich zwar für klüger gehalten, aber ich war auch einmal jung und habe über die Stränge geschlagen. Doch warne ich dich. Ich verstehe, wenn du oder die Gesellen sich gelegentlich den Freuden des Lebens hingeben, doch werde ich keinesfalls dulden, dass es überhandnimmt. Und sei gewarnt vor dem Dämon Alkohol. Er hat schon so manchen braven Mann ins Unglück gestürzt.«

»Ja, Meister.«

»Gut. Ich sehe, du bist einsichtig. Doch dass es mir nicht noch einmal geschieht, verstanden?«

»Ja, Meister.«

Der Meister klopfte ihm noch einmal aufmunternd auf die Schulter und ging dann wieder an seine eigene Arbeit, nicht ohne einen besorgten Blick auf den Schmelzofen zu werfen. Vil konnte allerdings nicht erkennen, was den Meister beunruhigte. Der Ofen sah aus wie immer, und immer noch stand er unverrückbar auf jener Himmelspforte, die er so lange gesucht hatte.

An den nächsten Abenden ging Vil öfter in den *Goldenen Kelch* und in Pekers Versteck, aber Skari war nicht dort, und er war bei Peker auch nicht unbedingt willkommen, denn der hatte meistens Besuch von einer seiner Freundinnen, wenn auch selten zweimal von derselben.

Nun wusste Vil zwar, wo Skari wohnte, aber es schien ihm irgendwie falsch, sie dort aufzusuchen.

Vier Tage hielt er das durch, dann schlich er abends in die Nekropole. Er brauchte nicht lange, um die Grabkammer zu finden, in der sie sich geliebt hatten, doch Skari war nicht dort. Und nicht nur das, auch ihre Sachen waren verschwunden. Er begann, sie zwischen den Gräbern zu suchen, doch fand er nur steinerne Särge und Urnen, keine Spur von dem Mädchen. Irgendwann – die eine Kerze, die er mitgenommen hatte, war schon fast niedergebrannt – hörte er eine leise Stimme. Es war ein Flüstern, und es klang nicht nach Skari, aber er folgte dem Klang tiefer in die Totenstadt hinein.

Schließlich fand er die Quelle: Es war ein Mann, ein Gesegneter, der mit dem Rücken zu ihm im Schneidersitz auf einem

Steinsarg saß und mit sich selbst zu reden schien. Vil lauschte angestrengt, konnte aber nichts verstehen.

Der Mann verstummte, dann sagte er laut und deutlich: »Du störst uns.«

»Verzeiht, Menher. Ich … ich suche nur jemanden.«

Der Mann drehte sich um. Seine Augen waren so weiß wie seine Haare. »Sie ist nicht hier.«

War er blind? Warum hatte er dann eine Kerze entzündet?

»Verzeiht, wisst Ihr vielleicht, wo ich sie finde?«

»Ich weiß es nicht, und die Toten wissen es nicht, und darüber sollten wir uns freuen, nicht wahr?«

»Die Toten?« Ein kalter Schauer lief Vil über den Rücken.

»Ich soll dich von ihnen grüßen, Vil Merson.«

Vil brachte kein Wort heraus.

Der Mann schien in die Dunkelheit zu lauschen. »Deine Mutter fragt, ob du tust, was sie dir aufgetragen hat.«

»Meine …«

Das war zu viel. Vil drehte sich um und rannte. Seine Kerze erlosch, und seine zitternden Finger brachten es nicht fertig, sie wieder zu entzünden. Also stolperte er im Dunkeln weiter, bis er endlich irgendwie den Ausgang fand.

Nie wieder, so schwor er sich, nie wieder würde er diesen grauenvollen Ort betreten.

Immerhin hatte Peker bald wieder Arbeit für ihn: Sie stiegen in eine Silberschmiede am Rande des Goldbodenviertels ein und machten gute Beute. Allerdings bekamen sie sich dabei in die Wolle, denn Peker wollte schnell wieder hinaus, während Vil noch weitere Schätze einsacken wollte.

»Nicht gierig werden, Vil. Wenn du nur ein wenig nimmst, kann der Mann es verkraften, und er wird auch nicht Himmel und Hölle in Bewegung setzen, um die Diebe zu jagen. Also mäßige dich.«

Nur halb überzeugt legte Vil die Goldketten, die er schon aus einem versteckten Fach gezogen hatte, wieder zurück.

»Woher wusstest du eigentlich, wo der Mann seinen Schmuck versteckt?«, fragte er, als sie sich durch das aufgehebelte Fenster wieder hinauszwängten.

»Skari hatte eine Vision. Sie hat gesehen, wie du ein Brett am Boden angehoben hast. Sie hat mich auch gewarnt, dass du mehr nehmen willst, als gut für dich wäre.«

»Es ist ja nicht für mich.«

»Ich weiß, es ist wegen deiner Schwester. Aber zuallererst ist es für den Boss, denn der muss den Schmuck verkaufen.«

»Und wann treffe ich den Mann endlich?«

»Schon bald, Vil, nur Geduld. Noch ein oder zwei solche schönen Fischzüge, und er wird dich kennenlernen wollen.«

Also fasste sich Vil in Geduld und wartete. Sie stiegen noch in zwei weitere Häuser ein, in weit voneinander entfernt liegenden Vierteln der Stadt, dann, in einer besonders nebligen Mittwinternacht, war wieder ein Lagerhaus an der Reihe.

Dieses Mal waren neben Peker auch Gibean und zwei weitere Männer, die Vil nicht kannte, an der Geschichte beteiligt. Sie erbeuteten kistenweise Tee, den sie hinunter ans Ufer schafften. Von dort hatten sie die Kisten noch durch das eiskalte Wasser hinaus zu einem Boot zu tragen, das mit einer abgeblendeten Lampe draußen in der Dünung lag.

»Das geht aufs Festland, nach Alt-Melora. Da ist Tee knapp und teuer, weil niemand außer Xelidor sie damit beliefern darf«, erklärte Peker.

»So sind das Schmuggler, Pek?«

»Genau, Vil, und jetzt hilf mir, diese Kisten tragen sich nicht von allein und …«

»Sind das alle, Pek?«, fragte der breitschultrige Mann, der das Boot steuerte.

»Noch ein halbes Dutzend, Sester.«

»Dann macht schnell, der Nebel wird sich nicht ewig halten.«

»Wer war das?«, fragte Vil, den dieser Mann irgendwie beeindruckt hatte, auf dem Rückweg an Land.

»Sester Elgos, auch *der Berg* genannt, weil er so unerschütterlich ist. Der Mann ist wirklich die Ruhe selbst, aber wehe, wenn er wütend wird.«

Als die Arbeit getan und das Boot von der Nacht verschluckt worden war, lud Peker Vil ein, ihn zu begleiten.

»Wohin?«

»Es will dich jemand kennenlernen.«

Der Boss residierte in einem Keller unter einer Schänke, die Vil noch nie besucht hatte, weil sie unter den Tavernen des Katzenviertels zu den »Besseren« zählte, was bedeutete, dass die Frauen etwas schöner, die Getränke aber viel teurer als anderswo waren. Sie war auch schon geschlossen, denn es war beinahe Morgen, als sie dort eintrafen, aber sie wurden auf der Rückseite eingelassen.

Der Keller war geräumig, vollgestellt mit Schränken, Truhen und einem mächtigen Tisch, auf dem Vil einige goldene Ketten liegen sah.

»Ah, das ist also der fleißige Schmied«, sagte der Mann, den Peker nur als den »Boss« vorstellte.

Vil musterte den Mann. Er war nicht ganz das, was er erwartet hatte, ein Mann mit traurigen Augen und hoher Stirn, aber auch bullig und mit einem kalten Lächeln.

»Wenn du es klug anstellst, kannst du es weit bei uns bringen, Kleiner.«

»Mein Name ist Vil, Menher.«

»Ah, Stolz, eine seltene Eigenschaft unter Dieben. Gut, mein Name ist Ino, aber du wirst mich Boss nennen, so wie ich dich Kleiner nenne, klar? Du bist vorerst nur ein kleines Licht bei uns und solltest dir überlegen, ob du dir hier Frechheiten herausnehmen willst. Klar?«

»Ja, Boss«, antwortete Vil widerstrebend.

»Bestens. Sieh dich um, was siehst du?«

»Schränke und Schatullen, Menher.«

»Richtig, aber wenn ich dir erlauben würde, eine zu öffnen, würdest du allerlei Kostbarkeiten darin finden, denn wer etwas hat, das er aus gewissen Gründen nicht auf dem Markt verkaufen kann, der bringt es zu mir, und ich sorge dafür, dass es einen Abnehmer findet. Und am Ende sind alle glücklich, der Käufer, der Verkäufer und ich, der ich eine bescheidene Provision behalte.«

Vil fragte sich, warum ihm der Mann das erzählte. Er war ein Hehler, das hatte er schon verstanden, und er kannte mindestens eine Partei, die bei dieser Art der Geschäfte nicht glücklich wurde, nämlich die Bestohlenen.

»Dies alles geschieht diskret, Kleiner, und deshalb kann ich es nicht brauchen, wenn einer meiner Leute betrunken durch die Gassen torkelt, noch dazu mit unserer Gesegneten, die doch weit bessere Dinge zu tun hat.«

Vil schluckte. Man hatte ihn mit Skari zusammen gesehen?

»Wird das noch einmal vorkommen, Kleiner?« Die Stimme des Bosses hatte einen drohenden Tonfall bekommen.

»Nein, Menher.«

»Sehr gut, aber hör auf, mich Menher zu nennen. Ich bin kein verweichlichter Adliger oder Kaufmann, ich bin der Boss, klar?«

»Ja, Boss.«

»Hey, Kopf hoch. Kommt schon mal vor, dass ein Mann sich betrinken muss. Niemand versteht das besser als ich, aber auffallen darf er nicht, und reden über gewisse Dinge schon gar nicht!«

Der Boss war aufgestanden, hatte bei diesen Worten seinen

mächtigen Schreibtisch umrundet und sah Vil jetzt tief in die Augen. Dann lachte er plötzlich. »Du solltest dein Gesicht sehen, Kleiner. Verträgst es wohl nicht, wenn einer dir Vorschriften macht, wie? Ich gebe allerdings einen Scheiß darauf, ob dir das gefällt oder nicht.«

Plötzlich tätschelte der Boss Vils Wange. »Aber eigentlich bist du hier, weil du dich bewährt hast, Kleiner, und deshalb, und weil Pek es empfohlen hat, werde ich deinen Anteil erhöhen. Ich weiß nämlich gute und fleißige Mitarbeiter zu schätzen. Wie viel bekommt er jetzt, Pek?«

»Den dreißigsten Teil, Boss.«

»Dann soll es von nun an der zwanzigste sein. Wirst sehen, Kleiner, wenn du es richtig anstellst und keine Dummheiten machst, kannst du hier reich werden. Ist nur eine Frage der Zeit.«

»Ja, Boss«, sagte Vil, der den Mann nicht leiden konnte und dem schmerzlich bewusst war, dass Zeit etwas war, was seine Schwester nicht hatte. Seit der unglückseligen Geschichte mit dem Wächter waren über vier Wochen vergangen, und er hatte nichts erreicht.

Skari war plötzlich wieder da. Sie erschien ein paar Tage nach Vils Begegnung mit dem Boss in Pekers Versteck und setzte sich zu ihm, als sei nichts geschehen, während in ihm so viele widerstrebende Gefühle tosten, dass er nicht wusste, was er sagen sollte.

»Ich habe vielleicht etwas für euch«, sagte sie, während sie die schmalen Finger am Feuer wärmte.

»Ich hoffe, ich muss nicht wieder Meerwasser schlucken«, meinte Peker. Er schickte das Mädchen fort, das die ganze Zeit halb nackt und kichernd in seinem Bett gelegen hatte. Vil hatte es zwar schon einmal bei Peker gesehen, hatte aber inzwischen aufgegeben, nach Namen zu fragen.

»Es ist ein Gemmenschneider im Altkaiserviertel, gar nicht weit«, sagte Skari, als das Mädchen außer Hörweite war.

»Hm, vielleicht zu nah?«, fragte Peker.

»Das müsst ihr wissen, Pek«, sagte Skari. »Er wohnt in der Halbmondgasse, direkt neben dem schielenden Arzt.«

»Ich glaube, ich kenne ihn«, meinte Peker. »Er schneidet nicht nur Halbedelsteine, sondern auch richtige Juwelen, nicht wahr?«

Vil hörte ihn jedoch kaum. Ein schielender Arzt? Wie jener, der seinen kleinen Bruder hatte sterben lassen?

»Der ist es«, sagte Skari und meinte den Edelsteinschleifer.

»Ich kenne das Haus«, fuhr Peker fort. »Es ist schwer gesichert. Ich glaube, es gibt sogar einen Wachmann, der dort schläft. Hab schon öfter drüber nachgedacht, was es dort zu holen gibt, aber ich sah keine Möglichkeit, diese verführerische Frucht zu ernten.«

»Ich war heute dort, habe aber wie immer nichts bekommen«, sagte Skari, und Vil brauchte einen Augenblick, um zu begreifen, dass sie betteln gewesen war.

»Da habe ich gehört, dass der Herr des Hauses heute Abend zu einem Treffen seiner Zunft geht«, fuhr sie fort.

»Das hilft uns nicht weiter, wenn der Wachmann dort ist – und wenn die Familie im Hause ist.«

»Der Wachmann ist erkrankt, das habe ich auf der Straße gehört, und die Familie schläft im obersten Stockwerk.«

»Ah, das klingt nach einer guten Gelegenheit.« Peker rieb sich die Hände.

»Vielleicht auch nicht«, sagte Skari. »Ich habe Blut gesehen.«

»Blut?«

»Viel Blut. Aber ich weiß nicht, von wem.«

»Verdammt, Skari! Erst machst du uns den Mund wässrig, dann verdirbst du uns den Appetit. Vil sieht schon wieder aus wie drei Tage Regenwetter. Skari? He, Skari!«

Vil schreckte aus seinen dunklen Gedanken hoch, denn das Mädchen, das gleich neben ihm saß, begann heftig zu zittern, versteifte sich, fing an zu zucken.

»Verdammt, Vil, halt sie fest!«, rief Peker und stand selbst einfach nur da.

Vil packte Skari. Ihre Augen waren offen, aber ganz verdreht, und Schaum trat ihr aus dem Mund. Sie stöhnte, zitterte, zuckte, so dass Vil sie kaum festhalten konnte. Hilflos und entsetzt sah er zu, wie ihr Gesicht von wilden Zuckungen entstellt wurde, dann, ganz plötzlich, erschlaffte ihr Leib, und sie sank in seinen Armen zusammen, ein hilfloses Häuflein Mensch, kaum schwerer als eine Katze.

»Bleib bei ihr«, sagte Peker, »ich geh zum Brunnen und hole frisches Wasser.«

»Willst du nicht …?«, fragte Vil, aber da war sein Freund schon mit dem Eimer verschwunden.

»Verdammt«, murmelte Vil, und noch einmal »Verdammt«, während er dem Mädchen mit einem Zipfel seines Hemdes den Speichel vom Kinn wischte.

»Halb so wild«, antwortete Skari leise. Sie hatte die Augen aufgeschlagen und sah ihn an.

»Na, das sehe ich anders«, erwiderte Vil kopfschüttelnd.

»Du kannst mich jetzt auch loslassen«, sagte sie.

Er murmelte eine Entschuldigung und ließ sie zögernd los. Sie setzte sich auf hustete, streckte die Hand verlangend aus: »Ist das da Tee?«

»Peks eigene Mischung, und kalt.«

»Egal.«

Er reichte ihr den Zinnbecher, und sie trank mit großen

Schlucken. »Du könntest endlich aufhören, mich so anzustarren, Vil.«

Wieder murmelte er eine Entschuldigung. »Geschieht das oft?«

Sie zuckte mit den Achseln. »Für jeden Segen ein Fluch, wie es bei uns heißt.«

Vil dachte darüber nach, was das bedeuten mochte, fragte aber: »Und … und wenn du diese Anfälle hast, hast du dann Visionen?«

»Nein, nur Schmerzen.«

Peker kehrte mit einem Eimer Wasser zurück, und Skari jagte sie beide aus dem Versteck, weil sie sich waschen wollte.

»Hat sie das öfter?«, fragte Vil leise, als sie vor dem Vorhang standen.

»Hin und wieder. Beim ersten Mal war ich reichlich erschrocken. Ist halt so bei den Gesegneten.« Und da Vil immer noch nicht verstand, erklärte er: »Sie sagen selbst, dass jeder von ihnen mit irgendeinem Fluch, einer Krankheit, einem Gebrechen geschlagen ist, als Ausgleich für den Segen, den sie empfangen haben. Die besondere Gabe, Vil, sie alle haben irgendeine besondere Gabe.«

»Ich habe einen Gesegneten getroffen, der behauptet hat, dass er mit den Toten spricht.«

»Von dem habe ich gehört. Er ist blind, oder? Ich glaube, er ist sogar so eine Art Anführer bei ihnen. Aber wenn du es genau wissen willst, dann musst du Skari fragen.«

Vil nickte, obwohl er wusste, dass er sie sicher nicht fragen würde. Sie hatte ihm einen riesigen Schrecken eingejagt. Er hörte, wie sie sich drinnen wusch.

»Und dieser Gemmenschneider?«, fragte er nach einer Pause.

»Verflucht lohnend, verflucht lohnend, Vil. Aber dennoch, kein Blut wert, schon gar nicht meins oder deins.«

»Wie lohnend denn?«

»So etwa wie die Sache mit den Schatullen, vielleicht noch mehr, kommt drauf an, was wir unten in seiner Werkstatt … aber nein, wir werden auf eine andere Gelegenheit warten.«

»Ist in Ordnung«, sagte Vil.

Aber er nahm sich vor, sich die Sache später einfach mal anzusehen. Und vielleicht konnte er auch einen Blick auf das Haus des Arztes werfen, der neben diesem Edelsteinschleifer wohnen sollte. Nur ein Blick, um herauszufinden, ob es der Mann war, der Fari hatte sterben lassen. Doch was würde er dann tun? Das wusste er nicht.

Skari verschwand bald darauf, und sie lehnte Vils halbherziges Angebot, sie nach Hause zu begleiten, kühl ab.

Dann tauchte das Mädchen wieder auf, mit dem Peker derzeit schlief, und er machte Vil mehr als deutlich, dass er nicht mehr erwünscht war.

Also ging er hinaus in die kalte Frühlingsnacht, allein mit seinen Gedanken, und streifte ziellos umher, bis er plötzlich auf ein unüberwindliches Hindernis stieß. Wo war er? Er blickte auf. Die Mauer, die den Tempelberg vor Feinden schützte, ragte vor ihm in die Nacht. Er war im Altkaiserviertel. Merkwürdig, er hatte seinen Plan eigentlich gerade aufgegeben.

Er lief zur nächsten Kreuzung. Unter der Laterne hing ein quadratisches Schild, auf das ein zur Hälfte weißer Kreis gemalt war. Er war tatsächlich in der Halbmondgasse gelandet, obwohl er noch nie in seinem Leben hier gewesen war. Es musste bereits nach Mitternacht sein. Hier, in diesem ehrbaren Viertel, war niemand mehr unterwegs. Wenn er schon einmal da war …

Er schlich die Straße hinauf, bis er das Haus des Gemmenschneiders fand. Es war groß und überragte seine Nachbarn um ein Stockwerk, was für den Reichtum des Mannes sprach.

Allerdings waren auch sämtliche Fenster vergittert. Es würde nicht leicht sein, dort hineinzugelangen.

Und in welchem Haus wohnte nun der Arzt? In der Nacht konnte Vil zunächst nicht viel erkennen. Dann sah er, dass in einem der beiden Häuser die Fensterläden schief in den Angeln hingen und von der Tür die Farbe abblätterte. Irgendwie schien ihm das zu dem Arzt zu passen, der in der Halde auch einen sehr schäbigen Mantel getragen hatte.

Er konnte nicht anders: Er ging hinüber, drehte den Knauf und fand die Tür verschlossen, aber er hatte inzwischen genug von Peker gelernt, um dieses Problem zu lösen. Er blickte sich vorsichtig um, und als er niemanden in der Gasse sah, öffnete er das Schloss mit einem Dietrich.

Drinnen war es stockdunkel, aber Vil spürte sofort, dass er nicht allein war. Es war also jemand im Haus, ja, ein leises Geräusch verriet ihm, dass sich dieser Jemand bewegte. Er fasste nach dem Messer in seinem Gürtel und lauschte. Irgendetwas berührte ihn plötzlich am Bein – und miaute klagend.

»Mistvieh«, murmelte der zu Tode erschrockene Vil. Er entzündete ein Schwefelholz und sah sich um. Eine rote Katze starrte ihn erwartungsvoll mit gelben Augen an.

»Immer dasselbe«, murmelte er und entzündete eine Kerze. So also wohnte der Arzt? Die Wohnung wirkte nicht nur klein und beengt, die Küche und die kleine Wohnstube im Erdgeschoss waren auch in einem arg heruntergekommenen Zustand.

Er schlich, verfolgt von der roten Katze, eine knarrende Treppe hinauf und fand eine Art Laboratorium. Hier schien halbwegs Ordnung zu herrschen, auch wenn sich allerlei Kisten und Kästen übereinanderstapelten. Aber sie alle waren sorgfältig beschriftet, und an der Decke waren viele Kräuter an langen Schnüren aufgehängt, zum Trocknen, wie Vil vermutete. Es gab auch eine Schreibecke, ein schmales Fass voller Pergamentrollen und eine weitere Treppe, die zur Dachkammer führte.

Vil stieg sie so leise wie möglich hinauf. Die Katze blieb zurück. Sie sah ihm nach, ihr langer Schwanz zuckte, aber sie schien nicht hinaufzuwollen. *Vielleicht ist sie klüger als ich,* dachte er. Immer noch hatte er keine Ahnung, was er machen würde, wenn er den Mann sah.

Er ist mir eine Erklärung schuldig, mir – und Faras, dachte er grimmig und nahm die letzten Stufen.

Vorsichtig öffnete er die Tür, das Messer in der Hand. Er hatte nicht vergessen, was Skari gesagt hatte: Sie hatte Blut gesehen. Seines sollte es nicht ein. Es war die Schlafstube, aber das Bett war leer.

Vil war beinahe erleichtert. Er hätte ja doch nicht gewusst, was er sagen sollte. Dann kam die Wut zurück. Der Mann hatte sie im Stich gelassen. Er hatte den Ehering seiner Mutter bekommen und war dennoch nicht erschienen, und die Kräuter, die er geschickt hatte, waren nutzlos gewesen. Der Ring! Er musste doch irgendwo sein. Wenigstens den wollte er wiederhaben. Vil begann zu suchen. Er suchte in den Schränken im Schlafzimmer, dann im Laboratorium. Er öffnete Schachteln und Kisten, fand nur Kräuter, Pilze, getrocknete Blumen, Blätter und Baumrinde und warf alles achtlos zur Seite.

Je länger er suchte, desto wütender wurde er. Er räumte Glaskolben, Destillierapparate und Schalen achtlos vom Tisch, begann sogar, die Dielen zu untersuchen, weil er dachte, unter einer davon könne ein geheimes Versteck liegen. Er war so besessen von dieser Suche, dass er den Mann erst hörte, als er bereits die steile Treppe hinaufgeschnauft kam.

Vil fuhr herum, griff nach seinem Messer.

»Was, bei allen Himmeln …?«, rief der Arzt und blieb keuchend und mit hochrotem Kopf an der Treppe stehen.

. Es war der Mann, Vil erkannte ihn sofort wieder. Er trug denselben schäbigen Mantel wie damals in der Halde, und er schielte so stark, dass er auch jetzt an ihm vorbeizustarren schien.

»Ihr!«, stieß Vil hervor. Es gab tausend Dinge, die er dem Arzt an den Kopf werfen wollte, aber heraus kam nur dieses eine anklagende Wort.

Der Arzt glotzte ihn an, aber dann bewegte er sich schwerfällig hinüber zum Ofen und griff sich eine große, gusseiserne Pfanne.

Es war beinahe lächerlich, wie der Mann dastand und ihn mit einer Pfanne bedrohte. Vil erkannte, dass der Mann betrunken war. Ein süßlicher Geruch umwehte ihn. Vielleicht kam er gerade aus einem der besseren Hurenhäuser. War es das? War er damals lieber zu irgendwelchen Huren gegangen, als sich um Faras zu kümmern?

»Das wirst du bereuen!«, rief der Arzt. Er hatte sich drohend an der Treppe aufgebaut, vielleicht, um ihm den Fluchtweg abzuschneiden, und schwang die große Pfanne.

Aber Vil wollte nicht fliehen, er wollte Antworten. Er sprang los, packte den Mann am Kragen und drückte ihn gegen das Geländer. »Wo wart Ihr?«, zischte er. »Wo wart Ihr, als mein Bruder Euch brauchte?«

Der schielende Arzt sah mit offenem Mund wieder knapp an Vil vorbei, was vermutlich bedeutete, dass er ihn anstarrte. Er hielt die Pfanne drohend in der Rechten und versuchte, Vil mit einer Hand wegzuschieben, aber der hielt ihn fest, kochend vor Zorn. Er war so wütend, dass er nicht einmal an das Messer dachte, das noch in seinem Gürtel steckte. Offenbar wusste der Mann gar nicht, von wem er redete. Starben ihm so viele Patienten weg, dass er sich an Fari, seinen kleinen Bruder, nicht erinnerte?

Er schüttelte ihn. »Mein Bruder, Faras, in der Halde!«, rief er. Aber der Arzt gab ihm keine Antwort. Sie rangen keuchend miteinander, und dann brach das Geländer. Einen Moment lang verharrten sie beide eng umklammert in der Schwebe, und es schien nicht entschieden, ob sie sich fangen oder fallen würden, aber dann holte der Arzt mit der schweren Pfanne aus, verlor das Gleichgewicht, und sie stürzten hinab.

Vil kam benommen wieder auf die Füße. Er hatte sich den Kopf angeschlagen, und es flimmerte vor seinen Augen. Den Arzt hatte es schlimmer erwischt. Sein Schädel war auf dem Steinfußboden aufgeplatzt, und Gehirn und Blut traten aus. Vil wich erschrocken vor der Leiche zurück. Aber hinter ihm war die Wand, dort ging es nicht weiter, und das zwang ihn, sich den Toten anzusehen. Er hatte ihn umgebracht …

Vil war wie gelähmt. Dann tauchte die Katze auf, miaute und begann, am Schädel ihres Herrn zu lecken.

Das löste die Starre. Vil sprang über den Toten hinweg, rannte aus der Pforte und durch die Gasse. Es war beinahe schon Morgen, die ersten Menschen waren unterwegs, Markthändler, Handwerker, Mägde, die auf dem Weg zur Arbeit waren. Sie sahen Vil rennen, aber das war ihm gleich. Erst einige Gassen weiter kam er zur Besinnung.

Zitternd drückte er sich in eine dunkle Ecke und versuchte, sich zu beruhigen. Der Mann war tot, das war nicht zu ändern. Hatte man ihn erkannt? Es war noch dunkel, ein trüber Morgen, und er war noch nie zuvor in dieser Gasse gewesen. Wenn er Glück hatte, würde man nur von einem jungen Mann reden, wie es tausende in der Stadt gab.

Er setzte seinen Weg fort, als sein Herzschlag sich beruhigt hatte. Er schlug den Kragen hoch, um sein Gesicht zu verdecken, und senkte den Kopf, um Blickkontakt zu vermeiden. Wenn er Glück hatte, konnte er einfach zur Arbeit gehen. Er würde vermutlich sogar pünktlich sein, und niemand würde Fragen stellen.

»Eine halbe Krone für einen armen Krüppel, Menher?«

Er war so in Gedanken gewesen, dass er den Bettler nicht gesehen hatte.

»Hab keine«, murmelte er.

»Nur eine halbe Krone, Menher?«

Vil blieb stehen, denn der Bettler verstellte ihm mit seinen Krücken geschickt den Weg. Schliefen die denn niemals? Er erkannte ihn, schon zweimal war er mit ihm aneinandergeraten, aber er hoffte, dass der andere ihn nicht wiedererkennen würde. Er griff hastig in seine Tasche und legte dem Jungen eine Krone in die ausgestreckte Hand.

Der Bettler nahm sie, setzte zu überschwänglichem Dank an und starrte dann auf Vils Ärmel. Er war blutverschmiert.

Erschrocken zog Vil die Hand zurück, drehte sich um und rannte. Der Bettler rief ihm etwas hinterher, aber er verstand ihn nicht.

Wo sollte er jetzt hin? Peker hatte ihn gewarnt, und er wäre sicher nicht begeistert, wenn er in seinem jetzigen Zustand bei ihm auftauchen würde. Der Freund konnte ihn vielleicht verstecken, aber Vil hatte noch genau im Ohr, was der Boss darüber gesagt hatte, keinen Ärger zu machen. Skari hatte das Blut gesehen, bevor es geschehen war. Sie wüsste vielleicht ein Versteck, aber er wusste leider nicht, wo sie sich versteckte. Die Nekropole? Konnte er sich unter den Toten verstecken?

Vil stand vor der Schmiede. Nein, es war nicht gesagt, dass die Wachen ausgerechnet hier nach ihm suchen würden. Er würde arbeiten und so tun, als wäre nichts geschehen. Er war früh dran, noch schien keiner der Gesellen da zu sein.

Er schlich vorsichtig hinein zu seinem Schlafplatz. Er brauchte andere Kleider, und er musste sich waschen. Doch dann sah er Meister Turro, der in der Tür lehnte und auf ihn zu warten schien. Vil fluchte, aber dann beschloss er, den Stier bei den Hörnern zu packen. Er trat offen in den Gang.

»Um diese Zeit kommst du also …«, begann der Meister, aber dann fragte er: »Bei allen Himmeln, Vil, bist du verletzt?«

Turro half ihm. Er hieß ihn, sich gründlich zu waschen, gab ihm ein frisches Hemd und verbrannte das alte im Eisenschmelzer, doch erst, nachdem Vil ihm eine Erklärung gegeben hatte. »Ich habe einen der Männer getroffen, die meine Schwester haben. Doch wollte er mir nicht sagen, wo sie ist. Es gab Streit, und ich fürchte, ich habe ihn getötet. Doch war es ein Unfall. Er stürzte ein Treppenhaus hinab.« Es war eine gute Erklärung, doch war sie gelogen.

»Und wer war dieser Mann?«, hatte der Meister gefragt.

»Ein Arzt. Ich weiß, es ist schwer zu glauben, doch ich hörte schon vorher, dass er sehr zwielichtigen Umgang hatte. Man sah ihn oft in Hurenhäusern, Meister.«

Und Turro hatte die Stirn gerunzelt und gefragt: »Ist es etwa dieser schielende Arzt aus der Halbmondgasse?« Danach hatte er das Hemd verbrannt.

Kurz darauf waren die anderen eingetroffen, und Turro teilte ihnen ihre Arbeit zu. »Für dich habe ich heute einen besonderen Auftrag, Vil«, sagte er dann. »Ich habe hier einen Brief für einen der Obersteiger der Wolfsmine. Kennst du dich auf der Stahlseite aus? Gut. Du übergibst ihn und wartest auf Antwort. Am besten, du kommst nicht vor dem späten Abend zurück. Vielleicht auch erst morgen früh. Wenn dieser falsche Krüppel dich erkannt hat, dann kommen die Wachen vielleicht hierher, und dann ist es besser, du bist fort. Verstanden?«

Vil nickte stumm. Er hatte ein schlechtes Gewissen, weil er den Meister angelogen hatte, aber es war doch wirklich ein Unfall gewesen, und der Arzt hatte den Tod verdient.

Ein kalter Wind blies durch sein neues Hemd, als er eilig nach Norden lief. Er fühlte sich eigenartig. Er hatte einen Menschen getötet, das war das schwerste aller denkbaren Verbrechen, so hatte er es zumindest gelernt. Sollte er sich nicht schuldig fühlen? Meister Turro hatte von Sünden gesprochen und von den Priestern, und er hätte ihm sicher noch eine längere Predigt gehalten, wenn die Zeit nicht so gedrängt hätte.

Aber seine Mutter hätte diese Tat sicher gutgeheißen. Der Arzt hatte Faras sterben lassen. Nein, Vil hatte kein schlechtes Gewissen. Er hatte den Tod seines Bruders gerächt. Und das fühlte sich richtig und gut an.

»Bemerkenswert«, sagte Bruder Melid, der schon länger über die Leiche gebeugt im Flur stand und ihr ins Gesicht starrte. »Dieser Mann litt zu Lebzeiten unter einem schlimmen Schielen, aber der Tod scheint diese Fehlstellung der Augen korrigiert zu haben.«

»Ihr kanntet ihn?«, fragte Livus Lizet und konnte seinen Blick nicht von dem Toten lösen. Er kannte ihn selbst oder vielmehr hatte ihn einst gekannt.

»Flüchtig. Er durchlief unsere Akademie, wie die meisten Ärzte der Stadt. Erinnert Ihr Euch an die letzte Sumpffieberepidemie?«

»Vor fünf oder sechs Jahren, nicht wahr? Ja, ich erinnere mich.«

»Vor neun Jahren, Leutnant, vor neun! Galenes Celsor hat damals sehr dazu beigetragen, ein Heilmittel zu finden. Seit der Zeit können wir das Fieber im Keim ersticken, sobald es sich zeigt.«

Du warst schon immer ein kluger Kopf, Galenes, dachte Lizet und fragte: »Ich hörte, er behandelte vor allem die Armen?«

»Es sind ihm bedauerlicherweise einige Patienten unter den

Händen weggestorben, dann dieses Schielen – zu ihm kamen nur noch die, die es sich nicht leisten konnten, einen anderen Arzt zu rufen.«

»Er war außerdem ein Trinker, oder?«

»Woher wisst Ihr das?«

»Das aufgedunsene Gesicht, das vernachlässigte Äußere, das heruntergekommene Haus.«

»Das mag sein. Kanntet Ihr ihn? Er muss etwa zur selben Zeit wie Ihr zu uns gekommen sein.«

»Flüchtig«, erwiderte Lizet, was weniger als die halbe Wahrheit war, und er fügte hinzu: »Ich habe ihn nach der Zeit auf der Akademie aus den Augen verloren.«

Melid zog Feder und Pergament aus der Tasche. Er hatte wohl nicht zugehört. »Das mit dem Schielen muss ich mir notieren. Bruder Hawid ist wieder in der Stadt. Er wird begeistert sein, das zu erfahren. Vielleicht können wir eines Tages sogar das Schielen heilen.«

»So wie der Tod, indem Ihr die Leute umbringt?« Es klang bitterer als beabsichtigt, und Melid warf ihm einen irritierten Blick zu.

Lizet wechselte das Thema: »Jedenfalls war das hier kein gewöhnlicher Einbruch. Das Laboratorium ist zwar durchwühlt, aber ich sah etliche Gegenstände von Wert, die ein Dieb nicht zurückgelassen hätte.«

»Aber warum sollte jemand diesen Arzt umbringen wollen? Er hat den Leuten hier unten doch geholfen. Wenigstens hat er es versucht.«

Auch Lizet fragte sich, womit Galenes diesen Tod und dieses Leben zuvor verdient hatte. Er war erschüttert, seinen Freund aus den Tagen der Akademie tot zu sehen, aber ebenso erschütterte ihn zu sehen, wie weit der einst hoffnungsvolle junge Arzt heruntergekommen war. Und er konnte nicht mehr für ihn tun, als seinen Mörder zu finden. »Ich denke, wir werden den Grund bald kennen. Ein Verdächtiger wurde gesehen, und wir wissen, in welche Richtung er gelaufen ist.«

»Ich wette, er kommt aus dem Katzenviertel wie alle Verbrecher.«

»Diese Wette würdet Ihr verlieren, Melid. Er lief Richtung Meer, ins Goldbodenviertel, wo die neuen Gießereien und Schmieden stehen.«

Lizets Untergebene hatten einen Zeugen aufgetrieben, einen jungen Bettler, der so tat, als seien seine Beine verkrüppelt: »Ja, ich habe ihn gesehen, Herr, er hat mich über den Haufen gerannt. Sein Hemd war voller Blut, und er lief Richtung Werft. Ich glaube, er arbeitet in einer Schmiede dort, Herr.«

»Würdest du ihn wiedererkennen?«

»Ich weiß nicht, Herr, hab mir sehr wehgetan bei dem Sturz und hab den ganzen Tag noch nichts gegessen. Aber eine warme Mahlzeit, gewürzt mit ein paar Kronen, und ich würde mich gewiss erinnern.«

»Wasser, Brot und schwere Eisen könnten wir anbieten«, warf Bruder Melid gallig ein.

Der Bettler bekam es mit der Angst und erinnerte sich plötzlich wieder an alles.

Lizet ließ ihm etwas Brot besorgen und nahm ihn mit hinunter zu den großen Schmieden, und er übte sich in Geduld, weil der Junge immer noch so tat, als könne er nicht laufen, was offensichtlich nicht stimmte.

Zunächst passte auf keinen der Gesellen oder Lehrlinge, die die Stadtwachen aus den Werkstätten zerrten, die Beschreibung des Bettlers. Doch dann sagte ein Geselle mit übel zugerichtetem Gesicht, dass es da noch einen Lehrling in ihrer Schmiede gäbe.

»Er ist heute nicht da, aber auf ihn könnte die Beschreibung passen, Herr, auch ist er sehr gewalttätig«, erklärte er und wies dabei auf sein Gesicht.

»Glaubt Ihr, dass wir ihn haben?«, fragte Melid leise.

»Erstens ist er nicht hier, also haben wir ihn schon aus diesem Grunde nicht. Zweitens hat dieser Geselle doch offensichtlich einen Grund, den Lehrling anzuschwärzen. Fragen wir seinen Meister.«

Meister Turro räumte nur zögernd ein, dass die Beschreibung auf den Lehrling passen könne.

»Und wo ist dieser Junge jetzt?«, seufzte Lizet.

»Ich habe ihn heute früh ins Grubenviertel geschickt, zur Wolfsmine, eine wichtige Nachricht zu überbringen, die ich so leicht keinem anderen anvertraut hätte.«

»Ihr haltet ihn also für vertrauenswürdig?«, fragte der Scholar.

»Unbedingt, Menher. Er hatte es nicht leicht, ist eine Waise, aber er hat sich als Lehrling stets bewährt.«

»Sieht das Euer Geselle Goll ebenso?«

Der Meister zuckte mit den Schultern. »Goll ist ein Plagegeist, der Schwächeren gerne zusetzt. Fähig zwar, doch schwer zu ertragen. Vil hat sich nur gewehrt.«

»Vielleicht hat er sich heute Nacht auch nur gewehrt, als er diesen Arzt tötete«, versuchte Lizet, ihm eine Brücke zu bauen.

»Heute Nacht? Das kann nicht sein, Leutnant, denn Vil hat dort hinten in seiner Ecke geschlafen. Ich musste zweimal raus, weil meine Blase mir keine Ruhe lässt, und da sah ich ihn dort liegen.«

»Seid Ihr sicher?«

»Ja, Menher«, sagte der Schmied, und seine Stimme klang belegt.

Lizet sah ihm an, dass er log. Vermutlich mochte er den Jungen und versuchte, ihn nun zu schützen. »Eine Waise, sagt Ihr? Wie ist denn sein Name?«

»Vil, Vil Aretus, Menher.«

Lizet runzelte die Stirn. Irgendwie kam ihm dieser Name bekannt vor. »Ich werde das überprüfen, Menher. Habt einstweilen Dank. Doch seid doch so gut und bringt den Lehrling auf unsere Wache, wenn er zurück ist, denn ich will mich mit ihm unterhalten.«

»Natürlich, Leutnant. Doch kann es sein, dass er erst morgen zurückkehrt. Ich habe ihm erlaubt, dort zu übernachten, weil er doch auf Antwort warten soll.«

»Ich verstehe«, sagte Lizet freundlich.

»Solltet Ihr jedoch gelogen haben, Menher«, sagte Melid, als sie sich zum Gehen anschickten, »werden wir es bald wissen, denn es gibt einen Zeugen, der den Täter mit Blut an der Kleidung gesehen hat und der ihn auch wiedererkennen würde.«

»Das war nicht nur überflüssig, Bruder Melid, das war schädlich«, sagte Lizet, als sie aus der Schmiede traten.

»Meint Ihr? Mir schien der Mann eingeschüchtert zu sein.«

»Das war er, aber falls dieser Lehrling wirklich unser Mann ist, wird er nun gewiss nicht freiwillig zu uns auf die Wache kommen. Allerdings ist das auch nicht nötig, denn ich werde selbst ins Grubenviertel gehen und mir diesen Vil Aretus holen.« Wieder dieser Name. Lizet hatte ihn schon einmal gelesen oder gehört. »Sagt, Bruder Melid, wisst Ihr noch, wie die Kinder von Rohana Merson hießen?«

»Nein, tut mir leid, doch halt, wartet, die Tochter hieß Niru oder so ähnlich, nein, Tiuri, so wie eine meiner Nichten, ja, genau. Und der Älteste war nach irgendeinem großen Admiral benannt. Ich weiß noch, dass mir das auffiel, als ich das Verzeichnis der Halde las.«

»Vil«, rief Lizet, der nun das Blatt mit den durchgestrichenen Namen deutlich vor Augen hatte. »Viltor Aretus Merson!«

»Augenblick – Aretus?«

»Dieser Vil, das ist er!«

»Aber der ist doch tot.«

»Sagt dieser triefäugige Oberwächter der Halde. Nein, Bruder Melid, der Junge lebt noch, das ist doch offensichtlich.« Gab es da eine Verbindung? Hatte Galenes etwa auch Leute in der Halde behandelt? Er begann, Zusammenhänge zu erahnen, wo eben noch nur Nebel gewesen war. »Aber darüber, Bruder Melid, sollten wir Stillschweigen bewahren. Verstanden? Niemand soll wissen, wen wir suchen, niemand soll wissen, dass dieser Junge noch lebt. Nicht bevor wir ihn haben.«

Und ich werde ihn kriegen, Galenes, dachte Lizet. *Es ist das Mindeste, was ich für dich tun kann, alter Freund.*

»Ah, da ist ja unser Prinz der Schmiede, Diebe und Mörder! Schläft, als gäbe es keine Wachen auf dieser Welt.«

Vil schreckte hoch und griff nach dem bereitliegenden Messer. Aber dann erkannte er Peker, der ihn schief angrinste.

»Verdammt, Pek«, stöhnte er.

»Hab ich dich erschreckt? Gut!«

Vil schälte sich aus seinem Mantel, in den er sich zum Schlafen eingerollt hatte. Es war schon Tag, und ein kalter Wind wehte durch die zerfallene Mauer seines Verstecks.

»Wie hast du mich gefunden?«

»Skari hat dich gesehen. Sie hat die Ruine hier ziemlich gut beschrieben. Ich wusste gleich, dass es eine der alten Bergmannsunterkünfte sein musste. Eigenartig, dass sie sie nicht abgerissen haben. Normalerweise streiten die doch um jeden Flecken Erde auf unserer schönen Insel.«

»Ist wegen der Stollen«, meinte Vil gähnend.

»Was?«

»Mein Vater hat mir das einmal erklärt. Diese Ecke der Insel ist völlig unterhöhlt, deshalb sind die Bergmänner ja fort. Wenn du noch ein bisschen weiter hineingehst, siehst du, dass der Boden schon verschwunden ist. Pass also auf, wo du hintrittst.«

»Danke für die Warnung. Kein schlechtes Versteck, eigentlich.«

»Geht so. Ziemlich viele Ratten«, erwiderte Vil, der versuchte, seine Anspannung zu überspielen. »Sind der einzige Besuch, den ich in den zwei Wochen hatte. Dabei kann ich nicht einmal denen irgendwas anbieten. Falls du also hergekommen bist, um Tee zu trinken, muss ich dich enttäuschen.«

»Schon klar«, meinte Peker grinsend. »Aber eigentlich bin ich hier, um dich auf einen Tee einzuladen, aber nicht bei mir. Der Boss hat Sehnsucht nach dir.«

»Nach mir?«

»Er ist nicht der Einzige. Die Wache würde sich auch gerne mit dir unterhalten, und da du dich hier versteckst, weißt du vermutlich auch genau, warum.«

»Eigentlich war es ein Unfall«, erklärte Vil.

»Eigentlich hatten wir ausgemacht, dass wir uns von da fernhalten«, erwiderte Peker und sah wütend aus.

»Tut mir leid.«

»Klar, weil du erwischt wurdest. Aber der Boss sieht eine Möglichkeit, dich aus dem ganzen Schlamassel herauszuholen.«

»Und wie will der Boss das Kunststück anstellen?«

»Ich frage mich eher, *warum*, wenn du verstehst, was ich meine.«

Da Vil es nicht verstand, erklärte er seufzend: »Du bist ein sehr großer Haufen Ärger, Vil. Er muss sich etwas davon versprechen, wenn er dich da rausholen will. Irgend ’ne Ahnung, was das sein könnte? Nein? Sind diese Gerüchte am Ende etwa doch wahr?«

»Welche Gerüchte?« Vil hatte seine Nachricht zwar abgeliefert, aber sich nicht länger aufgehalten als nötig. Man würde ihn jagen, das war ihm klar, also hatte er sich in dieser verlassenen Halle versteckt. Und wenn er hinausschlich, um auf einem der Märkte Essen zu stehlen, hörte er das Raunen von dem Schmiedelehrling, der zum Mörder geworden war. Aber diese Gerüchte würde Peker kaum meinen.

»Dass du in Wahrheit ein Prinz bist, aus einem fremden Land, gestrandet in einer fremden Stadt, gesegnet mit märchenhaften Reichtümern. So etwas soll es ja geben. Das ganze Katzenviertel träumt schon davon, den Berg Gold zu finden, den du irgendwo versteckt hast.«

»Nein, tut mir leid, ich bin kein Prinz, Pek.«

»Dachte ich mir fast. Ist aber schade«, fügte Peker mit einem Zwinkern hinzu.

»Lasst uns allein«, sagte der Boss, als Vil wieder vor ihm stand.

Schon den ganzen Weg über, auf dem Peker ihn auf verschlungenen Pfaden, oft unter der Erde, ins Katzenviertel gebracht hatte, hatte sich Vil Gedanken gemacht, wie er dem Boss gegenübertreten sollte. Es war klar, dass er die Gesetze, die der Mann aufgestellt hatte, gebrochen hatte, und das schien ihm schlimmer, als die Gesetze der Stadt zu brechen. Und welche Art Hilfe konnte der Boss anbieten? Und, Peker hatte diese Frage zu Recht gestellt, was versprach er sich davon?

Als die anderen Männer den Keller verlassen hatten, sagte der Boss erst einmal gar nichts, sondern sah Vil nur lange schweigend an. Dann sagte er: »Du weißt, dass ich dich eigentlich auf dem Grund des Meeres versenken sollte oder besser noch im Brunnen der hiesigen Wache?«

»Ja, Boss. Aber es war ein Unfall.«

»Klar. Du räumst einem Mann nachts das Laboratorium aus,

er erwischt dich, und dann fällt er die Treppe hinab und bricht sich das Genick – ein Unfall, was sonst«, höhnte Ino. »Kannst du mir also einen guten Grund nennen, warum ich dich nicht an die Fische verfüttern sollte?«

»Nein, Boss.«

»Hätte mich auch gewundert. Aber ich kann dir einen nennen, einen Namen – Vil Merson. Sagt dir das was? Ah, ich sehe, meine Quellen sind zuverlässig wie immer.«

»Welche Quellen, Boss?« Eigentlich gab es bis jetzt nur einen Menschen im Katzenviertel, der seinen richtigen Namen kannte, Skari, und Vil fragte sich, ob sie ihn verraten hatte.

»Für einen Mann in meinem Beruf ist es wichtig, die richtigen Leute zu kennen, Kleiner. Daher weiß ich, dass du nicht nur ein Sohn des berüchtigten Hexers bist, sondern auch der Erbe der Gremms.«

Nein, offensichtlich hatte er sein Wissen doch nicht von Skari, was Vil irgendwie beruhigte.

»Wusstest du, dass dein Onkel für den Hohen Rat kandidiert?«

Vil runzelte die Stirn. Er hatte nur einen Onkel, einen Sonderling, der aus Gründen, die er nie erfahren hatte, aus der Familie praktisch ausgeschlossen worden war. »Onkel Esrahil?«

»Ich sehe, du weißt, von wem ich rede. Wie es aussieht, bekommt dein Onkel ziemlich viel Unterstützung von den übrigen Pfeffersäcken. Es kann also durchaus sein, dass er in den Rat einzieht.« Ino lächelte plötzlich sehr breit. »Weißt du, wie ungeheuer nützlich es für uns sein kann, einen Mann im Hohen Rat zu haben, Kleiner?«

»Nein, Boss.«

»Ich schon. Und deshalb habe ich beschlossen, dir zu helfen, denn du bist sein nächster Verwandter, und er wird sicher sehr dankbar sein, wenn ich deinen hübschen Hals vor dem Henker rette.«

Der Boss wusste offensichtlich nicht, dass Vil den Mann seit Jahren nicht gesehen hatte. Er beschloss, es dabei zu belassen.

»Und wie wollt Ihr mir helfen, Boss?«

»Ich werde dafür sorgen, dass man dich für tot hält.«

»Aber dieser Bettler, er hat mich gesehen.«

»Oh, ich denke, wir können ihn überreden, den Mund zu halten. Ich kann sehr überzeugend sein, Kleiner.«

Vil nickte langsam. »Und was soll ich tun?«

»Du? Vorerst nichts, aber hinterher, wenn die Sache gelaufen ist, wirst du dafür sorgen, dass dein Onkel spurt. Ansonsten wirst du nur noch tun, was ich dir sage, und vor allem wirst du nichts tun, was ich dir *nicht* sage – noch einmal werde ich dich nämlich nicht heraushauen. Ist das klar?«

»Ja, Boss.«

»Dann gib mir die Hand drauf.«

Vil hatte kein gutes Gefühl bei der Sache. Doch was blieb ihm übrig? Er reichte Ino die Hand. Damit war der Pakt besiegelt.

Sie hatten ein Versteck für ihn in einem alten Stollen, gut verborgen und abgeschirmt von der Welt, die ihn suchte. Er lag unter dem Altkaiserviertel, weil, so der Boss, man ihn dort am allerwenigsten erwarten würde. Das mochte sein, aber wohl fühlte sich Vil dort nicht. Er fragte sich, was der Boss vorhatte, aber selbst Peker, der ihn gelegentlich besuchte, schien in den Plan nicht eingeweiht zu sein. Auch Gibean, der ihm Essen brachte, das er irgendwo »günstig erworben« hatte, schien nicht zu wissen, was vorging.

Aber dann stürzte Peker eines Abends völlig außer Atem in das Versteck. »Komm«, stieß er hervor. »Schnell doch!«

»Was ist denn los?«, fragte Vil, als er hinter dem Freund durch einen dunklen Tunnel rannte. Er bekam keine Antwort.

Sie erreichten einen Keller, in dem der geheime Zugang zu diesem Stollen lag, huschten hinauf und traten auf die Straße. Vil war irritiert, da Peker die einfachsten Regeln der Vorsicht nicht zu beachten schien, aber als er durch die Tür trat, sah er, dass die ganze Stadt in heller Aufregung war.

Es brannte, irgendwo unten am Meer, ein großes Feuer, der Nachthimmel war hell erleuchtet. Vil hörte die Glocken der Stundentürme läuten, und er sah Menschen, die auf der Gasse standen oder in Richtung Hafen wanderten oder, und das schienen ihm die klügsten zu sein, die zum Brunnen liefen, um Eimer mit Wasser zu füllen, falls das Feuer sich in diese Richtung voranfressen sollte.

»Was brennt da?«, fragte Vil.

»Begreifst du es denn nicht?«, rief Peker, der sehr verstört wirkte.

Vil kletterte auf ein Fass, das vor einem Laden stand. Die Gasse führte zur Lagune hinab, und von seinem Fass aus konnte er das Häusermeer überblicken. Er erkannte die Werft, ihre starken Türme wurden vom Feuer hell beleuchtet. Dann verstand er. »Die Schmiede!«

Er sprang vom Fass. Peker hielt ihn fest. »Wo willst du hin, Vil?«

»Die Schmiede, Meister Turro, ich muss doch …«

»Es ist zu weit und zu gefährlich. Du wirst doch gesucht. Begreifst du denn nicht, was hier geschieht?«

Vil riss sich los, aber plötzlich stand Skari vor ihm, wie aus dem Boden gewachsen. »Du kannst dort hingehen, Vil, doch du kommst zu spät.«

»Zu spät?«

»Dein Schmied. Er ist tot. Ich sah ihn im Feuer.«

»Nein«, flüsterte Vil, aber er fühlte einen tiefen Stich in der Brust, der ihm sagte, dass Skari recht hatte.

»Auch andere sind tot oder sterben gerade«, fuhr sie mit halb geschlossenen Augen fort, als müsse sie sich das Gesehene in Erinnerung rufen. »Du kannst sie nicht retten.«

»Hast du das auch gesehen?«, fuhr er sie an. Er konnte sie kaum erkennen, weil ihm Tränen der Wut in den Augen standen.

»Nein, aber ich sah dich hier sitzen, Vil, und weinen.«

»Aber ich weine gar nicht!«, rief er, dann setzte er sich einfach aufs Pflaster, lehnte sich Halt suchend an die nächste Hauswand und versuchte vergeblich, die Tränen zu unterdrücken.

Esrahil Gremm saß bei einer Tasse Tee in seiner Wohnstube und zählte in Gedanken die Tage, die es noch bis zur Wahl waren. Seine Anhänger schwärmten durch die Stadt und redeten mit allen, die eine Stimme in der Großen Versammlung hatten. Er überließ die Sache ganz Vinir, der einen ungeahnten Eifer an den Tag legte. *Er wird eines Tages einen brauchbaren Rat abgeben, viel brauchbarer jedenfalls als ich,* dachte Gremm. An den Gründungstagen, den drei Tagen, an denen in Xelidor das neue Jahr mit Festumzügen und Reiterspielen in der Arena begann, würde auch die Versammlung zusammentreten und wählen. Es waren also noch drei Wochen, die er durchhalten musste.

Gremm hatte keine Zweifel daran, dass er verlieren würde. Telius Nestur setzte alles daran, ihn zum Gespött der Stadt zu machen, und offensichtlich hatte er Erfolg. Gremm traute sich kaum noch aus dem Haus, weil er stets das Gefühl hatte, die Leute würden sich hinter seinem Rücken das Maul über ihn zerreißen. Er betete insgeheim sogar, dass er verlieren möge, denn der einzige Grund, aus dem er in dieses wahnsinnige Vorhaben eingewilligt hatte, war die vage Hoffnung gewesen, seine Schwester retten zu können. Doch nun war seine Schwester tot und ihre Kinder ebenfalls.

Selbst Sester Elgos, dem harten Hund, hatten Tränen in den Augen gestanden, als ihm Gremm davon erzählt hatte.

Sein Geschwisterschwager Merson hingegen hatte die Nachricht, überbracht bei einem Besuch in der Residenz des Gesandten, mit eisigem Schweigen aufgenommen. Gremm hatte den Verdacht, dass er es schon gewusst hatte, und das wiederum nährte den Verdacht, dass Merson hinter dem heimtückischen Angriff auf die Wachen in der Halde steckte, von dem die ganze Stadt gesprochen hatte.

Doch das war schon wieder Wochen her, und inzwischen gab es andere Dinge, über die in der Stadt geraunt und geflüstert wurde: ein Mord im Altkaiserviertel, dann ein schlimmer Brand in einer der großen Schmieden unweit der Werft und schließlich das Gerücht von einem verschollenen Prinzen, der sich im Katzenviertel versteckte, vielleicht aber aus Oramar stammte. Dort herrschte ein grausamer Krieg unter den Prinzen, Bruder gegen Bruder, und es war nicht völlig unmöglich, dass einer von ihnen nach Xelidor geflohen war.

Gremm hätte für gewöhnlich nichts auf dieses Geschwätz gegeben, doch auch in der Versammlung, die er nun monatlich besuchte, sprach man über nichts anderes, konnte es doch sein, dass es die Stadt tiefer in den Krieg hineinzog.

Der Gesandte Gidus, seit Wochen in Xelidor zu Gast, ließ keine Gelegenheit ungenutzt, der Stadt den Schutz des Seebundes anzubieten. Doch auch das würde sie tiefer in diesen Krieg hineinziehen, von dem sie doch im Augenblick ganz gut lebten. Sie lieferten Waffen an den Seebund, der seine Söldnerheere damit ausrüstete, und Schiffe an die oramarischen Thronfolger, die dann vom Seebund oder einem der anderen Prinzen beinahe ebenso schnell versenkt wurden, wie sie die Neue Werft auf Kiel legen konnte. Ein prächtiges Geschäft, nur dass langsam das Holz knapp wurde, und auch die Erzvorräte schmolzen dahin.

Gremm hatte bei der letzten Versammlung selbst ein paar Empfehlungen ausgesprochen, wo sie Nachschub herbekommen konnten. Ein Pluspunkt für ihn, wie ihm erst hinterher bewusst geworden war.

Er stellte den schon lang erkalteten Tee zur Seite. Seltsamerweise verspürte er den Drang, wieder selbst zur See zu fahren, ferne Häfen zu bereisen und unbekannte Länder zu besuchen. Er nahm sich vor, genau das zu tun, wenn die Sache ausgestanden war und es seiner Frau endlich wieder besser ging. Diese ganze unselige Wahl schien ihr ebenso wenig zu bekommen wie ihm. Aber sie ertrug es tapfer. Er hatte ihr gegenüber ein schlechtes Gewissen, denn er war oft auf dem Tempelberg und hatte das Gefühl, sie zu vernachlässigen, aber auch darüber beklagte sie sich nicht.

Er bemerkte erst beim zweiten Klopfen, dass die Köchin in der Tür stand und einen Besucher meldete. Er war dann nur milde überrascht, dass es Leutnant Lizet war. Er bot ihm einen Platz an und bat die Köchin, neuen Tee zu bringen. Er wunderte sich selbst, dass er so ruhig blieb. Vor kurzem hatte ihn der Anblick dieses Leutnants noch in panische Angst versetzt. Aber irgendwie schien er über so etwas wie Angst hinaus zu sein.

»Was kann ich für Euch tun, Leutnant?«, begann er daher freundlich.

»Ich habe eine unangenehme Nachricht, Menher.«

»Nun, ein Todesfall kann es wohl nicht sein, oder?«

»Ich fürchte doch, Menher.«

Die Angst kehrte zurück, von einer Sekunde auf die nächste. Eben noch hatte er sich sicher gefühlt, jetzt rasten seine Gedanken. Merson – es konnte nur um seinen verfluchten Schwager gehen.

Der Leutnant räusperte sich und übergab Gremm einen goldenen Ring.

»Was ist das?«

»Seht ihn Euch bitte genau an, Menher.«

Gremm hielt ihn an die nächste Kerze. »Es ist etwas eingraviert«, stellte er fest.

»So ist es. Falls Ihr es nicht lesen könnt, dort steht *Rohana – Aretor.*«

Gremm stutzte. »Dann wäre das der Hochzeitsring meiner Schwester.«

»So scheint es, Menher.«

»Wo habt Ihr ihn her?«

»Das ist nun die seltsame und traurige Nachricht, Menher. Wir haben ihn aus der Tasche eines jungen Mannes, der einem fürchterlichen Brand zum Opfer gefallen ist. Ihr habt vielleicht davon gehört – die große Schmiede im Goldbodenviertel.«

»Natürlich. Man fürchtete doch, er könne sogar auf die Werft oder Stadt übergreifen.«

»Das ist zum Glück nicht geschehen. Aber die Schmiede und ein naher Tempel wurden fast völlig zerstört. Es gab auch ein paar Tote. Offenbar ist einer der Schmelzöfen explodiert, auch wenn noch niemand genau weiß, wie es dazu kommen konnte.«

»Und einer dieser Toten hatte diesen Ring bei sich? Das verstehe ich nicht. Hat er ihn gestohlen?«

»Ich fürchte nicht, Menher. Aus gewissen Hinweisen ergibt sich das Bild, dass er ihn von seiner Mutter geerbt hat. Es handelt sich nämlich um Euren Neffen Viltor.«

Gremm glotzte den Leutnant ungläubig an. »Viltor? Leutnant, was ist das für ein makabrer Scherz? Ihr habt mir berichtet, er sei in einen Schacht gestürzt!«

»Es tut mir sehr leid, Menher, diese Information war falsch. Offenbar hatte er seinen Tod nur vorgetäuscht.«

Esrahil Gremm schüttelte ungläubig den Kopf. »Vorgetäuscht? Und jetzt? Jetzt ist er tot? Oder ist das auch nur wieder eine Täuschung? Werdet Ihr nächste Woche wieder hier sitzen, erklären, dass alles nur ein Irrtum war, und mir erzählen, dass er erneut gestorben ist?«

»Ich kann Eure Erregung verstehen, Menher.«

Gremm war aufgesprungen. »Ach – das könnt Ihr? Aber feststellen, ob mein Neffe tot ist, das könnt Ihr nicht? Nein, das reicht! Hinaus, Leutnant, hinaus! Ich will kein Wort mehr von Euch hören. Kommt erst wieder, wenn Ihr Euch … nein, kommt überhaupt nicht wieder! Und eines sage ich Euch, diese Geschichte wird ein Nachspiel haben!« Er packte den Offizier am Arm und schob ihn aus der Stube, ohne dass dieser Widerstand leistete. »Wagt es nicht noch einmal, hier mit derlei Unsinn zu erscheinen! Hinaus!«

Livus Lizet stolperte hinaus auf die Straße, und Gremm knallte die Tür hinter ihm zu. Er zupfte sein Wams zurecht. So viel Energie hatte er dem Kauffahrer gar nicht zugetraut. Eine weiß gekleidete Gestalt löste sich aus dem Schatten des gegenüberliegenden Hauses. »Nun, wie ist es gelaufen?«

»Wieder war er völlig überrascht, Bruder Melid.«

»Er hatte also wirklich keine Ahnung, dass sein Neffe noch lebte?«

»Ganz sicher nicht«, stellte Lizet fest. Gremm hatte etwas gesagt, was ihn beschäftigte. Was, wenn Vil Merson seinen Tod wieder nur vorgetäuscht hatte? Es hatte drei andere Tote gegeben, bei zweien waren die Angehörigen gekommen, die ihre Söhne vermissten: Goll, den Gesellen mit dem zerstörten Gesicht, und einen Lehrling, den Sohn eines Bäckermeisters.

Und dann war da noch der Meister, Turro, der aber keine Familie hatte, und es waren die anderen Meister der Schmiede gewesen, die meinten, er müsse der dritte Tote sein.

Und dann gab es eben noch die Leiche, nach der niemand

fragte, den jungen Mann mit dem Ring in der Tasche. Er war nicht geschmolzen, was vielleicht daran lag, dass der Junge ihn unter sich begraben hatte, als er verbrannte. Nur so war er überhaupt zu identifizieren gewesen. Es sprach also alles dafür, dass es Vil Merson war, der Junge, der aus Gründen, die Lizet nicht kannte, *wahrscheinlich* seinen Freund Galenes getötet hatte.

Und dennoch, Lizet hatte Zweifel, und er wusste, was zu tun war: Er würde verbreiten lassen, dass der Mörder des Arztes bei dem Feuer umgekommen war. Und dann würde er abwarten, was geschah.

Der Boss war für Vil nicht zu sprechen, nicht in der Nacht des Brandes, nicht in den Tagen danach.

Vil hatte sich von Peker nicht aufhalten lassen, war, als er endlich begriffen hatte, was Ino getan hatte, außer sich vor Wut in den Keller gestürmt, doch hatte er ihn leer vorgefunden. Der Boss, so hieß es, habe wegen dringender Geschäfte die Stadt verlassen.

»Wann ist er wieder da?«, hatte er gefragt.

»Wenn er wieder da ist«, hatte Kratos geantwortet, einer der Handlanger des Bosses.

Vil hatte Glück, dass Peker bei ihm war, denn der hinderte ihn daran, sich auf diesen Schläger zu stürzen, was ihm vermutlich schlecht bekommen wäre.

Skari leistete ihm in der ersten Nacht Gesellschaft, und sie schien ihm nicht zu glauben, dass er allein sein wollte. Lange saßen sie schweigend im Kerzenschein beieinander. Aber irgendwann sagte Skari: »Es ist seltsam. Ich habe dich gesehen, in einer Vision, umringt von Flammen. Doch ist sie nicht eingetreten. Das geschieht sonst nie.«

Er wusste darauf nichts zu erwidern, aber sie schien das auch nicht zu erwarten. Sie schien überhaupt nichts von ihm zu erwarten, sondern war einfach da. Später brach Vil innerlich zusammen, und sie tröstete ihn. Noch später schliefen sie miteinander.

»Sag mir, Skari, warum trauere ich mehr um diesen Schmied als um meine Mutter oder meinen eigenen Vater?«, fragte er, als sie nebeneinander lagen.

»Das tust du nicht«, erwiderte sie. »Du zeigst es nur mehr.«

Am dritten Tag nach dem Brand erschien Peker wieder im Versteck. Er schien aufgeregt.

»Ist Ino zurück?«, fragte Vil, ohne sich mit einer Begrüßung aufzuhalten. »Ist der Boss wieder da?«

Peker schüttelte den Kopf. »Nein, aber ich habe zwei gute Nachrichten, wenn man sie so nennen kann. Also erstens: Der Mörder des Arztes ist bei dem Brand ums Leben gekommen. Das wurde offiziell verkündet. Offenbar halten sie eine der Leichen für dich, doch frag mich nicht, wie sie auf diese Idee kommen.«

Vil runzelte die Stirn. Man hielt ihn für tot? Wer mochte da an seiner Stelle gestorben sein?

»Und die zweite Nachricht ist noch viel besser, Vil. Ich habe nämlich etwas Unglaubliches gesehen, ein Loch, ein Loch im Boden. Und zwar in der Schmiede.«

»Aber die ist doch verbrannt, Pek.«

»Richtig. Ich war dort, habe mich umgesehen. Die Ruine wird bewacht, was ich seltsam fand, denn bis auf die Grundmauern ist nicht viel übrig geblieben. Der Wächter ließ mich hinein, als ich ihm ein paar Kronen zeigte. Also, Vil, da ist ein Schmelzofen in die Luft geflogen, kein Mensch weiß, warum, aber er hat ein Loch in der Erde hinterlassen.«

»Die vierte Pforte zur Halde«, flüsterte Vil.

»Genau. Sie ist wieder offen. Warte – wo willst du hin?«

»Wohin wohl?«

»Vil, es ist heller Tag. Wir müssen warten, bis es dunkel wird.«

»Keine Sekunde will ich noch warten.«

»Ich verstehe, mein Freund, aber du wirst warten müssen – oder hast du ein Seil?«

»Wir besorgen eins.«

»Eben. Gabba ist schon dabei. Er wird herkommen, sobald er es hat – und sobald es dunkel genug ist.«

Vil konnte es nicht fassen. In wenigen Stunden würde er seine kleine Schwester in den Armen halten.

»Stell dir das nicht zu einfach vor, Vil. Wenn ich dich richtig verstehe, gibt es da unten auch Wachen.«

»Aber die sind außerhalb der Halde. Bis die durch das Gitter kommen, sind wir schon längst wieder weg.«

»Und du hast Feinde da unten.«

»Das stimmt, Pek. Wir werden Waffen brauchen.«

»Das Feuer«, sagte Skari, die die ganze Zeit gar nichts gesagt hatte. »Ich glaube, es ist dein Zeichen.«

»Was meinst du?«

»Ich dachte erst, es sei die Schmiede. Aber jetzt verstehe ich es. Es wird noch kommen.«

Vil starrte sie an. »Heute Nacht in der Halde?«

»Vielleicht. Da war noch mehr, aber ich konnte es nicht erkennen.«

»Und sollte ich besorgt sein?«

»Was geschehen wird, wird geschehen«, erwiderte sie. »Besorgt sein ändert daran nichts.«

»Der Himmel verfluche die Gesegneten«, murmelte Vil, als Skari irgendwann ohne großen Abschied oder gar eine Erklärung, wohin sie gehe, verschwunden war.

Peker grinste dünn. »Sie sind schon längst verflucht, vergiss das nicht. Und dieses Verschwinden ist eben einfach ihre Art.

Besser, du gewöhnst dich daran. Scheint ja so zu sein, dass du in Zukunft ein bisschen mehr mit ihr zu tun haben wirst als ich.«

»Ich weiß nicht, was du meinst.«

»Schon klar.«

Es klopfte.

»Gabba, endlich!«, rief Vil und riss die Tür auf.

Aber es war nicht Gibean mit dem Seil, es waren Kratos und Biator, zwei von Inos Schlägern.

»Der Boss will dich sehen, Kleiner«, sagte Kratos.

»Ich habe aber was zu erledigen«, entgegnete Vil, der das Schicksal verfluchte.

Kratos lächelte. »Komm schon, mach es uns nicht unnötig schwer, Vil.«

Vil warf Peker einen hilfesuchenden Blick zu. Aber der blickte nur betreten drein.

»Nur der Kleine«, sagte Kratos, als sich Peker anschließen wollte.

»Schon gut, Pek«, sagte Vil. »Wir treffen uns dann da, oder?«

»Wird das Beste sein«, sagte Peker, und er sandte ihm einen warnenden Blick zu.

Als sie erst durch den alten Stollen, dann durch schmale Gassen stapften, dachte Vil plötzlich, dass er das Schicksal vielleicht zu früh verflucht hatte. Er würde also den Boss treffen, und wenn sie sich, wie beim letzten Mal, unter vier Augen unterhielten, würde er ihn umbringen. Der Gedanke war klar und einfach: Er würde Ino töten und danach seine Schwester retten.

Und dann würden er und Tiuri das alles hinter sich lassen und ein neues Leben beginnen. Allerdings wusste er nicht, was er tun würde, wenn der Boss sich *nicht* unter vier Augen mit ihm unterhalten wollte. Gegen diese beiden üblen Schläger, die ihn mürrisch durch die Gassen führten, hatte er doch keine Chance, nicht mal gegen einen von ihnen.

Als sie den Keller erreichten, erlebte Vil die nächste böse Überraschung: Gibean saß dort in einer Ecke, blass und niedergeschlagen. Er war hier, nicht mit einem Seil unterwegs zur Schmiede. Was hatte das zu bedeuten? Gibean verzog das Gesicht zu einem unsicheren Lächeln und murmelte: »Tut mir leid, Vil.«

»Was hast du …?«, begann Vil, aber Kratos unterbrach ihn rüde: »Gabba hat getan, was gut für ihn ist, und das solltest du auch tun.«

Dann schob er ihn recht unsanft in einen Nebenraum des Kellers, den Vil noch nie zuvor betreten hatte. Zwei große, mit schweren Schlössern gesicherte Kisten standen in den Ecken, und es gab einen Tisch, auf dem die drei Schatullen standen, die er bei seinem allerersten Einbruch gestohlen hatte. War der Boss sie immer noch nicht losgeworden? Im Augenblick konnte ihm das wohl gleich sein.

Ino drehte ihm den Rücken zu und reagierte erst nicht, als Kratos sich räusperte, um auf sich aufmerksam zu machen. Er schien in die Betrachtung der drei Schatullen vertieft zu sein.

»Es ist wirklich schwieriger, sie zu verkaufen, als ich mir vorstellen konnte«, begann Ino, ohne sich umzudrehen. »Ich war fast schon bereit, die Dinger im Meer zu versenken. Allerdings hörte ich jetzt von einem Kaufmann vom Goldenen Meer, der zurzeit in der Stadt ist und der vielleicht weniger Angst vor den Scholaren hat als andere. Und stell dir vor, Vil, zufälligerweise ist er ein Bekannter deines Onkels. Ich denke, es wird deine erste Aufgabe sein, dieses Geschäft zu vermitteln.«

»Meine Aufgabe?«

Der Boss drehte sich endlich um. Er strahlte eine seltsame Mischung aus Gereiztheit und guter Laune aus. »Für die da oben bist du tot, Kleiner. Dein Onkel wird sich doch sicher freuen, dass sie damit falschliegen, oder? Und in dieser Freude ist er auch sicher bereit, deinem Retter bei diesem kleinen Geschäft behilflich zu sein.«

»Meinem Retter?«, fragte Vil. Die Wut loderte auf. Es war ihm schon beinahe gleich, dass Kratos mit im Raum war.

»So ein Feuer legt sich doch nicht von selbst, Kleiner«, sagte der Boss und lächelte.

Er gab es sogar offen zu? Vil hatte sein Messer im Gürtel, sie hatten es ihm nicht abgenommen, und Kratos lehnte gähnend an der Wand. Zwei oder drei schnelle Schritte, und er konnte dem Boss die Klinge in den Wanst rammen.

»Meister Turro ist dabei umgekommen«, stieß er hervor.

»Ich kann den Leuten nicht helfen, wenn sie sich mutwillig in ein Feuer stürzen, um zu retten, was doch nicht mehr zu retten ist.«

»Und der, der an meiner Stelle gestorben ist?« Vil schob sich ein winziges Stück näher an den Boss heran. Es würde auf Sekunden ankommen, wenn es ernst wurde.

Kratos würde vielleicht gar nichts unternehmen, wenn der Boss erst einmal tot war. Eine schwache Hoffnung, vielleicht sogar völliger Irrsinn, aber Vil war wütend genug, es darauf ankommen zu lassen.

»Ah, das ist das Beste! Du erinnerst dich an diesen Bettler, der so tat, als sei er ein Krüppel? Und der dich an diesem bestimmten Morgen gesehen hast, als du wie ein Idiot blutverschmiert durch die Gassen gelaufen bist? Er hat es den Wachen erzählt, was er nicht hätte tun dürfen.«

»Ihr habt ihn getötet?«, brachte Vil langsam hervor.

»Er hätte sich kaum freiwillig ins Feuer gelegt. Und er hat seine Rolle perfekt gespielt. Dein Meister hat jedenfalls geglaubt, dass du das bist, der da liegt. Dieser Narr hat deinen Namen gerufen, als er ins Feuer gerannt ist.«

»Mörder!«, schrie Vil und sprang.

Der Boss wich blitzschnell zur Seite, und seine Faust landete krachend in Vils Gesicht. Der Schlag schleuderte ihn rückwärts durch die Kammer und zu Boden. Er kam auf die Beine, spuckte Blut und stürzte sich mit gezücktem Messer auf Ino. Der grinste nur, tänzelte zurück und rammte ihm die Rechte mit voller Wucht in den Unterleib.

Vil klappte zusammen, spürte plötzlich Inos Hand in den Haaren und einen Fuß im Genick. Der Boss drückte ihn brutal zu Boden, riss dann seinen Kopf zurück und hielt ihm sein eigenes Messer an die Kehle. »Siehst du, Kratos, ich sagte doch, dass dieser Dummkopf etwas versuchen wird.«

»Ihr hattet wie immer recht, Boss«, sagte der Schläger. Er hatte sich nicht einmal gerührt, als habe nicht der leiseste Zweifel bestanden, wie die Sache ausgehen würde.

Der Boss zog Vils Kopf noch ein wenig weiter zurück. Vil bekam kaum Luft.

»Hör zu, Kleiner. Dass es diesen Schmied erwischt hat, tut mir leid, aber er war eben zur falschen Zeit am falschen Ort. Vergiss aber nicht, dass ich es für dich getan habe, klar? Was ist, ich kann dich nicht hören.«

»Klar«, röchelte Vil, dem der Fuß im Nacken den Atem abschnürte.

»Bestens. Noch etwas, Kleiner. Solche Dinge passieren eben in unserem Gewerbe. Denk nur an den toten Arzt. Wie hast du es genannt? Einen Unfall. Und so ein Unfall ist nun dem Schmied widerfahren. Pech, mehr nicht. Kein Grund, hier ein Messer zu zücken. Klar?«

»Klar.«

»Klar, was?«

»Klar, Boss«, brachte Vil hervor.

Der Griff in seinen Haaren lockerte sich nicht.

»Ich verstehe ja, dass du wütend bist, Kleiner, das heißt, nein, eigentlich verstehe ich es nicht. Ich habe dir gerade den Arsch gerettet. Will das nicht in deinen Schädel? Du würdest schon bald auf dem Richtblock liegen, wenn ich nicht dieses kleine Feuer veranstaltet hätte. Also wäre eigentlich ein bisschen Dankbarkeit angebracht, nicht wahr, Kratos? Siehst du, Kratos findet das auch. Weißt du, ich mag dich, Kleiner, wirklich. Sonst hätte ich mir doch die ganze Mühe nicht gemacht. Aber wenn du keine Ruhe gibst, dann endet es, und zwar hier und jetzt. Verstehen wir uns?«

Alles in Vil wehrte sich gegen die Worte, die er nun doch hervorstieß: »Verstanden, Boss.«

Endlich verschwand der Fuß aus seinem Genick. »Siehst du, Kratos, er nimmt Vernunft an.«

»Vielleicht, Boss«, meinte der Schläger.

»Nein, ganz gewiss. Er wird noch ein bisschen brauchen, bis er es ganz versteht, aber dann wird ihn ein warmes Gefühl der Dankbarkeit durchfluten«, höhnte Ino. »Vor allem, wenn ich ihm jetzt auch noch sage, dass ich für seine Schwester gesorgt habe.«

»Tiuri?«

»Keine Ahnung, wie die Kleine heißt. Jedenfalls habe ich sie für dich aus der Halde geholt. Sie war nicht ganz billig, mein Freund Semer versteht sich leider zu gut auf das Geschäft.«

Vil saß keuchend auf dem Boden und verstand jetzt gar nichts nicht mehr. Der Boss hatte dem Eisenkönig seine Schwester abgekauft?

»Wo … wo ist sie? Ich will sofort zu ihr!«

»Du wirst erfahren, wo sie ist, wenn die Zeit dafür reif ist. Weißt du, ein Mann, der meinen Fuß im Nacken hat, wird mir alles versprechen, was ich hören will. Leider hat mich die Erfahrung gelehrt, dass diese Versprechen nicht viel wert sind. Ich bin kein Narr, Vil. Ich sehe die Wut in deinen Augen, und solange ich sie dort sehe, wird deine Schwester bleiben, wo sie jetzt ist. Sie ist nicht mehr in der Halde – ist das nicht das, was du wolltest?«

»Ja, Boss«, sagte Vil in ohnmächtiger Wut. Es war klar, dass der Boss Tiuri in ein Bordell geschafft hatte.

»Ah, ich sehe, endlich verstehen wir uns. Dann verschwinde jetzt. Und morgen Abend will ich hören, dass du mit deinem Onkel geredet hast, verstanden?«

»Ja, Boss.«

»Dann warte nebenan. Ich habe vielleicht noch Anweisungen für dich.«

Vil ging in den Keller. Biator stand vor der Treppe, die nach oben führte. Er kam also nicht hinaus. Und da saß Gibean und wich seinem Blick aus. Vil hätte sich auf ihn gestürzt, wenn es etwas genutzt hätte. Warum wollte der Boss, dass er hier wartete? Er sollte jetzt in der Halde sein und … nein, es war zu spät, Ino hatte seine Schwester längst dort fortgebracht. Oder? War das der Grund, dass er ihn hier festhielt? Wurde dieses widerwärtige Geschäft vielleicht gerade abgewickelt? Oder war es noch gar nicht geschehen? Er schlenderte in gezwungener Ruhe zur Treppe.

»Setz dich wieder hin«, sagte Biator finster.

»Der Boss meinte, ich könne ruhig gehen.«

Aber der Schläger fiel nicht auf diesen plumpen Trick herein. »Ich sage es nur noch einmal, Kleiner, setz dich!«

»Na, schön«, sagte Vil, wandte sich halb ab und rammte dem Mann dann das Knie mit aller Wucht in den Unterleib.

Dann rannte er hinaus und auf die Gasse. Er musste schnell sein.

»Hey, warte, was hast du jetzt vor?« Es war Gibean, der ihm gefolgt war.

»Hau bloß ab, Gabba!«, rief Vil und lief weiter die Gasse hinunter. Die Schmiede – dort würden Skari und Peker sein.

Gibean folgte ihm weiter. »Nein, Vil, jetzt warte doch.«

Vil fuhr herum, packte Gibean am Kragen und griff nach seinem Messer. »Du hast mich verraten!«, zischte er nur.

»Ich hatte keine Wahl, du weißt doch, wozu er fähig ist.«

»Du solltest mir wirklich aus dem Weg gehen, Gabba.«

»Aber … aber, vielleicht kann ich dir helfen!«

»Du?«

»Ja, ich. Hör mal, ich wäre fast mit dem Arsch im Feuer gelandet, nur weil Ino schlechte Laune hatte, und darauf habe ich keine Lust mehr. Ich werde verschwinden, aber ich kann dir helfen, wenn du mir hilfst. Also, was hast du vor?«

Vil ließ den schmächtigen Dieb los. Vermutlich würde der sofort zum Boss laufen und alles verraten, was er jetzt sagte, aber andererseits war es ohnehin offensichtlich: »Ich werde meine Schwester suchen. Und sobald ich sie gefunden habe, bringe ich das Schwein um.«

Er stapfte weiter die Straße hinab.

Gibean hielt Schritt. »Dir ist klar, dass du dabei draufgehst, oder?«

»Was kümmert dich das?«

»Einiges, denn wenn der Boss dich kaltmacht, bin ich vielleicht der Nächste, weil ich ihn nicht vorgewarnt habe. Außerdem ist da doch noch deine kleine Schwester. Du solltest sie erst in Sicherheit bringen und dich und mich vielleicht auch.«

Vil gab ihm im Stillen widerwillig recht. Er musste sich um Tiuri kümmern, wie er es seiner Mutter hoch und heilig versprochen hatte. Die Rache musste warten. Dann blieb er stehen, denn er begriff, dass Gibean nicht grundlos fragte: »Weißt du etwas über meine Schwester, Gabba?«

»Vielleicht. Ich meine, ich weiß, mit welchen Häusern der Boss solche Geschäfte macht. Es sind nicht so viele. Kann gut sein, dass sie in einem davon ist.«

»Und in welchem?«

»Das kann ich herausfinden – wenn du mir versprichst, mich mitzunehmen.«

»Mitzunehmen?«

»Wenn du sie hier wegbringst. Sie ist in Xelidor nicht sicher, solange der Boss lebt, ich meine, wir sind alle nicht sicher. Und ich habe vielleicht eine Idee, wer uns hier wegbringen könnte, aber dazu brauche ich dich.«

»Mich?«

»Ich erkläre es dir später – wenn du mir schwörst, dass du mich mitnimmst!« Vil blickte unruhig die Gasse hinauf. Eigentlich sollte da ein wutschnaubender Biator auftauchen, aber der war noch nicht zu sehen. Er musste ihn gut erwischt haben.

Gibean grinste breit. »Keine Angst, Biator wird nicht so schnell auftauchen. Ich habe ihm eins mit dem Stuhl übergebraten. Also, was ist jetzt?«

»Also gut, versprochen«, sagte Vil mit einem unguten Gefühl. Er traute Gibean immer noch nicht, aber was hatte er schon für eine Wahl?

»Dann komm mit!«

»Warte, wir sollten Pek und Skari holen, wir werden jede Hilfe brauchen, die wir kriegen können.«

»Meinetwegen, wenn du glaubst, dass deine Schwester so viel Zeit hat. Schau mich nicht so an. Soweit ich weiß, hat der Boss sie heute erst gekauft – und in die Grubengasse bringen lassen. Was glaubst du wohl, was sie da mit ihr machen?«

Vil kannte die Gasse, dort gab es die vielleicht übelsten Tavernen und Bordelle im Katzenviertel, nur noch übertroffen von den finsteren Kaschemmen und Hurenhäusern, die in den untersten Katakomben der Arena auf sehr leichtsinnige oder sehr finstere Kundschaft warteten.

»Also was ist jetzt? Zur Schmiede – oder zu deiner Schwester?«

Vil fluchte, dann folgte er Gibean.

Die Grubengasse war keine schlichte Gasse, sie war ein Gewirr von Nebenwegen, Höfen und Hinterhöfen, kurzen Stollen und verzweigten Höhlen, halb über und halb unter der Erde verlaufend, ein Viertel im Viertel. Vil wusste, dass es nicht leicht werden würde, seine Schwester in diesem Labyrinth zu finden.

Aber Gibean kannte offensichtlich jeden in dieser Straße: die Huren, die sich aus den Fenstern lehnten, die Schreihälse vor den Schänken und die fliegenden Händler, die Wunderheilmittel und wertlosen Tand feilboten. Allerdings ließ sich Gibean unerklärlich viel Zeit, er blieb oft stehen, schüttelte Hände und bewunderte die Auslage – bei den Händlern und bei den Huren –, und erst dann stellte er Fragen nach einem Mädchen von zwölf Jahren, das heute in die Gasse gebracht worden war.

»Muss das so lange dauern?«, drängte Vil, als Gibean ausführlich mit einem Händler geplaudert hatte, der falsche Goldringe verkaufte.

»Die Leute reden nicht, wenn man mit der Tür ins Haus fällt. Macht sie misstrauisch. Und unser Freund eben hat deine Schwester wohl tatsächlich gesehen.«

»Wann? Wo?«

»Vor wenigen Stunden erst. Kratos hat sie mit einem Mann, der nach Unrat stank, dort vorn in die Gasse gebracht, was, unter uns, keine gute Nachricht ist. Halt, warte!«

Aber Vil kannte kein Halten mehr. Er rannte an der Gasse vorüber, denn sie war so schmal, dass er sie erst übersah, aber Gibean rief ihn zurück.

»Langsam, Vil, diese Gasse wird nicht umsonst die Dunkelgasse genannt. Wir müssen auf der Hut sein.«

Vil nickte. Die Gasse ging in einen alten Stollen über, der in den Tempelberg hineinführte. Die Häuser machten einen abweisenden Eindruck. Kein Türsteher versuchte, Kunden anzulocken, und in den wenigen Fenstern waren auch keine Huren zu sehen.

»Und wo genau ist sie jetzt?«, fragte Vil. Die Anspannung war fast unerträglich. Wenn Gibean ihn in eine Falle locken wollte, dann war das der perfekte Ort dafür.

Der aber wirkte beklommen. Er kratzte sich am Kinn, musterte die Häuser und murmelte leise: »Nicht meine Gegend, ganz bestimmt nicht meine Gegend.«

Dann ertönte ein schriller Schrei von weiter hinten aus dem Stollen, gefolgt von einem plötzlichen Aufflammen roten Lichts. Jemand brüllte, brüllte um sein Leben. Irgendetwas brannte da. Voller Grauen erkannte Vil, dass es ein Mensch war, der in Flammen stand. Er brüllte und brannte und taumelte genau auf sie zu.

Entsetzt wichen sie zurück, aber die Gasse war zu schmal, um auszuweichen. Bevor der brennende Mann sie jedoch erreichte, brach er auf dem Pflaster zusammen. Ein furchtbarer Geruch von verbranntem Fleisch erfüllte die Luft.

»Feuer! Feuer!«, schrie jemand.

Hatte Skari ihn nicht inmitten von Flammen gesehen?

»Komm!«, schrie Vil, sprang über den verkohlten Leib und rannte die Gasse hinab. Erst, als er vor dem Haus stand, das in den Fels unter der Stadt hineingehauen worden war, bemerkte er, dass Gibean zurückgeblieben war.

Menschen standen auf der Straße, darunter junge, spärlich bekleidete Mädchen, die nicht viel älter als Tiuri sein konnten. Aus der Nachbarschaft kamen andere Menschen herangelaufen, brüllten und schrien wild durcheinander, aber niemand machte Anstalten, Wasser zu holen, um die Flammen, die aus zwei schmalen Fenstern im Felsen schlugen, zu löschen.

»Diese Hexe«, schrie eine dürre, rothaarige Alte, »diese kleine Hexe hat Feuer gelegt!«

Vil packte die Frau: »Wo ist sie?«

»Ich hoffe, sie verbrennt!«, zischte die Alte.

Das Haus war nicht höher als der alte Stollen, aber es war langgezogen, und der Eingang lag jenseits der Flammen, die durch die vergitterten Fenster weit in die unterirdische Gasse hinausschlugen. Andauernd schrie jemand nach Wasser, ein anderer griff den Ruf auf, aber Vil sah immer noch niemanden, der wirklich Wasser holte.

Und dann sah Vil den Eisenkönig. Er stand vor dem Haus, ohne Hemd, der fleischige Bauch lappte über den Hosenbund, den er mit den Händen festhielt. Ein Mädchen, zierlich, jung, nicht einmal halb so groß wie Semer Geffai, stand mit großen Augen neben ihm, hielt sich an seinem behaarten Arm fest. Vil zog sein Messer. Der Mann hatte ihn noch nicht gesehen. Die Gelegenheit war günstig – aber dann ertönte ein schriller Schrei aus dem Inneren des Hurenhauses.

Er duckte sich, sprintete durch die Flammen, die ihm die Haare versengten, und rannte in diese merkwürdige Behausung hinein. »Tiuri!«, schrie er. Ein Empfangsraum, ein Tresen mit ein paar Stühlen und Hockern, im dichten Qualm kaum zu erkennen. Wo war sie? »Tiuri!«

Er bekam keine Antwort.

Noch einmal: »Tiuri!«

Wieder nichts. Er zog sich das Wams über den Kopf, um sich vor Rauch und Hitze zu schützen, und rannte in einen schmalen Flur. Eine lange Reihe von schlichten Bänken, die Feuer gefangen hatten, dann eine Kammer. Im dichten Qualm sah er verkohlte Bettpfosten und schwarz versengte Felle, unter denen noch die Glut des verbrannten Strohs schwelte. Und da, in der Ecke, saß eine kleine, zusammengekauerte Gestalt.

»Tiuri!«

Er sprang über eines der Betten, das funkenstiebend zusammenbrach. »Tiuri.« Er beugte sich zu ihr hinab. Sie war es, unter all dem Ruß auf ihrem Gesicht war es unverkennbar seine kleine Schwester. Er wollte sie umarmen, beschützen, aus den Flammen tragen, aber sie wich vor ihm zurück.

»Tiuri, ich bin es!«

Sie drückte sich tiefer in die Ecke.

»Komm, ich bring dich hier raus.«

Sie blickte ihn verstört an, schüttelte den Kopf.

Er fluchte, packte sie, hob sie hoch und schleppte das schreiende und zappelnde Mädchen aus den Flammen. Er rannte hustend durch den Flur in die Empfangskammer. Die Pforte war ins Schloss gefallen. Er wollte sie öffnen, aber irgendetwas blockierte sie. Er rüttelte und zog, aber sie rührte sich nicht.

Dann geschah etwas Seltsames: Die kleine Empfangshalle brannte plötzlich. Von einer Sekunde auf die nächste sprang das Feuer aus dem Gang in die Stühle und Hocker, entzündete die Tische und den Tresen, und plötzlich schien die Pforte regelrecht in Flammen zu explodieren.

Entsetzt prallte Vil zurück. Aber der Weg war frei. Die Tür hatte sich in Asche verwandelt.

Er rannte hinaus, und die Leute wichen schreiend vor ihm und den Flammen, die ihn verfolgten, zurück.

Geffai – da stand er, hielt sich die verbrannte Schulter und glotzte ihn ungläubig an. Ein plötzliches Erkennen flackerte über sein Gesicht. Er drehte sich um und rannte.

»Da ist die kleine Hexe!«, keifte die Alte und stellte sich ihm in den Weg. »Werft sie zurück ins Feuer!«

»Jeder, der sie anrührt, kriegt es mit mir zu tun!«, krächzte Vil.

»Und mit mir!«, rief eine zweite Stimme.

Peker! Er stand in der Mitte der Gasse, einen langen Dolch in der Hand. Hinter ihm sah Vil den Eisenkönig davonrennen.

Die Menge schien noch unschlüssig, aber dann trat Skari aus Pekers Schatten.

»Noch eine Hexe!«, keifte die Rothaarige.

Skari lächelte und zeigte mit ausgestrecktem Arm auf die Alte. Diese kreischte ängstlich auf, machte das Zeichen gegen den bösen Blick und verschwand in der Menge.

»Macht euch lieber endlich ans Löschen, Leute!«, rief Peker, den Dolch immer noch drohend erhoben.

Vil drängte sich an den Leuten vorbei, seine Schwester in den Armen. »Verdammt, Geffai – warum habt ihr ihn nicht aufgehalten?«

»Wie gut, dass du hier bist und mir den Arsch rettest, Pek«, gab Peker gallig zurück.

Vil spuckte Ruß aus. »Verdammt, ja, das ist es. Wie habt ihr mich gefunden?«, rief er hustend.

»Ich habe dich doch gesehen. Es hat nur gedauert, bis ich wusste, wo«, sagte Skari.

»Du hast weiße Haare«, stellte Tiuri fest.

Skari lächelte.

»Wir sollten verschwinden«, mahnte Gibean, der aus einer Nische hervortrat.

»Nimm sie, Skari, und dann verschwindet. Wir treffen uns in Peks Versteck.«

»Vil, was hast du vor?«

»Geffai!«

»Vil, nicht!«, rief Tiuri, die sich plötzlich an ihn klammerte.

»Das sind Freunde, Tiri, gute Freunde. Und ich bin gleich zurück.«

Aber es dauerte, bis er die widerstrebenden Mädchenhände von seinem Arm lösen konnte.

Eine Menschentraube hatte sich vor dem Eingang der Dunkelgasse gesammelt. Man diskutierte aufgeregt über das Feuer, aber offenbar war man nicht besorgt, dass die Flammen übergreifen würden. Wie auch? Es brannte im Stollen, dort war alles aus Stein. Es war ein Wunder, dass es da überhaupt brannte. Vil drängte sich durch die Menge. Ja, es war ein Wunder, dass es seiner Schwester gelungen war, ein Feuer zu legen, noch dazu eines, das einen Mann in Brand gesetzt hatte ...

Aber darüber würde er sich später wundern. Wo war Geffai? Da! Vil konnte ihn weit voraus in der Menschentraube sehen, wie er rücksichtslos andere beiseiteschob. Die Leute wichen bald vor ihm zurück, starrten ihm kopfschüttelnd hinterher.

Vor Vil machten sie keinen Platz. Er zwängte sich durch die Menge und holte langsam auf. Er konnte Geffai schon riechen, der Geruch der Halde verfolgte den Eisenkönig, überlagerte sogar den frischen Brandgeruch.

Vil holte auf, er konnte schon erkennen, dass die Haare des Mannes auf dem Kopf und sogar auf den Armen versengt waren. Er stieß einen Schrei aus.

Geffai blieb stehen und drehte sich um.

Vil hielt nicht an, konnte nicht anhalten, auch wenn der Eisenkönig einen Kopf größer und wahrscheinlich doppelt so schwer war wie er selbst, ein feister Fleischberg, der alle Leute rundum überragte.

Vil holte mit dem Messer aus, Geffai hob seine Fäuste zur Abwehr und fletschte die Zähne. Es sah aus, als ob ihm gerade wieder bewusst geworden wäre, dass er viel stärker als sein Gegner war.

Die Klinge sauste durch die Luft, der Eisenkönig lenkte sie ab, aber seine Arme waren versengt, und er brüllte laut auf, als das Messer durch das verletzte Fleisch schnitt. Er schleuderte Vil stöhnend zurück, hielt sich den Arm, und plötzlich war in seinen Augen Angst zu sehen. Er wich einen Schritt zurück, das Zähnefletschen gefror zu einer Maske der Furcht.

Vil schrie und stürzte sich auf den Mann, der seine Schwester verkauft hatte. Geffai wich noch einen Schritt zurück, brüllte wieder vor Schmerz, als sich Vil auf ihn warf. Der schwere Mann stolperte und stürzte zu Boden, Vil mit ihm. Aber er war schnell wieder auf den Beinen, während Geffai im Rinnstein lag und ängstlich die versengten Arme zur Abwehr hob. Seine Hose verfärbte sich im Schritt.

Vil stand stumm vor Zorn da, hielt den Dolch in den Händen – und zögerte.

Die Leute waren stehen geblieben, sahen zu, aber niemand machte Anstalten, Semer Geffai zu helfen.

»Gnade«, stammelte der Eisenkönig. »Gnade!«

Vils Hand verkrampfte sich um den Dolch. Der Mann war wehrlos.

»Bitte, Vil, ich hatte doch keine Ahnung, dass unsere liebe Tiuri in einem Hurenhaus landen …«

Mit einem Schrei unterbrach Vil diese Lüge. Er stürzte sich auf den Mann und rammte ihm mit allem Hass, den er in sich trug, das Messer in den kurzen Hals. Blut spritzte in einer hellen Fontäne hervor. Vil stieß noch einmal zu, noch einmal und noch einmal. Der Eisenkönig lag schon längst tot auf dem Pflaster, sein Kopf war grotesk zur Seite geneigt und der Hals nur noch ein blutiges, zerfetztes Stück Fleisch.

Vil sprang auf, die Leute starrten ihn entsetzt an. Er schrie seine Wut und seine Verzweiflung hinaus, und sie wichen vor ihm zurück.

Niemand fragte Vil, was geschehen war, als er das Versteck zwischen den Säulen der Arena erreichte, und Peker gab ihm stumm ein frisches Hemd und den Eimer mit Wasser, um sich das Blut abzuwaschen.

»Das macht es noch ein bisschen schwieriger«, meinte er, als Vil sich abtrocknete. »Hier können wir jedenfalls nicht bleiben.«

»Ich kenne einen Ort, an dem wir uns bis morgen Nacht verstecken können«, meinte Gibean. Sie brachen hastig auf, nahmen nur das Nötigste. »War ein gutes Versteck«, murmelte Peker, als sie aus dem Steinbogen hervortraten.

»Wir finden bessere«, meinte Vil, aber er bekam nur einen schiefen Blick zur Antwort.

Sie waren noch nicht weit gegangen, als Skari plötzlich stehen blieb.

»Was ist?«, fragte Vil, der seine Schwester wieder auf den Armen trug.

»Ich werde nicht mitkommen.«

»Warum nicht?«

»Ich falle zu sehr auf, außerdem werde ich dich längere Zeit nicht sehen.«

»Was soll denn das wieder heißen?«

»Ich weiß es nicht. Aber ich sehe es so.«

»Du siehst, dass du mich nicht siehst?«

»Ja, genau.«

»Du redest Unsinn.«

»Vielleicht. Aber es ändert nichts. So wird es kommen. Ich werde euch nicht begleiten, wohin ihr auch geht.«

»Aber der Boss, Kratos?«

»Die haben mehr Angst vor mir als ich vor ihnen«, sagte Skari grinsend. Dann drehte sie sich um und ging.

Vil setzte seine Schwester ab. »Warte doch, Skari!«

Sie blickte über die Schulter zurück und lächelte. »Das werde ich«, rief sie und bog um die nächste Ecke.

Vil blieb verärgert, verblüfft und verwirrt zurück.

Peker schlug ihm freundschaftlich auf die Schulter. »Mach dir nichts draus. So sind sie eben, die Gesegneten.«

Gibean führte sie über kleine Gassen ins Seeviertel. »Hier gibt es eine alte Nekropole, die nicht mehr benutzt wird, jedenfalls hoffe ich das«, sagte er.

Sie brachen die eiserne Tür auf und ließen sich direkt dahinter im Gang nieder. Sie hatten keine Kerzen, und durch einen Spalt in der Pforte drang etwas Licht in diese Finsternis.

»Und verrätst du uns jetzt deinen großen Plan, Gabba?«, fragte Vil.

»Es ist etwas, was der Boss gesagt hat, über deinen Onkel.«

»Welchen Onkel meint er, Vil?«, fragte Tiuri, die bisher nicht viel gesagt hatte. Ihr langes dunkles Haar war angesengt, und ihre Augen blickten leer und verloren. Es gab Vil einen Stich, wenn er sie ansah.

»Onkel Esra«, antwortete er.

»Esrahil Gremm, um genau zu sein, vielleicht bald schon Hoher Rat von Xelidor. Er wird sich doch hoffentlich freuen, euch zu sehen«, fuhr Gibean fort.

»Da habe ich meine Zweifel, und ich habe auch keine Ahnung, wo er wohnt«, meinte Vil.

»Ich schon, der Boss hat mich nämlich beauftragt, mal ein Auge auf ihn zu werfen, als er erfahren hatte, wer du bist. Euer Onkel wohnt hier im Seeviertel.«

»Und warum verstecken wir uns dann hier zwischen Särgen und gehen nicht gleich zu ihm?«, fragte Peker.

»Der Boss wird inzwischen von der Bescherung in der Dunkelgasse gehört haben, und er ist vielleicht auch auf den Gedanken gekommen, dass wir zu Vils Onkel wollen. Und durch Vils kleinen Umweg haben wir viel Zeit verloren. Vielleicht lauern sie uns also da auf.«

Vil wurde ernst. »Es ist nicht gesagt, dass er uns überhaupt hilft. Als wir in der Halde waren, hat er sich jedenfalls nicht um uns gekümmert.«

»Ich sehe schon, ihr habt einen ausgeklügelten Plan«, feixte Peker.

»Hast du einen besseren?«, fragte Gibean gereizt.

Aber den hatte Peker nicht. Sie beschlossen, noch etwas zu rasten und es so einzurichten, dass sie erst im Schutze der späten Nacht das Haus von Vils Onkel erreichen würden. Gibean bot an, aus einer der Bäckereien des Viertels etwas Brot zu »besorgen«, aber Peker gab ihm Geld mit, um Ärger zu vermeiden.

Vil setzte sich zu Tiuri und nahm sie in einer etwas verlegenen Geste in den Arm, aber das schien ihr unangenehm zu sein. Er wollte ihr vieles sagen, noch mehr von ihr wissen, fand aber die richtigen Worte nicht. Schließich fragte er: »In diesem Haus, in dem ich dich fand. Was ist da passiert? Hast du wirklich das Stroh angezündet?«

Sie schwieg.

»Ein guter Einfall«, lobte er, und er versuchte nicht an den Mann zu denken, der vor seinen Augen verbrannt war.

»Und ... Onkel Semer?«

In Vil krampfte sich etwas zusammen. Sie nannte ihn Onkel? »Ich habe dafür gesorgt, dass er dir nichts mehr tun kann, Tiri.«

Eine Weile blieb es still, und es war viel zu dunkel, um in ihrem Gesicht zu erkennen, was sie dachte. Plötzlich flüsterte sie leise: »Gut.« Dann legte sie den Kopf an seine Schulter und sagte nichts mehr. Kurz darauf war sie eingeschlafen.

»Tapferes Mädchen«, meinte Peker leise.

Vil nickte nur. Er fragte sich, was sie alles durchgemacht hatte, aber er wusste nicht, ob es klug wäre, sie danach zu fragen. Skari hätte es vielleicht gewusst. Doch Skari war nicht bei ihnen.

Esrahil Gremm hielt es zunächst für einen schlechten Scherz, als es mitten in der Nacht an seine Pforte klopfte. Er versuchte, das Klopfen zu ignorieren, doch es verschwand nicht. Er blickte aus dem Fenster: schwärzeste Nacht.

Brummend erhob er sich aus dem Bett, vorsichtig, damit seine Frau, die endlich einmal eine ruhigere Nacht zu haben schien, nicht doch noch wach wurde. Er entzündete eine Lampe und stieg leise die Treppe hinunter.

War es vielleicht ein Streich, den ihm Rat Nestur spielte? Der Alte versuchte auf vielerlei Art, ihn zu piesacken, aber aus irgendeinem Grund schien das Gremm nur noch mehr Sympathien einzubringen. Stand er jetzt vielleicht vor der Tür, ein paar handfeste Männer an der Seite, um ihn einzuschüchtern? Gremm blieb unschlüssig stehen.

Wieder klopfte es.

»Nein, das wäre nicht seine Art«, murmelte der Kauffahrer schließlich und schlich weiter die Stufen hinab.

Aber seine Müdigkeit schwand, und die Angst erwachte. Räuber? Nein, die würden nicht anklopfen. Aber was es auch war, es bedeutete mit ziemlicher Sicherheit Ärger, Mühsal und Verdruss.

»Ja, ich komme schon«, brummte er und öffnete die Pforte einen Spalt.

Da standen zwei zerlumpte Gestalten, ein Kind und ein junger Mann, im schmalen Lichtstreifen seiner Lampe und sahen ihn erwartungsvoll an.

»Was wollt ihr? Für Betteleien ist es ein bisschen früh, meint ihr nicht?«

»Du bist Onkel Esrahil, oder?«, fragte der junge Mann.

Gremm hob die Lampe und leuchtete den beiden ins Gesicht. Das Mädchen – die Ähnlichkeit war unverkennbar. Gremm wurde es flau im Magen. Das Mädchen war seiner Schwester wie aus dem Gesicht geschnitten. »Tiuri? Viltor? Seid ihr es wirklich?«

»Klar. Lässt du uns jetzt rein, Onkel?«

»Aber ihr seid doch tot!«

»Wenn du uns noch länger hier draußen auf der Straße stehen lässt, ganz sicher.«

»Wie? Was? Ja, natürlich, natürlich. Kommt rein. Wie ist das nur ...«

Auf der Schwelle drehte sich der junge Mann um und winkte in die Dunkelheit. Da kamen noch zwei Gestalten, grüßten knapp und traten an dem völlig verdatterten Gremm vorbei in den Flur.

»Ich bitte euch, seid leise, meine Frau schläft, und diese Aufregung, das würde sie nicht verkraften.«

Vil sah sich um. Er hatte auch einmal in so einem Haus gelebt, nur war das schöner und größer gewesen. Wie lange war das her? Noch kein Jahr, und doch unendlich lange. Dann war seine ganze Familie ins Elend gestürzt worden, nein, nicht seine ganze Familie. Da stand dieser verlegen stotternde kleine Mann im Morgenmantel und in Socken, glotzte sie mit offenem Mund an und wusste offenbar nicht, was er sagen sollte. Es war beinahe mitleiderregend, aber eben nur beinahe. Der Mann hatte doch keinen Finger für sie gerührt, als sie in der Halde gewesen waren.

»Wir brauchen deine Hilfe, Onkel Esra«, begann Vil.

»Meine Hilfe?«

»Wir müssen die Stadt verlassen. Dazu brauchen wir ein Schiff. Du wirst uns eines besorgen.«

Esrahil Gremm runzelte die Stirn. »Ist das deine Art, um etwas zu bitten, Junge?«

»Für Höflichkeit fehlt mir die Zeit. Es gibt Leute, die wollen uns tot sehen – oder Schlimmeres.«

»Ja ja, tot, weißt du, ich habe den Ring deiner Mutter erhalten, mit der Nachricht, er sei an deiner Leiche gefunden worden.«

»Mutters Ring?«, fragte Vil, dem ein eigenartiges Gefühl den Rücken hinaufkroch.

»Ja, ich habe ihn hier in der Schatulle. Siehst du?«

Gremm hatte einen Ring aus einer kleinen Schatulle genommen und hielt ihn Vil hin. Der nahm ihn verblüfft an. *Mutters Ring?*, dachte er. *Aber wie ist das möglich? Den hatte doch der Eisenkönig dem Arzt gegeben, um* … Er stöhnte auf, als er begriff, dass der Ring den Arzt nie erreicht hatte, und mit Grauen dachte er daran, wie er über dem toten Mann in dessen Haus gekauert hatte, voller Hass … Jetzt begriff er mit schockierender Klarheit, dass Geffai den Ehering seiner Mutter an den Boss verkauft hatte. Für einen Augenblick war er drauf und dran umzukehren. Aber dann sah er Tiuris große braune Augen, die den Ring ehrfürchtig betrachteten.

»Hier, bewahre ihn gut auf, Tiri«, flüsterte er. Dann sammelte er sich wieder. Er musste sie in Sicherheit bringen. »Also, das Schiff, Onkel?«

»Aber wo soll ich mitten in der Nacht ein Schiff auftreiben?«

»Im Hafen, nehme ich an«, zischte Vil.

»Natürlich, natürlich, ich kenne jemanden, der da helfen kann. Aber so etwas braucht Zeit, und es wird schon bald Morgen«, stammelte der kleine Kauffahrer.

»Dann wirst du uns eben verstecken, bis du das Nötige veranlasst hast.«

»Verstecken? Hier?«

»Das Haus ist doch groß genug«, warf Peker ein.

»Aber meine Frau, die Köchin. Wenn man nach euch sucht, dann wird man hier zuerst … Wartet, ich hole meinen Mantel. Ich denke, ich weiß, wer uns helfen kann!«

Er verschwand aus der Wohnstube.

»Können wir nicht hier bleiben, Vil?«, fragte Tiuri.

Er strich ihr über das Haar. »Nein, Onkel Esra hat recht. Hier werden sie zuerst nach uns suchen.«

Gremm kehrte zurück. Er hatte einen Mantel über den Morgenrock geworfen und war in ein Paar Stiefel geschlüpft. Sein Anblick entlockte Tiuri ein kleines Lächeln. Vil hätte fast laut gelacht, weil dieser Mann einfach lächerlich aussah. Aber er verkniff es sich. Es schien, dass sie ihn wirklich brauchten, und vielleicht würde er endlich etwas für sie tun.

Gremm führte sie durch kleine Nebenstraßen hinunter zum Meer. Der Hafen schien um diese Zeit wie ausgestorben, Schiffe dümpelten im Morgennebel an der Mole, vereinzelt standen sich Wachen gähnend die Beine in den Bauch. Diese Posten waren wegen ihrer Laternen schon von weitem zu sehen, weshalb sie ihnen aus dem Weg gehen konnten. Schließlich erreichten sie eine schäbige Taverne, die aber bereits geschlossen schien.

»Wartet«, murmelte Gremm. Er ging zur Pforte, klopfte vergeblich und verschwand dann hinter dem Haus, vermutlich, um es an der Hintertür zu versuchen.

»Das ist der *Rote Löwe*«, stellte Gibean fest, und Vil hörte ihm an, wie überrascht er war.

»Eben. Und das gefällt mir nicht«, sagte Peker. »Das ist ein Ort für Schmuggler oder Seeräuber, Vil. Was hat dein Onkel mit solchen Leuten zu tun? Ich dachte, er ist ein ehrbarer Kauffahrer, der sogar Hoher Rat werden will.«

Vil hatte keine Erklärung. Er wusste überhaupt nicht viel über seinen Onkel, das wurde ihm nun klar. Er galt in der Familie als Sonderling, als schwarzes Schaf, dem seine Eltern nach Möglichkeit aus dem Wege gegangen waren. Lag hier, in dieser alten Kaschemme, vielleicht der Grund verborgen?

Sie versteckten sich im Schatten eines nahen Gebäudes und warteten auf Gremms Rückkehr.

Endlich kam er zurück. Es war jemand bei ihm.

»Hol mich doch …«, murmelte Peker. »Das ist Sester Elgos.«

»Wer?«

»Du kennst ihn, Vil. Der Berg! Er saß im Boot, bei der Geschichte mit dem Tee.«

Jetzt erkannte auch Vil den breitschultrigen Mann wieder. »Ist das gut oder schlecht?«, fragte er leise.

»Eher schlecht. Er macht oft Geschäfte mit dem Boss.«

»Verdammt«, entfuhr es Vil. Aber nun war es zu spät.

»Sieh an, wenn das nicht mein Freund Pek ist«, sagte Elgos und wirkte kaum überrascht. »Ha, und Gabba, und dieses Gesicht kenne ich auch.«

»Ihr … ihr *kennt* euch?«

»Flüchtig, Esra, flüchtig«, meinte Elgos.

»Aber das ist mein Neffe!«

Jetzt schien der große Mann doch überrascht. »Rohanas Sohn? Ich hörte, du seist tot.«

»Ich hörte es auch, sogar zweimal!«, rief Gremm.

»Tut mir leid, wenn ich die Herren enttäuschen muss«, meinte Vil gallig.

Tiuri knuffte ihn in die Seite. Offenbar gefiel ihr nicht, was er sagte.

Er räusperte sich. »Nun, habt Ihr ein Schiff für uns, Menher Elgos?«

»Wenn ich es richtig verstanden habe, geht es nur darum, die Stadt zu verlassen. Der Bestimmungsort scheint euch gleich zu sein.«

»So ist es. Allerdings«, fügte Vil hinzu, »sollte es nicht zu weit entfernt sein. Ich beabsichtige nämlich, bald zurückzukehren.«

»Ach, wirklich?«, fragte Elgos.

»Es gibt hier noch ein paar offene Rechnungen, und ein Merson begleicht seine Rechnungen«, entgegnete Vil.

»Verstehe. Entschuldigt uns einen Augenblick«, antwortete Elgos und zog Gremm zur Seite.

Die beiden unterhielten sich leise, Gremm schüttelte mehrfach den Kopf. Aber dann wurden sie sich offenbar doch noch einig.

»Ich kenne da einen kleinen Segler«, meinte Elgos. »Er bringt Eisen und andere Fracht an die Küste und legt schon mit der Flut ab. Der Kapitän schuldet mir etwas, und er ist verschwiegen. Wenn euch euer Ziel gleich ist, dann scheint mir dieses Schiff geeignet. Auch steuert es verschiedene Häfen an, was bedeutet, dass ihr freie Wahl habt, und niemand hier weiß, wohin es euch verschlagen hat. Was sagt ihr?«

Nur wenig später standen sie an einem abseits gelegenen Kai vor der Laufplanke eines kleinen, alten Frachters, dessen mürrischer Kapitän nach kurzer Diskussion mit Elgos schließlich einwilligte, sie an Bord zu lassen.

Vil drückte Elgos zum Abschied die Hand. »Ich danke Euch, Menher, und ich werde Euch Eure Hilfe nie vergessen.«

»Ich habe Eure Mutter gekannt, junger Merson, und gemocht, sehr gemocht sogar. Falls Ihr also diese Geschichte wirklich nicht auf sich beruhen lassen könnt und nach Xelidor zurückkehrt, so kommt zu mir. Ich kann Euch vielleicht helfen, diese Rechnungen, von denen Ihr gesprochen habt, zu begleichen.«

Esrahil Gremm trat verlegen von einem Bein auf das andere, dann reichte er Vil einen kleinen Lederbeutel. »Hier, Neffe, ein wenig Geld für die erste Zeit. Es ist nicht viel, aber ich hatte nicht mehr im Haus. Ich wünsche euch viel Glück, und ich bedaure, dass wir uns schon wieder trennen müssen.«

»Wirklich, Onkel? Mir scheint hingegen, dass du ganz froh bist, uns so schnell loszuwerden.«

Tiuri lief plötzlich an ihm vorbei und umarmte Gremm, der das, offensichtlich überrascht, eher über sich ergehen ließ, als die Umarmung zu erwidern.

»Danke, Onkel Esra«, flüsterte sie und drückte ihn noch einmal fest. Dann drehte sie sich um und lief schnell an Bord.

Vil begnügte sich damit, dem Mann einfach zuzunicken, bevor er, ohne zurückzublicken, an Bord ging und sich zu den anderen gesellte, die sich unter Deck versteckten.

Esrahil Gremm blieb am Ufer zurück. Er fühlte eine tiefe Traurigkeit in seinem Inneren. Ja, sein Neffe hatte recht, er war aus vielen guten und vielleicht auch weniger guten Gründen froh, dass sie aus der Stadt verschwanden, aber diese offene und unerklärliche Verachtung, die ihm Viltor entgegenbrachte, die verstand er nicht. Hatte er nicht alles Menschenmögliche getan, um ihnen zu helfen? Kandidierte er nicht sogar ihretwegen für diesen verfluchten Hohen Rat?

»Komm schon, Esra, lass uns gehen«, sagte Elgos und schlug ihm freundschaftlich auf den Rücken, »oder willst du hier stehen bleiben, bis sie ablegen? Das wird erst mit der Flut passieren, und die lässt noch auf sich warten. Und ich glaube nicht, dass es gut für dich wäre, in diesem Aufzug am Hafen gesehen zu werden.«

»Kann sein«, erwiderte Gremm einsilbig.

Er würde nach Hause gehen. Sollte er seiner Frau erzählen, was vorgefallen war? Nein, besser nicht, sie würde sich nur wieder aufregen, entweder weil er seine Verwandten ins Haus gelassen oder weil er sie fortgeschickt hatte, ohne ihr Gelegenheit zu geben, die Kinder zu sehen. Er würde ihr natürlich irgendwann später davon berichten. Hoffentlich hatte sie nicht gemerkt, dass er das Haus verlassen hatte.

»Hast du ihnen eigentlich erzählt, dass es noch einen Merson gibt, Esra?«

»Nein, daran habe ich gar nicht gedacht. Aber Tesir ist auch nicht hier. Er ist wieder im Goldenen Meer, angeblich wegen dringender Geschäfte. Ich bin jedenfalls nicht böse, wenn ich ihn eine Weile nicht sehe.«

»Er kommt zurück?«

»Tesir? Ich fürchte, ja«, seufzte Gremm, der sich fragte, was die Mersons an dieser Stadt, die ihnen doch nur Unglück gebracht hatte, so anziehend fanden, dass sie ihr nicht fernbleiben konnten.

Fisch, das schoss ihm plötzlich in den Sinn. Er würde irgendwo am Hafen frischen Fisch kaufen, um zu Hause eine Erklärung für seinen Ausflug zu haben. Die Fischer mussten doch langsam zurückkehren, wenn sie sich denn in dieser Nebelsuppe nicht verirrten.

Der Nebel schien in der letzten halben Stunde viel dichter geworden zu sein, ungewöhnlich für einen Frühlingstag, und Gremm hatte für einen winzigen Moment die Hoffnung, dass er immer so dicht bleiben und die Mersons dieser Welt nie wieder nach Xelidor zurückfinden würden.

DRITTES BUCH
WÖLFE

Die Sichel des Mondes stand niedrig über dem schwarzen Schatten der Arena. Vil drückte sich an eine Hauswand und wartete, bis die schleppenden Schritte des Nachtwächters um die nächste Ecke verschwunden waren, dann kümmerte er sich wieder um das Schloss.

Es war nicht ganz einfach zu knacken, und obwohl ihm Peker in den letzten Monaten viel beigebracht hatte, war er immer noch weit von dessen Geschick und Schnelligkeit entfernt. Endlich verriet ihm ein trockenes Kratzen, dass der Dietrich seinen Weg gefunden hatte. Ein kurzes, scharfes Knacken, und die Tür sprang auf und schwang mit leisem Knarren zurück.

Vil schlüpfte hindurch. Das blasse Mondlicht fiel auf schwarze und weiße Fliesen. *Er wohnt nicht schlecht,* dachte Vil und schloss leise die Tür.

Gibean hatte gesagt, dass das Schlafzimmer im ersten Stock war, also schlich er leise die Holztreppe hinauf. Vil vergewisserte sich nicht zum ersten Mal, dass der Dolch noch an seinem Platz im Gürtel war, und glitt lautlos durch den Flur. Er lauschte auf das leise Atmen, das aus einer der Kammern drang. Er zögerte einen Augenblick, aber dann schlüpfte er ins Schlafzimmer.

Das schwere Bett stand zwischen den beiden schmalen vergitterten Fenstern, ein Mann und eine Frau schliefen darin, schwarze Umrisse in der Dunkelheit. Er suchte eine Kerze, entzündete sie und betrachtete die beiden Schläfer. *So sieht also*

Inos Frau aus, dachte er. Er wusste nicht, was er erwartet hatte, aber diese Frau war klein, untersetzt, unauffällig. Sie hätte auch die Frau eines Bäckers oder Schusters sein können, aber sie war die Frau vom Boss geworden. Und gleich würde sie seine Witwe sein.

Der Boss lag neben ihr auf dem Rücken und schlief mit offenem Mund. Vil zog den Dolch aus der Scheide – Ino schien zugenommen zu haben in dem Jahr, in dem Vil nicht in der Stadt gewesen war, aber sonst wirkte er kaum verändert. Selbst im Schlaf lag etwas Brutales in seinen Zügen.

Vil atmete noch einmal tief durch, dann stieß er den Mann mit dem Knauf seines Dolches an, erst einmal, dann noch einmal, dann, als Ino langsam die Augen öffnete und sich murmelnd über die nächtliche Störung beschwerte, zog er sich ein wenig zurück.

Der Boss sah ihn, glotzte ungläubig und richtete sich vorsichtig auf.

Vil legte einen Finger auf die Lippen und deutete mit dem Kinn auf die schlafende Frau.

Ino runzelte die Stirn, nickte, setzte sich auf die Bettkante und schüttelte sich einen Augenblick. Dann griff er unter sein Kopfkissen und zog ein kurzes Schwert hervor. »Du hast Nerven«, zischte er.

»Ich hatte Sehnsucht nach Euch«, erwiderte Vil leise und zog sich in den Flur zurück.

Der Boss folgte ihm im Nachthemd, das Schwert in der Hand. Er schloss die Tür. »Was soll das werden, Vil?«

»Da ist noch etwas zwischen uns offen, Ino, und ich bin zurückgekehrt, um die Rechnung zu begleichen.«

»Dieses Mal werde ich es aber nicht bei einer Tracht Prügel belassen, Kleiner. Du hast mir eine Menge Scherereien gemacht. Und das alles wegen dieser kleinen Hure.«

»Sie ist meine Schwester.« Vil blieb ruhig. Er würde nicht wie beim letzten Mal brüllend vor Wut auf den Mann losgehen. Nein, er hatte ein ganzes Jahr Zeit gehabt, sich auf diesen Kampf vorzubereiten.

»Eine Hure, sonst nichts«, zischte der Boss, der offensichtlich versuchte, ihn zu provozieren. »Sie gehört immer noch mir, Kleiner, und ich will sie zurück. Ist sie auch in der Stadt? Gut. Dann werde ich sie bald selbst ausprobieren, sie einreiten für die Kunden, die sicher Schlange stehen werden.«

»Nur über meine Leiche«, erklärte Vil gelassen.

»Kannst du haben«, stieß der Boss hervor und griff an.

Vil lenkte den Streich mit seiner Klinge ab, und das Schwert bohrte sich in die Wand. Putz bröckelte auf den Boden.

»Was ist denn los, Ino?«, rief die Frau gähnend aus der Schlafstube.

»Nur eine Ratte, meine Schöne. Schlaf weiter, ich hab sie gleich.«

Er griff wieder an, trieb Vil in die Enge, aber sein letzter Schlag ging ins Leere, und als der Boss noch auf nackten Füßen um sein Gleichgewicht kämpfte, sprang Vil vor und stieß dem Mann den Dolch in die Brust. Die Klinge glitt über eine Rippe und tief ins Fleisch. Er riss sie wieder heraus. Das Nachthemd verfärbte sich rot.

»Komm wieder ins Bett. Du holst dir noch den Tod«, rief es aus der Stube.

»Sie ist so gut wie erledigt, Schatz«, erklärte der Boss stockend.

Vil deutete auf die Wunde.

Ino folgte dem Wink. Das Schwert fiel zu Boden. Er fasste sich an die Brust, ächzte, und ging in die Knie. »Aber, wie …?«

Vil packte ihn an den Haaren und verhinderte, dass er ganz zu Boden sackte. Er sah ihm in die Augen. Er wollte irgendetwas Bedeutendes sagen, er hatte sich in den Monaten, in denen er auf seine Rache gewartet hatte, sogar schon ein paar passende Dinge ausgedacht, etwas in der Art, dass man einem Merson und Gremm eben niemals den Fuß in den Nacken setzen dürfe, aber das wäre ihm jetzt lächerlich vorgekommen.

Der Mann starb, und vor dem Tod hatte Vil Respekt. Er hielt den Boss fest, bis seine Augen mit einem Seufzer brachen, dann ließ er ihn langsam zu Boden sinken. Er sah gar nicht mehr stark und brutal aus, als er in seinem Nachthemd tot im eigenen Blut lag.

Vil schlich vorsichtig zur Tür und spähte hinaus. Es wurde allmählich hell, und die ersten Menschen waren im Altkaiserviertel unterwegs. Aber niemand achtete auf dieses Haus. Alles schien ruhig. Plötzlich überkam ihn ein starkes Zittern. Er musste sich am Türgriff festhalten und schloss die Augen. Ihm war plötzlich übel, was er nicht verstand. Das war doch nicht der erste Mann, den er getötet hatte. Er biss die Zähne zusammen, versuchte, das Zittern niederzukämpfen, und trat aus dem Haus. Er lief mit wackligen Knien die Gasse hinunter zur nächsten Ecke, wo Peker auf ihn wartete.

»Du siehst blass aus. Wie ist es gelaufen?«

»Ich lebe noch. Er nicht«, antwortete Vil. Das Zittern schwand.

»Ich höre noch kein Geschrei, kein Gejammer – hast du ihn doch im Schlaf erledigt?«

»Nein, ich wollte, dass er weiß, wer ihn umbringt. Ich fand, das war ich ihm schuldig.«

»Und jetzt, Vil?«

»Wir bleiben bei unserem Plan.«

»Also Kratos und Biator. Glaubst du, sie lassen sich überzeugen? Sie waren immerhin die Lieblinge vom Boss.«

»Wenn wir sie einzeln erwischen, vielleicht. Sollten sie sich aber stur stellen, werden sie ihrem Boss folgen. Auf jeden Fall müssen wir uns beeilen, denn ich möchte vor der schlechten Nachricht bei ihnen sein. Was ist, hast du jetzt Bedenken?«

»Weißt du, Vil, bis heute war ich nur ein Dieb. Nicht ehrlich, gewiss, und ich habe so manches krumme und vielleicht auch üble Ding gedreht, aber ich habe noch nie jemanden getötet.«

»Vielleicht kommt es nicht dazu, Pek.«

»Verzeih, aber wenn ich dir ins Gesicht sehe, fällt es mir schwer, das zu glauben.«

»Mein Gesicht?«

»Vil, du hast gerade jemanden umgebracht, aber du gehst hier so ruhig neben mir, als hättest du Milch ausgeliefert.«

Vil zuckte mit den Achseln. Hatte Peker nicht gemerkt, wie mitgenommen er im Inneren war? »Ich hatte genug Zeit, mich darauf vorzubereiten«, erklärte er. »Außerdem war keiner von uns sicher, solange der Boss lebt.«

Peker brummte etwas Zustimmendes. »Aber gilt das nicht auch für Biator und vor allem Kratos?«, fragte er dann.

»Nicht, wenn sie vernünftig sind. Schließlich überbringe ich ihnen nicht nur schlechte Nachrichten.«

»Die beiden und Vernunft? Da sehe ich aber einen sehr breiten Fluss zwischen deinem Wunsch und der trüben Wirklichkeit.«

»Wir werden sehen. Komm jetzt, Pek. Ich will das erledigt haben, bevor der Tag zu Ende ist.«

»Er hat doch noch nicht mal begonnen«, meinte Peker finster, als sie das Katzenviertel durchquerten und gar nicht weit entfernt die Arena wieder drohend und schwarz vor dem Morgenhimmel sichtbar wurde.

Sie betraten wenig später den *Roten Löwen* durch den Hintereingang, denn um diese Zeit war er geschlossen. Der Wirt hatte sich unsichtbar gemacht, und in der Gaststube, in der es nach Fusel und schalem Bier roch, saßen drei Männer an einem Tisch, die halblaut miteinander sprachen. Vil hörte Kratos gerade sagen: »Erst will dein geheimnisvoller Freund mich unbedingt sehen, dann kommt er nicht, was soll das, Sester? Warum verschwendest du meine Zeit?«

»Ich bin schon da«, rief Vil und trat in den Schankraum. Peker blieb am Tresen zurück. Vil sah nicht nach, ob die Armbrust, die Sester dort hatte deponieren wollen, wirklich an Ort und Stelle war. Er musste einfach darauf vertrauen.

»Bei allen Höllen – du?«, rief Kratos. »Du hast Mut, dich noch einmal hier blicken zu lassen, Kleiner.«

»Nenn mich Vil, Kratos.«

»Empfindlich bist du also immer noch und leichtsinnig dazu. Wenn der Boss erfährt, dass du wieder in Xelidor bist ...« Er schüttelte grinsend den Kopf.

Vil trat an den Tisch und legte seinen blutigen Dolch auf die Platte. »Er weiß es schon.«

Für einen Augenblick sagte niemand etwas. Dann knurrte Biator, und seine Hand fuhr zum Gürtel. »Warte«, sagte Kratos, der Vil mit zusammengekniffenen Augen musterte. »Ich will sehen, wo das hinführt.«

»Ich habe ihn heute Morgen erledigt, in seinem Haus im Altkaiserviertel, wenn ihr es genau wissen wollt. Es war sogar ein fairer Kampf, obwohl ich ihn auch in seinem Bett hätte erledigen können.«

»Dir ist klar, dass ich dich töten muss, Vil, oder?«, fragte Kratos.

»Wirklich? Ich hätte vielleicht einen besseren Vorschlag.«

»Nämlich?«

»Ino ist tot. Das heißt, seine kleine Bande hat keinen Anführer mehr, und ich habe nicht vor, an seine Stelle zu treten. Das überlasse ich dir.«

Kratos sah ihn lauernd an. »Wie großzügig, verdächtig großzügig, Vil.«

»Es ist ganz einfach, Kratos. Wenn ich ihn getötet hätte, um selbst Boss zu werden, würde das Gesetz der Diebe doch verlangen, dass wir kämpfen, oder? Also müsste ich entweder dich oder du mich umbringen. Aber es geht mir nicht um seine Bande, es war eine Familienangelegenheit. Er hat meine Schwester … Nun, du weißt, was er ihr angetan hat. Deshalb habe ich ihn getötet.«

»Und du meinst, ich mache da einen Unterschied?«, fragte Kratos.

»So ein Scheiß!«, brüllte Biator, sprang auf und riss den Dolch aus dem Gürtel.

Ein kaltes Klicken in seinem Rücken verriet Vil, dass Peker schoss. Ein kurzes Sirren, dann ein markerschütternder Schrei. Biator wälzte sich auf dem Boden. Der Bolzen hatte sein Auge durchbohrt und war hinter dem Ohr wieder aus dem Schädel ausgetreten.

Kratos stand auf, die Hand am Messergriff, und starrte auf seinen Partner, der sich auf dem Boden wälzte.

»Setz dich lieber«, empfahl ihm Elgos ruhig.

Kratos setzte sich mit versteinerter Miene, während der wimmernde und stöhnende Biator auf dem Boden herumkroch. Vil fand es erstaunlich, dass er noch lebte. Ein Fingerbreit weiter links, und er wäre wohl tot. Niemand machte Anstalten, sich um ihn zu kümmern.

»Ich höre«, sagte Kratos mit gepresster Stimme.

»Sind wir uns einig, dass die Sache uns beide nicht betrifft?«, fragte Vil.

»Habe ich eine Wahl?«, fragte Kratos.

»Dieselbe wie dein Freund.«

»Du überlässt mir also das Geschäft?«, fragte er.

Vil nickte. »Ich denke, wir werden sogar gelegentlich zusammenarbeiten. Außerdem werde ich dir natürlich den Kredit zurückzahlen.«

»Welchen Kredit?«

»Ich brauche etwas Geld, um mein eigenes Geschäft aufzuziehen. Gibean ist gerade im Keller unter dem *Goldenen Kelch* und bedient sich in meinem Auftrag.«

»Verstehe«, sagte Kratos langsam. »Und der Zins?«

»Null.«

»Ich weiß nicht, ob das eine gute Basis für eine vertrauensvolle Zusammenarbeit ist.«

»Sieh es so, Kratos. Ich könnte mir auch alles nehmen, hier und jetzt, aus deinen kalten Händen. Aber ich will kein unnötiges Blutvergießen. Ich werde meiner Wege gehen, du deiner. Xelidor ist wirklich groß genug für uns beide. Wir müssen nur hier und jetzt Frieden schließen und der Rache abschwören.«

»Frieden also?«

»Frieden und gute Geschäfte. Ich nehme an, du kannst für Biator sprechen?«

Der Mann wälzte sich immer noch in Agonie auf dem Boden. Er hatte die Hand über das Auge gelegt. Es quoll Blut zwischen den Fingern hervor.

»Ich kann für ihn sprechen, aber ich kann nicht die Hand für ihn ins Feuer legen«, entgegnete Kratos kühl.

Vil legte einen Beutel mit Geldmünzen auf den Tisch. »Damit soll er die Wunde kühlen.«

»Glaubst du wirklich, dass du dich auf seinen Handschlag verlassen kannst, Vil?«, fragte Peker, als Kratos Biator nach draußen geschleppt hatte.

»Ich verlasse mich jedenfalls darauf, dass er mich nicht umbringt, solange ich ihm noch einen Haufen Geld schulde.«

»Kratos ist kein großer Denker. Er wird bald Schwierigkeiten kriegen – und dir auch welche machen«, meinte Elgos. »Ganz zu schweigen von Biator.«

»Dann können wir sie immer noch erledigen«, erklärte Vil ruhig.

Sester Elgos lachte laut und klopfte ihm anerkennend auf die Schulter, aber Peker sah nicht glücklich aus. Vielleicht weil er Biators Rache fürchtete. »Und wen bedrohen wir als Nächstes?«, fragte er gallig.

»Bedrohen? Niemanden, Pek. Mein nächster Geschäftspartner wird sich doch wohl freuen, seinem Neffen helfen zu dürfen.«

Das Maßband wurde straff gezogen. »Die Arme bitte heben, Exzellenz«, sagte der Schneider.

Esrahil Gremm hob die Arme, und der Schneidermeister murmelte ein paar Zahlen. Er hatte den Versuch aufgegeben, dem Schneider die übertriebene Höflichkeit auszutreiben. Exzellenz? Er war nicht der Archont. Es war erstaunlich, wie höflich die Leute zu ihm waren, seit er ein Hoher Rat war.

»Ihr könnt sie wieder senken, Exzellenz. Wir sind so weit fertig.«

»Wie lange wird es dauern?«, fragte Gremm und zog seine neue schwarze Weste wieder an.

»Eine Woche, Exzellenz. Ich muss mit dem Schmied reden, damit er den Harnisch den neuen Maßen anpasst. Vielleicht wäre es besser, wenn Ihr ihn selbst aufsucht, Exzellenz, denn diese Leute verstehen es manchmal nicht, mit den Maßen umzugehen, die ein Schneider genommen hat.«

»Es kann doch nicht so schwer sein, ein wenig Metall an ein Wams anzupassen.«

»Wem sagt Ihr das, Exzellenz, wem sagt Ihr das? Aber Meister Unar, der Mann, den ich für diese Aufgabe im Auge habe, ist etwas eigen. Er weiß leider, dass er gute Arbeit liefert, und er sieht die Träger seiner Rüstungen lieber selbst in seiner Werkstatt, als meinen Zahlen zu trauen.«

Gremm seufzte. »Ich bin kein Prinz und kein König, und ich habe auch nicht vor, mit diesem Stück Blech auf der Brust in einen Krieg zu ziehen. Vor allem aber fehlt mir die Zeit für einen Spaziergang hinüber auf die Stahlseite. Sagt ihm das.«

»Lieber nicht, Exzellenz, denn *Blech*, für eine Arbeit aus Stahl und Silber, das könnte er als Beleidigung auffassen.«

»Dann sagt ihm, was Ihr wollt, Meister, nur dass mir das Gewand vor dem übernächsten Tempeltag fertig wird!«

»Gewiss, Exzellenz, gewiss, das wird es.«

Als sich der Schneider unter etlichen Bücklingen entfernt hatte, setzte sich Gremm in die kleine Schreibstube, in der er seine Arbeit zu erledigen pflegte. Er strich mit dem Finger lächelnd über das Schreibpult. Staub. Früher wäre hier kein Platz für Staub gewesen, denn alles war stets mit Papieren zugedeckt gewesen.

Aber vieles hatte sich seit der Wahl vor einem Jahr geändert. Er führte jetzt ein Kontor unten am Hafen, und ein neuer Verwalter kümmerte sich um all die lästigen Kleinigkeiten, die das Leben eines Fernhändlers und Kauffahrers so unerquicklich machen konnten. Der Mann, eine Empfehlung seines jungen Freundes Vinir, war tüchtig, vor allem packte er die Dinge selbst an, statt auf Befehle zu warten. Und er war ehrlich, soweit Gremm das beurteilen konnte. Am Anfang hatte er sich die Bücher noch täglich zeigen lassen, hatte unangekündigt die Lagerbestände in den Warenhäusern überprüft und Ladelisten verglichen, doch das hatte er bald eingestellt. Jetzt warf er nur noch alle zwei oder drei Wochen einen Blick in das Hauptbuch und war fast gar nicht mehr draußen im neuen Kontor oder in den Hallen, die er angemietet hatte.

Gremm schob ein paar Pergamentrollen zur Seite. Die schweren Beutel mit den Kronen, seine Notgroschen, waren noch an Ort und Stelle. Er lächelte. Früher hatte er dort eine kleine Börse mit einhundert Kronen aufbewahrt, für den Fall der Fälle. Nun warteten dort zweihundert Sechskronenmünzen auf einen Tag der Not, der hoffentlich niemals kommen würde.

Er warf noch einmal einen Blick in den Bericht, den Vinir für ihn verfasst hatte. Der Bau der neuen Mole wurde nur schleppend angegangen, und der junge Kauffahrer hatte vermutlich recht, wenn er behauptete, dass Telius Nestur für die Verzögerung verantwortlich war. Gremm seufzte. Nestur war ein Stachel in seinem Fleisch. Seit er ihn aus dem Hohen Rat verdrängt hatte, unternahm der Mann alles, um ihm das Leben schwer zu machen. Er verfügte immer noch über gute Verbindungen, aber viel erreichte er nicht. Er war eher wie ein lästiger kleiner Kläffer. Gremm musste wieder lächeln, als er sich Nestur als struppigen Hund vorstellte. Er schüttelte den Kopf, weil ihm gerade wieder auffiel, wie oft er in letzter Zeit lächelte.

»Beschäftigt?«, fragte eine Stimme von der Tür.

Gremm fuhr herum. »Wie? Wer?«

»Wie? Durch die Tür. Du solltest dir ein besseres Schloss zulegen, Onkel. Oder einen Wachhund. Vielleicht auch beides. Und wer? Du darfst raten.«

»Viltor?«

»Schön, du erkennst deinen Neffen noch.«

»Aber, wie, warum, ich meine, seit wann bist du hier?«

»Im Haus? Nicht sehr lange. In der Stadt? Seit gestern Nacht.«

Gremm sank in seinen Stuhl, sein Lächeln war erloschen. »Viltor«, murmelte er, und die ganze mühsam begrabene Vergangenheit erstand höchst lebendig wieder auf.

Sie setzten sich in die Wohnstube, und Gremm behauptete,

er habe den jungen Mann selbst ins Haus gelassen, als die Köchin besorgt wegen der fremden Stimme hereinschaute.

»Du bist gewachsen. Und du hast dich verändert, Vil, ich hätte dich fast nicht wiedererkannt.«

»Das kommt mir entgegen, wie du dir vielleicht denken kannst, Onkel.«

»Ich hätte nicht gedacht, dass du zurückkehrst, Viltor«, meinte Gremm. »Diese Stadt ist gefährlich für dich.«

»Diese Stadt hält mich für tot. Und das soll vorerst auch so bleiben.«

»Und – deine Schwester? Wie geht es ihr?«

»Tiuri ist ebenfalls hier. Ich konnte sie schlecht in Melora zurücklassen, und bleiben konnte ich dort auch nicht mehr. Diese Hafenstädte sind nicht sehr groß, und wenn dort, sagen wir, ein Diebstahl passiert, dann sind es immer die Fremden, die verdächtigt werden. Wir mussten praktisch jeden Monat die Stadt wechseln.«

»Diebstahl?«

»Die paar Münzen, die du mir gegeben hast, haben kaum für eine Woche gereicht, und wenn Diebe schon arbeiten müssen, dann doch am besten in dem Handwerk, auf das sie sich verstehen.«

»Diese Freunde von dir – das sind Diebe?«

»Tu nicht so, als hättest du das nicht gewusst. Oder hat dein Freund Sester dir nichts gesagt?«

»Wir sehen uns nicht oft«, wich Gremm aus.

»Ich hörte, dass das früher anders war, Onkel.«

»Das ist lange her«, verteidigte sich Gremm, der das Gefühl hatte, dass dieses Gespräch in eine Richtung glitt, die ihm nicht behagen würde.

»Aber Sester deutete an, dass es da noch ein paar alte Verbindungen gibt.«

»Keine, die ich pflege«, behauptete Gremm, dem erst jetzt bewusst wurde, dass er lange nichts von Wraas gehört hatte, dem Schmuggler, der ihn gezwungen hatte, Hoher Rat zu werden.

»Und du besitzt einige Häuser und Lager in der Stadt.«

»Ich bin Kauffahrer.«

»Schön. Ich benötige ein Haus für mich und Tiuri. Am besten etwas mit einem Laden, denn ich gedenke, auch ein wenig Handel zu treiben.«

»Du willst Kauffahrer werden?«

»Nein, Onkel, gewiss nicht. Ich dachte eher daran, die Geschäftsbeziehungen zu deinem Freund Elgos zu vertiefen.«

»Sester? Du willst mit Schmuggelware handeln?«

»Willst du wirklich wissen, womit ich mein Geld verdienen werde, Onkel?«

Gremm schloss die Augen. Wieso tat ihm der Junge das an? Eben noch war sein Leben klar und aufgeräumt erschienen, und nun war der Junge da und schleppte seine finsteren Geheimnisse in sein Haus. »Nein, nein, du hast recht, Viltor.«

»Besser, du nennst mich Vil, wie alle. Vilron Aris, so nenne ich mich heute. Also?«

»Bitte?«

»Das Haus. Nichts Großes, am besten im Katzenviertel oder ganz in der Nähe.«

Gremm nickte unglücklich. »Ich besitze dort tatsächlich ein Haus. Es steht allerdings nicht leer. Ein Schlosser wohnt dort. Ein fleißiger Mann, der sehr hart arbeitet, um seine Familie zu ernähren.«

»Wunderbar. Ich werde mit Tiuri dort am nächsten Tempeltag einziehen.«

»Aber – der ist doch schon in vier Tagen!«

»Dann ist es wohl besser, ich verlasse dich jetzt, damit du das

Nötige in die Wege leiten kannst, Onkel. Du kannst mir über Sester Elgos Nachricht zukommen lassen, wenn alles erledigt ist. Ich nehme an, dass es dir angenehmer ist, wenn wir unsere Beziehungen auf ein Minimum beschränken so wie früher.« Es klang sehr bitter, wie er das sagte.

»Willst du, dass ich dir das Haus überschreibe?«, fragte Gremm in der verzweifelten Hoffnung, den Neffen so wieder aus seinem Leben verbannen zu können.

»Nein, Onkel, denn das würde Dokumente erfordern und am Ende nur unnötige Fragen aufwerfen. Ich werde natürlich auch keinen Mietzins entrichten. Vergiss einfach, dass es dir gehört.«

Vil wartete in der Dunkelheit. Tiuri hatte recht, es war besser, es gleich und schnell zu erledigen.

Er hatte sie nach seinem Besuch bei Gremm in dem Gasthaus getroffen, in dem sie sich eingemietet hatten.

»Wie ist es gegangen?«, hatte sie gefragt, ohne das Kartenspiel zu unterbrechen, das sie mit Gibean spielte.

»Gut, bis jetzt. Wer gewinnt?«

Gibean hatte eine schiefe Grimasse geschnitten, und obwohl das Antwort genug war, hinzugesetzt: »Deine Schwester. Verflucht, sie gewinnt sogar, wenn ich versuche, sie zu bescheißen.«

»Ich erkenne eben, wenn du es versuchst, Gabba«, hatte sie zurückgegeben.

Vil musste noch jetzt den Kopf schütteln. Wie alt war sie inzwischen? Dreizehn?

»Du solltest ihr nicht noch mehr schmutzige Tricks beibringen, Gabba«, hatte er gesagt.

»Inzwischen könnte ich von ihr noch lernen. Es ist schade, dass Frauen an den Spieltischen nicht zugelassen sind. Sie könnte uns ein Vermögen verdienen.«

Und Tiuri hatte die Karten zur Seite gelegt, ihn mit ihren dunklen, großen Augen angeschaut und gefragt: »Hast du denn alles erledigt, was du erledigen wolltest, Vil?«

»Fast. Nur zwei Namen sind noch offen«, hatte er geantwortet.

»Aber du erledigst das heute noch, oder?« Wie kühl und fordernd sie gefragt hatte. Sie glich manchmal wirklich ihrer Mutter.

Und wie ruhig sie geblieben war, als er gesagt hatte, dass er nur auf den Schutz der Nacht wartete, um den vorletzten Namen auszustreichen. »Dann ist es gut. Noch ein Spiel, Gabba?«

Wie klar und deutlich ihm diese kleine Szene jetzt wieder vor Augen stand. Ob das eine Bedeutung hatte? Oder war es einfach nur, weil er so überreizt war?

»Ich brauche eine Pause, Tiuri«, hatte Gibean abgelehnt. »Aber vielleicht mag dein Bruder sein Glück versuchen.«

Tiuri hatte gelächelt, und sie hatte schon jetzt ein Lächeln, das Männern gefährlich werden konnte. »Glück hat damit nichts zu tun. Was ist, Vil? Gabba kneift.«

Und er hatte mit ihr gespielt, obwohl er sich eigentlich nach Schlaf sehnte, und sie hatte jede Partie gewonnen.

Das war vor einigen Stunden gewesen, und jetzt stand er in der Dunkelheit und wartete auf die Gelegenheit, einen weiteren Namen von seiner Liste streichen zu können.

Endlich klirrten die Schlüssel im Schloss. War er eingenickt? Er hatte den Mann nicht kommen hören.

»Nanu, habe ich denn nicht abgeschlossen?«, fragte eine Stimme. Im Flur wurde eine Lampe entzündet. »Na, wo sind denn meine Schätzchen?«, rief die Stimme, die Vil nicht vergessen hatte.

Er hörte das leichte Trappeln von Katzenpfoten. Das Licht wanderte in die Küche. »Ich habe euch etwas Feines mitgebracht. Schaut nur, was ich euch Feines mitgebracht habe, meine Süßen. Na, ist das nicht lecker? Nicht alles auf einmal, nicht alles auf einmal.«

Vil übte sich in Geduld. Der Mann schien glücklich zu sein, sprach mit den Katzen, fragte sie, wie ihr Tag gewesen war, bekundete, sie um ihr sorgenfreies Leben zu beneiden, und klagte über seinen langen und freudlosen Tag. Endlich schlurften seine Schritte wieder durch den Flur. Das Licht kam näher und wurde in die kleine Wohnstube getragen.

»Ich grüße Euch, Hauptmann«, sagte Vil sanft.

»Verflucht, wer ist das?« Der Mann hielt das Licht höher. Sein Augenleiden war noch schlimmer geworden.

»Erkennt Ihr mich nicht, Hauptmann Triefauge?«, fragte Vil.

»Verflucht, nein. Und ich rate Euch zu verschwinden, bevor ich Euch grün und blau schlage.«

»Aber wir sind hier nicht in der Halde, Hauptmann. Hier darf sich ein Mann wehren.«

»Die Halde? Was wisst Ihr von der Halde?« Der Hauptmann stand immer noch in der Tür, die Lampe in der Hand. Er hatte seine Stiefel ausgezogen, Mantel und Schwert abgelegt. Aber Angst schien er nicht zu haben.

»Wollt Ihr nicht Euer Schwert holen?«

»Verflucht, ich brauche doch für so eine halbe Portion wie dich kein Schwert, Jüngelchen.«

»Dann seid Ihr noch dümmer, als ich dachte«, erwiderte Vil und zog seinen Dolch.

Der Mann starrte ihn kurz an und zog sich in den kurzen Flur zurück. Offenbar begriff er erst jetzt den Ernst der Situation. Vil folgte ihm langsam.

Das Triefauge ging rückwärts, langte nach dem Schwert, das dort an der Wand lehnte, jedoch ohne Vil aus dem Auge zu lassen.

Ein lautes Fauchen verriet, dass er auf eine seiner Katzen getreten war. Er verlor das Gleichgewicht, und Vil war bei ihm, bevor er es wiedergefunden hatte. Er drängte den Mann an die Wand und hielt ihm das Messer an die Kehle.

»Wer … wer zum Henker seid Ihr?«, stieß der Hauptmann hervor.

Im flackernden Licht der Lampe konnte Vil die Angst in seinen Augen sehen. Der Mann schien ihn wirklich nicht wiederzuerkennen.

»Ich bin ein Geist, Hauptmann, zweimal gestorben, und doch stehe ich hier.«

»Was soll der Unsinn?«

»Ihr solltet mich kennen, Triefauge. Oder habt Ihr so viele Missetaten auf dem Kerbholz, dass Ihr Euch daran nicht erinnert? Ihr habt mitgemacht, als der Brenner und der Eisenkönig meine Mutter und meine Schwester untereinander aufgeteilt haben, habt unsere armselige Behausung niedergebrannt, um uns in deren Arme zu treiben. Und Ihr habt den Eisenkönig gedeckt, der meine Mutter mit einem Kantholz erschlagen hat.«

»Mutter? Schwester? Ich weiß nicht, was Ihr meint, Menher!«

»Sagt mir, wie geht es meinem Freund Delior, dem Brenner?«

»Was?«

Vil drückte die Messerschneide tiefer in den Hals des Mannes. Ein paar Tropfen Blut traten hervor.

»Bei den Himmeln, so hört doch auf. Was wollt Ihr nur von mir?«

»Der Brenner, ich will wissen, ob er noch auf der Halde ist!«

»Verflucht. Zu Tode gesoffen hat sich Euer Freund, ist an seiner eigenen Kotze erstickt, wenn Ihr es genau wissen wollt.«

»Er ist tot?«

Ein heftiges Nicken war die Antwort.

Vil starrte den Mann an. Der Brenner war tot? Dann würde es heute schon enden? Er konnte die letzte offene Rechnung hier und jetzt begleichen?

»Was ist? Ihr wisst nun, was Ihr wissen wolltet. Verschwindet endlich.«

Vil ließ den Mann los.

»In das Haus eines Hauptmanns der Wache einzubrechen, Ihr müsst toll sein!«, keuchte das Triefauge. Seine Hand wanderte zum Schwert.

Vil schüttelte den Kopf. »Aber Hauptmann, ich bin nicht nur hier, weil ich wissen wollte, wie es dem Brenner geht. Aber ich bin froh zu hören, dass der Mann tot ist.«

»Wartet – jetzt weiß ich es. Merson! Ihr seid der Sohn von diesem verfluchten Hexer!«

»Endlich! Ich hätte Euch nur ungern getötet, wenn Ihr nicht wisst, wer ich bin.«

»Getötet? Verdammt will ich sein, wenn ...«

Er versuchte, nach seinem Schwert zu greifen, aber Vil wartete dieses Mal nicht, bis sein Feind eine Waffe in der Hand hatte. Er stach zu, einmal für seine Mutter, die dieser Mann in die Hände des Brenners getrieben hatte, einmal für seine Schwester, die er an Semer Geffai ausgeliefert hatte, und ein letztes Mal für seinen kleinen Bruder, der gestorben war, weil dieser Mann nicht nach einem Arzt hatte schicken wollen. Er wischte sein Messer am Wams des Hauptmannes ab, spuckte ihm ins Gesicht und verließ das Haus.

Es war erledigt, und kein Zittern und keine Übelkeit überkamen ihm.

Vil holte tief Luft. Ein ungläubiges Lächeln huschte über sein Gesicht. Wie seltsam: Ein Jahr lang hatte er auf diesen Tag und auf diese Taten hingearbeitet, hatte mit Pek und Gabba und auch mit Tiuri Pläne entworfen, sie wieder verworfen und neue geschmiedet, wie er den Boss, das Triefauge und den Brenner erledigen und ein neues Leben beginnen konnte, und nun, in gerade einmal einem Tag, war alles erledigt. Wie … *seltsam.*

»Wie ich sehe, gibt es in dieser Stadt auch alte Freunde, die du *nicht* vergessen hast«, sagte eine weiche Stimme.

Vil fuhr herum. Die kurze Gasse lag im Dunkeln, er hatte selbst dafür gesorgt, indem er die einzige Laterne gelöscht hatte. Ein Zündholz flammte auf. Das Licht enthüllte ein schmales Gesicht unter schneeweißen Haaren.

»Ich habe dich vermisst, weißt du?«, begann er, als sie sich in sicherer Entfernung vom Schauplatz seiner Tat befanden. Er fand, dass sie immer noch nach frisch gefallenem Herbstlaub roch.

»Aber nicht sehr, oder?«, fragte sie nüchtern.

Vil schluckte. Es war nicht leichter geworden, mit ihr zu reden. Er hatte sie wirklich vermisst, aber er hatte so viele andere Dinge zu tun, zu bedenken und zu planen.

Jetzt ging sie neben ihm durch die Nacht, ganz ruhig und entspannt, obwohl sie genau wusste, was er gerade getan hatte. Er musste ihr den Mord nicht einmal beichten, denn sie hatte ihn wieder irgendwie gesehen.

Er selbst hingegen fühlte nach der Erleichterung einen gewaltigen inneren Aufruhr. Er hatte einen Mann getötet, kaltblütig, auch wenn von dem kalten Blut der Tat jetzt nicht mehr viel übrig war. Das Triefauge hatte den Tod verdient, oder redete er sich das nur ein? Eine leise Stimme sagte ihm, dass der Mann schließlich niemanden getötet habe, und es fiel ihm schwer, diese innere Stimme zu überhören.

»Hast du mich denn auch vermisst?«, fragte er, um sich abzulenken.

»Ich habe dich gesehen«, erwiderte sie, was eigentlich keine Antwort war.

»Wo denn?«

»An fremden Orten. In Häfen, auf Schiffen.«

»Ja, wir waren viel unterwegs. Du kannst dir sicher denken, dass es nicht ohne ist, mit Pek und Gabba zu reisen. Sie können die Finger nicht von schönen Sachen lassen, besonders, wenn sie ihnen nicht gehören. Und Pek hat dazu noch das Talent, Ehemänner und Väter hübscher Mädchen sehr, sehr wütend zu machen. Wir konnten nirgendwo lange bleiben.«

»Und du bist zurückgekommen. Glaubst du, hier wird es besser?«

»Xelidor ist eine große Stadt, und jetzt, da ich … erledigt habe, was zu erledigen war, wird es vielleicht etwas ruhiger.«

»Vielleicht«, meinte Skari. »Aber ich habe dich noch einmal in Flammen gesehen.«

»Ein Brand? Schon wieder?«

»Ich sagte doch, Feuer ist dein Schicksalszeichen.«

»Und wo und vor allem wann?«

Sie antwortete nur zögernd: »Ich kann es nicht genau sagen, was meistens bedeutet, dass es noch dauern wird, bis es eintrifft.«

»Und kommt es denn nie vor, dass etwas nicht eintrifft?«, fragte Vil. Er war plötzlich aufgebracht, weil sie schon wieder unheilvolle Dinge heraufbeschwor. Hatte er sich nicht gerade eine Zeit der Ruhe und des Friedens verdient? Er brauchte kein Feuer und keine Schicksalszeichen.

»Es trifft immer ein«, erklärte Skari schlicht.

»Verdammt, Skari!«, fluchte er.

»Nein«, sagte sie.

»Was?«

»Nein, wir werden heute Nacht nicht miteinander schlafen.«

»Aber ich hatte doch gar nicht vor …«, begann Vil und verstummte. Seit sie an seiner Seite durch die Nacht ging, hatte er daran gedacht. Er hatte im vergangenen Jahr versucht, sie zu vergessen, aber als er ihr schmales Gesicht und ihre weißen Haare erblickt hatte, hatte er eingesehen, dass es ihm nicht gelungen war. Er verzehrte sich geradezu nach einer innigen Umarmung mit ihr, nein, eigentlich nach weit mehr als einer Umarmung.

Skari lachte plötzlich. »Siehst du, du willst es gar nicht«, spottete sie. Dann blieb sie stehen und legte ihm ihre schmale Hand auf die Brust. »Du bist gewachsen«, stellte sie fest und brachte ihn dadurch nur noch mehr aus dem Konzept.

Er stöhnte und schwieg, statt sich weiter um Kopf und Kragen zu reden.

Sie trat nahe an ihn heran, sah ihm in die Augen und hauchte: »Du bist jetzt größer als ich.«

Er hätte sich nur vorbeugen müssen, um sie zu küssen, aber irgendetwas hielt ihn zurück.

Sie trat wieder zurück, ließ die Hand aber mit verträumtem Gesichtsausdruck noch auf seiner Brust liegen. Dann seufzte sie und sagte: »Es ist Zeit. Grüße deine Schwester von mir. Wir sehen uns bald wieder, Vil.«

»Das hoffe ich«, stammelte er.

Sie legte den Kopf schräg und grinste. »Ich habe es gesehen.« Dann drehte sie sich um und tänzelte in der Morgendämmerung davon.

Vier Tage später bezogen Vil und Tiuri das Haus, das ihr Onkel ihnen überlassen hatte. Es lag in der Scherengasse, einer der besseren Straßen im Osten des Katzenviertels.

»Nett«, meinte Peker, als sie es besichtigten, »ein bisschen schmal und eng, aber vielleicht trotzdem ideal für unsere Art von Geschäften.«

Vil nickte. Es würde ein bisschen Arbeit erforderlich sein, um aus der Schlosserei einen Laden zu machen, und Tiuri verlangte nachdrücklich, dass das obere Geschoss ganz neu geweißt werden müsse, aber ja, es bot genug Platz für ihn und seine Schwester und einen Laden.

»Wir sollten im Keller eine falsche Wand einziehen, für die etwas heiklere Ware, die wir verkaufen wollen«, meinte Gibean. »Ich kenne da übrigens ein paar Handwerker, die keine Fragen stellen.«

Vil nickte und lächelte. Ein eigenes Haus, wer hätte das vor einem Jahr für möglich gehalten?

Er ließ Gibean freie Hand, und schon nach einer Woche war das Haus nicht wiederzuerkennen: Es war außen und innen frisch gestrichen, die letzten Reste der Werkstatt waren verschwunden, und ein Schreiner aus der Nachbarschaft war gerade dabei, die Theke und die Regale einzupassen, während irgendwelche »Freunde« von Gibean Möbel für den Wohnbereich heranschleppten, die für dieses Haus und diese Gegend deutlich zu vornehm waren.

»Es geht ja doch voran«, stellte Doma Hamar fest, die stämmige Gattin des benachbarten Metzgers, die die Fortschritte täglich mit unübersehbarem Misstrauen begutachtete. »Es ist schade, dass unser lieber Schlosser, der mit seiner Familie hier letzte Woche so überhastet ausgezogen ist, das nicht sehen kann.«

»Sicher teuer«, meinte der Metzger, ein dürrer kleiner Südländer, der wohl nicht einmal die Hälfte des Körpergewichts seiner Gattin auf die Waage brachte.

»Eigentlich nicht«, meinte Vil. Gibean hatte es irgendwie geschafft, dass die meisten der Handwerker praktisch umsonst arbeiteten. Auch die Möbel hatten so gut wie nichts gekostet. Er wollte gar nicht wissen, wo er sie herhatte.

»Und was gedenkt Ihr zu verkaufen, Herr Nachbar?«

»Gemischtwaren, zu guten Preisen«, antwortete Vil lächelnd.

Die beiden tauschten einen vielsagenden Blick. Offenbar gab es etwas, was ihnen auf der Seele lag, was sie aber nicht aussprechen wollten. Die Frau gab schließlich dem Mann einen Stoß, so dass er einen halben Schritt vortrat und fragte: »Dieses hübsche Mädchen, ich meine, sie ist recht jung, ist sie, ich habe das schöne Bett gesehen, ich meine, hat sie vor, hier … zu arbeiten?«

Vil starrte den Mann ungläubig an. »Tiri? Nein, bei allen Himmeln, sie ist meine Schwester!«

»Ah, eine Schwester!«

Die beiden sahen plötzlich sehr erleichtert aus. »Wisst Ihr, wir fürchteten, also, weil sie so jung und hübsch ist, und nicht weit von hier die verrufene Gegend beginnt, aber dies hier eine durch und durch anständige Straße ist, ach … wir müssen Euch um Vergebung bitten, Menher«, rief die Metzgerin und schickte ihren Mann ins Haus, etwas zur Stärkung der neuen Nachbarn zu holen.

Vil verspürte große Lust, diesen Menschen an die Gurgel zu fahren. Für was hielten die ihn? Dachten sie wirklich, er würde seine kleine Schwester zu einer … er konnte es nicht einmal zu Ende denken. Aber immerhin verstand er endlich, warum ihnen hier so ein Misstrauen entgegengeschlagen war: Man hielt ihn für einen Zuhälter und fürchtete um den »guten Ruf« der Gasse. Vermutlich hätte es diese Leute sogar beruhigt, zu erfahren, dass er bloß ein Mörder war.

Ein paar Tage später waren die Arbeiten fast abgeschlossen, und Peker selbst war es, der die verborgene Tür in die falsche Kellermauer einsetzte. »Was sagst du?«, fragte er stolz.

»Wenn die Farbe trocken ist, wird man sie kaum noch erkennen«, meinte Vil.

»Du musst etwas davor stellen. Ein Regal oder so«, meinte Tiuri.

»Eigentlich, liebe Schwester, wäre es mir lieber, wenn du dich aus diesen Dingen heraushalten würdest.«

»Das ist auch mein Haus, Vil.«

»Ich will nicht, dass du in diese Dinge, die wir nun einmal tun, mit hineingezogen wirst.«

»Als wenn ich das letzte Jahr über nicht mit Euch gereist wäre! Ich weiß, dass ihr klaut wie die Raben.«

»Tiri!«

»Was?«

»Ich meine es ernst. Das, was hinter dieser Wand geschieht, geht dich nichts an!«

»Alles, was mein Bruder tut, geht mich etwas an, auch das, was er nicht tut.«

»Was soll denn das wieder heißen?«

»Sag ich dir später, das geht nämlich Pek nichts an.«

Damit drehte sie sich auf dem Absatz um und rauschte hoheitsvoll davon.

»Wie alt ist sie jetzt?«, fragte Peker grinsend.

»Sie wird bald dreizehn.«

»Mit ihr wirst du noch viel Freude haben, Vil.«

»Scheint mir auch so«, brummte er.

Am Nachmittag schleppte Gibean auf einem Handkarren ein Heringsfass heran.

»Fisch? Ihr habt vor, mit Fisch zu handeln?«, fragte Metzger Hamar naserümpfend, als sie es in den Laden schafften. »Ich war erleichtert, dass dieser Geruch nach geschmolzenem Metall endlich aus der Straße verschwunden ist. Und nun bringt ihr Fisch?«

»Das ist nur ein Heringsfass – es enthält keine Heringe, Menher«, sagte Vil, verriet dem Mann aber nicht, was stattdessen darin war.

Sie wuchteten das Fass durch die Geheimtür, und Gibean

stemmte den Deckel auf. »Bitte, Freunde, das ist Kratos' überaus großzügiger Kredit.«

Vil nahm die obersten silbernen Teller und Leuchter heraus. »Zum Verkaufen hier im Laden vielleicht zu auffällig. Wir werden sie einschmelzen müssen«, stellte er fest.

»Ich kenne da einen verschwiegenen Schmied, der uns sicher gerne helfen wird«, erwiderte Gabba.

»Dann soll er auch gleich diesen Schmuck mit einschmelzen. Den wird sich hier in der Nachbarschaft keiner leisten können.«

»Nicht so hastig«, meinte Peker. »Es ist nur eine Frage der Zeit, bis die richtigen Leute erfahren, dass es bei uns auch ein paar außergewöhnlichere Dinge gibt. Es wäre eine Sünde, diesen Schmuck einzuschmelzen. Sind ein paar schöne Stücke, die du da ausgesucht hast, Gabba.«

»Und was, bei allen Himmeln, ist das?«, fragt Vil, der auf dem Grund des Fasses angekommen war. Er hob eine Schatulle heraus, eine von dreien, die er dort unten sah, versiegelt – und gekennzeichnet mit dem Symbol der Bruderschaft der Weißen Schriften.

»Du Idiot!«, zischte er, weil Gibean nur lächelte, statt zu antworten. »Was soll das?«

»Na ja, ich weiß zufällig, dass das, was da drin ist, unglaublich viel wert sein muss.«

»So viel, dass niemand es dem Boss abkaufen wollte!«

»Vielleicht hat er nicht die richtigen Leute gefragt«, gab Gibean zurück.

»Und wer soll das sein?«

»Die Eigentümer, Vil. Ich weiß noch genau, dass die Scholaren ein Mordsgeheimnis aus der ganzen Sache gemacht haben. Sie sind bestimmt dankbar, wenn sie ihre Kästchen wiederbekommen.«

»Bist du wahnsinnig, Gabba? Wir können ihnen doch nicht das zum Kauf anbieten, was wir ihnen geklaut haben?«

»Ich finde nicht, dass das verrückt klingt. Was meinst du, Pek?«

Pek grinste breit. »Total wahnsinnig, Gabba, so verrückt, dass es schon wieder genial ist.«

Livus Lizet rückte noch einmal den Brustharnisch zurecht.

»Nervös, Hauptmann?«, fragte Bruder Melid, der neben ihm auf der steinernen Bank wartete.

»Ich war sehr lange nicht hier«, wich Lizet aus, der vor kurzem endlich befördert worden war.

»Es hat sich viel verändert«, sagte der Scholar.

»Eigentlich nicht«, brummte Lizet. Für ihn sahen die grauen Flure dieses Gemäuers immer noch so freudlos aus wie einst, als er selbst die graue Robe der Anwärter getragen hatte.

»Ich gestehe, ich bin selbst etwas unruhig«, meinte Melid. »Bis vor kurzem war Bruder Ifid mit diesen Dingen betraut, aber man hat ihn auf eine lange Reise geschickt, und nun ist Schwester Mischitu an seine Stelle gerückt. Sie hat einen gewissen Ruf.« Er senkte seine Stimme. »Wusstet Ihr, dass man sie hier *Ghula* Mischitu nennt?«

»Ah, und weswegen?«, fragte Lizet, der das längst wusste, aber neugierig war, wie gut der Scholar informiert war.

»Nun, sie ist natürlich kein leichenverzehrender Geist, aber angeblich hat sie sich drüben, auf einer Insel am Goldenen Meer, mit einem Ghul verbündet, weil der über unermessliches Wissen gebot. Alles im Dienst des Ordens, versteht sich.«

Lizet tat milde erstaunt und war enttäuscht, weil der Mann auch nicht mehr wusste als er.

Er gab aber ohnehin nicht viel auf Tratsch, ihn interessierte vielmehr, was diese Frau von ihm wollte. Sie musste einflussreich sein, wenn sie Bruder Ifid, der ein Stellvertreter des Hochmeisters war, aus dem Amt drängen konnte. Sein Oberst hatte ihm klargemacht, dass er ihren Anweisungen Folge zu leisten hatte.

Ghula Mischitu entpuppte sich als eine stämmige, energische Frau, die Lizet auf Mitte fünfzig schätzte. Sie stand hinter einem mit Pergamenten übersäten Schreibtisch vor den hohen Regalen, aus denen unzählige Schriftrollen und Folianten quollen.

»Ah, die Brüder Livus und Melid«, rief sie.

»Hauptmann Lizet«, korrigierte Livus Lizet steif.

»Verzeiht, Hauptmann. Ich habe ein wenig in den alten Unterlagen geblättert, und dabei hat sich mir wohl Euer Scholarenname eingeprägt.«

»Den führe ich seit sehr vielen Jahren nicht mehr, Schwester Mischitu.«

»Einerlei, ich habe Euch nicht gerufen, um alte Geschichten aufzuwärmen oder, andererseits, vielleicht doch. Nehmt Platz, Hauptmann. Ja, Ihr natürlich auch, Bruder Melid.«

Sie begann in den Papieren auf dem Tisch zu wühlen. »Ah, hier habe ich es. Kennt Ihr das, Hauptmann?«

Lizet runzelte die Stirn. »Es sieht aus wie ein Bericht, den ich im letzten Jahr verfasst habe.«

»Eine Kopie, um genau zu sein«, bestätigte die Ghula.

Der Hauptmann nickte. Eigentlich überraschte es ihn nicht, dass die Scholaren, die sich für grundsätzlich alles interessierten, auch Berichte der Wache lasen.

»Ich nehme an, Ihr habt diesen Zeilen inzwischen einige neue hinzugefügt, Hauptmann?«

»In der Tat«, bestätigte Lizet. Er verschränkte die Arme vor der Brust. Er konnte es nicht leiden, wenn Leute sich in seine Arbeit einmischten, schon gar nicht, wenn diese noch nicht abgeschlossen war.

Das ratlose Gesicht von Bruder Melid, der offensichtlich vergeblich zu erfassen versuchte, worum es hier eigentlich ging, war nur ein kleiner Trost.

Die Scholarin schüttelte den Kopf. »Wir reden hier über Mordfälle von vor einem Jahr, Bruder Melid. Ich nehme an, Ihr habt die Zusammenhänge bemerkt?«, fragte sie spitz.

»Selbstverständlich«, murmelte der Scholar.

»Also? Bringt mich auf den neuesten Stand, Hauptmann!«

»Ich kann noch nicht viel sagen, ehrwürdige Mischitu, denn die beiden neuen Fälle sind doch recht frisch.«

»Dann sagt mir, was Ihr bislang habt!«, verlangte die Ghula.

»Ich nehme an, Ihr fragt nach Siris Ino, der in seinem Haus getötet wurde. Es gibt Gerüchte, dass er zur Unterwelt von Xelidor gehörte, auch wenn er nach außen hin als unbescholtener Händler galt.«

»Und was glaubt Ihr?«

Lizet seufzte. »Ich habe sein Haus gesehen. Es ist schwer zu glauben, dass ein kleiner Getreidehändler genug verdiente, um sich dieses großzügige Anwesen leisten zu können.«

»Weiter?«

»Am nächsten Morgen wurden wir zur Leiche eines Offiziers der Haldenwache gerufen, Tarab Arnfold mit Namen, besser bekannt als Hauptmann Triefauge. Auch er wurde erstochen wie Ino.«

»Und der Zusammenhang?«

»Beide wurden mit einer ähnlichen, vielleicht derselben Waffe getötet. Sonst nur Vermutungen, wenig Beweise.«

»Nur zu, lasst hören!«

Lizet fragte sich, ob sie vielleicht Informationen hatte, über die er selbst nicht verfügte. »Der Hauptmann tat Dienst auf der Halde. Und das verbindet ihn mit den alten Fällen, die Ihr erwähntet, ehrwürdige Mischitu.«

»Weiter.«

Widerstrebend zählte Lizet die alten Fälle noch einmal auf: den ermordeten Fischer, die Wachen, die in der Halde ermordet worden waren, die niedergebrannte Schmiede mit den Toten. »Des Weiteren ist da noch der Tod des sogenannten Eisenkönigs, der eigentlich ein Insasse der Halde war, aber im Katzenviertel ermordet wurde. Er soll vorher in einem äußerst üblen Hurenhaus einen Brand gelegt haben, bei dem ein weiterer Mann starb, aber da sind die Aussagen der Zeugen widersprüchlich. Im Grunde genommen hat niemand überhaupt irgendetwas gesehen, wie immer wenn im Schatten der Arena etwas passiert. Doch liegt das alles etwa ein Jahr zurück.«

»Nicht zu vergessen der tote Arzt, nicht wahr?«

»Natürlich, ehrwürdige Mischitu. Der Tod von Galenes Celsor gehört ebenfalls in dieses Umfeld.«

»Euer Bericht ist in seinem Fall besonders umfangreich, Hauptmann. Man könnte meinen, Ihr hegtet da ein besonderes Interesse.«

»Nicht mehr als an den anderen Fällen, ehrwürdige Schwester.«

»Mir kam hingegen zu Ohren, dass Ihr diesen Meister Galenes gut kanntet. Wart Ihr nicht zur selben Zeit auf dieser Akademie?«

»Ich habe ihn seither jedoch völlig aus den Augen verloren«, erwiderte Lizet, der fand, dass seine damalige Freundschaft die Ghula nichts anging.

Sie beide waren junge Männer gewesen, ohne Familie und nicht mit der Fähigkeit gesegnet, leicht Freundschaften zu schließen. So hatten sie schließlich zusammengefunden. Aber dann, nachdem sie das Grau der Anwärter gegen das Weiß der Scholaren eingetauscht hatten, hatte sich Galenes ihm in einer weinseligen Nacht auf eine Weise genähert, die er hatte zurückweisen müssen. Dann waren sie unterschiedliche Wege gegangen, und Lizet war darüber erleichtert gewesen. Er schämte sich dafür, jetzt, da es zu spät war. Aber Galenes' Mörder zu finden, dafür war es nicht zu spät.

Die Ghula blätterte durch den Bericht. »Glaubt Ihr, dass all diese Taten auf ein und denselben Täter zurückgehen, Hauptmann?«

»Nein, eigentlich nicht, denn jedes dieser Verbrechen ist doch sehr unterschiedlich. Vielleicht eher eine Bande, eine sehr gefährliche Bande, wie die toten Wachsoldaten der Halde beweisen.«

»Ich las zwischen Euren Zeilen, dass Ihr das für das Werk eines Schattens haltet?«

»Diese Meuchelmörder haben jedoch immer einen Auftraggeber, ehrwürdige Mischitu.«

»Das ist wahr. Und wenn es wahr ist, sind hier sehr gefährliche Leute am Werk. Habt Ihr einen Verdacht?«

Lizet dachte an die Namen, die nicht in seinem Bericht standen. Viltor und Tiuri Merson. Beide waren für tot erklärt worden, Viltor sogar zweimal. Also war die erste Meldung falsch, und das hieß vermutlich, dass wenigstens seine Schwester noch lebte. Und Lizet glaubte, dass auch Viltor noch am Leben war, Viltor, der Mörder. Dass man ausgerechnet den nicht geschmolzenen Ring seiner Mutter bei der Leiche in der Schmiede gefunden hatte, war ein viel zu starker Beweis. Aber das waren alles nur Vermutungen, nichts, was er sicher wusste. Also schüttelte er den Kopf.

»Es liegt ein Jahr zwischen den alten und den neuen Fällen, Hauptmann, wo ist die Verbindung?«

»Das Triefauge ist die Verbindung zur Halde, und Ino starb am gleichen Tag wie dieser Hauptmann und auf die gleiche Art.«

»Und der Einbruch in die Lagerhalle? Er steht ebenfalls auf Eurer Liste, die ich hier in der Hand halte, Hauptmann.«

»Ich denke, auch dieser Einbruch, so sorgfältig geplant, geht auf das Konto einer Bande. Vielleicht ist es sogar dieselbe. Ich habe ihn außerdem besonders vermerkt, weil er den Scholaren so ungeheuer wichtig war und sie praktisch alles getan haben, um zu verhindern, dass er bekannt wird. Damit haben sie leider auch verhindert, dass er aufgeklärt werden konnte.«

Bruder Melid bekam einen Hustenanfall.

Mischitu lächelte kalt. »Bruder Melid, seid so gut und fragt draußen nach einem Schluck Wasser für diesen Husten. Und bleibt dann eine Weile vor der Tür.«

Als Melid gegangen war, erhob sich die Scholarin und trat an eines der schmalen Fenster. »Diese Schatullen oder ihr Inhalt sind immer noch nicht wieder aufgetaucht, wusstet Ihr das, Hauptmann?«

»Ich weiß nicht einmal, was in diesen Kästen war, ehrwürdige Mischitu. Ich nehme an, der Orden hat längst Ersatz besorgt?«

Die Ghula warf ihm einen finsteren Blick zu. »Diese speziellen Dinge sind nicht leicht zu ersetzen, Hauptmann. Man findet sie nur auf den Feuerfrostinseln, hoch im Norden. Kennt Ihr sie? Nur drei Monate im Jahr ist der Seeweg überhaupt eisfrei und sicher, und erreicht man diese Eilande, ist man keinesfalls willkommen. Der Inhalt dieser Schatullen hat uns ein Vermögen gekostet, und nicht jeder in der Bruderschaft ist der Meinung, dass sich die Anschaffung lohnte. Die Bereitschaft, ein zweites Mal eine so gewaltige Summe zu entrichten, ist entsprechend gering, wie Ihr Euch vielleicht vorstellen könnt.«

»Das kann ich nicht beurteilen, ehrwürdige Mischitu.«

»Natürlich nicht, Hauptmann. Doch stellt Euch vor: Man hat uns die Schatullen zum Kauf angeboten.«

»Jetzt – nach einem Jahr?«

»Ja, wir sind auch erstaunt.«

»Wer überbrachte die Nachricht?«

»Ein blinder Bettler. Raffiniert, nicht wahr? Selbst unter Folter könnte er seine Auftraggeber nicht verraten.«

Lizet nickte anerkennend. »Was werdet Ihr tun?«

»Wir werden das Angebot annehmen. Sie verlangen nur tausend Kronen pro Schatulle, was beweist, dass die Diebe keine Ahnung vom wahren Wert des Inhalts haben. Ihr werdet das Geld übergeben und die Schatullen entgegennehmen, Hauptmann.«

»Darf ich fragen, warum Eure Wahl auf mich gefallen ist?«, wollte Lizet wissen, dem es nicht gefiel, nicht gefragt zu werden.

»Ihr geltet als unbestechlich und ehrlich, Lizet, weshalb ich Euch diese Werte anvertrauen werde. Außerdem seid Ihr besonnen genug, um die Übergabe nicht zu gefährden. Ihr werdet nicht versuchen, die Verkäufer zu verhaften, oder andere unsinnige Heldentaten begehen. Gleichwohl seid Ihr klug genug, um dann, wenn wir diese Dinge wieder in unserem Besitz haben, den Dieben auf die Spur zu kommen. Ich finde, das sind genug Gründe.«

Lizet nickte. Die Sache gefiel ihm trotzdem nicht. Wenn er dabei einen Fehler beging, war es womöglich sein letzter, zumindest in Xelidor. Es war nicht klug, die Bruderschaft der Scholaren zu enttäuschen. Er erhob sich. »Darf ich davon ausgehen, dass das alles war, ehrwürdige Mischitu?«

»Beschafft uns die Schatullen, dann sehen wir weiter.«

Zwei Tage später fand sich Hauptmann Lizet in der von den Dieben bestimmten Gasse im Altkaiserviertel ein. Er fand diese Ortswahl eigenartig, denn es war eine Sackgasse, die an der Alten Mauer endete, die den Tempelberg und seine Paläste von der Stahlseite trennte. Wenn die Diebe ihn hier treffen wollten, gab es nur diese Gasse als Fluchtweg.

Es war auch noch ein Tempeltag, so dass auf den Straßen nicht viel los war. Sie konnten also auch nicht in der Menge untertauchen. Er kam zu dem Schluss, dass sie vielleicht irgendwo in der Nähe einen Zugang zu den alten Stollen unter der Stadt haben mussten. Aber er war vorbereitet. Er hatte der Ghula zwar versprochen, nichts Unüberlegtes zu tun, aber er hatte nicht gesagt, dass er gar nichts versuchen würde. Also hatte er ein paar Wachen in Zivil in den umliegenden Straßen verteilt. Er hatte dafür vor allem Leute gewählt, die sich in den alten Tunneln auskannten, für den Fall der Fälle.

Er war sehr gespannt, wer die Schatullen bringen würde. Die Münzen, genau zweihundertfünfzig an der Zahl, drückten auf seine Hüfte. Er hatte darauf bestanden, die Summe in Zwölfkronenstücken zu übergeben, weil er darauf baute, dass es auffallen würde, wenn diese Münzen irgendwo gehäuft auftauchten. Aber vermutlich würden sie die Kerle schon heute schnappen. Das Netz war ausgelegt, aber er durfte es erst zusammenziehen, wenn er die Schatullen hatte. Er fragte sich immer noch, ob die Bande, die die Schatullen gestohlen hatte, dieselbe war, die all die anderen Schandtaten begangen hatte.

Wenn es so war und *wenn* der schon zweimal gestorbene Viltor Merson noch lebte und *wenn* er zu dieser Bande gehörte, dann würde er vielleicht heute den Mörder seines Freundes fassen. Er hatte wirklich geglaubt, der junge Mann sei in der Schmiede verbrannt, denn ein Jahr lang hatte es kein Anzeichen dafür gegeben, dass er noch lebte. Aber die beiden jüngsten Morde bewiesen vielleicht das Gegenteil. Und dass diese ominösen Schatullen gerade jetzt wieder auftauchten, konnte doch kein Zufall sein.

Lizet ging vor der Mauer auf und ab. Ihm war klar, dass ihn die Nachbarn, wenn sie denn nicht in einem der Tempel waren, durch die Fenster beobachteten. In seiner Uniform fiel er in dieser menschenleeren Sackgasse auf wie ein bunter Hund.

Ein Pfiff ertönte. Als Lizet sich umdrehte, ahnte er schon, dass man ihn ausgetrickst hatte. Da baumelte ein Korb an einem Seil vor der Mauer. Er legte den Kopf in den Nacken und sah viele, viele Ellen weiter oben zwei dunkle Punkte auf der Mauerkrone, die ihm jetzt zuwinkten. Er fluchte. Nein, da oben hatte er niemanden aufgestellt. Die Diebe ließen den Korb ein wenig am Seil tanzen, vielleicht, um ihn zu verhöhnen. Auf halber Höhe der Alten Mauer gab es einen zweiten Korb, ein schmaler Kasten ragte über den Rand. Also hatten sie die Schatullen wirklich.

Fluchend deponierte Lizet die dreitausend Kronen im Korb und sah zu, wie sie Richtung Himmel entschwanden. Dann senkte sich der andere Korb herab. Er schnitt ihn rasch vom Seil. Ja, es waren drei Schatullen, versehen mit dem Zeichen der Bruderschaft. Zwei waren versiegelt, bei der dritten jedoch war das Siegel aufgebrochen.

Eigentlich hätte er jetzt seine Leute zusammenrufen und auf die Jagd schicken müssen, aber er bezweifelte, dass sie irgendetwas finden würden. Bis sie auf dem Tempelberg waren, würden die Diebe lange verschwunden sein. Sie hatten ihn wirklich nach allen Regeln der Kunst übertölpelt – und jetzt führten sie ihn auch noch in Versuchung.

Ghula Mischitu hatte ihm nicht verboten, sich den Inhalt der Kästen anzusehen. Er musste ungeheuer wichtig und wertvoll sein, wenn die Ghula fand, dass dreitausend Kronen ein lächerlicher Preis dafür waren. Lizet betrachtete den schlichten Deckel, der nichts über den Inhalt verriet.

Dann wurde ihm klar, dass die Ghula ohnehin annehmen würde, dass er hineingesehen hatte – also konnte er das auch einfach hier und jetzt tun. Er schlug den Deckel zurück. Verblüfft starrte er auf den Inhalt. Sorgsam eingebettet in ein passgenaues samtenes Futteral ruhten dort acht graue, pockennarbige Steine. Er bemerkte, dass zwei fehlten, aber eigentlich stand er nur mit offenem Mund da und staunte. Es waren keine Diamanten, kein geheimnisvolles Pulver, kein Gold, kein magischer Dolch, nein, graue, unscheinbare Steine.

Kurz entschlossen nahm er einen aus dem Futteral. Er fühlte sich stumpf, beinahe sandig an. Falls ihn eine magische Aura umgab, merkte er davon nichts. Er rieb vorsichtig die oberste Schicht ab und hielt ihn gegen das Licht.

»Ah!«, sagte er, als er bemerkte, dass das, was ihn an Pockennarben erinnerte, in Wahrheit kristalline Strukturen waren. Die Sonne brach sich leicht an den Kanten. Das war hübsch anzusehen, aber das konnte doch nicht alles sein. Lizet legte den Stein zurück. Er hatte nicht die leiseste Ahnung, was diese Steine so wertvoll machte.

»Ich finde, sie sehen hübsch aus«, sagte Tiuri.

»Wie Steine eben«, meinte Vil spöttisch. »Ich habe drüben im Rinnstein noch ein paar liegen sehen – soll ich sie dir auch holen?«

»Auf jeden Fall sind sie wertvoll«, warf Peker ein.

»Schau, wenn du oben den Sand abreibst, fangen sie an zu schimmern. Da sind Kristalle im Stein, siehst du.« Tiuri hielt den Stein vor eine der Kerzen.

Sie saßen im kleinen Lager ihres Ladens auf einigen Getreidesäcken und aßen kalte Fleischpasteten, die ihnen ihr Nachbar offeriert hatte, angeblich eine Spezialität aus seiner fernen Heimat. Das war seine Art, sich für eine sehr günstige Lieferung von frischem Rindfleisch zu bedanken.

Vil hatte entschieden, dass sie zur Tarnung damit handeln

würden, ebenso mit Reis, Weizen und Gemüse, eigentlich allem, was Sester Elgos in Gremms Lagerhäusern besorgen konnte. Er fand jetzt schon, dass es sich gelohnt hatte, denn die Pasteten waren auch kalt ausgezeichnet.

»Das Geheimnis ist das Fleisch«, hatte der Metzger verraten. »Da ist Malakin drin, ein Tier, das in meiner Heimat recht häufig ist.«

Tiuri, die sich schon wie eine kleine Hausfrau gebärdete, wollte ihn bei nächster Gelegenheit nach dem Rezept fragen. Vil lächelte in sich hinein, weil ihm das alles so ungeheuer fremdartig »normal« vorkam.

»Ich kenne einen Gemmenschneider im Goldbodenviertel, der da sicher etwas Hübsches herausschneiden könnte. Er vollbringt wahre Wunder«, meinte Gibean, der fasziniert den Stein betrachtete.

Vil nahm Tiuri den Stein ab. »Leider werden wir nie erfahren, was dieser Mann vollbringen kann, weil wir diese Steine erst einmal tief unten im hintersten Winkel unseres Kellers verstecken werden. Wenigstens so lange, bis wir wissen, was man damit macht.«

Tiuri verzog beleidigt das Gesicht. »Ich würde sie gerne behalten.«

»Sie gehören meinetwegen dir, aber wir verstecken sie trotzdem«, gab sich Vil unnachgiebig. Er musste plötzlich herzhaft gähnen. Es machte erstaunlich müde, so zu tun, als sei man ein ehrlicher Ladenbesitzer, selbst an Tempeltagen.

Tiuri war offensichtlich noch munter: »Und was machen wir jetzt mit den Preisen?«, fragte sie.

Seine Schwester hatte ihn überhaupt erst überredet, eine Bestandsaufnahme ihres Lagers zu machen. Er hatte, nachdem er mit Peker den Austausch auf der Mauer durchgezogen hatte und berauscht von Gefahr und Glück nach Hause gekommen war, von ihr gleich eine neue und ziemlich ernüchternde Aufgabe bekommen: Säcke und Kisten zählen. Mürrisch hatte er gefragt, wozu das gut sein sollte, schließlich müssten sie sich ums Geld vorerst keine Sorgen machen.

»Aber wir müssen wissen, was durch unser Lager läuft. Wir müssen auch aufschreiben, wie viel es gekostet hat und für wie viel wir es verkauft haben.«

Und Vil hatte sehr ernsthaft genickt und versucht, ihr zu verschweigen, dass sie für das meiste im Lagerraum gar nichts bezahlt hatten. Aber als sie wissen wollte, wie viel er für den Reis ausgegeben habe, hatte er den erstbesten Preis genannt, der ihm einfiel, und sie hatte herzhaft gelacht.

Vil gähnte jetzt noch einmal, dann sagte er: »Schön, Tiuri, ich habe eingesehen, dass du davon mehr verstehst als ich. Deshalb übertrage ich dir die ehrenvolle Aufgabe, hier Buch zu führen.«

»Du willst dich doch nur vor der Arbeit drücken!«, rief sie in gespielter Empörung, aber sie strahlte regelrecht vor Glück.

Vil verbarg ein Lächeln. Er hatte seine Schwester lange nicht mehr so zufrieden gesehen. Und wenn sie dazu Kaufmann spielen musste, sollte sie es ruhig tun.

»Ich finde immer noch, dass ein Laden so gar nicht zu dir passt, Vil«, sagte Skari, die plötzlich in der Tür zum Laden stand.

»Skari! Wie bist du …?«

Sie rasselte leise mit ihren Dietrichen. »Ihr braucht ein besseres Schloss. In dieser Stadt soll es Diebe geben.«

Vil ließ die beiden rätselhaften Steine unauffällig in seiner Hosentasche verschwinden.

»Komm rein, setz dich. Gabba, hol ihr doch einen Becher.«

»Eigentlich muss ich dich unter vier Augen sprechen«, sagte Skari. »Gehen wir ein Stück?«

Vil bekam eine Gänsehaut, aber er nickte, gab sich locker und sagte: »Dann lass uns ein Stück gehen.«

»Es ist schön, dich zu sehen«, sagte er, als sie durch die dunklen Gassen schlenderten. Er dachte darüber nach, ob er ihre Hand nehmen sollte. Sie würden kaum auffallen, Hand in Hand, wie ein frisch verliebtes Paar. Nein, sie *würden* auffallen. Skaris schneeweißes Haar war selbst im Dunkeln schwer zu übersehen.

»Du bist ein vielbeschäftigter Mann«, begann sie.

»Stimmt«, erwiderte er und versuchte, ein Gähnen zu unterdrücken.

»Du führst zwei Leben«, fuhr sie fort.

»Schon möglich.« Er verstand nicht, was sie meinte. Er konnte ja schlecht herumlaufen und jedem erzählen, dass er ein Dieb war.

»Vielleicht auch bald drei«, sagte sie. Sie sprach langsam, als suchte sie die richtigen Worte.

»Hast du etwas gesehen?«, fragte er.

Sie schüttelte den Kopf. »Nichts, was dich betrifft. Aber ich bin trotzdem deinetwegen hier. Das heißt, eigentlich schickt mich Nekor.«

»Wer?«

»Ein anderer Gesegneter, er ist sogar so etwas wie unser Anführer.«

»Kann er auch in die Zukunft sehen so wie du?«

»Nein, aber er spricht mit den Toten. Er sagt, ihr wäret euch schon einmal begegnet, unten in der Nekropole.«

Vil erinnerte sich, aber er erinnerte sich ungern. Er hatte Skari gesucht, damals nach ihrer ersten Nacht. Aber sie war fort gewesen, und er war diesem blinden Gesegneten in die Arme gelaufen und entsetzt geflohen.

Er blickte auf zu den Sternen, aber eine Wolkendecke ließ

ihn nur sehr vereinzelt ein fernes Blinken erahnen. *Schlechtes Zeichen,* dachte er, aber das hätte er wohl auch in einer sternklaren Nacht gedacht.

»Was will dieser Mann von mir?«, fragte er, weil Skari nicht weitersprach.

»Er will sich mit dir unterhalten. Und ich soll dich grüßen.«

»Grüßen? Von wem?«

Skari seufzte. »Von deiner Mutter, Vil.«

Vil starrte sie einen Augenblick lang entsetzt an. Er wusste nicht, was er davon halten sollte, dann brach es aus ihm heraus: »Was soll der Unsinn, Skari? Musst du das Andenken meiner Mutter beschmutzen?«

Skari zuckte zurück. »Aber, Vil …«

»Meine Mutter hat ihren Frieden gefunden. Warum sollte sie mit so einem elenden Gesegneten in seiner dreckigen Gruft reden?«

»Elend, Vil?«

»Verdammt, lass mich bloß in Ruhe!«

Er wandte sich von ihr ab. Immer kam sie mit irgendwelchen merkwürdigen Geschichten und Wahrsagereien. Sie war eben eine Gesegnete. Bisweilen hatte er das schon vergessen. Als er sich wieder im Griff hatte und sich umdrehte, war Skari verschwunden. Kurz dachte er daran, ihr nachzulaufen, aber er ließ es bleiben. Wenn sie so empfindlich war, dann war es eben so. Sie hatte schließlich damit angefangen.

Als er in den Laden zurückkehrte, saß seine Schwester immer noch mit Peker und Gibean bei Kerzenschein im Lager und war dabei, große Pläne zu schmieden. »Du wirst sehen, Vil, wir werden noch reich, und vielleicht sogar, ohne dass du noch was klauen musst.«

»Schön«, sagte er finster.

»Wo ist …?«, setzte Gibean zu einer Frage an, aber Peker

knuffte ihn in die Seite, und Vil warf ihm einen Blick zu, der ihm wohl endgültig jede Lust nahm, nach Skari zu fragen. Vil erklärte den Abend übellaunig für beendet. Die Freunde verabschiedeten sich ziemlich einsilbig von ihm, und Tiuri blieb sogar ganz stumm, als sie später nach oben in ihre Schlafzimmer gingen.

Vil war es gleich. Noch bevor er zu Bett ging, beschloss er, die Sache mit dem Gesegneten zu vergessen. Er hatte Besseres zu tun, als auf das zu hören, was seine Mutter immer als Scharlatanerie für leichtgläubige Narren bezeichnet hatte. Hatte er nicht genug Schwierigkeiten? Da war dieser Laden, den er eigentlich nicht mochte. Zwar erzählte er es niemandem, aber er hatte nicht vor, sein Leben als Ladenbesitzer, Dieb und Hehler zu beschließen.

Skari musste ihm nicht kommen mit irgendwelchen Geschichten, die dieser blinde Narr in der Nekropole gehört haben wollte. Er hatte die letzten Worte seiner Mutter noch im Ohr: Er sollte die Familie wieder zu altem Glanz führen, und genau das hatte er vor. Sie hatte auch ein paar andere Dinge gesagt, aber wie sollte er sich an Leuten rächen, von denen er nicht einmal den Namen kannte? Die, die er kannte, hatte er bezahlen lassen. Und damit, so dachte er grimmig, als er schlaflos spät in der Nacht an die Decke starrte, würde seine Mutter sich zufriedengeben müssen.

Esrahil Gremm marschierte durch sein Lagerhaus, von einem Regal zum nächsten. Im Licht des kühlen Frühlingstages, das von außen durch die Ritzen der Bretter sickerte, zeigten sie alle eine erschütternde Gemeinsamkeit – sie waren leer. Gremm konnte es nicht fassen; man hatte ihn bestohlen!

»Ich dachte, ich hätte einen Wachmann hier. Auf der Gehaltsliste habe ich ihn jedenfalls gesehen!«, rief er aufgebracht.

»Er ist jede Nacht hier, Herr«, entgegnete der Verwalter gleichmütig. »Die fehlenden Waren wurden jedoch nicht nachts gestohlen. Sie kommen eigentlich immer an den Markttagen, in den Morgenstunden.«

»Sie kommen *immer?«*, fragte Gremm fassungslos. Er hatte das Gefühl, dass seinem Verstand hier etwas entglitt. Eben hatte er noch gedacht, er sei schlicht beraubt worden, aber anscheinend steckte sein neuer Verwalter, den er für so tüchtig gehalten hatte, mit in der Sache drin.

»Nun, seit genau vier Wochen, Herr«, erklärte der Mann ruhig.

»Und … und Ihr lasst sie einfach gewähren? Ihr ruft nicht die Wachen, gebt mir nicht Bescheid?«

»Sie haben die erforderlichen Papiere, Herr. Es gab keinen Grund, die Herausgabe der Ware zu verweigern.«

Gremm schnappte nach Luft. »Ich habe keinerlei Papiere unterzeichnet, Mann!«

»Natürlich nicht, Herr. Aber Orn Wraas hat das getan.«

Es war, als hätte man ihm in die Magengrube geschlagen. Gremm öffnete noch einmal den Mund, brachte aber keinen Ton heraus. Kreidebleich sank er auf eine Kiste.

»Wraas?«, fragte er leise.

»Hast du denn wirklich gedacht, er hätte dich vergessen, Esra?«

Gremm wandte nicht einmal den Kopf. Er starrte auf den staubigen Boden in dem Gefühl, dass sich dort jeden Augenblick ein finsteres Loch auftun und ihn verschlingen würde. »Sester, steckst du etwa dahinter? Aber was soll … *das?«*

In hilfloser Geste breitete Gremm die Arme aus und deutete auf die leergeräumten Lagerflächen.

Elgos setzte sich neben ihn und klopfte ihm freundschaftlich auf die Schulter. »Wraas ist der Meinung, dass dein Neffe der richtige Mann ist, um unsere Waren unter die Leute zu bringen.«

»Viltor? Er verkauft *meine* Güter? In *meinem* Laden? Aber – Schaffelle, Reis, Weizen? Seit wann schmuggelt ihr denn so was?«

»Gar nicht, aber der junge Mann muss ja ein volles Lager und ein paar ehrliche Geschäfte vorweisen, falls jemand Fragen stellen sollte. Nach und nach werden wir jedoch Mansupa-Tee, Gewürze und andere Kostbarkeiten über ihn verkaufen lassen, ohne erst den lästigen Umweg über den Zoll zu nehmen, versteht sich. Nun schau nicht so entsetzt, Esra. Es war Wraas, der dich zum Hohen Rat gemacht hat. Dachtest du denn, er würde dafür nichts verlangen?«

Gremm seufzte und überschlug im Kopf, was er verlor. Es ging um ein paar hundert Kronen im Monat, wenn er die Miete für das Haus, die sein Neffe nicht zahlte, mit einrechnete. Das war verschmerzbar, denn die Geschäfte liefen, er musste es zugeben, immer besser. Seit er im Rat saß, flogen ihm Kontrakte und Gelegenheiten nur so zu. Aber natürlich konnte es für ihn gefährlich werden, wenn sie anfingen, Schmuggelware durch seine Lager zu schleusen. Er hatte Feinde wie Telius Nestur, die nur darauf warteten, dass er einen Fehler machte.

Ghula Mischitu war in das Lesen eines Pergaments vertieft, als Hauptmann Lizet die Kammer betrat. Aber sie winkte ihn heran, als er zögerte, und dirigierte ihn mit energischen Handbewegungen auf einen Stuhl.

Er nahm Platz und wartete. Er war nur mäßig neugierig auf das, was sie von ihm wollte.

Die Ordensschwester ließ das Pergament auf den wirren Haufen anderer Pergamente fallen, die den Tisch bedeckten, und lächelte ihn auf eine Art an, dass ihm kalt wurde. Für einen Augenblick war er bereit zu glauben, dass sie vielleicht doch Menschen verspeiste.

»Wie ich hörte, habt Ihr immer noch keine Spur des Mannes, der diesen Hauptmann und diesen angeblichen Händler tötete.«

»Ich war mit anderen Dingen befasst, ehrwürdige Mischitu«, gab Lizet gallig zurück. Er hatte tatsächlich keine Spur – keine, die er verfolgen konnte. Immerhin hatte er im Katzenviertel erfahren, dass Ino, der angebliche Händler, tatsächlich wohl hauptsächlich ein Hehler gewesen war. Sein angeblicher Nachfolger war ein gewisser Kratos, ein Schläger, den Lizet eine Zeit lang beobachtet hatte. Ihm war ein Mord zuzutrauen – doch warum sollte er einen Wächter der Halde töten? Er hatte sich Kratos' armselige Bande angesehen. Keinen der Leute hielt er für Viltor Merson.

»Einerlei«, sagte die Ghula, »ich habe einen neuen Auftrag für Euch, der vielleicht im Zusammenhang mit den Ereignissen vor einem Jahr steht.«

Lizet, der sich fest vorgenommen hatte, sich dieses Mal zu verweigern, wurde hellhörig. »Ein Zusammenhang?«

»Ihr wisst es vielleicht nicht, aber in der Nacht, bevor diese Wachen in der Halde getötet wurden, hatten wir ungebetenen Besuch in unserem Archiv.«

»Ein Einbruch?«

»Das Archiv steht beinahe rund um die Uhr offen, denn Dutzende Brüder und Schwestern gehen da Tag für Tag aus und ein, also war es nicht erforderlich, irgendwo einzubrechen. Allerdings haben wir natürlich Wachen dort, die jeden Fremden sofort melden würden. Dennoch gelangte ein Eindringling ungesehen hinein und wieder hinaus.«

»Und es war keiner der Brüder, vielleicht jemand, der sich bestechen ließ?«

»Nein, das haben wir überprüft. Gewisse Zeichen verrieten uns, dass es tatsächlich ein Fremder gewesen sein muss. Wenn Ihr den Bericht einsehen dürftet, würdet Ihr darin lesen, dass noch ein Nachhall von Magie zu finden war, Schattenmagie, um genau zu sein.«

»Ah – ein Schatten, also doch! Ich habe das schon bei der Sache in der Halde vermutet. Was wurde gestohlen?«

»Listen mit Namen, Listen mit Zahlen. Dinge, die für Oramar oder den Seebund von höchstem Interesse wären.«

»Also ein Spion?« Lizet war jetzt hochinteressiert. Er liebte es, wenn sich die Dinge zusammenfügten. »Sagt, war seinerzeit nicht ein Gesandter des Seebundes in Xelidor? Könnte er vielleicht …?«

Die Ghula lachte laut auf. »Graf Gidus? Der gleicht eher einer Walze als einem Schatten. Aber Ihr habt recht, Hauptmann. Es war vermutlich jemand aus seinem Gefolge, Augenblick …« Sie fischte ein Pergament vom Tisch und studierte es. Lizet konnte sehen, dass eine Menge Namen darauf notiert waren. Ganz oben – sie ließ offensichtlich zu, dass er es las – war der Name des Gesandten notiert. »Ich denke da an einen Kauffahrer aus Frialis mit Namen Kaim Reser«, sagte sie schließlich.

»Und warum aus dieser langen Liste ausgerechnet dieser Mann?«, fragte Lizet.

»Reser nutzte seinen Aufenthalt in Xelidor auch, um Geschäfte zu machen. Ratet, mit wem.«

Lizet dachte kurz nach. Diese ganze Geschichte rund um die Halde war verworren, und in dem großen Bild, das sich sehr vage abzeichnete, gab es noch viele weiße Stellen, aber die Richtung des Gesprächs ließ eigentlich nur eine Antwort zu: »Esrahil Gremm?«

»Ausgezeichnet. Ich sehe, man hat Euren Scharfsinn zu

Recht gelobt, Hauptmann. Ja, dieser Kauffahrer macht Geschäfte mit Gremm.«

Wieder dachte Lizet kurz nach, bevor er sagte: »Ihr hättet mir das nicht erzählt, wenn es nicht dringend wäre. Das heißt, Kaim Reser ist entweder in Xelidor, oder er wird bald erwartet.«

»In der Tat. Der Gesandte macht uns schon bald erneut seine Aufwartung, und der Kauffahrer aus Frialis zählt wieder zu seinen Begleitern. Die Geheime Wacht wird diesen Mann im Auge behalten, und falls er ein Schatten ist, verfügen wir nun, dank Euch, über die Mittel, ihn zu fangen.«

Lizet fragte sich, wie diese Steine dazu beitragen sollten, einen Schatten zu fangen. Sollten etwa ausgerechnet die Scholaren, die erklärten Feinde des Aberglaubens und der Zauberei, *Magie* anwenden wollen?

»Eure neue Aufgabe ist nicht einfach, und sie erfordert einen Mann mit Fingerspitzengefühl, denn Ihr, Hauptmann, werdet ein Auge auf Gremm haben. Er ist jetzt Hoher Rat, da können wir schlecht die Gespenster auf ihn ansetzen.«

Lizets eben aufgeflammte Begeisterung erlosch. »Ist dies ein offizieller Auftrag?«

Die Ghula lächelte kalt. »Natürlich nicht, Hauptmann. Dieses Gespräch hat nie stattgefunden.«

Für einen Augenblick war Lizet versucht abzulehnen. Er hatte Gremm schon vor einiger Zeit vorsichtig überprüft, aber nichts gefunden, was auf eine Verbindung zu Viltor Merson hinwies. Und nun war Gremm Hoher Rat. Es war schlimm genug, dass die Scholaren sich immer mehr in seine Arbeit einmischten, und dieser Auftrag würde ihm, wenn es herauskam, das Genick brechen.

Aber hier ging es um einen Schatten, einen verfluchten, unsichtbaren Meuchelmörder mit Zauberkräften, und damit um eine ernste Gefahr für die Stadt. Livus Lizet kannte seine Pflicht. Also nahm er den Auftrag mit einem mürrischen Nicken an.

»Wann drehen wir endlich mal wieder ein richtig gutes Ding, Vil?«

»Wenn ich es sage, Pek.«

Es war schon spät, aber es war noch hell, denn der Frühling war schon weit fortgeschritten, und Vil saß vor dem Laden, den er noch nicht zusperren wollte. Auch die anderen Läden in der Gasse waren noch geöffnet. Er konnte hören, wie der Metzger seine Pasteten anpries, und von der anderen Straßenseite, wo zwei Brüder einen Obsthandel betrieben, wurden frische Erdbeeren aus Melora lautstark feilgeboten. Es klang friedlich.

»Ich habe das Gefühl, langsam einzurosten«, meinte Pek.

»Stimmt, ich habe dich jetzt schon dreimal hintereinander mit demselben Mädchen gesehen.« Es sollte ein Scherz sein, aber Vil hörte selbst, dass es zu scharf und gereizt klang.

»Dir würde ein Mädchen auch guttun«, gab Peker finster zurück, »und wenn es auch mal eine andere wäre. Ist ja nicht auszuhalten mit dir.«

»Ich weiß trotzdem nicht, warum du noch irgendwo einbrechen willst, Pek. Wir kriegen die Ware doch jetzt völlig gefahrlos aus dem Lagerhaus meines Onkels. Das meiste davon ist nicht einmal gestohlen.«

»Aber ich bin ein Dieb, kein Ladenschwengel, und diese ehrliche Arbeit schlägt mir aufs Gemüt. Dir doch auch, obwohl ich wetten könnte, dass es da noch andere Gründe gibt.«

»Wetten ist ein gutes Stichwort«, warf Gibean ein, der auf einem Fass saß. »Ich habe da eine gute Möglichkeit entdeckt, ohne lästige Arbeit noch ein bisschen Geld zu verdienen. Und es ist auch noch richtig unterhaltsam.«

»Für den, der den Trotteln das Geld aus der Tasche zieht?«, fragte Vil.

»Es ist nicht diese Art Geschäft, Vil. Es gibt da diese Wettkämpfe, unten, in den Eingeweiden der Arena.«

»Was für Kämpfe?«, fragte Vil.

»Ich habe davon gehört. Sie hetzen Hähne, Hunde und sogar Wölfe aufeinander, oder?«, fragte Peker.

»Und neuerdings auch Menschen.«

»Sie lassen Menschen für Geld kämpfen? Das ist ja wie früher im Kaiserreich.«

»Na ja, es sind Faustkämpfer, meistens stirbt nicht mal einer. Und man kann auf die Kämpfer wetten.«

»Und verlieren, Gabba«, meinte Vil.

Gibean grinste breit. »Klar, oder gewinnen. Aber das ist doch auch egal. Es wird was geboten fürs Geld, und ich finde, nach der wochenlangen Schufterei sollten wir uns mal wieder etwas Spaß gönnen. Warst du überhaupt schon mal da unten?«

Vil spürte Zorn in sich aufsteigen. Sein Vater war in der Arena gestorben, und er war dort gewesen, in einer Kammer, in der sich die Kämpfer früher auf das Sterben vorbereitet hatten. Das war kein Ort, wo er mal eben zum Spaß hingehen würde. Er hatte schon bei Pekers Versteck unter den Bogen immer ein schlechtes Gefühl gehabt. Aber dann dachte er plötzlich, dass er sich dem vielleicht endlich stellen musste.

Die Arena war immer da, hoch und finster überragte sie das Katzenviertel. Täglich erinnerte sie ihn an seinen Vater und daran, was er seiner Mutter versprochen hatte. Er hatte Skari seit ihrem Streit nicht gesehen, er hatte sie auch nicht gesucht, aber er vergaß nicht, dass seine Mutter ihn noch aus ihrem Grab heraus rief.

Was sie wohl davon halten würde, wenn er zum Vergnügen den Ort aufsuchte, an dem sein Vater hingerichtet worden war?

Andererseits – dreißigtausend Menschen waren dabei gewesen und hatten gejubelt, als der Henker sein Beil niedersausen ließ. Jeder von den Leuten, denen er täglich begegnete, war schuldiger am Tod seines Vaters als dieses alte Gemäuer.

Sein Zorn verrauchte, und plötzlich wollte etwas in ihm unbedingt sehen, wie sich Männer gegenseitig die Köpfe einschlugen. Vielleicht würde ihn das auf andere Gedanken bringen.

Vil fühlte sich dennoch unwohl, als sie die Arena betraten. Gibean wollte unbedingt so schnell wie möglich hinunter in die unteren Gewölbe, aber Vil brauchte erst einen Branntwein, um diese Beklemmung hinunterzuspülen, dann einen zweiten, weil der erste kaum half. Erst dann stiegen sie hinab.

Vil fand den Ort beinahe noch finsterer als damals, als sie nach der Hinrichtung irgendwo hier unten nach draußen und zur Halde geführt worden waren. Er war erstaunt, wie viel zwischen den mächtigen Säulen los war: Matrosen, Händler, Bergleute und Handwerker drängten sich in den Kaschemmen, Würfelbuden und Hurenhäusern, die jeden Winkel nutzten und sich kaum Mühe gaben, ihr zweifelhaftes Treiben zu verbergen. Krüppel bettelten, fette Huren priesen sich an, und er sah einen betrunkenen Hauptmann der Wache, der unter der Last der beiden Huren, die auf seinem Schoß saßen, fast zusammenbrach.

»Ist noch einmal was anderes als da oben, oder?«, fragte Gibean grinsend.

Vil nickte, gegen seinen Willen fasziniert von dem Blick auf das Laster und die Sünde, die hier unten herrschten. Ein Seemann erbrach sich fast auf seine Füße, glotzte ihn mit großen Augen an und nahm dann einen Schluck aus dem schweren Humpen, den er in der Rechten hielt. Die Frau, an der er sich festklammerte, lachte schrill. Sie hatte ihr Alter unter einer dicken Schicht Wangenrot und Augenpurpur versteckt, war aber sicher doppelt so alt wie der Matrose.

»Dem wird morgen früh vermutlich mehr fehlen als die Erinnerung an diesen Abend«, meinte Peker.

»Aber er kann noch seinen Kindern von einer unvergesslichen Nacht erzählen«, rief Gibean lachend.

»Wenn er die Nacht überlebt«, antwortete Peker grinsend.

Sie stiegen tiefer hinab, und Gibean wurde von einem schmierigen Mann angesprochen, der ihm offensichtlich etwas schuldig war, vielleicht aber auch etwas von ihm wollte, das konnten sie nicht verstehen. Der Mann lud sie auf eine Runde Branntwein ein, ohne sich die Mühe zu machen, sich vorzustellen.

Vil begann, sich besser zu fühlen, obwohl die Schänke ein schmutziges Loch war, mit Würfeltischen, an denen laut gezankt wurde. Gibean hatte recht: Es war etwas völlig anderes, und über das Staunen war er bereit, seine Sorgen eine Weile beiseitezuschieben.

Gibean drängte sie weiter, weshalb Peker ihm unterstellte, dass er Kopfgeld für jeden Gast bekäme, den er zu den Kämpfen schleppte. Die Treppe hinab in das dritte der unterirdischen Stockwerke wand sich außen um die Kaschemmen herum, und als sie die schwere Pforte öffneten, schlug ihnen beißender Qualm, großer Lärm und ein Geruch von Blut, Schweiß und Tod entgegen.

Ein jämmerliches Jaulen, gepaart mit wütendem Knurren, schnitt durch den Lärm, der sich jäh in einen fluchenden und einen jubelnden Teil spaltete.

»Hundekämpfe!«, rief Gibean.

»Falsch, mein Freunde, es sind Wölfe. Wollt ihr setzen? Ich weiß ein paar Dinge über den nächsten Kampf, die euch helfen könnten.« Ein einäugiger Mann in schwarzem Mantel hatte sich an sie herangedrängt.

»Danke, aber ich setze nur bei Unric«, wehrte Gibean ab.

»Bei der Glatze? Wirklich? Ein Fehler, mein Freund, ein schwerer Fehler!«, sagte der Mann, der sein Gesicht halb unter einer Kapuze verborgen hatte.

Gibean klopfte ihm auf die Schulter und schob ihn dabei zur Seite. »Da ist Unric!«

Der Mann war schwer zu übersehen. Er hatte sich einen erhöhten Platz erkämpft, vielleicht auch verdient, stritt mit Leuten, die bei ihm gesetzt und verloren hatten, und zahlte anderen ihre Gewinne aus. Ihm zur Seite stand ein Mann, den Vil kannte. »Das ist Biator! Was macht der denn hier?«

»Er passt auf, dass Unric nichts passiert. Dafür bekommt Kratos einen Anteil«, erklärte Gibean. »Komm, lass uns ein paar Kronen setzen!«

Ein Mann trug einen schlaffen Wolfskörper an ihnen vorbei.

Blut tropfte Vil auf den Ärmel. »Ich setzte nicht auf Hunde oder Wölfe«, rief er über den Lärm. »Ich dachte, hier gibt es Faustkämpfe?«

»Später, Vil, später!«, rief Gibean und drängte sich zu dem Glatzkopf durch, um seinen Einsatz zu machen. Peker schloss sich ihm an, und Vil fand sich plötzlich allein in der Menge wieder. Er drängte sich auf die andere Seite dieser merkwürdigen Katakombe mit ihren großen Gewölben, von denen manche mit Gittern abgetrennt waren, und flüchtete schließlich in eine offene Schänke, in der nicht viel los war, gemessen an dem Durcheinander, das gegenüber herrschte.

»Na, nicht bei den Kämpfen?«, fragte eine junge Frau mit dunklen Augen und zu viel Karmin auf den Lippen.

»Nichts für mich«, erwiderte er knapp und bestellte Branntwein. Der Lärm schwoll an. Man brachte wohl gerade die Wölfe in den Zwinger.

»Du wartest auf die richtigen Kämpfe, oder?«, fragte sie, als sie einschenkte.

»Wie meinst du das?«

»Na, ich weiß nicht, aber du wirkst auf mich wie einer, der weiß, wie Menschenblut aussieht. Vielleicht hast du es selbst schon einmal vergossen.«

»Unsinn«, entgegnete er, aber er fragte sich, woher sie es wusste.

Ein schweres Rasseln verriet ihm, dass drüben Gittertüren aufgezogen wurden. Wolfsbellen dröhnte über die Decke.

»Setz dich«, forderte er das Mädchen auf.

»Wenn ich mich zu dir setze, muss ich auch etwas davon haben!«, sagte sie lächelnd und deutete auf die Flasche.

»Meinetwegen gern«, entgegnete er.

»Du bist das erste Mal hier, oder? So ein hübsches Gesicht wäre mir sicher aufgefallen.«

»Wäre es nicht meine Sache, dir Komplimente zu machen?«

»Nur zu«, erwiderte sie lachend. Sie hatte ein dunkles, weiches Lachen.

»Lass uns einfach trinken. Ich bin nicht so gut mit Worten.«

Sie strich ihm plötzlich durchs Haar. »Es ist noch ein bisschen Zeit, bis hier das Blut fließt, das du sehen willst.«

»Und?«

»Wenn du willst – ich habe hier eine Kammer und könnte dir die Zeit verkürzen.«

»Du meinst, du verkaufst dich?«

Sie zuckte kurz zusammen, und er fragte sich schon, ob er sie beleidigt hatte. Er war drauf und dran, sich zu entschuldigen, aber sie sah ihm nur tief in die Augen und sagte: »Tut das nicht jeder?«

Sie nahm ihn an der Hand und führte ihn in ihre kleine Kammer, und während draußen die Menge johlte, pfiff und sterbende Wölfe und Hunde verfluchte, schliefen sie miteinander.

»Ich mache so was sonst eigentlich nicht«, sagte er hinterher. Irgendwie schien die beruhigende Wirkung des Branntweins nachgelassen zu haben.

Sie stand vor einem polierten Blech und zog sich schon wieder an. »Das höre ich erstaunlich oft«, sagte die junge Frau, die Tilama hieß.

Irgendwie ärgerte es ihn, dass sie in ihm scheinbar nur einen von vielen Kunden sah. »Du hattest übrigens recht«, sagte er. »Ich habe wirklich schon Blut vergossen.«

Sie war gerade dabei, ihre vergoldeten Ohrringe zu richten. »Ich will es nicht so genau wissen, Süßer. Jetzt zieh dich an. Ich brauche die Kammer gleich wieder.«

Er zog sich an und fühlte plötzlich eine merkwürdige Leere, was ihn am Ende wiederum wütend machte.

»Sehe ich dich wieder?«, fragte er in der Tür.

»Gerne, Süßer. Ich bin hier«, antwortete sie.

»Wo bist du gewesen?«, fragte Gibean. »Du hast einen tollen Kampf verpasst.«

»Habt ihr gewonnen?«, fragte Vil und drängte sich zu ihnen an die Theke der Schänke. Sie war überfüllt, offenbar waren die Kämpfe zu Ende.

»Ich schon, Pek nicht. Ich sagte dir doch gleich – ein Hund gegen einen Wolf, das kann der Hund nicht gewinnen.«

»Verdammt, dieser Köter war so hässlich und riesig, größer als dieser räudige Wolf. Ich glaube, ich habe noch nie ein gewaltigeres Gebiss gesehen. Wie konnte er nur verlieren?«

»Na ja, das musste er wohl, weil die meisten auf ihn gesetzt haben, Pek.«

»Augenblick, du meinst, die haben was an dem Kampf gedreht, Gabba?«

»Keine Ahnung, aber ich setzte nie auf Favoriten.«

»Was geht da draußen vor?«, fragte Vil, der es hämmern hörte, aber wegen der vielen Leute nichts sah.

»Ich nehme an, sie ziehen die Gitter hoch für den Faustkampf. Wird gleich losgehen.«

»Was ist, Vil, wirst du dieses Mal setzen? So ein Kampf ist doch fade, wenn man dabei nicht selbst etwas zu gewinnen oder zu verlieren hat.«

»Beim nächsten Mal vielleicht. Wer kämpft denn?«

»Keine Ahnung, es sind ein Dutzend Kämpfe, nicht bloß einer, und die meisten, die da in den Ring gehen, tun es zum ersten Mal«, meinte Gabba und setzte grinsend hinzu: »Für viele ist es auch der letzte Kampf.«

Vil war gar nicht mehr wild darauf, diese Kämpfe zu sehen. Irgendwie hatte dieses Mädchen ihm die Lust darauf genommen. Er blieb, widerwillig, und sah dann aus einer der hinteren Reihen zu, wie zwei riesenhafte Fleischberge in den Käfig kletterten, die von einem Ausrufer mit sehr blumigen Umschreibungen als blutrünstige Monster vorgestellt wurden und dann mit lederumwickelten Fäusten aufeinander einschlugen.

Es war ein plumpes Gemetzel, ein rohes und blutiges Schauspiel, das beendet wurde, als einer dem anderen den Kiefer brach, woraufhin dieser in die Knie ging und aufgab. Sein Gegner war aber nicht bereit, das zu akzeptieren. Er verpasste dem Knienden einen heftigen Schlag in den Nacken, der wieder irgendeinen Knochen brechen ließ, und brach in lautes Triumphgeheul aus, als der andere in den Staub sank und sich nicht mehr rührte. Dabei blutete der Sieger selbst aus einer riesigen Platzwunde über der Stirn. Blut lief ihm ins Auge und in den Mund, und er spuckte es in die ersten Reihen. Zu bemerken schien er es nicht.

Gabba hatte wieder gewonnen, und Peker, der dieses Mal auf

den gleichen Kämpfer gesetzt hatte, war auch halbwegs zufrieden. Vil ließ sich überreden, ebenfalls zu setzen. Die nächsten Kämpfer waren ein halb wilder Damater aus dem Westen und ein riesiger Bergmann aus dem Grubenviertel. Vil setzte auf den Einheimischen und verlor. Gibean lachte breit: »Mann, Vil, jeder hat doch gesehen, dass der vielleicht größer und stärker ist, aber auch, dass er nichts vom Kämpfen versteht. Aber der Damater, Mann, ich habe seine Augen gesehen, die reine Mordlust.«

»Warum kämpft er dann?«, fragte Vil aufgebracht.

»Na, was soll er machen? Die Große Mine steht immer noch unter Wasser, und es gibt in Xelidor nicht mehr genug Arbeit für Leute, die nichts anderes kennen als Bergwerke. Diese Kämpfe sind für viele Männer in Xelidor im Augenblick der einzige Weg, ein paar Kronen zu verdienen.«

Es gab noch drei weitere Kämpfe, und schon beim zweiten fand sich Vil inmitten der brüllenden Männer wieder. Er setzte auf den Sieger und trank auf den Gewinn, dann setzte er zweimal auf die Verlierer und ärgerte sich schwarz, was der Branntwein nur allmählich änderte. Seine Freunde mussten ihn stützen, als sie die Arena wieder verließen.

Zwei Tage später war Vil erneut dort, allein, ohne Peker, der mit einem, vielleicht auch mit zwei Mädchen verabredet war, und ohne Gibean, der irgendwelche wichtigen Geschäfte zu erledigen hatte. Er schlief mit Tilama, der Hure, betrank sich und setzte mit wechselndem Erfolg auf die Kämpfer. Es kam ihm nicht auf das Geld an, der Laden warf mehr Gewinn ab, als er je erwartet hatte, aber er liebte den besonderen Kitzel der Wette. Auch am nächsten Kampftag war er dort und am übernächsten ebenso.

»Und du willst mir nicht erzählen, wohin du immer wieder verschwindest?«, fragte Tiuri, die den Laden mehr und mehr allein führte. Sie hatte inzwischen sogar schon einen Gehilfen angestellt, einen stets verdrossenen jungen Mann aus der Nachbarschaft, der das Pech hatte, im Gesicht mit einem großen Feuermal geschlagen zu sein.

Sein Vater, ein von Sorgen gebeugter Schuster, der aus dem fernen Westgarth stammte, hatte offenbar schon überall in der Nachbarschaft gefragt, aber die anderen Händler in der Gasse wollten den Jungen nicht in ihrem Laden haben. Sie versicherten zwar einmütig, dass sie eigentlich nichts gegen Menschen mit Feuermalen hätten, aber was würde die Kundschaft sagen? Carem Halfar hatte sich daher bislang mit verschiedenen Handlangertätigkeiten durchschlagen müssen.

»Bist du sicher, dass du ihn einstellen willst? Dieses Mal könnte wirklich die Kundschaft verschrecken«, hatte Vil geantwortet, als Tiuri ihn gefragt hatte.

»Ich mag ihn«, lautete die schlichte Antwort, und damit war es praktisch beschlossen. Vils Befürchtungen erwiesen sich als unbegründet – sie waren immer noch unschlagbar billig, da ließen sich die Leute auch nicht von einem Feuermal abschrecken.

Vil konnte mit dem jungen Mann, der nicht älter war als er selbst, nicht viel anfangen. Er war linkisch, schüchtern, und er bekam den Mund kaum auf, wenn man ihn etwas fragte. Aber er war anstellig, und so hatte Vil noch mehr Zeit, um sein Geld mit vollen Händen in der Arena auszugeben.

»Es sind meine Kronen, Tiuri, ich kann damit tun, was ich will«, erklärte er, als sie ihn darauf ansprach.

»Das kannst du. Aber machst du das auch?«, fragte sie und sah ihn auf eine Art an, die ihn an seine Mutter erinnerte.

An diesem Abend ging er nicht in die Arena. Er schlief schlecht, musste viel an Skari denken und fragte sich, ob er nicht vielleicht doch in die Nekropole gehen sollte, einfach, um es hinter sich zu bringen.

Er kam zu dem Schluss, dass er mit jemandem darüber reden musste, jemandem, der mit der ganzen Sache nichts zu tun hatte. Seine Wahl fiel auf Tilama.

»Dachte mir schon, dass ein Mädchen hinter deinem Kummer steckt«, sagte sie mit einem milden Lächeln, als sie nebeneinander im Bett lagen.

»Es geht um meine Mutter, nicht das Mädchen.«

»Deine *tote* Mutter«, berichtigte sie.

»Ich weiß. Es ist verrückt.«

»Es sind die Gesegneten. Wenn man sich mit denen einlässt, darf man sich über nichts wundern. Hätte aber nicht gedacht, dass ich mal jemanden treffe, der in eine von ihnen verliebt ist.«

»Ich bin nicht *verliebt!*«

Sie legte ihm die Arme um den Hals. »Umso besser für mich«, sagte sie. »Ich würde dich ungern als Kunden verlieren, solange ich hier bin.«

Ihr schwerer, betörender Duft stieg ihm in die Nase. Er schob sie sanft ein Stück zurück. »Gehst du denn fort?«, fragte er.

»Glaubst du denn, ich will den Rest meines Lebens hier unten arbeiten? Ich will ins Bamaal, aber das ist nicht so einfach.«

»Was ist das?«

»Ich dachte, du wärst hier geboren? Willst du mir sagen, dass du das Bamaal nicht kennst?«

»Sagst du es mir jetzt oder nicht?«

»Bamaal war die alte melorische Göttin der Liebe. Sie hatte einen Tempel, direkt neben der Arena, aber es ging dort etwas anders zu als in den Himmelstempeln. Nun, sie wird schon lange nicht mehr angebetet, aber ihr Tempel steht nach wie vor, und er wird immer noch sehr fleißig genutzt. Es ist ein Hurenhaus, das größte in der Stadt, und es spricht für dich, dass du es nicht kennst. Es gibt hier unten einen Zugang, aber diese Tür bliebe für dich vermutlich verschlossen, denn es ist ein Haus für die besseren Kreise, die Räte, Kauffahrer, Ritter und andere vornehme Herren.«

»Und dort willst du hin?«

»Nicht alle hier unten sind so angenehme Kunden wie du, Vil. Wahrscheinlich sind sie es im Bamaal auch nicht, aber sie zahlen viel besser. Sie erwarten allerdings auch mehr.« Sie seufzte. »Ich kann nicht einmal lesen und schreiben.«

Er setzte sich auf. Es kränkte ihn, dass sie ihn nur als Kunden sah.

»Ich glaube, ich kann dir da nicht helfen«, sagte er etwas zu schroff.

Sie bedachte ihn mit einem Blick, der ihm durch und durch ging. »Ich habe dich auch nicht um deine Hilfe gebeten, aber ich gebe dir trotzdem meinen Rat.«

»Deinen Rat?«

»Du hast mich gefragt, was du machen sollst, wegen deiner Freundin und den Gesegneten, schon vergessen?«

Er begann sich anzuziehen. »Nein, natürlich nicht«, sagte er unwirsch.

»Du hast mir nicht alles erzählt, Vil, aber ich glaube, du solltest nicht hingehen. Es zieht dich nur tiefer in etwas hinein, das nicht gut für dich ist und das du gar nicht willst, das spüre ich. Vergiss diese Gesegneten, vor allem das Mädchen. Sie sind einfach kein Umgang für normale Menschen wie uns.«

»Das ist dein Rat?«, fragte er knapp.

Sie zuckte mit den Achseln. »Nimm ihn an oder lass es.«

»Was bin ich dir dafür schuldig?«

»Nichts, er war umsonst«, sagte sie mit einem unergründlichen Lächeln.

Er wusste, dass er sie beleidigt hatte, aber erst jetzt, da sie es so elegant überspielte, bekam er ein schlechtes Gewissen.

An diesem Tag hatte er keine Freude an den Kämpfen. Er blieb und versuchte, sich zu betrinken, aber der Branntwein schmeckte ihm auch nicht. Er war drauf und dran, noch einmal zu Tilama zurückzukehren, aber dann wurde der letzte Kampf des Tages angekündigt: Ein erfahrener Kämpfer aus Alt-Melora gegen einen jungen Burschen aus Xelidor, der, so der Ausrufer, die Schrecken der Galeere überlebt hatte. Er nannte ihn Sedorius den Unerschrockenen.

Vil starrte in den Käfig. Dieser junge sehnige Mann, er hatte sich sehr verändert, keine Frage – aber es war Sed.

Da stand er in der Ecke des Käfigs, streckte die muskulösen Arme und beleidigte seinen Herausforderer. Der blieb völlig gelassen. Diesen Kampf konnte Sed nicht gewinnen, das war der nächste Gedanke, der Vil durch den Kopf schoss.

Dann gab der Ausrufer das Zeichen, und die beiden Kämpfer gingen aufeinander los. Der Mann aus Alt-Melora hob die Fäuste zur Deckung und gab sich zunächst abwartend. Sed folgte dem Beispiel, es sah nach dem üblichen Abtasten aus.

Dann stürzte Sed sich ungestüm auf den Gegner. Er fing sich eine schwere Rechte auf dem Wangenknochen, ignorierte sie einfach, drängte den Mann gegen das Gitter und drosch wild und ungehemmt auf ihn ein.

Der Melorer wirkte völlig überrumpelt. Er versuchte ein paar Tricks, duckte sich weg, aber er konnte nicht richtig ausholen, weil das Gitter ihn behinderte. Und er konnte dem Schlaghagel nicht ausweichen, weil Sed so schnell war. Der Melorer wankte, und der Kampf war noch keine dreißig Sekunden alt.

Sed versetzte ihm einen Schlag unter die Rippen, der seinem Gegner die Luft raubte. Er verlor den Stand, ging in die Knie – und kurz darauf reckte Sed die blutigen Fäuste in die Höhe: Sein Gegner hatte aufgegeben.

»Sed! Sed, du Ratte! Verdammt, Sedorius!«, rief Vil, aber seine Stimme ging in dem allgemeinen Lärm unter. Vil bahnte sich mühsam einen Weg durch die vielen Männer, die Sed nun auf die Schulter klopften, weil sie seinetwegen einen Haufen Geld gewonnen hatten. Dann verschwand Sed in der Kammer, in der sich die Kämpfer vorbereiteten.

Vil musste den Mann vor der Tür bestechen, damit er ihn hineinließ.

Die Kammer war niedrig und roch nach Schweiß und Öl. Männer lagen auf steinernen Bänken, ein buckliges altes Männchen humpelte von einem zum nächsten und kümmerte sich um die notdürftigen Verbände. Weiter hinten gab es einen Trog, durch den Wasser lief. Sed stand dort und wusch sich das Blut von den Händen.

»Sed, du alte Ratte, verdammt!«

Der Freund drehte sich langsam um. »Die Himmel mögen mich schützen – Vil?«

Sie fielen sich in die Arme, und Sed stöhnte auf, als Vil zu fest zudrückte. »Verdammt sollst du sein, Vil, ich hörte, du seist tot!«

»Und ich dachte, du seist noch auf einer Galeere.«

Sed grinste breit. »Wie schön, dass wir uns beide geirrt haben! Und Tiuri? Wie geht es deiner Schwester? Ist sie …?«

»Sie lebt, Sed, und ich habe sie gerade noch rechtzeitig befreien können«, erwiderte Vil. Er sagte es, aber er war sich nicht sicher, ob das überhaupt stimmte. Er konnte mit Tiuri nicht darüber reden. Er hatte es versucht, mehrfach, aber sie war dann immer verstummt und wollte kein Wort darüber verlieren, was mit ihr geschehen war, bevor Vil sie aus dem Feuer geholt hatte.

Er lud Sed ein, doch einfach mitzukommen, um sie selbst zu sehen.

»Jetzt? Ich weiß nicht, ob ich ein schöner Anblick bin. Dieser Melorer hat mich ganz schön verbeult.«

»Klar jetzt, Tiuri bringt mich um, wenn ich ihr erzähle, dass ich dich getroffen habe, und du stehst nicht vor der Tür.«

Auf dem Weg in die Scherengasse berichtete Vil kurz von seiner Flucht und einigen der Dinge, die er getan hatte. Sed hörte mit großen Augen zu. »Du hast den Eisenkönig und das Triefauge erwischt? Das hätte ich dir nie im Leben zugetraut. Wirklich, du bist gewachsen, seit ich dich das letzte Mal gesehen habe.«

»Und du? Wie kommt es, dass du nicht mehr auf einer Ruderbank sitzt? Sind die drei Jahre denn schon um?«

»Nein, aber ich hatte Glück durch ein Unglück, denn der Kapitän unserer Galeasse war ein unfähiger Narr, der uns zwischen den Bocksinseln auf Grund setzte. Der Steuermann hatte ein Herz, er löste unsere Ketten, statt uns einfach ersaufen zu lassen, und so konnten sich wenigstens einige von uns an Land retten. Ich gab mich als freier Ruderer aus und fand ein Schiff, das nach Xelidor fuhr. Schau nicht so erstaunt, es gibt Männer, die auf die Art ihren Lebensunterhalt verdienen.«

»Aber ist es nicht gefährlich für dich, hierher zurückzukehren?«

Sed zuckte mit den Schultern. »Wer hält schon Ausschau nach einem Rudersklaven? Außerdem hatte ich dir etwas versprochen. Ich hatte wirklich vor, euch irgendwie aus diesem Loch zu holen, doch dann erzählte man mir, ihr wäret gestorben. Mann, ich bin froh, dass das nicht wahr ist!«

Vil ging voraus, um Tiuri einen Besucher anzukündigen. Er musste sie wecken, denn es war schon spät in der Nacht. »Ich habe Besuch mitgebracht, jemanden, der dich unbedingt sehen will.«

»Ich will aber deine Saufkumpane nicht kennenlernen, Vil.«

»Ich bin sicher, den willst du sehen, Tiri. Jetzt komm, er wartet in der Küche.«

Erst wurde Tiuri leichenblass, als sie Sed entdeckte, aber dann fiel sie ihm um den Hals. Selbst Vil musste ein paar Tränen der Rührung hinunterschlucken.

Sie saßen bis zum Morgen in der Küche und erzählten, und Vil fragte sich, wie es sein konnte, dass die Höllenzeit in der Halde ihm nun wie eine goldene Vergangenheit erschien. Aber natürlich ließen sie die düsteren Dinge aus, wo es möglich war, und Sed war so taktvoll, nach einigen Ereignissen nicht zu fragen.

»Bei allen Himmeln, es wird schon hell«, sagte er irgendwann gähnend. »Es wird Zeit, dass ich mich nach Hause begebe. Ich will so bald wie möglich wieder kämpfen, und meine Verletzungen brauchen Ruhe, um zu heilen.«

»Warte, Sed«, rief Vil. »Du musst doch nicht mehr kämpfen. Bleib hier. Wir haben genug Platz. Und wenn du dich unbedingt nützlich machen willst, kannst du uns hier im Laden helfen. Ich bin sicher, Tiuri hätte nichts dagegen.«

»Oh, das wäre so schön, Sed. Ja, bleib hier.«

Ein unruhiges Lächeln flackerte über Seds Gesicht. »Ich danke euch beiden für euer Angebot, aber auch wenn du da ein paar Dinge nicht erzählt hast, Vil, so habe ich doch verstanden, welcher Art euer Handel ist. Damit will ich nichts zu tun haben.«

Vils Hochgefühl brach in sich zusammen wie ein morscher Baum, und Tiuri sah geradezu verstört aus.

»Aber, Sed ...«, setzte Vil noch einmal an.

»Nein, schon gut, Vil. Bemühe dich nicht. Ich kann verstehen, dass euch vielleicht kein anderer Weg offenstand, damals, als ihr der Halde entkommen seid, aber heute? Du könntest dein Geld auch auf ehrliche Art verdienen, Vil.«

»Indem ich mich für Geld verprügeln lasse, Sed?«, fuhr Vil ihn zornig an.

Sed erhob sich. »Es war trotzdem schön, euch zu sehen, ja, es war das Beste, was mir seit meiner Rückkehr nach Xelidor widerfahren ist.«

Tiuri sah ihn mit ihren großen dunklen Augen an. Sie sah aus, als würde sie gleich in Tränen ausbrechen. Aber dann erhob sie sich und sagte: »Du wirst uns immer willkommen sein, Sed«, drehte auf dem Absatz um und verschwand.

»Was war denn das?«, fragte Sed verblüfft.

»Du hast sie gekränkt, Mann, und mich auch. Ich biete dir ein Zuhause, und du weist mich zurück?«

»Vil, die Halde und die Galeere, das sind zwei Orte, die ich nie wiedersehen will. Aber der Weg, den du beschreitest, wird dich und alle, die mit dir gehen, also vielleicht auch deine Schwester, am Ende dort hinführen.«

»Schon gut, ich habe verstanden«, sagte Vil eisig. »Du gehst jetzt wohl besser.«

Sed nickte – und ging.

Vil blieb zurück, allein mit seinen finsteren Gedanken, während draußen ein neuer Tag anbrach und die Küche mit grauem Zwielicht füllte.

Als er später den Laden aufschloss, wartete bereits ein Mann vor der Tür. Es war jedoch kein Kunde, es war Nekor, der blinde Gesegnete, der schon vor Wochen nach ihm geschickt hatte.

»Was macht Ihr denn hier?«, stieß Vil hervor.

»Da Ihr anscheinend den Weg zu mir nicht findet, gehe ich eben den Weg zu Euch, Vil Merson.«

Vil fragte sich, ob er die Tür einfach wieder zuschlagen sollte, aber dann fügte er sich in das Unvermeidliche. »So kommt um der Himmel willen herein, Menher, aber nennt nicht diesen Namen.«

Der Gesegnete trat ein, schloss die blinden Augen und sog die Luft ein. »Ah, ich rieche Gerste, Reis, Rindfleisch, sogar Wein.«

Vil roch hingegen einen Hauch von Moder und Fäulnis, der dem Blinden zu folgen schien. Er versuchte, seine Beklommenheit hinunterzuschlucken und sagte: »Hier gibt es beinahe alles, was das Herz begehrt, doch seid Ihr wohl kaum hier, um einzukaufen, oder?«

Der Gesegnete lachte. »Nein, doch ist es üblich, dass man mir für meine Dienste eine kleine Belohnung gibt. Ich wäre zum Beispiel dankbar für einen schönen Schinken.«

»Ich habe nicht nach Euren Diensten verlangt.«

Der verklärte Gesichtsausdruck des Blinden verschwand. »Das habt Ihr nicht, doch Eure Mutter tut es, wieder und wieder.«

»Meine Mutter?«

»Wisst Ihr, wie es ist, mit den Toten zu sprechen? Nein, natürlich wisst Ihr es nicht. Meistens muss ich für ihre Hinterbliebenen in weit entfernten Sphären nach ihnen suchen, denn sie sind doch oft froh, Mühen und Plagen des Lebens hinter sich zu lassen. Sie wollen nichts mehr mit dieser Welt zu schaffen haben, und man muss sie durch die Dunkelheit zerren, die uns von der anderen Seite trennt. Nicht so Eure Mutter, Menher. Ihr Geist ist stark und voller Unruhe. Sie kommt zu mir, wieder und wieder, spricht zu mir in den Nächten, verfolgt mich bis in meine Träume. Ich werde wohl keine Ruhe vor ihr finden, solange Ihr ihre Wünsche nicht erfüllt.«

Vil schwieg. Er musste nicht erst nachfragen, er wusste nur zu gut, was sie verlangte.

Der Gesegnete erzählte es ihm trotzdem: »Rache, Menher, Eure Mutter dürstet nach dem Blut der Männer, die Eure Familie ins Unglück stürzten.«

»Noch mehr Blut? Sagt ihr, dass die schlimmsten von denen bereits tot sind.«

»Sie weiß, was Ihr getan habt, aber sie sagt, das seien nur

die Handlanger des Unglücks, nicht jene, die es verursacht haben.«

»Aber ich weiß doch nicht einmal, wer diese Männer sind. Ein geheimes Gericht hat das Urteil gefällt, niemand weiß, wer in diesem Gericht saß!«

»Dann findet es heraus, Menher. Ich nehme an, Ihr wisst, wer Euch dabei helfen kann?«

Vil hatte das Gefühl, dass sich gerade eine Schlinge um seinen Hals zog. »Nein, ich weiß es nicht.«

»Eure Mutter erwähnt immer wieder ihren Bruder. Sie scheint nicht viel von ihm zu halten.«

»Gremm? Esrahil Gremm? Wie soll dieser ängstliche kleine Mann mir helfen können?«

Der Blinde lächelte. »Ich habe gehört, dass er im Hohen Rat sitzt. Ich nehme an, dass er Dinge in Erfahrung bringen kann, von denen ein Totenrufer wie ich nichts weiß, Dinge, die die Lebenden betreffen.«

»Und wenn ich nicht noch mehr Blut an meinen Händen haben will?«

»Dann wird Eure Mutter keine Ruhe finden und ich somit auch nicht. Und dann werde ich öfter vor Eurer Pforte stehen, Menher, täglich, wenn es sein muss. Doch jetzt wäre ich dankbar für eine Entlohnung, Menher. Ich nehme Kronen oder den schon erwähnten Schinken, der so angenehm in die Nase sticht.«

Vil riss den Schinken vom Haken. Er hätte den Mann am liebsten damit erschlagen. Ja, für einen Augenblick überlegte er ernsthaft, es zu tun. Wenn er den Totenrufer aus dem Weg räumte … Aber er tat es nicht.

»Wer war das? Ein Freund von Skari?«, fragte Tiuri, die die Treppe herabgepoltert kam, kaum dass Nekor den Laden verlassen hatte.

»Nein, nur ein Blinder, der mit den Toten spricht.«

»Oh – und was wollte er von dir?«

Vil setzte sich auf eine Kiste und barg das Gesicht in den Händen. Er fühlte sich unendlich müde. »Es ist Mutter, Tiri. Sie gibt keine Ruhe. Sie will, dass ich die Männer finde und töte, die uns ins Elend gestürzt haben. Aber ich habe keine Namen, nichts!«

»Hast du denn nach ihnen gesucht?«

Vil wich der Frage aus. »Es müssen mächtige Männer sein, viel mächtiger als der Eisenkönig, das Triefauge oder der Boss. Sie können uns zermalmen, wenn wir ihnen zu nahe kommen.«

Tiuri sah ihn ernst an. »Du hast Angst?«

»Nicht um mich, Tiuri, aber um dich.«

»Vil, das ist nicht recht. Du kannst dich nicht hinter mir verstecken. Diese Leute haben unsere Familie vernichtet. Und du willst sie davonkommen lassen?«

Vil schaute erstaunt auf. Da stand seine kleine Schwester, nicht einmal vierzehn Jahre alt, und sah ihn mit einer Kälte an, die er noch nie bei ihr gesehen hatte. Es war, als stünde Rohana Merson leibhaftig vor ihm.

»Lässt du dich deshalb so oft volllaufen? Um deine Pflicht zu vergessen?«

»Tiuri, wir reden davon, Menschen zu töten.«

»Und? Sie haben es verdient, oder nicht?«

»Es war ein geheimes Gericht, Tiuri. Im Prinzip waren es ein paar Männer, die vom Los, vom Zufall, bestimmt wurden.«

»Dann wäre es besser für sie gewesen, das Los wäre auf andere gefallen, denn sie haben ein falsches Urteil gefällt. Sie haben das Blut unseres Vaters an den Händen und das von Faras und Mutter. Also, was zögerst du? Finde sie, vernichte sie. Wenn du es nicht tust, Viltor Aretus Merson, so werde ich es tun, das schwöre ich bei allen Himmeln.«

Noch in derselben Stunde suchte Vil seinen Onkel auf, und er forderte ihn entschlossen zum Handeln auf: »Du wirst herausfinden, wer uns ins Unglück gestürzt hat, wer meinen Vater angeklagt und wer ihn – und uns – verurteilt hat.«

»Aber das waren Männer, die aus den Reihen des Hohen Rates durch das Los bestimmt wurden. Es waren nicht einmal Feinde deines Vaters, Vil.«

Hatte er nicht gegenüber seiner Schwester genau das Gleiche gesagt? War er Gremm ähnlicher, als er glaubte?

Er ließ sich seine Zweifel nicht anmerken. »Dann haben sie eben Pech, so wie wir Pech hatten, als mein Vater zum Schuldigen gemacht wurde – von diesen Männern, für die du dich mehr einzusetzen scheinst als für deine eigene Familie. Ich will ihre Namen, Onkel, und zwar so schnell wie möglich.«

Als er Gremms schmales Haus verließ, ging es ihm besser. Warum hatte er nur so lange gezögert, die Sache anzugehen? Die Großen dieser Stadt würden schon bald bedauern, dass sie sich mit dem Hause Gremm angelegt hatten.

Esrahil Gremm litt in seiner zu warmen schwarzen Ratskleidung unter der Hitze, und er litt unter der Angst, dass herauskommen könnte, dass er seinen Neffen in einem seiner Häuser versteckte. Er hatte sich für ihn nach den Protokollen der Gerichtsverhandlung erkundigt, unauffällig, getarnt in einer Anfrage vieler anderer Protokolle. Er hatte bislang keine Antwort erhalten. War es aufgefallen? War er deshalb so »dringend« in den Ratsturm gebeten worden, obwohl kein Sitzungstag war?

»Ah, Gremm, seid Ihr auch zu diesem kleinen Treffen geladen worden?«, begrüßte ihn Rat Varos an der Pforte.

»Ich bin eingeladen – doch ich weiß nicht, zu was«, sagte Gremm ganz außer Atem und tupfte sich den Schweiß von der Stirn. Er hatte sich sehr beeilt und gab vermutlich nicht gerade das würdevolle Bild ab, das man von einem Hohen Rat erwartete. Er verfluchte die Hitze. Varos war einer der reichsten und mächtigsten Männer der Stadt, und Gremm wollte auf ihn einen guten Eindruck machen. Er meinte, die beiden Männer der Silbernen Wacht, die in ihren altmodischen schweren Rüstungen vor der Pforte wachten, unter ihren geschlossenen Helmen stöhnen zu hören. Varos hingegen fächelte sich würdevoll und gelassen Luft mit einem kostbaren Fächer zu. »Eine Hitze ist das, wie? Und kein Lüftchen regt sich. Fast wie im Hundsmond, und das schon jetzt.«

Sie stiegen gemeinsam die breite Treppe des wuchtigen, achteckigen Turmes hinauf, in dem der Rat zu tagen pflegte, aber ihr Ziel lag in einer kleinen Kammer ein Stockwerk höher.

»Varos und Gremm, endlich!«, rief Kämmerer Ajeler, der am offenen Fenster stand.

»Dann können wir ja anfangen«, knurrte Rat Isper. Gremm wusste inzwischen, dass die beiden Männer leidenschaftliche Rivalen waren. Er suchte sich einen Platz in einer Ecke und nickte Rat Titior zu, der dort mit seiner üblichen undurchdringlichen Miene saß und den Gruß nur knapp erwiderte. Gremm blieb freundlich. Er wusste, dass Unbal Titior sich Unhöflichkeit leisten konnte, denn er war nicht nur märchenhaft reich, sondern auch einer der höchsten Richter der Stadt.

Dann erschien Schwester Mischitu in der Tür. Gremm runzelte die Stirn. Was hatte eine Scholarin bei dieser Versammlung zu suchen? Er traute dieser Frau nicht, die in kürzester Zeit zur rechten Hand des kränkelnden Hochmeisters ihres Ordens aufgestiegen war.

Es war eine kleine und hochexklusive Gruppe der führenden Köpfe der Stadt, und Gremm fragte sich, was, bei allen Himmeln, er hier verloren hatte.

Ajeler beantwortete diese Frage: »Ich habe den Hohen Rat

Gremm zu dieser Beratung geladen, weil er das Goldene Meer aus eigener Anschauung sehr gut kennt und selbst heute noch die besten geschäftlichen Beziehungen dorthin pflegt, nicht wahr, Gremm?«

Gremm nickte unsicher.

»Beziehungen zu den Städten am Goldenen Meer unterhält doch wohl jeder Kauffahrer von Xelidor«, brummte Rat Isper.

»Ihr werdet es später verstehen, Isper«, sagte der Kammerherr mit einem nachsichtigen Lächeln. »Wir haben viel zu besprechen, denn wie es aussieht, verbinden sich einige ungünstige Entwicklungen der vergangenen Monate zu etwas, das die Grundfesten von Chelos erschüttern könnte. Begonnen hat es mit dem Verlust unserer größten Mine. Seither wächst die Unzufriedenheit in den östlichen Stadtteilen. Die Grubenarbeiter, die ihre Arbeit verloren haben, finden keine neue. Die Schmelzöfen und Gießereien bekommen nicht genug Erz, und den Schmieden fehlt es an Stahl. Es gibt eine Menge kräftige Männer, die nicht wissen, wie sie ihre Familien ernähren sollen.«

»Wissen wir«, meinte Isper, »und wir haben nicht vergessen, wer für die Explosion verantwortlich war, nicht wahr, Menher Gremm?«

Gremm zuckte zusammen. Es kam nicht mehr so oft vor, dass man ihn an die angeblichen Untaten seines Schwagers erinnerte.

»Ich weiß nur, dass wir jeden Tag, den die Mine nicht arbeitet, viel Geld verlieren«, meinte Rat Varos düster. Gremm fragte sich, ob er tatsächlich Vermögen verlor, oder ob sein Reichtum nur langsamer wuchs.

Die Scholarin ergriff das Wort: »Wir arbeiten an einem Plan, die vollgelaufene Mine leer zu pumpen, Menhers. Solange es uns jedoch nicht gelingt, den großen Riss im Meeresboden zu schließen, werden wir keinen Erfolg haben.«

»Versucht es doch einmal mit Magie, verehrte Schwester Mischitu«, warf Rat Isper höhnisch ein.

»Ich weiß nicht, ob das die richtige Zeit für Scherze ist, Menher Isper«, gab die Scholarin kalt zurück.

Rat Varos räusperte sich. »Ich weiß, dass Ihr das nicht gerne hört, ehrwürdige Schwester, aber ich finde den Vorschlag nicht so abwegig. Wir reden hier von der reichsten Mine von Chelos, vom Rückgrat unserer Insel. Und auch wenn ich keine Zweifel an den Fähigkeiten der Scholaren habe, so habe ich doch auch auf meinen Reisen Magier gesehen, Meister der Elemente, die Erstaunliches vollbrachten. In Oramar sah ich einen Zauberer, der konnte aus Wüstensand eine Mauer bauen, so fest wie die Fundamente dieses Turms. Ich sah in Cifat einen anderen, der nahm Wasser aus einem Fluss und baute daraus eine Brücke.«

»Und wie lange hatte die Brücke Bestand, Menher? Und die Mauer? Hielt sie länger als einen Tag?«, entgegnete die Scholarin scharf. »Nein, Menhers, Magie bringt uns hier nicht weiter, das tut sie nie. Sie ist eine Kraft aus dunkler Vergangenheit, flüchtig und trügerisch, die die Menschen in Finsternis, Aberglaube und Furcht halten will. Unser Weg hingegen führt zum Licht der Erkenntnis.«

»Meiner Einschätzung nach würde ein einziger Tag ohne Wasser in der Mine genügen, um die Risse zu schließen oder den Stollen, durch den es eindringt, zu versiegeln«, blieb Varos hartnäckig. »Ich bin gerne bereit, den Mann zu bezahlen, und meine, die Scholaren sollten hier über ihren Schatten springen.«

Richter Titior räusperte sich. »Es müsste ja auch niemand erfahren. Und am Ende biegen wir es wieder so hin, dass der Ruhm den Scholaren zufällt.«

»Ihr Herren, ich bitte Euch«, rief Ajeler. »Die Sache ist entschieden! Wir gehen den Weg des Lichts, wie ihn Schwester Mischitu beschrieben hat. Auf lange Sicht ist das die bessere Lösung.«

Die Männer nickten, aber Gremm hatte nicht den Eindruck, dass Varos und Titior wirklich überzeugt waren. Da Varos viele Anteile der Mine hielt, fand er das verständlich, und er fragte sich, ob der Richter vielleicht auch an der Mine beteiligt war.

Schwester Mischitu fuhr fort: »Wir haben Männer aus dem Süden verpflichtet, Perlentaucher, die lange unter Wasser bleiben können. Sie sollen uns helfen, die Risse im Meeresboden zu finden, so dass wir Steine und Erde nicht länger blind in die See kippen müssen. Es wird jedoch noch eine Weile dauern, bis sie hier eintreffen, und selbst wenn sie Erfolg haben, werden die Pumpen Monate brauchen, die Mine wieder zugänglich zu machen.«

»Ich danke Euch, ehrwürdige Mischitu«, sagte Ajeler. »Ich bin zuversichtlich, dass die Scholaren dieses Problem früher oder später lösen werden.«

»Eher später, scheint mir«, murmelte Isper.

Der Kammerherr bedachte ihn mit einem ungnädigen Blick. »Zurück zu unseren gegenwärtigen Problemen. Bislang war die Unruhe auf der Stahlseite nur ein unterschwelliges Murren in den Gassen, doch jetzt haben die Unzufriedenen eine Stimme – unser alter Freund Telius Nestur, vor kurzem noch ein geschätztes Ratsmitglied, spricht für sie.«

»Nestur? Was verspricht sich der alte Narr davon?«, fragte Varos.

»Das ist schwer zu sagen, aber er verlangt, dass wir in Zukunft auch den Handwerkern und Bergleuten Zugang zur Versammlung der Patrizier geben.«

»Ist er jetzt vollends verrückt geworden?«, schnaubte Isper. »Was denn noch? Wollen sie am Ende noch Sitze im Rat?«

»Darauf läuft es wohl hinaus«, erwiderte der Kammerherr trocken.

»Unglaublich, der Pöbel im Rat? Will Nestur wirklich, dass bald Maurer und Eisenbieger über die Zukunft von Xelidor entscheiden?«

»Ich vermute, er hat sehr genaue Vorstellungen, *wer* für die Handwerker im Rat sitzen sollte«, meinte Varos. »Telius Nestur hat sich doch noch nie sehr für Leute interessiert, die nicht Telius Nestur heißen.«

»Dies ist aber nur ein Teil unserer Probleme, Menhers«, fuhr Ajeler fort. »Das fehlende Erz führt dazu, dass wir gewisse vertragliche Übereinkommen, die wir mit dem Seebund getroffen haben, nicht einhalten können. Wir können ihnen die versprochene Menge an Schwertern und Rüstungen einfach nicht liefern.«

»Ist denn noch immer kein Ersatz für das Erz in Sicht?«, fragte Varos.

»Es hat sich leider herumgesprochen, wie dringend wir das Erz brauchen, das treibt die Preise in die Höhe. Und was die Menge angeht, wird es ohnehin schwierig. Das Roherz ist schwer, der Transport wird viele Schiffe erfordern, vielleicht mehr, als wir haben. Die einzige Mine, die nicht am anderen Ende der Welt liegt und uns genug liefern könnte, befindet sich in Oramar, im Gebiet von Prinz Weszen, der im Augenblick wohl der mächtigste der streitenden Prinzen ist. Aber der Prinz wird uns kein Eisen liefern, solange wir es verwenden, um Waffen für seine Feinde zu schmieden.«

»Ein Dilemma, in der Tat«, murmelte Varos.

»Erschwerend kommt nun hinzu, dass uns Graf Gidus, der Gesandte des Seebundes, mit einem Besuch beehren wird. Und nicht nur das, der Seebund hat ein Haus, nein, eher einen Palast, im Perlenviertel erworben und um Erlaubnis ersucht, dort eine ständige Gesandtschaft einzurichten.«

»Der Rat wird sie nicht gewähren!«, rief Isper schnell. »Wir wollen diese Leute nicht in unserer Stadt. Man kennt das doch – der Seebund kommt als Gast und bleibt als Herr. Aber nicht mit uns!«

»Der Rat wird dem Gesuch des Seebundes selbstverständlich stattgeben, Isper«, entgegnete Ajeler scharf. »Lehnten wir ab, würde das aussehen, als ob wir ihn fürchteten.«

»Tun wir doch auch«, meinte Varos bitter, der inzwischen am offenen Fenster stand und sich Luft zufächelte.

»Unser Problem ist nun, dass wir dem Bund durch das Verletzen des Vertrags einen Vorwand liefern, diesen zu kündigen, und sie werden darauf verweisen, dass wir andererseits unsere Verträge mit den Oramarern buchstabengetreu erfüllen. Damit werden sie uns unter Druck setzen. Unsere heilige und sehr lukrative Neutralität wankt, Menhers!«

»Wollt Ihr jetzt etwa vorschlagen, dass wir den Oramarern keine Schiffe mehr verkaufen sollen?«, erregte sich Isper, dem, wie Gremm wusste, ein guter Teil der Neuen Werft gehörte.

»Ich gewiss nicht, aber ich denke, der Seebund wird es uns *empfehlen,* und es wird schwer, sich dieser Empfehlung zu widersetzen, wenn wir den Bund nicht zum Feind haben wollen. Doch bevor es so weit kommt, höre ich hoffentlich von Euch einen besseren Vorschlag. Nun, Rat Gremm, Ihr habt Euch noch gar nicht geäußert«, sagte Ajeler.

»War es nicht sogar Eure verfluchte Idee, mit beiden Seiten Verträge zu schließen?«, giftete Isper.

»Wir sind ein Jahr lang sehr gut damit gefahren«, warf Varos ein, aber auch er schaute Gremm erwartungsvoll an. Dieser fühlte sich sofort noch unwohler als ohnehin schon, wie immer, wenn er die Aufmerksamkeit aller auf sich zog. Er nahm sein Schweißtuch und tupfte sich umständlich die Stirn ab, um Zeit zu gewinnen.

Genau in diesem Moment öffnete sich die Pforte. Ein weiterer Mann betrat die Kammer, und es war, als würde eine seltsame Magie, die ihm vorausging, alle im Raum erstarren lassen. Es war der Archont.

»Ah, Ihr habt bereits ohne mich begonnen?«, rief er gut gelaunt. »Sehr gut, macht bitte weiter, Ihr Herren. Nein, behaltet doch Platz, Gremm, ich werde mich irgendwo dort drüben hinsetzen und ein wenig zuhören.«

»Ich habe den Anwesenden die Probleme geschildert, Exzellenz«, sagte Ajeler, der plötzlich sehr blass geworden war.

»Natürlich habt Ihr das, Ajeler. Ausgezeichnet, ausgezeichnet. Habt Ihr schon eine Lösung gefunden?«

»Fragt Gremm«, sagte Isper, ohne mit der Wimper zu zucken. »Ich bin sicher, er wird uns wieder mit einer ausgezeichneten Idee beglücken.«

In Gremms Kopf herrschte jedoch gähnende Leere. Was für einen Ausweg sollte es da geben? Die Oramarer hatten das Eisen, aber warum sollten sie es hergeben, da sie wussten, wofür es gebraucht wurde?

Er versuchte sich zu beruhigen und es als ein Geschäft zu sehen: Der Eine hatte etwas, was der Andere wollte. Das uralte und einfache Lied des Handels. Er räusperte sich. »Ich habe vielleicht wirklich eine Idee, Ihr Herren.«

»Nun sind wir aber gespannt«, höhnte Isper. Gremm fragte sich, was er dem Mann getan hatte, und sagte: »Die Oramarer haben das Eisen, das wir brauchen, wir haben die Schiffe, die sie wenigstens ebenso dringend benötigen. Warum lassen wir sie die nicht in Erz bezahlen statt in Gold?«

»Sie werden sich niemals darauf einlassen!«, polterte Isper nach einer Sekunde der Stille.

»Kühn«, meinte hingegen Rat Varos anerkennend, »sehr kühn gedacht, Gremm.«

Der Kammerherr warf einen Blick hinüber zum Archonten, dessen Miene jedoch unbewegt blieb.

»Ich denke, wir werden Euren Vorschlag prüfen, Gremm. Er erscheint mir vielversprechend, denn die Oramarer sind so verzweifelt, dass sie sich vermutlich darauf einlassen werden.«

»Es ist erstaunlich, dass sie sich überhaupt noch halten können. Sie verlieren unsere Schiffe schneller, als wir sie bauen können«, meinte Varos.

»Und somit kommen wir zum eigentlichen Grund, aus dem ich Rat Gremm zu uns gebeten habe. Er kennt das Goldene Meer aus eigener Anschauung. Ihr wart doch auch in Oramar, oder?«

Gremm nickte. »Ich habe viele Städte des Seebundes und einige Städte Oramars besucht, das ist wahr, doch ist das lange her.«

»Aber Ihr macht derzeit Geschäfte mit einem frialischen Kaufmann namens Reser, nicht wahr?«

Gremm schluckte und versuchte, sich seine Betroffenheit nicht anmerken zu lassen. Der Kämmerer wusste von seinen Beziehungen zu Reser, der in Wahrheit Merson hieß? »Hauptsächlich Tuche und Wolle«, brachte er hervor.

»Was könnt Ihr uns über den Mann erzählen, Gremm?«

War das eine Falle? Wussten sie Bescheid? Würden gleich Wachen hervorspringen und ihn verhaften?

»Reser scheint mir ein ehrlicher, wenn auch gewiefter Händler zu sein. Man könnte ihn leicht unterschätzen, weil er auf den ersten Blick nicht viel hermacht, doch wäre das ein Fehler. Aber warum fragt Ihr, Menher?«

»Er begleitet und berät den Gesandten Gidus, und nach unseren Informationen ist es dieser Reser, der als Vertreter des Seebundes in Xelidor bleiben soll.«

Gremm wurde es flau im Magen. »Er wird hierbleiben?«

»So ist es, und da Ihr ihn gut kennt, würden wir es sehr begrüßen, wenn Ihr ihm ein wenig auf den Zahn fühlt.«

»Ihr meint, ich soll herausfinden, was er denkt?«

»Was er denkt, plant und tut, Gremm, denn er ist der Vertreter des Seebundes. Werdet Ihr das für uns tun? Der Mann scheint Euch zu vertrauen.«

Gremm hatte das Gefühl, in einem bösen Traum festzustecken. Sie erwarteten von ihm, dass er seinen Geschwisterschwager ausspionierte?

»Wunderbar«, sagte Ajeler, ohne eine Antwort abzuwarten, »dann wäre das also geklärt.« Er warf einen Blick in seine Pergamente, dann sagte er: »Wenn Ihr uns nun entschuldigen wolltet, Menher Gremm, wir haben noch einige andere Dinge zu besprechen, die für Euch nicht von Interesse sein dürften.«

Gremm verstand den Wink, verbeugte sich steif und verließ die stickige Kammer. Draußen lehnte er sich an die Wand und wischte sich den Schweiß ab. *Was für ein Glück, dass es so heiß ist,* dachte er, *so fällt der Angstschweiß gar nicht auf.*

»Ah, Gremm, auf ein Wort, bitte.« Es war die Stimme von Archont Memnon.

Es war also noch nicht vorbei. Gremm öffnete die Augen. »Exzellenz?«

»Nehmt Isper nicht so ernst. Er macht sich wichtig, aber in Wahrheit hat er nur Angst, dass die Werften bald ebenso leiden wie die Schmieden. Wir kommen ja kaum damit nach, das Holz aus Melora heranzuschaffen, und wenn das Eisen noch knapper wird, haben wir bald auch keines mehr für unsere eigenen Galeeren. Das mit dem Tausch war eine gute Idee von Euch, wieder einmal, Gremm. Ich muss mich bei Euch entschuldigen, weil ich Euch tatsächlich für eine hirnlose Marionette gehalten hatte. Aber wie es scheint, steckt mehr in Euch, als der Anschein verrät.«

»Danke, Exzellenz.«

»Eines vielleicht noch, weil ich spüre, dass es Euch trifft, wenn Männer wie Isper Euren Schwager erwähnen – nehmt es nicht persönlich. Das ist Politik, sie versuchen, Eure Schwächen auszunutzen. Das solltet Ihr nicht zulassen.«

»Danke, Exzellenz.«

Der Archont, der seltsamerweise nicht zu schwitzen schien, lächelte versonnen. »Des Weiteren hörte ich, dass Ihr Euch nach den Protokollen einer bestimmten geheimen Gerichtsverhandlung erkundigt habt …«

Gremms ungutes Gefühl wurde zu einer kalten Faust in der Magengrube. Der Archont wusste schon davon? Es war erst drei Tage her. Hatte der Mann vielleicht wirklich magische Fähigkeiten, wie man sich zuraunte?

Gremm beschloss, die Flucht nach vorn anzutreten: »Das Urteil war hart, vor allem in seinen Begründungen, Exzellenz, und es wurde sehr schnell gefällt. Ich will nur verstehen, wie es dazu kommen konnte.«

»Er hat zugegeben, Hexerei zu betreiben, ganz einfach. Lieber Gremm, seht mich nicht so empört an. Ich weiß ebenso gut wie Ihr, dass Merson kein Hexer war. Aber das Gericht brauchte eine starke Begründung für sein Urteil, das doch nur dazu diente, den Volkszorn von den Scholaren auf Euren Schwager umzulenken.«

»Das heißt, das Gericht hat selbst nicht geglaubt, dass er ein Zauberer war?«

»Gremm, ich bitte Euch! Natürlich haben sie das nicht geglaubt, allerdings wussten sie von der Verantwortung, die Merson für das Unglück trug. Wusstet Ihr nicht, dass es Euer Schwager war, der das schwarze Pulver in jener Kammer im Bergwerk einlagern ließ? Er wollte die Miete für ein Lagerhaus über der Erde sparen.«

»Das hieße ja …«

»Ganz genau, Gremm. Es war der Geiz Eures Schwagers, der maßgeblich zu diesem Unglück beigetragen hat. Es hat viele gute Männer das Leben und viele weniger gute Männer eine Menge Geld gekostet. Ich sage Euch das, damit Ihr versteht, dass das Unrecht nicht so groß war, wie Ihr zu glauben scheint. Als Mann von einigem Verstand begreift Ihr vermutlich auch, dass die Wahrheit oft ein wenig, wie soll ich sagen, banal erscheint, ja abstrakt. Es war seinerzeit jedoch wichtig, dem Volk etwas Greifbares zu geben, auf das es seinen Zorn richten konnte, versteht Ihr? Merson war schuldig, also haben wir ihn zu einem Zauberer gemacht, damit das Volk ihn aus den richtigen, handfesten Gründen hassen konnte. Ein geiziger Patrizier ist das eine, ein Hexer etwas ganz anderes, Einmaliges. Habt Ihr das verstanden? Gut. Somit bleibt Euch auch die Lektüre gewisser Protokolle des geheimen Gerichts erspart.«

»Ich bekomme sie also nicht?«

»Das ist doch jetzt nicht mehr nötig, Gremm. Außerdem würde es nur verschiedene Leute unnötig beunruhigen – und Ihr wollt doch keine schlafenden Hunde wecken, oder?«

»Gewiss nicht, Exzellenz.«

»Wunderbar. Nun entschuldigt mich. Ich muss zurück in diese Schwitzhütte von einer Kammer, um mir auch den Rest dieser Sitzung anzutun.«

Zutiefst verwirrt verließ Gremm den achteckigen Turm. Der Archont hatte also erfahren, dass er nach den Protokollen gefragt hatte. Wusste er auch, für wen? Wusste Memnon etwa, dass Viltor noch lebte?

Donner grollte, während Gremm über den Tempelberg eilte. Ein Gewitter kündigte sich an. Sein Neffe würde sicher verstehen, dass er unter diesen Umständen nichts in der Sache unternehmen konnte. Er durfte ihn jedoch nicht persönlich aufsuchen, das war zu gefährlich. Er würde Sester Elgos bitten, die Neuigkeiten zu übermitteln. Und selbst das war schon riskant, falls der Archont ihn beobachten ließ.

Er traf sich am nächsten Tag in einem seiner Lagerhäuser mit Elgos und berichtete ihm von seinem Gespräch mit Memnon.

»Du lässt dich einfach zu leicht ins Bockshorn jagen, Esra. Der Archont ist ein Spieler, der schon so oft ein gutes Blatt in der Hand gehalten hat, dass niemand mehr glaubt, es könne auch einmal anders sein.«

»Ich würde sagen, das liegt daran, dass er in dieser Stadt die Karten auch selbst gibt«, meinte Gremm gallig.

»Mag sein, aber du kannst es mir überlassen, diese Protokolle zu besorgen.«

»Dir? Was kümmert dich diese Familiensache, Sester?«

»Du weißt, dass ich immer eine Schwäche für deine Schwester hatte, Esra. Und ihr Junge könnte meiner sein, wenn es damals anders gelaufen wäre. Außerdem mag ich den Kleinen. Er hat das Herz am rechten Fleck, würde ich sagen.«

Gremm starrte den großen Mann ungläubig an. »Bist du sicher, dass du das tun willst?«, fragte er noch einmal.

»Wenn du nichts dagegen hast …«

»Nein, solange es nicht auf mich zurückfällt, wenn es schlimm ausgeht, und ich sage dir, es wird schlimm ausgehen, wie alles, was die Mersons anpacken. Und wie willst du das überhaupt anstellen?«

Elgos grinste breit. »Sagen wir, ich kenne jemanden, der jemanden kennt, der jemandem was schuldig ist. Mehr musst du nicht wissen. Es wird seine Zeit dauern, aber irgendwann habe ich die Namen.«

»Gut, sehr gut, mehr will ich auch gar nicht wissen. Je weniger ich weiß, desto besser.«

»Wäre es nicht besser für dich, Vil würde die Namen von

dir hören? Er hat nicht gerade eine hohe Meinung von dir, weißt du?«

Gremm zögerte. »Na schön«, sagte er schließlich. »Dann sagst du mir, was du herausfindest, und ich sage es Viltor. Und danke, dass du dir Gedanken darüber machst, was der Junge von mir hält«, setzte er gereizt fort.

Elgos ließ sich nicht aus der Ruhe bringen. »Ihr seid beide meine Geschäftspartner. Es ist also auch in meinem Interesse, wenn ihr euch wenigstens einigermaßen vertragt.«

Am nächsten Tag erhielt Vil eine Nachricht von seinem Onkel, dass es schwieriger sei als erwartet, an die Namen heranzukommen. Das überraschte ihn eigentlich nicht, und es kam ihm entgegen, denn ihm gefiel das Leben, wie es war. Sie bekamen Waren durch die Schmuggler oder aus Gremms Lagerhäusern, verkauften sie mit hohem Gewinn in ihrem Laden und konnten dennoch die Konkurrenz unterbieten. Bald erfreuten sie sich in ihrem Viertel großer Beliebtheit.

Tiuri hatte den Laden und die Nachbarn fest im Griff, und sie kommandierte den bedauernswerten Gehilfen Carem Halfar, der so klug war, keine Fragen zur Herkunft ihrer Waren zu stellen, unentwegt herum. Es schien, als würde sie die Schrecken, die hinter ihnen lagen, allmählich vergessen.

Hamar, der Metzger von nebenan, verwöhnte sie mit immer neuen Variationen seiner berühmten Malakin-Pastete und war gar nicht beleidigt, dass sie ihren Kunden gelegentlich Schinken anboten. Allerdings fragte er vorsichtig an, ob Vil nicht wenigstens dafür die Preise ein wenig erhöhen könne, und war hocherfreut, als Vil – nach Rücksprache mit Tiuri – diesem Vorschlag folgte.

Der Barbier von gegenüber schnitt ihnen die Haare zu einem Freundschaftspreis und bot Behandlungen bis zum Zähneziehen zu besten Bedingungen an. Der Schneider in ihrer Gasse, den sie mit günstigem Stoff belieferten, bot an, für Tiuri umsonst ein Kleid zu schneidern, selbst der Schuhmacher kam inzwischen und kaufte den Westgarther Branntwein, den Vil für ihn organisiert hatte, zu einem Freundschaftspreis.

»Ich gebe zu, ich war am Anfang ein wenig besorgt«, sagte Doma Hamar eines Tages, »wegen mancher der Leute, die hier aus und ein gingen, aber das hat sich ja inzwischen gebessert.«

»Was für Leute meint Ihr, verehrte Doma?«, fragte Vil höflich.

»Na, diese Weißhaarigen, die sie, weiß der Himmel warum, die Gesegneten nennen.«

Vil versetzte die plötzliche Erinnerung an Skari einen Stich. Aber er ließ sich nichts anmerken, machte der Metzgerin einen guten Preis für ein paar Ellen edlen Stoff aus Bukas und war doch froh, als sie endlich verschwunden war.

Am Abend ging er wieder in die Arena. Er war eigentlich immer da, wenn gekämpft wurde, aber er setzte selten Geld. An diesem Abend war jedoch Sed wieder im Käfig. Er besiegte einen Schmied aus dem Goldbodenviertel, aber es kostete ihn zwei Zähne. *Vielleicht war er deshalb so kurz angebunden,* dachte Vil hinterher, als er in der Schänke die Niedergeschlagenheit hinunterspülen wollte.

»Hast du es endlich begriffen?«, fragte Tilama, als sie sich etwas später in ihrer engen Kammer geliebt hatten.

»Was soll ich begriffen haben?«, fragte er unwirsch.

»Du setzt nicht mehr, deshalb gehe ich davon aus, dass du inzwischen gemerkt hast, dass die Kämpfe manipuliert sind.«

Vil setzte sich auf. »Der Ausgang ist abgesprochen?«

Sie lächelte auf ihre schwermütige Art und sagte: »Sag nicht, dass du das von mir weißt. Ich dachte wirklich, du hättest es gemerkt.«

»Die Kämpfer machen vorher aus, wer verliert?«

»Nein, Unric die Glatze entscheidet das. Er hat da seine Mittel, Pülverchen aus Oramar. Das eine sorgt dafür, dass ein Mann keine Kraft in den Armen und Beinen hat, das andere bewirkt, dass der Kämpfer keine Schmerzen fühlt. Die Kämpfer wissen nichts davon.«

»Bist du sicher? Woher weißt du das?«, fragte Vil.

»Du bist nicht mein einziger Kunde, Vil.«

»Verdammt! Einer meiner Freunde kämpft da draußen.«

»Ah, der *Unerschrockene,* nicht wahr. Er hat Glück, die Glatze mag ihn, denn noch ist er ein Außenseiter, der viel Geld bringt. Aber das wird sich ändern, und dann mag Unric ihn nicht mehr ganz so gern. Aber Vil, bitte versprich mir, dass du niemandem erzählst, woher du das weißt. Unric versteht keinen Spaß in solchen Dingen.«

Am folgenden Tag sprach Vil vor dem Laden mit Gibean darüber. Es war ein weiterer drückend heißer Sommertag, und sie hockten auf leeren Fässern im Schatten eines kleinen Sonnensegels, das sie auf Tiuris Befehl hin vor dem Laden aufgespannt hatten – weil es »hübsch« aussah und weil es die Ware in der Auslage schützte.

»Der alte Fuchs! Ich wusste, dass die Glatze irgendwas an den Kämpfen dreht – aber magische Pulver? Da wäre ich nie draufgekommen.«

»Und wie kann ich dafür sorgen, dass Sed derjenige ist, der gewinnen wird?«

»Schwierig, du könntest versuchen, die Glatze zu kaufen …«, meinte Gabba und kratzte sich nachdenklich im Nacken.

»Und was kostet der Mann?«

»Es ist dir wohl wirklich ernst, wie? Aber vergiss es. Gegen Unric sind wir kleine Taschendiebe. Ich weiß, dass er nicht nach viel aussieht, aber das ist nur eine Seite der Münze. Er hat Verbindungen nach ganz oben, bis auf den Tempelberg. In der Arena erzählt man sich, dass er aus einer alten Familie stammt, aber frag mich nicht, welcher. Er hat es jedenfalls irgendwie geschafft, dass ihn die Wachen und Richter in Ruhe lassen, obwohl er seine schmutzigen Finger in fast jedem krummen Geschäft der Stadt hat. Jedenfalls gehört ihm die Hälfte der Schänken in und um die Arena, und außerdem das Bamaal.«

»Das *Bamaal*, wirklich? Ich habe von diesem Haus gehört. Dort sollen die Reichen und die Großen der Stadt aus und ein gehen. Die Glatze sieht nicht so aus, als würde er zu diesen Leuten gehören.«

»Er hat Strohmänner, die für ihn die Geschäfte führen. Aus irgendeinem Grund hat er wohl mehr Freude daran, Wölfe und Männer aufeinanderzuhetzen. Und ich habe noch ganz andere Sachen über ihn gehört.«

»Nämlich?«

Gibean zögerte. »Es heißt, dass er gelegentlich auch im *Schwarzen Stock* verkehrt.«

Vil hatte diesen Namen schon ein- oder zweimal gehört. »Ist das eine Schänke?«

Gibean schüttelte den Kopf. »Ich zweifle manchmal wirklich daran, dass du in dieser Stadt aufgewachsen sein sollst, Vil. Der *Schwarze Stock* ist das unterste Stockwerk unter der Arena. Dorthin gehen die finstersten und die verzweifeltsten Seelen von Xelidor. Wenn nur die Hälfte von dem stimmt, was ich hörte, ist es ein Ort der Grausamkeit und des Todes, und nein – ich kann und werde dir keinen Zugang dorthin verschaffen. Die Eingänge sind versteckt – und das ist auch gut so. Ich will damit nichts zu schaffen haben.«

»Und doch weißt du, dass die Glatze dort hingeht.«

»Es ist ein offenes Geheimnis oder vielleicht auch nur ein

Gerücht. Ich will dir damit eigentlich nur sagen, dass du dich besser nicht mit Unric anlegen solltest.«

»Schon gut. Also, noch einmal: Wie kann ich die Glatze überzeugen, Sed gewinnen zu lassen?«

Gibean dachte eine Weile nach. »Das kannst du nicht. Entweder du bietest ihm mehr an, als du dir leisten kannst, oder du kaufst die Gegner deines Freundes, damit sie absichtlich verlieren. Ich rate dir von beidem ab, denn die Glatze würde es früher oder später merken, und dann, mein Freund, wird es wirklich gefährlich. Also tu mir einen Gefallen und lass es. Rede lieber mit deinem Freund Sed. Er soll sich etwas anderes suchen, um sein Geld zu verdienen.«

Vil versprach, nichts Unüberlegtes zu tun.

An einem der folgenden Abende war er dennoch wieder in der Arena, inmitten der Menge, die den Kämpfern, die sich für eine Handvoll Kronen die Schädel einschlugen, zujubelte, sie anfeuerte und verfluchte.

Er sprach mit dem Ausrufer, spendierte ihm Branntwein und erfuhr von ihm, dass die Kämpfe immer am Mittag festgelegt wurden. »Wir haben unsere Listen, dann sehen wir nach, wer kommt und wer kämpfen kann, und versuchen, gute Kampfpaare zusammenzustellen. Die Scheiße ist, dass in letzter Zeit so viele Leute zu uns kommen, die noch nie gekämpft haben, bei denen es schwer abzuschätzen ist, was sie können und was nicht.«

Vil fühlte plötzlich eine Hand auf der Schulter. Als er sich umdrehte, blickte er in das Gesicht von Kratos.

»Da will dich jemand sprechen, Vil«, sagte er finster.

»Schick ihn einfach zu mir, Kratos, ich bin hier.«

»Ich denke, wenn Unric nach dir fragt, ist es besser, wenn du zu ihm gehst.«

Die Glatze saß in einem kleinen Verschlag und zählte Kronen. Der Kampftag schien sich gelohnt zu haben. Vor dem Verschlag standen zwei kräftige Männer. Einen von beiden erkannte Vil sofort wieder.

»Sei gegrüßt, Biator, was macht das Auge?«

Er bekam keine Antwort.

»Ah, der junge Vilron Aris! Das ist doch der Name, den Ihr heute verwendet, nicht wahr? Kommt herein, ich habe schon viel von Euch gehört. Ich würde Euch einen Platz anbieten, leider gibt es nur diesen einen Stuhl.«

»Ich habe auch schon viel von Euch gehört, Menher Unric.«

»Menher? Höflich, sehr höflich. Und da heißt es immer, die jungen Leute wüssten sich nicht zu benehmen. Nun, Aris, wie ich hörte, betreibt Ihr einen florierenden Laden in der Scherengasse. Oder bin ich da falsch unterrichtet?«

»Nein, wir betreiben Handel, das ist richtig, Menher«, erwiderte Vil vorsichtig.

»Unser Freund Kratos hat mir ein wenig von den Umständen der Geschäftsgründung berichtet. Ich gebe zu, dass ich Euren Stil bewundere, auch wenn er mir fast ein wenig zu weich für unser Geschäft erscheint.«

»Ich glaube, der Boss dachte ähnlich«, entgegnete Vil, dem die freundliche Herablassung des Mannes auf die Nerven ging.

Die Glatze wurde ernst. »Das soll doch nicht etwa eine Drohung sein?«

»Natürlich nicht, Menher«, erwiderte Vil, dem dämmerte, dass er zu weit gegangen war.

»Sehr schön. Es wäre auch reichlich albern. Ich bin nicht Siris Ino, der sich Boss nennen ließ, obwohl er doch eigentlich nur ein kleines Licht im Katzenviertel war, genau wie Ihr, Vilron Aris. Ihr betreibt einen Laden in einem Viertel, das unter meinem Schutz steht. Ich weiß, dass Ihr Eure Waren von meinem alten Freund Wraas bezieht, und ich habe nichts dagegen einzuwenden, dass Ihr die lästigen Zollabgaben der Stadt umgeht – solange Ihr mir meinen Anteil zukommen lasst.«

»Euren Anteil, Menher?«

»Fünfhundert Kronen die Woche, junger Aris, und fünfhundert Kronen Gebühr, weil Ihr das bisher versäumt habt. Kratos wird morgen zu Euch kommen und es abholen.«

»Eintausend Kronen? Wofür, Menher?«

»Was glaubt Ihr denn, wer die Wachen davon abhält, im Katzenviertel genauer hinzusehen? Was denkt Ihr denn, wer verhindert, dass bei Euch eingebrochen oder Feuer gelegt wird, wer dafür Sorge trägt, dass in diesem Viertel der Diebe und Huren nie etwas gestohlen wird? Das alles kostet Geld, junger Aris. Tragt Euren Teil bei, oder ich werde dafür sorgen, dass Ihr es bedauert. Und nun entschuldigt mich, ich habe zu tun. Kratos!«

Kratos geleitete Vil bis zur Pforte. »Es ist besser, du verziehst dich. Wäre auch klug, wenn du dich vorerst nicht mehr hier unten sehen lässt. Biator kocht vor Wut.«

»Ich habe keine Angst vor ihm. Und du, du arbeitest jetzt für die Glatze? Ich dachte, du wolltest was Eigenes aufziehen.«

»Leute anführen ist nicht mein Ding, Vil. Klar, ich kann Männer einschüchtern und im Zaum halten, aber eine Bande führen – nein, da fehlt mir dein Talent.«

»Du könntest zu uns kommen«, schlug Vil vor.

Kratos lachte. »Du bist mir inzwischen eine Nummer zu klein. Ich bin jetzt bei dem Mann, vor dem das ganze Viertel zittert. Warum sollte ich also noch mit Welpen spielen, wenn ich auch mit dem Leitwolf jagen kann?«

»Ganz, wie du meinst, Kratos.«

»Wir sehen uns morgen. Und besser, du hast das Geld, sonst muss ich Biator auf dich loslassen.«

»Die Glatze will also Geld sehen«, fasste Sester Elgos Vils Bericht zusammen.

Sie saßen in einem von Gremms Lagerhäusern. Ein schwerer Sommerregen prasselte auf das Dach, das an einigen Stellen nicht dicht war. Es regnete hinein, und das unregelmäßige Tropfen ging Vil auf die Nerven.

»Wenn wir ihm die Tausend geben, ist der Gewinn der letzten Wochen beim Teufel«, meinte er finster.

»Du wirst dennoch bezahlen, Vil. Wir holen uns das später zurück.«

»Und wie? Und seit wann kassiert Unric eigentlich schon bei euch Schmugglern?«

»Gar nicht, das ist es ja«, sagte Elgos und kratzte sich sein kantiges Kinn. »Er hat eine Abmachung mit Wraas, und es ist mir neu, dass die nicht mehr gilt. Und du sagst, dass er weiß, dass du für uns arbeitest?«

»Er hat es eigentlich sogar betont.«

»Gut, ich werde Wraas eine Nachricht zukommen lassen. Möglicherweise ist da irgendetwas vorgefallen, von dem ich nichts weiß. Einstweilen bezahlst du. Hast du das Geld?«

»Sicher, aber ich sehe nicht ein, dass ich es der Glatze in den Rachen schmeißen soll.«

»Ich nehme an, ich kann das schnell klären. Tu mir einen Gefallen und mach uns bis dahin keinen Ärger, klar?«

»Klar«, sagte Vil.

Am nächsten Tag kam Kratos in den Laden. Vil hatte Tiuri vorbereitet, und so machte sie keine Schwierigkeiten, als er dem Schläger den schweren Beutel mit den Münzen in die Hand drückte. Kratos nahm es mit einem breiten Grinsen entgegen. »Biator wird enttäuscht sein, dass du dich nicht querstellst, Vil, aber ich finde es besser, dass du so vernünftig bist.«

Als er gegangen war, sagte Tiuri: »Das Geld holst du uns wieder, oder?«

»Natürlich«, erwiderte Vil. »Ich habe auch schon einen Plan.«

Am Abend war er wieder in der Arena. Aber dieses Mal ging er nicht mit Tilama in ihre Kammer, sondern er musterte die Faustkämpfer, die in den Käfig gehen sollten. Vor allem aber achtete er auf die Leute der Glatze, die die Männer auf den Kampf vorbereiteten. Sie umwickelten ihnen die Fäuste mit dünnen Lederbandagen, massierten sie und versorgten sie mit Wasser. Schnell merkte er, dass sie das Wasser aus zwei verschiedenen Eimern schöpften.

Er wartete den ersten Kampf ab, sah den Favoriten verlieren und wusste von nun an, dass er nicht auf einen Mann, sondern auf einen Eimer setzen musste. Bei den folgenden sieben Kämpfen setzte er jeweils auf den Sieger.

»Ihr setzt doch sonst nicht«, meinte die Glatze am Ende des Kampfabends düster und schob ihm die Münzen über den Tisch zu.

»Mir scheint, dass das ein Fehler war«, sagte Vil ungerührt. Er hatte über dreihundert Kronen gewonnen.

»Ich bin mir nicht sicher, ob nicht das hier ein Fehler ist«, sagte Unric. »Ihr habt da sehr viel Geld in der Tasche, junger Aris, das mag manchen Dieb oder Räuber auf dumme Gedanken bringen.«

Vil verstand die Drohung. Er ging in die Schänke und gab eine Runde, den Kämpfern schickte er drei Flaschen Branntwein hinüber. Und danach ging er zu Tilama, der er das Doppelte des üblichen Preises anbot.

»Und womit habe ich diese Großzügigkeit verdient?«, fragte sie.

»Eigentlich sollte ich dir sogar die Hälfte meines Gewinnes geben, denn ohne deinen Hinweis hätte ich ihn nicht gemacht.«

Sie rückte ein Stück von ihm weg. »Du hast all das bei den Kämpfen gewonnen?«

»Ich weiß jetzt, worauf ich achten muss.«

»Vil, das ist gefährlich! Auch für mich.«

»Ich pass' schon auf.«

»Auch auf mich? Wenn die Glatze rausfindet, dass du deine Glückssträhne mir zu verdanken hast …«

»Ich werde es ihm bestimmt nicht verraten, aber du hast recht, in Zukunft werde ich etwas weniger Glück haben.«

Er machte sich auf den Heimweg, aber er ging nicht allein, sondern begleitet von einigen seiner neuen Freunde, die er unter den Kämpfern gefunden hatte. Es entging ihm nicht, dass Biator mit zwei von Unrics Männern im Schatten einer Säule auf ihn gewartet hatte, aber da er nicht allein war, unternahmen sie nichts.

Beim nächsten Kampfabend lag er in sechs von neun Kämpfen richtig, am folgenden bei fünf von acht. Die Glatze zahlte ihm wortlos seine Gewinne aus, aber Vil merkte, dass er dabei war, den Mann ernsthaft zu verärgern. Er setzte wieder weniger und begnügte sich damit, zwei von drei Kämpfen richtig vorherzusagen. Dann kam ein Abend, an dem Sed wieder in den Käfig steigen sollte.

Sie sprachen nicht viel miteinander, aber Vil fiel auf, dass Sed unter den Kämpfern eine herausgehobene Position zu haben schien. »Die scheinen dich zu mögen«, sagte er.

Sed ließ sich gerade massieren. »Aber nicht, weil ich ihnen Branntwein ausgebe«, entgegnete er.

»Sondern?«

Sed zuckte mit den Achseln, und dann wurde Vil aufgefordert, die Kammer zu verlassen. Er hatte aber noch Gelegenheit zu sehen, welches Wasser ihm gebracht wurde. Es kam aus dem Eimer der Verlierer.

Vil entschloss sich zu einem kühnen Schritt. Er ging zu Seds Gegner, einem bulligen Haretier, der wegen der Kämpfe nach Xelidor gekommen war. Er behauptete, ihn seit früheren Kämpfen zu bewundern und wartete auf einen günstigen Moment, in dem der Betreuer anderweitig beschäftigt war. Dann fragte er leise, was der Mann eigentlich für einen möglichen Sieg erhalte.

»Achtzig Kronen, Herr, eine Menge Geld in Zeiten wie diesen.«

»Wollt Ihr nicht lieber einhundertundsechzig Kronen verdienen, Freund?«, fragte Vil leise.

»Wie sollte das gehen, Herr?«

»Indem Ihr heute verliert.«

»Bei meiner Ehre als Kämpfer, was Ihr da vorschlagt, ist undenkbar, Herr!«

Vil nickte. »Also … wie viel?«

»Zweihundert.«

»Dafür will ich aber einen guten und langen Kampf sehen. Euer Gegner darf nichts merken, und Unric erst recht nicht.«

»Wer ist mein Gegner?«

»Sed, wusstet Ihr das nicht?«

»Ah, der Unerschrockene. Das ist gut. Aber erwartet keinen Rabatt«, sagte der Haretier grinsend.

»Wieso ist das gut?«, fragte Vil überrascht.

»Er tut was für die Männer. Klar, im Käfig sind wir Gegner, aber er sorgt dafür, dass wir außerhalb zusammenhalten. Er versucht gerade, mit Unric ein paar Verbesserungen für uns auszuhandeln. Kein Wunder, dass er heute gegen mich ranmuss. Aber jetzt geht, wir werden beobachtet.«

Vil sah jedoch niemanden, der sie beobachtet hätte. Er setzte eine bescheidene Summe auf Sed, weil er davon ausging, dass die Glatze mitbekommen hatte, dass sie sich kannten.

Der Haretier hielt Wort. Er lieferte einen guten Kampf, hatte Sed zweimal am Rande einer Niederlage, bevor er plötzlich, nach einem nicht sehr harten Schlag ins Gesicht, zu Boden ging wie ein Sack Ziegelsteine.

Unric zahlte Vil seinen Gewinn mit versteinerter Miene aus, und Vil fragte sich, ob er nicht zu weit gegangen war.

Er ging zu Sed, der sich von seinen Kollegen feiern ließ, und gratulierte ihm, aber er sagte auch: »Du hattest heute großes Glück, ich war zwischendurch sicher, dass ich mein Geld verlieren würde.«

»Mit Glück hat das nichts zu tun«, meinte Sed, »eher mit Willenskraft. Dabei fehlte mir heute die Kraft in den Beinen und Fäusten. Ich muss etwas Falsches gegessen haben.«

»Das erklärt es«, erwiderte Vil mit einem schiefen Grinsen. »Dennoch bin ich immer noch der Meinung, du solltest etwas anderes versuchen, bevor du im Käfig noch zu Brei geschlagen wirst.«

»Ich werde sicher nicht in dein Geschäft einsteigen, Vil.«

»Dann mach meinetwegen was anderes. Nur geh nicht mehr in den Käfig!« Vil sah Sed eindringlich an, aber er hatte wenig Hoffnung, dass der Freund auf ihn hören würde.

Die Delegation des Seebundes erreichte Xelidor an einem Regentag. Gremm gehörte zu den Vertretern des Rates, die den Gesandten Gidus und sein Gefolge im Hafen in Empfang nahmen, um ihn zum Palast des Archonten zu geleiten, und es verdross ihn, dass ihm der schwere Regen vermutlich das teure Gewand und die Schuhe ruinieren würde. Er erinnerte sich an das alte Sprichwort, das man in Xelidor für dieses Wetter am Ende des Hundsmonds hatte: *Der Hundsregen und die schlechten Nachrichten – sie nehmen nie ein Ende.*

Es gab ein paar Männer, die einen Baldachin über Graf Gidus und Kammerherr Ajeler aufspannten und sie so auf ihrem Weg zum Palast beschirmten. Gremm beneidete sie nicht um ihre Aufgabe, denn der Samt dieses Stoffhimmels hatte sich schon längst mit Wasser vollgesogen und wurde sicher immer schwerer.

»Ob wohl der Blitz in diese Stangen einschlagen wird? Das würde die Verhandlungen doch merklich abkürzen«, meinte jemand hinter ihm.

»Kaim Reser!«, rief Gremm und hätte ihn beinahe Merson genannt. »War für Euch denn kein Platz mehr dort vorn, wo man Schirme hat?«

»Ich freue mich auch, Euch zu sehen, Gremm«, rief Merson. »Wie gehen die Geschäfte?«

»Ganz gut, ganz gut«, antwortete Gremm und blickte sich verstohlen um. Aber keiner der Männer, die verdrießlich durch den schweren Regen stapften, beachtete sie.

»Und Ihr seid wohlauf, die Gattin auch, hoffe ich?«

»Sie leidet bei diesem Wetter mehr als sonst. Aber danke, dass Ihr fragt. Und Euch, Menher? Wie geht es Euch? Ich hörte, Ihr werdet auf Chelos bleiben?«

»Ganz recht. Der Seebund hat mich gebeten, ihm in Xelidor zu dienen. Dieser Bitte kann ich mich schlecht entziehen. Außerdem soll so ein Amt in unserem Gewerbe durchaus Vorteile mit sich bringen, nicht wahr, Rat Gremm?«

»Ich wünsche Euch nur den besten Erfolg dabei, Menher Reser.«

»Und ich hoffe, dass wir in den kommenden Monaten unsere Beziehungen vertiefen und ausbauen werden.«

»Gewiss«, gab Gremm einsilbig zurück.

»Wartet einen Augenblick«, meinte Merson plötzlich und machte sich an seinem Stiefel zu schaffen.

Notgedrungen hielt Gremm an. Er hätte Merson am liebsten stehen lassen, aber das war leider nicht möglich. Er fühlte Wasser in seinen Kragen laufen, weil sich die Krempe seines Hutes völlig verformt hatte. Seufzend versuchte er, sie zu richten.

Als sie endlich weitergingen, waren sie ein Stück hinter die anderen zurückgefallen.

»Wunderbar«, sagte Merson. »So können wir uns ungestört unterhalten.«

Gremm nickte unglücklich. Er hatte nicht vergessen, dass man ihm aufgetragen hatte, Merson auszuhorchen.

»Weiß man hier eigentlich schon Bescheid?«, fragte der jetzt.

»Worüber?«

»Über mich.«

Gremm seufzte. »Natürlich geht man davon aus, dass Ihr auch die Aufgabe habt, ein wenig zu spionieren, Schwager. Aber niemand ahnt, dass Ihr ein Bruder Aretors seid.« Gremm fragte sich, ob er Merson erzählen sollte, dass sein Neffe und seine Nichte noch lebten. Er fragte sich das schon, seit er gehört hatte, dass der Mann zurückkehren werde – aber er hatte noch immer keine Antwort.

»Ich werde vielleicht gelegentlich Eure Hilfe brauchen, Esrahil.«

»Und wobei?«

»Das wird sich dann schon zeigen. Aber keine Sorge, ich habe nicht vor, Eure kostbare Zeit mehr als unbedingt nötig in Anspruch zu nehmen. Ich habe andere Kontakte in dieser Stadt, die mir, wie soll ich sagen, weit bereitwilliger helfen, als Ihr es tut, werter Schwager.«

»Soll mir recht sein«, murmelte Gremm.

Der Schildplatz war noch nicht einmal in Sicht, was hieß,

dass sie noch zwei Drittel des Weges vor sich hatten. Seine Schuhe waren schon jetzt vollkommen durchweicht. *Ich werde sie wegwerfen müssen,* dachte er.

»Ich nehme an, Ihr kennt Telius Nestur?«, fragte Merson unvermittelt.

»Nestur? Natürlich. Was ist mit ... Augenblick, ist *er* etwa Euer anderer Verbindungsmann?«

»Wir helfen uns gegenseitig, würde ich sagen. Er scheint mir wirklich jeden Mann in dieser Stadt gut zu kennen, jedenfalls jeden wichtigen Mann.«

»Seid vorsichtig, Menher, Nestur ist eine falsche Schlange. Und er macht sich gerade viele Feinde, weil er die Bergarbeiter und Schmiede gegen die Obrigkeit aufwiegelt.«

»Oh, das ist mir bekannt.«

»Wartet – war das etwa Eure Idee?«

»Wie? Nein, gewiss nicht! Was hätte ich davon?«

Gremm dachte, dass der Seebund eine ganze Menge davon hätte, wenn Xelidor durch Unruhen geschwächt wäre, behielt das aber für sich. Vielleicht wollte der Seebund hier einen richtigen Aufstand anzetteln, um dann, wenn die Stadt gegen sich selbst kämpfte, mit einer Flotte aufzukreuzen und die Unabhängigkeit seiner Heimatstadt mit einem Streich zu beenden.

Sollte er Kämmerer Ajeler vielleicht erzählen, dass der Abgesandte des Seebundes mit Nestur paktierte? Da man von einem Agenten des Seebundes kaum etwas anderes erwartete, würde es Merson nicht groß schaden, seinem alten Konkurrenten aber schon.

»Was habt Ihr, Rat Gremm, Ihr seht so nachdenklich aus?«, sagte Merson etwas förmlich.

Gremm bemerkte erst jetzt, dass sie die anderen eingeholt hatten. »Es ist nur der Regen, Gesandter Reser. Es ist dieser Regen, der nicht aufhören will. Der schlägt mir aufs Gemüt.«

Vil wartete. Er wartete auf Nachricht von seinem Onkel, aber noch mehr auf Nachricht von Sester Elgos und Orn Wraas. Einstweilen bezahlte er Kratos zähneknirschend die fünfhundert Kronen die Woche und ging gerade oft genug in die Katakomben, um sich den größten Teil des Geldes bei den Kämpfen zurückzuholen. Er schlief auch regelmäßig mit Tilama, meistens vor, manchmal auch noch einmal nach den Kämpfen.

Als sie wieder einmal nebeneinander lagen, schlug er die Decke zurück, betrachtete ihren nackten Körper und fragte sie: »Ich weiß, dass du ins *Bamaal* willst, aber ich wünsche mir, dass du hierbleibst.«

Sie lachte leise, sah ihn mit ihren dunklen Augen an und erwiderte spöttisch: »Es kommt hin und wieder vor, dass ein Freier mich hier herausholen will, damit ich es bei ihm zu Hause besser habe, aber noch nie hat sich einer gewünscht, dass ich es *nicht* besser habe, nur damit er mich weiter besuchen kann.«

»So habe ich das nicht gemeint«, erwiderte Vil verärgert.

»Du musst keine Sorge haben, Vil. Um ins *Bamaal* zu kommen, muss ein Mädchen entweder sehr jung oder sehr schön und gebildet sein. Offensichtlich bin ich inzwischen weder jung noch schön noch klug genug.«

»Ich habe nie eine schönere Frau als dich getroffen«, erwiderte Vil.

Sie lachte noch einmal. »Danke, das macht es wieder gut. Also mach dir keine Sorgen, Vil, ich bleibe hier noch eine Weile. Aber irgendwann werde ich diese Gewölbe dennoch verlassen. Es gibt bessere Orte, um meinem Geschäft nachzugehen.«

»Soll ich mich für dich umhören? Ich könnte dir irgendwo ein Haus besorgen.«

»Wirklich? Wie großzügig du bist – und wie reich du sein musst«, spottete sie sanft.

»Du solltest nicht über mich lachen«, sagte Vil finster. Er mochte es nicht, wenn man ihn nicht ernst nahm.

»Verzeih, Süßer, aber ich bin gerade dabei, das abzuzahlen, was ich einem anderen Mann schulde. Habe ich das geschafft, werde ich hier verschwinden, aber sicher nicht in ein Haus, das neue Schulden bedeutet.«

Vil war ernsthaft verstimmt, denn er hatte gedacht, dass er mehr für sie wäre als nur ein zahlender Kunde.

Er nahm sich vor, sie eine Weile nicht mehr zu besuchen.

Beim nächsten Besuch in den Katakomben kam Vil gerade rechtzeitig, um einen kleinen Aufruhr mitzuerleben. Offensichtlich ging es um einen Mann, der kämpfen wollte, aber nicht durfte, und nun zu verhindern schien, dass überhaupt gekämpft wurde.

»Was ist denn los?«, fragte er den Nächstbesten.

»Eins von den verfluchten Weißhaaren will hier antreten«, rief der Mann aufgebracht.

»Ein Gesegneter?«, fragte Vil erstaunt.

»Sag ich doch. Aber die Glatze will ihn nicht kämpfen lassen. Ist auch kein Wunder, schließlich wird sich doch kein Mensch von Verstand mit einem Gesegneten prügeln.«

Vil drängte sich nach vorn. Der Gesegnete stand zwischen der Tür des Käfigs und der Glatze und gestikulierte wild.

Vil begriff, dass der Mann stumm war. Es war dennoch offensichtlich, dass er kämpfen wollte.

»Warum lasst Ihr ihn nicht einfach?«, rief er.

»Zum einen hat er die zwanzig Kronen nicht, die ich von jedem neuen Kämpfer verlange«, rief Unric, »zum anderen will niemand gegen ihn antreten.«

Der Gesegnete verschränkte die Arme. Er sah wütend aus. Besonders groß und kräftig wirkte er nicht, aber irgendetwas war an ihm, das Vil sagte, dass man mit diesem Mann besser nicht in den Käfig stieg. Er bezweifelte, dass die Glatze jemals zuvor von einem Kämpfer zwanzig Kronen verlangt hatte, aber dennoch rief er: »Ich zahle für ihn.«

Unric schnaubte verärgert. »Dann braucht Ihr nur noch einen Wahnsinnigen, der gegen ihn antritt.«

Die Kämpfer standen im Hintergrund. Keiner von ihnen meldete sich, obwohl der Stumme sie mit Gesten herausforderte.

»Sechzig Kronen für den, der mit diesem Mann in den Ring steigt«, rief Vil.

»Ich mache es«, rief ein kräftiger Bass. »Wir Damater kennen keine Furcht, auch nicht vor Zauberern.«

Totenstille kehrte ein. Ein riesenhafter Mann schob die Kämpfer auseinander. Er musste irgendwo im Schatten gesessen haben, sonst hätte Vil ihn nicht übersehen können.

Ein Raunen ging durch die Menge.

»Ich nehme Wetten an!«, rief die Glatze, und sofort brach unter den Männern Tumult aus, und sie brüllten ihm ihre Einsätze zu.

Vil war gespannt, was der Gesegnete zeigen würde. Neben dem Damater im Ring sah er beinahe winzig aus, auch wenn er kein kleiner Mann war.

Der Ausrufer gab das Zeichen, und der Kampf begann. Der Damater brüllte, ließ seine Rechte durch die Luft sausen und traf den Gesegneten hart am Kopf. Vil meinte, ein Krachen zu hören. Die Menge hielt den Atem an. Eigentlich hätte der Stumme durch die Luft geschleudert werden müssen, aber er war nur einen Fußbreit zurückgefedert und stand da, als wäre nichts gewesen.

Der Damater brüllte wieder, traf seinen Gegner mit einem Haken in die Mitte. Ein dumpfes Klatschen verriet, dass er ihn richtig erwischt hatte, aber der Gesegnete zuckte nicht einmal. Die Männer verstummten.

»Zauberei«, murmelte ein Mann neben Viltor.

Jetzt holte der Stumme aus und verpasste dem Hünen eine schnelle rechte Gerade gegen das Kinn. Wieder krachte es vernehmlich. Vil glaubte zu sehen, wie der Kieferknochen des Damaters unter der Haut auseinanderbrach.

Der Hüne grunzte, trat einen Schritt zurück, Blut schoss ihm aus Nase und Mund. Er wankte, stöhnte noch einmal, sank langsam zu Boden und rührte sich nicht mehr.

Es war totenstill. Der übliche Jubel blieb aus.

»Mein Gewinn, Menher«, sagte Vil.

»Ihr wollt schon gehen, Aris?«, entgegnete die Glatze düster. »Das solltet Ihr nicht. Da ist noch ein Kampf, den Ihr Euch unbedingt ansehen solltet.«

»Wer tritt an?«, fragte Vil mit einem unguten Gefühl.

»Euer Freund, Sed ist sein Name, nicht wahr?«

»Sein Name war gar nicht auf der Liste.«

»Ganz recht. Ich hatte den Eindruck, dass diese Liste gewissen Leuten beim Wetten einen Vorteil brachte.«

»Was soll das, Unric?«

Die Glatze beugte sich vor und winkte Vil näher heran. »Wenn Ihr glaubt, Ihr könnt mich überlisten, müsst Ihr früher aufstehen. Doch es ist noch ein bisschen Zeit. Warum geht Ihr nicht und entspannt Euch ein wenig bei Eurer Freundin Tilama?«

Vil wurde blass. Er drängte sich durch die Menge zur Schänke, in der das Mädchen arbeitete. Sie war nicht dort.

»Wo ist Tilama?«, fragte er den Wirt.

Der zuckte mit den Achseln. »Als ich heute Mittag aufschloss, waren ihre Sachen fort. Sie hat wohl etwas Besseres gefunden.«

»Hat sie eine Nachricht hinterlassen?«

»Nein, nichts.«

Viltor wurde es heiß und kalt. Rund um den Ring wurde

wieder gejohlt und gepfiffen, der nächste Kampf war im Gange. Er drängte sich durch die Menge und griff der Glatze an den Kragen. »Wo ist sie, Unric? Wo ist Tilama?«

Viltor fühlte sich an der Schulter gepackt.

»Langsam, Kleiner«, sagte Kratos drohend.

»Wo ist sie, verdammt?«

Die Glatze ließ das Geschehen nicht aus den Augen. »Sie hat eine neue Stelle gefunden, könnte man sagen.«

»Ihr habt sie fortgebracht?«

»Fort? Eigentlich nicht. Sie ist ganz in der Nähe.«

Vil verstand es nicht. Das *Bamaal?* Er konnte die bewachte Pforte sehen. Dort hatte sie immer hingewollt, aber es sah der Glatze nicht ähnlich, ihr zu geben, was sie wollte. Dann begriff er: »Der *Schwarze Stock*«, flüsterte er.

»Ah, er ist wirklich schlau, Kratos, nicht wahr?«, höhnte Unric. Dann senkte er die Stimme: »Glaubst du wirklich, ich würde nicht merken, dass ihr zwei mich bescheißt? Glaubst du, ich würde nicht erfahren, woher du deine Informationen über mein Geschäft und meine Kämpfe hast? Du hast es ein wenig übertrieben mit dem Glück, Kleiner.«

»Du Schwein!«

»Sachte, sachte, junger Freund. Im Augenblick geht es ihr dort unten noch recht gut, oder sagen wir, den Umständen entsprechend. Wenn du willst, dass es so bleibt, solltest du dich beherrschen.«

Vil starrte die Glatze an. Er spürte immer noch Kratos' Pranke auf der Schulter, sonst hätte er sich auf diesen feixenden Mann gestürzt.

Dieser wandte sich scheinbar uninteressiert ab. »Ah, die Hauptattraktion des Abends – dein Freund kämpft. Willst du nicht auf ihn setzen? Nein? Wie bedauerlich. Du solltest mehr Vertrauen in deine Freunde haben.«

Vil sah hinüber in den Käfig. Sed war dort – und Biator stand ihm gegenüber.

»Was wollt Ihr, Unric?«

»Ich glaube, ich habe alles, was ich wollte.«

»Aber Sed hat damit nichts zu tun!«

»Oh, Vil, in einer Stadt wie Xelidor hat jeder mit jedem und alles mit allem zu tun. Und dieser Mann ist dein Freund, wie ich erfahren habe. Pech für ihn.«

Er gab mit einem simplen Kopfnicken das Zeichen anzufangen. Vil sah zu, für einen Moment hatte er noch die Hoffnung, dass Sed vielleicht eine Chance hatte, aber dann sah er, wie langsam er sich bewegte, wie kraftlos seine Schläge waren.

»Ihr habt ihm etwas gegeben«, zischte Vil.

»Natürlich. Du weißt ja schon länger, wie wir das machen.«

»Stoppt den Kampf, oder jeder hier wird erfahren ...«

»Wenn du auch nur ein Wort darüber verlierst, stirbt dein Freund in diesem Käfig, und danach die schöne Tilama, und zwar einen sehr langsamen und sehr qualvollen Tod«, erwiderte die Glatze.

In ohnmächtiger Wut musste Vil zusehen, wie Biator Treffer um Treffer bei seinem Freund landete. Er ging planmäßig und langsam vor. Ein paar Schläge in den Unterleib raubten Sed die Luft. Biator ließ ihm Zeit, sich zu erholen, dann brach er ihm mit einem fürchterlichen Schlag eine Rippe. Vil konnte den Knochen krachen hören trotz der jubelnden, fluchenden und brüllenden Menge.

»Weißt du, ich glaube, Biator hat sich ein bisschen Eisen unter die Lederbandagen gelegt. Ich nehme an, dein Freund leidet höllische Schmerzen.«

»Es ist ja gut, ich habe verstanden, Unric. Ihr seid der Herr des Viertels. Beendet das!«

»Natürlich bin ich das. Und ich werde dafür sorgen, dass du es nie vergisst.«

Sed taumelte nur noch durch den Ring, die kraftlosen Fäuste vergeblich zur Abwehr erhoben. Biator zerschmetterte seinem wehrlosen Gegner einen Wangenknochen. Sed ging zu Boden, versuchte wieder aufzustehen. Biator kniete sich auf seinen Unterarm und brach ihm die linke Schulter. Sed versuchte dennoch wieder auf die Füße zu kommen.

Vil betete, er möge endlich liegen bleiben. Sein Gegner packte seinen Arm, legte ihn sich über dem Knie zurecht, und brach ihn mit roher Gewalt.

Sed schrie auf und versank in Ohnmacht. Die Menge jubelte Biator zu. Der grinste hinüber zu Vil, nahm sich den Arm noch einmal vor und brach ihn erneut. Vil meinte, Sehnen und Muskeln reißen zu hören. Ihm wurde schlecht, und er musste sich abwenden.

»Das war der erste Teil«, rief die Glatze über den Lärm hinweg. »Jetzt bist du dran. Halt ihn für mich fest, Kratos!«

Viltor wurde von hinten gepackt. Er versuchte sich loszureißen, da erhielt er schon den ersten Schlag in die Magengrube. Ihm blieb die Luft weg. »Das ist dafür, dass du versucht hast, mich zu bescheißen. Und das …« Unric stockte.

Vil fühlte, wie Kratos' Klammergriff sich lockerte. »Verdammt, was soll das?«, rief der Schläger und ließ los.

Vil drehte sich um und sah den Gesegneten, der Kratos in die Luft gehoben hatte wie ein Spielzeug und jetzt einen unartikulierten Schrei ausstieß.

»Verdammt, lass ihn runter!«, rief die Glatze.

»Bloß nicht!«, keuchte Vil, der wieder zu Atem kam und dem Stummen ein »Danke« zuflüsterte.

Der grinste breit. Biator drängte sich durch die Menge. Sein Auge blinzelte böse. Er sah nicht so aus, als würde er sich von einem Gesegneten einschüchtern lassen, ganz gleich, was man sich über sie erzählte. Er entriss einem Mann das Messer und stürzte sich auf Vil. Er kam nicht weit. Der Stumme schleuderte Kratos durch die Luft, der im Sturz ein paar Männer umriss. Biator steckte mitten in dem Knäuel.

Die Menge heulte vor Wut.

»Ruhe!«, donnerte Vil. »Zurück, oder mein Freund hier wird es euch büßen lassen.« Dabei hatte er keine Ahnung, ob der Gesegnete mitmachen würde.

Aber der stieß wieder einen gutturalen Schrei aus, schnitt eine fürchterliche Grimasse, und die Menge wich vor ihm zurück. Unric war nirgends zu sehen.

»Wir wollen nicht noch mehr Ärger. Wir holen meinen Freund da raus und verschwinden hier. Niemand muss verletzt werden.« Die Männer wichen noch ein wenig zurück, aber nicht weit genug. Dann fiel Vil wieder ein, warum die Leute vor den Gesegneten solche Angst hatten. »Wenn Ihr uns hinauslasst, wird er auch niemandem den Todesfluch schicken!«

Das wirkte. Die Menge machte Platz.

Viltor hastete in den Käfig. Sed war kaum bei Bewusstsein, sein Gesicht war nur eine blutige Masse, und sein Arm bot einen grauenhaften Anblick. Die Elle stand aus dem Fleisch heraus. Alles war voller Blut.

»Komm schon, mein Freund, wir schaffen dich hier heraus«, sagte Vil, aber er bekam nicht einmal eine Antwort.

Sie schleppten Sed zu zweit aus dem Käfig, und niemand wagte es, ihnen den Weg zu verstellen. »Schnell, bevor sie merken, dass ein Stummer sie nicht verfluchen kann«, flüsterte Vil. Sie erreichten die Pforte zur Treppe. Als sie auf der Treppe waren, blieb Vil wie vom Blitz getroffen stehen. »Tilama! Wir müssen zurück!«

Der Stumme schüttelte den Kopf.

Unten wurde laut gestritten. Offenbar versuchte die Glatze einigen Männern genug Mut zu machen, sie zu verfolgen.

»Aber sie ist in Gefahr!«

Der Stumme schüttelte noch einmal heftig den Kopf und deutete nach oben. Sed hustete Blut.

»Verdammt! Gut, dann lass uns verschwinden, mein Freund.«

Es war späte Nacht, als sie die Arena verließen, und es goss in Strömen. So war fast niemand auf den Straßen, als er gemeinsam mit dem Stummen den halb tot geschlagenen Freund nach Hause schleppte.

Tiuri schrie entsetzt auf, als sie Seds zerschlagenes Gesicht sah, aber sie fasste sich erstaunlich schnell und übernahm das Kommando. Sie ließ den Stummen einen Tisch freiräumen, auf dem sie Sed ablegten, und wollte ihn zu einem Arzt schicken, aber Vil sagte ihr, dass der Mann stumm war.

»Kannst du bei ihr bleiben, sie beschützen?«, fragte er den Gesegneten.

Der nickte und lächelte, also machte sich Vil selbst auf, einen Arzt zu suchen, der bereit war, sich mitten in der Nacht aus seinem Haus zu bewegen.

Wie es sich zeigte, war es eigentlich nur eine Frage des Geldes. Es kostete ihn sechzig Kronen, einen Arzt aus dem Goldbodenviertel zu einem Besuch in der Scherengasse zu überreden. Kaum hatte er den Mann abgeliefert, machte er sich auf die Suche nach Peker, den er in seiner neuen Bleibe in den Armen einer jungen Frau antraf.

»Du hast wirklich ein Talent, zur Unzeit aufzutauchen«, murrte Peker.

»Wenn ich darauf warte, dass mal kein Mädchen bei dir ist, kann ich lange warten. Aber ich wäre nicht hier, wenn es nicht dringend wäre. Es geht um Leben und Tod. Weißt du, wo Gabba steckt?«

»Denke schon, er spielt gerne mit Würfeln in letzter Zeit, vor allem mit welchen, die er selbst gezinkt hat. Und ich weiß auch, wo. Aber was ist denn los?«

»Erklär ich dir unterwegs.«

Obwohl bereits der Tag graute, als sie Gibean fanden, zeigte er sich ausgesprochen unwillig, seinen Tisch zu verlassen, an dem er mit drei anderen Männern saß und würfelte. Er gewann, das war unschwer an den kleinen Säulen von Münzen zu sehen, die vor ihm aus dem Tisch zu wachsen schienen.

Vil legte die Hand auf die Würfel und flüsterte: »Ich würde dich nicht bitten, wenn es nicht sein müsste. Kommst du jetzt, oder soll ich deine Würfel für eine nähere Betrachtung weiterreichen?«

Gibean fluchte, aber dann strich er seufzend seinen Gewinn ein und schloss sich ihnen an.

»Die alte Truppe«, meinte Peker, als sie durch den Regen in die Scherengasse liefen.

»Weißt du, ob Sester Elgos wieder im Lande ist?«

»Ich habe ihn nicht gesehen, Vil.«

»Dann muss es auch ohne ihn gehen.«

»Was ist denn eigentlich los?«, fragte Gibean.

»Ärger mit der Glatze«, meinte Vil.

Gibean blieb stehen. »Habe ich es dir nicht gesagt? Habe ich dir nicht gesagt, du sollst da keine Tricks versuchen?«

»Doch, hast du. Komm jetzt.«

Als sie ihren Laden erreichten, war der Arzt gerade dabei, die Wunden zu verbinden.

»Wie sieht es aus?«, fragte Vil.

»Im Augenblick schläft er, und das ist gut. Für die Platzwunden habe ich Salben, und der Blutverlust wird ihn ebenso wenig umbringen wie die verlorenen Zähne. Der gebrochene Wangenknochen wird ihn nicht hübscher machen, aber auch damit lässt es sich leben. Er wird eine Zeit lang nur Suppe essen können, denn der Kiefer ist ebenfalls gebrochen, aber auch das wird wieder. Mit dem linken Arm jedoch, das ist schwieriger.«

»Ihr habt ihn doch geschient, oder?«

»Natürlich, doch waren die Knochen aus dem Gelenk gerissen, und Ihr habt gesehen, dass sie auch aus dem Fleisch standen. Ich fürchte daher, dass der Arm verkrüppelt bleiben wird. Ich habe Euch eine Salbe dagelassen, die die Scholaren aus bestimmten Pilzen gewinnen. Es heißt, sie kann den Wundbrand verhindern. So wird er vermutlich überleben und kann den Arm wenigstens behalten, auch wenn er ihm nicht viel nützen wird.«

Vil gab dem Arzt mehr, als er verlangte, und rang ihm das Versprechen ab, später noch einmal nach dem Patienten zu sehen.

»Das war Biator? Ich hätte besser zielen sollen, damals«, murmelte Peker.

»Er wird dafür büßen, Pek, die Glatze ebenso. Das können wir uns nicht gefallen lassen.«

»Ich bin gespannt, wie ihr das anstellen wollt«, sagte eine Stimme in der Tür, durch die der Arzt gerade verschwunden war.

»Kratos! Du hast vielleicht Nerven, hier aufzutauchen.«

Der Schläger zuckte mit den Schultern. »Unric ist der Meinung, dass es keinen Grund gibt, unsere Geschäfte nach dem kleinen Zwischenfall nicht fortzuführen. Ich bin also hier, um die wöchentlichen siebenhundert Kronen zu kassieren.«

»Siebenhundert?«, fragte Vil, der vor Wut kochte.

»Einstweilen. Mal sehen, wie sich die Dinge entwickeln.«

»Und Tilama?«

»Ah, die Hure aus der Arena. Die Glatze sagte mir, dass du dich nach ihr erkundigen würdest. Ich soll dir ausrichten, dass sie noch lebt. Und das wird auch so bleiben, solange du keine neuen Scherereien machst.«

»Ich zahle ihm, was er will, wenn er sie gehen lässt.«

»Auch mit diesem Angebot hat Unric gerechnet. Zehntausend Kronen, sagte er. Wenn du die auftreiben kannst, lässt er die Hure gehen – oder davonkriechen, falls sie nicht mehr gehen kann, was im *Schwarzen Stock* schon vorkommen soll nach allem, was ich so höre.«

»Du Schwein!«

Kratos lächelte. »Also? Die siebenhundert Kronen, wenn ich bitten darf.«

Vil gab ihm das Geld, und der Schläger zog ab. Er war nicht allein gekommen, das sah Vil, als er die Tür verriegelte. Sieben oder acht Männer standen da draußen im Regen und warteten.

»Offenbar haben sie Angst vor dir«, meinte Peker, der hinausspähte.

»Eher vor ihm«, sagte Vil und wies auf den Stummen.

»Kann ich dich einen Augenblick sprechen, Viltor?«, fragte Tiuri. »Allein«, setzte sie hinzu.

Sie zogen sich in Tiuris Zimmer in den ersten Stock zurück.

»Du denkst nicht ernsthaft daran, die Zehntausend zu bezahlen, oder?«

»Tiuri. Dieses Mädchen ist meinetwegen in Not. Ich muss sie da herausholen.«

»Schön. Aber dies ist unser Laden, er gehört nicht dir allein. Und es ist das Geld der Familie, über das wir hier reden.«

»Die Kronen verdienen wir mit den Waren, die ich herbeischaffe, Tiuri!«

»Und doch ist es unser Geld. Wir werden es brauchen, für die Aufgabe, die vor uns liegt. Oder hast du schon wieder vergessen, was du Mutter versprochen hast?«

»Rache ist nicht teuer, oder sagen wir, sie kostet kein Geld, Tiuri.«

»Aber du warst es, der gesagt hat, dass wir uns mit mächtigen Männern werden anlegen müssen. Und dafür werden wir Geld brauchen – oder nicht? Ich werde nicht zulassen, dass du es ausgibst, um eine deiner Huren freizukaufen.«

»Tiuri, du verstehst das nicht. Der *Schwarze Stock* – ich kann sie nicht dort lassen.«

»Dann lass dir etwas einfallen, Vil. Es ist schließlich deine Schuld und nicht meine, dass sie dort gelandet ist. Darf ich dich daran erinnern, dass das alles nicht passiert wäre, wenn du deiner Aufgabe gefolgt wärst, statt dich in finsteren Spelunken herumzutreiben?«

Vil schloss für einen Augenblick die Augen, um sich zu beruhigen. Wie kam sie dazu, sie, seine kleine, kaum dreizehnjährige Schwester, so mit ihm zu reden?

Er erhob sich von dem Bett, auf das er sich gesetzt hatte. »Hör gut zu, Tiuri, denn ich sage es nur einmal. Dieses Geschäft ist mein Geschäft, und *ich* treffe hier die Entscheidungen!«

»So? Dann hoffe ich, dass du dich endlich dazu entscheidest, aus dem Branntweinkrug hervorzukriechen, in dem du dich versteckst. Du hast etwas zu erledigen, Viltor Aretus Merson, also tu es auch!«

Er trat nahe an sie heran, von jener Wut erfüllt, die nur seine Schwester in ihm wecken konnte. Sie wich plötzlich einen Schritt zurück. Er sagte leise, und er musste sich sehr beherrschen, um sie nicht anzubrüllen: »Du hast es ganz richtig gesagt, Schwester, *ich* bin es, der das zu erledigen hat. Kümmere du dich um den Laden – und um Sed. Überlass das andere mir!«

Er ging wieder hinunter in den Laden. Sed schlief immer noch. »Sag, Stummer, hast du einen Namen?«

Der Gesegnete nickte.

»Nennen kannst du ihn wohl nicht. Kannst du vielleicht schreiben?«

Kopfschütteln.

»Na, das ist auch nicht so wichtig. Du hast mir sehr geholfen letzte Nacht. Wenn du willst, kannst du hierbleiben, solange du willst. Wir hätten einen trockenen Schlafplatz für dich, zwar nur im Lager, aber das ist vielleicht besser, als irgendwo in der Gruft zu hausen.«

»Ich kann dir beibringen zu schreiben, wenn du willst«, sagte Tiuri, die oben an der Treppe stand.

Der Gesegnete lächelte und nickte.

»Fein, das wäre also geklärt. Tiuri, zeigst du ihm den Platz? Besorg ihm auch … ach, du weißt schon, was zu tun ist.«

Sie lächelte unsicher.

Er musste sie wirklich eingeschüchtert haben. Es tat ihm leid, aber wenn es sie davon abhielt, sich in seine Angelegenheiten einzumischen, war es das wert.

»Jetzt zur Glatze«, sagte er, als seine Schwester mit dem Gesegneten im Lager verschwand.

»Was willst du machen? Ihn umbringen? Er ist kein einsamer Haldenwächter. Er hat Leibwächter, Schläger, eine Menge Handlanger immer in seiner Nähe. Du kannst ihn vielleicht erledigen, aber nur, wenn du bereit bist, dabei draufzugehen. Und das ist er wirklich nicht wert, Vil.«

»Ich weiß, aber ich werde ihn dennoch vernichten.«

»Und wie willst du das anstellen? Der Mann hat mächtige Freunde, ganz oben. Das habe ich dir schon einmal gesagt, Vil.«

»Du hast auch gesagt, dass er aus einer alten Familie stammt, Gabba. Vielleicht ist es ja diese Familie, die schützend die Hand über ihn hält. Du wirst auf jeden Fall herausfinden, wer er ist.

Unric bedroht meine Familie und meine Freunde. Ich werde ihm zeigen, wie hässlich das ist.«

Hauptmann Lizet schwitzte in seinem Wams. Es war das Beste, das er besaß, und da man ihn aus Gründen, die er noch nicht durchschaut hatte, zur Ehrenwache abkommandiert hatte, musste er es wohl tragen. Nun stand er sich vor dem Palast des Archonten die Beine in den Bauch und wartete.

»Ah, hier steckt Ihr, Lizet«, rief die fröhliche Stimme von Bruder Melid.

Der hat mir gerade noch gefehlt, dachte der Hauptmann, setzte aber ein halbwegs freundliches Gesicht auf und sagte: »Bruder Melid, ich kann Euch gar nicht sagen, wie sehr ich mich freue, Euch ebenfalls hier anzutreffen.«

»Unsere Gäste verspäten sich, wie?«

»Es ist ein ziemlicher Auflauf in den Straßen. Hört Ihr nicht die Menge, Melid, ihren Jubel?«

Tatsächlich wehte aus der Stadt der Lärm vieler Menschen heran.

»Man bekommt eben nicht jeden Tag einen echten Prinzen zu sehen«, meinte der Scholar.

Lizet schüttelte den Kopf. »Es ist Jahrhunderte her, dass wir das Joch der melorischen Kaiser abgeschüttelt haben, und doch scheint es mir, dass die Leute eine Schwäche für diese Art Herrscher haben.«

»Nun, wenn es ein melorischer Prinz wäre, wäre der Empfang sicher bedeutend frostiger. Aber dieser junge Mann kommt aus Oramar. Gebt zu, dass Ihr auch ein wenig aufgeregt seid, Lizet.«

Der Hauptmann schnaubte verächtlich. »Soweit ich weiß, haben die da Prinzen wie Sand am Meer. Das ist doch wohl auch ihr Problem, oder nicht?«

»Ihr meint den Bruderkrieg? Ja, es ist seltsam, nicht wahr? Sie haben im Seebund einen gemeinsamen Feind, und doch finden sie immer wieder Gelegenheit, sich gegenseitig an die Kehle zu gehen.«

»Wisst Ihr, wie viele Söhne der Padischah hatte?«, fragte Lizet. »Man sagte mir, es seien über fünfzig.«

»Ich hörte, es seien etwa dreißig, von denen einige schon tot sind oder Gefangene des Seebundes.«

»Ihr seid doch in politischen Dingen erfahrener als ich, Melid, sagt, wird es uns der Seebund nicht übel nehmen, dass wir hier einen dieser Prinzen mit allen Ehren empfangen?«

»Gewiss, aber Prinz Haisal ist im Moment der Herrscher über die Stadt Aramas und einen Großteil des Nordens, und damit auch über eine Erzmine, deren Eisen wir dringend brauchen. Der Seebund hat seine Verärgerung allerdings zum Ausdruck gebracht. Sein Gesandter, dieser Reser, wird nicht an dem Empfang teilnehmen.«

»Ihr meint Merson.«

»Wie?«

Lizet lächelte. »Hat es Euch die Ghula, ich meine, Schwester Mischitu, noch nicht erzählt? Ich habe ein paar Erkundigungen über den Mann eingezogen. Er ist ein Bruder von Aretor Merson.«

»Seid Ihr sicher?«

»Meine Quellen in Frialis sind es.«

»Und die Ghula weiß es?«

»Sie hat Euch nichts gesagt?«

Melid seufzte. »Offenbar liebt sie es, ihre Getreuen im Unklaren zu lassen. Aber was bedeutet das?«

»Zunächst einmal gar nichts. Wir werden Merson nicht verraten, dass wir ihn durchschaut haben. Es mag aber zur rechten Zeit ein Druckmittel sein.«

»Und ist er …«, Melid senkte die Stimme, »… ist er der Schatten, der vor einem Jahr in Xelidor umging?«

»Unwahrscheinlich. Die Ghula ist mit mir einer Meinung, dass es vielleicht einer seiner Diener ist. Allerdings sagte sie auch, dass sie es bald wissen würde. Ich weiß aber nicht, wie sie es herausfinden will.«

»Politik«, seufzte Melid. »Aber seht, da kommen sie!«

Tatsächlich hatte Lizet die Fahnen, die dem Prinzen vorausgetragen wurden, schon lange näher kommen sehen. Jetzt waren sie am Rand des Tempelplatzes angelangt. Die Silbergarde ließ Prinz Haisal und seine Begleiter hindurch, drängte die Menge aber zurück.

»Jetzt werden wir es sehen«, murmelte Melid und nestelte an seiner Tasche herum.

»Was sehen?«, fragte Lizet nur halb interessiert, denn seine Aufmerksamkeit galt dem näher rückenden Zug der Oramarer. Der Prinz ging hinter den Fahnenträgern, ein junger Mann in prachtvollen blaugrünen und edelsteinbesetzten Gewändern, umringt von einer Schar würdevoll einherschreitender Männer. Nicht alle waren Oramarer, es waren auch einige Räte und zwei Kammerherren aus Xelidor unter ihnen.

»Ah, jetzt«, sagte Melid.

Er hielt etwas in der Hand, einen der geschliffenen grauen Steine, die den Scholaren so wichtig gewesen waren. Melid starrte hindurch und flüsterte dann voller Ehrfurcht: »Unglaublich, es ist wirklich wahr.«

»Wollt Ihr mir verraten, was Ihr da tut, Bruder Melid?«

»Verraten? Nein, das darf ich nicht, wenn Euch die Ghula nichts gesagt hat. Aber seht selbst.«

Er reichte dem verblüfften Lizet den Stein. »Seht Euch den Prinzen an, vor allem aber sein Gefolge.«

Lizet hob den Stein vor das Auge. Er war feiner geschliffen

als jener, den er aus der Schatulle genommen hatte, dennoch zog er zunächst nur einen grauen, doppelten Schleier vor alles, was der Hauptmann betrachtete. Er neigte ihn instinktiv ein wenig, um die Dopplung zu minimieren, und richtete den Blick endlich auf die Oramarer.

»Bei allen Himmeln!«, entfuhr es ihm.

Er sah die Schar der Männer, die wie hinter Glas über den Platz zogen, grau in grau, schwer zu unterscheiden, aber mittendrin ging ein Mann, um den herum es in den hellsten Farben des Regenbogens strahlte. Es war einer der Würdenträger, ein graubärtiger Alter, der den Prinzen begleitete. Lizet senkte das Glas, hob es wieder, senkte es erneut und gab es dann dem drängelnden Melid widerstrebend zurück.

Der steckte den Stein schnell wieder weg. »Sie dürfen nichts davon wissen, Hauptmann.«

Die Delegation war jetzt schon fast an den Stufen, und Lizet nahm Haltung an, als Prinz Haisal an ihm vorüberschritt. Aus der Nähe konnten die kostbaren Gewänder seine schlaffe Haltung und seine teigigen, stumpfen Gesichtszüge nicht mehr überdecken.

Hinter ihm ging der Graubart, die blauen Linien, die auf seine Stirn tätowiert waren, bestätigten Lizet, was er schon wusste: Der Mann war ein Magier. Er machte kein Geheimnis daraus, wie die meisten Zauberer, die am Goldenen Meer lebten.

Lizet erinnerte sich, dass sie sogar verpflichtet waren, die Zeichen ihrer machtvollen Kunst offen zu tragen. Es gab jedoch Ausnahmen: Die verhassten Totenbeschwörer waren die eine, die gefürchteten Meuchelmörder von der Bruderschaft der Schatten die andere. Sie gaben sich nicht zu erkennen. Und nun begriff Lizet, welch ungeheuren Wert diese Steine für die Scholaren hatten.

Die Oramarer verschwanden im Palast, und die Menge, die ihnen bis zum Tempelplatz gefolgt war, zerstreute sich.

Lizet lockerte seinen Kragen. »Wenigstens wäre das überstanden.« Plötzlich musste er lächeln. »Sagt, ehrwürdiger Scholar, ist das nicht Zauberei?«

»Die Steine? Nein, bei den Himmeln, es ist Wissenschaft, Hauptmann, reine Wissenschaft!«

»Und da seid Ihr sicher?«, spottete Lizet.

Der Scholar warf ihm einen ungnädigen Blick zu. »Ich muss hinein, der Ghula Bericht erstatten. Und Ihr?«

»Die Ghula bat mich, weiterhin ein Auge auf Gremm zu haben. Ich halte es für möglich, dass Merson bei ihm ist. Sagt, Bruder Melid, wollt Ihr mir nicht diesen Stein mitgeben? Ich könnte dann herausfinden, ob er vielleicht doch …«

»Auf keinen Fall. Die Ghula hat diesbezüglich sehr klare Anweisungen erteilt. Ich hätte ihn nicht aus der Hand geben dürfen, und ja, ich bedaure, dass ich es getan habe. Seid so gut, Hauptmann, und behaltet es für Euch.«

Lizet versprach es, dann machte er sich auf den Weg zum Hause Gremm. Er hatte noch keinen genauen Plan, dachte aber, dass es einmal wieder an der Zeit wäre für ein Gespräch mit dem Hohen Rat. Er würde ein paar Andeutungen machen, um zu sehen, wie der Mann reagierte. Gremm war zwar nicht mehr so leicht zu verunsichern wie seinerzeit, als er ihm das erste Mal begegnet war, aber dennoch traute sich Lizet zu herauszufinden, was in ihm vorging.

Als er die Gasse erreichte, fielen ihm sofort zwei Männer auf, die sich unauffällig gaben, die er aber trotz ihrer zivilen Kleidung als Gespenster erkannte. Die Geheime Wacht war vor Gremms Haus? Den sollten sie doch in Ruhe lassen. Er brauchte ein paar Sekunden, dann kam er zu dem Schluss, dass Merson bei seinem Schwager zu Besuch sein musste. Lizet drückte sich in eine schattige Ecke und wartete ab, was geschehen würde.

»Ich verstehe immer noch nicht, warum Ihr nicht an diesem Empfang teilnehmen wolltet, Schwager. Eine bessere Gelegenheit, den Prinzen aus der Nähe zu sehen, werdet Ihr kaum bekommen«, meinte Gremm.

»Aber dann würde er auch mich aus der Nähe sehen, und aus verschiedenen Gründen will ich das vermeiden«, entgegnete Tesir Merson. »Außerdem ist das ein Treffen, das der Seebund missbilligt. Ich darf es als Gesandter nicht auch noch aufwerten. Und drittens, geschätzter Schwager, wird dort nicht viel geschehen. Man wird weitschweifige Reden halten und sich gegenseitiger Hochachtung versichern. Nein, das eigentlich interessante Treffen wird zu einem anderen Zeitpunkt stattfinden, und Ihr, werter Schwager, werdet mir verraten, wann und wo.«

»Es ist nicht gesagt, dass ich es erfahre, Merson. Ich bin nur ein einfacher Rat, nicht sehr lange im Amt.«

»Ich hörte hingegen, dass Ihr schon einigen diskreten Sitzungen beigewohnt habt. War die Idee, Schiffe gegen Eisen zu tauschen, nicht sogar von Euch?«

Gremm wurde blass. Merson wusste davon? Wie war das möglich? »Ich habe etwas in der Art vorgeschlagen, ja«, murmelte er.

»Schön. Ihr sollt sogar beim Archonten höchstselbst einen Stein im Brett haben, wie ich höre. Wenn also einer erfahren wird, wann diese Stadt mit dem Prinzen in ernsthafte Verhandlungen tritt, dann doch wohl Ihr. Und dann werdet Ihr mir Bescheid sagen.«

»Aber warum?«

»Das müsst Ihr nicht wissen, Schwager, ich würde sogar sagen, dass Ihr es gar nicht wissen wollt.«

Gremm seufzte. Wieder ein Geheimnis mehr, das er mit niemandem teilen konnte, außer mit seiner Frau, der einzigen Seele, der er wirklich vertraute. Was sie wohl dazu sagen würde, dass er nun für beide Seiten spionierte?

Es klopfte an der Tür, und die Köchin meldete, dass der Verwalter Sester Elgos warte.

»Ein neuer Verwalter?«, fragte Merson.

Gremm schüttelte den Kopf. »Ein alter Bekannter, der nun einige Lager für mich verwaltet.« Es war ein Übereinkommen, das er mit Elgos getroffen hatte: Er hatte ihn offiziell zum Verwalter gemacht, damit ihre gelegentlichen Treffen keinen Verdacht erregten. Außerdem war der Mann ohnehin öfter in den Lagern als er selbst.

»Ich werde ihm sagen, dass er im Arbeitszimmer warten soll«, meinte Gremm.

Aber Elgos drängte die Köchin zur Seite und trat ein. »Ich grüße Euch, Menhers, und ich glaube, ich habe etwas zu sagen, das Euch beide angeht.« Dann schob er die Köchin sanft aus der Tür und schloss sie.

»Es sind Männer dort draußen, die dieses Haus beobachten. Ich denke, sie sind von der Geheimen Wacht.«

»Bei allen Himmeln!«, rief Gremm entsetzt.

»Es sind zwei, nicht wahr?«, meinte Merson gelassen.

»Ihr werdet verfolgt – und kommt trotzdem in mein Haus?«

»Es würde mehr Verdacht erregen, wenn ich meinen besten Geschäftsfreund in Xelidor nicht mehr besuchen würde, oder? Aber Ihr sagtet, Ihr hättet noch eine Nachricht, Verwalter Elgos …«

»Namen, Esra, ich habe endlich einen Namen.«

»Nun, das ist vielleicht der falsche Zeitpunkt, Sester«, erwiderte Gremm vorsichtig.

Elgos schüttelte den Kopf. »Es ist genau der richtige. Verzeiht, Menher Reser, aber ich weiß, wer Ihr wirklich seid. Deshalb dürfte es auch Euch interessieren, dass ich nun einen der Männer gefunden habe, die für den Tod Eures Bruders verantwortlich sind.«

Mersons Miene schien zu versteinern, und Gremm schrumpfte unter seinem missbilligenden Blick förmlich zusammen.

»Macht ihm keinen Vorwurf, Menher Merson. Esra und ich haben schon viele Geheimnisse miteinander geteilt, und bislang sind sie alle sicher verwahrt.«

»Ich glaube, darüber werden wir noch einmal reden müssen, Schwager, doch was hat es mit diesem Namen auf sich?«

Gremm zitterte, weil er fürchtete, dass Elgos gleich auch noch enthüllen würde, dass Mersons Neffe Viltor noch lebte, aber der sagte: »Wie Ihr wisst, wurde Euer Bruder vom Geheimen Gericht verurteilt, dessen Mitglieder sich nicht einmal untereinander kennen. Wir versuchen seit einiger Zeit herauszufinden, wer an dem Urteil beteiligt war.«

»Ihr habt einen dieser Richter gefunden, Menher Elgos?«, fragte Merson, und Gremm entdeckte plötzlich brennende Leidenschaft in seinem Antlitz, oder war es Hass?

»Nein, Menher. Doch ich fand den Mann, der dieses Urteil gekauft hat.«

»Gekauft?«

»Die Richter wurden bestochen, was bedeutet, dass einer der wenigen Männer, die die Liste der Namen gesehen haben, diese Informationen weitergegeben hat. Ich weiß noch nicht, wer das war, aber ich weiß, wer für das Todesurteil bezahlt hat.«

»Nämlich?«, fragte Merson lauernd.

»Jemand, mit dem ich nicht gerechnet hätte – Perem Unric, besser bekannt als die Glatze.«

»Die Glatze?«, fragte Gremm ungläubig.

Elgos erklärte Merson in kurzen Worten, wer dieser Mann war: »Er ist der König unserer Unterwelt, und ich glaube, Euer unbestechlicher Bruder war ihm ein Dorn im Auge. Ich hörte, er soll sich geweigert haben, Unric das zu geben, was der als seinen rechtmäßigen Anteil begreift.«

»Dann war es Unric, der die Explosion ausgelöst hat?«, fragte Gremm staunend.

Elgos ließ sich mit der Antwort Zeit: »Dafür ist Unric eigentlich zu schlau. Aber vielleicht hat einer seiner Handlanger diesen riesigen Bock geschossen. Ausgeschlossen ist es also nicht.«

»Ihr sagt, man findet ihn in der Arena?«, fragte Merson.

»Eigentlich den ganzen Tag. Er ist dort sicher, denn es gibt nicht viele Zugänge, und er hat ein paar wirklich gefährliche Leute an seiner Seite.«

»Ich verstehe«, sagte Merson. Er erhob sich aus dem Sessel. »Entschuldigt mich, Menhers. Ich habe die Zeit vergessen. Und ich glaube, ich brauche etwas Ruhe, um diese Nachricht zu verdauen.«

»Aber Schwager, was habt Ihr vor?«, fragte Gremm erschrocken.

Merson lächelte ein feines Lächeln. »Seid unbesorgt. Es geht nur um ein paar diplomatische Angelegenheiten, die ich klären muss. Ich werde daher in die Gesandtschaft zurückkehren.«

»Es war also Unric, der die Schuld an der Explosion trägt?«, fragte Gremm zweifelnd, als Merson gegangen war.

»Ich fand, es klang schlüssig«, erklärte Elgos ruhig.

Gremm brauchte einen Augenblick, dann rief er: »Die Geschichte ist gar nicht wahr?«

»Nein, aber ich hätte sie fast selbst geglaubt.«

»Aber warum …?«

»Unric macht Ärger, Esra, eine Menge Ärger. Wraas ist der Meinung, dass wir ihn loswerden müssen, aber du weißt vermutlich, dass das nicht so leicht ist.«

»Aber wenn Merson etwas unternimmt, rennt er in sein Verderben!«

»Das glaube ich nun wieder nicht, Esra. Weißt du, ich habe einen neuen Freund oben auf dem Tempelberg, einen Mann mit tiefer Einsicht in all die kleinen Intrigen und Geheimnisse, die es dort oben gibt, und der hat mir verraten, dass der Diener deines Schwagers vermutlich zur Bruderschaft der Schatten gehört.«

»Der *Schatten?*«

»Erinnerst du dich an die Wachen, die in der Halde ermordet wurden vor einem Jahr? Man munkelte damals schon, dass es ein Schatten gewesen sein muss.«

»Ein Schatten, Merson? Dieser kleine, unauffällige Mann soll …«

»Ganz genau. Und jetzt hoffe ich, dass dein Schwager unser Problem aus dem Weg räumt. Hast du gesehen, wie die Rachsucht in seinen Augen loderte?«

»Das heißt, du weißt gar keinen Namen?«, fragte Gremm.

Elgos lächelte. »Doch, Esra, ich habe einen Namen. Und du wirst ihn deinem Neffen so bald wie möglich mitteilen.«

Hauptmann Lizet hatte sich gerade entschieden, den Besuch bei Gremm auf einen anderen Tag zu verschieben, als etwas geschah, was er sehr eigenartig fand. Er sah nämlich den Gesandten des Seebundes aus einer dunklen Ecke hervortreten.

Aber die beiden Gespenster lungerten noch vor Gremms Haus herum, sie hatten Merson offenbar aus dem Auge verloren. Aber wie konnte er plötzlich dort auftauchen?

Es gab zwei Möglichkeiten. Es gab einen Hinterausgang in Gremms Haus, das hatte Lizet in Erfahrung gebracht, aber der endete in einem schmalen Innenhof. Es blieb also nur die andere Möglichkeit.

Lizet folgte dem Mann, und er dachte nicht einen Augenblick daran, die Leute von der Grauen Wacht zu alarmieren. Es war doch nicht seine Schuld, wenn sie nicht achtgaben.

Er verfluchte die Tatsache, dass er das Wams der Wache trug. Er würde Reser/Merson schnell auffallen. Also blieb er so weit zurück, wie es gerade noch möglich war, ohne den Mann aus den Augen zu verlieren. Es war immer noch viel los auf den Straßen. Die Leute schienen darauf zu warten, dass sich der Prinz aus Oramar auf den Rückweg machte.

Dann entdeckte Lizet einen Schneiderladen. Er trat rasch ein, griff sich den erstbesten Umhang, legte ihn an und warf dem verdutzten Schneider eine großzügig bemessene Handvoll Kronen hin. Er rannte hinaus und in die Richtung, in der er Merson zuletzt gesehen hatte.

Kurz vor dem Obermarkt hatte er ihn wieder. Die hohen Mauern der alten Arena ragten schwarz in die Dämmerung. Merson sprach einen Mann an. Er schien ihn nach dem Weg zu fragen, denn der Gefragte gestikulierte und wies in eine bestimmte Richtung.

Merson nahm die Treppe, die zwischen dem *Bamaal* und der Arena ins Katzenviertel hinabführte. War er auf Amüsement aus? Lizet konnte sich das nicht vorstellen. Im Schutz der Dämmerung folgte er ihm die ausgetretenen Stufen hinab. Dann verschwand Merson im Bauch der Arena.

Lizet schloss den Mantel, um das Wams zu verbergen, und trat ein. Es war der vertraute üble Geruch von Schweiß, Branntwein und Betrug, der ihm entgegenschlug. Niemand beachtete ihn, die Tarnung schien zu funktionieren.

Merson war nicht zu sehen. Lizet warf einen hastigen Blick in die Kaschemmen, dann lief er ein Stockwerk tiefer. Auch hier konnte er den Mann nicht finden. Nun, es gab noch zwei Stockwerke. Lizet fragte sich, ob Merson ein Mann war, der sich besonderen Vergnügungen hingab, ob er also hinab in den *Schwarzen Stock* wollte.

Er schüttelte den Kopf. Nein, er war entweder bei den Kämpfen, oder er ging auf diesem Weg hinüber ins *Bamaal,* was allerdings ziemlich umständlich wäre. Aber Lizet war bereits bei den Kämpfern angekommen und würde es gleich wissen.

Es war noch früh am Abend, und die Männer, die sich schon eingefunden hatten, standen um den kleinen Käfig für die Hundekämpfe, wo sie gerade dabei waren, zwei Wölfe für den Kampf anzustacheln.

Lizet drängte sich durch die Menge, aber der Gesandte schien nicht da zu sein. Er warf einen Blick in die Schänke – nichts. Dann sah er Unric, einen Mann, den er seit Jahren im Auge hatte, gegen den er aber nie hatte vorgehen dürfen. Er nahm Wetten an, gut beschützt von ein paar finsteren Schlägern. Ob Merson Verbindungen zur Unterwelt von Xelidor suchte?

Plötzlich kam ein Mann direkt auf ihn zu, einer von Unrics Schlägern.

Lizet fluchte, denn er ahnte, dass man ihn erkannt hatte.

»Verlaufen, Wachtmeister?«, fragte der Mann spöttisch.

»Ich bin nicht wegen der Glatze hier«, gab Lizet zurück.

»Eigentlich seid Ihr gar nicht hier, Wachtmeister, denn dieses Stockwerk ist für Wächter tabu.«

Lizet musterte den Mann interessiert. Er hatte nur ein Auge und schien vor kurzem in eine üble Prügelei geraten zu sein. Er sah nicht aus, als hätte er sie gewonnen.

»Ich gehe, wohin es mir gefällt«, entgegnete er und legte die Hand auf seinen Schwertknauf.

»Ihr geht, wohin Unric Euch sagt, dass Ihr gehen sollt. Und er sagt, Ihr sollt von hier verschwinden.«

»Noch einmal, ich bin nicht seinetwegen hier, sagt ihm das.«

Der Mann rührte sich nicht.

Lizet spähte an ihm vorbei, denn er hatte das Gefühl, dass sich etwas zusammenbraute. Drängelnde Spieler wollten ihre Wetten machen und brüllten irgendwelche Zahlen und Namen. Aber etwas stimmte nicht.

Unric hatte einen Mann an seiner Seite, der alles auf einer Tafel notierte. Gerade schüttelte er den Kopf, was wohl hieß, dass er die Wette eines Spielers nicht annehmen wollte, und dann trat einer von seinen Schlägern an den Mann heran und drängte ihn in eine Ecke. *Spielschulden,* dachte Lizet.

Der Einäugige hatte etwas zu ihm gesagt, aber er hatte nicht zugehört, weil seine Instinkte ihm verrieten, dass gleich etwas geschehen würde. Etwas hatte sich verändert, er konnte es schmecken, es lag eine eigenartige Spannung in der Luft. Plötzlich schob eine unsichtbare Macht ein paar Männer in der Nähe der Glatze einfach zur Seite.

Lizet riss das Schwert aus der Scheide. »Der Schatten!«, schrie er und wollte sich an dem Schläger vorbeidrängen, doch der hielt ihn fest. »Steckt Euer Messerchen weg, Wachtmeister – und schreit hier nicht herum!«

»Verflucht, Mann, da ist ein Schatten!«, schrie Lizet und riss sich los, obwohl er wusste, dass es vergeblich sein würde.

Da war etwas, die Ahnung einer Bewegung, fast unsichtbar wie dunkler Rauch vor einer schwarzen Wand. Unrics Leibwächter wurden zur Seite gedrückt, protestierten verwundert, und plötzlich tauchte aus dem Nichts ein Mann neben der Glatze auf. Eine Klinge blitzte in der Dunkelheit. Der Schatten packte Unric am Kinn, sah ihm in die Augen, schien ihm etwas zuzuflüstern und stieß ihm das Messer in den Unterleib.

Die Männer, die eben noch Wetteinsätze gebrüllt hatten, verstummten. Unwirkliche Stille erfüllte den Raum, durchbrochen nur von Unrics Röcheln. Der Schatten war verschwunden, ebenso plötzlich, wie er gekommen war.

Lizet drängte sich zwischen den wie erstarrt stehenden Männern hindurch zu dem Sterbenden. Niemand machte Anstalten, ihn aufzuhalten.

»Was hat er gesagt?«, fragte Lizet und schüttelte Unric.

»Merson«, keuchte der.

»So holt doch einen Arzt!«, rief Lizet, der gleichwohl erkannte, dass auch der beste Arzt hier nichts mehr ausrichten würde. Tesir Merson hatte sich in Luft aufgelöst, und Lizet war klug genug, ihm nicht nachzujagen. »Nur Merson? Was noch? Was hat er damit gemeint?«

»Mer...son ...«, röchelte Unric die Glatze und rutschte mit brechendem Blick langsam von seinem Stuhl.

»Siehst du, das ist ein *A*«, erklärte Tiuri geduldig. Sie hielt eine Schiefertafel in den Händen und malte für den Stummen Buchstaben darauf. »*A*, hörst du? Aaah. Kommt ein *A* in deinem Namen vor?«

Der Stumme schüttelte den Kopf.

Vil saß auf einem Fischfass und sah dem Schauspiel zu. Vielleicht sollte er sich um die Auslage vor dem Laden kümmern, aber Carem Halfar war schon da und erledigte das mit seiner üblichen Verdrossenheit. Vil fragte sich, wie seine Schwester mit ihm zurechtkommen konnte. Carem sagte nichts über das, was sie hier taten, Vil glaubte aber dennoch, eine Art Missbilligung in seinen Blicken zu sehen. Doch wenn es dem jungen Mann nicht passte, konnte er sich eine andere Arbeit suchen.

Vil gähnte. Es war früh am Morgen, eigentlich nicht seine Zeit, aber er hatte die ganze Nacht kein Auge zugetan, sondern versucht, mit Peker und Gibean Pläne gegen Unric zu schmieden, weit waren sie jedoch nicht gekommen.

Gibean war unterwegs, er versuchte, Informationen über die Familie der Glatze zu finden, hatte aber anscheinend noch nichts erfahren.

»Das ist ein *E*. Eeeeh. Gibt es denn ein *E* in deinem Namen? Auch nicht?«

Der Stumme lächelte und schüttelte den Kopf. Das schien ihm Spaß zu machen.

»Wie geht es Sed?«, fragte Vil dazwischen.

Tiuri runzelte die Stirn. »Er liegt oben. Du kannst hingehen und ihn fragen. Vor einer Viertelstunde hat er aber noch geschlafen.«

»Ich frag ja nur.« War es sein schlechtes Gewissen, das ihn nicht schlafen ließ?

Peker tauchte hinter der Theke auf und streckte sich. Er hatte dort auf einer Decke geschlafen. Vil hielt es für sicherer, dass sie zusammenblieben, bis die Sache mit der Glatze geklärt war. Er hatte Peker sogar angeboten, seine Freundin hier unterzubringen, aber der hatte mit einem schiefen Grinsen erklärt, dass er sich nicht entscheiden könne. »Und es wäre nicht anständig gegenüber den anderen, wenn ich nur eine in Sicherheit bringe, oder?«, hatte er gesagt.

»*Den* anderen?«, hatte Vil nachgefragt.

»Kennst mich doch«, lautete die Antwort.

Ja, er kannte Peker, und er wusste, dass er sich auf ihn verlassen konnte. Aber wo blieb Gabba? Irgendetwas musste er doch inzwischen in Erfahrung gebracht haben. War er wieder an einem Spieltisch hängen geblieben? Oder gab es irgendein angeblich dringendes Geschäft, das unbedingt angeleiert werden musste?

»Das ist das *O*. Ooooh, siehst du? Es kommt doch sicher ein

O in deinem Namen vor, oder? Wieder nicht? Hast du überhaupt einen Namen?«

Es klopfte wild an die Tür.

»Gabba, endlich«, rief Vil. »Wo hast du so lange gesteckt?«

»Habt Ihr es noch nicht gehört?«, keuchte Gibean.

»Was denn?«

»Die ganze Stadt spricht doch schon davon – Unric ist tot.«

Für einen Augenblick blieb es still im Laden.

»Die Glatze ist *tot?«*, fragte Vil ungläubig.

»Mausetot. Letzte Nacht in der Arena erstochen. Und das Merkwürdige ist, dass einhundert Männer dort waren, aber keiner von denen hat gesehen, wie es geschah. Das heißt, es gibt die wildesten Geschichten. Die einen behaupten, er habe sich selbst den Bauch aufgeschlitzt. Dann ist da die Rede von einem verwegenen Hauptmann der Wache, der ihn getötet haben soll. Außerdem habe ich auch noch gehört, dass da plötzlich ein Mann aus dem Nichts auftauchte, ihn umbrachte und dann wieder verschwand. Aber niemand weiß etwas Genaues, nur, dass er tot ist, darin sind sich alle einig.«

»Das ist doch gut«, sagte Tiuri kühl. »Jemand hat Euch die Arbeit abgenommen.«

Peker kratzte sich am Kopf. »Ich weiß nicht, aber ich habe ein schlechtes Gefühl bei der Sache. So etwas bekommt man normalerweise nicht geschenkt.«

Carem Halfar kam zurück in den Laden gestolpert. »Da sind Männer, Menher Vil«, rief er.

Er hatte es kaum gesagt, als draußen eine Stimme dröhnte: »Vil, du Ratte, komm aus deinem Loch!«

»Das ist Kratos, verdammt! Warum muss ich immer recht behalten?«, rief Peker.

Vil spähte durch den Türspalt. Ein Dutzend Männer stand dort auf der Gasse.

»Ich gehe erst einmal allein«, sagte er.

»Vil, das ist Selbstmord.«

»Ich weiß nicht. Wenn sie uns umbringen wollten, würden sie nicht erst nach mir fragen«, sagte Vil und versuchte, zuversichtlich zu wirken.

Der Stumme schnaubte unwillig und stand plötzlich neben ihm.

»Du solltest ebenfalls hier drin warten, meine Freund.«

Aber der Gesegnete schüttelte beharrlich den Kopf.

»Na schön, aber Ihr drei passt auf meine Schwester auf, während ich das da draußen regele.«

»Wir sind an der Tür, Vil. Und wir hauen dich raus, wenn es sein muss«, meinte Peker grinsend. Selbst Carem, der Gehilfe, nickte tapfer.

Vil trat hinaus, der Stumme stellte sich mit verschränkten Armen neben ihn. Vil konnte Kratos' Männern ansehen, dass das Auftauchen des Gesegneten sie beunruhigte. *Der Stich geht an mich,* dachte er.

»Kratos, was führt dich zu so früher Stunde hierher? Wir haben noch nicht geöffnet.«

»Du weißt genau, weshalb ich hier bin!«

»Ich habe eben gehört, dass Unric von uns gegangen ist. Aber falls du einen Sarg kaufen willst – so etwas führen wir nicht.« Vil wusste genau, dass er gerade Öl ins Feuer goss, aber er konnte einfach nicht anders.

»Ich möchte wetten, dass du etwas damit zu tun hast, Vil. Ich kenne niemand sonst, der so blöd wäre, sich mit Unric anzulegen.«

»Offenbar gibt es noch jemanden, und der hat deinen Boss erledigt. Ich war es jedenfalls nicht. Frag meinen Freund hier, ich war die ganze Nacht im Laden.«

Der Stumme nickte.

»Verdammt, Vil. Verarsch mich nicht!«, brüllte Kratos.

Vil erkannte, dass der Mann einfach nicht wusste, was er tun sollte. Er war eben ein Handlanger, kein Boss. Nun stand er da, mit den Leuten aus Unrics Bande, und wollte es irgendjemandem zeigen. Aber er war an den Falschen geraten, und seit sie den Gesegneten gesehen hatten, wirkten seine Männer weit weniger tatendurstig als noch vor fünf Minuten.

»Und was willst du jetzt machen, Kratos?«

»Tut mir leid, Vil, aber einer muss bezahlen. Schnappt sie euch, Jungs.«

Niemand rührte sich. Selbst Biator, der sich auffällig im Hintergrund hielt, machte keine Anstalten anzugreifen.

»Das ist ein Gesegneter, Kratos«, sagte einer der Männer leise.

»Verdammt – er ist stumm! Er kann keinen Fluch über euch verhängen, ihr Memmen!«

»Aber ich kann das schon«, sagte eine junge Frauenstimme.

Skari!, jubelte Vil innerlich.

Die Männer fuhren zurück, als sei eine Schlange unter ihnen aufgetaucht.

»Was ist denn los mit euch, Männer?«

»Das sind zwei Gesegnete zu viel für mich, Kratos«, erwiderte der breitschultrigste der Schläger.

»Ihr solltet besser gehen, Kratos. Ihr seid sowieso am falschen Ort, denn wir haben mit Unrics Tod nichts zu tun.«

»Da hörst du es, Kratos. Komm, lass uns verschwinden«, raunte einer der Männer.

»Das ist noch nicht vorbei, Kleiner, hörst du? Das ist noch nicht vorbei!«

»Ganz, wie du willst, Kratos«, erwiderte Vil kalt. Er blieb demonstrativ in der wie ausgestorben wirkenden Gasse stehen, bis Kratos hinter der nächsten Ecke verschwunden war.

Als Vil sich umdrehte, waren Skari und der Stumme nicht mehr zu sehen. Er fluchte, lief in den Laden und sah zu seiner Erleichterung, dass sie beide dort waren. Sie schienen sich gut zu kennen, denn sie standen dort in einer merkwürdigen halben Umarmung, und ihre Stirnen berührten sich.

»Es ist ja gut. Ich freue mich auch, dich zu sehen«, sagte Skari lächelnd und löste die Umarmung schließlich. »Er heißt übrigens Purgus«, sagte sie dann.

»Purgus? Mit U? Darauf wäre ich natürlich zuletzt gekommen!«, rief Tiuri.

»Skari, was machst du hier?«, fragte Vil, dem bessere Worte fehlten.

»Ich habe gesehen, dass ich hier sein würde.«

Vil wurde die Verlegenheit nicht los. Dabei tat es so gut, sie wiederzusehen. Er hätte sie gerne in den Arm genommen, denn sie wirkte traurig, aber er wagte es nicht.

»Ich habe noch mehr gesehen«, sagte sie. »Feuer, wieder einmal.«

»Feuer? Aber es brennt nicht, oder? Pek, sieh nach, ob Kratos uns Scherereien machen will!«

»Nein«, sagte Skari, »nicht heute. Aber bald.« Dann sah sie Vil an, legte den Kopf schief und sagte: »Ich habe dich mit der anderen gesehen.«

Vil schloss die Augen. Was sollte er da noch sagen? »Komm, wir gehen vor die Tür«, schlug er vor.

Tiuri sah aus, als wolle sie Widerspruch erheben, aber er brachte sie mit einem eisigen Blick zum Schweigen.

»Es ist dir unangenehm, oder?«, fragte Skari, als sie vor dem Laden standen.

»Unangenehm? Das ist nicht das Wort, nach dem ich suche.«

»Ich verstehe es. Sie ist anders. Nicht verflucht, wie ich.«

»Skari, bitte. Tilama, das war etwas ganz anderes. Ich mag

sie, ja, aber ich habe doch bei ihr nie das empfunden, was ich …« Er brachte den Satz nicht zu Ende.

»Ja?«

»Ach, nichts. Aber sie ist meinetwegen in Gefahr. Angeblich ist sie im *Schwarzen Stock*.«

»Ich werde dir nicht helfen, sie da herauszuholen, Vil.«

»Ich hatte dich doch noch gar nicht gefragt!«, stöhnte er.

»Aber du hast daran gedacht.«

»Hast du das auch gesehen?«, fragte er gereizt.

»Man muss keine Gesegnete sein, um das vorherzusagen«, erwiderte sie mit einem traurigen Lächeln.

Vil riss sich zusammen. »Ich muss dir danken, Skari. Du hast diese Männer beinahe allein in die Flucht geschlagen.«

»So ist das eben. Ich mache den Männern Angst.«

Vil wusste wieder nicht, was er sagen sollte. Er versuchte, das Thema zu wechseln: »Der Stumme, Purgus, ist er ein guter Freund von dir?«

»Er ist Familie, nein, nicht wie du und Tiuri. Wir Gesegneten sind alle eine Familie.«

»Wie viele gibt es eigentlich von euch?«

»Nicht viele.«

»Und sie alle haben diese besonderen Gaben?«

»Jeder eine andere, Vil. Ich kann die Zukunft sehen, Nekor spricht mit den Toten. Purgus ist stark wie ein Bär und beinahe unverwundbar, Algur findet verlorene Dinge, Iwida kann Lüge von Wahrheit unterscheiden, Rena kann Krankheiten finden …«

»Eine Heilerin?«

»Nein, sie kann nur sagen, was für eine Krankheit es ist und wo sie herkommt. Sie schmeckt es im Blut.«

»Sie trinkt Blut?«

Skari lächelte. »Sie ist ein bisschen wahnsinnig. Und du versuchst, mit mir über Menschen zu reden, die dich nicht interessieren.«

»Du machst es mir nicht gerade leicht, Skari.«

»Nicht ich habe mit einer anderen geschlafen, Vil.«

»Es tut mir leid, Skari.«

Sie sah ihn nachdenklich an. »Aber nicht genug«, sagte sie dann und schickte sich an zu gehen.

»Warte, wohin willst du?«

»Du wirst selbst gleich gehen, Vil.«

»Unsinn, ich habe nicht vor …«

Sie wies mit einer Geste die Gasse hinauf. Ein Junge kam dort angetrabt. Er hielt einen Zettel in der Hand. Vil schüttelte den Kopf. Er hatte beinahe vergessen, wie schwierig es war, mit Skari zu reden, wenn sie die Dinge, die noch gar nicht geschehen waren, schon gesehen hatte.

»Und wenn ich ihn ignoriere?«, sagte er und drehte sich wieder zu ihr um.

Aber sie war bereits verschwunden.

»Willst du zu mir?«, rief er dem Boten zu, der auf den Laden zuhielt.

»Wenn Ihr der richtige Empfänger dieser Botschaft seid, Menher, dann ja«, erwiderte der Bote misstrauisch.

»Vil Aris, oder auch Viltor, so nennt man mich.«

»Dann ist dieser Zettel für Euch, Menher.«

Vil warf dem Boten eine Viertelkrone zu.

»Ich bin die meiste Zeit gerannt, Menher.«

Er bekam noch eine Viertelkrone, schien aber nicht sehr zufrieden damit zu sein.

Vil war es gleich. Das Siegel war ohne Wappen, er brach es auf und sah, dass es auch nicht unterzeichnet war, erkannte aber die dünne Handschrift seines Onkels.

Er wolle ihn so schnell wie möglich im Lagerhaus sehen, hieß es da, und dann kam in dürren Worten die schlichte und doch starke Begründung: »Ich habe einen der Namen gefunden.«

Esrahil Gremm wanderte unruhig zwischen den großen Kisten auf und ab.

»Es wird nicht schneller gehen, nur weil du hier herumrennst«, meinte Sester Elgos, der auf dem Hocker des Nachtwächters saß.

»Warum kommt er nicht?«, fragte Gremm.

»Er kommt schon noch.«

»Deine Ruhe möchte ich haben!«

»Das wäre mir auch lieber, denn dein Herumgerenne tötet mir den Nerv, Esra.«

Gremm blieb stehen. »Und wenn doch jemand gesehen hat, dass es Merson war, der die Glatze umgebracht hat?«

»Ich würde den Namen nicht so laut rufen, Esra. Man weiß nie, wer zuhört.«

Der Kauffahrer senkte die Stimme. »Also – was, wenn ihn jemand erkannt hat? Das führt zwangsläufig zu mir!«

»Zu uns«, berichtigte Elgos gelassen, »aber lassen wir das. Überlege dir lieber, was du deinem Neffen erzählen willst. Du hast ihm bisher nicht gesagt, dass er noch einen Onkel hat, und du solltest es auch dabei belassen. Sag ihm diesen Namen, mehr nicht.«

»Den Namen, ja.« Gremm tupfte sich den Schweiß von der Stirn. »Aber Richter Titior – bist du sicher?«

»Kein Zweifel.«

»Aber er ist einer der reichsten und mächtigsten Männer der Stadt!«

»Und er führte den Vorsitz des Geheimen Gerichts, das deinen Schwager verurteilt hat. Er hat sein Urteil gefällt, nun fällt es auf ihn zurück. So etwas soll vorkommen.«

Gremm stöhnte. »Ausgerechnet Unbal Titior! Jeder andere, nur nicht der. Kann ich … kann ich Viltor nicht einfach einen anderen Namen nennen?« Er blickte Elgos hoffnungsvoll an, aber der würdigte ihn nicht einmal einer Antwort. »Sester, diese ganze Rachegeschichte – das führt doch zu nichts!«

»Ich sehe es als Schicksal, oder, sagen wir, es ist eine Entscheidung einer höheren Macht, und der werde ich mich nicht in den Weg stellen. Und ich bin hier, damit du das auch nicht tust, Esra.«

»Du traust mir also nicht?«

Elgos grinste. »Du selbst hast eben vorgeschlagen, einen anderen an Titiors Stelle zu opfern.«

Gremm begann erneut, auf und ab zu laufen, um klarer denken zu können. Die Sache gefiel ihm immer weniger, aus Gründen, die er dem alten Gefährten nicht sagen würde. Er spürte nämlich nagende Zweifel: *Sester hat Merson belogen, was, wenn er nun mich belügt?*, dachte er. *Was, wenn auch Unbal Titior ihm oder Orn Wraas irgendwie im Wege ist und nur deshalb beseitigt werden soll?*

Aber dann erschien Viltor, und die Zweifel waren nicht stark genug, oder, so dachte Gremm, er selbst war wohl nicht stark genug, um die Sache abzublasen. Also sagte er seinem Neffen den Namen, den er von Elgos erfahren hatte.

»Titior also«, meinte der nur.

»Hoher Rat und Richter Titior, Viltor. Er ist einer der einflussreichsten Männer der Stadt!«

»Und?«

»Es kann fürchterliche Folgen haben, wenn du dich mit ihm anlegst.«

»Das habe ich jetzt schon öfter gehört. Und ich lege mich nicht mit ihm an, ich bringe ihn um. Ich habe meiner Mutter etwas versprochen, und ich gedenke, dieses Versprechen zu halten.«

Kühle Spätsommerluft zog durch das Fenster in die kleine Kammer hinein. Lizet war erleichtert, dass die Hitze endlich ein Ende hatte, aber das war auch das einzig Gute, was er an diesem Tag entdecken konnte. »Es gibt keinen Zweifel, es war der Gesandte selbst. Ich habe es mit eigenen Augen gesehen!«, erklärte er zum wiederholten Male.

Ghula Mischitu saß hinter ihrem Schreibtisch und schien in die Betrachtung der Decke vertieft zu sein. »Ihr könnt Euch glücklich schätzen, Hauptmann. Ihr habt einen Schatten bei der Arbeit gesehen – und habt es überlebt«, sagte sie endlich.

»Unric muss ihn gekannt haben. Der Mann hat im Tod noch seinen Namen geflüstert. Ich frage mich allerdings immer noch, warum Merson sich überhaupt gezeigt hat.«

»Ihr hattet wohl noch nicht viel mit Zauberern zu tun, Lizet, sonst wüsstet Ihr, dass sie nicht mit Magie oder im Schutze der Magie töten können. Das gilt, den Himmeln sei Dank, selbst für die Schatten.«

Lizet hatte das wirklich nicht gewusst. Er räusperte sich. »Leider hat er sich nach der Tat wieder in den Schatten versteckt, und da mir bedauerlicherweise ein gewisser fein geschliffener Stein nicht zur Verfügung stand, konnte ich ihm nicht folgen, geschweige denn ihn verhaften. Aber ich gedenke das noch heute nachzuholen, wenn Ihr nichts dagegen habt, ehrwürdige Mischitu.«

»Ich habe allerdings etwas dagegen, Hauptmann. Der Gesandte wird selbstverständlich vorerst nicht angerührt!«

»Aber er ist ein Schatten!«

»Und er hat keine Ahnung, dass wir das wissen. Wir werden das zu unserem Vorteil nutzen. Ja, wir werden Merson benutzen, um gleich mehrere unserer Probleme zu lösen.«

»Und verratet Ihr mir, welche Probleme das sind, ehrwürdige Mischitu?«

Die Scholarin erhob sich von ihrem Stuhl und sah den Hauptmann an, als würde sie ihn zum ersten Mal sehen. »Das ist Politik, Hauptmann, damit müsst Ihr Euch nicht belasten.«

»Dann kann ich gehen?«, fragte er verärgert.

»Solange Ihr nicht vorhabt, den Gesandten zu verhaften – sicher. Allerdings muss ich Euch dafür loben, dass Ihr seinen Namen herausgefunden habt. Das war bemerkenswert gute Arbeit, Hauptmann. Und ich bin sicher, Ihr werdet schon bald wieder einen wertvollen Beitrag zu unseren Plänen leisten.«

»Auch wenn ich sie nicht kenne?«

Die Ghula lachte. »Nun seid nicht gleich beleidigt, Hauptmann. Die Wände hier haben Ohren, wie man so schön sagt.«

»Dann wissen sie vermutlich mehr über diese Angelegenheit als ich«, erwiderte Lizet gallig.

Die Ghula wechselte das Thema: »Verratet mir eines, Lizet, warum habt Ihr damals unseren Orden verlassen? Ich habe Berichte gelesen, die mir sagen, dass Ihr als einer der hoffnungsvollsten jungen Scholaren unserer Gemeinschaft gesehen wurdet. Ich glaube, wenn Ihr geblieben wäret, würdet Ihr jetzt auf diesem Stuhl sitzen, und nicht ich.«

Lizet fand, dass das die Frau nichts anging, aber dann dachte er, es sei vielleicht eine gute Gelegenheit, die Scholarin in Verlegenheit zu bringen. Also begann er: »Ich war damals mit einigen Brüdern und Schwestern unseres Ordens in Melora unterwegs.« Er verschwieg, dass er sich freiwillig für diese Reise gemeldet hatte, weil er seinem Freund Galenes aus dem Weg gehen wollte. »Eigentlich waren wir auf dem Weg in die Bibliothek der Kaiserstadt, doch erreichte uns unterwegs die Nachricht, dass in einem unweit gelegenen Dorf eine Seuche ausgebrochen sei. Bruder Sephid, der Leiter unserer Gruppe, änderte unsere Pläne sofort, und wir suchten jenes Dorf auf.«

Lizet hielt inne. Er hatte die Macht der Erinnerungen unterschätzt, die nun wieder auf ihn einströmten: das abseits im Wald gelegene Dorf, die niedrigen Hütten, die verzweifelten Leute, der schlichte Tempel.

»Es gab dort schon einige Todesfälle«, fuhr er bedächtig fort, »aber auch zwei Heilmagier, die mit großem Eifer daran waren, die Erkrankten zu heilen. Sie hatten schon einige vor dem Tode gerettet.« Lizet hielt inne, denn die Bilder, die er so lange verdrängt hatte, standen nun lebendig vor ihm: die beiden biederen Heiler in Fesseln, die Bewaffneten, der Tempel. »Bruder Sephid befahl den Soldaten unserer Eskorte, die Männer festzunehmen und in den Tempel zu sperren. Dann ließ er die Bewohner ebenfalls im Tempel zusammentreiben und befahl den Soldaten, ihn anzuzünden. Die Männer wollten ihm nicht gehorchen. Also befahl er es uns. Wir gehorchten, wie wir es in diesem Orden gelernt hatten.« Lizet stockte wieder. Die Schreie der verbrennenden Männer, Frauen und Kinder gellten ihm in den Ohren. »Wir achteten mit den Soldaten darauf, dass niemand den Flammen entkam. Über sechzig Menschen sind an diesem Tag gestorben, ehrwürdige Mischitu. Ich habe noch am selben Abend meine Robe abgelegt.«

»Ich verstehe«, sagte Ghula Mischitu, die nicht überrascht oder gar schockiert wirkte. Dann fragte sie: »Wusstet Ihr eigentlich, dass sich Bruder Sephid nach seiner Rückkehr aus der Kaiserstadt erhängt hat?«

Sie hatte diese Geschichte also gekannt? »Nein, aber ich wünschte, er hätte das getan, bevor wir zu unserer Reise aufgebrochen sind.«

»Ich verstehe Euch, Hauptmann, besser, als Ihr es vielleicht ahnt. Wisst Ihr eigentlich, wie viele Menschen damals der Seuche erlegen sind?«

Der Hauptmann schüttelte den Kopf.

»Niemand, außer den Leuten in diesem Dorf. Erstaunlich, nicht?«

Lizet setzte zu einer Antwort an, er wollte ihr entgegenschleudern, dass es doch wohl genügt hätte, die Leute wegzusperren, man hätte sie nicht verbrennen müssen. Aber er hatte schon zu sehr an dieser alten Wunde gerührt und wollte nicht mit dieser kaltherzigen Frau darüber streiten. Also schwieg er und zog sich zurück.

»Es ist ein Richter«, warnte Pek.

»Das wird ihn nicht vor mir schützen«, entgegnete Vil.

Sie saßen im Lagerraum und berieten sich. Vil bereute es inzwischen, dass er sie eingeweiht hatte, denn sie hatten so viele Bedenken, dass er sich nicht einmal alle merken konnte.

»Aber er hat Leibwachen, wahrscheinlich auch Wachhunde«, meinte Gibean. »Das ganze Haus gleicht einer Festung. Er hat sich als Richter wohl schon viele Feinde gemacht und ist sehr vorsichtig. Ich habe nicht einmal herausfinden können, in welchem dieser vielen Zimmer er schläft.«

»Im obersten Stock. Von seinem Fenster aus kann man den Palast des Archonten sehen«, sagte Skari.

»Du kennst das Haus?«, fragte Gibean.

»Nein, aber ich habe Vil dort gesehen. Er stand vor einem Fenster.«

»Habe ich ihn dort getötet?«, fragte Vil.

Skari zuckte mit den Achseln. »Ich habe dich nur dort gesehen, ein Bild, ein Augenblick, mehr nicht. Und ich sah Feuer.«

»Du meinst, er soll das Haus niederbrennen?«, fragte Peker und klang ziemlich gereizt.

»Nein. Das Feuer war nicht dort. Aber es kommt, denn ich habe es gesehen.«

»Das ist das Höllenfeuer für unsere Untaten«, brummte Peker.

»Und hast du vielleicht auch einen Eingang gesehen? Kannst du mir sagen, wie ich ungesehen dort hineingelange?«, fragte Vil.

Skari schloss die Augen. »Ich sah dich auf einem Dach. Vielleicht ist das der Weg.«

»Das Dach von Titiors Haus?«

»Das weiß ich nicht, Vil. Dächer sehen doch irgendwie alle gleich aus.« Sie lächelte plötzlich.

Peker seufzte. »Über das Dach, das ist kein schlechter Weg für einen Einbrecher, denn dort sind ja meistens keine Wachen. Aber wie soll er dort hinaufkommen? Er kann ja schlecht eine Leiter anstellen.«

Vil nickte nachdenklich. Er würde in dieses Haus gelangen, Skari hatte es gesehen, das gab ihm eine seltsame Zuversicht. Aber sie hatte nichts darüber gesagt, ob er Titior dort finden oder gar töten würde. Es gab also noch keinen Anlass, den Erfolg schon zu feiern, und es war schon gar kein Grund, nachlässig zu werden.

»Pek und Gabba, ihr geht noch einmal dort hinauf und seht euch um. Schaut euch auch die Nachbarhäuser an. Vielleicht ist eines zurzeit unbewohnt, und das wäre dann der Weg.«

»Einen Weg, den du dennoch nicht gehen solltest«, meinte Peker. »Es ist ein Richter, das ist etwas anderes als ein einsamer Haldenwächter, das werden die Wachen nicht so schnell auf sich beruhen lassen. Du bist dabei, auf ein paar ziemlich große Füße zu steigen, und es kann gut sein, dass wir alle anschließend von denen zertreten werden. Warum kannst du es nicht einfach bleiben lassen? Wir sind Einbrecher, Diebe, keine Mörder. Jedenfalls ich nicht.«

»Und es ist todsicher schlecht fürs Geschäft«, meinte Gibean.

Vil schüttelte den Kopf. »Ich werde nicht noch einmal so viel Glück haben, dass ein anderer den Mann erledigt, den ich töten will. Und ich werde keine Ruhe finden, solange Titior nicht tot ist. Es muss getan werden – und ich werde es tun, ob es euch passt oder nicht.«

Esrahil Gremm war sich sicher, dass es ein Unglück geben würde. Er konnte das Verhängnis praktisch schon riechen. Er hatte den Appetit verloren, aß kaum noch und wünschte sich, die ganze Angelegenheit möge rasch vorübergehen. Er saß in seiner Wohnstube und blickte ins Nichts.

Jenseits der matten Butzenscheiben war ein strahlend schöner Tag des jungen Herbstes zu Ende gegangen, aber Gremm war kaum vor die Tür getreten, und es hatte ihm sogar der Antrieb gefehlt, die Dämmerung durch das Entzünden einer Kerze zu erhellen. Hätte sich die Köchin nicht erbarmt und einen Leuchter angezündet, er hätte im Dunkeln ausgeharrt und auf das Verhängnis gewartet, das da kommen musste. Er fühlte sich wie ein Mann, der zwischen zwei Mühlsteine geraten war: Merson hatte ihn beauftragt, gewisse Dinge aus dem Rat für ihn in Erfahrung zu bringen, und Kämmerer Ajeler erwartete von ihm, dass er den Gesandten ausspionierte. Eine von beiden Seiten würde er am Ende verraten müssen – doch welche?

Dann war da noch die Sache mit Viltor. Er hatte seit ein paar Tagen nichts von ihm gehört, aber er wagte nicht zu hoffen, dass der Junge, nein, der junge Mann, sein Vorhaben aufgegeben hatte. Wie finster entschlossen er wirkte!

Etwas an ihm erinnerte Gremm an seinen eigenen Vater, der ein Mann der Tat und von seinem Sohn Esrahil eigentlich stets enttäuscht gewesen war. Und Viltor war nicht nur tatkräftig, er hatte die seltene Gabe, dass die Leute ihm gern folgten. Wären die Dinge etwas besser gelaufen, hätte er in dieser Stadt weit kommen können. So verschwendete er sein Talent an Diebe und Schmuggler.

»So betrübt, Schwager?«, fragte Tesir Merson, der plötzlich im Zimmer stand.

Gremm schreckte zusammen. »Bei allen Himmeln! Wie seid Ihr hier hereingekommen?«

»Die Köchin, sie ließ mich ein. Und Ihr wart wohl so in Gedanken versunken, dass Ihr mich nicht bemerkt habt.«

»Die Köchin? Ja, natürlich«, murmelte Gremm misstrauisch.

»Nun, lasst mich ohne Umschweife zu meiner Frage kommen. Was gibt es Neues aus dem Rat, Schwager?«

»Oh, nur das Übliche, Tesir«, versicherte Gremm, verblüfft von der Direktheit seines Schwagers. »Lange Sitzungen, in denen viel geredet und wenig entschieden wird«, fuhr er fort. Er fühlte Schweiß auf seine Stirn treten. Merson war ein Schatten, und Gremm fragte sich, ob es klug war, ihn anzulügen.

»Es gibt keine Neuigkeiten von Prinz Haisal? Keine geheimen Verhandlungen hinter verschlossenen Türen?«

»Das weiß ich nicht, Tesir«, behauptete Gremm, was wieder gelogen war. Kämmerer Ajeler hatte ihn ins Vertrauen gezogen, ihn, warum auch immer, sogar zu diesen Verhandlungen eingeladen. »Wenn es sie geben sollte, dann habe ich davon nichts erfahren, Tesir. Dann sind sie geheim, wie Ihr sagtet.« Er versuchte, seine nervösen Hände ruhig zu halten.

»Ich hingegen glaube, dass Ihr es sehr wohl wisst, Schwager.« Alles Freundliche und Verbindliche war aus Mersons Gesicht verschwunden. Gremm sah nur noch stählerne Härte in diesen Zügen, die ihm mit einem Mal völlig fremd vorkamen. Es schien plötzlich noch dunkler in der Stube zu werden.

»Ich würde uns gerne die Zeit gönnen, das bei einer guten Tasse Mansupa in aller Ruhe zu erörtern, Esrahil, aber leider weiß ich aus dem Palast, dass dieses geheime Treffen heute oder morgen stattfindet.«

»Ihr mögt glauben, was Ihr wollt, ich weiß nichts!«, rief Gremm. Seine Stimme klang ihm seltsam gedämpft im Ohr. Das war mehr als Einbildung. Etwas änderte sich tatsächlich, ein Knistern erfüllte den Raum. »Was geht hier vor?«

»Ich sorge nur dafür, dass wir nicht gestört werden, Schwager. Wollt Ihr mir nicht einfach jetzt sagen, was ich am Ende doch erfahren werde?«

Gremm schüttelte den Kopf. Er hatte sich entschieden. Er wollte diesem Mann, der zwar sein Schwager, aber doch auch ein Agent des Seebundes war, nicht länger die Geheimnisse Xelidors verraten.

Er lockerte seinen Kragen, denn er fühlte einen unangenehmen Druck auf der Brust. Was war denn das? Es schien fast, als würde dort ein dunkler Schatten auf seinem Wams liegen. Er begann zu keuchen.

»Muss ich wirklich noch weitergehen, Schwager?«

»Ich weiß, was Ihr seid, Merson«, keuchte Gremm. »Ihr seid ein Schatten!«

»Das wisst Ihr? Woher?«

»Ich habe es erraten«, stieß Gremm hervor. Er rang nach Luft, versuchte aufzustehen, aber eine fühlbare Dunkelheit lastete auf ihm, und er kam nicht dagegen an.

»Wer weiß es noch, Schwager?«

»Niemand, ich … niem…« Er bäumte sich auf, aber gerade, als ihm schwarz vor Augen wurde, schwand die Last von seiner Brust, und er bekam wieder Luft.

»Ah, falsch gefragt! Von wem wisst Ihr es? Wer hat mich enttarnt?«

»Aber ich sagte doch …« Der Druck kehrte zurück, schwerer als zuvor.

Gremm kämpfte dagegen an, krümmte sich, rutschte aus dem Sessel und rang nach Atem.

»Ich kaufe Euch nicht ab, dass Ihr von selbst darauf gekommen seid. Also, wer weiß es noch? Ich kann das hier die ganze Nacht fortsetzen.«

Gremm schüttelte den Kopf, kam auf die Knie, vermochte aber nicht aufzustehen. Der Druck auf seiner Brust nahm zu. Wieder schwanden ihm fast die Sinne, und erst als er den Tod schon vor Augen hatte, ließ Merson ihn wieder Atem schöpfen.

Und dann begann er von vorn, erstickte Gremm beinahe, schob ihn auf die Schwelle des Todes, aber immer im letzten Augenblick ließ er ihn doch ins Leben zurückkehren.

»Elgos!«, stieß Gremm schließlich in höchster Not hervor. »Sester Elgos!«

»Nun, das ist nicht weiter überraschend, allerdings auch enttäuschend. Ihr lasst diesen Mann eindeutig an zu vielen Geheimnissen teilhaben. Ich denke, ich werde ihn bald besuchen müssen.«

Gremm, der auf dem Rücken lag, keuchend Luft holte und nicht begriff, wie er auf den Teppich geraten war, fühlte sich zu elend, um etwas zu sagen.

»Und nun die viel wichtigere Frage; das nächste Treffen mit dem Prinzen – wann und wo findet es statt?«

»Schwager, ich bitte Euch …«

»Wann und wo, Gremm! Heute – oder morgen?«

Wieder legte sich die unsichtbare Schlinge um Gremms Hals. »Morgen! Morgen!«, schrie er. »Morgen Abend, im Palast des Archonten!«

»Seht Ihr, nun ist es heraus. Es tut mir leid, dass ich Euch so zusetzen musste, Schwager, aber dieser Vertrag, den Xelidor mit Prinz Haisal schließen will – er darf unter keinen Umständen zustande kommen.«

Gremm spürte, dass ihm Tränen über die Wange liefen. Er war nur froh, dass seine Frau von alledem nichts mitbekommen hatte. »Wie konntet Ihr mir das antun, mir, Eurem Schwager?«

»Ausgerechnet Ihr beruft Euch auf die *Familie?* Ihr, der Ihr nichts getan habt, um meinen Bruder und die Seinen zu retten?«

Merson nahm Platz und sah auf Gremm herab, der immer noch auf dem Teppich kauerte. »Wisst Ihr, wir Schatten werden in unserer Bruderschaft dazu erzogen, kaltes Blut zu bewahren, denn Gefühle sind in unserem Geschäft nur hinderlich, sogar gefährlich. So habe ich die meisten Menschen, die meinem Messer begegneten, ohne Hass, ohne Mitleid und ohne Reue getötet, ganz wie man es mich lehrte. Ich bin sogar sicher, dass ich jede Regung vergessen hätte, wenn mein Bruder Aretor nicht gewesen wäre. Ihn habe ich geliebt, wie meine Eltern mich nicht liebten, die mich den Schatten übergaben, um der Geschäfte willen, die mein Vater mit ihnen tätigte. Und wegen der Begabung zur Magie, die angeblich in unserer Familie liegt, die aber nur mich traf, nicht Aretor. Er war es, der mich nach meiner Rückkehr ins Leben zurückholte, soweit das bei einem Diener des Todes eben möglich ist. Aber er ist nun tot, und niemand ist aufgestanden und hat für ihn gesprochen, auch Ihr nicht, *Schwager.* Ihr habt Euch seiner Verwandtschaft als unwürdig erwiesen. Ihr habt ihn verraten, gerade habt Ihr Eure Heimatstadt verraten, und vermutlich werdet Ihr auch mich bei erster Gelegenheit ans Messer liefern. Nun sitzen wir hier, der Letzte des Hauses Merson und der Letzte des Hauses Gremm. Und Euer Haus, Esrahil, wird heute enden.«

»Tesir, nein, ich bitte Euch. Ich habe doch versucht zu helfen, ich habe Briefe geschrieben, ich habe …« Gremms Flehen versandete, denn er hörte selbst, wie lächerlich all das klang, was er vorbringen konnte. »Gnade«, sagte er schließlich. »Gnade, Tesir, Euer Bruder hätte das nicht gewollt …«

Merson zog seinen schmalen Dolch. »Ihr wagt es, Euch auf Aretor zu berufen?« Die Klinge zitterte leicht in seiner Hand. »Gebt mir nur einen guten Grund, Euch leben zu lassen, Gremm, nur einen, und ich werde es mir vielleicht überlegen. Nein? Nichts? Dann lebt wohl auf der anderen Seite!« Er erhob sich, packte Gremm am Schopf und holte aus. Kalter Hass stand in seinen Augen.

»Wartet!«, schrie Gremm in höchster Not. »Wartet! Aretors Kinder, sie leben!«

Das Messer verharrte einen Fingerbreit von seiner Brust entfernt.

»Was redet Ihr da?«

»Viltor und Tiuri, sie leben noch! Sie sind der Halde entkommen und halten sich versteckt. Aber ich kann Euch zu ihnen bringen.«

Das Messer stand immer noch über seinem Herzen. Gremm vermeinte, die Spitze schon zu spüren, wie sie gleich in sein Fleisch eindringen und sein Leben beenden würde.

»Wenn das nur ein Versuch ist, Euch zu retten, Gremm ...«

»Nein, ich schwöre es, Merson, sie leben. Doch schien es uns besser, alle Welt glauben zu lassen, sie seien tot.«

Die Klinge verschwand. »Wo?«

»Hier in Xelidor. Ich weiß, das klingt leichtsinnig, aber niemand sucht noch nach ihnen. Sie führen sogar ein Geschäft, im Katzenviertel. Es geht ihnen gut, Merson, es geht ihnen gut.«

»Und habt Ihr ihnen von mir erzählt?«

»Nein, das schien mir zu gefährlich.«

»Das war klug von Euch. Aretors Kinder leben also noch. Ihr werdet uns zusammenbringen, Gremm. Ich will sehen, ob etwas von meinem Bruder in diesem Jungen steckt. Aber erst werde ich erledigen, was zu erledigen ist. Und wagt nicht, mich zu hintergehen. Ihr würdet es nicht überleben, Schwager.«

Vil trug ein neues Gewand. Er hatte den Schneider in der Scherengasse damit glücklich gemacht, denn der Mann konnte endlich mit Stoffen arbeiten, die er sonst nie in die Finger bekam. Nun trug er Hosen aus einem Stoff, der im fernen Tenegen angeblich von Schmetterlingsraupen gewoben wurde, ein silbergestepptes Wams aus feinstem Hirschleder und darüber einen schwarzen Umhang aus oramarischem Kamelhaar, kurz, er sah aus wie ein junger Adliger aus einer der besten oder wenigstens reichsten Familien Xelidors.

Wachen streiften über den Tempelberg, aber sie beäugten ihn nicht misstrauisch wie bei seinem letzten Besuch hier oben. Es schien eher, dass sie respektvoll Haltung annahmen, als er zwischen all den vornehmen Patriziern über den Obermarkt schlenderte. Er fing sogar ein paar wohlwollende Blicke von Bürgerstöchtern auf, die mit ihren Freundinnen kicherten, wenn er einen Blick erwiderte.

Vielleicht ist die Tarnung doch ein wenig zu gut, dachte er. Er ließ den Markt hinter sich, durchquerte die Kaisergärten und bog schließlich ins Perlenviertel ein. Die Laternenanzünder waren schon unterwegs, obwohl die Dämmerung dieses milden Frühherbsttages gerade erst eingesetzt hatte. Er fand, dass ungewöhnlich viele Wachen unterwegs waren. Sie standen praktisch an jeder Ecke, schenkten ihm aber keine Beachtung.

Das Haus des Richters lag am Tempelplatz, und er sah auch dort eine Menge Wachen. Sogar Reiter der Silbernen Garde patrouillierten auf dem Platz.

Kinder liefen ihnen nach, so wie er es selbst früher getan hatte, wenn diese Reiter in ihren protzigen Rüstungen irgendwo aufgetaucht waren. Aber das schien Jahrhunderte her zu sein. Nun fand er es befremdlich, die Reiter zwischen all den Menschen zu sehen, die den frühen Abend für einen Spaziergang über den Platz nutzten, um Bekannte zu treffen, zu plaudern, Geschäfte anzubahnen und Kontakte zu knüpfen.

Vil mied das Haus des Richters. Er näherte sich dem Nachbarhaus, dessen Eingang in einer ruhigen Seitenstraße lag. Gibean hatte herausgefunden, dass der Besitzer, ein verwitweter Kauffahrer, auf Reisen in Damatien war, und zur Bewachung seines Besitzes hatte er angeblich nur einen alten, schwerhörigen Diener zurückgelassen.

Das klang gut, aber dann stellte Vil fest, dass es doch nicht so einfach war: An der nächsten Kreuzung standen zwei Soldaten, die sich zwar unterhielten, aber doch auch ein Auge auf die Gasse hatten.

Er konnte schlecht stehen bleiben, also ging er weiter, an den Wachen vorbei. Er musste warten, bis es dunkler geworden war.

»Ihr seht nicht gut aus, Menher Gremm, alles in Ordnung?«, fragte Rat Varos beinahe fürsorglich.

»Meine Frau, der Herbst setzt ihr zu«, entgegnete Gremm und vermied Blickkontakt. Er wäre gerne bei ihr geblieben, doch Merson hatte ihm klargemacht, dass er bei dieser Beratung nicht fehlen durfte. So saß er nun schon den ganzen Nachmittag mit all diesen wichtigen Leuten an einem Tisch und beriet über ein Abkommen zwischen Prinz Haisal, dem nach eigenem Bekunden nächsten Padischah von Oramar, und Xelidor. Es war ein zähes Ringen um Schiffe, Erze und Privilegien, zu dem Gremm noch kein einziges Wort beigetragen hatte. Nun hatten sie eine Pause eingelegt, und Gremm war auf den Balkon hinausgetreten, um frische Luft zu schnappen.

Rat Varos war nicht seine einzige Gesellschaft, es standen Wachen in der Nähe, und Gremm ahnte, auf wen sie warteten. Er hatte nichts gesagt, denn Merson hatte ihm klargemacht, dass man ihn in Xelidor schon jetzt als Verräter betrachten würde, und Gremm wusste, was man in dieser Stadt mit Verrätern machte. Aber er fragte sich ernsthaft, ob das nicht besser wäre, damit das Elend ein Ende hätte. Er war drauf und dran, sich zu stellen, doch brachte er es nicht über sich, seine Frau im Stich zu lassen.

»Ich glaube, wir wären uns schon längst einig, wenn die Scholaren nicht wären«, brummte Varos.

»Wie?«

»Ihre Forderung, eine Niederlassung in Aramas gründen zu dürfen, liegt unserem Prinzen schwer im Magen. Ich halte sie sogar für unverdaulich, denn sein Vater, der Große Skorpion, hat den Scholaren doch das Betreten seines Reiches verboten.«

»Ich will dem Prinz nicht zu nahe treten, aber auf mich macht er nicht den Eindruck, ein Skorpion zu sein, schon gar kein großer«, meinte Gremm gähnend.

Varos lachte. »Gut beobachtet, Gremm, gut beobachtet. Mir scheint er auch eher die Marionette dieses griesgrämigen Ersten Wesirs zu sein. Wie der gezetert hat, nur weil sie ihren Magier nicht mitbringen durften. Aber wer mag schon verhandeln, wenn ein Zauberer mit am Tisch sitzt, frage ich Euch! Doch lasst uns zurückkehren, Gremm. Ich denke, es geht weiter.«

Gremm folgte Varos, obwohl er lieber auf dem Balkon geblieben wäre. Es wurde dunkel, die Schatten wurden tiefer, und Gremm ahnte, dass Merson bald zuschlagen würde. Es war nicht schwer zu erraten, wer sein Ziel war. Und da kein Zauberer im Saal war, um den Prinzen zu beschützen, würde er wohl leichtes Spiel haben.

Gremm fand es eigenartig, dass dieser offene Saal für die Verhandlungen gewählt worden war. Er war eigentlich zu groß für das Dutzend Männer, das dort unten an der langen Tafel saß und feilschte. Er mochte repräsentativ sein mit seinen Wappen, Fahnen und der Galerie, aber es gab wirklich sicherere Plätze für Verhandlungen in diesem Palast.

Er runzelte die Stirn. Es waren Wachen auf der Galerie, aber da, im Schutz der Balustrade, waren jetzt auch Scholaren zu sehen. Als Gremm genauer hinsah, erkannte er, dass sie mit Armbrüsten bewaffnet waren, die so gar nicht zu ihren weißen Gewändern passen wollten.

Rechneten sie etwa mit einem Anschlag? Es würde ihnen nichts nutzen, denn Merson war ein Schatten, und die waren nicht zu fassen.

Vil unternahm einen zweiten Anlauf. Er hielt sich vom Lichtkreis der Laternen fern, drückte sich an der Fassade des Hauses entlang zur Haustür und setzte den Dietrich an. Es knirschte leise, als er ihn im Schloss drehte. Er schob ihn nach links, nach rechts, aber er fand den entscheidenden Widerstand nicht. Die Soldaten waren nicht so weit weg, dass ihnen nicht irgendwann auffallen konnte, was da vorging.

Endlich begriff er: Der Diener hatte die Tür nicht abgeschlossen! Er drückte die Klinke, die Tür öffnete sich knarrend. *Hoffentlich ist der Mann so taub, wie Gabba gesagt hat,* dachte Vil, als er hineinschlüpfte.

Er hörte Stimmen, sie schienen aus der Küche zu kommen, denn er hörte auch das Klappern von Geschirr. Der Diener schien Besuch zu haben.

Viltor schlich die alte Holztreppe hinauf in den ersten, dann den zweiten und schließlich den dritten Stock. Das Haus wirkte verlassen. Seltsamerweise ließen die Stimmen, die nach oben drangen, es noch verlassener wirken. Stimmen? Nein, es war nur eine Stimme, vermutlich war es nur der Diener, der sich in der Küche zu schaffen machte und dabei mit sich selbst redete.

Viltor erreichte den Dachboden, der beinahe leer war, nur ein paar Kisten und Möbel waren in einer Ecke gestapelt, dick mit Staub bedeckt. Irgendwo hier musste es einen Ausgang zum Dach geben.

Er fand ihn verriegelt, und der Riegel war offenbar so lange nicht benutzt worden, dass er festgerostet war. Vorsichtig klopfte Vil mit dem Griff seines Messers gegen den Mechanismus. Er rührte sich nicht. Er klopfte energischer, legte schließlich einen Zipfel seines Mantels über den Riegel und hämmerte auf ihn ein. Es dröhnte auf dem leeren Dachboden so laut, dass er glaubte, man müsse es bis auf die Straße hören. Er hielt inne, lauschte, aber es blieb ruhig. Er hämmerte weiter, und endlich löste sich der Verschluss. Leise kletterte er hinaus auf das Dach. Er hielt inne. Irgendetwas sagte ihm, dass er nicht allein war. Er zog das Messer. Es war niemand zu sehen, aber er spürte trotzdem eine fremde Präsenz. Er schlich zum Schornstein, um Deckung zu haben. Plötzlich löste sich etwas von den Ziegeln und fauchte ihn an.

»Mistvieh!«, fluchte Vil, der sich fast zu Tode erschreckt hatte, und er verscheuchte die Katze mit einem Tritt, der das Tier aber nicht erwischte. Sie fauchte noch einmal und verschwand über die Dächer.

Die Dächer der Villen glänzten matt im Licht des schwachen Herbstmondes. Sie waren hier oben wie verschmolzen, und er brauchte einen Augenblick, um sicher zu sein, welches davon zum Haus des Richters gehörte. Er schlich über die leise knirschenden Dachziegel hinüber und suchte die Luke. Ihm wurde klar, dass er ein Problem bekam, wenn diese ebenfalls verschlossen sein sollte. Er fand sie, fasste sie, hob sie vorsichtig an – verschlossen. Oder nur verklemmt? Er zog, hob, rüttelte leicht – sie rührte sich nicht.

»Dann eben nicht«, dachte Vil und schlich über das Dach hinüber zur Platzseite. Die Villa des Richters stand direkt am Tempelplatz, dem Palast des Archonten gegenüber. Sie musste ein Vermögen wert sein, und sie war repräsentativ – ihm war nicht entgangen, dass es an der Vorderfront einen Balkon gab, von dem aus die Bewohner den Platz überblicken konnten.

Vil konnte ihn sehen, er lag etwa eineinhalb Stockwerke unter ihm im gedämpften Licht der angrenzenden Kammer. Unten standen Menschen im Schein der Laternen und unterhielten sich, aber die Laternen waren nicht stark genug, die Fassade dieses Hauses zu beleuchten. Es mochte also dunkel genug für einen Versuch sein. Vil prüfte die Festigkeit der bleiernen Regenrinne. Sie schien ihm nicht sehr vertrauenerweckend. Aber er hatte keine andere Wahl. *Warum habe ich eigentlich kein Seil mitgenommen?*, dachte er. Er kannte die Antwort, es hätte sich schlecht mit seiner Tarnung vertragen.

Er zog sich über den Rand des Daches. Die Regenrinne ächzte. Er versuchte sich an der Fassade abzustützen, um die Last zu reduzieren, aber sie gab weiter nach. »Ach, verdammt«, murmelte er und ließ sich fallen.

Er landete hart, und sein Versuch, sich abzurollen, endete schmerzhaft an der Balustrade. Er zog sich rasch vom steinernen Geländer zurück, denn die Leute vor dem Haus, zwei Familien vielleicht, unterbrachen ihr Geplauder. Hatten sie ihn bemerkt? Vil hörte sein Herz klopfen, aber er hörte keine Alarmrufe, und unten wurde die Unterhaltung wieder aufgenommen. Es war also noch einmal gut gegangen. Es gab eine große Flügeltür, teilweise mit kostbaren bleigefassten Scheiben durchsetzt. Aber der Laden, der vor der Kälte schützen sollte, stand offen.

Wie leichtsinnig, dachte Vil grimmig. Vorsichtig stemmte er die Tür mit dem Messer auf. Schwerfällig schwang sie zurück. Er war im Haus.

Skari hatte gesagt, dass sie ihn gesehen hatte, vor einem Fenster mit Blick auf den Palast des Archonten. Das war weniger genau, als er gehofft hatte, denn man sah den Palast von jedem Fenster dieses Hauses aus.

Der Richter habe drei Söhne, die jedoch schon lange aus dem Haus waren, und eine zänkische Ehefrau, hatte Gabba herausgefunden. Er beschäftige auch »ein paar« Bedienstete, genauer hatte Gibean es nicht zu sagen gewusst. Vil zog die Kapuze seines Umhangs über den Kopf und band sich sein Tuch vors Gesicht. Er wollte keine Zeugen töten müssen, wenn sich das doch mit einem Stück Stoff vermeiden ließ.

Vorsichtig schlich er auf den Gang hinaus. Aus dem Erdgeschoss drangen halblaute Stimmen. Nach einer Weile nahm Vil an, dass es sich um die Dienerschaft handelte. Dann hörte er noch etwas: leises Bellen und das Lachen eines Mannes. Es kam aus dem Stockwerk über ihm. Das musste er sein! Vil glitt lautlos die Stufen hinauf. Er hoffte, den Mann allein anzutreffen, denn er hatte Fragen an ihn – aber er wusste nicht, was er machen würde, wenn seine Frau oder jemand anders bei ihm war. Das Bellen erklang wieder. Es war das eines jungen Hundes. Vil folgte dem Geräusch.

Das Bellen verstummte und ging in ein warnendes Knurren über.

»Was hast du denn, mein Schöner?«, fragte eine Männerstimme. »Ist das wieder der Hunger, der dich quält? Siehst du dieses Fleisch, bestes Rindfleisch, aber das bekommst du erst morgen. Glaube mir, es ist nur zu deinem Besten, denn der Hunger macht dich böse, und das musst du sein, wenn du ein Gewinner sein willst.«

Vil öffnete die Tür einen Spalt. Der Richter stand an einem Käfig, den man mitten in dieses herrschaftliche Zimmer gebaut hatte, und in diesem Käfig kauerte ein junger, abgemagerter Wolf und blickte Vil mit gefletschten Zähnen unverwandt ins Gesicht.

Der Richter folgte dem Blick. Vil stürmte los. Er war bei dem Mann, bevor dieser wusste, wie ihm geschah, packte ihn an der Kehle, drückte ihn in einen Sessel und ließ ihn das Messer sehen. »Kein Laut!«, zischte er.

Der Wolf knurrte in seinem Käfig, sprang gegen das Gitter und ließ ein heiseres, wildes Bellen hören. Das ganze Haus musste es hören. Vil verfluchte ihn, denn nun war klar, dass er keine Zeit haben würde, den Richter zu verhören.

Vil nahm das Tuch vom Gesicht. »Wisst Ihr, wer ich bin?«

Unbal Titior schüttelte den Kopf.

»Ich bin Viltor Merson, Aretor Mersons Sohn. Der Sohn des Mannes, den Ihr zum Tode verurteilt habt.«

Der Richter hatte sich offenbar wieder gefasst. »Mir ist völlig gleich, wer du bist! Lass mich los, oder du bist der Nächste, dessen Kopf rollen wird!«

»Wer saß mit Euch in diesem Gericht, Titior?«

Der Wolf begann so durchdringend zu heulen, dass Vil fast sein eigenes Wort nicht mehr verstand.

»Du unverschämter Strolch. Wenn ich mit dir fertig ...« Er stockte, denn Vil hatte ihm das Messer in den Bauch gerammt. »Wie kannst du es wagen ...?«

»Wenigstens Reue hätte ich erwartet, Richter«, sagte Vil düster. »Und jetzt sagt mir ein paar Namen. Dann lasse ich vielleicht zu, dass man Euch rettet. Noch ist Zeit. Also – wer waren die anderen?«

»Du Narr, du Sohn eines Hundes, selbst wenn ich es wüsste, würde ich dir gar nichts ...« Der Satz endete in einem Stöhnen, denn Vil riss den Mann aus dem Sessel, schob ihn zum Käfig und presste ihn gegen das Gitter.

»Eure letzte Chance, Titior, sonst werfe ich Euch Eurem Wolf zum Fraß vor.«

Der Richter war bereits wachsbleich, und der blutige Fleck auf seinem Hausmantel wuchs und wuchs. »Aber ich weiß doch gar nicht, wovon Ihr redet«, brachte er hervor, spuckte Vil Blut ins Gesicht, und seine Beine gaben nach. Er wollte sich am Gitter festhalten, griff aber ins Leere. Mit einem Satz war der Wolf da und verbiss sich in die Hand, die ihn nicht gefüttert hatte.

Der Richter ließ einen gutturalen Schrei hören.

Vil fluchte. Er hörte Stimmen auf der Treppe, rannte zum Fenster, riss es auf und stieß den Laden zurück. Da war der Palast des Archonten, und auf dem Platz standen eine Menge Leute, die zum Fenster hinaufstarrten. Vil schlug sich das Tuch vors Gesicht und rannte aus dem Zimmer. Zwei Bedienstete kamen ihm auf dem Flur entgegen. Er brüllte sie an, bedrohte sie mit dem blutverschmierten Messer. Sie wichen zurück, und er rannte an ihnen vorbei, die Treppe hinab. Vielleicht schaffte er es bis zur Tür. Doch was danach kommen würde, auf dem Platz voller Wachen und Gardisten, das wusste er noch nicht.

Hauptmann Lizet rieb sich die müden Augen. Die Scholaren hatten die Steine – sie betonten ausdrücklich, dass es *keine* magischen Steine waren – in kurze Messingröhren gesteckt, die man sich ins Auge klemmen konnte. *Okular,* hatte die Ghula das genannt. Er musste zugeben, dass sie einfallsreich waren. Allerdings hatte er Kopfschmerzen, denn durch das graue Glas sah man alles nur verschwommen.

Die Ghula hatte dafür gesorgt, dass besonders viele Kerzen aufgestellt wurden, aber dennoch gab es unten, durch den Stein betrachtet, nur graues, doppelt gebrochenes Zwielicht. Lizet war wie die Ordensschwester der Meinung, dass der Schatten erst am Abend kommen würde, denn das Wenige, was die Scholaren über diese Meuchelmörder an Wissen hatten zusammentragen können, hatte ihnen verraten, dass sie meist im Schutz der Dunkelheit zuschlugen, obwohl sie sich doch praktisch unsichtbar machen konnten. Also stand Lizet nun schon seit Stunden auf der Galerie und spähte vergeblich in dunkle Ecken.

Er fragte sich, ob das nicht Zeitverschwendung war. Man hätte Merson verhaften können, Gremm ebenso. Unter der Folter hätten sie schon geredet, vor allem Gremm. Und vielleicht hätte Gremm dann auch verraten, wo sein Neffe Viltor steckte. Es war das erste Mal, dass Lizet an die Möglichkeit des »peinlichen Verhörs« nicht mit Abscheu dachte. Aber Gremm saß dort unten, als unbescholtener Hoher Rat der Stadt, der sich zu langweilen schien.

Im Augenblick sprach Rat Varos, er argumentierte lang und breit über die Vorteile für den Prinzen, wenn er sich auf den Handel Erz gegen Schiffe einließe.

Lizet prüfte noch einmal seine Armbrust. Sie war geladen und schussbereit. »Wie steht es mit Eurer Waffe, Bruder Melid?«, fragte er leise.

»Wie? Ach, ich glaube, gut.«

»Und Ihr seid sicher, dass Ihr wisst, wie man die Armbrust bedient?«

»Oh, ja, ich habe viel darüber gelesen.«

»Wunderbar«, murmelte Lizet. Er war ernsthaft besorgt, dass einer der Scholaren sich selbst oder, schlimmer, ihn verletzen könnte. Er hätte es viel lieber gesehen, wenn man die Armbrüste und die Steine einigen handverlesenen Wächtern gegeben hätte, aber die Ghula hatte das nicht zugelassen. Und nun sollte er also mit diesen Scholaren, die die beiden Enden einer Armbrust nur mit Mühe auseinanderhalten konnten, einen Schatten fangen.

»Vielleicht schrecken ihn die vielen Wachen draußen ab«, meinte Melid.

»Möglich«, erwiderte Lizet, »aber hätten wir weniger Leute aufgestellt, würde ihn das vielleicht erst recht misstrauisch machen.«

Rat Varos war mit seinen Ausführungen zu Ende. Nun erhob sich der erste Berater des Prinzen, der die Vorteile nicht sehen wollte und Silber statt Erz bot.

»Aber wenn er uns sieht, hier auf der Galerie …«

»Dann sehen wir ihn auch. Noch einmal, Bruder Melid – er kann nur durch eine der vier Türen in diesen Saal gelangen, die Vordertür wird er meiden, denn dort sind die Wachen am stärksten. Ich an seiner Stelle würde es auch nicht von hinten versuchen, denn das würde einen langen und gefährlichen Umweg erfordern, bleiben also die Seitentüren. Und von denen habe ich eine verriegeln lassen.«

»Ich nehme an, Ihr erwartet ihn dort drüben, da Ihr diese Pforte nicht aus dem Auge lasst?«

»So ist es. Aber natürlich kann es sein, dass er gar nicht erscheint, dass er es draußen versucht oder morgen. Wer weiß schon, was in so einem Schatten vorgeht.«

Er bekam keine Antwort. Melid schien regelrecht erstarrt zu sein. »Dort«, flüsterte er, »dort!«

Er zeigte auf die breite Hauptpforte. Rasch setzte sich Lizet das Okular wieder ans Auge. Erst erkannte er nur graue Schleier, aber dann sah er ihn, nein, er sah die Aura des Schattens. Ein hellgrau bis dunkelgrau changierendes Flackern, matt, eine kaum merkliche Verdunklung zwischen den Leuchtern.

Er riss die Armbrust hoch und versuchte, durch das Okular zu zielen. Das ungewisse Flackern bewegte sich langsam, so langsam, dass nicht einmal die Flammen der nahen Kerzen zitterten. Wo wollte der Schatten hin? Lizet erkannte, dass im Augenblick der Berater zwischen dem Schatten und dem Prinzen stand. Merson konnte also nicht schießen oder was immer er vorhatte.

Lizet folgte der langsamen Bewegung, bis er seiner Sache sicher war. Dann drückte er ab. Das scharfe Sirren der Sehne durchschnitt den Raum. Das Flackern dort unten blitzte bleich auf, das Kerzenlicht zitterte, und plötzlich war der Schatten drei Schritte weiter links. Er hatte ihn verfehlt! Der Mann war einem fliegenden Armbrustbolzen ausgewichen!

»Aufgepasst! Der Schatten!«, schrie Lizet und lud nach. »So schießt doch endlich!«, herrschte er den regungslos stehenden Melid an. Für den Bruchteil einer Sekunde wurde unten im Saal eine schwarzgekleidete Gestalt sichtbar. Sie schleuderte zwei Wurfmesser und löste sich wieder in Luft auf, während die Klingen noch flogen. Sie zischten mit tödlicher Präzision durch den Raum – und bohrten sich in den Leib eines Oramarers, der sich im letzten Augenblick vor den Prinzen geworfen hatte.

Lizet hörte über den entsetzten Rufen der Männer dort unten endlich das Klicken der Abzüge, das Sirren der Sehnen, und er sah die Bolzen durch die Luft zischen. Der Schatten tanzte. Er wich aus, nach links, nach rechts, schneller, als Lizet ihm folgen konnte. Drei, vier Bolzen, die Lizet schon im Ziel wähnte, flogen vorbei. Dann schoss Melid. Es war ein schlechter Schuss, der den Schatten sicher um drei oder vier Ellen verfehlt hätte, aber der wich einem weit besser gezielten Schuss aus und lief genau in Melids Bolzen hinein.

Der Mann wurde für einen kurzen Augenblick sichtbar. Lizet erkannte ihn, es war wirklich Merson, und der Bolzen steckte in seiner Schulter. Die Wachen, die mit ihren gezogenen Schwertern ratlos im Saal gestanden hatten, sahen den Feind endlich und stürmten auf ihn los. *Eine dumme Idee,* dachte Lizet, der einen Schuss abfeuerte.

Merson verschwand in den Schatten, die Männer liefen ins Leere – und in die Bolzen der Scholaren. Schmerz- und Entsetzensschreie erfüllten den Saal.

»Er ist an der Hauptpforte!«, schrie Lizet und rannte schon.

Er sah das Flackern um die Männer der Silbergarde herumtanzen, dann wurde die Pforte aufgerissen. Bolzen bohrten sich ins Holz, aber der Schatten war hindurch.

»Ihm nach!«, brüllte Lizet.

Er rannte hinaus auf den Platz. Es war dunkel geworden, aber er sah im Licht der Laternen Menschen, die erschrocken vor etwas Unsichtbarem zurückwichen. Das musste er sein.

»Dort entlang!«, rief er und stürmte voran.

Auf der anderen Seite des Platzes erschien ein Mann auf dem Balkon einer Villa und rief: »Mord! Mord! Richter Titior ist ermordet worden!«

Vil rannte einen Mann über den Haufen, der sich ihm ziemlich unentschlossen in den Weg gestellt hatte. Er hörte Hufgetrappel. Die verfluchte Silbergarde war hinter ihm her. Also sprang er über eine Hecke in die Kaisergärten. Hier war es dunkler, das Licht von den Laternen der Straße der Sieger drang kaum unter das Blattwerk der Bäume.

Er hörte Soldaten über die Straße trampeln, Männer brüllten Befehle, und dazwischen schrien Frauen vor Angst und Entsetzen.

Hatte er dieses Chaos ausgelöst? Irgendjemand brüllte immer wieder etwas von einem Schatten. Er hastete voran, preschte durch Gebüsche und Hecken und rannte über die kleinen Straßen, die den Prachtgarten durchschnitten. Der Lärm schien noch zuzunehmen. Auch vor ihm klang Hufgetrappel über das Pflaster. Er fand einen Baum, zog sich hinauf und versuchte, seinen Puls zu beruhigen. Er brauchte einen klaren Kopf, wenn er entkommen wollte.

Was konnten die Zeugen gesehen haben? Einen Mann in einem schwarzen Umhang. Er legte den Umhang ab und verstaute ihn in einer Astgabel. Dann wischte er sich mit dem schwarzen Tuch den Schweiß ab und band es an einen Ast. Es würde noch ein paar Wochen dauern, bis der Herbst so weit fortgeschritten war, dass man diese Dinge finden würde.

Unter ihm rannten jetzt Wachen mit Fackeln durch die Gärten. Sie riefen immer noch etwas von einem Schatten, und bei ihnen waren auch Scholaren, leicht zu erkennen an ihren weißen Roben, die sich ziemlich seltsam verhielten. Einer kam nahe genug heran, dass Vil im Fackelschein eine Art breiten Messingring erkennen konnte, den der Mann sich ins Auge geklemmt hatte. Er presste sich nah an den Baum und wartete, bis die erste Welle der Verfolger vorüber war.

Dann glitt er leise vom Stamm, klopfte sich, so gut es ging, den Schmutz von seinem Wams und machte sich auf den Weg. Er ging langsam, spazierte durch die Gärten, als sei nichts gewesen, und hielt die Hände in den Hosentaschen, um das Zittern zu verbergen.

»Halt! Ihr da! Was macht Ihr da?« Zwei Soldaten verstellten ihm den Weg.

»Nichts Besonderes, Menhers, ich gehe nur spazieren. Was ist denn geschehen, dass hier so eine Aufregung herrscht?« Vil gab sich leicht herablassend, wie er es bei jungen Adligen beobachtet hatte.

»Mord, Herr, Mord! Und Ihr wollt davon nichts mitbekommen haben?« Der Soldat hielt seine Fackel etwas näher an Vil heran. Trug er etwa doch verräterische Spuren an seinem Wams?

»Oh, ich war verabredet, mit einer jungen Dame, wenn Ihr versteht.«

»Eine Dame?«

»Eigentlich eine Magd, eine echte Wildkatze, doch leider bekam sie es bei all dem Lärm mit der Angst und wollte nach Hause, bevor ihre Herrschaft etwas merkt. Dabei hatte ich sie gerade so schön im Laub.«

»Das sieht man, Herr«, meinte der Soldat grinsend. »Ihr solltet Euch vielleicht waschen, bevor Ihr nach Hause geht, denn Euer feines Wams hat im Laub ein wenig gelitten.«

»Ich danke Euch für Euren Rat, meine Mutter wäre wahrlich nicht begeistert, wenn sie davon wüsste.«

Er schlenderte weiter durch die Kaisergärten, musste sich zwingen, nicht zu rennen. Sein Plan sah vor, dass er über die lange Treppe an der Arena hinunter ins Katzenviertel gelangen würde. Da war um diese Zeit immer reger Betrieb, und er konnte vielleicht in der Menge untertauchen. Aber vermutlich waren die Wachen dort inzwischen alarmiert, und sie waren vielleicht nicht so leicht zu täuschen wie die beiden Trottel in den Gärten. Auch schien der Aufruhr die Leute in die Häuser zu treiben. Was, wenn die Tore bereits geschlossen waren? Dann steckte er hier oben fest.

Der Obermarkt lag verlassen. Vil wäre gern zum Brunnen gelaufen, um sich zu waschen, aber auf dem Platz waren eine Menge Wachen. Er hielt sich am Rand, hinter den Ständen, und gelangte so an den Anfang der langen Treppe. Er fluchte. Silbergardisten, Stadtwachen und Scholaren hatten sich dort versammelt. Ihm wurde klar, dass er einen anderen Weg brauchte.

Das *Bamaal!* Er war noch nie in diesem Bordell gewesen, aber er wusste, dass es dort einen Zugang zur Arena gab. Er hatte die Tür selbst gesehen, dort, wo die Glatze Wölfe und Menschen aufeinandergehetzt hatte. Kein Ort, an dem er willkommen sein würde, aber der einzige Weg, der ihm nun noch offen zu stehen schien.

Er ging um das Theater herum zur Alten Mauer, und er verfluchte sich dafür, dass er hier nicht irgendwo ein Seil versteckt hatte. Ein paar Wachen tauchten auf, und er drückte sich rasch in das Gebüsch, das unter der Mauer Fuß gefasst hatte.

Plötzlich hörte er ein leises Stöhnen, fühlte eine Klinge im Rücken, und dann flüsterte eine gepresste Stimme: »Keinen Laut!«

Vil erstarrte.

»Ich nehme an, Ihr habt einen Grund, Euch hier zu verstecken?«, fragte die Stimme.

»Ihr wohl auch«, erwiderte Vil.

Das Messer blieb an seinem Rücken. »Wie es aussieht, stecken wir nun beide hier fest.«

»Und weshalb suchen sie Euch?«

»Hört Ihr sie denn nicht schreien? Ich habe jemanden getötet, allerdings nicht den, den ich töten wollte. Und sie haben mich gesehen.«

»So wie mich«, sagte Vil.

Der Mann lachte plötzlich leise, aber das Lachen endete in einem Stöhnen. »Ich hoffe, Ihr seid nicht so dumm, Euch retten zu wollen, indem Ihr mich verratet.«

»Ihr seid verletzt?«, fragte Vil.

»Ein lästiger Bolzen. Ich könnte die Wunde schließen, wenn er erst aus meiner Schulter heraus wäre. Habt Ihr ein Messer? Gut. Könntet Ihr mir einen Gefallen tun und wenigstens den Schaft abschneiden? Es ist doch arg auffällig.«

»Ich könnte den ganzen Bolzen herausschneiden«, erwiderte Vil, der seltsamerweise das Gefühl hatte, diesem Fremden vertrauen zu können.

»Nein, zu viel Blut«, keuchte der Mann.

»Aber hier ist es zu dunkel. Wir brauchen Licht, und ich denke, ich weiß, wo wir hinmüssen und wie wir vom Tempelberg herunterkommen. Seht Ihr da vorn das große Haus mit den blauen Lampen?«

»Das *Bamaal?*«

»Ich sehe, Ihr kennt es. Wenn wir dort hineingelangen, kann ich Euch helfen. Außerdem gibt es in den unteren Stockwerken einen Übergang zu den Katakomben der Arena. Und von dort aus können wir ins Katzenviertel entwischen. Die Frage ist nur, ob die uns hineinlassen.«

»Sorgt nur dafür, dass sie die Pforte öffnen, ich bringe uns dann schon hinein.«

Sie mussten warten, denn einige Soldaten rannten durch die Gasse und dann einen Aufgang zur Mauer hinauf.

»Das ist schlecht«, sagte Vil, »denn von dort oben können sie den Eingang sehen.«

»Nun, ein junger Mann, der ins Bordell geht – was sollte daran verdächtig sein?«

»Nichts, aber wir sind zu zweit, und Eure Wunde …«

»Sie werden mich schon nicht sehen. Geht vor, ich bin dicht hinter Euch. Sorgt einfach dafür, dass sie die Pforte öffnen.«

Vil ging hinüber. Er hatte das beunruhigende Gefühl, dass ihm ein Dutzend Soldatenaugen folgten, aber er zwang sich zur Ruhe und pochte mit dem eisernen Klopfer an die Pforte. Ein vergittertes Fenster in der Tür öffnete sich. »Na, wenn das nicht die Ratte Vil ist«, sagte eine bekannte Stimme.

»Biator! Was machst du denn hier?«

»Ich weise Ratten wie dich ab. Also verschwinde.«

»Ich habe das nötige Geld, Biator.«

»Das ist mir gleich. Du könntest reicher sein als der Archont, ich würde dich nicht hereinlassen.«

»Ist Kratos hier? Ich muss mit ihm reden«, versuchte es Vil.

»Vergiss es, und nun verschwinde hier, bevor ich ungemütlich werde.«

Vil hatte eine Eingebung: »Hast du wirklich so viel Angst vor mir, dass du dich nicht traust, diese Tür zu öffnen, Biator?«

»Vorsicht, Kleiner. Dein Gesegneter ist nicht bei dir.«

Das war natürlich ein Punkt, Vil hatte jedoch irgendwie eine Ahnung, dass der Fremde sich als ähnlich hilfreich erweisen könnte. Aber wo war er? Vil konnte ihn nicht sehen. Wenn der Mann ihn hängen ließ, würde Biator ihn umbringen.

Wieder näherte sich der Marschtritt schwerer Stiefel.

»Ich brauche keinen Gesegneten, Biator. Dich mache ich noch mit einer Hand fertig.«

Die Pforte öffnete sich. Biator füllte den Türrahmen mit seinen breiten Schultern. »Das wollen wir doch mal ...« Plötzlich stockte er, denn ein Messer steckte in seiner Kehle.

Der Fremde fing Biator auf, bevor er den Boden erreichte. »Schnell doch, bevor man uns sieht«, stöhnte er mit schmerzverzerrtem Gesicht.

Geistesgegenwärtig griff sich Vil die Beine des Sterbenden, und gemeinsam schleppten sie ihn hinter die Pforte, die sie eilig schlossen.

»Wie habt Ihr das gemacht? Ich habe doch noch eine Sekunde vorher nach Euch geschaut, aber ...«

»Das erkläre ich Euch vielleicht später. Weiter jetzt.«

Vil nickte. Sie ließen Biator einfach liegen, wo er war. Sie waren in einer Art Diele, die sie zu einem Salon führte. Es waren einige Frauen dort, die auf Diwanen und großen Kissen ruhten und sich jetzt erhoben, als die beiden neuen Gäste eintraten. Ihr freundliches Lächeln erstarb, als sie den Bolzen in der Schulter des Fremden sahen.

»Schnell, wo geht es hier hinunter?«, fragte Vil.

»Hinunter?«

»Die Arena! Wir müssen hinüber. Bitte.«

»Dort ist die Treppe«, verriet eine der Frauen.

»Ich danke Euch. Und seid so gut und öffnet die Tür nicht so bald, falls es klopft.«

»Aber Biator ...«

»Hat sich ein wenig hingelegt«, sagte Vil. »Nein, es ist besser, Ihr seht nicht nach ihm. Bitte, wir werden hier niemandem etwas tun. Wir wollen nur in die Arena.«

»Aber Ihr braucht einen Wundarzt«, sagte die Frau, die eben schon gesprochen hatte. Sie war die größte und vielleicht auch die älteste von allen, eine gertenschlanke Schönheit, und ihr Blick ging Vil durch und durch. Allerdings sah er auch eine gewisse Härte in ihrem Gesicht.

»Er ist tot!«, rief eine helle Stimme aus der Diele, und die Mädchen kreischten entsetzt auf.

»Verdammt«, murmelte Vil.

Doch die Gertenschlanke schüttelte nur missbilligend den Kopf. »Beruhigt Euch, Kinder. Es ist Biator, und den wird keine von uns vermissen. Ihr drei da, schafft mir den Mann von der Tür weg und macht sauber, rasch. Wir wollen unsere nächsten Gäste doch nicht verschrecken. Und du gehst und erzählst Kratos, was geschehen ist, aber geh langsam, verstehst du?«

»Ich danke Euch, Doma«, sagte Vil. »Schnell, wie kommen wir in die Arena?«

»Nicht so eilig. Ihr beschert uns reichliche Schwierigkeiten, wie mir scheint. Vielleicht wäre es klüger, Euch den Wachen auszuliefern.«

Der Fremde lachte leise. »Ihr versteht Euch auf Euer Geschäft, Doma. Sind zweihundert genug, um uns einen Weg zu zeigen?«

Die Doma lächelte und fing den Beutel, den der Fremde ihr zuwarf, geschickt auf und wog ihn nur kurz in der Hand. »Nerime, schnell, führe unsere Ehrengäste hinunter zur Pforte.«

»Die hat ihren Laden im Griff«, sagte der Fremde, der sich auf Vil stützen musste, als sie hinter dem Mädchen die Stufen hinabeilten.

Oben wurde hart an die Pforte geklopft.

»Wir haben wohl doch weniger Zeit, als wir dachten«, meinte Vil.

»Doma Massali wird sie schon hinhalten«, meinte Nerime.

»Ihr glaubt, sie wird uns decken?«, fragte Vil.

»Natürlich, die Wachen geht es nichts an, was innerhalb dieser Mauern geschieht. Das mit Biator müsst Ihr mit Kratos ausmachen, und da habt Ihr Glück, denn der ist zwar brutal, aber nicht halb so gemein wie die Glatze. Außerdem frisst er der Doma aus der Hand«, schloss sie mit einem Lächeln.

Sie erreichten einen schummrig beleuchteten Flur. Nerime öffnete die Tür zu einer Kammer mit einem Bett, einem Tisch und drei Stühlen.

»Wartet kurz hier, ich hole Verbandszeug, und Ihr, junger Herr, holt Wasser, am Ende des Ganges, heiß, wenn möglich, und dann schauen wir nach dieser Wunde.«

Vil schnitt den Bolzen ab, und der Fremde zuckte nicht einmal. Das war ein bemerkenswertes Maß an Selbstbeherrschung. »Wenn wir hier so sicher sind, könnte ich die Spitze doch auch noch herausschneiden.«

»Traut Ihr Euch das zu?«

Vil zuckte mit den Achseln. Aber dann hörten sie oben lärmende Stimmen.

»Die Soldaten wollen das Haus durchsuchen«, rief Nerime, die an der Treppe gelauscht hatte.

»Dann weiter«, knurrte der Fremde.

Sie erreichten das dritte Untergeschoss. »Lass sie hinaus«, rief Nerime dem Wächter zu, der auf einem Stuhl vor sich hin döste.

»Sagt, gibt es hier nicht auch einen Zugang zum *Schwarzen Stock?«,* fragte Vil, der plötzlich begriff, wo er war.

»Weiter unten, doch wäre das ein Umweg.«

»Es ist aber jemand dort, den ich herausholen muss, ein Mädchen.«

»Aber junger Herr, dort unten ist niemand mehr! Es war das Erste, was die Doma gemacht hat, als Unric endlich tot war. Und wenn Eure Freundin noch lebt, so ist sie nun hier im Haus in Sicherheit.«

»Ihr Name ist Tilama.«

»Tut mir leid, diesen Namen kenne ich nicht.«

»Dann erkundigt Euch für mich! Ich bitte Euch.«

»Wir müssen weiter«, keuchte der Fremde.

Und als Nerime versprochen hatte, sich umzuhören, schlüpften sie durch die Tür hinaus in die Katakomben.

Die Kämpfe gab es zwar immer noch, aber es war kein Kampfabend, und so trieben sich nur wenige Männer in der Schänke herum.

Der Fremde stöhnte und musste sich schwer auf Vil stützen.

»Setzt Euch der Bolzen immer noch so zu, Menher?«

»Nein, es hat mich noch ein zweiter erwischt, doch der ist ganz in den Leib eingedrungen.« Er lüftete den schwarzen Umhang und zeigte die Stelle über der Hüfte. Tatsächlich war der Schaft fast ganz im Körper verschwunden, nur die kurzen Federn standen schwarz und blutverkrustet hervor.

Vil schleppte den Fremden nach oben, aber dann sahen sie sich einem neuen Problem gegenüber: Der Zugang zu den Katakomben wurde bewacht. Sechs Soldaten und ein Scholar standen vor dem Eingang.

Sie suchten Deckung hinter einer der schweren Säulen unweit der Pforte.

»Seid so gut und leiht mir Euer Messer.«

»Was habt Ihr vor, Menher?«

»Das wird jetzt hässlich. Passt auf, Ihr wartet hier, ich verschaffe uns Platz.«

»Aber Ihr seid verwundet, und die dort sind zu siebt. Vielleicht sollte ich …« Er verstummte, denn plötzlich war der Fremde vor seinen Augen verschwunden. Und während er noch verblüfft auf die Stelle starrte, an der der Mann sich in Luft aufgelöst hatte, hörte er einen spitzen Schrei von der Pforte. Der Scholar taumelte zu Boden, ein Messer ragte ihm aus der Stirn, und einer dieser seltsamen kleinen Messingringe, die Vil schon im Park aufgefallen waren, fiel ihm aus dem Auge.

Die Soldaten starrten erschrocken auf den Gefallenen. Plötzlich wurde einem von ihnen das Schwert aus der Hand gerissen. Der Fremde tauchte kurz auf, stach zu und verschwand wieder im Nichts.

Jetzt hatten die Ersten in der Katakombe begriffen, dass etwas nicht stimmte. Der allgemeine Lärm verebbte. Wieder tauchte der Fremde hinter einem der Soldaten auf und schnitt ihm mit dem Schwert die Kehle durch.

Ein Soldat glotzte ihn an, sein Schwert in der Hand, aber er rührte sich nicht, schien wie gelähmt zu sein. Einen Wimpernschlag später bohrte sich das Schwert tief in seine Brust. Die anderen ließen ihre Schwerter fallen und rannten.

»Kommt schon!«, rief der Fremde und hinkte davon.

Vil rannte ihm hinterher, während um ihn herum Panik ausbrach. Ein Zauberer, dieser Fremde war ein Zauberer! Und die Geschichten, die sein Vater ihm früher von tapferen Kriegern erzählt hatte, die sich unsichtbar machen konnten, kamen ihm wieder in den Sinn. Schatten, so hatte sein Vater diese Krieger genannt.

Vil hatte auch andere Geschichten von den Schatten gehört, die handelten von blutrünstigen Meuchelmördern und waren so ganz anders als die Geschichten seines Vaters. Die Frage, die ihm in den Sinn schoss, während er sich durch die panisch aus der Pforte stürzende Menge drängte, war, mit welcher dieser beiden Arten von Schatten er es hier wohl zu tun hatte.

Der Fremde war nicht weit gekommen. Er lehnte an einer Wand, die Hand auf die Hüfte gepresst.

»Ihr seid ein Schatten!«, stieß Vil hervor.

»Gut beobachtet. Ihr habt Glück, dass ich verraten wurde und man hier schon weiß, wer ich bin, denn sonst müsste ich

Euch wohl töten«, sagte der Fremde mit einem schmerzverzerrten Lächeln. »So aber können sich unsere Wege hier trennen. Ich werde mir ein Schiff suchen – was Ihr tut, das bleibt Euch überlassen.«

»Aber werdet Ihr das schaffen, Menher?«

»Wir Schatten verstehen uns darauf, eine Wunde zu schließen, verbluten werde ich also nicht. Ich danke Euch, Freund, dass Ihr einem Fremden geholfen habt.« Er betrachtete Vil mit unverhohlenem Interesse, plötzlich fragte er: »Sagt, junger Freund – wie ist Euer Name?«

Vil zögerte. Irgendetwas an diesem Mann schien ihm seltsam vertraut. Aber im letzten Augenblick schreckte er doch davor zurück, ihm seinen richtigen Namen zu sagen: »Vil Aris, aus der Scherengasse, falls Ihr meine Hilfe noch einmal braucht. Und Euer Name, Menher Schatten?«

Der Fremde zögerte kurz. »Kaim Reser nennt man mich«, sagte er dann, »aber besser, Ihr vergesst das gleich wieder, denn es wäre sehr gefährlich für Euch, mich zu kennen. Ich wünsche Euch Glück, Vil Aris!«

»Euch desgleichen, Menher Reser.«

Ein Armbrustbolzen bohrte sich in die Wand und beendete die Verabschiedung abrupt. »Da ist er!«, schrie eine Stimme.

Vil sah drei Scholaren und einige Soldaten, die die Gasse entlangstürmten und die lange Treppe hinuntergekommen sein mussten.

»Verschwindet«, flüsterte der Schatten und verschwand selbst vor Vils Augen.

Verblüfft wich er zurück.

»Dort!«, schrie der Scholar wieder. »Die Feuerbomben, schnell doch!«

Wo war Reser? Irgendetwas wirbelte die kopflose Menge, die sich in der engen Gasse gestaut hatte, durcheinander.

»Dort!«, schrie der Scholar.

»Aber die Leute«, brachte einer der Soldaten hervor, der eine Art Tonkugel in der Hand hielt.

Ein anderer Scholar riss sie ihm aus der Hand und schleuderte sie in die Menge.

Ein dutzendfacher Schrei erscholl, als die Kugel auf dem Boden in einer Feuerwolke explodierte. Entsetzt stob die Menge auseinander.

Vil wurde über den Haufen gerannt, und Leute stolperten über ihn hinweg. Er kämpfte sich wieder auf die Beine, schlug einen Mann nieder, der blind vor Angst auf ihn zugerannt kam, und suchte nach dem Schatten.

Dort inmitten des Feuers war er, ein dunkler Umriss in den Flammen. Vil krallte sich an der Hauswand fest, um nicht von der Menge mitgerissen zu werden.

»So schießt, schießt doch!«, schrie einer der Scholaren. Der Schatten tauchte aus den Flammen auf, und jetzt sah Vil, dass sein Gewand doch brannte. Reser rannte auf seine Feinde zu, ein flackernder Schemen. Dann sangen die Armbrustsehnen, und der dunkle Umriss geriet ins Stocken. Etwas löste sich aus der in Flammen gehüllten Dunkelheit – ein Messer, das einen der Soldaten in die Stirn traf. Sein Nachbar ließ sein Schwert fallen und wich entsetzt zurück. Wieder schossen die Scholaren, und dann wurde Reser sichtbar. Er stand inmitten der Gasse, erst jetzt schien das Feuer ihn anzugreifen. Er machte einen Schritt, noch einen – und brach dann zusammen.

Für eine Sekunde blieb es gespenstisch still.

»Der Mann dort – er hat ihm geholfen«, rief einer der Soldaten und zeigte auf Vil, der wie erstarrt zugesehen hatte, wie Kaim Reser starb. »Fasst ihn!«

Vils Erstarrung löste sich, und er rannte davon.

»Ihr seht unglücklich aus, Gremm«, stellte eine wohlbekannte Stimme fest.

Gremm zuckte zusammen. Eigentlich rechnete er schon seit Mersons Angriff damit, dass endlich die Wachen kämen, um ihn festzunehmen. Aber sie kamen nicht. Dass ihn nun ausgerechnet der Archont ansprach, war ihm allerdings auch nicht geheuer. Er hatte Memnon nicht einmal in den Saal kommen sehen. *Vielleicht hat er hier wieder irgendwo eine geheime Tür,* dachte er und sagte dann: »Oh, es ist, weil wir hier doch alle nur knapp mit dem Leben davongekommen sind, Exzellenz.« Gleichzeitig dachte er, dass Memnon nicht in dieser Gefahr gewesen war, denn er hatte bei den Beratungen gefehlt, was seltsam war.

»Ihr glaubt doch nicht, dass wir alle in Gefahr waren, Gremm? Der Angreifer hatte ein klares Ziel, eines, nicht viele.«

Gremm blickte auf den Oramarer, der sich vor seinen Prinzen geworfen hatte und nun, mit einem Umhang zugedeckt, tot auf dem Saalboden lag. Man konnte zwei Erhebungen unter dem Umhang erkennen, die Messer, die in seiner Brust steckten.

»Das ist wohl wahr, Exzellenz«, sagte Gremm vorsichtig.

»Habt Ihr ihn erkannt?«

»Den Angreifer? Nein, Exzellenz, er war doch nur kurz zu sehen. Ein Schatten eben. Und als ich hinsah, war er schon wieder verschwunden.«

»Dann habt Ihr nicht erkannt, dass es Euer Freund Kaim Reser war?«

»Reser? Der Gesandte? Aber das ist unmöglich, Exzellenz!«, rief Gremm und geriet in Panik.

»Mehrere Zeugen haben ihn erkannt. Ich kann aber verstehen, dass Ihr nicht wahrhaben wollt, dass Euer guter Freund Reser ein Schatten ist.«

»Geschäftsfreund, Exzellenz, nur ein Geschäftsfreund«, rief

Gremm. Spielte Memnon nur mit ihm? Wusste er wieder einmal über alles Bescheid?

»Ah, ein feiner, aber wichtiger Unterschied, den wir bei Gelegenheit ausloten sollten. Doch entschuldigt mich, ich werde andernorts gebraucht. Vielleicht finden wir später die Muße, uns noch einmal ausführlich über Reser zu unterhalten. Ich wüsste gern, wie es ihm gelungen ist, uns alle derart zu täuschen.«

»Natürlich, Exzellenz«, murmelte Gremm.

Er lehnte sich an eine Säule, als der Archont gegangen war, weil er fürchtete, sonst einfach zusammenzubrechen. Memnon wusste irgendetwas, das war eindeutig. Aber was? Und warum spielte er mit ihm, warum ließ er ihn nicht einfach verhaften? Bis jetzt hatten die Gespenster doch noch jedes Geständnis bekommen, das sie haben wollten. Warum sollte er nun verschont bleiben? Warum auch immer es dazu nicht kam, Gremm war weit davon entfernt, das für ein gutes Zeichen zu halten.

Auf Hauptmann Lizet wirkte der Tempelplatz beinahe gespenstisch leer. Die Wachen hatten die Menschen von den Straßen verjagt, und Kammerherr Ajeler hatte eine Ausgangssperre über die ganze Stadt verhängt.

Zu spät, dachte Lizet. *Er ist längst untergetaucht.*

»Wie konnte er entkommen, Hauptmann?«, rief Ghula Mischitu aufgebracht. »Wir haben doch Wachen und Scholaren an jedem möglichen Weg vom Tempelberg postiert.«

»Die Wache trifft keinerlei Schuld, ehrwürdige Schwester«, rief Oberst Secus mit hochrotem Kopf. Lizet fragte sich, ob diese Farbe von der Wut oder von dem Wein herrührte, dem der Mann offensichtlich reichlich zugesprochen hatte, während er eigentlich über die Sicherheit der geheimen Verhandlungen hätte wachen sollen. »Es war eben nicht weise, nicht sehr jedenfalls, Eure Scholaren zu bewaffnen, es wäre besser gewesen, man hätte meinen Leuten diese Dinger, diese Okulare, anvertraut. Nicht wahr, Hauptmann?«, fragte Secus.

Lizet neigte zustimmend den Kopf. Er war nicht so dumm, seinem Vorgesetzten in aller Öffentlichkeit zu widersprechen, dachte aber, dass es doch eigentlich der schlecht gezielte Bolzen von Bruder Melid gewesen war, der den Schatten erwischt hatte. Sein eigener gut gezielter Schuss war hingegen fehlgegangen.

»Noch ist nicht gesagt, dass er entkommen ist«, warf Kammerherr Ajeler ein. »Oder vielmehr *sie,* schließlich ist beinahe gleichzeitig ein zweites Verbrechen begangen worden. Mich beschäftigt daher die Frage, was der Mord an Richter Titior mit diesem Überfall zu tun hat.«

Auch Lizet stellte sich diese Frage. Einen Zufall schloss er aus. Gab es am Ende vielleicht *zwei* Schatten?

Er sah einen Mann über den Platz rennen, einen Soldaten. »Sie haben ihn!«, rief er schon von weitem. »Sie haben ihn erwischt!«

»Den Schatten? Ist das sicher?«, fragte der Oberst.

»Er ist so sicher tot, wie ich es nicht bin, Herr«, stieß der Soldat keuchend hervor. »Wir haben ihn im Katzenviertel gestellt, unweit der Arena. Er hat vorher noch einige von uns getötet, doch dann lief er in eine der Feuerbomben und ist völlig verbrannt, Herr.«

»Verbrannt? Was heißt verbrannt?«, fragte die Ghula.

»Es ist nur noch ein Haufen Asche übrig, Doma«, verkündete der Soldat stolz.

Die Ghula murmelte einen Fluch.

Lizet nahm an, dass sie ebenso wie er begriffen hatte, dass man nun nicht mehr beweisen konnte, dass es wirklich der Gesandte gewesen war – und das war beinahe so, als sei er ihnen doch noch entkommen.

»Im Katzenviertel? Wie ist er dort hingekommen? Die Treppe wurde doch gesondert überwacht?«, fragte Ajeler.

»Das weiß ich nicht, Herr.«

»War er allein? War ein zweiter Mann bei ihm?«, fiel ihm die Ghula ins Wort.

»Dort waren viele Menschen, ehrwürdige Schwester, und jeder Zeuge berichtet etwas anderes. Doch einige von uns verfolgen einen jungen Mann, den sie mit dem Schatten gesehen haben wollen.«

»Das Katzenviertel, es gibt kein besseres Versteck auf dieser Insel«, murmelte Ajeler.

Lizet war ganz seiner Meinung. Es war ein Ort mit tausend Schlupfwinkeln, an den sich die Wachen kaum trauten.

»Wir haben den Schatten, das ist ein überwältigender Erfolg meiner Leute«, rief der Oberst. »Der andere – nun, wir werden ihn später schon noch erwischen.«

»Bildet Euch nicht zu viel ein, Oberst. Über den Schatten wussten wir Bescheid, aber wer war der Mann, der den Richter ermordete? War das ein Helfer des Schattens, oder war der Schatten der Helfer? Oder waren es am Ende gar zwei Schatten? Wir müssen diesen Mann finden!«, rief die Ghula ungehalten.

»Aber das Katzenviertel bietet tausend Verstecke. Da können wir wohl nicht viel ausrichten«, stieß der Oberst hervor.

Die Ghula warf ihm einen vernichtenden Blick zu. »Ganz im Gegenteil, Menhers. Ich denke, es ist eine Gelegenheit, endlich einmal sehr viel auszurichten in diesem Viertel des Lasters. Es sind ein Richter und ein Berater des Prinzen ermordet worden, und der Täter steckt dort irgendwo im Unrat dieses Viertels. Wir sollten das ganze Viertel auf den Kopf stellen, bis wir ihn haben.«

Jemand räusperte sich hinter der Ghula und fragte freundlich: »Und liegt es in der Kompetenz der Scholaren, so etwas anzuordnen?«

»Nein, Exzellenz«, beeilte die Ghula sich zu versichern.

»Wie schön, dass wir wieder einmal einer Meinung sind«, sagte der Archont. »Aber fragen wir doch einen Mann, der dieses Viertel kennt. Was haltet Ihr von diesem Vorschlag, Hauptmann Lizet?«

Er kennt meinen Namen?, schoss es Lizet in den Kopf, halb geschmeichelt und halb besorgt. Vorsichtig sagte er: »Es wurde früher schon vorgeschlagen, in diesem Viertel einmal gründlich aufzuräumen, Exzellenz, doch ist es nie dazu gekommen.«

»Ich weiß, ich weiß, Hauptmann. Marschall Titior schien immer eine gewisse Scheu davor zu haben, seine Leute in dieses Viertel zu senden. Aber ich denke, da heute sein eigener Bruder ermordet wurde, wird er die Dinge in einem anderen Licht betrachten.«

Für einen Augenblick wurde es still auf der Treppe, und Lizet hatte das Gefühl, dass dieser Mord und dieser Anschlag nur die Begleiter eines größeren Ereignisses waren. Irgendetwas war im Gange, und nur der Archont schien zu wissen, was es war. Oder bildete er sich das nur ein?

Jetzt wandte sich Archont Memnon an Oberst Secus: »Sagt, Oberst, da der Marschall gewiss in tiefer Trauer ist und daher kaum in der Lage sein wird, einen solchen Befehl zu erteilen, wollt Ihr nicht das Kommando übernehmen?«

Secus erbleichte. »Das Kommando?«

»Nun, einer muss den Befehl geben, oder? Ruft die Wachen zusammen, jeden Mann, den Ihr einsetzen könnt, und geht ins Katzenviertel. Ich wünsche, dass Ihr den Mörder findet, auch wenn Ihr dazu jeden Stein in jeder Gasse umdrehen müsst!«

»Hauptmann Lizet!«, rief der Oberst, »Ihr habt seine Exzellenz gehört, Ihr werdet ...«

Aber der Archont unterbrach ihn. »Nein, Menher, den Hauptmann brauchen wir hier oben. Es wird unsere oramarischen Freunde hoffentlich beruhigen, dass dieser tapfere Mann, der den Schatten in die Flucht geschlagen hat, über sie wacht. Also geht, Secus – und kehrt nicht mit leeren Händen zurück!«

Kaum war der Oberst verschwunden, als der Archont sich reckte und sagte: »Das ist doch gar nicht so schlecht gelaufen, oder?«

»Exzellenz?«, fragte Ajeler verblüfft.

»Einer der Oramarer ist tot, Exzellenz«, wandte die Ghula vorsichtig ein.

Memnon lächelte. »Nun, ich denke, das ist ein akzeptabler Verlust, nicht wahr, Schwester Mischitu?«

Die Scholarin antwortete nicht gleich, offenbar hatte sie noch nicht verstanden, worauf der Archont hinauswollte. Lizet wusste es, hielt aber den Mund.

»Muss ich es wirklich erklären?«, fragte Memnon.

Er genießt es, dachte Lizet.

»Ich bitte Euch, es gibt ein Dutzend Zeugen, die gesehen haben, dass der Gesandte des Seebundes versucht hat, den Prinzen zu ermorden.«

»Leider ist der Attentäter verbrannt, Exzellenz. Seine Leiche ist somit kein Beweis mehr«, gab Ajeler zu bedenken.

»Aber Ihr habt ihn doch erkannt, oder?«, fragte Memnon.

»Er war nur für den Bruchteil einer Sekunde sichtbar«, meinte Ajeler, »aber natürlich kennt Rat Gremm die Wahrheit, und wenn wir ihn von den Gespenstern befragen lassen …«

»Das ist gar nicht nötig, da wir so viele Augenzeugen haben, Ajeler. Und, ja, Ihr habt ihn erkannt, auch wenn Ihr es selbst nicht wisst. Der Mann hat sein Gesicht gezeigt, und damit hat der Seebund das seinige verloren. Wenn wir unsere Karten richtig ausspielen, haben wir ihn in der Defensive. Der Bund wird sich bei uns entschuldigen müssen, vor allem aber wird er sich in Zukunft aus unseren Geschäften mit diesem oder anderen Prinzen aus Oramar heraushalten.«

»Ich verstehe«, sagte Ajeler, und er schien Lizet wirklich beeindruckt zu sein. »Sollen wir die Wachen zurückrufen? Der Schatten ist tot, und ich glaube kaum, dass unsere Wachen den anderen im Katzenviertel finden können.«

»Mag sein«, erwiderte Memnon, »aber dieses Viertel ist in den letzten Jahren mehr und mehr unserer Kontrolle entglitten. Es wird Zeit, dort wieder einmal gründlich aufzuräumen. Der Mörder mag uns entkommen, aber es gibt dort hundert andere Verbrecher, derer wir endlich habhaft werden können. Und nun entschuldigt mich, ich werde wieder hineingehen und versuchen, diesen Hasenfuß von einem Prinzen zu beruhigen.«

Als Memnon gegangen war, nahm die Ghula Lizet auf die Seite. »Für Euch haben wir einen besonderen Auftrag, Hauptmann.«

»Ich dachte, ich soll über die Oramarer wachen?«

»Wozu soll das gut sein? Der Schatten ist tot. Nein, Ihr begebt Euch in das Haus von Richter Titior. Der Mann hatte Geheimnisse, und vermutlich hat er sie in einer verborgenen Kammer aufbewahrt, das besagen jedenfalls gewisse Gerüchte, die mir vor einiger Zeit zu Ohren gekommen sind. Ihr werdet diese Kammer finden und ihre Geheimnisse zu mir bringen, Lizet, nur zu mir. Die Angelegenheit könnte sehr heikel werden.«

»Ist es dann nicht eher eine Sache der Geheimen Wacht, ehrwürdige Schwester?«, erwiderte Lizet.

»Oh, die ist schon dort. Aber ich hoffe, Ihr seid schneller als die Gespenster. Beeilt Euch und kommt dann zu mir in die Akademie. Ich muss unseren Leuten schnell noch einige Anweisungen erteilen.«

Vil hatte einen Fehler gemacht, und er wusste es. Er hatte einen weiten Bogen bis ins Seeviertel geschlagen, um seine Verfolger in die Irre zu führen. Und jetzt, da er endlich auf dem Heimweg war, waren die Straßen voller Wachen. Es waren so viele Soldaten, wie er es im Katzenviertel noch nie erlebt hatte.

Ruhig bleiben, sagte er sich. *Sie werden mich immer noch für einen jungen Adligen halten, der sich hier unten nur ein bisschen amüsieren will.* Was wollten sie noch hier unten? Reichte es ihnen nicht, dass sie den Schatten erwischt hatten? Im Moment schienen sie sich an den Kreuzungen zu sammeln und zu warten. Aber worauf?

Er passierte den ersten Trupp. Ein oder zwei Soldaten musterten ihn, er hielt dem Blick stand und grüßte, sie grüßten respektvoll zurück. Er lief weiter, begegnete wieder einem Trupp. Der Leutnant, der ihn führte, beobachtete ihn misstrauisch, und Vil begriff, dass er auffiel, weil er einer von ganz wenigen Menschen war, die noch auf den Straßen unterwegs waren.

Er zwang sich, langsam zu gehen. Wieder Soldaten! Hier war die Kreuzung besonders eng, und er musste mitten durch sie hindurch. Er grüßte, der Gruß wurde erwidert. »Verzeiht, Herr«, sagte der Anführer, ein Sergeant, »aber Ihr solltet Euch hier nicht länger aufhalten, denn es könnte ungemütlich werden.«

»Was ist denn passiert?«

»Habt Ihr es nicht gehört? Es gab Morde oben auf dem Tempelberg und Kämpfe in der Stadt. Wir haben einige gute Männer verloren. Es ist, als sei ein böser Geist über die Stadt gekommen.«

»Und was habt Ihr nun vor, Menher?«

»Einen von den Kerlen haben wir erwischt, und wir werden nicht ruhen, bis wir auch den zweiten haben.«

»Ich wünsche Euch Glück, Menher«, sagte Vil, der nun wusste, dass es vorbei war mit dem Schlendern. Es gab Dinge in seinem Laden, die die Soldaten keinesfalls finden durften.

Sie waren zwar gut versteckt, aber wenn diese Leute gründlich waren …

Er ging etwas schneller, bog um die nächste Ecke und stieß auf den nächsten Trupp Soldaten. Wo kamen die nur alle her?

»Vorsicht, Herr«, rief der Hauptmann leutselig, weil er fast mit ihm zusammengestoßen wäre.

»Danke, Hauptmann«, murmelte Vil und ging weiter.

»Augenblick, Herr, Ihr habt da etwas«, meinte der Hauptmann und kam mit seiner Fackel näher.

Vil suchte nach einem Fluchtweg, den er hoffentlich nicht brauchte.

»Es sieht aus, als hättet Ihr dort Blut auf Eurem Wams.«

»Wirklich?«, fragte Vil und tat sehr erstaunt. Tatsächlich, ein verräterischer dunkler Fleck über der Hüfte, vermutlich das Blut des Schattens.

»Lasst mich sehen, Herr«, meinte der Hauptmann. Seine Leute, die bislang eher gelangweilt gewirkt hatten, waren plötzlich sehr aufmerksam.

»Oh, das ist nur Rotwein, Hauptmann.«

»Es riecht aber nicht nach Wein, Herr.«

»Doch, doch, kommt nur etwas näher, ich war in einer Schänke und …«

Der Hauptmann beugte sich tatsächlich leicht hinab, als wolle er riechen. Vil rammte ihm das Knie in den Unterleib, drehte sich um und rannte in den nächsten schmalen Durchgang. Er hoffte, auf der anderen Seite herauszukommen, aber dann war es doch eine Sackgasse. *Gut geplant, Vil,* fluchte er, sah im gleichen Moment einen Stapel Bauholz, sprang hinauf, und schwang sich aufs Dach.

»Ihm nach, Ihr Narren!«, brüllte der Hauptmann von der Kreuzung.

Vil balancierte über den First. Eben noch vom Fackelschein

geblendet, brauchte er eine Weile, um sich an das schwache Licht zu gewöhnen. Er trat fehl, rutschte das Dach hinunter, fiel beinahe in eine schmale Gasse, durch die einige Soldaten rannten. rappelte sich auf, nahm Anlauf, sprang hinüber auf das nächste Dach und hastete weiter. Hinter ihm tauchten Soldaten auf den Dächern auf. Vil konnte ihre Rüstungen im Mondschein blitzen sehen. Er zog im Laufen sein verräterisch helles Wams aus und legte es hinter einen Schornstein. Geduckt schlich er weiter, bis er seine Verfolger aus den Augen verlor.

Überall in der Stadt erklangen plötzlich Signale. Galt das ihm? Er erreichte eine breitere Gasse, zu breit, um hinüberzuspringen. Unten marschierten Soldaten, jetzt hielten sie an. Hatten sie ihn bemerkt?

Der Offizier brüllte: »Wir fangen auf dieser Seite an, Männer, aber wir arbeiten uns quer durch das ganze Viertel! Keine falsche Zurückhaltung! Heute zeigen wir ihnen, wer Herr in dieser Stadt ist. Und seid auf der Hut! Der Mann, den wir suchen, ist gefährlich. Auf geht's!«

Die Soldaten schwärmten in kleinen Gruppen aus und hämmerten mit den Fäusten gegen Türen, und wo ihnen nicht gleich geöffnet wurde, traten sie die Tür ein und drangen ein. Drinnen wurde geschrien, gestritten und geflucht. Dann zerrten die Soldaten die ersten Leute auf die Gasse. Vil sah einen Wächter, einen jungen Kerl, der eine laut schreiende, spärlich bekleidete Frau an den Haaren aus dem Haus zerrte.

Vil wich zurück. Er brauchte einen anderen Weg, aber überall wimmelte es von Soldaten, überall wurden Menschen auf die Straße gezerrt, wurde in Schänken, Läden und Häusern Mobiliar zertrümmert, gelegentlich offenbar auch gekämpft. Die Soldaten brüllten, Menschen weinten und jammerten; es war ein heilloses, furchtbares Chaos, und Vil steckte mittendrin fest.

Ihm wurde heiß und kalt bei dem Gedanken, dass sie vielleicht bald auch in seinem Laden so wüten würden. Tiuri war dort. Er musste vor ihnen da sein!

Er sah einen kleinen Trupp in eine schmale Gasse marschieren. Er folgte ihm leise auf dem Dach. Der Trupp teilte sich in zwei Dreiergruppen, die in zwei Läden eindrangen. Es waren schlichte Handwerksläden, ein Schuster, ein Bäcker. Vil verstand nicht, was sie da zu finden hofften. Kurz darauf zerrten zwei Soldaten einen alten Mann auf die Straße, einen Schuster, der noch eine Sandale in der Hand hatte und sie wie zum Beweis seiner Harmlosigkeit den Soldaten hinhielt. Sie warfen ihn zu Boden und traten auf ihn ein. Dann brüllte der, der noch im Haus war, nach seinen Kameraden.

»Geh nur, mit dem werde ich schon fertig«, sagte eine der Wachen lachend.

Vil löste vorsichtig eine schwere Schindel aus dem Dach, wartete, bis der zweite Soldat im Haus verschwunden war, und ließ sich lautlos auf die Straße fallen. Er schlich sich von hinten an die Wache an, aber der Schuster sah ihn kommen und jammerte um Hilfe.

Der Soldat drehte sich um, doch bevor er das Schwert aus der Scheide geholt hatte, zog Vil ihm eins mit der Schindel über. Sie zerbrach, und der Helm rollte mit hellem metallischen Klingeln über das Pflaster. Der Soldat sank auf den Boden und rührte sich nicht mehr.

»Verschwindet besser, wenn Ihr könnt«, rief Vil dem Schuster zu und begann hastig, dem Soldaten das Wams und die Arm- und Beinschienen auszuziehen.

»Alles beschlagnahmt!«, rief ein Soldat, der gerade aus der Bäckerei trat, schwer beladen mit zwei silbernen Kerzenleuchtern. »He!«, rief er, als er sah, was da vor sich ging.

Vil griff sich den Helm und rannte. Der Soldat brüllte ihm

hinterher, verfolgte ihn aber nicht, vermutlich, weil ihm die beiden Kerzenständer wichtiger waren.

Vil zog sich in einer dunklen Ecke um. Der Helm hatte eine hässliche Beule, aber das konnte er nicht ändern.

Er spähte um die Ecke, sah keine Soldaten und trabte los. Von nun an würde er ein Läufer mit wichtiger Nachricht sein. Er konnte nur hoffen, dass ihn niemand aufhielt und fragte, für wen diese angebliche Nachricht bestimmt sei.

Inzwischen schien im ganzen Viertel die Hölle los zu sein. Soldaten drangen in Häuser ein, zerrten Leute heraus oder beschlagnahmten alles, was wertvoll erschien. Tavernen wurden regelrecht zertrümmert, und irgendwann kam Vil an Soldaten vorbei, die eine Schankmaid in eine Ecke drängten und vergewaltigten. Er sah Offiziere, die versuchten, ihre Leute zu bändigen, aber die Sache schien ihnen mehr und mehr aus der Hand zu gleiten. Und dann waren da Scholaren, die dem Treiben tatenlos zusahen.

Als er endlich die Scherengasse erreichte, fürchtete er schon, zu spät zu kommen, denn auch hier waren Soldaten eingefallen. Sie waren damit beschäftigt, Meister Hamars Metzgerei zu verwüsten. Der Metzger stand auf der Straße, jammerte, und seine Frau zerkratzte einem Soldaten, der sie aus dem Haus schleppte, das Gesicht. Auch beim Schneider hatten sie die Tür eingetreten, und drinnen wurde gebrüllt und geschrien, und Carem Halfar hielt mit Müh und Not seinen Vater zurück, der sich auf ein paar Soldaten stürzen wollte, die unter großem Lärm seine Schuhmacherwerkstatt durchwühlten.

Sein eigener Laden schien noch unberührt.

Vil sah den Grund: Purgus, der Stumme, hatte sich mit verschränkten Armen vor der Tür aufgebaut und zeigte seine Muskeln. Aber weit mehr als das waren es wohl die weißen Haare des Gesegneten, die die Soldaten abschreckten.

Plötzlich geschah etwas Eigenartiges: Ein ganzes Rudel fetter Ratten brach aus der eingetretenen Tür des Metzgers hervor und ergriff quiekend die Flucht.

»Meine Malakin! Meine Malakin!«, rief Hamar.

»Du Schwein, du verkaufst Rattenfleisch!«, schrie ihn ein Soldat an und schlug ihm dem Schwertknauf ins Gesicht.

»Aufhören!«, ging Vil dazwischen. Und dann, als ihm klar wurde, dass das nicht sehr geschickt war, setzte er geistesgegenwärtig hinzu: »Sie haben den Flüchtigen in die Enge getrieben, im Hohlweg. Der Oberst braucht jeden Mann!«

Die Soldaten glotzten ihn unschlüssig an, einer von ihnen hielt immer noch den Metzger am Kragen gepackt. Vil rief: »Schnell doch, es kostet euch sonst den Kopf.«

Fluchend pfiff der Offizier, ein junger Leutnant, seine Leute zurück, und eilig hasteten sie davon.

Vil half dem Metzger auf die Beine. »Seid Ihr ein Soldat geworden?«, fragte der verstört.

»Wie? Nein, das Zeug habe ich mir nur geliehen. Geht und helft Eurer Frau, Menher Hamar.«

»Aber meine Malakin!«

»Sind verschwunden, und das sollten wir auch tun, denn diese Soldaten werden bald wieder hier sein«, rief Vil.

Der Stumme grinste ihn an und umarmte ihn plötzlich.

»Ist Tiuri da drin? Wir müssen wirklich hier weg!«

Peker und Gibean waren ebenfalls da, sie schafften Waren, deren Herkunft offensichtlich heikel war, in das Geheimversteck.

»Vergesst das, die nehmen alles auseinander. Schnappt Euch das Geld, und dann müssen wir so schnell wie möglich hier weg!«

Tiuri stellte sich jedoch quer. »Das ist unser Laden, Vil, und an Purgus trauen die sich sowieso nicht vorbei.«

»Ja, jetzt, aber sie kommen wieder, und ich glaube, sie werden ziemlich wütend sein, wenn ihnen klar wird, dass ich sie reingelegt habe.«

»Ich gehe nicht weg.«

»Ich bin ihrer Meinung«, sagte Sed, der sonst so wenig wie möglich mit Vil sprach. Sein Gesicht mit dem zerschmetterten Wangenknochen sah auch jetzt, drei Wochen nach dem schlimmen Kampf, immer noch übel aus. *Und es wird nicht viel besser werden,* dachte Vil. Er sah den linken Arm seines Freundes, der verkrüppelt und nutzlos herabhing. »Wir können die ganze Nachbarschaft zusammentrommeln. Wenn wir zusammenhalten, werden diese Feiglinge schon ihren Schwanz einziehen.«

»Sed, das ist Unsinn«, rief Vil verärgert.

»Ich bleibe jedenfalls!«, verkündete Tiuri.

»Tiri, ich habe für solche Kindereien jetzt keine Zeit.«

»Dir ist aber schon klar, dass sie nur deinetwegen hier sind, oder? Es ist deine Schuld, wenn sie das ganze Viertel auf den Kopf stellen.«

Vil starrte sie sprachlos an. Sie hatte ihn doch selbst dazu gedrängt, Rache zu üben. Er war kurz davor, ihr an die Gurgel zu gehen, aber dann drehte er sich um und rannte die Treppe hinab, um zu sehen, wie weit Peker und Gibean waren.

»Nur die wertvollsten Sachen, und schon gar nichts Schweres. Wir reisen mit leichtem Gepäck! Und du, Pek, geh nach oben und rede mit meiner Schwester. Vielleicht hört sie ja auf dich!«

Peker grinste. »Im Ernst? Du willst, dass *ich* deine Schwester überrede?«

Vil war nicht nach Scherzen zumute. »Hauptsache, du bringst sie hier heraus. Ich geh nachsehen, wo die Soldaten sind.« Er rannte nach draußen und sprang auf eine Kiste, um die Straße zu überblicken. Purgus zeigte aufs Dach.

»Gute Idee«, rief Vil und kletterte hinauf. Über den Dächern war Feuerschein unweit der Arena. Brannte es dort? Vil hatte nicht darauf geachtet, ob das Feuer, das den Schatten getötet hatte, weiteren Schaden angerichtet hatte. Plötzlich sah er Skari die Straße hinaufrennen. Er sprang vom Dach. »Skari, was gibt es?«

»Feuer!«, rief sie keuchend.

»Ich habe es gesehen.«

»Nein, nicht dort unten, hier. Der Laden!«

Er starrte sie an. »Eine Vision?«

»Tiuri ist im Feuer«, rief sie keuchend.

Vil hörte einen Schrei, und dann barst im ersten Stock ein Fenster in einem Feuerball aus der Mauer.

»Tiri«, flüsterte er. Er rannte ins Haus, aber der Stumme war schneller, er war schon oben auf der Treppe. Tiuri stand dort oben in der brennenden Tür ihres Gemachs, reglos, eine Stichflamme versengte ihr Haar.

»Tiuri!«, brüllte Vil. Er begriff nicht, was er sah. Das Feuer fraß sich in Windeseile durch den Laden, hatte schon das Geländer, die Decke und die Treppe erfasst. Wie hatten sich die Flammen so schnell ausbreiten können?

Der Stumme schnappte sich Tiuri, die es apathisch geschehen ließ, und sprang die brennenden Stufen hinunter.

»Sed!«, rief Vil entsetzt, als ihm bewusst wurde, dass sein Freund ebenfalls noch dort oben war, aber da tauchte er oben am Kopf der Treppe auf. Vil half ihm hinab. Sie waren kaum unten, als die brennenden Stufen hinter ihnen zusammenbrachen.

»Raus, alle raus!«, brüllte Vil in den Qualm.

Gibean und Peker kamen aus dem Keller gerannt, Gibean verlor eine Marmorstatue und machte kehrt. »Verdammt, Gabba, lass die blöde Statue liegen und komm!«, schrie Vil. Er verließ das Haus als Letzter. Es stand in hellen Flammen.

Hauptmann Lizet betrat Richter Titiors Haus.

»Was wollt Ihr denn hier, Mann? Verschwindet, das ist eine Angelegenheit der Geheimen Wacht«, fuhr ihn ein graugekleideter Wächter an.

»Ich bin hier auf Befehl der Scholarin Mischitu. Ich soll den Leichnam in Augenschein nehmen.«

»Er ist tot. Viel mehr müsst Ihr nicht wissen.«

»Und doch muss ich ihn selbst sehen.«

»Schön, aber steht uns nicht im Weg!«

»Ich habe nicht die Absicht«, entgegnete Lizet kühl und ging nach oben. Die Gespenster waren offenbar willens, das ganze Haus auseinanderzunehmen. Er hörte sie im Keller und unter dem Dach rumoren. Vermutlich suchten sie ebenfalls nach der geheimen Kammer, die er im Auftrag der Ghula finden sollte. Er sah einen der Wächter, der einen zitternden Alten am Kragen gepackt hielt und ihn anschrie, er solle endlich reden. Der Diener wimmerte, und als Lizet sich angewidert abwandte und nach oben lief, hörte er Ohrfeigen klatschen.

Sie suchen das Gleiche wie ich, dachte Lizet, *aber sie suchen mit Gewalt, nicht mit Verstand.*

Er erreichte die Wohnkammer, in der Titior gestorben war. Die Gespenster hatten den Leichnam noch nicht fortgebracht, nicht einmal zugedeckt. So lag er mit weit aufgerissenen Augen leblos auf dem Rücken, ein Arm hing grotesk verdreht halb im Käfig, und ein junger Wolf kauerte dort, die abgenagte Hand zwischen den Pfoten, und knurrte den Hauptmann böse an.

»Keine Angst, ich will dir nichts wegnehmen«, sagte Lizet geistesabwesend.

Er betrachtete das Chaos, das die Wachen angerichtet hatten. Sie hatten Kisten aufgebrochen und deren Inhalt ausgeleert, Bücher aus den Regalen geräumt und im ganzen Zimmer verteilt, sogar die Kissen und Polster eines oramarischen Diwans hatten sie aufgeschlitzt. Aber es sah nicht so aus, als ob sie gefunden hätten, was sie suchten.

Lizet wanderte durch die Kammer, tastete die Wände ab und untersuchte die Rückwände der Schränke, aber er fand keine verborgene Tür. Er verließ die Kammer, sah sich die beiden Nachbarkammern an, maß sie mit Schritten aus und schritt dann im Flur die Entfernung zwischen den Türen ab.

»Dachte ich mir«, murmelte er zufrieden, als er nun die Wohnkammer ausmaß und feststellte, dass einige Ellen fehlten. »Natürlich, der Wolfskäfig.« Ihm war gleich aufgefallen, dass der schwere Käfig nicht direkt an der Wand stand. Es gab einen schmalen Spalt, gerade breit genug für einen Mann, der sich nah an diesen Käfig herantraute.

Der Wolf sah ihn unverwandt an, als er die Wand abtastete. Er fand aber den Schalter nicht, den er suchte, und befürchtete schon, doch noch in den Käfig steigen zu müssen, aber dann entdeckte er eine Kette im dunkelsten Winkel der Kammer. Er zog daran, und die Wand sprang auf.

»Raffiniert«, murmelte er anerkennend. Die schwere Tür war mit Mauersteinen verblendet. Er war mit den Händen darüber gefahren, hatte aber keinen Unterschied festgestellt. Er schlüpfte in die geheime Kammer und fand den Mechanismus, der die Tür wieder schloss, denn es war klar, dass die Gespenster irgendwann nachsehen würden, was er hier trieb.

Er entzündete eine Lampe und sah sich um: eine Kiste, ein Schrank, Tisch, Stuhl, ein schmales Bett. Für wen war das Bett? Gab es vielleicht Besucher, von denen niemand wissen durfte? Aber wie sollten die dann ungesehen ins Haus kommen?

Lizet tastete den Boden ab und entdeckte zu seinem Erstaunen unter dem Bett eine kleine Falltür. Er widerstand der Versuchung, sie jetzt schon zu öffnen, und untersuchte erst die Kammer. In der Kiste fand er schlichte, dunkle Kleidung, wie sie vielleicht ein Handwerker tragen würde, im Schrank neben dunklen Umhängen verschiedene täuschend echt aussehende Perücken. *Verkleidungen?*, fragte sich Lizet. Das wurde ja immer interessanter.

Auf dem Tisch lagen zwei Bücher und einige lose Pergamente. Er nahm sich die Bücher vor. Im ersten fand er Zahlen hinter Namen, die ihm bekannt vorkamen. Er brauchte einen Augenblick, dann begriff er, dass es die Namen von Schänken aus dem Katzenviertel waren. *Sie haben ihn bezahlt!*, dachte er verblüfft.

Endlich verstand er, warum die Wachen in dem Viertel nichts unternehmen durften. Der Richter hatte es verhindert, gemeinsam mit seinem Bruder, dem Marschall. Es war so einfach und offensichtlich, dass er sich fragte, warum niemand dahintergekommen war. Niemand? Nein, der Archont hatte es gewusst oder wenigstens geahnt. Und die Scholaren ebenfalls. War das das Geheimnis, nach dem er suchen sollte?

Er nahm sich das zweite Buch vor. Wieder viele Zahlen, aber dieses Mal keine Namen, nur Abkürzungen, außerdem Symbole, die Lizet meist nicht kannte. Er blätterte es rasch durch in der Hoffnung, irgendwo einen Schlüssel für diese Schrift zu finden, aber er wurde enttäuscht.

Einige Zeichen kannte er, da war das gekrönte Herz, das alte Symbol der Liebesgöttin Bamaal. Und dort, der Strich mit den zwei Punkten, war das Zeichen des alten melorischen Totengottes Ugar. Die Buchstaben und Zahlen hinter den Symbolen des Totengottes waren wesentlich höher als hinter denen der Bamaal.

Lizet begann zu verstehen: Die Abkürzungen waren Namen, und sie hatten Geld ausgegeben, entweder im Namen der Liebe oder im Namen des Todes. Er schloss die Augen und dachte nach. Es waren viele Namen in diesem Buch, sehr viele, verschlüsselt zwar, aber die Scholaren würden das Rätsel schon lösen. Aber war das auch wünschenswert?

Lizet wurde schlagartig klar, dass sie damit ein ungeheures Werkzeug der Macht in die Finger bekommen würden. Das war gefährlich für all die Leute, die hier mit Abkürzungen verzeichnet waren, aber auch für ihn, der das Geheimnis ans Licht brachte.

Er steckte die beiden Bücher unter sein Wams und warf einen Blick auf die Pergamente. Es waren kurze, kryptische Nachrichten und Zahlen mit etwas, was er für geografische Angaben hielt. Allerdings stand auf einem ganz oben groß ein Name, den er schon oft gehört hatte: *Orn Wraas.*

Titior hatte Informationen über den legendären, geheimnisumwitterten Anführer der Schmuggler zusammengetragen? Das konnte sehr aufschlussreich sein. Lizet steckte auch die Pergamente ein, rückte das Bett zur Seite und öffnete die Falltür. Er fand eine lange Leiter vor.

Er war gespannt, wo sie ihn hinführen würde.

Die Hölle, es muss die Hölle sein, dachte Vil. Sie hatte sich mitten in ihrer Gasse geöffnet und sandte das Feuer in Windeseile hinab in das Katzenviertel. Vil hatte noch nie gesehen, dass Feuer sich so schnell ausbreitete. Sie rannten die Scherengasse bergauf. Als sie die nächste Kreuzung erreichten, brannte schon der ganze Straßenzug hinter ihnen. Er drehte sich um, viele Menschen, darunter ihre Nachbarn, folgten ihnen, als ob sie glaubten, dass er wisse, wohin sie fliehen müssten.

Sie rannten den Berg hinauf, und das Feuer schien sich gegen den Wind nach oben fressen zu wollen, als wolle es sie verfolgen. Hatte Vil schon geglaubt, die Soldaten hätten Chaos über das Viertel gebracht, so sah er nun, was Chaos wirklich bedeutete: Menschen schrien, rannten kopflos durcheinander, mittendrin ein Mann, der in Flammen stand. Niemand half ihm, die meisten versuchten, dem Feuer zu entkommen, nur einige – Vil wusste nicht, ob er sie für sehr tapfer oder doch nur für sehr dumm halten sollte – versuchten zu löschen, was doch nicht zu löschen war. Ein alles verheerender Brand war über die Stadt gekommen, ein Feuersturm, und niemand konnte ihn aufhalten.

»Bleibt zusammen«, rief Vil hustend, der sich mit den anderen einen Weg durch das Chaos auf den nächtlichen Gassen bahnte.

»Gib sie mir!«, rief Skari dem Stummen zu. Vil hatte tatsächlich kaum mehr auf Tiuri geachtet, seit er sie in den Armen von Purgus gesehen hatte.

Sie durften nicht anhalten, aber sie durften auch nicht weiter bergauf rennen, denn irgendwo dort oben würde ihnen eine Mauer den Weg versperren. Sie mussten nach Nordosten, Richtung Eisenviertel, dann vielleicht hinunter zum Meer.

Der Stumme setzte das Mädchen ab, das mit völlig leerem Gesichtsausdruck in die Flammen starrte. Skari umarmte Tiuri, flüsterte ihr etwas ins Ohr, und plötzlich löste sich der Krampf oder was immer Vils Schwester befallen hatte, und sie brach auf der Gasse zusammen.

Der Stumme hob sie auf, noch bevor Vil oder Skari etwas sagen konnten, wies mit dem Kinn nach Nordosten und rannte schon voran. Etliche Straßen später hielten sie an. Vielleicht war der Wind stärker geworden und wehte aus der richtigen Richtung, das Feuer schien jedenfalls nicht näher zu rücken. Aber auch hier, im Eisenviertel, waren die Straßen voller Menschen, die um Haus und Hof fürchteten und wissen wollten, was da im Schatten der Arena geschah. Irgendjemand schien das Chaos ordnen zu wollen, denn eine laute Stimme forderte die Leute auf, dem Feuer entgegenzutreten.

Vil nahm seine Schwester dem Stummen aus den Armen.

Sie schien zu schlafen, vielleicht als einziger Mensch in der ganzen Stadt. Wenn er nach Süden blickte, konnte er die Arena schwarz vor dem rot leuchtenden Himmel sehen. Langsam zogen sie weiter, bis sie einen Platz mit einem Brunnen fanden.

Vil musterte die kleine Gruppe, die sich keuchend und mit rußgeschwärzten Gesichtern im Licht einer Laterne versammelt hatte. Da waren seine Freunde, der Metzger und seine Frau, der Schuhmacher und sein Sohn Carem, andere Nachbarn, der Schrecken stand ihnen im Gesicht geschrieben. Aber einer fehlte: »Sagt, Gabba, Pek, wo ist Sed?«

Gibean winkte nur keuchend ab, aber Peker sagte: »Er hat irgendwann kehrtgemacht, wollte die Leute dazu kriegen, das Feuer zu bekämpfen.«

»Dieser verfluchte Narr! Warum habt ihr nichts gesagt?«

»Er hat mich drum gebeten. Ich bin mir aber nicht sicher, ob er ein Narr ist, er ist vielleicht auch nur tapferer als wir.«

»Wenn er tot ist, wird ihm sein Mut nichts nützen«, fluchte Vil.

Vorsichtig setzte er seine Schwester auf den Mantel, den Peker für sie ausbreitete, und wickelte sie darin ein. Dann ging er hinüber zu Skari.

»Was ist da im Laden geschehen?«, fragte er leise.

Sie antwortete nicht.

»Das Feuer, warum hat Tiuri das gemacht, und vor allem wie?«

»Das habe ich nicht gesehen, Vil.«

»Du weichst mir aus. Als wir durch die Straßen rannten; es war doch, als würde das Feuer uns folgen. Und dann hast du mit ihr gesprochen – und es hörte auf. Was hast du gesagt – und was hat sie geantwortet?«

»Sie war nicht bei sich. Ich glaube, sie weiß gar nicht, was geschehen ist.« Skari seufzte. »Wenn ihr Haar nicht diese wundervolle dunkle Farbe hätte, dann würde ich sagen, sie ist eine von uns, eine Gesegnete. Aber ihr Haar ist schwarz, und ich hörte auch noch nie von einem Gesegneten, der solche Kräfte besessen hätte, der so ein Feuer entfesseln kann.«

»Du musst dich irren!«, rief Vil. Mühsam dämpfte er seine Stimme: »Es gab und gibt keine Zauberer in unserer Familie! Noch nie!« Und obwohl er es sagte, musste er doch daran denken, was man seinem Vater vorgeworfen hatte – dass er ein Hexer war, der mit böser Magie eine Mine zerstört und hunderte Menschen getötet haben sollte. Nein, das waren Lügen, mussten einfach Lügen sein. Es konnte, es durfte nicht sein, dass seine Schwester eine Hexe war!

»Wenn du willst, kann ich später mit ihr reden«, bot Skari an.

»Nein. Wenn sie sich nicht erinnert, dann ist es vielleicht besser, wenn es auch so bleibt. Ich will nicht, dass …«

»… dass sie wie eine Gesegnete wird?«, fragte Skari ruhig.

»Das habe ich nicht gesagt. Ich denke nur, sie hat genug durchgemacht. Da muss ich ihr nicht auch noch sagen, dass sie vielleicht eine Hexe ist.«

Skaris Augen wurden schmal: »Das ist das falsche Wort, Vil, das ganz falsche Wort. Die Scholaren reden so, wenn sie von Magie reden. Aber Magie ist nicht böse, sie kann ein Geschenk sein, auch wenn diese Stadt dieses Geschenk nicht haben will.«

»Und sie kann ein ganzes Stadtviertel niederbrennen!«, rief Vil aufgebracht. »Soll ich das vielleicht meiner Schwester sagen? Dass sie die Häuser unserer Nachbarn niedergebrannt hat? Dass all die Menschen, die dort in den Flammen umkommen, ihretwegen sterben? Nein, sie darf es nicht erfahren! Es war eine Öllampe, die zerborsten ist. Punkt.«

»Ich glaube nicht, dass du ihr ewig verheimlichen kannst, welche Kräfte in ihr ruhen, Vil.«

»Wir werden sehen«, gab er zurück.

»Was hast du jetzt vor?«, fragte Peker später, als sie am Brunnen ihren Durst gestillt und den Ruß abgewaschen hatten. Immer noch leuchtete der Süden rot. Selbst die Arena schien in Flammen zu stehen.

»Keine Ahnung, Pek. Der Laden ist hin, das ganze verdammte Viertel, alles, was wir mal kannten, steht in Flammen. Und wenn das Feuer so weiterwütet, brennt vielleicht noch die ganze Stadt nieder.«

»Du gehst ins Nordviertel«, meinte Skari.

»Weshalb?«

»Ich weiß nicht, aber ich habe dich da gesehen.«

»Gute Idee«, meinte Gibean, »ich kenne da ein paar Leute, bei denen wir vielleicht Unterschlupf finden. Nicht umsonst zwar, aber ...« er wog einen schweren Lederbeutel in der Hand, »... Geld dürfte kein Problem sein.«

»Das Nordviertel?«

»Der beste Ort, um für eine Weile unterzutauchen«, stimmte Peker zu. »Wir bleiben dort, bis der Sturm sich gelegt hat. Und dann wird sich schon was ergeben.«

»Und du, Skari? Was machst du?«

»Wir sehen uns da im Nordviertel«, antwortete sie lächelnd.

Er seufzte und sparte sich die Frage, ob sie auch das gesehen hatte. Dann zog er sie an sich. Eigentlich roch hier alles nach Rauch, aber darunter lag Skaris Duft nach frisch gefallenem Herbstlaub. Ihm wurde erst jetzt bewusst, wie sehr sie ihm gefehlt hatte.

Zwei Tage hatte es gedauert, bis das letzte Feuer verloschen war. Hauptmann Lizet stand auf der Außenmauer der Arena. Auch dieses uralte Gemäuer hatte im Brand gelitten. Irgendwo weit unten waren Pfeiler in der Hitze des Feuers geborsten, und die hohe Außenmauer, ihrer Stützen beraubt, war auf dreißig oder vierzig Ellen Länge zusammengebrochen. Kaiser Xelis hatte sie vor Jahrhunderten errichten lassen, als praktisch erstes Gebäude seiner neuen Hauptstadt Xelidor. Lizet dachte, dass das bewies, dass man ihn zu Recht den Verrückten nannte. Er hatte sich nicht lang genug auf dem Thron gehalten, um seine neue Stadt zum Zentrum des Reiches zu machen, aber die Arena hatte ihn und die Jahrhunderte überdauert – bis zu diesem verheerenden Brand, der das ganze Katzenviertel verzehrt hatte. Und nun kreisten die Raben mit missmutigem Krächzen über der Asche. Einige von ihnen mussten sich wohl neue Nistplätze suchen.

Er hörte Stimmen, weiter unten, wo es sicherer war. Da stand der Archont inmitten eines ganzen Schweifs von Priestern, Scholaren, Obersten und Gefolgsleuten und besah sich den Schaden, den der Feuersturm angerichtet hatte.

»Ein überwältigender Anblick und dabei so bedrückend, nicht wahr?«, fragte Ghula Mischitu, die sich zu Lizet gesellte. Sie zuckte kurz zurück, als sie sah, wie tief es hier hinabging.

»Nur bedrückend«, meinte Lizet.

»Aber Hauptmann, das Feuer ist noch keinen Tag erloschen, und schon kriechen dort unten die Menschen in den Trümmern umher und überlegen, wie sie das Viertel schöner und besser wieder aufbauen können. Ich finde das beeindruckend«, meinte die Scholarin.

»Ich nehme an, das *Wie* ist den Leuten egal, sie wollen nur so schnell wie möglich wieder ein Dach über dem Kopf haben.«

»Dann werden wir eben mit strenger Hand dafür sorgen müssen, dass es schöner und besser aufgebaut wird. Manchmal muss man die Leute zu ihrem Glück zwingen.«

»Indem man ihre Häuser niederbrennt?«

»Ich finde, wir sollten die Gelegenheit nutzen. Jetzt sagt mir nicht, dass Ihr dieser Brutstätte von Huren und Dieben nachtrauert, Lizet. Falls doch, wird es Euch vielleicht trösten, dass man Oberst Secus verhaftet hat. Ich denke, seine Unfähigkeit wird ihn den Kopf kosten.«

Lizet nickte. Der Mann war tatsächlich unfähig, aber natürlich war er nur ein Sündenbock. Es waren ganz andere Leute auf die Idee gekommen, das Katzenviertel auf den Kopf zu stellen.

»Wusstet Ihr eigentlich, dass der arme Richter Titior, der einen so verfrühten Tod starb, einen Bastardbruder hatte, den man in gewissen Kreisen die Glatze nannte?«, wechselte die Ghula plötzlich das Thema.

Jetzt war Lizet doch verblüfft. »Titior war ein Bruder von Unric der Glatze?«

»Die Auswertung des Buches, das Ihr uns beschafft habt, hat das bestätigt. All diese Schänken, die ihn bestachen – die Glatze war die Verbindung.«

»Ah, das hatte ich nicht erwartet.«

»Und Ihr seid sicher, dass Ihr dort nur dieses Buch gefunden habt, Hauptmann?«

Lizet nickte ernst. Die Pergamente über Orn Wraas und das Buch mit den Symbolen und abgekürzten Namen hatte er unter ein paar Dielen in seiner Wohnung versteckt. Er hatte einen Verdacht: Wraas war eine Legende, seine Leute wurden niemals erwischt. Was, wenn Viltor Merson ebenfalls Teil dieser Bande war? Auf jeden Fall hatte er das Gefühl, dass das eine Sache für die Hüter des Gesetzes war, nicht für die Scholaren. Es ging sie schlicht nichts an. »Sonst gab es dort nur Perücken und Verkleidungen, ehrwürdige Mischitu. Vielleicht hatte Titior noch ein weiteres Versteck, möglicherweise in der Nekropole, in der der Stollen beginnt, der bis in seine geheime Kammer führt.«

Der Stollen war nicht einmal besonders lang gewesen. Als er in Titiors geheimer Kammer die Leiter hinabgestiegen war, war er schon nach kurzer Zeit in einer kleinen Totenstadt auf der Ritterseite ans Licht getreten.

»Meine Leute sind bereits dort, aber bislang haben sie nichts gefunden.«

Lizet hielt ihrem durchdringenden Blick stand. Sie hatte *meine Leute* gesagt. »Wie geht es eigentlich dem ehrwürdigen Hochmeister Methos?«, fragte er in dem Versuch, die Ghula zu überrumpeln.

Sie blinzelte nicht einmal. »Schön, dass Ihr Euch unserem Orden noch so verbunden fühlt, dass Ihr nach Methos fragt, Hauptmann. Unser weiser Meister ist alt, und dieser Brand hat ihm schwer zugesetzt. Er trauert um die verlorenen Leben, und da seine Gesundheit ohnehin schon sehr angegriffen ist, habe ich notgedrungen bis auf Weiteres die Geschäfte des Ordens übernommen.«

»So hat der Feuersturm also auch auf dem Tempelberg Schaden angerichtet«, meinte Lizet trocken.

»In der Tat«, erwiderte die Ghula, »aber er hat ja dort auch seinen Anfang genommen.«

»Titior und Unric – sie waren also wirklich Brüder?«, fragte Lizet. »Dann war das Bett in der Kammer vielleicht für die Glatze?«

»Halbbrüder. Sie hatten denselben Vater und offenbar auch sonst viel gemeinsam. Habt Ihr Euch nie gefragt, wer es war, der stets die Hand schützend über das Katzenviertel hielt?«

»Ich ahnte etwas, als ich die Namen all dieser Tavernen las, aber dass es mit Unric zusammenhing, hätte ich nicht für möglich gehalten.«

»Übrigens ist auch der dritte Bruder, Alris Titior, zufällig Befehlshaber der Stadtwachen, in die Sache verwickelt. Er ist heute zurückgetreten. Er wird sich vor dem Geheimen Gericht verantworten müssen. Ein unrühmliches Ende für die so mächtige Familie Titior.«

»Hatte der Richter nicht drei Söhne?«, fragte Lizet.

»Söhne eines Verbrechers – sie erwartet die Verbannung, wie üblich.«

Lizet blickte hinab auf die qualmenden Ruinen. Die Stadt hatte noch Glück im Unglück gehabt, das Feuer hatte am Hohlweg, der das Katzenviertel teilte, viel an Kraft verloren. Nicht auszudenken, wenn das Feuer die Neue Werft oder den Hafen erreicht hätte.

Nur die Menschen da unten, die hatte das Glück verlassen. Aber mit Glück oder Unglück hatte das alles womöglich gar nichts zu tun. Irgendjemand hatte dafür gesorgt, dass in dieser Stadt mit eisernem Besen aufgeräumt wurde. Die da unten hatten eben das Pech, mit auf dem Kehrichthaufen zu landen. Doch wer führte diesen Besen? Die Scholaren? Der Archont?

»Noch etwas, Hauptmann. Ihr habt mit Eurer Leistung offensichtlich ein paar Leute beeindruckt. Ihr seid deshalb gewissermaßen befördert worden. Meinen Glückwunsch, Ihr seid jetzt ein Hauptmann der Gespenster.«

Die Ghula lachte, als sie Lizets Gesicht sah, dann ließ sie ihn stehen und schloss sich wieder dem Gefolge des Archonten an, das die lange Treppe hinab zum Grund der Arena stieg.

Lizet verfluchte sie. Die Geheime Wacht und ihre Methoden waren ihm zuwider. Andererseits … die Gespenster hatten Einblick in Dinge, die einem Hauptmann der Stadtwache verschlossen blieben. Vielleicht würde er dort mehr über das Netz der Intrigen erfahren, an dem in dieser Stadt stets fleißig gewoben wurde. Vielleicht wussten sie sogar, wo Viltor Merson steckte.

Er blickte noch einmal hinab auf die rauchenden Trümmer. Die Wache hatte in diesem Chaos drei oder vier Dutzend Diebe, Räuber und ziemlich viele Huren festgenommen und feierte das als großen Erfolg. Es waren aber auch Dutzende Menschen in den Flammen gestorben, und den Mörder von Richter Titior hatte man natürlich nicht gefasst. Immer noch fragte sich Lizet, wie der Anschlag auf den Prinzen mit diesem Mord zusammenhing.

Vielleicht wusste Rat Gremm die Antwort, denn Reser, der Schatten, war doch in Wahrheit sein Schwager Merson gewesen. Es war unwahrscheinlich, dass Gremm das nicht gewusst hatte. Gremm, immer wieder Gremm. Aber der Archont wollte, dass man den Mann in Ruhe ließ – warum nur?

Nachdenklich beobachtete der Hauptmann die Gruppe der Würdenträger. Sie bemühten sich, ein Bild der Einigkeit abzugeben, aber das war nur Fassade. Jeder von diesen Männern und Frauen verfolgte eigene Ziele. Wem würde dieser Brand am Ende nutzen? Die Ghula hatte ziemlich zufrieden gewirkt. Etwa nur weil sie glaubte, dass man dem Verbrechen den Nährboden entzogen hatte? Oder hatte sie andere Gründe? *Wahrscheinlich,* so dachte er, *freut sie sich zu früh.* Lizet hatte das sichere Gefühl, dass das, was hier im Verborgenen vor sich ging, noch lange nicht vorbei war.

VIERTES BUCH
BESTIEN

Als Vil den *Roten Löwen* betrat, hatte er für einen Augenblick das Gefühl, in eine Gruft zu steigen. Es wirkte unnatürlich ruhig, und nur vereinzelt kämpften Öllampen gegen die tiefe Finsternis, die die Taverne erfüllte. Vil kamen Zweifel, ob sein Plan wirklich so gut war. In dieser Dunkelheit konnten sich zehn Männer verbergen, und er würde sie nicht sehen.

Ein einzelner Mann saß im Schein einer Kerze an einem Tisch, das Gesicht zur Tür. Er wirkte sehr nervös. Vil nickte ihm zu, und dann schickte er den Wirt, der nahezu unsichtbar am Tresen lehnte, mit einem schlichten Wink hinaus.

»Du wolltest mich sprechen, Kratos?«, fragte er.

»Bist du allein?«

»Wie abgesprochen.«

»Gut, dann setz dich doch, Vil. Du hast dir einen Bart wachsen lassen? Hätte dich fast nicht wiedererkannt.« Kratos rieb sich nervös über die Oberschenkel. »Ist fast wie früher, wie? Heimliche Treffen im *Roten Löwen*.«

»Ich bezweifle, dass Biator sich ebenso gern an unser letztes Treffen erinnern würde, wie du es anscheinend tust, aber da er tot ist, können wir ihn schlecht fragen«, entgegnete Vil kalt.

»Ich habe nicht vergessen, wer ihn umgebracht hat«, entgegnete Kratos finster. Dann seufzte er und sagte: »Eine Menge Leute sind während des Feuersturms umgekommen, gute Leute. Andere sitzen jetzt auf der Galeere und werden rudern, bis man sie tot über Bord wirft, wieder andere wurden in den Süden verbannt. Das ganze verdammte Katzenviertel ist wie ausgestorben. Und deshalb bin ich hier.«

Vil betrachtete den Mann. Er konnte die Angst riechen, die dem Schläger den Schweiß auf die Stirn trieb. Er schwieg und ließ ihn reden.

Kratos räusperte sich. »Ich glaube, wir beide sind die Einzigen, die noch übrig sind, Vil, jedenfalls von den Leuten, die was taugen. Deshalb habe ich nach dir geschickt, als ich hörte, dass du noch lebst. Wo hast du dich die ganze Zeit versteckt?«

»Man findet immer Leute, die einen aufnehmen, wenn man freundlich fragt – und Geld hat, Kratos.«

»War jedenfalls klug von dir, dich ein paar Monate nicht sehen zu lassen. Ich habe gehört, die Wachen haben beim Aufräumen dein Versteck gefunden und all die schönen gestohlenen Sachen.« Kratos lachte nervös, und Vil fragte sich, ob der Schläger die Gefahr, in der er schwebte, vielleicht instinktiv bemerkte.

»Es sind nur Dinge, und die meisten waren ohnehin verbrannt.« *Wie meine Vergangenheit mit ihnen verbrannt ist,* dachte er.

»Ja, verstehe. Jedenfalls, ich kann dir helfen, Vil!«

»Du? Mir?«

»Klar. Wie gesagt, es ist kaum jemand übrig von den Leuten, die im Viertel was zu sagen hatten. Wenn wir zwei uns zusammentun, dann beherrschen wir den ganzen Süden!«

»Herrscher über Ruinen«, spottete Vil.

»Nein, nicht nur. Das *Bamaal* läuft noch so gut wie eh und je. Du könntest da einsteigen. Ein Drittel für dich, zwei für mich. Wir haben auch schon wieder ein paar Würfeltische und Mädchen in den Katakomben, und wir veranstalten auch wieder Kämpfe. Nicht so gut wie früher, aber sie kommen langsam in Gang.«

Vil verschränkte die Arme vor der Brust. »Du meinst die

Kämpfe, bei denen ihr meinen besten Freund zum Krüppel geschlagen habt?«

»Das war nichts Persönliches, und ich habe das ja auch nicht befohlen, das war die Glatze. Und denk an Biator – dem habt Ihr ein Auge ausgeschossen, aber trage ich dir das nach? Nein! Weil ich weiß, dass es nichts Persönliches war.«

»Das ist der Unterschied, Kratos, ich nehme dir das übel, und weißt du, warum? Weil ich es mir leisten kann, und weil ich das alles persönlich nehme.«

Die Bewegung im Schatten war kaum wahrnehmbar. Dann knarrte eine Diele verräterisch. Als der Schläger herumfuhr, war es zu spät: Sester Elgos hatte ihm schon die Drahtschlinge um den Hals gelegt. Kratos versuchte aufzuspringen, aber Elgos drückte ihn auf den Sitz.

»Ich könnte sagen, dass es mir leidtut, aber das wäre gelogen. Du bist hergekommen, um mir ein Geschäft vorzuschlagen, Kratos – ich, um dich sterben zu sehen«, erklärte Vil.

Elgos hielt die Schlinge mit eisernem Griff und zog sie langsam zu.

Kratos hatte Elgos an den Händen gepackt und versuchte keuchend, die tödliche Gefahr abzuwehren.

»Du fragst dich, warum ich das tue, nehme ich an. Ganz einfach. Du hast dich von meinen Feinden anheuern und benutzen lassen, und ich nehme an, du würdest es wieder tun. Du bist einfach zu unzuverlässig für unsere Art von Geschäften, Kratos. Doma Massali vom *Bamaal* ist übrigens der gleichen Meinung.«

Noch einmal zappelte der Mann in der Schlinge, aber seine Bewegungen waren schon schwach, die Hände fielen herab, und die Augen waren weit aus ihren Höhlen hervorgequollen.

»Ich will dich nicht verspotten, sonst würde ich dir raten, es nicht persönlich zu nehmen«, meinte Vil. Es klang viel selbstsicherer, als ihm zumute war. Mit einer Mischung aus Faszination und Entsetzen sah er jetzt, wie der Mann seinen letzten Atem aushauchte.

Elgos ließ die Schlinge los, und der massige Leib seines Opfers rutschte schlaff vom Stuhl. »Ich weiß nicht, ob er das noch gehört hat«, meinte er ruhig.

»Ist ja auch egal. Ich bin froh, wenn ich ihn nicht mehr sehen muss.«

»Und du bist dir wirklich schon mit Doma Massali einig?«

»Mehr oder weniger. Sie sagte, sie könne nicht mit mir zusammenarbeiten, da doch Kratos auf sie und ihre Mädchen aufpasse. Aber der ist ja jetzt kein Hindernis mehr.«

Sie schleppten den Toten in ein Hinterzimmer, und Elgos rollte ein mottenzerfressenes Bärenfell zur Seite und öffnete die darunter verborgene Falltür. Vil erahnte ein Boot auf den dunklen Wellen.

»Ich nehme an, er ist nicht der Erste, der die Taverne auf diesem Weg verlässt, oder?«

»Und wahrscheinlich auch nicht der Letzte«, meinte Elgos. Er gab dem Leichnam einen Tritt, so dass er durch die Klappe rollte und ins Boot fiel. »Früher haben wir die Leichen direkt unter dem *Roten Löwen* versenkt, aber da wurde es irgendwann zu voll. Ich werde ihn gleich hinausbringen und weit draußen versenken. Gut, dass es Winter und die Nacht lang ist.«

Als er hinab ins Boot gestiegen war und Vil schon die Klappe schließen wollte, hielt Elgos noch einmal inne und sagte: »Wie alt bist du eigentlich, mein Junge?«

»Achtzehn, warum?«

Elgos nickte. »Ich wollte mich nur vergewissern, dass du wirklich noch so jung bist, wie du aussiehst. Du bist nämlich jetzt der mächtigste Mann der Unterwelt von Xelidor, auch wenn nicht viel davon übrig ist.«

»Der mächtigste nach Orn Wraas«, berichtigte Vil.

»Und klug genug, die Kräfteverhältnisse richtig einzuschätzen, bist du auch noch«, meinte Elgos grinsend.

»Wann lerne ich ihn eigentlich kennen?«

»Wraas? Vermutlich nie. Er achtet sehr darauf, im Hintergrund zu bleiben, und wird sicher nicht deinetwegen nach Xelidor kommen.«

»Aber du bist ihm begegnet?«

»Nicht oft, doch schon öfter, als mir lieb ist, Vil. Aber nun entschuldige mich. Ich habe da noch eine Last abzuliefern, und ich wäre gerne vor Tagesanbruch zurück.«

Vil schloss die Falltür und zog das Bärenfell zurück auf seinen Platz. Sester Elgos war wirklich ein verlässlicher Verbündeter, unerschütterlich wie ein Berg. Aber warum tat dieser Mann eigentlich all diese Dinge für ihn?

Am nächsten Morgen ging Vil mit Tiuri hinüber auf die Ritterseite, um ihr ein Haus unweit des Schildplatzes zu zeigen.

»Ein Haus? Ich hatte gehofft ...«

»Was denn?«

»Sed. Hast du immer noch nichts von ihm gehört?«

»Nein, er ist verschwunden.«

»Glaubst du, dass er vielleicht ...«

Vil seufzte. Sie fragte nicht zum ersten Mal nach dem alten Freund. »Er ist sicher nicht tot, Tiri, das hätten wir erfahren. Er geht seiner eigenen Wege. Vielleicht hat er die Insel sogar verlassen.«

»Ja, vielleicht«, sagte sie niedergeschlagen.

»Aber lassen wir das. Dieses Haus, wie gefällt es dir?«

Sie seufzte. »Es erinnert mich an unser altes Zuhause.«

»Das war leider nicht zu haben, aber ich denke, das hier ist ein guter Ersatz.«

Tiuri starrte ihn mit offenem Mund an. »Du meinst, du willst es kaufen?«

»Ich habe es bereits gekauft. Ich habe dir doch erklärt, dass wir neu beginnen werden. Und das hier sieht doch aus wie ein guter Anfang.«

»Aber – wo hast du nur das Geld her?«

»Die Geschäfte laufen gut.«

Tiuri fiel ihm freudestrahlend um den Hals.

»Tiri, bitte, die Leute starren uns an.«

Sie ließ ihn los und betrachtete ihn kritisch. »Aber du willst mir immer noch nicht sagen, womit du gerade dein Geld verdienst, oder?«

»Für unsere Nachbarn bin ich der neue Mitinhaber der Geschäfte von Esrahil Gremm, ein entfernter Verwandter vom Festland, ein Vetter, und du bist einfach meine Schwester. Mehr musst du darüber nicht wissen.«

»Du willst, dass ich hier herumsitze und dir den Haushalt mache? Wer hat denn den Laden geführt? Wer hat denn dafür gesorgt, dass wir so gut verdient haben? Du hast selbst gesagt, dass ich den Laden gut im Griff hatte!«

»Hattest du, aber ich werde dich nicht noch einmal mit in meine Geschäfte hineinziehen, Tiuri. Beim letzten Mal wärst du fast verbrannt.«

»Das hatte aber nichts mit deinen kleinen Schmuggeleien zu tun!«

»Doch, hatte es. Und deshalb wird deine Mitwirkung von heute an darauf beschränkt sein, dass du die Fassade aufrechterhältst. Du wirst hier leben und dafür sorgen, dass die Leute uns für ehrbare junge Kaufleute aus Melora halten, wie wir es besprochen haben.«

»Du schließt mich aus?«

»Ich beschütze dich! Und ich gebe dir alles, was du brauchst.

Du bekommst ein schönes Heim, wirst eine Köchin haben, auch einen Hausdiener, wenn du willst. Du wirst als Gastgeberin bei unseren Empfängen glänzen. Und irgendwann wirst du einen netten jungen Kauffahrer kennenlernen, heiraten und Kinder bekommen, ganz so, wie es sein sollte.«

»Ich habe doch Carem«, sagte sie.

Er seufzte. Der Schuhmachersohn hatte sie oft im Nordviertel besucht. Erst da war Vil klar geworden, dass er mehr als nur ein Gehilfe im Laden war.

»Carem gehört zu unserem alten Leben, aber das liegt nun hinter uns.«

»Das sagst du!«

»Schau, Tiuri, Carem ist ein netter Bursche, aber eben auch der Sohn eines Schuhmachers, kaum eine gute Partie für eine Tochter der Mersons. Du wirst dich wundern, wie viele nette, junge Kauffahrer es auf dieser Seite der Insel gibt. Und sie werden sich reihenweise in dich verlieben und mich um deine Hand bitten.«

»Gib ihnen doch deine eigene Hand, wenn dir so viel daran liegt!«

Er packte sie am Arm und sah sie zornig an. »Begreifst du nicht, dass ich all den Schmutz, der hinter uns liegt, in Zukunft von dir fernhalten will? Du sollst ein besseres Leben haben, als ich dir bisher bieten konnte.«

»Carem ist kein Schmutz! Werde doch selbst ehrlich, wenn du das unbedingt willst. Ich bin sicher, Onkel Gremm könnte dir eine richtige Stelle in seinem Kontor geben.«

»Ich werde nicht mit dir besprechen, was ich tue und was ich nicht tue, Tiuri. Es wird dir in Zukunft genügen müssen zu wissen, dass ich gut für dich sorge. Das Wie lass meine Sorge sein.«

Ihre Augen blitzten ihn zornig an, aber sie erwiderte nichts mehr darauf, also nahm er an, dass sie es akzeptiert hatte. Wie hätte sie etwas dagegen haben können? Er bot ihr ein gutes, sorgenfreies Leben – was wollte sie denn noch?

»Was ist mit Skari?«, fragte sie plötzlich.

Er runzelte die Stirn. »Sie will nicht in einem Haus wohnen.«

»Aber du hast sie gefragt?«

»Sie hat mir geantwortet, bevor ich sie fragen konnte. Sie sagte, sie habe sich dort nicht gesehen.«

»Und du hast natürlich versucht, sie vom Gegenteil zu überzeugen?«

Er gab ihr keine Antwort, denn das hatte er nicht. Er hielt es für sinnlos, denn Skari tat immer, was sie wollte. Außerdem wusste er natürlich, dass eine Gesegnete nicht in die Geschichte passen würde, die er sich für sich und seine Schwester ausgedacht hatte. Er war froh, dass er das Skari nicht hatte erklären müssen. Wenigstens sie verstand ihn, auch ohne Worte.

An einem frostigen Wintertag nicht einmal eine Woche später war Vil zu Besuch bei Esrahil Gremm, doch dieses Mal nicht in der üblichen Heimlichkeit, sondern hochoffiziell, denn Vil wollte, dass sein Onkel ihn einigen wichtigen Leuten vorstellte. Natürlich war Gremm nicht begeistert von dieser Idee, hatte sich aber letztlich, wie üblich, nach einigem Jammern gefügt.

»Dies, Menhers, ist Vilaros Malakin, mein Vetter aus Melora, den ich vielleicht schon ein- oder zweimal erwähnt habe.«

Vil blickte in verwunderte Gesichter. Sie konnten den Namen natürlich nicht kennen, er hatte ihn sich ja erst selbst vor kurzem zugelegt und deshalb erneut ziemlichen Ärger mit Tiuri bekommen. »Ich will nicht wie eine Fleischpastete heißen!«, hatte sie gerufen. Er hatte ihr dann erklärt, woraus ihr Nachbar diese Pasteten gemacht hatte. Das machte es allerdings noch schlimmer, aber er hatte sich schließlich durchgesetzt. *Malakin,* Ratte – es sollte ihn daran erinnern, woher er kam.

Nun schüttelte er die Hand von Menher Brasus, den sein Onkel als Kauffahrer, Nachbarn und Freund vorstellte, dann eines Menher Vinir, von dem Vil wusste, dass er ein entfernter Verwandter von Orn Wraas war, und schließlich von Kammerherr Ajeler. Das war ein heikler Augenblick. Er kannte Ajeler von früher, als der Kämmerer Gast im Hause seines Vaters gewesen war. Würde der Mann ihn vielleicht wiedererkennen?

Tatsächlich runzelte Ajeler die Stirn und sagte: »Die Familienähnlichkeit ist nicht zu übersehen, Gremm. Aber sagt, Euer Name, Menher Malakin – er klingt nicht sehr melorisch.«

»Den habe ich meinem Urgroßvater zu verdanken, der von einer Insel dieses Namens stammt, die irgendwo im Südmeer liegt. Es verschlug ihn in seiner Jugend nach Melora, und den Namen hat er angenommen, um seine Herkunft nicht zu vergessen. Auch ich ehre diese Herkunft und führe diesen Namen mit Stolz. Allerdings bezweifle ich, dass ich diese Insel je zu sehen bekomme.«

»Nun, vielleicht führen Euch ja Eure Geschäfte eines Tages dorthin, Menher Malakin«, meinte Ajeler freundlich.

Vil war beruhigt, Ajeler erkannte ihn nicht. Diesen Test hatte er also bestanden. Er beteiligte sich nur vorsichtig an dem Gespräch dieser Männer, die ihren Disput über die Lage in der Stadt wegen seines Eintreffens unterbrochen hatten.

»Ihr seid neu hier, Menher, deshalb habt Ihr es vielleicht noch nicht bemerkt, aber die Situation ist sehr ernst«, erklärte Brasus.

Vil gab sich ahnungslos.

»Über drei Monate liegt der verheerende Feuersturm nun zurück, und immer noch hausen die Menschen aus dem Viertel in Zelten und Ruinen«, berichtete Vinir. »Wären die Leute nicht so sehr damit beschäftigt, das Erfrieren zu vermeiden, wäre es wohl noch bedeutend unruhiger.«

Ajeler seufzte. »Der Aufbau geht leider nur sehr schleppend voran, vor allem weil es an Bauholz fehlt.«

»Für die Schiffe scheint aber genug da zu sein«, murmelte Gremm.

»Die Galeeren genießen eben Priorität. Sie sind das Rückgrat unseres Handels«, sagte Ajeler, wirkte aber nicht überzeugt.

»Warum genießen sie Priorität, Menher?«, fragte Vil.

»Es gibt gewisse vertragliche Verpflichtungen gegenüber Oramar. Liefern wir keine Schiffe, bekommen wir kein Erz. Haben wir kein Erz, ruhen die Gießereien und Schmieden – und dann wird es wirklich unruhig in Xelidor. Schon jetzt arbeiten sie nur mit halber Kraft, und eine Menge Männer suchen verzweifelt nach Arbeit, um ihre Familien zu ernähren. Natürlich würde ich gerne mehr für die Leute im Katzenviertel tun, leider stellt sich die Mehrheit im Rat dagegen.«

»Sie haben Angst, für Verbündete von Telius Nestur gehalten zu werden«, murmelte Gremm.

»Dabei wäre es genau das Gegenteil! Ein paar Wohltaten für das Volk würden diesem alten Quertreiber den Wind aus den Segeln nehmen und uns auch nicht umbringen!«, rief der Kämmerer aufgebracht.

»Und ist es denn so schwierig, Holz aufzutreiben?«, fragte Vil interessiert.

»Durch die Erztransporte sind unsere Schiffe ausgelastet, und der Rat war bisher nicht gewillt, in dieser Sache etwas zu unternehmen«, meinte Vinir.

»Nun, Menher Vinir, ich weiß, dass Ihr einige Schiffsladungen Holz aus dem Norden herangeschafft habt«, meinte Ajeler spitz, »und ich weiß auch, was Ihr für das Klafter Holz verlangt.«

»Nicht mehr, als die Leute zu zahlen bereit sind«, entgegnete der andere gelassen.

»Und die Lebensmittel – weil mehr Geld mit Holz und Erz als mit Getreide zu holen ist, wird Brot immer teurer«, warf Gremm mit sorgenvoller Miene ein.

»Jedenfalls gärt es im Katzenviertel, Ihr solltet Euch also von dort fernhalten, Menher«, meinte Ajeler freundlich.

Vil dankte ihm für den guten Rat, aber er zeigte sich ohnehin nicht mehr im Katzenviertel, jetzt, da er diesen Teil seines Lebens so weit wie möglich hinter sich lassen wollte.

Einige Zeit später brachen die Herren auf, und Vil blieb allein mit seinem Onkel zurück.

»Dieser Kämmerer scheint ein kluger Kopf zu sein«, sagte Vil.

»Ich bin nur froh, dass er dich nicht wiedererkannt hat«, erwiderte Gremm.

»Wirklich? Wenn er mich erkannt hätte, hätte ich wohl umgehend die Stadt verlassen müssen, und ich habe nicht den Eindruck, dass dir das ungelegen wäre, Onkel.«

»Bitte, Viltor, nein, so darfst du das nicht sehen. Ich wünschte mir nur, du würdest dich endlich zufriedengeben mit dem, was du erreicht hast.«

»Das kann ich leider nicht, Onkel. Ich habe dir schon einmal erklärt, dass ich keine Ruhe finden werde, solange noch einer der Männer lebt, die meinen Vater unter das Henkersbeil gebracht haben.«

»Aber musst du sie denn wirklich umbringen? Diese Leute haben doch nur getan, was man von ihnen erwartet hat, Viltor.«

»Es überrascht mich schon gar nicht mehr, dass du sie verteidigst, Onkel. Dennoch erwarte ich, dass du mir die vier fehlenden Namen nennst.«

»Aber das ist nicht so einfach. Und hast du nicht gesehen, was nach deiner letzten Tat geschehen ist? Die halbe Stadt ist niedergebrannt, weil du diesen Richter getötet hast! Die Leute, die mit ihm im Gericht saßen, sind alle Mitglieder des Hohen Rates. Und beinahe jeder dieser Männer ist mächtig und einflussreich. Sie sind sehr gefährlich, Viltor.«

»Für mich oder für dich, Onkel?«

»Für uns beide – und für deine Schwester!«

Vil wusste, dass sein Onkel nicht Unrecht hatte. Aber er sagte nur kühl: »Ich werde mich vorsehen, und im Augenblick bin ich dabei, dafür zu sorgen, dass auch ich bald mächtig und einflussreich werde.«

Gremm wirkte unglücklich. »Sester Elgos hat mir gesagt, dass du jetzt das *Bamaal* führst. Glaubst du nicht, dass schon bald offenbar werden wird, dass du mit meinen Geschäften gar nichts zu tun hast?«

»Wer sollte mich verraten? Ich zeige mich dort nicht den Gästen und werde immer mehr über jeden Besucher dieses schönen Hauses wissen, als der über mich. Außerdem machen wir doch Geschäfte, Onkel, denn du leihst mir Geld. Vielleicht erwartest du dafür Dank, aber damit darfst du nicht rechnen. Du hast nichts für unsere Familie getan, als es darauf ankam, und das kannst du nicht mit ein paar Münzen wiedergutmachen. Ich werde die Kronen natürlich zurückzahlen, jede einzelne, denn ich kenne meine Verpflichtungen und gedenke, sie zu erfüllen. Und das erwarte ich auch von dir. Ich will also schon bald weitere Namen hören.«

Livus Lizet rieb sich die Augen. Es war ermüdend, den ganzen Tag in feuchten Gemäuern zu verbringen. Er räusperte sich. »Noch einmal, Menher Vitim, wer hat Euch dazu angestiftet, derart aufrührerische Reden zu halten?«

Sein Gegenüber war von den drei Tagen im Kerker sichtlich gezeichnet, und Lizet hörte seinen Magen knurren.

»Niemand hat mich angestiftet, Herr, ich habe nur laut gesagt, was alle denken«, kam es trotzig zurück. Der Mann versuchte Haltung zu bewahren, was wegen der schweren Ketten nicht einfach war.

»Ihr meint also, dass alle denken, der Rat sei ein Haufen unfähiger Schmarotzer, den man mitsamt den Scholaren im Meer ersäufen solle? Ich habe Eure Worte doch richtig wiedergegeben, oder?«

»Aber es ist doch auch wahr, Herr! Mir ist das Haus abgebrannt, mit meiner Schreinerei. Und seit drei Monaten muss ich in einem Zelt hausen, weil es auf dieser Insel kein Baumaterial gibt, das sich ein ehrbarer Handwerker leisten könnte. Und was tut der Rat? Gar nichts!«

Lizet warf noch einmal einen Blick in den Bericht, den sein Vorgänger vor drei Tagen beim ersten Verhör verfasst hatte. »Und die Scholaren, was haben die Euch getan? Wenn ich es richtig lese, haben sie Euch doch sogar angeboten, Euer Haus beziehungsweise das Grundstück, auf dem die Ruine steht, zu kaufen.«

Vitim lachte bitter auf. »Zu einem Zehntel des Wertes, Herr! Das ist doch schamlos! Und da soll ein Mann seine Stimme nicht erheben dürfen?«

»Nicht, wenn sich in der Folge eine Menschenmenge mit Fackeln, Äxten und Messern bewaffnet und einen Tempel angreift, Menher Vitim.«

»Damit hatte ich nichts zu tun, Herr! Ich habe nichts gegen die Priester. Sie helfen, wo sie können.«

Wieder rieb sich Lizet die Augen und sehnte sich zurück zu der Zeit, als er noch kein Gespenst gewesen war. Er verstand den Mann, denn die Zustände in den zerstörten Gassen waren furchtbar. Aber als Mitglied der Geheimen Wacht musste er den Aufruhr nicht verstehen, sondern bekämpfen. »Es waren Eure Worte, die Eure Nachbarn verführten. Ihr scheint ein guter Redner zu sein. Leider wird Euch diese Begabung für einige Zeit auf eine Galeere bringen, das ist Euch doch klar, oder?«

»Die Galeere? Aber ich habe nichts getan, ich bin unschuldig!«

»Ihr habt gerade zugegeben, besagte Rede gehalten zu haben. Aber ich will Euch helfen, Menher, denn ich sehe doch, dass Ihr im Herzen kein Aufrührer seid. Sagt mir einfach, wer Euch diese giftigen Gedanken eingeflüstert hat, und ich werde bei den Richtern ein gutes Wort für Euch einlegen. Oder, wartet, ich komme Euch noch weiter entgegen. Der Einarmige, wer ist das? Nennt mir nur diesen einen Namen.«

Vitim war zusammengesunken, doch plötzlich straffte er sich, ein kampflustiges Funkeln war in seine Augen zurückgekehrt, und er sagte: »Ich kann Euch Namen nennen, Herr, hunderte, von jedem Mann, jeder Frau, die ich kenne, und vor allem von den Scholaren, die unsere Not ausnutzen wollen, von den Räten, die uns nicht helfen, und zu guter Letzt von unserem geliebten Archonten, dem das Elend seiner Stadt von Herzen egal zu sein scheint. Ja, genau, Archont Memnon, das ist der erste Name, den Ihr notieren könnt, Gespenst! Wie, Ihr schreibt gar nichts auf?«

Lizet seufzte und rollte das Pergament ein. »Ich werde Euch in einigen Tagen noch einmal befragen, Menher Vitim. Vielleicht seid Ihr dann etwas klüger.«

Er gab den Wachen ein Zeichen, und sie packten den Mann, der weiter wüste Beschuldigungen gegen den Archonten und die Großen der Stadt von sich gab, und schleiften ihn zurück in seine Zelle.

»Ihr seid zu sanft, Lizet, das habe ich Euch doch schon einmal gesagt«, meinte Oberst Furem, der mit verschränkten Armen in der Tür lehnte.

Lizet zuckte mit den Schultern. »Ich habe bereits darum gebeten, dass man mich wieder zurück zur Wache versetzt.«

»Ich weiß«, sagte der Oberst und zwirbelte missbilligend seinen Schnauzer. »Aber irgendjemand weit oben will, dass Ihr bei uns bleibt. Deswegen bleibt Ihr, Lizet, also erledigt Eure Arbeit, und erledigt sie richtig.«

»Der Mann hat doch zugegeben, dass er die Rede gehalten hat.«

»Aber wir brauchen Namen!«

»Wirklich? Wie wäre es mit dem Namen Telius Nestur? Ich selbst habe einige der Sätze, die diesen armen Handwerker auf die Galeere bringen werden, vorher aus Nesturs Mund gehört. Aber offenbar will ihn niemand verhaften.«

»Haltet Euch von Nestur fern, Lizet, der ist eine Nummer zu groß für Euch«, erwiderte der Oberst finster und verschwand.

Lizet ging unzufrieden nach Hause. Seit Wochen kam es immer wieder zu Zwischenfällen in den zerstörten Teilen der Stadt. Mal wurde ein Händler angegriffen, weil er zu viel Geld für seine Waren verlangte, dann aus unerfindlichen Gründen ein Tempel. Scholaren wurden mit faulem Gemüse beworfen, und einmal waren ein paar Wachsoldaten angegriffen worden. Es hatte sogar Tote gegeben.

Nestur wiegelte die Leute auf, das war offensichtlich, aber weit weniger offensichtlich war, warum man ihn gewähren ließ. Natürlich war er reich und mächtig, und er hatte Verwandte in vielen wichtigen Ämtern, aber er ging eindeutig zu weit.

Lizet hatte sein kleines Haus im Altkaiserviertel erreicht. Er heizte den Ofen an, denn der Winter drückte mit eisiger Kälte durch die kleinen Fenster. Kohlen waren teuer geworden, fast so teuer wie Holz, wenn es nicht an die Werft ging. Er hatte dem Oberst vorgeschlagen, die Wachen an der Werft wenigstens zu verdoppeln, denn sie zog immer stärker den Hass der gesamten südlichen Stadt auf sich, und zu seiner Überraschung war man diesem Vorschlag gefolgt.

Er entzündete eine Kerze, setzte sich an den Küchentisch, stocherte im Ofen und wartete darauf, dass es endlich warm werden würde.

Der Feuersturm hatte vieles verändert. Er würde es nicht zugeben, aber das laute, stinkende, ordinäre Katzenviertel fehlte ihm. Er starrte in die Glut. Das Feuer war an mehreren Stellen zugleich ausgebrochen. So etwas konnte schon einmal passieren, wenn eine entfesselte Soldateska die eigene Stadt plünderte, aber dennoch, er fragte sich, ob da jemand die Gelegenheit genutzt hatte, Unheil zu stiften.

Die Gespenster hatten die Vorgänge dieses Tages untersucht, und zwar gründlich, das musste er ihnen lassen. Sie hatten aus hunderten von Aussagen und Beobachtungen, die sie zusammengetragen hatten, einen umfangreichen Bericht erstellt, der aber dann unter Verschluss gehalten wurde.

Als Hauptmann der Gespenster hatte Lizet ihn lesen dürfen und so einige interessante Details erfahren. So kam der Bericht zu dem Schluss, dass der schlimmste Brandherd in der Scherengasse am östlichen Rand des Viertels gelegen hatte. Das war bemerkenswert, weil dort kaum Soldaten gewesen waren. Noch interessanter fand Lizet allerdings, dass sich das Feuer dort offenbar gegen den Nordwind ausgebreitet hatte. Zeugen hatten wenigstens zwei Gesegnete dort gesehen, aber seltsamerweise scheute der Bericht davor zurück, sie zu Sündenböcken zu machen. War das nur die abergläubische Furcht vor diesen Menschen? Natürlich konnten diese beiden Gesegneten nicht alle Feuer gelegt haben, aber er beschloss trotzdem, diese Information im Hinterkopf zu behalten. Er fühlte, dass sie wichtig war.

Und die anderen Brandherde? Lizet fand bemerkenswert, wie viel Mühe die Verfasser des Berichts darauf verwendet hatten, die Scholaren und ihre Feuerbomben nicht zu erwähnen. Waren diese gelehrten Männer und Frauen einfach unvorsichtig gewesen? An gleich mehreren Stellen der Stadt? Nein, es war entweder eine Verkettung sehr unglücklicher Umstände – oder es steckte eine sehr finstere Absicht dahinter. Doch warum sollten die Scholaren daran interessiert sein, das Katzenviertel niederzubrennen?

Und dann war da die Sache mit dem Schatten. Er war tot. Aber sein mutmaßlicher Begleiter, der Mörder von Richter Titior, war in dem Chaos entwischt, und es war unklar, was die beiden Männer miteinander zu tun hatten.

Die Gespenster hatten auch dazu Aussagen zusammengetragen, aber das Einzige, was sie alle gemein hatten, war, dass sie einander widersprachen. Einige Leute wollten zwei Schatten gesehen haben, einer schwor, der Schatten sei über die Dächer davongeflogen, ein anderer, dass der Schatten die Gestalt eines jungen, gut gekleideten Mannes angenommen habe, der sich dann aber in Luft auflöste.

Lizet starrte in die Ofenglut. Er versuchte, sich all die Seiten, die er gelesen hatte, wieder in Erinnerung zu rufen: die Scherengasse, er war da über etwas gestolpert. Ein Gesegneter, der einen Laden bewachte. Und der Laden gehörte einem gewissen – Lizet versuchte, sich an den Namen zu erinnern – Aris.

Der Besitzer war spurlos verschwunden, möglicherweise in den Flammen umgekommen, wie hundert andere auch. Und dann dachte Lizet plötzlich an einen anderen Brand, an die Schmiede, wo schon einmal jemand verbrannt war, der sich so ähnlich nannte: Aretus. Und wie war der Vorname dieses Aris gewesen?

Er konzentrierte sich. Ein V. Mehr hatte da nicht gestanden. V. Aris. Unfassbar! Es fiel ihm wie Schuppen von den Augen: Viltor Aretus Merson. Schon wieder! Verbrannt? Wohl kaum. Dieser Mensch hatte mehr Leben als eine Katze! Und er war ein Merson – was lag näher, als anzunehmen, dass er seinem Onkel, dem Schatten, helfen würde?

Und auch Rat Gremm hatte dem Schatten geholfen, das musste einfach so sein, auch wenn das niemanden zu kümmern schien. Hatte er auch seinem Neffen geholfen, den Richter zu ermorden? Dann würde er vermutlich auch wissen, wo Viltor Merson sich versteckte.

Der Befehl lautete, dass der Hohe Rat Gremm »vorerst« in Ruhe zu lassen sei, aber wenn er seinen Obersten beweisen konnte, dass Gremm und sein Neffe mit dem Schatten gemeinsame Sache gemacht hatten, dann würde man die Sache doch wohl endlich anders sehen. Dann würde er Galenes' Mörder endlich der gerechten Bestrafung zuführen können.

Im großen Saal des *Bamaal* rollten die Würfel. Vil saß einen halben Stock höher und sah durch ein verborgenes Guckloch zu. Gibean hatte die Spieltische unter sich, und er redete gerade auf einen der Würfelhalter ein, der ihm offenbar zu viel verlor.

Vil grinste flüchtig, weil er daran denken musste, wie schwierig es gewesen war, Gabba beizubringen, dass an diesen Tischen nicht falsch gespielt werden durfte. Er hatte das Problem schließlich gelöst, indem er dem Freund die Aufsicht gab; das hielt ihn davon ab, selbst die Würfel in die Hand zu nehmen.

In der Nähe des Eingangs lehnte Purgus, der stumme Gesegnete. So wie Gabba auf die Tische achtete, achtete er darauf, dass sich die Leute benahmen.

Doma Massali schwärmte geradezu von ihm: »Er bewirkt Wunder. Wir hatten früher oft Freier, die Ärger machten, aber seit dieser Gesegnete über die Mädchen wacht, hat das aufgehört. Und er muss nicht einmal irgendetwas machen, es reicht, wenn sie seine weißen Haare sehen«, hatte sie gerade erst am Vortag gesagt.

»Du wirkst zufrieden«, stellte Peker fest.

Vil ließ die Tische nicht aus den Augen. Er hatte da jemanden entdeckt. »Warum auch nicht?«, sagte er. »Die Geschäfte laufen gut. Gabbas Idee mit den Spieltischen hat sich ausgezahlt. Nun kommen auch Männer hierher, die ihr Geld nicht bei unseren Mädchen loswerden wollen, und es dann später, wenn sie genug gewonnen haben, doch tun.«

»Mag sein«, meinte Peker.

»Du hingegen wirkst unzufrieden, Pek. Dabei dachte ich, dass dir so viele schöne Mädchen in deiner Nähe gefallen müssten.«

»An Mädchen hatte ich schon vorher keinen Mangel. Und bezahlen musste ich dafür noch nie.«

»Jetzt doch auch nicht, Pek.«

Peker schnaubte unzufrieden. »Es ist einfach nicht dasselbe. Aber es geht auch nicht um die Mädchen. Ich weiß auch nicht, vielleicht ist es das Gefühl, dass ich für mein Geld nicht mehr arbeiten muss. Das bin ich nicht gewohnt.«

»Du meinst – du würdest lieber wieder in fremde Häuser einbrechen?«

»Ja, vielleicht. Da war ich wenigstens unterwegs. Jetzt sitze ich nur hier herum und zähle dein Geld.«

»Unser Geld, Pek.«

»Schon klar, Vil.«

»Ich verstehe dich, aber du weißt ebenso gut wie ich, dass jeder Dieb früher oder später geschnappt wird. Wir hatten einfach Glück und haben gerade noch rechtzeitig aufgehört.«

»Aber – diese andere Geschichte, da scheinst du es ruhiger angehen zu lassen, oder?«

Vil zuckte mit den Achseln. »Mein Onkel hat mir versichert, dass er nach den Namen sucht. Aber selbst ein Rat kommt wohl nicht so leicht an diese geheimen Protokolle heran.«

»Und du hast nicht das Gefühl, dass er dich nur hinhält?«

»Vielleicht. Ich denke, wenn ich die Sache hier noch ein bisschen besser im Griff habe, werde ich ihn mit mehr Nachdruck an seine Aufgabe erinnern.«

Peker lächelte. »Das *Bamaal* gehört dir jetzt schon seit vier Monaten – und der Laden läuft reibungslos. Man könnte meinen, dass du es auch nicht besonders eilig mit deiner Rache hast. Und wenn ich ehrlich bin, bin ich darüber froh.«

»Weißt du, ich denke darüber nach, was mein Onkel sagte. Er meinte, dass ich die Männer doch nicht umbringen müsse. Vielleicht hat er recht, vielleicht gibt es einen anderen Weg, sie zu vernichten. Vielleicht ist es sogar schlimmer für sie, wenn ich ihnen Ansehen, Macht und Geld nehme.«

Er sagte es, aber er wusste genau, dass seine Mutter etwas anderes von ihm erwartete. Ob sie den blinden Nekor immer noch heimsuchte? Er hatte den Mann nicht mehr gesehen, seit er auf die Ritterseite gezogen war. Vier Monate war das schon her? Vil hatte das Gefühl, erst seit zwei oder drei Wochen hier zu sein.

Immer noch beobachtete er einen bestimmten Spieler. Der Mann verlor, das war unverkennbar. »Kannst du Gabba holen, Pek? Ich muss ihn etwas fragen.«

»Ich habe gesehen, dass unser Freund wieder da ist«, sagte er, als Peker mit Gibean zurückgekehrt war.

»Er spielt und verliert, und er kann seine Schulden nicht begleichen, Vil. Er hat mich erneut um Kredit gebeten.«

»Du hast ihn gewährt?«

»Wie du gesagt hast, Vil.«

»Um wen geht es?«, fragte Peker und warf jetzt selbst einen Blick durch das Guckloch.

»Er sitzt am letzten Tisch. Der Mann mit den zitternden Händen«, erklärte Vil. »Montes ist sein Name. Man sollte meinen, der Mann würde endlich klug werden.«

»Aussichtslos«, meinte Gibean grinsend.

»Mit wie viel steht er jetzt in der Kreide?«

»Achttausend.«

Peker ließ einen anerkennenden Pfiff hören.

»Was hast du herausgefunden, Gabba?«

»Er wohnt auf der Ritterseite, im Schildplatzviertel. Ihr seid sozusagen fast Nachbarn, Vil. Ihm gehören ein hübsches Haus und ein paar ebenso hübsche Anteile an der Werft und an zwei der kleineren Minen im Osten, alles von seinem Vater geerbt. Er ist also nicht völlig mittellos, aber er hat kein Bares mehr. Willst du, dass er dir ein paar Anteile überträgt?«

»Was ist mit seiner Familie?«

»Es ist, wie du sagtest, Vil; die Montes sind alter Xelidor-Adel, aber eher auf dem absteigenden Ast. Montes hat eine Frau vom Festland geheiratet und eine Tochter in die Welt gesetzt, die ihrem Vater in jeder Beziehung über den Kopf gewachsen ist. Unser Freund ist leider auch kein stolzer, vermögender Kauffahrer, sondern arbeitet als Stellvertreter des Hafenverwalters.«

»Kein ganz schlechter Posten«, warf Peker ein.

Gibean rümpfte die Nase. »Für einen Ritter der Stadt ist das armselig. Noch dazu dürfte sein Einkommen kaum reichen, sein Haus und seine Familie zu unterhalten. Und seine Spielschulden deckt es schon gar nicht.«

»Er hat aber noch eine Stimme in der Großen Versammlung, oder?«, fragte Vil.

»Schon, aber dafür kann er sich auch nichts kaufen. Wenn du mich fragst, sollten wir ihm keinen Kredit mehr einräumen, nicht ohne ein paar handfeste Sicherheiten.«

Vil schüttelte den Kopf. »Gib ihm die Kronen, die er will. Aber bei zehntausend bringst du ihn zu mir.«

»Was hast du vor?«, fragte Peker, als Gibean gegangen war.

»Ich habe da so eine Idee, nichts Konkretes. Ich sage dir Bescheid, wenn ich Genaueres weiß«, erklärte Vil vage. Aber das stimmte nicht, Vil hatte ganz genaue Vorstellungen, was er von dem Mann wollte. Montes würde ihm verschaffen können, was er für seinen Plan brauchte. Er hatte Verbindungen, einen guten Namen – und vor allem hatte er eine Tochter.

Vil blieb immer bis weit nach Mitternacht im *Bamaal* und hatte ein Auge auf die Geschäfte. Er zeigte sich jedoch nie, auch achtete er darauf, dass er nicht gesehen wurde, wenn er das Haus durch einen diskreten Hintereingang betrat oder verließ.

Und jeden Abend, bevor er ging, begab er sich noch einmal in das oberste Stockwerk. Die Mädchen wohnten dort oben, aber er ging nicht wegen der Mädchen dorthin. Auch an diesem Abend klopfte er vorsichtig an eine schmale Tür, dann trat er ein.

Tilama saß dort in ihrem Bett und lächelte, als er eintrat. Es war ein schreckliches Lächeln, denn ihr Gesicht war zerschlagen worden, und nun war eine Hälfte gelähmt. Sie sagte nichts, konnte nichts sagen, denn ihr war auch die Zunge herausgeschnitten worden.

Er setzte sich zu ihr ans Bett und küsste sie auf die Stirn. »Der Arzt meinte, du wirst bald wieder laufen können. Dann ist es mit dem Faulenzen vorbei.«

Sie legte ihr Gesicht an seine Schulter. Er hatte seine Zweifel, vielleicht hatte der Arzt auch nur gesagt, was er hören wollte, denn wie sollte ein Bein, das sechs Monate seinen Dienst versagt hatte, ihn nach so langer Zeit wieder verrichten können? Er hatte deshalb Nachrichten an einige Städte in Melora und anderswo geschickt. Dort gab es Magier, vielleicht verstand sich einer darauf, so eine Verletzung zu heilen. Er würde ihr die Reise bezahlen. Aber das wollte er ihr noch nicht sagen, denn vielleicht war das selbst von einem Zauberer zu viel verlangt.

»Gabba hört sich um, doch er hat den Mann noch nicht gefunden, der dir das angetan hat«, sagte er stattdessen.

Sie seufzte. Er wusste, dass sie nicht wollte, dass er nach ihrem Peiniger suchte, aber er fand, das war er ihr schuldig. Doch der *Schwarze Stock* war ein Ort der Verschwiegenheit, selbst Doma Massali wusste nicht, wer dort verkehrt hatte. »Das war das Reich der Glatze, und ich habe nie einen Fuß dort hineingesetzt«, hatte sie ihm versichert.

»Du bist weitergekommen?«, fragte er und zeigte auf ihr Stickzeug.

Wieder dieses schreckliche Lächeln.

»Das sieht hübsch aus«, sagte er etwas hilflos.

Dann wusste er nicht mehr, was er noch sagen sollte. Aber er blieb bei ihr, bis die Kerze niedergebrannt und er sicher war, dass sie eingeschlafen war.

Esrahil Gremm wurde nicht oft auf ein Fest eingeladen, und noch seltener leistete er einer Einladung dann auch Folge. Dieses Mal konnte er es jedoch nicht vermeiden, fand das festliche Abendessen doch im Hause seines Neffen statt. Sein Trost war, dass Abar Brasus ihn ins Schildplatzviertel begleitete. *Wenigstens ein Freund, der mit der ganzen unseligen Geschichte nichts zu tun hat,* dachte er, als sie durch die laue Frühlingsluft spazierten.

»Merkwürdig«, sagte Brasus.

»Was meint Ihr?«

»Habt Ihr diesen Mann gesehen?«

Gremm sah sich um. »Wen meint Ihr, Brasus?« Er sah einige Leute, vielleicht Bedienstete auf dem Weg nach Hause, einen Laternenanzünder, doch niemand, der aufgefallen wäre.

»Er ist weg. Das ist es ja. Eben war er noch da, nun ist er weg. Und ich meine, ich hätte ihn im Silbersteig auch schon gesehen.«

»Ach, da habt Ihr Euch getäuscht«, sagte Gremm, aber sofort kroch ihm die alte Angst wieder unter den Mantel. Wurde er beobachtet? Es mussten sich doch etliche Leute die Frage stellen, ob er wirklich nicht gewusst hatte, dass er Geschäfte mit einem Schatten gemacht hatte. Aber nie war irgendjemand gekommen und hatte auch nur danach gefragt.

Es war also gut möglich, dass man ihn beobachtete, aber, und das vermochte ihn ein wenig zu beruhigen, das konnten sie ruhig tun. Seit das Katzenviertel zerstört worden war, war auch der Schmuggel zum Erliegen gekommen. Es gab keine krummen Geschäfte mehr, keine Lagerhäuser, aus denen die Waren verschwanden. Im Augenblick führte Gremm das Leben eines ehrlichen Kaufmannes und Rates der Stadt. Wenn da nur nicht sein Neffe wäre …

Er wusste immer noch nicht, ob er Viltors Vorgehensweise tollkühn oder bodenlos leichtsinnig finden sollte, aber immerhin musste er nicht so tun, als würde er Nichte und Neffe nicht kennen – nur gaben sie sich eben als Vetter und Base aus.

»Vetter Esrahil, wie schön, Euch zu sehen«, begrüßte ihn Tiuri als Dame des Hauses, und Gremm war erstaunt, wie erwachsen sie geworden war.

»Die Freude ist ganz meinerseits, Base Tiuri. Darf ich Euch meinen langjährigen Freund Abar Brasus vorstellen?«

»Sehr erfreut, Menher. Die Freunde meines Vetters sind auch meine Freunde.«

Gremm wunderte sich kaum noch, wie glatt ihr diese falschen Worte von den Lippen gingen. Darin war sie wohl leider ihrem Bruder ähnlich, der doch schon so lange ein Doppel-, wenn nicht gar ein Dreifachleben führte.

Er fand Vil mit einigen anderen Herren in der Stube. Vinir war dort und einige junge Kauffahrer, von denen einer gerade erklärte: »Es ist nicht so einfach, in die Große Versammlung aufgenommen zu werden, Menher Malakin. Ihr müsst nachweisen, dass Ihr ein Geschäft in der Stadt führt, eine dauerhafte Bindung an die Stadt habt, und Ihr müsst mindestens drei Männer aus der Versammlung benennen, die für Euch bürgen.«

»Aber dann kostet es Euch nur noch eine mehr oder weniger stattliche Summe, deren Höhe sich nach der Laune des Ratsvorsitzenden richtet, und schon dürft Ihr Euch Ritter von Xelidor schimpfen und Euch einmal im Monat in der Halle die Beine in den Bauch stehen«, rief Vinir fröhlich.

Sie sind alle so schrecklich gut gelaunt, dachte Gremm. Wussten sie nicht, dass es überall in der Stadt gärte? Oder kümmerte es sie nur einfach nicht?

»Ah, Menher Gremm, was gibt es Neues im Rat?«

»Nichts von Bedeutung, Menhers, wie immer«, gab Gremm zurück.

»Nichts von Bedeutung? Ich hörte, der Vertrag mit den Oramarern trägt reife Früchte. Es ist von einer weiteren Erzflotte die Rede, die schon bald hier festmachen wird.«

Gremm kannte den Mann nicht, aber er nickte flüchtig. »Es stimmt, dass die nächsten Lieferungen bald erwartet werden, aber ob es gleich eine ganze Flotte ist …«

»Hauptsache, das Erz lässt unsere Schmelzen, Gießereien und Schmieden wieder arbeiten«, meinte Vinir. »Nicht wahr, Menher Malakin?«

Gremm fragte sich, was der lauernde Unterton zu bedeuten hatte.

Sein Neffe erwiderte: »Es ist immer gut, wenn die Stahlseite zu tun hat, das weiß man sogar in Melora. Es bringt Geld in jede Kasse der Stadt.«

»Auch ins *Bamaal,* wie ich hörte«, rief Vinir.

Gremm zuckte zusammen. Vinir hatte herausgefunden, womit Viltor sein Geld verdiente?

»Ich nehme an, auch dorthin«, antwortete Vil ruhig auf die Frage. »Doch es sind Damen anwesend, Menher Vinir, und ich glaube, es ist nicht schicklich, ein Haus dieser Art in ihrer Gegenwart zu erwähnen.«

»Ich bitte um Vergebung«, gab Vinir ölig zurück.

Gremm seufzte. Warum wunderte er sich, dass Vinir Bescheid wusste? Er war doch ein Schützling von Orn Wraas, und der wusste eigentlich immer, was in Xelidor vorging.

Er ließ das Essen über sich ergehen, und später, als sich die Damen in eine andere Kammer zu Tee und Tratsch zurückzogen und die Herren zu den stärkeren Getränken übergingen, nippte er nur lustlos an seinem Tee mit Branntwein, wünschte sich, baldmöglichst verschwinden zu können, und beteiligte sich nur zurückhaltend an der heftigen Debatte über Holzpreise, die Unruhe auf der Stahlseite und die Verträge mit dem oramarischen Prinzen.

»Aber Ihr könnt uns doch wenigstens sagen, geschätzter Rat Gremm, ob es wahr ist, dass die Scholaren sich nun in Oramar einen ganzen Hafen unter den Nagel gerissen haben!«, rief ein junger Kauffahrer zu fortgeschrittener Stunde.

»Das sind Übertreibungen, Menher«, antwortete Gremm seufzend. »Sie haben sich lediglich einige Handelsrechte gesichert, außerdem das Recht, dort Niederlassungen zu gründen.«

»Beachtlich, wenn man weiß, dass der alte Padischah die letzten Gesandten der Scholaren noch hat köpfen lassen«, meinte Vinir.

»Und dass sie das halbe Katzenviertel aufkaufen, was sagt Ihr dazu, Menher Gremm?«, fragte wieder der junge Kauffahrer.

Gremm versuchte, sich an seinen Namen zu erinnern, und erwiderte ausweichend: »Damit ist der Rat nicht befasst.« Das war nicht einmal ansatzweise die Wahrheit, auch im Rat zerbrach man sich in kleinen vertraulichen Runden den Kopf darüber, was die Scholaren mit diesen Grundstücken vorhaben mochten.

»Hat der Rat denn wenigstens nachgefragt, Vetter?«, fragte Viltor.

Gremm sah ihn nachdenklich an. Der Junge war klug, wie sein Vater, und ebenso leichtsinnig. Dieser ganze Abend, all die Kontakte, die er knüpfte, es war offensichtlich, dass er vorhatte, sich für die Große Versammlung zu empfehlen.

»Wir werden das tun, wenn wir es für erforderlich halten«, wich Gremm aus. Der Rat hatte indes schon längst bei der Bruderschaft nachgefragt, aber nichts als leere Worthülsen zur Antwort bekommen. Man konnte den Eindruck gewinnen, die Scholaren würden den ehrwürdigen Rat einfach ignorieren.

»Menher Gremm, wir haben Euch seinerzeit in den Rat gewählt, weil wir dachten, dass Ihr Euch besser um die jungen Kauffahrer kümmern würdet als Nestur«, rief Vinir, »haben wir uns da geirrt?«

Gremm stellte seinen Tee ab, blickte Vinir ernst an und erwiderte: »Menher Vinir, wohnt Ihr im Katzenviertel? Einer von Euch, Menhers? Nein? Dann seid Ihr wohl nicht in Not. Wie laufen denn Eure Geschäfte? Besser denn je, möchte ich meinen, seit wir vom Rat mit Oramar die neuen Verträge abgeschlossen haben. Einige von Euch verdienen doch sogar recht gut an der Notlage der Leute, die in den Ruinen ihres Viertels hausen und Euer Holz zum Dreifachen des üblichen Preises kaufen müssten – wenn sie denn das Geld nicht schon für das Brot ausgegeben hätten, das nun ebenfalls das Dreifache des Üblichen kostet, weil nicht mehr genug Schiffe Weizen heranschaffen. Da ist es doch kein Wunder, dass sie lieber die Kronen der Scholaren nehmen, statt auf Eure Mildtätigkeit zu warten!«

Er hatte sich in Rage geredet, war sogar aufgesprungen. Jetzt blickte er in lauter verblüfft schweigende Gesichter. Nur Vinir war rot angelaufen. Gremm setzte sich wieder.

»Hört, hört«, sagte Viltor lächelnd.

»Mein Freund Esrahil hat recht«, rief Abar Brasus. »Ich meine, wir reden viel über das Leid unserer Mitbürger, aber wir tun nichts dagegen!«

»Ist das nicht eher Sache des Tempels?«, fragte einer.

»Aber wir können es zu unserer Sache machen, Menhers«, rief Brasus enthusiastisch. »Seid Ihr es nicht auch leid, all die hasserfüllten Blicke zu spüren, wenn Eure Geschäfte Euch auf die Stahlseite führen? Die Leute neiden uns unseren Wohlstand, wo doch viele von ihnen selbst gerade alles verloren haben.«

»Und was wollt Ihr dagegen tun?«

»Ich meine, wir sollten unter unseresgleichen Geld sammeln für die Armen. Wir helfen ihnen, ihre Häuser wieder aufzubauen, versorgen sie mit dem Nötigsten, organisieren Getreidelieferungen. Was sind schon ein paar Bretter und ein paar Schütten Reis oder Roggen für uns? Für einen Mann, dem das Brot und das Dach über dem Kopf fehlen, können sie eine Menge bedeuten. Es sind doch unsere Mitbürger. Die sollten wir nicht den Scholaren überlassen!«, rief Brasus begeistert.

Gremm fragte sich, ob Brasus vielleicht verrückt geworden war. Man konnte den Kauffahrern von Xelidor vieles unterstellen – aber Mildtätigkeit war ihre Sache nicht.

»Nun, es könnte politisch von Vorteil sein«, meinte einer der Kauffahrer nachdenklich.

»Wir würden den verdammten Scholaren eins auswischen.«

»Natürlich«, rief ein anderer, »wir gründen einen eigenen Orden der Wohltätigkeit, mit unserem Rat Gremm an der Spitze!«

»Augenblick …«, rief Gremm, aber sein zaghafter Widerspruch ging in der allgemeinen Begeisterung für »seine« kühne Idee unter.

Als der Abend zu Ende ging, war Esrahil Gremm das gewählte Oberhaupt der Kauffahrergilde der Mildtätigen Hand.

»Ich hätte nicht gedacht, dass dieser Abend so erfolgreich wird«, sagte Vil, als er seinen Onkel zur Tür begleitete.

Esrahil Gremm blieb stehen. »Viltor, wann wirst du endlich begreifen, dass es nicht gut für uns ist, wenn wir Aufmerksamkeit auf uns ziehen?«

»Ich glaube hingegen, dass diese Art von Aufmerksamkeit sehr gut für dich sein wird, Onkel.«

Gremm schüttelte den Kopf. »Unsinn. Es gibt bei uns beiden viel zu viel, das lieber im Verborgenen bleiben sollte. Deshalb halte ich auch nichts davon, dass du in die Große Versammlung willst.«

»Habe ich denn gesagt, dass ich das vorhabe?«, fragte Vil, aber er dachte bei sich, dass er seinen Onkel vielleicht doch unterschätzte.

»Viltor, ich bin vielleicht nur ein einfacher Kauffahrer, aber ich erkenne, wenn jemand Ambitionen hat. Du bist deinem Vater ähnlich. Auch er wollte hoch hinaus – und ist tief gefallen.«

Vils Miene verfinsterte sich. »Du solltest nicht meinen Vater erwähnen, es sei denn, du hast die Namen der Leute, die ihn ins Unglück stürzten.«

»Hast du schon einmal daran gedacht, dass er selbst daran

nicht unbeteiligt war? Er ist schnell aufgestiegen und hat sich dabei Feinde gemacht, so ist es eben in Xelidor.«

»Namen?«

»Du stürzt uns alle ins Unglück, Junge. Warum lässt du diese Insel, die du so zu hassen scheinst, nicht einfach hinter dir? Nimm deine Schwester und verlasse Chelos. Du kannst anderswo dein Glück machen.«

»Glück, Onkel?«, fragte Tiuri, die gerade dazugekommen war. »Unser Glück wurde zerstört, und wir werden die Insel nicht verlassen, bis die Männer, die unsere Eltern und unseren Bruder auf dem Gewissen haben, gerichtet sind.«

Vil lief es kalt über den Rücken. Er sprach mit Tiuri nie über diese Dinge, und es beschämte ihn, dass sie in dieser Frage sehr viel entschiedener war als er selbst.

Er verabschiedete seinen Onkel und schloss die Pforte. »Wie haben dir unsere Gäste gefallen, Tiuri?«

»An der Tafel war es erträglich, aber beim Tee, du meine Güte, was für eine Tratscherei.«

Vil lächelte. »Ich habe eigentlich auch die männlichen Gäste gemeint. Es waren ein paar Junggesellen unter ihnen.«

»Oh, wirklich?«, fragte sie spöttisch.

Er runzelte die Stirn. »Ehrbare Kaufleute aus namhaften Häusern, Tiuri, sie haben mehr verdient als eine spöttische Bemerkung.«

»Mag sein, aber mehr werden sie von mir nicht bekommen«, erklärte sie und verschwand die Treppe hinauf.

Vil blieb in der Halle zurück. Seine Schwester war auffallend gut gelaunt. Ihr vierzehnter Geburtstag stand vor der Tür, vielleicht war es deshalb. Er hatte Gibean eine silberne Kette mit einem großen Granatstein für sie besorgen lassen, damit sie endlich über etwas standesgemäßen Schmuck verfügte. Er musste lächeln, als er daran dachte, dass sie die armselige Muschelkette, die er ihr in der Halde geschenkt hatte, immer noch aufhob und manchmal sogar trug. Vielleicht war es die Vorfreude auf diesen Tag, die Tiuri so fröhlich machte, aber Vil hatte den Verdacht, dass es für ihre gute Laune einen anderen Grund gab, einen, der ihm nicht gefallen würde.

Er ging noch einmal ins *Bamaal* und bat Peker, das für ihn herausfinden.

Der Frühling war schon beinahe Sommer geworden, als sich Livus Lizet im Zimmer des Marschalls der Wache befand. Er war nervös, denn sein Anliegen stieß auf wenig Gegenliebe, und nun saß er hier, und der Marschall ignorierte ihn mit einer gewissen Hartnäckigkeit. Plötzlich stand er auf und ging ohne ein Wort der Erklärung. Als Lizet sich noch fragte, was das zu bedeuten hatte, trat der Archont ein.

»Exzellenz!«, rief Lizet und sprang auf.

Der Archont winkte ab. »Behaltet doch Platz, Hauptmann. Eigentlich bin ich gar nicht hier. Wie ich hörte, habt Ihr erneut um Eure Versetzung gebeten?«

»Jawohl, Exzellenz. Ich glaube, ich bin für die Geheime Wacht einfach nicht geschaffen.«

»So? Ich bin anderer Meinung, und ich irre mich selten. Ich verstehe, dass Ihr die Methoden nicht gutheißt, aber im Großen und Ganzen haben sie mit ihrer Härte doch Erfolg. Die Zwischenfälle auf der Stahlseite haben fast aufgehört, oder nicht? Und das nur, weil ein jeder Angst hat, der Nächste zu sein, den die Gespenster holen.«

»Ja, Exzellenz.«

»Ihr seid anderer Meinung?«

Vorsichtig erwiderte Lizet: »Nein, Exzellenz, es ist wirklich ruhiger geworden, aber vielleicht ist das nur die Ruhe vor dem Sturm. Natürlich fürchten die Leute die Folter, und sie fürchten uns, aber ich fühle in den Ruinen des Katzenviertels und auf der ganzen Stahlseite eine Anspannung, die wir vielleicht unterdrücken, die wir aber nicht beseitigen können.«

»Eure Vorgesetzten scheinen weit optimistischer, Hauptmann. Sie sagen, die Lage sei vollständig unter Kontrolle.«

»Jawohl, Exzellenz.«

Der Archont lächelte väterlich. »Was lässt Euch denn glauben, dass das nicht so ist?«

»Ich bemerke die Blicke, wenn sie mein graues Wams sehen, ich höre, wie sie die Scholaren verfluchen – flüsternd nur, aber voller Hass. Vor allem seit offenbar wurde, dass der Orden im großen Umfang Grundstücke im Katzenviertel erworben hat, zu Spottpreisen, wie man hört, Exzellenz.«

»Geschäftstüchtig, nicht wahr? Sie haben vor, dort eine eigene kleine Stadt in der Stadt zu errichten. Es soll eine Schule für Menschen aus der ganzen Welt werden, die dort das Wissen des Ordens erwerben und weiter verbreiten sollen. Xelidor wird eine Stadt der Gelehrsamkeit, Hauptmann. Faszinierend, oder?«

»Jawohl, Exzellenz.« Lizet versuchte in der Miene des Archonten zu lesen, aber Memnons Gesicht zeigte nichts als väterliche Freundlichkeit. Doch warum weihte ihn der Archont in die Pläne der Scholaren ein?

»Jedenfalls ist es erfrischend, die Meinung eines Mannes zu hören, der das Ohr an den Straßen der Stadt hat, wie man so sagt. Und deshalb werdet Ihr auch weiterhin Euren Dienst bei unseren Gespenstern verrichten. Aber konzentriert Euch auf Eure Aufgaben – und lasst Gremm in Ruhe.«

»Exzellenz?«

»Ich weiß, dass Ihr ihn beobachtet, Lizet, aber ich wünsche, dass Ihr damit aufhört.«

»Aber er war der Verbindungsmann des Schattens, ein Verräter, und außerdem …«

»Ja?«

»Sein Neffe Viltor, der Sohn von Aretor Merson, ich denke, er lebt noch, Exzellenz.«

»Wirklich? Ich erinnere mich, dass er für tot erklärt wurde.«

»Bereits zwei-, das heißt, eigentlich sogar dreimal. Er führte unter anderem Namen einen Laden im Katzenviertel. Angeblich ist er dort verbrannt, aber ich glaube das nicht. Es ist da ein Verwandter Gremms aufgetaucht, ein Vetter, ich denke, dass …«

»… es sich dabei um Viltor Merson handelt?«, beendete der Archont ungehalten seinen Satz. »Weiter?«

»Exzellenz?«

»Der Sohn Mersons lebt also möglicherweise noch. Na und?«

»Aber die gesamte Familie wurde verbannt, in die Halde, und wenn …«

»… wenn bekannt würde, dass er von dort entkommen ist, würde es ein schlechtes Licht auf die Wache werfen, auch auf die Geheime. Das war es doch, was Ihr sagen wolltet, oder? Nein, Hauptmann, wir lassen ihn weiter bei den Toten ruhen, verstanden?«

»Dieser junge Mann hat mehrere Morde auf dem Gewissen, Exzellenz.«

»Ah, ich nehme an, Ihr spielt vor allem auf diesen toten Arzt an, Galenes, nicht wahr? War er nicht ein … sehr enger Freund von Euch?«

Lizet brauchte einen Augenblick, um sich zu fassen. Der Archont hatte ihn kalt erwischt. Er räusperte sich. »Nicht nur diesen Mord, Exzellenz. Ich glaube, dass Viltor Merson, der heute als Vil Malakin unter uns lebt, Richter Titior umgebracht hat.«

»Ah, der Richter. Da wir gerade davon sprechen; wie weit seid Ihr mit der Entschlüsselung des Buches?«

Lizet starrte den Archonten für einen Moment völlig verblüfft an. »Welches Buch, Exzellenz?« Der Mord schien Memnon gar nicht zu interessieren.

»Titiors Buch. Ihr habt in der geheimen Kammer doch zwei an Euch genommen, aber nur eines den Scholaren übergeben, was, nebenbei bemerkt, klug von Euch war.«

Wie konnte der Archont das wissen? Nur die Ghula wusste von der geheimen Kammer. Spekulierte er nur? Oder hatte das Sprichwort recht, das besagte, dass der Archont immer alles wusste? »Ich weiß von keinem zweiten Buch, Exzellenz.«

»Bedauerlich«, sagte Memnon lächelnd. »Ich wäre sehr interessiert, etwas mehr über den Inhalt dieser Seiten, von denen Ihr keine Kenntnis habt, zu erfahren. Vielleicht könnte ich Euch sogar bei der Entschlüsselung helfen. Solltet Ihr dieses Werk also zufälligerweise doch noch finden, kommt damit ruhig zu mir. Und tut mir einen Gefallen und kümmert Euch nicht weiter um den jungen Merson – falls dieser Malakin es wirklich sein sollte.«

»Aber, Exzellenz …«

»Wenn er die Verbrechen begangen hat, derer Ihr ihn beschuldigt, wird er dafür bezahlen – aber zur rechten Zeit, Hauptmann, zur rechten Zeit. Und nun entschuldigt mich, die Stadt erwartet meinen Rat.«

Der Hauptmann starrte noch eine Weile konsterniert die Tür an, durch die der Archont verschwunden war. Warum beschützte er Gremm und seinen Neffen?

Er hatte sich den jungen Mann angesehen, unauffällig, aus der Ferne, und dabei mehr als einmal daran gedacht, Viltor Merson einfach mit seinen Untaten zu konfrontieren, wenn er ihn schon nicht festnehmen durfte. Aber er tat es nicht. *Weil ich nicht weiß, ob ich mich beherrschen kann, wenn er mir frech ins Gesicht lügt,* gestand er sich ein.

Solange die Mühlen des Rechtes Viltor Merson für später aufsparten, würde er wohl ertragen müssen, dass Galenes' Mörder so unbefangen und stolz durch diese Stadt spazierte, als gehöre sie ihm.

Als Lizet den Palast verließ, fiel ihm auf, dass der Archont die losen Pergamente, die er aus der Kammer mitgenommen hatte, gar nicht erwähnt hatte. Von denen schien er also nichts zu wissen.

Sie waren zwar weniger kryptisch als das Buch, aber dennoch wurde Lizet aus ihnen nicht schlau. Es waren Listen mit Schmuggelware, die vermutlich alle vom legendären Orn Wraas und seinen Leuten nach Xelidor geschleust worden waren. Es gab sogar Namen, aber leider waren es Spitznamen – da war von einer »Maus«, einer »Ratte«, »Katzen«, einer »Weißen Taube« und einem »Berg« die Rede. Sie alle arbeiteten für Wraas. Solange er ihre richtigen Namen nicht kannte, waren diese Listen jedoch nicht viel wert. Wenn er aber nachweisen konnte, dass Viltor Merson auf dieser Liste stand, dass er also eine Verbindung zu dem gefürchteten Schmuggler hatte, dann musste der Archont seine Meinung doch ändern, oder? Dann würde Galenes Celsor endlich Gerechtigkeit widerfahren. *Und wenn nicht?*, fragte sich Lizet. Was, wenn der Archont Gremm und seine Sippe weiterhin schonen wollte? Er war ein Mann des Gesetzes. Doch wenn das Gesetz versagte? Was würde er dann tun?

»Ist dieses Haus sicher?«, fragte Vil, als er in den Keller der ausgebrannten Ruine hinabstieg. Er fühlte sich nicht wohl, was weniger an der Ruine lag, sondern mehr daran, dass er fürchtete, in diesem Viertel auf alte Bekannte zu treffen.

»Wenn es in einem halben Jahr nicht eingestürzt ist, dann wird es auch den heutigen Tag überstehen, denk ich mal«, meinte Gabba grinsend. »Für unsere Zwecke scheint es mir jedenfalls geeignet.«

Er entzündete eine Laterne. Der Kellerraum hatte den Feuersturm beinahe unversehrt überstanden, war aber danach leergeräumt, vielleicht auch geplündert worden. In einer Ecke stand ein wackliger Stuhl, und dort, im Schein einer trüben Laterne, saß ein abgerissen wirkender Mann mit gehetztem Blick. »Ich habe nichts getan, lasst mich gehen!«, rief er.

»Das hängt von dir ab«, meinte Sester Elgos, der hinter ihm stand.

»Aber ich weiß nichts.«

»Das ist schlecht«, sagte Elgos gelassen.

»Du weißt, was ich von dir wissen will?«, fragte Vil. Er fragte sich, ob er den Mann schon einmal gesehen hatte. Er konnte wirklich einer der Schläger der Glatze gewesen sein, aber vielleicht auch nicht.

»Es geht um ein Mädchen, den *Schwarzen Stock,* aber darüber weiß ich nichts, Herr.«

»Du hast für die Glatze gearbeitet, nicht wahr?«

»Glatze? Ich kenne keine Glatze!«

»Mach dich nicht lächerlich«, sagte Gibean. »Ich habe dich oft bei den Kämpfen gesehen. Du hast nach den Kämpfen die Wölfe gefüttert.«

»Das ist nicht verboten.«

»Und dann hast du eine andere Aufgabe übernommen, nicht wahr?«, fragte Vil. Er musste sich beherrschen, um dem Mann nicht einfach an den Hals zu springen.

»Nein, keine andere Aufgabe. Hab nur die Tiere versorgt.«

Vil gab Sester einen Wink, der packte die Hand des Mannes und brach ihm mit einem kurzen Ruck den kleinen Finger.

Der Mann schrie auf, aber Sester erstickte den Schrei mit der

Hand. »Wenn du noch einmal laut wirst, breche ich dir den nächsten Finger, klar?«

Vil hörte ein missbilligendes Stöhnen. Es kam von Purgus, der ihn begleitet hatte.

»Mir gefällt das auch nicht«, sagte er, »aber dieser Mann weiß, wer Tilama so misshandelt hat.«

Der Stumme schüttelte den Kopf, trat einen Schritt vor und schlug die Kapuze zurück, unter der er sein weißes Haar verborgen hatte.

Der Mann auf dem Stuhl zuckte ängstlich zurück. »Aber ich weiß doch nichts, Herr!«

»Bist du dir da sicher?«, fragte Vil.

»Er soll mich nicht verfluchen, Herr!«

»Er wird es aber wohl tun müssen, wenn du mir nicht sagst, was ich wissen will.«

Der Mann konnte die Augen nicht vom undurchdringlichen Gesicht des Gesegneten abwenden. »Wenn Ihr mir versprecht, dass er mich nicht verfluchen wird …«

»Versprochen«, sagte Vil.

»Ich weiß keine Namen, Herr, ich stand nur vor der Tür, und die Leute, die in den *Schwarzen Stock* gehen, kamen immer in Masken, Herr.«

»Aber ein bisschen mehr wirst du doch wohl wissen.«

Ängstliches Kopfschütteln.

»Tilama, eine Schönheit, übel zugerichtet von jemandem, dem du die Tür aufgehalten hast. Ich will einen Namen.«

»Aber es gibt keine Namen, Herr.« Der Satz endete in einem Schrei, weil Elgos ihm den nächsten Finger gebrochen hatte.

»Dann gib mir irgendetwas, einen Grund, damit der Gesegnete hier keinen Fluch über dich verhängt.«

»Ich … ich weiß nur, dass die Glatze ihn den Oberst nannte.«

»Ein Oberst? Das ist ein Anfang, mehr nicht. Ich bin sicher, er hat noch mehr über ihn gesagt. Soll mein Freund dir helfen, dich zu erinnern?« Auf seinen Wink hin griff Elgos sich den nächsten Finger.

»Aber ich weiß doch nicht …« Wieder ein gutturaler Schrei, den Elgos mit der Hand ersticken musste.

»Gespenst!«, keuchte der Gefolterte. »Unric sagte, er sagte, es sei gut, einen Mann bei den Gespenstern zu haben.«

»Aber einen Namen sagte er nicht?«

»Nein, Herr, keinen Nam…« Wieder ein Schrei. »Aber ich weiß doch nicht mehr, weiß nicht mehr, Herr«, rief der Mann, dem Tränen übers Gesicht liefen.

Vil tauschte mit Elgos einen Blick. Auch er schien dem Schläger Glauben zu schenken.

»Gut, dann sind wir hier fertig.«

»Und er wird mich nicht verfluchen, Herr?«

»Nein, das wird nicht nötig sein, oder, Elgos?«

Der Handlanger bemerkte viel zu spät, dass Sester Elgos ihm die Drahtschlinge um den Hals legte.

Der Stumme wandte sich mit einem missbilligenden Schnauben ab, aber Vil konnte den Blick nicht abwenden, er musste hinsehen, bis Sester seinen eisernen Griff löste und der Schläger tot vom Stuhl glitt.

»Weiß einer von euch, wie viele Oberste es in der Geheimen Wacht gibt?«, fragte er dann.

»Keine Ahnung«, meinte Gibean. »Vier oder fünf, oder? Aber das ist auch gleich, wir können uns nicht mit den Gespenstern anlegen.«

»Vier oder fünf also.«

»Vil, es ist die Geheime Wacht. Da kannst du nichts machen. Du weißt ja nicht mal, welcher es ist. Oder hast du jetzt vor, dir alle Oberste zu schnappen? Du kannst dich nicht mit der Geheimen Wacht anlegen!«

»Warum nicht? Sie heißen Gespenster, aber es sind Menschen aus Fleisch und Blut. Der Mann, der Tilama das angetan hat, wird dafür bezahlen.«

»Da mach ich nicht mit, Vil. Wenn du die Gespenster aufscheuchst, kannst du dir auch gleich ein Grab schaufeln – und für uns gleich mit.«

»Schon gut, Gabba, ich kann verstehen, wenn dir das zu heikel ist. Aber du könntest versuchen herauszufinden, welcher von diesen Obersten in Frage kommt. Mehr verlange ich gar nicht. Was ist mit dir, Sester?«

»Ein Mitglied der Geheimen Wacht? Wäre mal was Neues.«

»Gut. Dann werden wir also demnächst ein Gespenst töten.«

»Du hast Blut an den Händen«, stellte Skari trocken fest, als er sie noch am selben Abend besuchte.

Er hatte eine kleine Wohnung inmitten der Lagerhäuser des Hafenviertels für sie angemietet, aber sie weigerte sich, dort einzuziehen.

»Die Leute wollen nicht, dass eine Gesegnete in ihrer Nähe wohnt. Ich bleibe lieber in der Nekropole – die Toten starren mich nicht so seltsam an«, hatte sie mit einem unsicheren Lächeln gesagt.

Aber Vil behielt die Wohnung, und inzwischen trafen sie sich dort einmal, manchmal auch zweimal in der Woche.

Vil schaute auf seine Hände, und Skari lachte leise. »Nicht doch, Vil. Ich habe dich gesehen, im Katzenviertel, das du doch sonst immer meidest. Und ich sah den sterbenden Mann auf dem Stuhl mit der Schlinge um den Hals.«

»Er hatte es verdient«, entgegnete Vil düster.

Sie redeten auch an diesem Abend nicht viel, aber als sie sich geliebt hatten und nebeneinanderlagen, sagte Vil: »Macht es dir eigentlich gar nichts aus?«

»Ich habe mich daran gewöhnt.«

»Ich meine nicht die heimlichen Treffen. Ich meine, dass ich Leute getötet habe.«

»Das meinte ich auch«, antwortete sie.

Er küsste sie. »Du bist erstaunlich«, stellte er fest.

Sie lächelte und antwortete nicht. Er legte den Kopf an ihre Brust, lauschte auf ihren Herzschlag und dachte, wie unfassbar es doch war, dass sie ihn nicht verurteilte für das, was er tat.

»Wie geht es deiner Schwester?«

Er hob den Kopf. »Warum fragst du?«

»Hast du mit ihr noch einmal über das Feuer gesprochen?«

»Nein, denn ich weiß nicht, was ich ihr sagen soll.«

»Die Wahrheit?«

»Ich soll ihr sagen, dass sie den Feuersturm verursacht hat? Ich soll ihr sagen, dass all die Menschen, die darin umgekommen sind, all die zerstörten Häuser – dass das ihre Schuld war? Nein, das werde ich sicher nicht tun.«

»Aber wenn sie es nicht erfährt, wird sie nie lernen, damit umzugehen.«

»Und wenn sie es erfährt, treibt es sie vielleicht in den Wahnsinn. Sie war ziemlich schwierig in letzter Zeit.«

»Weil du sie ausgeschlossen hast?«

»Ich beschütze sie doch nur! Oder hältst du es für eine gute Idee, meine Schwester in ein Hurenhaus mitzunehmen? Siehst du! Aber sie nimmt es mir übel.«

»Vielleicht findet sie etwas, das sie ablenkt.«

»Was meinst du?«

Skari lächelte wieder. »Nichts. Das heißt, es kann sein, dass sie es vielleicht schon gefunden hat.«

Und obwohl Vil sie küsste und bedrängte, wollte sie nicht erklären, was sie damit meinte. Irgendwann gab er es auf. Am nächsten Tag fragte er Peker, ob er etwas über seine Schwester herausgefunden habe.

»Da ist nichts Besonderes, Vil. Sie geht mit der Köchin auf den Markt, besucht ein paar andere junge Damen in Kauffahrerhäusern, wenn sie zum Tee geladen wird – sonst ist ihr Leben so langweilig, dass ich es niemals aushalten würde.«

»Sonst nichts, Pek, ganz sicher?«

»Gar nichts, Vil.«

Aber Vil hatte das Gefühl, dass der Freund ihm irgendetwas verschwieg.

Der Sommer brachte für einige Wochen fast täglich Regen, was ungewöhnlich, aber gut fürs Geschäft war, und so hatte Vil eine Menge zu tun und keine Zeit, seinen Racheplänen nachzugehen, jedenfalls war es das, was er seiner Schwester sagte, wenn sie fragte. Es schien ihr wirklich besser zu gehen, und Peker sagte, dass es dafür keine verdächtigen Gründe gebe.

Also ließ Vil die Dinge zunächst auf sich beruhen.

Dann, eines Morgens, kam er besonders spät, weit nach Sonnenaufgang, aus dem *Bamaal.* Er genoss es, durch die kühle Sommerluft zu spazieren und das Erwachen der Stadt mitzuerleben. Auf dem Obermarkt tauchten gerade die ersten Händler auf, und Vil erwarb von einem Bäcker, der seinen Stand noch gar nicht fertig aufgebaut hatte, ofenfrisches Brot, ganz wie seine Schwester es liebte. Ein gemeinsames Frühstück, etwas, was sie viel zu selten hatten, das war es, was ihm vorschwebte.

Aber dann stand er mit dem Brot unter dem Arm in der Diele und erfuhr, dass Tiuri gar nicht zu Hause war.

»Wo ist sie denn hingegangen?«, fragte er die Köchin, viel zu verblüfft, um wütend zu sein.

»Zum Fischmarkt, an den Hafen, Herr.«

»Wäre das nicht eigentlich Eure Aufgabe?«

»Aber die junge Doma besteht darauf, selbst dort hinzugehen.«

»Immer? Wie oft geht sie denn dorthin?«

»Beinahe täglich, Menher.«

Vil packte seinen Mantel und verließ das Haus. Sie aßen nicht oft Fisch, also gab es für diese täglichen Ausflüge einen anderen Grund. Ihm fiel nur einer ein. Wie dumm er gewesen war! Er schlief für gewöhnlich bis gegen Mittag, und Tiuri schien das schamlos auszunutzen. Er eilte ins Hafenviertel und spürte diese Wut in sich, die nur seine Schwester wecken konnte.

Am Markt herrschte trotz der frühen Stunde schon das übliche Gewimmel von Dienstboten und Händlern. Vil irrte zwischen den Ständen umher, aber er konnte Tiuri nicht finden. Er schüttelte den Kopf über sich selbst. Seine Schwester hatte der Köchin nur gesagt, dass sie auf den Markt wollte, sie konnte sonst wo am Hafen stecken. Rastlos suchte er die Molen und Stege ab.

Da! Auf einem etwas abseits gelegenen alten Holzsteg, der am Ende einen Blick auf das offene Meer erlaubte, sah er seine Schwester stehen. Ihr dunkles Haar flatterte im Wind. Es verdeckte das Gesicht des Mannes, an dessen Schulter sie den Kopf gelegt hatte. Vils Hand fuhr zum Griff seines Messers.

Es war ein Soldat, unverkennbar, er trug das Wams und den Harnisch der Hafengarnison, ein Offizier vielleicht.

Er spürte eine große Lust, einfach da hinüberzugehen, seine Schwester zu packen und nach Hause zu schleifen. Wie konnte sie es wagen, ihn derart zu hintergehen? Aber er blieb stehen. Er kochte vor Wut, und etwas in ihm warnte ihn, dass er sich vielleicht nicht unter Kontrolle haben würde, wenn er jetzt dort hinüberging. Ein falsches Wort, und am Ende würde er vielleicht diesem unverschämten Kerl sein Messer in den Wanst rammen. Er blieb einfach stehen, ballte die Fäuste und wusste nicht, was er tun sollte.

Der Soldat beugte sich zu seiner Schwester hinab und küsste

sie. Es war Carem Halfar, der Schuhmacherjunge und ehemalige Gehilfe. Er hatte dem Jungen Arbeit gegeben, und wie dankte er es ihm? Vil drehte sich um und marschierte nach Hause. Es war die einzige Möglichkeit, einen Mord zu verhindern.

Seine Schwester kam zwei Stunden nach ihm nach Hause.

»Hallo? Jemand zu Hause?«, fragte sie, als sie in die Diele trat.

Niemand antwortete. Sie kam in die Stube und wurde blass, als sie Vil dort sitzen sah.

»Ich habe der Köchin und dem Hausdiener freigegeben«, begann er. »Sie sollten nicht hören, was wir zu besprechen haben.«

Tiuri zuckte nicht einmal. »Wer hat es dir gesagt?«, fragte sie. »Peker?«

Pek wusste Bescheid? Vils kalte Wut schwoll an. »Wie lange hintergehst du mich schon?«, presste er hervor.

»Eine Weile«, gab sie patzig zurück.

Er sprang auf und machte zwei schnelle Schritte auf sie zu, holte aus, aber dann blieb er mit erhobener Hand stehen. Nein, er wollte seine Schwester nicht schlagen.

Sie wich einen Schritt zurück und funkelte ihn trotzig an. »Es ist meine Sache, mit wem ich mich treffe!«

»Du bist meine Schwester, also ist es auch meine Sache. Zumal du offenbar so dumm bist, dich mit einem Schusterjungen einzulassen!«

»Carem ist Fähnrich in der Garnison. Und bald wird er Leutnant!«

»Du wirst ihn nicht wiedersehen!«

»Dann musst du mich einsperren. Ich liebe ihn nämlich, und er mich!«

»Liebe? Bist du völlig verrückt geworden? Hast du vergessen, wer du bist? Du bist eine Merson und eine Gremm, und du wirst einen Mann wählen, der zu unserer Familie passt.«

Sie starrte ihn an. Dann fing sie an zu lachen. »Ich bin für die Leute eine *Malakin,* und wir beide wissen, was das Wort bedeutet. Ein Leutnant ist eine Verbesserung für eine Ratte, die von der Halde kommt.«

»Tiuri, du weißt, was ich meine!«

»Ich weiß es nicht, Vil. Ich weiß überhaupt nichts mehr von dir. Halt, das stimmt nicht, du triffst dich mit Skari, einer Gesegneten, nicht wahr? Wie passt das denn zu den edlen Mersons und Gremms?«

»Das ist etwas anderes, und das weißt du!«

»Ja, ich weiß, dass du es nicht ehrlich mit ihr meinst. Du machst sie unglücklich, Vil, aber Carem, er macht mich glücklich, er meint es ehrlich, und ich werde ihn wiedersehen – und heiraten, ob es dir passt oder nicht!«

Vil trat noch einen Schritt näher an sie heran, aber sie wich nicht zurück. Und obwohl sie mit ihren dunklen Haaren und Augen ihrer Mutter so überhaupt nicht ähnlich sah, fand er, dass sie ihr in ihrer Unbeugsamkeit nie ähnlicher gesehen hatte.

»Was ist, Vil? Sind dir die Worte ausgegangen?«

Er blitzte sie zornig an. »Wir reden später darüber«, fauchte er, aber ja, sie hatte recht, ihm waren die Worte ausgegangen.

Dafür sperrte er Tiuri ein. Und während sie wütend und schreiend gegen die Tür hämmerte, verbot er der Köchin und dem Diener, die später schüchtern Fragen stellten, unter Androhung der schlimmsten Konsequenzen, sie ohne seine Erlaubnis aus der Kammer zu lassen.

Eine Woche darauf meldete Gibean, dass Menher Montes die zehntausendste Krone auf Kredit verspielt hatte. »Ich habe immer noch nicht verstanden, warum du es hast so weit kommen lassen, Vil.«

»Heute?«, fragte Vil stirnrunzelnd. Er war mit seinen Gedanken gerade an einem ganz anderen Ort, einem Haus im Nordviertel der Stadt, das er später noch besuchen musste. Es war ihm nämlich gelungen herauszufinden, welcher der Obersten Tilama verstümmelt hatte. Doma Massali kannte die Männer dieser Stadt, jedenfalls die, die das *Bamaal* besuchten. Und da die Offiziere der Geheimen Wacht nicht heiraten durften, klopften die meisten von ihnen früher oder später hier an die Pforte.

Drei der fünf Obersten waren mehr oder weniger gern gesehene Gäste, die sich mit den Mädchen vergnügen wollten, von einem weiteren wusste die Doma, dass er ausschließlich Knaben bevorzugte. Es blieb also nur einer übrig. Ein gewisser Oberst Furem. Vil plante, ihn an diesem Abend mit Sester Elgos zu besuchen.

Sollte er das Gespräch mit Montes nicht besser verschieben?

»Alles in Ordnung? Ist irgendetwas passiert, Vil?«

»Nein, alles in Ordnung, Gabba. Bring ihn her, aber sei höflich!«

Vil sammelte sich. Das konnte ein wichtiger Schritt für die Zukunft werden – nach dem Tag der Rache, der unweigerlich kommen musste. Er durfte sich nicht ablenken lassen, auch nicht von den Gedanken an einen sadistischen Oberst.

Er stand auf und kehrte der Tür den Rücken zu. Sein Gast sollte gleich merken, wer hier das Sagen hatte. Er hörte den Mann eintreten, würdigte ihn aber keines Blickes.

»Ihr wolltet mich sprechen, Menher?«, fragte der andere schließlich.

Vil drehte sich lächelnd um.

Dicus Montes war ein Mann mit eckigen Bewegungen und dunklem Kraushaar, und er war sichtlich nervös.

»Setzt Euch, Menher«, sagte Vil und studierte noch einmal ausgiebig die lange Liste der kleinen Summen, die sich über wenige Monate zu einem so hohen Betrag addiert hatten.

»Ich freue mich wirklich, Euch endlich kennenzulernen, Menher«, rief Montes übertrieben fröhlich. »Ich hatte schon Zweifel, dass es den geheimnisvollen Eigentümer dieses Hauses wirklich gibt.«

Diesen Versuch, seine Unsicherheit zu überspielen, fand Vil kläglich. »Ihr schuldet mir Geld, Menher Montes, eine Menge Geld.«

»Das Glück war mir in den letzten Tagen nicht hold, aber ich bin zuversichtlich, dass es mich nicht für immer verlassen hat, Menher …?«

»Malakin ist der Name, und zehntausend die Summe, über die wir reden.«

»Zehntausend? Seid Ihr sicher?«

Vil reichte das Schuldbuch über den Tisch. »Ihr könnt es gerne nachrechnen, wenn Ihr mir nicht glaubt, Menher.«

Montes war blass geworden. Er nahm das Buch zur Hand, blätterte mit zitternden Händen darin herum und legte es wieder auf den Tisch, nachdem sein Blick unsicher über die Zahlenkolonnen geschweift war. »Das Blatt kann sich wenden, Menher«, brachte er schließlich hervor.

»Aber das tut es selten, wenn man nur auf sein Glück vertraut«, entgegnete Vil. »Ihr versteht sicher, dass ich auf eine Rückzahlung dieser beträchtlichen Summe bestehen muss.«

»Rückzahlung?«

Vil schüttelte den Kopf. Was war das nur für ein Träumer? »Habt Ihr geglaubt, das würde ewig so weitergehen, Menher Montes? Wer borgt, muss irgendwann zahlen, so ist es nun einmal.«

»Aber zehntausend? So viel habe ich nicht!«

»Treibt es auf. Ihr habt eine Woche.«

»Eine Woche?«

»Ansonsten würde ich mich gezwungen sehen, das Geld einzuklagen. Außerdem müsste ich natürlich Eure Frau darüber informieren, wo Ihr an den Abenden wart, an denen Ihr angeblich länger in der Hafenverwaltung geblieben seid.«

»Einklagen? Ihr könnt Spielschulden nicht einklagen!«

»Natürlich nicht. Aber wenn ruchbar wird, dass ein Teil des verspielten Geldes aus der Kasse der Hafenmeisterei stammt, erwartet Euch die Galeere, und nach den Gesetzen dieser Stadt bedeutet das, dass Eure Familie in die Verbannung geht – oder in die Halde.«

»Meine Familie? Aber zehntausend? Das ist unmöglich!«

»Gabba?«

»Den Wert der Minenanteile schätze ich auf tausend, das Haus auf vielleicht siebentausend, wenn man es schnell verkaufen muss, der Anteil an der Werft dürfte noch einmal seine zweitausend Kronen bringen.«

»Macht zusammen zehn, Menher Montes.«

»Aber die Anteile, das Haus, das ist alles, was ich habe!«

»Das ist alles, was Ihr verspielt habt, Montes. Seht den Tatsachen endlich ins Auge. Eine Woche, nicht länger.«

»Ich bitte Euch, Menher, Ihr treibt mich in den Ruin!«

»Nein, das habt Ihr selbst besorgt, allerdings ...« Vil machte eine Pause und betrachtete den zitternden Mann. Er war sich plötzlich nicht sicher, ob sein Plan wirklich so gut war, wie er ausgesehen hatte, bevor Montes in die Kammer getreten war. »Es gibt vielleicht eine Möglichkeit, Menher.«

Hoffnung flackerte im Gesicht seines Gegenübers auf.

»Ihr werdet mich zum Essen einladen, nächste Woche, mich Eurer Familie vorstellen. Und später, wenn ich Anspruch auf einen Platz in der Großen Versammlung erhebe, werdet Ihr für mich bürgen.«

»Bürgen? Nun, das ist möglich, Menher.« Montes nagte unsicher an seiner Unterlippe.

Vermutlich wittert er den Haken, dachte Vil.

»Habt Ihr denn Familie in dieser Stadt, Menher Malakin? Ich hörte, der Besitzer des *Bamaal* sei ein Fremder, aus Melora. Ihr wisst, dass Ihr nicht Ritter der Stadt werden könnt, wenn Ihr nicht verwandtschaftlich an die Stadt gebunden seid, Menher.«

Seinen Ausflüchten nach schien Montes selbst das Bürgen als zu hohen Preis für einen Schuldnachlass zu betrachten. War er wirklich der richtige Mann? Vil seufzte, Montes hatte leider genau all das, was ihm fehlte. »Mein Vetter ist der Hohe Rat Gremm, aber ich weiß ebenso gut wie Ihr, dass das nicht anerkannt werden würde. Ihr habt eine Tochter, nicht wahr, Menher Montes?«

»Meine Lajara? Was ist mit ihr?«

»Ihr werdet mich ihr vorstellen. Bei besagter Abendgesellschaft, die Ihr nächste Woche geben werdet.«

»Lajara? Euch vorstellen? Aber warum?«

Der Mann war wirklich schwer von Begriff. »Nehmt einfach an, sie hätte mein Wohlgefallen erregt, als ich sie im Tempel gesehen habe.«

Montes runzelte die Stirn. »Ich verstehe nicht, was Ihr da redet, Menher Malakin. Meine Lajara ist ein anständiges Mädchen aus gutem Haus. Ich habe nicht die Absicht, sie dem Besitzer eines Hurenhauses vorzustellen!«

»Ich bin also gut genug, um bei mir Schulden zu machen, aber nicht gut genug, Eure Tochter kennenzulernen?«

Montes murmelte verlegen eine Entschuldigung und wollte das so nicht gemeint haben.

Vil war die Sache selbst unangenehmer, als er gedacht hatte. »Ihr müsst ihr nicht sagen, womit ich mein Geld verdiene, Menher. Erzählt ihr doch einfach, ich sei ein Vetter und Geschäftsfreund des Hohen Rates Gremm. Ich will Eure Tochter nur kennenlernen. Wenn sie mich entsetzlich findet, werde ich nicht darauf bestehen, sie ein zweites Mal zu treffen.«

»Aber sie ist zu jung, kaum sechzehn Jahre alt, Menher.«

»Soweit ich weiß, sind in dem Alter die meisten Frauen auf dieser Insel bereits verheiratet.«

»Heirat? Meine Lajara?« Montes sprang auf. »Ist es das, was Ihr im Sinn habt? Niemals, Menher Malakin! Glaubt Ihr etwa, ich würde meine Tochter *verkaufen?* Nicht für alle Kronen dieser Welt!«

Es ist also doch noch ein Funken Stolz in diesem Mann, dachte Vil. *Schade, dass er sich den nicht leisten kann.*

Montes redete sich in Rage: »Und schon gar nicht werde ich meine einzige Tochter an den Betreiber eines Hurenhauses verheiraten! Es gibt andere Bewerber, viele sogar, aus den besten Häusern von Xelidor. Wir Montes leben seit Jahrhunderten auf Chelos, wir sind eine hochangesehene Familie und …«

»… das letzte männliche Mitglied der Montes wird sein Leben bald auf einer Galeere beenden!«, unterbrach ihn Vil, dem der Geduldsfaden riss. »Was glaubt Ihr, werden diese angeblich so zahlreichen Bewerber um die Hand Eurer Tochter dann tun? Wenn sie viel Glück hat, findet Eure geliebte Lajara dann vielleicht in diesem Haus noch eine Anstellung, aber keinen Ehemann mehr. Und wenn sie Pech hat, wird sie auf die Inseln im Süden oder in die Halde verbannt.«

Montes war leichenblass geworden.

»Ich habe nicht vor, Eure Notlage auszunutzen, Menher. Ich bitte lediglich um eine Einladung und die Gelegenheit, Eure Tochter, der ich mit allem gebührenden Respekt begegnen werde, kennenzulernen. Dann bin ich bereit, über Eure Schulden zu verhandeln.«

»Aber … das ist … Erpressung«, brachte Montes hervor.

»Es ist ein Handel, Menher. Ich biete Euch meine Hilfe an,

obwohl Ihr Euch wirklich alle Mühe gebt, mich zu beleidigen, und ich verlange eine wirklich winzige Gegenleistung. Ich werde Euch auch nicht zwingen, mein Angebot anzunehmen. Wenn Ihr Eure Schulden Ende der nächsten Woche bezahlt, will ich sogar vergessen, dass Ihr die Hafenmeisterei bestohlen habt.«

»Nächste Woche? Das ist unmöglich!«

»Denkt darüber nach und teilt mir Eure Entscheidung morgen mit. Und falls Ihr Euer Haus verkaufen wollt, kommt zu mir, ich werde Euch ein gutes Angebot unterbreiten.«

»Du willst also heiraten«, meinte Gibean grinsend, als Montes mit hängenden Schultern verschwunden war.

»Man mag es kaum glauben, aber der Mann ist wirklich von altem Blut. Durch diese Hochzeit öffnet sich mir der Zugang zur Großen Versammlung – und das ist erst der Anfang.«

»Das riecht nach Politik, Vil. Ich weiß nicht, ob ich das gut finde, aber andererseits – ein Dieb, der sich einen Platz im Rat ergaunert? Das wäre mal was Neues.«

»Ich wäre unter den Dieben dort gewiss nicht der schlimmste«, erwiderte Vil schlecht gelaunt.

»Aber deswegen gleich heiraten? Was sagt denn Skari dazu?«

Vils Blick ging kurz ins Leere. »Sie sagte, dass sie keine gemeinsame Zukunft für uns sehen kann oder gesehen hat. Du weißt, wie sie ist.« Das hatte sie tatsächlich einmal gesagt, aber er hatte ihr noch nichts von seinen Hochzeitsplänen erzählt.

»Verstehe. Aber Montes' Tochter – was machst du, wenn sie dich nicht leiden kann?«

»Ich glaube nicht, dass Ihr Vater am Ende viel danach fragen wird. Außerdem«, er grinste flüchtig, »ich bin ein Dieb, wie du schon sagtest, ich kann auch Frauenherzen stehlen. Aber jetzt sieh zu, dass Montes nicht weiter meine Kronen verspielt. Schaff ihn aus dem Haus. Ich habe noch eine Verabredung mit Sester Elgos.«

Diese Verabredung führte ihn ins Nordviertel der Insel, zu einem kleinen Haus, in dem Oberst Furem wohnte.

»Bist du sicher, dass wir hier richtig sind? Dieses Haus sieht unbewohnt aus«, meinte Vil.

»Es haust aber ein Gespenst darin«, erwiderte Elgos lapidar. »Wollen wir?«

»Wir müssen.«

Vil öffnete vorsichtig das Türschloss. Er brauchte eine Weile. »Bin wohl aus der Übung«, murmelte er nervös.

Sie drangen in die dunkle Diele vor. Aus dem ersten Stock klang leises Schnarchen. Die Treppe knarrte unter ihrem Gewicht, als sie nach oben schlichen. Der Mann schlief tief und fest und hörte sie nicht kommen.

Elgos kontrollierte, ob die Läden auch wirklich geschlossen waren, dann riss Vil ein Zündholz an und entzündete eine Öllampe. Er betrachtete Furem, der mit offenem Mund leise schnarchte. Er war schlecht rasiert, aber nichts in seinem Gesicht deutete darauf hin, dass dieser Mann zu seinem Vergnügen Frauen folterte.

»Soll ich ihm gleich die Eier abschneiden?«, fragte Elgos.

»Weck ihn auf, er soll doch wissen, was hier geschieht.«

Elgos packte den Mann und riss ihn aus dem Bett. Furem erwachte schreiend, fand sich auf dem Boden wieder und versuchte aufzustehen. Elgos trat ihm mit Wucht in den Unterleib, packte den sich Krümmenden an den Schultern, riss ihn hoch und presste ihn auf einen Stuhl.

»Keinen Laut!«, sagte er drohend.

Furem blinzelte sie an, in seinem Gesicht las Vil eine Mischung aus Unglauben und Panik.

»Ich soll Euch grüßen«, begann Vil.

»Wisst ihr überhaupt, mit wem ihr es zu tun habt?«, zischte der Oberst.

Vil gab Elgos ein Zeichen. Der setzte Furem grinsend sein Messer an den Hals, aber dann zerfetzte er damit das fadenscheinige Nachthemd, das der Mann getragen hatte.

Als er fertig war, sagte Vil: »Mit einem Oberst, der nackt auf einem Stuhl sitzt, damit haben wir es zu tun. Wollt Ihr nicht wissen, wer Euch grüßen lässt?«

»Ihr seid wahnsinnig! Ich hetze euch Dummköpfen meine Leute auf den Hals!«

»Tilama ist ihr Name. Sie kann nicht selbst mit Euch reden, denn Ihr habt Ihr die Zunge herausgeschnitten.«

Der Oberst erbleichte. »Eine Verwechslung. Ihr verwechselt mich.«

Vil nickte Elgos zu. Der packte den Mann am Hals, drückte zu, bis Furem nach Luft schnappte, und griff sich dann die Zunge. Und bevor der Oberst wusste, wie ihm geschah, war Vil bei ihm und schnitt ihm die Zunge ab. Er hielt dem entsetzten Mann die blutige kleine Zungenspitze vor die Augen, bevor er sie wegwarf. Den gurgelnden Schrei unterdrückte Elgos mit einem Stück Nachthemd, das sich schnell rot verfärbte.

»Ihr habt Glück, Furem, dass ich weit weniger gemein bin als ihr. Denn ich werde es kurz machen, jedoch nicht zu kurz.« Er betrachtete den Mann kalt und gab Elgos wieder einen Wink. »Jetzt kannst du ihm die Eier abschneiden, Sester.«

Der Oberst heulte entsetzt auf, als Elgos ihm mit brutaler Gewalt den Hoden abschnitt und ihm das blutige Etwas ins Gesicht warf.

Vil beugte sich zu dem Mann hinab, der sich heulend vor Schmerz auf dem Stuhl krümmte. »Tut es weh? Ich habe gesehen, was Ihr Frauen antut, Menher Oberst, vor allem ihrem Geschlecht. Und im Vergleich dazu ist das da doch gar nichts, oder? Leider fehlt mir die Grausamkeit, es Euch mit gleicher Münze heimzuzahlen.«

»Mir nicht«, sagte Sester ruhig. Er nahm einen schlanken Dolch, der auf den Nachttisch des Obersts lag, spielte kurz mit der schmalen Klinge, und dann nagelte er das Glied des Mannes damit am Stuhl fest.

Furem bäumte sich auf, sein erstickter Schrei verebbte. Er hatte das Bewusstsein verloren.

»Schade«, sagte Elgos.

»Mir reicht es«, meinte Vil. »Bringen wir es zu Ende.«

Elgos nickte, nahm seine Drahtschlinge. Er schlug den Mann, bis er wimmernd erwachte, und dann erdrosselte er ihn.

»Erledigt«, stellte er nüchtern fest.

Vil betrachtete den verstümmelten Körper. »Ich verstehe nicht, wie jemand daran Vergnügen finden kann«, sagte er langsam.

»Ich finde, er ist noch gut weggekommen nach dem, was er mit Tilama gemacht hat. Und die war sicher nicht die Erste.«

»Aber auf jeden Fall gibt es jetzt keine weitere mehr.«

»Eben. Und jetzt verschwindest du besser, Vil, ich sorge dafür, dass die Wachen eine falsche Fährte finden werden.«

»Ich kann dir helfen.«

»Nein, lass nur, ich kriege das allein besser hin.«

»Und diese Fährte, wo wird die die Wachen hinführen?«

»Weit weg vom *Bamaal*«, erwiderte Elgos grinsend.

Es regnete, aber die Sonne musste bereits aufgegangen sein, als Vil sein eigenes Haus erreichte. Er fühlte sich müde und leer. Eigentlich wollte er gleich ins Bett, aber dann konnte er nicht widerstehen und warf einen Blick in Tiuris Kammer. Sie war nicht dort.

»Es sieht aus, als habe er vielleicht einen Einbrecher gestört«, sagte der Leutnant.

Hauptmann Lizet begutachtete die kahle Kammer. Sie war

offensichtlich durchwühlt worden, ein bisschen zu offensichtlich für seinen Geschmack. Dann kehrte sein Blick wieder zurück zur Leiche und dem vielen Blut, das sich in einer großen Lache auf den Dielen ausgebreitet hatte. »Für das hier braucht man mehr als einen Mann.«

»Vielleicht waren es ja zwei oder drei Einbrecher«, meinte der Leutnant.

Lizet versuchte, sich an seinen Namen zu erinnern, Nevian oder so ähnlich. »Und warum sollte jemand ausgerechnet in das Haus eines Obersts der Geheimen Wacht einbrechen?«

»Vielleicht haben die Einbrecher geglaubt, er sei reich.«

»Sieht hier irgendetwas nach Reichtümern aus?«

»Sie dachten vielleicht, er habe irgendwo Gold versteckt – deshalb haben sie ihn auch gefoltert«, vermutete der Leutnant.

Lizet seufzte. »Also, sie schneiden ihm die Zunge ab, damit er ihnen sagt, wo er seine Juwelen versteckt hat? Ich bitte Euch, Leutnant, der Mann war Oberst, ich glaube, man kann bei uns vieles werden, aber gewiss nicht reich.«

»Vielleicht haben sie gedacht, er hätte etwas beiseitegeschafft.«

»Und? Hat er?«, fragte Lizet und beugte sich hinab zu dem Toten. Man hatte ihn am Ende erwürgt, mit einer Drahtschlinge. Unter der Drahtschlinge steckte eine schwarze Feder, eine Rabenfeder. Lizet nahm sie an sich.

»Etwas beiseitegeschafft? Vielleicht, Hauptmann, aber ich zumindest weiß nichts davon.«

Lizet seufzte. Der junge Mann mit seinen vielen Vielleichts ging ihm auf die Nerven. »Eben. Ich denke, es soll nur nach einem Einbruch aussehen. Welcher Einbrecher hätte je eine Drahtschlinge als Waffe verwendet? Zumal da noch ein Dolch in seinem Glied steckt. Seid so gut und gebt mir diese Bettdecke, damit wir ihn endlich zudecken können.«

»Aber weswegen hat man ihn gefoltert?«, fragte der Leutnant, als er ihm die Decke reichte.

»Eine wirklich gute Frage. Sagt, da Ihr länger bei der Wacht seid als ich: Wisst Ihr, ob er Feinde hatte?«

»Feinde?«

»Persönliche Feinde, meine ich. Mir ist schon klar, dass wir uns in den letzten Monaten nicht gerade beliebt gemacht haben, besonders auf der Stahlseite. Aber das hier sieht persönlich aus.«

»Aber wir tun doch nur unsere Pflicht, zum Wohle der Stadt«, rief der junge Mann erschrocken.

Er glaubt das wirklich, dachte Lizet, *er sagt nicht einmal* vielleicht.

Am Abend erstattete Lizet den Obersten Bericht.

»Ihr meint ernsthaft, jemand sei so dreist, die Gespenster herauszufordern?«, fragte der alte Ursem, der bei Weitem Dienstälteste der vier Obersten.

»Ich fürchte, ja, Oberst Ursem.«

»Das kann nur aus dem Katzenviertel kommen«, knurrte Oberst Kedos.

»Von dem ist nur nicht mehr viel übrig«, meinte Ursem trocken. »Und Ihr habt keinerlei Hinweise auf die Täter, Hauptmann?«

»Diese Rabenfeder habe ich gefunden, das wäre tatsächlich ein Hinweis auf das Katzenviertel. Die Art der Folter deutet für mich jedoch darauf hin, dass da etwas Persönliches im Spiel ist. Vielleicht fördert eine gründlichere Befragung der Nachbarn etwas zu Tage, auch wenn sie alle nichts gesehen haben wollen, aber das braucht Zeit.«

»In der Tat«, murmelte der Alte und nahm Lizet die Feder aus der Hand. »Die Raben, ich habe von dieser Gruppe gehört. Gab es nicht aufrührerische Flugblätter, die mit einer schwarzen Feder versehen waren?«

»Ich halte es für eine falsche Fährte, Oberst, gelegt, um uns von den wahren Tätern abzulenken«, erklärte Lizet.

»Wenn es aber wirklich diese Raben waren, haben wir sie bisher sträflich unterschätzt. Dann müssen wir ihnen entschlossen entgegentreten«, meinte Kedos.

»Ganz recht«, sagte Ursem. »Ihr übernehmt das am besten selbst, Kedos.«

Dann wandte er sich an Lizet. »Ihr seid bei unseren Leuten dafür berüchtigt, dass Ihr vor der nötigen Härte zurückschreckt, Hauptmann, doch dieses Mal werdet selbst Ihr begreifen, dass es ohne Härte nicht geht. Zieht in Betracht, dass die Leute mehr wissen, als sie sagen. Also werdet Ihr genau das tun, was Ihr vorgeschlagen habt; Ihr selbst, Lizet, werdet die Nachbarn gründlich, sehr gründlich, und mit allen zu Gebote stehenden Mitteln befragen. Ich will in drei Tagen wissen, wer es gewagt hat, die Hand gegen einen von uns zu erheben, verstanden? Sehr gut. Vielleicht gelingt es uns ja doch noch, aus Euch ein richtiges Gespenst zu machen.«

Esrahil Gremm war seit einigen Wochen ein viel beschäftigter Mann, denn neben den eigenen Geschäften und denen des Rates oblag ihm auch die Führung der neu gegründeten Kauffahrergilde der Mildtätigen Hand, und da gab es viel zu tun. Er organisierte Decken, Zelte und Lebensmittel für diejenigen, die beim Feuersturm erst fast alles verloren hatten und in den Wochen danach das letzte bisschen Besitz hatten drangeben müssen, um zu überleben. Er war viel im Katzenviertel unterwegs, mehr als je zuvor in seinem Leben, sah nach, wo es fehlte, und versuchte, bei den Kauffahrern Hilfe zu organisieren. Er hatte so viel zu tun, dass er sich manchmal wunderte, wie er all das bewältigte, vor allem hatte er daher kaum noch Zeit, sich Sorgen um gewisse Dinge zu machen, die sein Neffe Viltor trieb.

»Du siehst zufrieden aus, Esra«, meinte Sester Elgos, der ihn im Katzenviertel traf.

Gremm war gerade damit beschäftigt, mit einigen anderen Kauffahrern Lebensmittel und abgelegte Kleidung an die Bedürftigen zu verteilen.

»Du kannst uns gerne helfen, Sester«, meinte Gremm fröhlich.

»Danke, aber diese Art Lorbeeren will ich dir überlassen.«

Gremm sprang von dem Kistenstapel, von wo er sich Übersicht verschafft hatte. »Was denn für Lorbeeren?«

»Tu nicht, als ob du es nicht wüsstest. Du wirst in den Ruinen als Bote des Himmels gefeiert. Ich glaube, die Leute beten abends sogar für dich.«

Gremm blieb der Mund offen stehen. »Das hast du dir ausgedacht, Sester!«

»Na ja, sie beten nicht *nur* für dich, wenn es dich beruhigt. Ihre Gebete gehören außerdem Kämmerer Ajeler, deinem alten Freund Telius Nestur und einem Mann, den sie den Einarmigen nennen.«

»Nestur? Wirklich? Sie sollten ihn eher verfluchen als für ihn beten. Er hetzt die Leute auf, nur um dem Rat Knüppel zwischen die Beine zu werfen.« Er nahm Elgos beiseite und sagte leise: »Dir kann ich es ja sagen, aber unsere Idee findet auch deshalb so großen Anklang im Rat, weil man erkannt hat, dass wir Nestur auf diesem Weg das Wasser abgraben können. Ich glaube nicht, dass Ajeler sich uns sonst angeschlossen hätte.«

»Und ärgert es dich nicht, dass er dir den Rang abläuft?«

»Warum sollte es? Wir helfen den Leuten, darum geht es.«

Elgos verzog das Gesicht zu einem dünnen Grinsen. »Du bist manchmal wirklich sehr blauäugig, Esra. Ajeler ist das gewiss nicht. Er will sich beliebt machen, weil er weiß, was all deine Kollegen im Rat auch wissen – dass der Archont nicht ewig leben wird.«

»Was redest du da, Sester? Memnon erfreut sich bester Gesundheit – und ich hoffe, dass er noch lange über die Geschicke der Stadt wacht.«

»Dennoch, eines Tages wird man einen Nachfolger brauchen.«

»Bist du gekommen, um mit mir über Politik zu reden, Sester? Wie du siehst, habe ich jede Menge zu tun.«

»Kein Grund, verärgert zu sein, mein Freund. Nein, ich bin hier, um dir etwas zu bringen, Esra. Ich habe zwei Namen für dich.«

Gremm war es, als habe ein Blitz aus heiterem Himmel eingeschlagen. Seine Knie wurden weich, und all die Tatkraft, die ihn eben noch durchströmt hatte, schien von diesem Blitz ausgelöscht worden zu sein. »Bei allen Himmeln«, rief er leise, »ich hatte gehofft, diese Geschichte würde in Vergessenheit geraten. Selbst Vil fragt doch kaum noch danach.«

Elgos zuckte mit den Achseln, als sei ihm die ganze Sache gleichgültig, aber dann sagte er: »Weißt du, mir könnte es egal sein, die ganze Geschichte geht mich doch eigentlich nichts an, aber da sind nun diese beiden Namen an mich herangetragen worden. Ich habe sie im Kopf, und ich kann sie nicht vergessen. Also werde ich sie dir sagen. Du kannst dir dann aussuchen, was du damit machst.«

Gremm lehnte sich an eine rußschwarze Hauswand und schloss die Augen. Würde Elgos verschwunden sein, wenn er sie wieder öffnete? Er versuchte es – nein, die massige Gestalt stand immer noch dort und warf einen langen Schatten in die abendliche Gasse.

»Warum sagst du sie ihm nicht selbst, Sester?«

»Dein Neffe würde sich fragen, woher ich diese Namen habe,

aber es ist besser, er weiß nicht, dass ich da oben auf dem Tempelberg eine Quelle habe. Er würde mir sonst wohl keine Ruhe mehr lassen.«

»Dann sag mir diese Namen, um der Himmel willen.«

»Weißt du, das Eigenartige ist, dass wir die ganze Zeit schon über sie sprechen. Sieh mich nicht so an, ich habe mir diese Namen weder ausgedacht noch ausgesucht.«

»Was soll das heißen?«

»Meine Quelle ist sich sicher. Zwei der vier Männer, die mit Richter Titior im Geheimen Gericht saßen, waren Ajeler und Nestur.«

»Ajeler? Aber das ist ja furchtbar!«

»Kann man so sagen. Ich beneide dich nicht um deine Aufgabe.«

»Vil darf es nicht erfahren«, erklärte Gremm in einem plötzlichen Entschluss.

»Willst du den Kleinen anlügen?«, fragte Elgos bedächtig.

»Warum denn nicht? Was ist denn eine kleine Lüge gegen diese schreckliche Wahrheit?«

»Es ist eine Lüge – und du bist nicht sehr gut im Lügen, Esra.«

»Dann wird es wohl Zeit für mich, es zu lernen. Wir behalten das für uns! Dann musst du auch keine Angst um deine Quelle haben. Und nun entschuldige mich, ich habe viel zu tun.«

Vil betrachtete das neue Wams, das er sich eigens für diesen Abend hatte anfertigen lassen, mit einem Stirnrunzeln. Er bevorzugte schlichtere Kleidung. Nur ein einziges Mal hatte er sich derart herausgeputzt, und zwar, um Richter Titior zu ermorden. Nun ging es aber darum, das Herz einer jungen Frau zu erobern, die ihn eigentlich nicht interessierte. Warum also musste er sich so in Schale werfen?

»Es kann nicht schaden, wenn du einen guten Eindruck machst auf das Mädchen und auf die Mutter«, hatte Peker ihm erklärt.

Es stand etwas zwischen ihnen, weil Peker nichts von der Liebelei seiner Schwester bemerkt haben wollte. »Ich hatte keine Ahnung, was sie frühmorgens treibt, das ist auch nicht meine Zeit«, hatte er versucht sich zu verteidigen.

Vil hatte behauptet, das zu akzeptieren, aber er war doch verärgert. Er hatte Peker einen klaren und einfachen Auftrag gegeben, und der hatte ihn nicht erfüllt – oder er hatte ihn erfüllt und Vil dann belogen. Allerdings war Vil nun auf seine Hilfe angewiesen, denn niemand verstand sich besser auf Frauen als Pek.

»Sag ihr, dass sie schön ist, das hören sie alle gerne, selbst wenn sie wissen, dass es eine glatte Lüge ist.«

»Sollte es nicht offensichtlich sein, dass ich sie attraktiv finde? Warum sollte ich mich sonst um ihre Hand bemühen?«

»Manchmal muss selbst das Offensichtliche ausgesprochen werden«, hatte Peker kopfschüttelnd erwidert. »Du wirst doch Skari hin und wieder mal ein Kompliment machen, oder?«

»Sicher.«

»Aber mach ihr nicht zu viele Komplimente, das verdirbt den Charakter. Sie soll wissen, dass du sie anziehend findest, aber zeige dich nicht zu interessiert. Ich hab sie mir ja für dich ein paarmal im Tempel angesehen, sie und ihre Verehrer. Sie treibt gern Spielchen, wie die jungen Mädchen das so machen. Darauf darfst du dich nicht einlassen. Gib ihr das Gefühl, unterlegen zu sein, zeig ihr, wie jung und unerfahren sie ist im Gegensatz zu dir, dem reichen jungen Kauffahrer, der stets bekommt, was er will.«

»So, wie du es schilderst, klingt es nach Vertragsverhandlungen.«

»Darum geht es dir ja wohl auch, oder habe ich da etwas nicht mitbekommen? Du willst sie zur Frau nehmen, weil du in die Versammlung willst. Weiß der Teufel, wozu. Und ganz ehrlich, Vil, ich habe Zweifel, dass daraus etwas Gutes werden kann.«

»Das sagt der Mann, der an jedem Finger eine Freundin hat?«

»Hey, und ich liebe sie alle«, hatte Peker gerufen und ihm einen guten Schneider empfohlen.

Und nun lag das Wams da, und Vil zögerte aus irgendeinem Grund, es anzuziehen.

»Wird dir gut stehen«, meinte Tiuri, die plötzlich in der Tür stand. Er hatte den Hausarrest widerwillig aufgehoben, ihr aber verboten, allein vor die Tür zu gehen. Sie hatte sich überraschend schnell gefügt.

»Und du bist sicher, dass du mich nicht begleiten willst?«, fragte er.

»Ich will nicht zusehen, wie du noch jemanden ins Unglück stürzt.«

»Rede nicht von Dingen, von denen du nichts verstehst«, fuhr er sie wütend an.

Aber sie ließ sich nicht einschüchtern. »Ich verstehe vielleicht mehr davon als du, Vil. Ich liebe Carem nämlich!«

»Erwähne seinen Namen nicht in meiner Gegenwart!«

»Ich habe keinen Grund, ihn nicht zu nennen. Wir lieben einander, daran ist nichts falsch.«

Vil sprang auf. Wieder hatte sie es geschafft, diesen besonderen Zorn in ihm zu wecken. »Tiuri, zum letzten Mal, ich verbiete dir ein für allemal, ihn zu sehen!«

»Das kannst du nicht. Da müsstest du mich schon anketten.«

Er wusste insgeheim, dass man ihn angelogen hatte – entweder schlich sie sich heimlich aus dem Haus, oder die Köchin half ihr.

»Wenn du es so haben willst!«, rief er, packte sie am Arm und schleifte sie in ihre Kammer. »Hier wirst du bleiben, bis du Vernunft angenommen hast!« Er zog den Schlüssel ab und steckte ihn außen wieder ins Schloss hinein.

»Unterstehe dich!«, zischte sie.

Er schloss die Tür und verriegelte sie. Drinnen blieb es totenstill.

»Wer es wagt, diese Tür zu öffnen, bekommt es mit mir zu tun«, sagte er der Köchin, die eingeschüchtert nickte.

Vil fluchte. Er würde zu spät kommen, und daran war nur seine Schwester schuld.

Das Abendessen begann als Katastrophe. Die Doma entschuldigte sich, dass die Köchin kurzfristig unpässlich geworden sei. Also habe sie selbst am Herd stehen müssen, und der verehrte Gast möge verzeihen, wenn es daher vielleicht an dem einen oder anderen fehle.

Vil fand, dass sie allen Grund hatte, sich zu entschuldigen. Der Rinderbraten war nicht durch, aber dafür versalzen, das Gemüse bis zur Geschmacklosigkeit zerkocht und das Brot schwarz verbrannt.

Er wusste allerdings auch, dass die Köchin keineswegs kurzfristig unpässlich geworden war, sie erfreute sich bester Gesundheit. Vil hatte sie aufgesucht und ihr unter dem Siegel der Verschwiegenheit den Lohn ausgezahlt, den Montes ihr seit zwei Monaten schuldete, und als einzige Gegenleistung verlangt, dass sie sofort kündigen und sich eine neue Stelle suchen möge.

Er hatte jedoch nicht erwartet, dass die Kochkünste seiner künftigen Schwiegermutter derart erbärmlich sein könnten. Aber dann erinnerte er sich an die Zeit in der Halde, als ihnen verbranntes Brot und halb roher Braten wie ein Festtagsmahl erschienen wären, und rang sich das eine oder andere Kompliment ab.

Lajara, die Tochter, war für ihn jedoch eine Überraschung. Er hatte sie nur ein- oder zweimal aus der Ferne gesehen, mit ihren Freundinnen, und sie im Grunde für eine alberne Gans gehalten. Aus der Nähe betrachtet war sie eine angenehme Erscheinung, jung, nicht übermäßig hübsch, doch von einer gewissen Haltung, in der nichts Kindliches mehr lag.

Und obwohl sie sich offensichtlich für die Kochkünste ihrer Mutter schämte, machte sie doch gute Miene zum bösen Spiel, trug sogar mit der einen oder anderen geistreichen Bemerkung zur Unterhaltung bei.

»Stimmt es, dass die Gespenster wieder viele Leute verhaften, Menher Malakin?«, fragte sie, als er mit Montes über die abermals wachsende Unruhe im Ostteil der Stadt sprach.

»Kind, das ist Politik«, wies die Mutter sie zurecht.

»Aber es ist wahr«, sagte Vil. »Ich weiß, es ist vielleicht nicht das richtige Thema für ein Essen wie dieses, aber sie versuchen, die Männer zu finden, die einen ihrer Obersten getötet haben.«

»Und glaubt Ihr etwa, dass sie ihn finden, wenn sie wahllos Leute aus den Minen, Schmieden und aus dem Katzenviertel verhaften?«

»Kind, es steht dir nicht an, solche Fragen zu stellen. Die Geheime Wacht weiß, was sie tut, nicht wahr, Menher Malakin?«

»Das wäre zu wünschen, Doma, doch die Fragen Eurer Tochter sind sehr berechtigt. Ich kenne Ratsmitglieder, die weniger gescheit sind.«

Ein strahlendes Lächeln war der Lohn für dieses Kompliment.

»Wie ich hörte, stammt Ihr aus Melora«, mischte sich die Doma ein. »Wir sind also gewissermaßen Landsleute, auch wenn der Name Malakin mir nicht vertraut klingt.«

»Melora ist groß, Doma Montes«, gab Vil lächelnd zurück, »und mein Ahn kam einst aus dem fernen Süden in diese Weltgegend.« Und dann berichtete er von einer Jugend in den Häfen der Dornenküste, wo sein Vater angeblich das Leben eines Küstenhändlers geführt hatte.

»Ah, die Küste, nun, recht reizvoll, wenn man es einfach liebt. Meine Familie stammt hingegen aus dem Herzland, aus Crosus, unweit der alten Kaiserstadt gelegen.«

»Ach, wirklich? Wie interessant!«, schmeichelte Vil. »Ihr müsst mir unbedingt mehr darüber erzählen, Doma!«

Es war offensichtlich, dass sie dieser Aufforderung nur zu gerne folgte, und Vil gab den interessierten Zuhörer. Am Ende des Abends war er sich sicher, dass er wenigstens das Herz dieser Frau erobert hatte.

Lajara, die schweigend und mit unverkennbarem Missmut Geschichten lauschte, die sie vermutlich schon hundert Mal gehört hatte, war schwerer zu durchschauen. Er war einem von Pekers Ratschlägen gefolgt und hatte ihr nicht zu viel Beachtung geschenkt. Das schien ihr zu denken zu geben, denn er vermeinte, in ihren blanken Augen, die noch nicht viel von den düsteren Seiten des Lebens gesehen haben konnten, eine gewisse Neugier zu erkennen.

Als er sich später verabschiedete, bat er Montes noch einmal auf ein privates Wort vor die Tür. »Ist Eure Köchin wirklich erkrankt, Menher?«, fragte er besorgt.

Montes seufzte. »Nein, sie hat überraschend gekündigt.«

»Braucht Ihr Geld?«

»Danke, aber ich schulde Euch schon mehr als genug, Menher.«

»Macht Euch darüber keine Gedanken, Menher Montes. Ihr wart so freundlich, mich einzuladen, und ich habe einen sehr angenehmen Abend mit Eurer Frau und Eurer Tochter verbringen dürfen. Daher werde ich selbstverständlich auch mein Wort halten und Euch die Schulden stunden.«

Montes murmelte ein paar Dankesworte.

»Ich würde mich übrigens freuen, wenn wir dieses Beisammensein wiederholen könnten, Menher. Ich muss sagen, dass Eure Tochter von noch einnehmenderem Wesen ist, als ich es gedacht habe.«

»Nun, ich weiß nicht, Menher«, gab Montes ausweichend Antwort.

»Ich verstehe«, sagte Vil freundlich. »Ich habe auch nicht vor, Euch zu irgendetwas zu zwingen, Menher. Wie gesagt, Eure Schuld ist gestundet. Es wird mir reichen, wenn Ihr sie nächsten Monat begleicht.«

»Nächsten Monat?« Montes starrte ihn erschrocken an.

»Ja, sagen wir Ende des nächsten Monats, so habt Ihr beinahe sechs Wochen Zeit. Und vielleicht findet sich ja in diesen Wochen noch eine weitere Gelegenheit für einen derart angenehmen Abend in Eurem Haus.«

»Aber ein Monat?«

»Ist viel besser als eine Woche. Ich wünsche Euch eine angenehme Nacht, Menher, und grüßt bitte Eure Frau und Eure Tochter noch einmal recht herzlich von mir.«

Montes wirkte sehr unglücklich, als er ging, aber Vil sah nicht ein, den Mann, der Haus und Hof verspielt hatte, so billig von der Leine zu lassen. Er war sicher, dass er Lajara und ihre Eltern schon bald wiedersehen würde.

An einem drückend heißen Sommertag wurde Esrahil Gremm gebeten, den Archonten zu besuchen, eine Aufforderung, der er mit sehr gemischten Gefühlen folgte, denn es war das erste Mal, dass Memnon ihn einlud, und er war sicher, dass das nichts Gutes bringen konnte.

Der Archont erwartete ihn im Garten des Palastes, einem Ort, den Gremm nie zuvor betreten hatte. Eine Wache geleitete ihn bis zur Pforte. Gremm konnte den Archonten nicht sehen, nur einen Gärtner unter einem Strohhut, der dort Rosen schnitt.

»Ah, Gremm, wie schön, Euch zu sehen. Bitte, seid so gut und bringt die Schere mit, die irgendwo dort vorn liegen muss«, rief der Gärtner, der in Wahrheit Memnon war.

»Seht Ihr das? Unkraut! Schier unausrottbar«, fuhr er fort, als er Gremm die Schere aus den Händen nahm, und wischte sich den Schweiß ab. »Ihr habt keinen Garten, oder?«

»Die wenigsten in dieser Stadt haben Platz für einen Garten, Exzellenz.«

»Ja, traurig, aber wahr. Unsere Stadt ist eben auch dicht bevölkert, und sie zieht immer mehr Menschen an, wie mir scheint.«

»Gewiss, Exzellenz.«

Memnon schnitt ein paar abgestorbene Triebe von einem Rosenstrauch. »Die Hitze setzt ihnen zu, Gremm. Es ist ein Jammer. Ihr müsst einmal wiederkommen, wenn der Garten einen nicht ganz so verdorrten Eindruck macht.«

»Gewiss, Exzellenz«, murmelte Gremm, der sich mit Gärten nicht auskannte. Der hier sah in seinen Augen allerdings perfekt aus, zumindest wenn man Rosen mochte. Die Sträucher zogen sich bis zur alten Stadtmauer, die den Tempelberg auch im Norden umgürtete.

»Ihr wünscht mich zu sprechen, Exzellenz?«

»Natürlich, Gremm. Verzeiht, aber wenn ich zwischen meinen Rosen stehe, könnte ich alles andere vergessen. Mit zwei Stöcken habe ich angefangen, damals, vor über zwanzig Jahren, als der Hohe Rat und die Versammlung der Patrizier die Güte hatten, mich zum Archonten von Xelidor zu wählen. Und seht

Euch nun diese Pracht an, Gremm! Es ist aber auch viel Arbeit, das gebe ich gerne zu.«

Er legte die Schere zur Seite. »Aber nun zu Euch, Gremm. Man hört Wunderdinge über Euch. Diese Kauffahrergilde der Mildtätigen Hand wird in allen Gassen gerühmt, wie ich höre.«

»Ich bin nur eines von vielen einfachen Mitgliedern, Exzellenz. Ajeler hat den Vorsitz übernommen.«

»Ah, diese Bescheidenheit. Ihr solltet Euer Licht nicht immer unter den Scheffel stellen – oder unter den Scheffel stellen lassen. Ich weiß sehr wohl, dass Ajeler erst auf dieses Schiff gestiegen ist, als klar war, dass es zum Erfolg segelt, und er hat Euch den Vorsitz abgenommen.«

»Nein, Exzellenz. Ich habe ihm den Vorsitz angeboten, weil wir mit seinem Namen an der Spitze weit mehr erreichen können.«

»Soso«, sagte der Archont und pickte ein welkes Blatt aus einer Blüte. »Die Leute auf der Stahlseite sind Euch jedenfalls zu Dank verpflichtet, ob sie es nun wissen oder nicht. Allerdings ist Euch hoffentlich auch klar, dass Ihr Euch ein paar Feinde gemacht habt, Gremm.«

»Feinde? Durch ein wenig Mildtätigkeit?«

»Ihr kommt mit Euren guten Werken den Scholaren in die Quere. Ist Euch das nicht bewusst? Sie wollen das ganze Viertel unterhalb der Arena erwerben und dort eine große Akademie bauen, einen Hort der Gelehrsamkeit. Und ihre Schüler aus aller Welt sollen in Häusern unterkommen, die es ebenfalls noch zu bauen gilt.«

»Ich hörte Gerüchte dieser Art, Exzellenz, aber der Rat wurde nicht offiziell …«

»Natürlich nicht, Gremm. Der Rat könnte sich ja querstellen.« Er schüttelte den Kopf, und Gremm konnte nicht erkennen, ob das einem abgeknickten Zweig oder dem Rat galt.

»Hochmeister Methos liegt im Sterben, wie Ihr sicher wisst, Gremm. Immer noch, möchte man fast hinzufügen, denn er siecht doch schon seit Monaten dahin. Mit ihm war leicht auszukommen. Seine rechte Hand, die Ghula, ist aus einem anderen Holz geschnitzt. Wie ich sie kenne, wird sie den Rat von ihren Plänen erst dann in Kenntnis setzen, wenn sie nicht mehr aufzuhalten sind.«

»Aber diese Akademie scheint mir keine gar so schlechte Idee zu sein.«

Der Archont schob den Strohhut in den Nacken und sah Gremm mit hochgezogenen Augenbrauen an. »Wirklich? Xelidor ist eine Stadt des Eisens und des Handels. Nun wollen sie eine Stadt des Wissens daraus machen. Und das stört Euch nicht? Gerät Euer Kauffahrerblut da nicht in Wallung?«

»Aber Xelidor kann doch beides sein, Exzellenz.«

»Natürlich«, murmelte der Archont mit unüberhörbarem Sarkasmus und schnitt den geknickten Zweig aus dem Strauch, »und es macht ja auch gar keinen Unterschied, ob der Rat oder die Scholaren hier das Sagen haben. Und dass sie uns seit drei Jahren versprechen, die Große Mine wieder nutzbar zu machen, aber immer knapp scheitern, das findet Ihr wohl auch völlig in Ordnung?«

»Exzellenz?«

»Aber reden wir von etwas anderem, Gremm, reden wir von Eurer Familie.«

»Meiner Familie?«, fragte Gremm verwirrt.

»Euer Vetter, der seit Kurzem in der Stadt lebt, er macht von sich reden.«

»Wirklich?«

»Ich werde ihn gelegentlich einmal fragen müssen, wie er es geschafft hat, das *Bamaal* zu erwerben.«

Gremm hätte sich fast verschluckt.

Memnon grinste verschmitzt. »Tut nicht so überrascht. Meint Ihr, ich weiß nicht, wer dieses prachtvolle Haus leitet? Ich hoffe, er beteiligt Euch an dem Geschäft.«

Gremm schüttelte den Kopf.

»Wirklich nicht? Dabei habt Ihr so viel für ihn getan. Und wie ich höre, hat der junge Mann noch viel vor. Es heißt, er wolle in eine der ältesten Familien der Stadt einheiraten.«

»Das mag sein, Exzellenz«, wich Gremm aus. Ihm war das neu, denn er versuchte, so wenig wie möglich von dem zu erfahren, was sein Neffe trieb.

»Ich begrüße es, wenn neue Bürger unserer schönen Stadt so viel Ehrgeiz entfalten. Ich nehme jedenfalls an, dass es hier um Ehrgeiz und nicht um Liebe geht, oder?«

»Das vermag ich nicht zu beurteilen, Exzellenz.«

»Des Geldes wegen wird er die kleine Montes jedenfalls nicht heiraten. Aber wer weiß, diese Ehe bringt ihn in die Große Versammlung, und vielleicht in ein paar Jahren sogar bis in den Rat.«

»Darüber weiß ich auch nichts, Exzellenz.«

Memnon zwinkerte ihm zu. »Keine Angst, ich will nicht zu tief in die Geheimnisse Eurer Familie eindringen, Gremm. Wie ich hörte, lebt im Haushalt Eures Vetters auch Eure Base, seine Schwester?«

»Das ist richtig, Exzellenz. Tiuri ist mit ihrem Bruder nach Chelos gekommen.«

»Tiuri? Ein in Eurer Familie recht häufig gewählter Name, oder?«

Gremm nickte stumm. Panik stieg in ihm auf. Der Blick des Archonten hatte etwas Lauerndes. Wusste Memnon etwa Bescheid?

»Wie ich weiter hörte, ist sie im heiratsfähigen Alter.«

»Wirklich?«

»Ich bitte Euch, Gremm, Ihr werdet doch wohl wissen, wie alt Eure Base ist.«

»Natürlich, Exzellenz, vierzehn, Tiuri ist vierzehn.«

»Sehr schön. Wusstet Ihr, dass der jüngere Sohn von Rat Varos gerade nach einer Braut Ausschau hält?«

»Rat Varos?«, echote Gremm. Die Varos waren eine der reichsten Familien der Stadt.

»Ja. Er war schon versprochen, doch seine Braut ist unerwartet an der Schwindsucht gestorben.«

»Wie bedauerlich«, murmelte Gremm, dem gerade der Gesprächsfaden entglitt.

»Was meint Ihr? Sollten wir diese beiden jungen Leute nicht zusammenbringen?«

Jetzt glotzte Gremm Memnon mit offenem Mund an.

»Nun schaut nicht so überrascht, Gremm. Ich schlage das nicht vor, weil mich neuerdings die Liebesdinge dieser beiden jungen Leute interessieren. Aber Euer Freund Isper hat ebenfalls eine Tochter, die in Frage käme, und die beiden Männer können sich zwar nicht ausstehen, aber die Familien verhandeln dennoch miteinander. Und es liegt doch wohl auf der Hand, warum mich eine Verbindung dieser beiden Häuser nicht glücklich machen würde, oder?«

Gremm nickte langsam. Rat Isper gehörten große Anteile an der Werft. Er war womöglich noch reicher als Varos. Gremm konnte verstehen, dass der Archont diese beiden Familien lieber getrennt halten wollte.

»Aber meine Base … Tiuri, sie kann keine derartig reiche oder auch nur ansatzweise vergleichbare Mitgift anbieten. Ich kann mir nicht vorstellen, dass Varos dieser Verbindung seinen Segen geben würde.«

»Überlasst Varos mir. Kümmert Ihr Euch lieber um die … wie war noch der Name? Ah, ich weiß es wieder – Malakin. Ein ungewöhnlicher Name, aber er steht für frisches Blut, das unserer Stadt guttun wird, davon bin ich überzeugt. Überstürzt es nur nicht, Gremm, diese Dinge brauchen Zeit. Ein halbes Jahr, dann sollte die Verlobung der beiden jungen Leute bekannt gemacht werden.«

Gremm war froh, als er den Garten endlich verlassen durfte. Der Archont wollte Tiuri mit dem jungen Varos verheiraten? Was für eine aberwitzige Idee. Ging es hier wirklich nur um Isper und Varos? Oder bewegten den Archonten noch ganz andere Gedanken?

Ja, dachte Gremm, als er spätabends sorgenschwer in seiner stickigen Wohnstube saß, *das ist die entscheidende Frage: Was plant Mides Memnon und noch wichtiger – was weiß er?* Er konnte fühlen, dass Unheil heraufzog, wie ein Unwetter, dessen Wolken schon den Himmel verdunkelten, obwohl es noch nicht ausgebrochen war. Es war ganz still im Haus. Wie spät mochte es sein? Nach Mitternacht gewiss. Die Köchin war schon lange fort, seine Frau schien zu schlafen. Er war allein mit seinen finsteren Gedanken. Die Dunkelheit drückte ihm aufs Gemüt wie eine Last, die von Sekunde zu Sekunde schwerer wurde. Er hielt es nicht mehr aus: Gremm machte eine knappe Handbewegung – und der Docht einer Kerze flammte auf.

Minutenlang saß er da und betrachtete gedankenverloren die zitternde Flamme. Es war nur ein bescheidenes Kunststück, mehr nicht, und er war erstaunt, dass er es noch beherrschte, denn er hatte es seit mehr als dreißig Jahren nicht mehr probiert. Und nie hatte er herauszufinden versucht, ob seine Begabung weiterreichte, denn sein Vater hatte ihm von Kindesbeinen an eingebläut, dass er dem Fluch dieser verbotenen Kunst nur entkommen könne, wenn er sie niemals ausübte und niemals jemandem davon erzählte. So war sie sein Geheimnis geblieben. Nicht einmal seiner Frau hatte er diese Begabung gebeichtet.

Plötzlich über seinen Leichtsinn erschrocken, sprang er auf und löschte die Flamme rasch mit Daumen und Zeigefinger. Was hatte er sich nur dabei gedacht? So eine Unvorsichtigkeit konnte ihn in Xelidor den Kopf kosten! Der Archont hatte seine Leute schließlich überall, vielleicht auch unter seinem Fenster. Aber möglicherweise, so dachte Gremm niedergeschlagen, als er wieder in den Sessel sank, hatte Memnon es gar nicht mehr nötig, ihn beobachten zu lassen, weil er sowieso alle seine Geheimnisse schon kannte.

Sein Onkel hatte Vil eine Nachricht geschickt, dass er ihn dringend zu sprechen wünsche, ihn aber aus bestimmten Gründen nicht zu Hause aufsuchen könne. Vil fand das seltsam und beschied seinen Onkel aus einer Laune heraus, er könne ihn des Abends auch gerne im *Bamaal* besuchen.

Und nun saß Gremm in einem der kleineren Salons inmitten weicher Kissen auf einem Diwan und schien nicht so recht zu wissen, wo er hinblicken sollte, als eines der aufreizend gekleideten Mädchen ihm Tee einschenkte.

»Was gibt es denn so Dringendes, Onkel?«, fragte Vil.

»Können wir nicht unter vier Augen reden?«

Vil schickte das Mädchen hinaus.

»Er weiß Bescheid«, begann Gremm, »der Archont … er weiß über dich und Tiuri Bescheid, Viltor. Ihr müsst die Insel verlassen!«

»Wie kommst du darauf?«, fragte Vil ruhig.

»Ich war neulich bei ihm. Er weiß, dass du das *Bamaal* leitest, und er hat ein paar Andeutungen gemacht, über deinen neuen Nachnamen, und wie seltsam es sei, dass der Name Tiuri in unserer Familie so oft verwendet würde.«

»Andeutungen, mehr nicht? Und deshalb diese Aufregung?«

»Du kennst Memnon nicht, Viltor. Er sieht alles, weiß alles, und ich bin sicher, dass er deinen wahren Namen kennt. Er weiß, dass du der Sohn von Aretor Merson bist.«

»Und warum sitze ich dann hier bei einer Tasse Tee und plaudere mit dir, Onkel? Warum sitze ich nicht in irgendeinem Kerker?«

»Das ist es ja, Viltor! Memnon spielt Katz und Maus mit uns, und dir ist hoffentlich klar, wie dieses Spiel für die Mäuse ausgeht. Er hat etwas mit dir vor und mit deiner Schwester.«

»Mit Tiuri?«

»Ja, stell dir vor, er will sie mit dem jüngeren Sohn von Rat Varos verheiraten.«

»Eine Hochzeit?«

»Mit dem reichsten Sohn der Stadt!«

»Du hast recht, das klingt bedrohlich«, spottete Vil. Aber auch er fragte sich, was das zu bedeuten hatte.

»Du verstehst es nicht, Viltor. Er benutzt euch, um eine Ehe zwischen den Häusern Varos und Isper zu verhindern. Damit zieht ihr euch die Feindschaft von mindestens einem dieser Häuser zu.«

Vil dachte einen Augenblick nach. Das war wirklich eine merkwürdige Entwicklung der Dinge. Varos war reich und mächtig, er selbst war beides nicht. »Er muss etwas gegen Varos in der Hand haben«, murmelte er.

»Er ist der Archont, er hat gegen jeden auf dieser Insel etwas in der Hand«, rief Gremm.

»Aber mir scheint, dass ich sehr von diesem Plan profitiere, oder nicht? Wenn Tiuri eine Varos wird, dann sind wir verbunden mit einer der mächtigsten Familien von Xelidor. Ich erkenne den Nachteil nicht, Onkel.«

»Weil du nur den Teil des Plans kennst, den der Archont dich sehen lässt. Sei dir gewiss, dass es dahinter noch einen Plan gibt, mindestens! Und am Ende wird nur einer von dieser

Geschichte profitieren, und das ist Memnon selbst. Und wir bleiben auf der Strecke.«

Vil schüttelte den Kopf. »Nein, Onkel, ich sehe es eher als eine goldene Gelegenheit, einen Zipfel des Glücks, der unverhofft in greifbare Nähe geraten ist. Ich gedenke, ihn zu ergreifen. Du weißt es vielleicht nicht, aber meine Mutter hat sich gewünscht, dass ich unserer Familie wieder zu altem Glanz verhelfe. Es sieht nun fast so aus, als sollte mir das gelingen.«

»Ich wünschte, du würdest es endlich begreifen! Es ist eine Täuschung, Viltor, so falsch wie dein Nachname. Es ist Betrug, und am Ende kann das nur wieder in Leid und Elend enden. Glaubst du denn, Varos würde nicht irgendwann erfahren, wen sein Sohn da geheiratet hat?«

»Und was will er dann tun? Seine eigene Familie entehren und ins Unglück stürzen? Nein, Onkel, die Verbindung mit Varos ist ein Schild, der mich und Tiuri schützen wird. Es könnte nicht besser kommen. Im Übrigen habe auch ich vor, bald zu heiraten.«

»Du?«

»Schau nicht so ungläubig. Meine Wahl ist auf die Tochter von Dicus Montes gefallen. Vielleicht kennst du ihn.«

»Dann stimmt also, was ich gehört habe. Aber Montes? Der ist doch gewissermaßen das Gegenteil von Varos – arm und unbedeutend.«

»Sein Name ist alt genug, um mir einen Platz in der Versammlung zu verschaffen, und Montes kann es sich nicht leisten, meine Bewerbung abzulehnen.«

Gremm schüttelte den Kopf. »Du solltest dir diese Pläne aus dem Kopf schlagen, Viltor. Nimm deine Schwester, geh auf ein Schiff und lass diese Stadt hinter dir, solange du es noch kannst.«

»Aber ich kann nicht, Onkel. Ich habe noch etwas zu erledigen. Und da wir gerade dabei sind, frage ich mich, ob du nicht inzwischen etwas Neues erfahren hast.«

»Nein, Viltor, nein«, sagte Gremm. »Ich habe keine Namen für dich. Reicht es denn nicht, dass du Titior getötet hast? Er war der Vorsitzende des Geheimen Gerichts. Die anderen konnten doch kaum etwas ändern, da das Urteil schon vor der Verhandlung feststand.«

»Und doch haben sie es gefällt. Ich will ihre Namen, Onkel, denn sonst werden weder meine Mutter noch ich Ruhe finden.« Er seufzte und stand auf. »Doch genug davon, Onkel. Willst du noch Tee – oder etwas anderes? Die Mädchen meines Hauses würden sich bestimmt gerne um dich kümmern.«

Gremm starrte ihn an, stellte seine Tasse weg und erhob sich. »Nein, gewiss nicht, Viltor. Es wird schon unangenehm genug, deiner Tante erklären zu müssen, dass ich dieses Haus betreten habe. Ich werde sie sicher nicht mit einer Hure betrügen. Guten Tag!«

Vil blickte ihm versonnen hinterher. Gremm war richtig wütend geworden, so hatte er ihn selten erlebt. Und es war eigenartig, dass er immer noch von seiner Frau sprach, als würde sie daheim auf ihn warten. Noch eigenartiger fand er jedoch, dass Gremm deswegen nicht Zielscheibe des allgemeinen Spotts geworden war, obwohl diese kleine Verrücktheit stadtbekannt war. Ganz im Gegenteil, er erfreute sich wachsender Beliebtheit in der Stadt. Selbst die Mädchen im *Bamaal* fragten nach ihm.

Er setzte sich auf den Diwan und dachte nach. Sein Onkel hatte nicht unrecht: Es musste etwas hinter diesem Plan stecken. Tiuri und er waren vermutlich nur Werkzeuge für den Archonten, damit er bekam, was er wollte.

Aber was mochte das sein? Wollte er wirklich nur eine Ehe zwischen mächtigen Familien verhindern? Vil fand darauf keine Antwort, aber er kam zu dem Schluss, dass es ihm egal sein konnte, solange er derart davon profitierte. Wenn seine Schwester wirklich einen Varos heiratete, dann würde ihm das über kurz oder lang einen Sitz im Hohen Rat bescheren. Er würde das *Bamaal* vermutlich aufgeben müssen, aber für einen Schwager von Varos ergaben sich sicher andere Geschäftsmöglichkeiten. Es sah fast so aus, als sei er ein gemachter Mann.

Es gab nur noch ein kleines Problem: Tiuri.

Er klingelte nach einem der Mädchen und schickte sie fort, Peker zu holen. Vielleicht wusste der, wie er seine störrische Schwester dazu bringen konnte, einen Mann zu heiraten, den sie nicht einmal kannte, wo sie doch stur behauptete, in einen anderen verliebt zu sein.

»Zwingen kannst du sie nicht«, meinte Peker, als er ihm das Problem geschildert hatte.

»Sie ist meine Schwester und sollte tun, was ich sage.«

»Tut sie es denn?«

»Nein, natürlich nicht.«

»Eben«, meinte Peker mit seinem schiefen Grinsen. »Sie ist jung und verliebt, und ihre Gefühle sind stark, sehr stark. Vielleicht sogar gefährlich.«

»Wie meinst du das?«

»Der Brand im Laden. Ich bin nicht blöd, Vil. Hat zwar eine Weile gedauert, aber irgendwann habe ich auch mal darüber nachgedacht, wie das Feuer ausbrechen konnte, und wieso es uns gefolgt ist.«

»Sie weiß nicht, dass sie es war, Pek – und das muss auch so bleiben.«

»Bin ganz deiner Meinung. Aber schon deshalb kannst du sie nicht zwingen. Du musst sie behandeln wie ein rohes Ei.«

»Und wie kriege ich dann das rohe Ei dazu, das zu tun, was ich will?«

»Du musst sie dazu bringen zu glauben, dass sie es selbst will.«

»Wie soll das gehen? Sie ist verliebt, wie du schon sagtest, Pek. Und sie trifft ihn immer noch, obwohl ich es verboten habe!«

»Der Reiz des Verbotenen macht es doch nur noch interessanter.«

»Soll ich ihr etwa erlauben, sich mit diesem Schuhmacherfähnrich zu treffen, damit sie ihn *nicht* mehr trifft?«

»Einen Versuch wäre es wert, oder?«

Sie verfielen beide in langes Schweigen, aber dann sagte Vil: »Der Fähnrich muss verschwinden.«

»Vil, du hast doch nicht etwa vor …?«

»Ich werde nicht zulassen, dass dieser kleine Soldat dem Glück meiner Familie im Weg steht. Schön, ich werde ihr erlauben, ihn zu treffen, weil sie es ohnehin nicht lassen kann. Aber wenn das ihre Liebe nicht schnell erkalten lässt, muss der Fähnrich verschwinden.«

»Deine Schwester würde dir nie verzeihen, wenn du Carem …«

»Ich rede nicht davon, ihn umzubringen, Pek. Jedenfalls noch nicht. Aber vielleicht braucht der junge Mann ja Geld …«

Vil ging an diesem Tag früh nach Hause, denn er wollte so schnell wie möglich mit Tiuri sprechen. Wie er erfahren musste, war sie allerdings spazieren gegangen.

»Verzeiht, gnädiger Herr, aber ich musste versprechen, nichts zu verraten«, erklärte die Köchin verlegen.

»Schon gut, ich mache Euch keinen Vorwurf«, sagte Vil. Er hatte Tiuri untersagt, den Fähnrich zu treffen, aber jetzt traf sie ihn offensichtlich nicht mehr nur morgens, sondern auch nachmittags.

Er wartete in der Halle, bis sie etwa eine Stunde später nach Hause kam.

»Du warst aus?«, fragte er kühl.

»Spazieren, mit Carem«, erwiderte sie aufreizend gelassen. Sie schien nicht die Spur eines schlechten Gewissens zu haben.

»Habe ich dir nicht verboten, ihn zu sehen?«

»Du hast mir verboten, ihn auf dem Fischmarkt zu treffen – also treffen wir uns jetzt nachmittags, unten am Steinstrand.« Ihre Augen funkelten streitlustig.

Vil versuchte, seinen Zorn zu bändigen, was ihn viel Überwindung kostete. Wie konnte sie es wagen? Aber er hatte gelernt, sich zu beherrschen, und er hatte auch gelernt, sich zu verstellen. Also seufzte er und sagte: »Ich kann es dir wohl nicht verbieten, oder?«

Er sah ihr ihre Überraschung an, im Trotz in ihrer Stimme schwang eine Spur Unsicherheit mit: »Selbst wenn du mich einsperrtest und festbändest, wir würden trotzdem zueinanderfinden.«

Er musste vorsichtig sein, durfte nicht zu nachgiebig wirken. »Dir ist klar, Tiuri, dass ich nicht glücklich mit diesem Verehrer bin.«

»Ich bin es aber!«

Er schloss die Augen. Leicht machte sie es ihm nicht. *Manchmal ist sie immer noch wie ein kleines Mädchen,* dachte er. »Falls ich dir gegen meine innerste Überzeugung erlauben sollte, diesen jungen Mann zu treffen, dann erwarte ich ein gewisses Entgegenkommen, Tiuri.«

»Es ist mir gleich, ob du es mir erlaubst oder nicht!«

Wieder schwoll der Zorn in ihm an. »Ich erwarte nichts Unmögliches, Tiri, nur ein bisschen Vernunft von meiner Schwester.«

»Und wie soll das aussehen?«

»Erstens wünsche ich, dass du mir sagst, wann und wo du dich mit diesem Mann triffst. Und diese Orte werden immer öffentliche Plätze sein.«

»Du willst mich überwachen?«

»Ich bin dein Bruder, Tiuri, und ich will nur sicherstellen, dass der junge Mann meine Schwester nicht entehrt.«

Sie starrte ihn an.

Er hätte sich am liebsten auf die Zunge gebissen. Sie war schon vor langer Zeit entehrt worden, verkauft vom Eisenkönig, geschändet von einem Mann, der kurz darauf in Flammen gestanden hatte. Wie konnte er so dumm sein, dieses Tabu zu berühren? Sie hatten bis heute nicht vermocht, über das zu sprechen, was damals geschehen war.

Er versuchte, es zu überspielen, und fuhr fort: »Des Weiteren erwarte ich, dass meine Schwester einigen gesellschaftlichen Verpflichtungen nachkommt.«

Sie wirkte geistesabwesend, als sie antwortete: »Welche Verpflichtungen, Viltor?«

»Du wirst mich begleiten, wenn ich zu Gesellschaften gehe, und du wirst dich benehmen wie eine junge Dame von Stand. Glaubst du, dass du das schaffst?«

»Und ich darf Carem sehen, wann immer ich will?«

»Einmal am Tag, keinesfalls öfter! Verlange ich zu viel?«

»Ich weiß nicht, Vil. Ich habe das Gefühl, dass du Hintergedanken hast.«

»Kannst du nicht einfach annehmen, dass ich nur das Beste für dich will?«

»Das fällt mir schwer, Viltor, denn wann immer du etwas tust, erwartest du eine Gegenleistung. Und meistens machst du dabei Gewinn.«

»Du bist meine Schwester, Tiuri. Ich würde lügen, wenn ich sage, dass mir der junge Mann gefällt, aber ich will deinem Glück auch nicht im Wege stehen.«

Vielleicht war das zu dick aufgetragen. Tiuri wirkte nicht überzeugt. Sie kannte ihn eben gut.

Einige Tage später begleitete sie ihn zu einem zweiten Abendempfang bei den Montes. Vil hatte dem Hausherrn inzwischen ein paar Kronen zugesteckt, damit er wenigstens für diesen Abend einen Koch einstellen konnte. Er brachte Geschenke mit, kostbare Seidenschals aus dem fernen Tenegen, einen für die Doma, einen für die Tochter.

Streng genommen war es für Geschenke noch zu früh, aber er konnte sehen, dass er mit diesem bunten Stück Stoff die Mutter überzeugt hatte. Lajara hingegen zierte sich. Er schob das darauf, dass sie der Erwartung gerecht werden wollte, die man jungen Frauen von Stand entgegenbrachte, denn ihm war, als würde er gelegentlich schon den einen oder anderen bewundernden Blick empfangen, als er von erfundenen Abenteuern in fremden Städten berichtete.

Tiuri war den Abend über recht einsilbig. Er hatte gehofft, dass sie sich mit Lajara vielleicht anfreunden könnte, aber das Gespräch der beiden Mädchen ging nicht über belangloses Geplauder hinaus.

»Wie findest du sie?«, fragte er, als sie auf dem Heimweg waren.

»Sie scheint ein anständiges Mädchen zu sein«, erwiderte Tiuri ausweichend.

»Magst du sie nicht?«

»Keine Ahnung. Ich denke, sie kommt aus einer ganz anderen Welt. Ich verstehe vieles von dem nicht, was sie gesagt hat, oder, nein, es klingt alles so hohl.«

»Dumm ist sie nicht«, nahm Vil sie in Schutz.

»Du wirst sie unglücklich machen, Vil. Sie ist viel zu anständig für uns. Wir sind Ratten, hast du das vergessen?«

»Die Halde liegt Jahre zurück, Tiri!«

»Aber sie hat sich eingefressen, bis auf die Knochen. Bei dir und bei mir. Sieh dich doch an – du leitest ein Hurenhaus und findest nichts dabei. Was, glaubst du, wird Lajara dazu sagen?«

»Sie wird es nie erfahren. Ich werde das *Bamaal* vor meiner Hochzeit verkaufen.«

»Und das andere? Es leben immer noch Männer, denen wir den Tod geschworen haben, Viltor. Glaubst du, das wird gut ausgehen für uns? Du hast es selbst gesagt; es müssen bedeutende Männer sein, ausgewählt aus dem Hohen Rat. Es geht nicht mehr um den Eisenkönig oder das Triefauge. Denk nur daran, was geschehen ist, als du den Richter umgebracht hast. Du machst große Pläne, das kann ich sehen, aber wozu, wenn du sie am Ende doch alle der Vergeltung opfern musst?«

Er blieb stehen. »Willst du, dass ich die Rache aufgebe, Tiri?«, fragte er.

Sie zögerte mit einer Antwort. Er fragte sich, was er tun würde, wenn sie ja sagte. Für einen Moment schien ihm alles in der Schwebe zu sein.

Dann brach es kalt und zornig aus ihr heraus: »Nein, Vil. Diese Männer haben unsere Familie zerstört, sie haben Vater, Mutter, Fari und … noch mehr auf dem Gewissen. Sie müssen bezahlen, mit ihrem Blut.«

Als er sich zwei Tage später wieder mit Skari traf, erzählte er ihr von dem Abend und fragte sie nach ihrer Meinung zum Verhalten seiner Schwester.

Er erntete einen Blick, den er so noch nie zuvor gesehen hatte. »Du fragst *mich,* wie ich über deine Hochzeit denke?«

»Eigentlich frage ich dich nach Tiuri, aber ja, hast du etwas gesehen? Von meiner Hochzeit, meine ich?

Sie schüttelte den Kopf. »Ich werde dir bestimmt nichts über deine Ehe mit diesem Weib sagen, selbst wenn ich etwas wüsste. Aber ich sah sie noch nie, was heißt, dass sie nicht wichtig sein kann.«

Sie schien wirklich gekränkt zu sein. »Schau, Skari. Zwischen uns muss sich nichts ändern.«

»Du meinst, du willst mich als dein Liebchen behalten und eine andere heiraten.«

»Aber du hast doch selbst gesagt, dass du keine Zukunft für uns siehst. Du willst ja nicht einmal in einem Haus leben. Was erwartest du? Dass ich zu dir in deine Gruft ziehe?«

Er bekam keine Antwort.

Obwohl er nicht genau wusste, was er falsch gemacht hatte, strich er ihr nach einer Weile zart über den schmalen Rücken und sagte: »Es tut mir leid, Skari.«

»Aber nicht leid genug.«

»Wenn du meinst, dass es nicht gut ist, kann ich diese Ehe platzen lassen. Jetzt, da Tiuri bald einen Varos heiratet, ist es vielleicht gar nicht mehr nötig.«

»Sie trägt Schwarz.«

»Wer?«

»Deine Schwester. Ich sehe sie. Sie trägt das schwarze Kleid der Trauer.«

»Trauer? Um wen? Was siehst du?«

»Nicht mehr, nur ihr leeres Gesicht, Tränen. Sie trauert.«

Vil schwieg betroffen. Seine Schwester würde also Trauerkleidung tragen. Um wen würde sie weinen? Um ihn? Um Carem? Er hatte nicht vor, den jungen Mann zu töten. Aber wenn Carem nicht vernünftig war? Er starrte an die Decke. Er verfluchte Skaris Visionen, die ihn nur verunsicherten, aber ihm nicht sagten, was er tun sollte.

»Du würdest die Hochzeit wirklich absagen?«, fragte sie viel später sehr leise, nachdem sie lange stumm und ohne Berührung nebeneinander gelegen hatten.

Er nickte. »Dieses Mädchen bedeutet mir nichts. Wenn du sagst, ich soll sie vergessen, tue ich es.«

»Aber ich sehe, dass du sie küsst. Unter einem Fliederbusch.«

»Du kannst sagen, dass ich sie nie wiedersehen soll.«

»Nein, das kann ich nicht, denn ich sehe doch, dass es geschieht, und dir ist gleich, wie ich darüber denke. Ich bin dir gleich.«

Sie stand auf und zog sich an. Er blieb tief getroffen im Bett liegen. Er hätte sie gerne gepackt und geschüttelt, um ihr klarzumachen, dass sie ihm alles andere als gleichgültig war. Aber zwischen ihnen war ein tiefer und unüberwindbarer Riss.

In der Tür blieb sie noch einmal stehen und sah ihn mit traurigem Gesicht an, bevor sie wortlos verschwand.

Er blieb ratlos und wütend zurück.

Da Vil nun das Wohlwollen der Mutter genoss, wurde es einfacher für ihn, um Lajara zu werben, und er bekam schon bald die Erlaubnis, sie zu nachmittäglichen Spaziergängen in den Kaisergärten auszuführen.

Sobald Lajara nicht mehr unter Aufsicht ihrer Eltern stand, lebte sie deutlich auf. Sie redete und redete, und Vil hatte gelegentlich Schwierigkeiten, der Geschwindigkeit, mit der sie plapperte, zu folgen.

»Ist es nicht furchtbar, dass schon wieder Wachen angegriffen wurden, Menher Malakin?«

Diese Worte waren die letzten in einer endlosen Kette, und er begriff, dass sie eine Antwort erwartete. »In den Kaisergärten sind wir sicher«, erwiderte er.

»Aber diese Unruhen. Mein Vater sagt, sie seien schlecht für das Geschäft.«

»Das sind sie, ohne Zweifel«, bestätigte er. Im *Bamaal* war in letzter Zeit wenig los. Der Brotpreis war schon wieder gestiegen, im Ostteil der Stadt rumorte es, und all die Kauffahrer, Räte und Offiziere, die sonst im *Bamaal* vorbeischauten, hatten offensichtlich andere Sorgen.

»Was genau sind eigentlich Eure Geschäfte, Menher Malakin?«

Er beschloss, sie auf die Probe zu stellen. Peker hatte gesagt, dass ein Hauch von Gefahr auf junge Mädchen anziehend wirken könne. »Ihr wisst vielleicht, dass ich ein Vetter von Rat Gremm bin. Ich bin außerdem Teilhaber seines Kontors. Meistens geht es um langweilige Handelsgeschäfte mit Städten, die ich noch nie gesehen habe. Allerdings gibt es auch Geschäfte, die höheren Gewinn versprechen.«

»Mein Vater versteht nicht viel vom Handel. Er hat unser Kontor schon lange aufgegeben. Aber er ist stellvertretender Hafenmeister, das ist doch auch beachtlich. Besitzt Ihr viele Schiffe, Menher?«

»Nein, Lajara, nur Anteile, wie die meisten Kauffahrer. Es gibt allerdings einige schnelle Segler, die besondere Waren aus Melora bringen. Solche Seidenschals zum Beispiel wie jenen, den Ihr zu meiner Freude tragt.«

»Aber der kommt doch aus Tenegen, nicht aus Melora.«

»Nun, wenn er direkt aus dem fernen Osten käme, würde der Zollmeister einen schönen Batzen Geld verlangen, weshalb sie auf diesem Wege praktisch nicht zu bekommen sind. Kommt er jedoch auf einem nächtlichen Segler aus Melora, so gelangt er vielleicht ohne diese lästige Abgabe in die Stadt.«

Sie sah ihn groß an. »Ihr seid ein Schmuggler?«

»Könnt Ihr dieses Geheimnis bewahren, Lajara?«

»Oh, wenn mein Vater das wüsste! Der Zollmeister ist ein Freund von ihm.«

»Werdet Ihr es ihm sagen?«

»Natürlich nicht, Menher! Aber ist das nicht sehr gefährlich?«

Eigentlich war es das nicht. Der Zollmeister wurde von Orn Wraas schon seit Jahren bestochen. Er beklagte sich sogar schon, weil der Schmuggel seit dem Feuersturm fast zum Erliegen gekommen war und er kaum noch verdiente.

»Ich gestehe, es ist nicht ungefährlich, aber ich finde, diesen Schal an Eurem Hals zu sehen, Lajara, das ist mir jedes Risiko wert.«

»Menher Malakin!«, rief sie leise und errötete.

Sie hatten eine verschwiegene Ecke der Gärten erreicht, wo alte Bäume dichte Schatten warfen und hohe Hecken verliebten Paaren Sichtschutz gewährten.

Vil war nicht verliebt, vielleicht fand er deshalb so leicht die richtigen Worte: »Ich muss Euch gestehen, dass Ihr mir nicht mehr aus dem Sinn geht, seit ich Euch das erste Mal sah, schöne Lajara«, erklärte er und fasste sie an den Händen.

»Menher Malakin«, hauchte sie und errötete wieder.

»Ich muss an Euch denken, wenn ich die Sonne aufgehen sehe, und wenn ich den Mond und die Sterne sehe ebenso. Mein erster Gedanke des Tages gehört Euch und der letzte auch. Fühlt Ihr mein Herz?« Er nahm ihre zarte Hand und legte sie auf seine Brust. »Es schlägt nur für Euch, Lajara.«

»Aber Menher«, stammelte sie verlegen.

Vil verglich ihre Augen mit den Sternen, ihren Mund mit einer Rosenblüte und ihren Körper mit den Kunstwerken der alten melorischen Meister. Dabei drängte er sie behutsam in eine besonders schattige Ecke und bemerkte bald, dass er sie gar nicht mehr schob, sondern sie ihn zog. Einen Augenblick lang berührten sich ihre Hände, plötzlich standen sie Stirn an Stirn, und er blickte in ihre klaren, blanken Augen. Sie roch nach Sommerflieder.

Dann küsste er sie. Und von dem ersten Wort über die aufgehende Sonne bis zu diesem süßen Kuss dachte er unentwegt nur an Skari.

Am nächsten Tag erklärte sich Vil den Eltern des Mädchens.

Montes bat, sehr zum Missfallen seiner Frau, um einige Tage Bedenkzeit.

Es folgte eine kurze Unterredung unter vier Augen. »Ich weiß, es kann mich in den Schuldturm bringen oder auf die Galeere, doch Ihr versteht hoffentlich, Menher Malakin, dass ich meine Tochter nicht an den Besitzer eines Hurenhauses verheiraten kann. Ich weiß, ich sollte Euch nicht verurteilen, Menher, doch fürchte ich mehr um das Wohl meiner Tochter als um mein eigenes.«

»Dieses Gespräch haben wir schon einmal geführt, Menher Montes. Doch bin ich beinahe Eurer Meinung. Ich werde das *Bamaal* verkaufen, und es liegt nun an Euch, ob ich Eure Schulden mit verkaufe – oder vorher aus den Büchern streiche.«

Montes schluckte, aber diese Drohung schien zu reichen, um seinen aufflackernden Beschützerinstinkt zu ersticken. Er stimmte der Verlobung zu.

Schon das Bekanntwerden der geplanten Verbindung öffnete Vil einige neue Türen. All die alteingesessenen Kauffahrer schienen ihn nun, da er feste Bindungsabsichten mit einer Tochter der Stadt geäußert hatte, nicht länger als einen Fremden zu betrachten, und er wurde jetzt häufiger zu Empfängen und Abendgesellschaften eingeladen, am Festtag des Herbstbeginns sogar zu Kammerherr Ajeler, was, wie er von Gremm erfuhr, eine ungeheure Ehre war.

Auch Tiuri Malakin war ausdrücklich eingeladen.

Vil war froh darüber, denn sie wirkte seit einigen Tagen etwas niedergeschlagen. Die Fröhlichkeit, die sie offen zeigte, seit er ihr erlaubt hatte, sich mit Carem, dem Fähnrich, zu treffen, schien verschwunden. Er fragte sich, ob die Liebe jetzt, da sie nicht mehr verboten war, schon abkühlte, war aber zu taktvoll, danach zu fragen. Der Abend mochte sie von ihren Sorgen ablenken, zumal sie solche festlichen Gesellschaften mehr genoss, als sie zugab.

Er verstand schnell, dass Tiuri nicht nur aus Höflichkeit eingeladen worden war, denn irgendwer hatte dafür gesorgt, dass sie neben dem jungen Varos an der langen Tafel zu sitzen kam.

Vil hatte keine Zeit, darauf zu achten, ob sich die beiden gut unterhielten, denn Kämmerer Ajeler lud ihn ein, an einer kleinen Runde »unter Freunden« in einem Nebenzimmer teilzunehmen. Sein Onkel war dort, auch Rat Varos und Rorus Vinir, der Neffe von Orn Wraas. Außerdem noch einige andere Räte und Kauffahrer.

»Ich freue mich zu hören, dass unsere Seite bald eine Stimme mehr in der Versammlung haben wird«, begann Ajeler.

»Eure Seite?«

»Unsere neue Kauffahrergilde, ursprünglich doch nur gegründet, um die Not auf der Stahlseite zu lindern, wird mehr und mehr zu einer Kraft, die in dieser Stadt viel erreichen kann, Menher Malakin.«

»Eine Kraft, die Gegenkräfte wecken wird«, mahnte Varos.

»Ist es nicht genau umgekehrt? Wird es nicht langsam Zeit, dass die Kauffahrer dieser Stadt sich zusammenschließen, um gewissen anderen Gruppen ihre Grenzen aufzuzeigen?«, fragte Ajeler.

»Wir müssen dennoch vorsichtig sein, Ajeler«, meinte Gremm. »Die Scholaren haben die Stadt fest im Griff, und sie werden diesen Griff auch nicht freiwillig lockern. Seht nur, was sie aus dem Katzenviertel machen. Diese neue Akademie, sie haben schon angefangen zu bauen.«

»Teilweise auf Land, das ihnen noch gar nicht gehört«, warf Varos ein. »Aber mit unserer Mine kommen sie keinen Schritt weiter – seit vier Jahren liegt sie nun still, und immer vertrösten sie uns damit, dass sie das Problem bald lösen werden. Wenn sie nur halb so viel Energie darauf wie auf ihre Akademie verwenden würden, wäre die Mine längst wieder eröffnet.«

»Eben – und niemand weist sie in die Schranken!«, ereiferte sich Ajeler. »Der Archont schweigt, und der Rat wird gar nicht erst gefragt, und all meine Versuche, ihn zum Einschreiten zu bewegen, versanden.«

»Diese Ghula Mischitu hat es leider verstanden, viele unserer ehrenwerten Kollegen auf ihre Seite zu ziehen, einfach indem sie sie an dem Geschäft beteiligt«, erklärte Varos. »Sie ist wirklich eine gefährliche Frau. Seit sie in der Stadt ist, gehen die Scholaren viel aggressiver vor.«

Rorus Vinir nickte düster. »Es ist kein Wunder, dass es immer wieder zu Zwischenfällen kommt. Erst vorgestern wurde eines meiner Lager geplündert, von diesen Raben, wie sie sich nennen, und was macht unsere Wache? Erst hält sie sich heraus – dann verhaftet sie einfach irgendwelche Leute, die zufällig in der Nähe waren. Und sobald die Wache weg ist, taucht unser Freund Nestur auf und hetzt gegen den Archonten, den Rat und die Scholaren und fordert, dass auch die Handwerker und Gesellen einen Platz an der Macht bekommen. Es ist nicht schwer zu erraten, wer diesen Platz einnehmen soll.«

»Und deshalb brauchen wir jede Unterstützung, die wir bekommen können, also auch die Eure, Menher Malakin«, schloss Ajeler.

»Aber was könnte ein einfacher Kauffahrer wie ich schon groß tun?«

Varos lachte dröhnend, und Ajeler grinste schief, als er sagte: »Ein einfacher Kauffahrer, dem das wichtigste Hurenhaus der Stadt gehört, kann eine Menge tun.«

»Woran denkt Ihr, Menhers?«, fragte Vil vorsichtig. Es überraschte ihn eigentlich nicht, dass sie wussten, dass ihm dieses Haus gehörte. Dieses Geheimnis ließ sich wohl einfach nicht für immer hüten.

»In Eurem Haus verkehren einige der wichtigsten Köpfe der

Stadt, Menher Malakin. Daraus muss sich doch in gewisser Weise Kapital schlagen lassen«, erwiderte der Kammerherr.

»Zum einen plane ich, das Haus aufzugeben, da ich bald zu heiraten gedenke, Menhers, zum anderen ist ein hohes Maß an Diskretion eine der Säulen, auf denen das *Bamaal* ruht. Niemand würde noch zu uns kommen, wenn wir die Geheimnisse, die in unseren Betten ausgeplaudert werden, weitergäben.«

Ajeler stellte seinen Krug ab, und das Lächeln verschwand. »Ich verstehe. Montes wird also nicht von Euch genötigt, seine Tochter an Euch zu verkaufen, für, wie ich hörte, zehntausend Kronen?«

Vil verfärbte sich.

»Versteht mich nicht falsch, Menher Malakin. Ich verurteile das nicht. Es ist gute Tradition in Xelidor, dass hier die Kinder noch der ehrwürdigsten Häuser an andere ehrwürdige Häuser verschachert werden. Und zehntausend Kronen sind nicht zu viel, wenn man bedenkt, dass sie Euch in die Versammlung und vielleicht sogar eines Tages in den Rat bringen können. Ich wundere mich lediglich, dass Ihr Euer Wissen nicht weiter gewinnbringend einsetzen wollt.«

»Gewinnbringend für wen, Menher Ajeler?«

»Für uns alle – und natürlich auch für Euch. Denkt einfach eine Weile über unseren Vorschlag nach. Und denkt auch darüber nach, ob Ihr das *Bamaal* wirklich verkaufen wollt. Es ist eine Goldgrube, ertragreicher als so manche Mine, wenn Ihr es richtig anstellt – und Euch die richtigen Freunde sucht.«

Beim anschließenden Festmahl aß Vil nicht viel. Ihm war der Appetit vergangen, denn er hatte begriffen, dass ihn sein Aufstieg in dieser Stadt vielleicht mehr kosten würde, als er dachte. Wie konnten diese Männer es wagen, sich in seine Geschäfte einzumischen? Er gab sich selbst die Antwort: Sie hielten Macht in den Händen, sie konnten ihm geben oder verweigern, was er anstrebte. Er würde wohl oder übel mitspielen müssen.

Er machte gute Miene zum bösen Spiel, aber er war froh, als der Abend hinter ihm lag und er mit Tiuri nach Hause ging.

»Hast du dich gut unterhalten?«, fragte er und konnte nicht verhindern, dass es gereizt klang.

»Geht so. Dieser Varos, neben dem ich sitzen musste, ist ein Langweiler, wie nur wenige unter diesem Himmel leben. Und bei dir? Ist alles in Ordnung?«

»Sicher. Warum fragst du?«

»Weil ich dich kenne, Vil. Irgendetwas liegt dir auf der Seele.«

»Es ist nur, dass diese Männer nicht halb so nobel sind, wie ich dachte.«

»Und das überrascht dich? Sie wären nicht da, wo sie sind, wenn sie nicht ebenso hart und skrupellos wären wie gewisse andere Leute, die ich kenne.«

»Ich bin nicht wie die, Tiuri, kein bisschen! Die wurden doch alle mit einem Sack voll Kronen im Arsch geboren! Man hat ihnen die Macht in die Wiege gelegt. Ich musste mir alles erkämpfen!«

»Du wärst aber genauso geworden, wenn nicht Leute wie die, mit denen du dich gerade anfreunden willst, unsere Familie ins Unglück gestürzt hätten. Nein, eigentlich bist du genauso. Du heiratest ein Mädchen, das du nicht liebst, nur um weiter nach oben zu kommen.«

Er schwieg, denn natürlich hatte sie recht.

Als sie schon beinahe zu Hause waren, hielt Tiuri noch einmal an. »Vil, kann ich dich um etwas bitten?«

»Natürlich.«

»Es geht um Carem.«

»Den Fähnrich? Ist etwas passiert?«

»Nein, das heißt, noch nicht. Und vielleicht passiert auch gar nichts.«

»Tiuri, kannst du nicht einfach sagen, was du willst?«

»Ich weiß, dass du nicht viel von ihm hältst, Vil, aber ich muss dich doch bitten, ihm zu helfen.«

»Helfen? Das ist kühn. Du bittest mich um Hilfe für den Mann, der meine Schwester …« Er beendete den Satz nicht, sondern sagte stattdessen seufzend: »Um was geht es?«

»Du weißt doch, dass sie in unserem alten Viertel und auf der Stahlseite viele Leute verhaftet haben. Viele werden nun verbannt mit ihren Familien. Auf die Inseln im fernen Süden.«

»Ich hörte davon, ja. Was hat das mit Carem Halfar zu tun?«

»Es müssen Soldaten auf den Schiffen sein, die nach Süden gehen, Vil. Einige von Carems Kameraden wurden schon zu diesem Dienst eingeteilt.«

»Und?«

»Vil, diese Reise dauert ein Jahr oder länger, und die Soldaten, sie müssen wenigstens für fünf Jahre dortbleiben. Aber diese Inseln sind so gefährlich! Viele sterben am Fieber, nicht nur Sträflinge.«

»Und was könnte ich da tun, Tiuri?«

»Du kennst doch viele einflussreiche Leute, Vil. Kannst du sie nicht bitten, ihn zu verschonen?«

Vil zögerte, denn ihm schoss ein Gedanke durch den Kopf. »Wer ist denn sein Kommandant?«

»Carem tut Dienst in der Hafenfestung. Oberst Wik hat dort das Sagen, und er teilt auch die Leute ein, die auf die Schiffe müssen. Und ich glaube, Carem hat einmal gesagt, dass der Oberst auch ins *Bamaal* geht.«

Vil hätte beinahe laut gelacht. Jetzt bat ihn selbst seine Schwester, das *Bamaal* für ihre Zwecke zu nutzen? Er seufzte und sagte: »Schön, ich werde sehen, was ich tun kann, dir zuliebe. Aber ich kann dir nichts versprechen.«

Sie fiel ihm um den Hals und erdrückte ihn fast. »Danke, Vil, vielen Dank!« Sie ließ ihn lange nicht los.

So nah hatte Vil sich ihr schon lange nicht mehr gefühlt.

Vielleicht hatte sein Onkel ja doch recht: Er könnte mit seiner Schwester die Stadt schon morgen verlassen. Sollte sie doch ihren kleinen Soldaten mitnehmen. Und Skari? Er hatte sie einmal gefragt, ob sie Xelidor nicht verlassen wolle. Schließlich gäbe es doch viele Städte, in denen Zauberei erlaubt sei. Aber sie hatte gelächelt und gesagt, dass sie sich selbst noch nie in einer anderen Stadt gesehen habe.

Ob er sie dennoch fragen sollte? Vielleicht könnte er sie überzeugen, mit ihm zu kommen.

Nachdem er Tiuri nach Hause gebracht hatte, ging Vil noch einmal ins *Bamaal.* Er wollte nach dem Rechten sehen, hatte er seiner Schwester gesagt, aber eigentlich wollte er nachdenken.

Er sah nach Tilama, die tatsächlich noch wach war.

»Wie geht es mit dem Schreiben?«, fragte er.

»Immer besser«, schrieb sie auf die Schiefertafel. Pekers Unterricht schien Früchte zu tragen.

Er nickte ihr aufmunternd zu und setzte sich an ihr Bett. »Es ist eigenartig«, sagte er, »einerseits rückt vieles, was ich erstrebe, in greifbare Nähe, aber andererseits habe ich das Gefühl, dass ich es umso weniger will, je näher ich ihm komme.«

Tilama schrieb, dass sie das nicht verstehe.

»Nicht so wichtig«, murmelte er. Ihm war klar geworden, dass er das *Bamaal* nicht verkaufen konnte, und sei es auch nur wegen Tilama. Seine zukünftige Frau würde eben damit leben müssen. Als Tiuri ihm um den Hals gefallen war, hatte er sich ernsthaft gefragt, ob er den eingeschlagenen Weg nicht doch noch verlassen könnte. Aber er war wohl nur im Stolz gekränkt, weil Ajeler und Varos über ihn verfügen wollten.

Tilama sah ihn fragend an, aber er erklärte nichts. Er blieb bei ihr und hielt ihre Hand, bis sie eingeschlafen war.

Als er ihre Kammer verließ, war seine Entscheidung gefallen. Er würde sich nicht von Ajeler oder Varos von seinem Weg abbringen lassen. Die beiden würden schon merken, dass es ein Fehler war, ihn zu unterschätzen. Im Augenblick hielten sie viel Macht in den Händen, weit mehr als er, aber das ließ sich ändern.

Ein paar Tage später brachte Gabba Oberst Wik ins Hinterzimmer. Der Oberst, ein kleiner Mann, der ständig nervös zwinkerte, wirkte zunächst besorgt und murmelte etwas von einem guten Ruf, den er nicht verlieren dürfe, aber Vil lud ihn auf ein Glas Branntwein ein, und der Mann begann sich zu entspannen.

»Ich hörte, dass Ihr in letzter Zeit viele Soldaten aus Eurer Festung abstellen müsst, um Gefangenentransporte zu überwachen«, kam Vil nach einigen interessierten Fragen zum Wohlbefinden der Gattin des Obersts zum Thema.

»Es ist ein ärgerlicher Zoll, den meine Garnison entrichten muss. Nur weil die Wachen mit ein paar Aufrührern nicht fertigwerden, verliere ich eine Menge guter Männer. Ich fürchtete sogar eine Weile, dass wir ganz ausbluten würden, doch zum Glück scheint diese Gefahr vorerst gebannt. Kämmerer Ajeler versicherte mir, dass in absehbarer Zeit keine weiteren Schiffstransporte ins Südmeer geplant seien.«

»So sind die Schiffe schon alle fort?«

»Nein, es liegen noch zwei im Hafen, die darauf warten, dass sich ihr Bauch mit Gefangenen füllt. Die Gerichte kommen mit den Verurteilungen nicht nach, Menher. Ich rechne damit, dass die nächsten Transporte in etwa zwei Wochen ablegen.«

»Aber die Soldaten, die die Gefangenen bewachen sollen, sind schon benannt?«

»Das sind sie, Menher. Zum Glück gab mir diese Geschichte Gelegenheit, auch einige Männer auszusortieren, die meiner Garnison nicht unbedingt zur Zier gereichen, wenn Ihr versteht.«

»Und steht ein gewisser Fähnrich Carem auch auf der Liste für die Schiffe?«

»Carem Halfar?«, der Oberst starrte Vil zwinkernd an. Er wirkte ziemlich überrascht. Dann sagte er langsam: »Der Fähnrich steht nicht mehr auf der Liste. Er ist ein vielversprechender junger Mann, den ich schon bald zum Leutnant machen werde.«

»*Nicht mehr?* Was soll das heißen?«

»Oh, nichts, ich dachte nur, ich meine, ich habe ursprünglich erwogen, ihn auf die Liste … aber dann …«, stotterte der Mann. Das Zwinkern hörte nun gar nicht mehr auf. Es war kein Wunder, dass er beim Kartenspielen nie gewann, dachte Vil.

Er schenkte dem Oberst nach. »Wollt Ihr mir nicht sagen, was Euch dazu gebracht hat, ihn von der Liste zu nehmen?«

»Es … es bot mir jemand Geld dafür. Erst vorgestern.«

»Jemand?«

»Nun, eine hochgestellte Persönlichkeit des Rates. Der Name spielt doch wohl keine Rolle, zumal er doch Euer …«, verplapperte sich Wik.

»Mein Vetter? Esrahil Gremm hat Euch dafür bezahlt? War es das, was Ihr sagen wolltet?« Vil sah den Mann nachdenklich an. Das kam wirklich überraschend. Hatte seine Schwester so wenig Vertrauen in ihn, dass sie zu ihrem Onkel gelaufen war? Er würde ein ernstes Wort mit ihnen reden müssen, mit beiden. »Also Rat Gremm hat dafür gesorgt, dass Ihr Carem von der Liste genommen habt.«

»Nun, es hat wohl keinen Zweck, es zu leugnen.«

Vil fragte sich, warum das Schicksal es ihm so schwer machte. Für einen Moment zögerte er noch einmal, aber ihm war klar, dass der Schritt unvermeidlich war: »Was würde es mich kosten, ihn wieder auf diese Liste setzen zu lassen?«

»Carem? Aber Euer Vetter hat doch …«

»Mein Vetter weiß nicht, was ich weiß, Oberst. Euer Fähnrich hat ein Auge auf meine Schwester geworfen, Oberst, doch werdet Ihr sicher verstehen, dass ich einer derart unstandesgemäßen Verbindung nicht zustimmen kann.«

»Ah, das Mädchen, von dem er so schwärmt – das ist Eure Schwester?«

»So ist es. Es gibt zudem andere Bewerber um ihre Hand, Männer aus bedeutenden Häusern, Menher, und einige von ihnen würden nicht zögern, den Fähnrich zu töten, wenn sie von seinen Absichten wüssten. Soweit ich weiß, kehren die Soldaten nicht vor Ablauf von fünf Jahren aus dem Süden zurück, nicht wahr?«

»Wenn überhaupt«, meinte Wik und schaute melancholisch in seinen leeren Becher. »Da unten wird viel gestorben, wisst Ihr?«

»Also, der Preis?«

»Erwartet Ihr wirklich von mir, dass ich mich in diese Geschichte einmische, Menher? Es ist die alte Göttin Bamaal, die die Liebenden zusammenführt oder trennt, da sollte sich der Mensch heraushalten. Und Euer Vetter ist ein Hoher Rat, er wird fragen, wieso ich sein Geld genommen und den Fähnrich dann doch …«

»Ich kümmere mich um meinen Vetter, Oberst. Er wird keine Fragen stellen, dafür sorge ich. Und das mit der Liebe? Es ist doch, wie Ihr sagtet, Menher, sie wächst schnell bei den jungen Leuten, aber sie vergeht ebenso schnell wieder. Also, noch einmal – wie viel?«

»Eintausend Kronen«, verkündete Wik, ohne mit der Wimper zu zucken.

Vil lächelte. »Sagen wir lieber fünfhundert, und dazu meine Versicherung, dass Eure Frau nie erfahren wird, was Ihr unter dem Dach der von Euch so verehrten Göttin Bamaal treibt.«

Der Oberst zwinkerte zweimal nervös, dann stimmte er zu, und sie kamen überein, die Entscheidung erst kurz vor dem Ablegen der Schiffe bekannt zu geben, damit die jungen Leute nicht auf dumme Gedanken kämen, wie Wik es ausdrückte.

Vil blieb nach diesem Treffen noch lange allein in der Kammer. Er sagte sich, dass es so das Beste für Tiuri war, auch wenn sie das zuerst nicht begreifen würde. Was konnte ihr so ein Fähnrich und Schuhmachersohn schon bieten außer Sorgen? Im Hause Varos würde sie dagegen leben wie eine Prinzessin. Und sie würde sicher sein, ganz gleich, was ihm selbst zustoßen würde.

Als er gegen Morgen das *Bamaal* verließ, schlug er einen kleinen Umweg ein. Er holte Gremm aus dem Bett und machte ihm klar, dass er sich aus diesen Familienangelegenheiten besser heraushielt.

»Aber Tiuri ist meine Nichte, und ihr Glück liegt mir sehr …«

»Es war dir egal, als wir in der Halde verrotteten, jetzt ist es ein bisschen spät für solche Einmischungen, Onkel. Ich bin ihr Bruder, in diesen Fragen entscheide ich, sonst niemand. Haben wir uns da verstanden? Gut. Also noch einmal – du wirst dich in Zukunft aus unseren Angelegenheiten heraushalten, ist das klar?«

Gremm hatte eingeschüchtert genickt. Immerhin hatte er Tiuri noch nichts gesagt, und so konnte Vil ihr selbst die frohe Botschaft überbringen, dass Carem nicht auf der Liste der Abkommandierten stand.

Es ist nicht einmal gelogen, dachte er, denn noch stand der Name nicht auf diesem Pergament, das das Schicksal dieser närrischen Liebe besiegeln würde.

Tiuri dankte ihm mit einer stürmischen, aber kurzen Umarmung und rannte dann aus dem Haus, um ihren Fähnrich zu treffen, noch bevor er ihr Vorwürfe machen konnte, dass sie sich in dieser Angelegenheit auch an ihren Onkel gewandt hatte.

Er sah ihr nach. Sie nahm sich nicht einmal die Zeit, die Haustür zu schließen, und ihr schwarzes Haar wehte wie ein Trauerschleier hinter ihr her, weil sie so rannte.

Sie würde ihn hassen für das, was er getan hatte, das war ihm bewusst. Vielleicht würde sie niemals verstehen, dass er es nur zu ihrem Besten getan hatte. Also war es besser, dass sie es nie erfuhr.

Acht Tage lang war seine Schwester der fröhlichste Mensch von Xelidor, dann, als Vil eines Nachts spät nach Hause kam, fand er eine in Tränen aufgelöste Tiuri vor. Sie sah Vil kommen, sprang auf, stürzte sich auf ihn und fing an, mit ihren Fäusten auf ihn einzutrommeln. »Du! Du hast gesagt, dass du es verhindern wirst!«

Vil gab sich erst ahnungslos und dann überrascht, als Tiuri ihm sagte, dass Carem schon am nächsten Tag in See stechen würde.

»Aber ich habe doch mit seinem Oberst gesprochen, Tiuri. Er hat mir versichert, dass Carem nicht auf der Liste stünde.«

»Aber er steht darauf – seit heute!« Plötzlich wurde Tiuri ganz ruhig. »Sag mir, dass du damit nichts zu tun hast, Vil.«

Er runzelte verärgert die Stirn. »Natürlich habe ich nichts damit zu tun, was denkst du nur?«

»Schwöre es. Beim Andenken unserer Mutter und unseres Bruders! Schwöre, dass du nichts damit zu tun hast!«

Vil starrte sie zornig an. Was erdreistete sie sich? Er holte tief Luft, ließ sie merken, wie sehr ihn ihr Misstrauen kränkte, dann sagte er langsam: »Beim Andenken an unsere Mutter und unseren Bruder Faras – ich habe nichts damit zu tun, Tiuri.«

Sie brach völlig zusammen. »Verzeih, Vil, verzeih. Aber Carem – ich kann ohne ihn nicht leben.«

Unbeholfen versuchte er, sie zu trösten, seufzte schließlich und verkündete dann: »Gut, sobald es hell wird, werde ich selbst noch einmal hinunter an den Hafen gehen. Vielleicht kann ich noch etwas ausrichten.«

»Ich komme mit!«

»Nein, du bleibst hier. Wenn sie merken, dass eine Frau dahintersteckt, werden sie es sich gewiss nicht noch einmal anders überlegen.«

»Aber ich muss ihn noch einmal sehen!«

»Ich werde alles dafür tun, dass du ihn noch oft sehen kannst, Tiuri.«

Er weckte die Köchin und trug ihr auf, auf seine Schwester zu achten, dann ging er hinunter zum Hafen. Er erkundigte sich, wo er den Fähnrich finden würde, und man nannte ihm das Schiff, auf das er kommandiert war. Es kostete ihn nur eine Handvoll Kronen, dem Fähnrich noch einmal Landgang zu verschaffen und ihm eine Nachricht zukommen zu lassen. Er bestellte ihn in den *Roten Löwen.*

Es war das erste Mal seit dem Feuersturm, dass er Carem aus der Nähe sah. Er sah blass aus.

»Ich wünschte, wir würden uns unter glücklicheren Umständen wiedersehen, Carem.«

»Soweit ich weiß, hat Tiuri mich schon lange zu Euch nach Hause einladen wollen, Menher.«

»Ja, ich habe das stets aufgeschoben, weil ich doch nicht ahnen konnte, was sich ereignen würde.«

»Tatsächlich, Menher? Ihr wusstet nichts von dieser Reise, die ich so plötzlich antreten muss?«

»Euer Misstrauen ist ein wenig kränkend, Carem. Ich habe mit Eurem Oberst gesprochen, ebenso mein Vetter. Wir waren sicher, dieses Schicksal würde Euch erspart bleiben. Aber offenbar haben wir uns getäuscht. Und nun bin ich hier, weil ich Euch helfen will.« Er legte einen Lederbeutel auf den Tisch.

»Was ist das?«

»Reisegeld. Dreihundert Kronen, die Euch das Leben an Bord und in den Kolonien erleichtern sollen.«

Carem rührte den Beutel nicht an. »Ich werde nicht dortbleiben. Und Tiuri wird auf mich warten.«

»Welche der Inseln ist denn Euer Ziel?«

»Asmana.«

Vil gab sich betroffen. Asmana war die südlichste und gefährlichste aller Kolonien. Man hörte schreckliche Dinge von Wilden und von einem Fieber, das Leute aus dem Norden dahinraffte wie die Fliegen. Der Oberst hatte ganze Arbeit geleistet.

»Fähnrich, ich bewundere Eure Leidenschaft, wirklich, doch wenn ich ehrlich bin, glaube ich nicht, dass Ihr meine Schwester oder diese Stadt jemals wiedersehen werdet. Fünf Jahre sind eine lange Zeit, und der Süden ist voller Verlockungen, wie man sagt. Ihr werdet dort unten eine andere Braut finden.«

»Niemals. Weder das Fieber noch die Meere, die zwischen uns liegen, werden mich aufhalten. Ich werde schneller zurückkehren, als Ihr glaubt. Sagt das Tiuri.«

»Das werde ich ganz gewiss nicht tun. Ganz im Gegenteil, Ihr könntet mir und vor allem meiner Schwester einen Gefallen tun und ihr einen Brief schreiben. Schreibt ihr, dass sie Euch vergessen soll, dass Ihr sie freigebt und dass sie nicht zur alten verbitterten Frau werden soll, die Jahre oder Jahrzehnte vergeblich darauf wartet, dass ein längst verstorbener Soldat zurückkehrt.«

»Niemals!«

»Schaut, Carem. Selbst für den Fall, dass Ihr diese Reise überleben solltet – wie lange wäret Ihr fort? Wenigstens fünf Jahre! Bis dahin wird sie Euch ohnehin vergessen haben. Macht es Ihr doch ein bisschen leichter. Seht, da liegen Feder und Pergament.«

»Ich werde Ihr schreiben, doch gewiss nicht, was Ihr von mir verlangt, Menher *Malakin.*«

Vil stand auf. »Gut, wenn Ihr meine Schwester um jeden Preis unglücklich machen wollt, dann schreibt ihr von Eurer unendlichen Liebe. Ich freue mich schon darauf, nächtelang die Tränen zu trocknen, die sie Euretwegen vergießt.«

»Menher, ich verstehe Euch. Aber ich werde Tiuri nicht belügen, niemals.«

Vil seufzte und änderte den Tonfall. »Na schön, Ihr habt mich überzeugt, Carem. Hier, nehmt das Geld. Es war nie an irgendwelche Bedingungen geknüpft, falls Ihr das geglaubt haben solltet. Ich weiß, dass Ihr ein ehrlicher Mann seid. Wenn Ihr eines Tages vielleicht als Hauptmann zurückkehrt und Tiuri Euch immer noch will, wer weiß, vielleicht gebe ich dann einer Verbindung zwischen Euch und meiner Schwester doch noch meinen Segen. Und jetzt schreibt den verdammten Brief, wie Ihr ihn eben schreiben wollt. Ich warte draußen und werde nach Tiuri schicken, damit sie sich von Euch verabschieden kann.«

Als er vor den *Roten Löwen* trat, rief er einen Jungen herbei und schickte ihn mit einer Nachricht an Gibean ins *Bamaal.* Dann wartete er.

Carem sah blass aus, als er aus der Schänke trat. Er hielt ein gefaltetes Pergament in der Hand. »Es gibt dort drin keinen

Siegellack. Ich konnte ihn nur mit Kerzenwachs verschließen«, erklärte er unbeholfen.

Vil verkniff sich ein Lächeln. »Ich danke Euch. Ich hoffe, der Brief wird ihr Trost sein, wenn sie Euretwegen die Nächte durchweint.«

Er reichte ihm die Hand zum Abschied.

Carem Halfar drückte sie innig. »Ich danke Euch, Menher. Danke für das Geld und dass Ihr auf Tiuri für mich aufpasst, während ich fort bin. Ich glaube, ich habe Euch falsch eingeschätzt. Ich dachte, Ihr wäret durch und durch ein Dieb, aber ich sehe, Ihr seid ein Mann von Ehre.«

»Schon gut, ich hatte auch ein paar Bedenken Euretwegen, aber Ihr scheint es wirklich ehrlich zu meinen.«

Er wartete, bis der Fähnrich verschwunden war, dann brach er das lächerliche Siegel auf. Es waren die verzweifelten Zeilen eines Verliebten, der seine Schwester mit Küssen bedecken wollte, um ihre Tränen zu trocknen, und der versprach, um jeden Preis der Welt zu ihr zurückzukehren.

»Was gibt es?«, fragte Gibean, der kurz darauf auftauchte.

»Tut mir leid, dass ich dich geweckt habe, Gabba. Hier, lies das.«

»Was ist das?«

»Das Gewäsch eines Verliebten. Meinst du, du kannst den Schrieb fälschen? Er kann eigentlich so bleiben, nur dass am Ende steht, dass sie ihn vergessen und sich einen anderen Mann suchen soll. Halte die Zeilen kurz, wie in großer Eile. Drinnen ist schlechteres Papier. Es soll aussehen, als habe er ihn in letzter Sekunde verfasst.«

»Du hast dir das alles schon vorher überlegt, wie?«

»Natürlich. Ich dachte mir schon, dass sich dieser verliebte Narr nicht bestechen lassen wird.«

»Ein ehrlicher Mann? Wie erstaunlich, dass es das in Xelidor noch gibt.« Gibean kratzte sich. »Die Schrift ist kein Problem, es wird nur nicht leicht sein, den richtigen Ton zu treffen, aber ja, das geht, aber meinst du denn, das würde irgendwas ändern?«

»Schreib es einfach. Und halt dich ran. Ich muss Tiuri holen, bevor das Schiff ablegen soll, und dann noch dafür sorgen, dass es ein wenig früher in See geht als geplant.«

»Vil, das wird deiner Schwester das Herz brechen. Lass sie ihn wenigstens noch einmal sehen.«

»Wozu soll das gut sein?«

»Es ist besser für Tiuri, glaub mir einfach. Bei den Himmeln, manchmal denke ich, dein Herz sei aus Stein.«

Vil antwortete nicht, aber vielleicht stimmte, was Gabba über sein Herz sagte. Es lag jedenfalls schwer in seiner Brust.

Er schickte dann doch einen Jungen mit einer Nachricht zu seiner Schwester, sie möge sich beeilen. Das Schiff machte sich zum Ablegen bereit, die letzten Kisten wurden an Bord geschafft, und Soldaten wachten darüber, dass die Matrosen, die sich von ihren Frauen und Kindern verabschiedeten, nicht vielleicht plötzlich Reißaus nahmen.

Mit Befremden sah Vil, dass die Frauen meist in Schwarz gekleidet waren. »Sagt, Nachbar«, fragte er einen anderen Zuschauer, »warum tragen diese Frauen alle Trauer?«

»Das Schiff geht nach Asmana, eine Reise in den beinahe sicheren Tod. Die Frauen werden die schwarzen Kleider erst ausziehen, wenn ihre Männer zurückkehren. Es heißt, auf diese Art ließe sich das Schicksal gnädig stimmen, doch ist es wohl nur ein weiterer Aberglaube.«

Vil nickte. Er hatte noch nie von diesem Brauch gehört, aber er war auch das erste Mal Zeuge, wie ein Südmeerfahrer in See stach. Dann erschien Tiuri, in Tränen aufgelöst. Sie trug Schwarz.

Vil sah stumm sah zu, wie sie eng umschlungen mit Carem auf dem Kai stand und ihn nicht loslassen konnte.

»Hier, der Brief, frisch versiegelt«, sagte Gibean und steckte ihm das Pergament zu.

»Danke, Gabba.«

»Mann, wenn ich die beiden sehe, das könnte sogar mir das Herz brechen.«

»Das geht vorüber«, erwiderte Vil.

Dann ging Carem an Bord, und sein Schiff legte ab.

Vil tat, als wolle er seine weinende Schwester stützen, aber in Wahrheit hatte er Angst, sie könne versuchen, sich von der Kaimauer zu stürzen. Bald war das Segel von Carems Schiff nicht mehr zu sehen, aber Tiuri wollte am Hafen bleiben. Es kostete ihn viel Mühe, sie dazu zu überreden, mit ihm nach Hause zu gehen. Er gab ihr Carems Brief, sie riss ihn ihm aus den Händen, verschwand in ihrer Kammer und war nicht mehr zu sehen. Aber Vil hörte sie weinen.

An diesem Abend ging er nicht ins *Bamaal,* denn er hatte ein ganz schlechtes Gefühl bei dieser Sache. Er blieb in der kleinen Halle, starrte in die Flammen des Kamins und fühlte sich leer und müde.

Er musste eingeschlafen sein, denn er wurde wach, als ihn die Köchin an der Schulter schüttelte. Sie rief: »Herr, Herr, so wacht doch auf! Es kommt Rauch aus der Kammer der Herrin!«

Vil sprang auf. »Tiuri«, flüsterte er heiser und torkelte, noch schlaftrunken, die Treppe hinauf. Rauch drang unter der Tür hervor. Er versuchte, sie zu öffnen, doch sie war verriegelt.

Er trat sie ein. Es war das Bett, es stand in Flammen. Und mittendrin lag Tiuri und rührte sich nicht. Vil sprang ins Feuer und trug seine Schwester aus der Kammer. Ihre Kleidung brannte, ihr Haar war versengt, doch schien sie selbst nicht verletzt zu sein. Er riss ihr den schwarzen Rock vom Leib, erstickte die Flammen mit seiner Jacke. Die Köchin stand dabei, jammerte, unternahm aber nichts.

Vil fluchte. »So holt doch Wasser und schlagt Alarm, um der Himmel willen!«, rief er und sprang noch einmal in Tiuris Kammer. Das Bett brannte, und die Dielen zwischen Tür und Bett brannten ebenfalls. Vil versuchte, die Flammen auszutreten und riss einen von Tiuris Mänteln aus dem Schrank, um damit die Flammen zu ersticken.

»Herr! Es brennt!«, rief die Köchin ängstlich.

Er fluchte, begriff dann, dass sie nicht die Kammer meinte, und sprang vor die Tür. Der Fußboden unter Tiuri hatte Feuer gefangen. Er warf sich mit dem Mantel auf sie, schlug die Flammen aus, schüttelte seine Schwester.

Männer rannten an ihm vorbei, und er hörte, dass Wasser in die Glut gegossen wurde, aber er achtete nicht darauf. Er nahm seine Schwester in den Arm, flüsterte ihr Trost zu. Endlich öffnete sie die Augen.

»Was ist denn passiert?«, fragte sie.

»Ein Feuer, aber es ist noch einmal gut gegangen.«

»Aber wie …?«

»Du bist eingeschlafen, und die Kerze, sie muss die Matratze in Brand gesetzt haben.«

»Aber ich hatte doch gar keine Kerze entzündet.«

»Schon gut, Tiuri, schon gut. Es wird alles wieder gut.«

Nachdem Tiuri erwacht war, gelang es den Männern endlich, das Feuer unter Kontrolle zu bringen. Vil bemerkte sie eigentlich erst jetzt, obwohl sie doch die ganze Zeit um ihn und seine Schwester herumgelaufen waren.

»Das hätte gerade noch gefehlt, noch ein Brand, der ein Viertel verwüstet. Gut, dass Ihr es so schnell gemerkt habt, Herr«, meinte einer, ein Diener aus der Nachbarschaft.

»Es war unsere Köchin, die Alarm schlug. Und ich muss Euch danken, dass Ihr so schnell erschienen seid. Fragt doch die Köchin, ob sie nicht etwas zu essen für euch Männer hat. Und ich werde Euch Wein aus dem Keller holen.«

»Lasst nur, Herr, das hat Zeit. Kümmert Euch lieber um die junge Herrin. Es ist ein Wunder, dass ihr nichts geschehen ist. Und wegen des Brandgeldes werden wir morgen wiederkommen, Herr.«

»Wie? Ja, danke«, murmelte Vil. Er hatte vergessen, dass es auf dieser Seite der Insel Brauch war, diejenigen, die beim Löschen halfen, mit klingender Münze zu entlohnen.

»Ich habe es zu spät gesehen«, sagte eine leise Stimme.

Skari stand in der Tür, wie aus dem Boden gewachsen. Die Männer beäugten sie misstrauisch, aber Vil war im Augenblick herzlich egal, was diese Leute dachten.

»Komm, hilf mir, sie in mein Bett zu bringen.«

»Es geht schon«, sagte Tiuri, aber sie war doch zu schwach, um auf eigenen Beinen zu stehen.

Vil hob sie auf und trug sie in seine Kammer, Skari schlug die Decke zurück.

»Skari, seit wann bist du hier?«

»Seit eben, Tiuri.«

»Er ist weg, Skari, weg.«

»Das tut mir leid.«

Plötzlich packte Tiuri die Hand der Gesegneten: »Hast du ihn gesehen, Skari, kannst du sehen, ob er zu mir zurückkehrt?«

»Nein, Tiuri, ich sehe nichts dergleichen, aber ich sehe viele Dinge nicht.«

Vil schlich leise aus dem Zimmer. Es schien ihm besser, die beiden Frauen eine Weile allein zu lassen. Aber er gab einem der Diener einige Kronen, damit er einen Arzt holte.

Der Arzt, ein hochgewachsener Mann mit sehr leiser Stimme, trug noch sein Nachthemd unter dem Mantel. Er untersuchte Tiuri, in einem fort vor sich hin murmelnd, und stellte schließlich fest, dass ihr bis auf ein paar angesengte Haare nichts fehlte. Er empfahl einen besonderen Tee zur Beruhigung der Nerven und schrieb Vil die Bestandteile auf einen Zettel.

»Ein eigenartiger Fall«, murmelte er, während er schrieb.

»Was meint Ihr?«

»Ich habe die Kammer gesehen, auch das Gewand oder das, was davon übrig ist. Eure Schwester müsste Verbrennungen haben, aber da ist nichts. Sehr eigenartig, ich frage mich, was meine Kollegen dazu sagen.«

Vil legte einige Sechskronenmünzen auf den Tisch.

»Das ist eine recht großzügige Bezahlung, Menher«, murmelte der Arzt und steckte die Münzen, eine nach der anderen, in seine Tasche.

»Dafür erwarte ich, dass Ihr für Euch behaltet, was Ihr gesehen habt, Menher.«

Die Hand verharrte über dem Tisch. »Ich verstehe nicht ganz. Mein eigenes Wissen reicht leider nicht aus, um zu begreifen, was hier geschehen ist, ich werde klügere Köpfe fragen müssen, vielleicht sogar die Scholaren.«

Vil ließ eine weitere Reihe Sechskronenmünzen auf den Tisch gleiten. »Auf keinen Fall werdet Ihr mit den Scholaren reden, Menher. Nehmt es als ein Wunder, als eine Gnade des Himmels. Es steht uns nicht zu, das zu sehr zu hinterfragen.«

Immer noch verharrte die Hand des Arztes über dem Tisch.

Vil legte noch einmal ein Dutzend Münzen dazu.

Der Arzt seufzte und schüttelte den Kopf. »Ihr habt recht, Menher. Die Scholaren haben auf dieser Insel so viele Wunder hinterfragt, dass diese Chelos nun zu meiden scheinen.« Er legte die Münzen auf den Tisch zurück. »Ich werde behalten, was einem Arzt in diesem Fall gebührt, Menher, nicht mehr. Denn ich habe nun verstanden, was mir hier begegnet ist.«

»Ich danke Euch.«

»Nein, Menher, ich danke Euch«, sagte der Arzt mit leiser Stimme. »Magie – ich habe nicht erwartet, dass ich sie einmal leibhaftig zu Gesicht bekomme, abgesehen von den bedauernswerten Gesegneten, die doch allesamt einen hohen Preis für ihre bescheidenen Kräfte bezahlen. Doch Eure Schwester, das ist etwas ganz anderes. Wenn Ihr erlaubt, werde ich in den nächsten Tagen noch ein- oder zweimal nach meiner Patientin sehen, nein, nicht um zu forschen, ich will nur sehen, wie es ihr geht.«

»Natürlich«, erwiderte Vil und brachte den Mann zur Pforte.

»Glaubst du endlich, dass Tiuri über magische Kräfte verfügt?«, fragte Skari von der Treppe.

»Ist sie eingeschlafen?«

»Ja.«

»Und du meinst, man kann sie allein lassen?«

»Für den Augenblick, ja. Sie ist leer, es ist keine Kraft mehr in ihr. Aber in Zukunft sollte jemand bei ihr wachen, denn wenn Trauer und Zorn zurückkehren …«

»Würdest du …?«

»Heute kann ich bleiben, doch dann wirst du dir jemand anders suchen müssen. Es wäre nicht gut für dich, wenn eine Gesegnete in deinem Haus lebt. Die Nachbarn werden sich ohnehin schon fragen, was hier vorgefallen ist. Und nicht alle werden so klug sein wie dieser Arzt und den Mund halten.«

»Man wird ein paar Tage drüber reden, dann wird man es vergessen.«

»Und wenn es wieder geschieht, Vil? Deine Schwester trägt diese Kraft in sich, die wird nicht verschwinden.«

»Wenn wir sie ständig daran erinnern, gewiss nicht. Also

kein Wort zu ihr. Ich habe ihr erzählt, dass es eine brennende Kerze war, die ihr Bett in Brand gesteckt hat. Und genau das wirst du ihr auch erzählen.«

Aber Skari gab ihm darauf keine Antwort.

Am nächsten Tag schickte Vil Nerime, eines der Mädchen aus dem *Bamaal*, zu sich nach Hause, damit sie sich um seine Schwester kümmerte. Er blieb selbst so oft wie möglich zu Hause, denn es wurde nicht besser. Tiuri aß kaum, weinte die Nächte hindurch und sprach nicht, jedenfalls nicht mit ihm. Und immerzu trug sie Schwarz. Es gab ihm jedes Mal einen Stich, wenn er sie abgemagert und blass am Tisch sitzen sah. Er musste sie zwingen, herunterzukommen, aber er konnte sie nicht zwingen zu essen. Nerime redete ihr gut zu, aber sie erreichte nicht viel.

Vil sagte sich, dass das vorübergehen würde, doch Woche um Woche verging, und es stellte sich keine Änderung ein.

Der Herbst schritt voran, die Nächte wurden kalt, und ein zäher Nebel legte sich jede Nacht über Xelidor, verschluckte die Insel und barg allerlei Gefahren. Die melorische Ernte war mäßig ausgefallen, und in Xelidor, das jedes Weizenkorn importieren musste, war der Brotpreis noch einmal angestiegen. Es gab Überfälle auf den nächtlichen Straßen, wohlhabende Männer und Frauen wurden ausgeraubt, manchmal erstochen.

Die Raben, so nannten sich die Männer, die diese Verbrechen begingen, und sie waren längst in aller Munde. Es hieß, dass sie nur die Reichen überfielen und den Armen gaben. Sie erschienen und verschwanden im Nebel, und bei jedem Überfall hinterließen sie ein Flugblatt, in dem sie verlangten, dass das Katzenviertel wieder aufgebaut und Lohn und Brot für die Menschen der Stahlseite beschafft werden müsse.

Die Wachen behalfen sich mit weiteren willkürlichen Verhaftungen, aber das nur noch tagsüber, denn in der Nacht gingen sie allenfalls in größeren Trupps auf Streife, weil eines Nachts drei von ihnen in den Ruinen überfallen und ermordet worden waren.

Purgus bestand daher darauf, Vil nun immer nach Hause zu begleiten, und er fühlte sich tatsächlich sicherer, wenn der Gesegnete in seiner Nähe war.

Als er sich an diesem Abend vor der Tür von Purgus verabschiedet hatte, wurde er zu seiner Überraschung in der Diele von der Köchin erwartet. »Ein Besucher, Herr, er ließ sich nicht abweisen.«

»So spät noch? Wer ist es?«

»Er wollte seinen Namen nicht sagen, Herr, aber«, sie senkte die Stimme, »es ist ein Gesegneter. Der Himmel sei uns gnädig.«

Vil lief es kalt über den Rücken.

»Wo ist er?«

»In der Küche, Herr, er kam auch durch den Hintereingang, und das ist ein Segen, denn was sollen die Nachbarn denken, wenn sie schon wieder einen von diesen Leuten in diesem Haus sehen?«

Schon wieder? Es war Wochen her, seit Skari nach dem Brand hier gewesen war. »Schon gut. Geht zu Bett, ich kümmere mich um ihn.«

»Seid Ihr sicher, Herr?«

Er beruhigte die Köchin und ging dann in die Küche.

»Ich grüße Euch, Nekor.«

»Auch von mir einen Gruß, Menher Malakin«, erwiderte der Blinde.

»Hat Euch die Köchin nichts angeboten?«

»Sie hatte wohl zu viel Angst. Aber ich rieche eine Kürbissuppe. Der Geruch kommt von dort drüben.«

Vil heizte den Herd an und stellte den großen Topf auf das Feuer. »Euch hat aber vermutlich nicht der Hunger hierhergetrieben, Nekor.«

»Natürlich nicht. Es sind meine Träume, die wieder unter einem ungebetenen Besucher leiden – Eurer Mutter.«

»Das tut mir leid.«

»Mir auch. Sie hat mir das Schlafen schon verleidet. Ich bin selten, nein, noch nie, einem so rachsüchtigen Geist begegnet.«

»Ich dachte, es sei an Euch, die Geister herbeizurufen.«

»Ist es auch, doch Eure Mutter findet den Weg, den ich ihr einmal gezeigt habe, inzwischen mit großer Leichtigkeit immer wieder. Sie lässt mir keine Ruhe.«

»Das tut mir leid.«

»Das sagtet Ihr bereits.«

»Ich fürchte nur, ich kann Euch nicht helfen. Ich weiß immer noch nicht, wer außer Richter Titior in diesem Geheimen Gericht saß.«

»Ah, der Richter. Ein gutes Stichwort. Ich glaube, die Suppe ist nun fertig, Menher Malakin.«

Vil gab dem Mann einen Teller Suppe und etwas Brot und wartete ungeduldig darauf, was er zu sagen hatte.

Nekor ließ sich Zeit. »Ausgezeichnet, Menher, jedenfalls für den Gaumen eines Mannes, der selten eine warme Mahlzeit bekommt. Ihr könnt der Köchin mein Kompliment sagen.«

»Kommt zur Sache, Nekor.«

»Ich habe erst spät erfahren, wer Titior getötet hat und warum. Das ist bedauerlich, denn ich hätte mir viele dunkle Träume ersparen können.«

»Ich verstehe nicht, was Ihr meint.«

Der Gesegnete löffelte ruhig seine Suppe. »Ich bin ein Totenrufer, wie Ihr sagtet. Also habe ich den Richter gerufen.«

»Titior?«

»Ich habe ihn nach den Namen gefragt, die Ihr so dringend sucht.«

Vil hielt den Atem an: »Und?«

»Er nannte mir zwei. Es war ein harter Kampf, denn der Mann ist noch im Jenseits sehr verschwiegen, vielleicht ahnte er auch, dass ich um Euretwillen fragte. Es dauert seine Zeit, bis den Toten die Geheimnisse ihres Lebens gleichgültig werden.«

»Die Namen, Nekor!«

»Ich bin mir gar nicht sicher, ob ich sie Euch nennen soll, denn es sind die Namen mächtiger Männer.«

»Natürlich sind sie das, sie wären sonst nicht ins Geheime Gericht berufen worden. Und natürlich werdet Ihr mir die Namen sagen, sonst wäret Ihr kaum hier.«

Nekor seufzte, brach ein Stück Brot und sagte: »Es ist üblich, dass ich für meine Dienste bezahlt werde, Menher.«

Vil griff in seine Tasche und warf seinen ledernen Geldbeutel in die Suppe. »Es könnten zweihundert Kronen sein – reicht das?«

Nekor erstarrte, als er die Spritzer auf der Haut spürte, dann lächelte er. »Ihr seid zu freundlich, Menher.«

»Also?«

»Diese Namen sind mehr wert.«

»Wie wäre es mit ruhigem Schlaf, Nekor? Meine Mutter wird Euch keine Ruhe lassen, wenn Ihr mir die Namen nicht sagt.«

»Ihr seid ein harter Verhandlungspartner geworden, Menher. Kaum zu vergleichen mit dem mageren Knaben, der mit klopfendem Herzen aus der Halde floh.« Er tastete nach dem Beutel, nahm ihn aus der Suppe und wog ihn in der Hand. »Es wird vorerst genügen. Aber vielleicht legt Ihr noch ein wenig dazu, wenn ich Euch sage, was Eure Mutter von diesen Namen hält.«

»Ihr habt es ihr erzählt?«, fragte Vil stirnrunzelnd.

»Oh, sie besucht mich so oft, da bin ich froh, wenn ich ihr irgendetwas geben kann, da ich schon von Euch nichts höre.«

»Was hat sie gesagt?«

»Das ist schwer zu übertragen, denn die Toten reden nicht so, wie wir reden, Menher. Aber ich glaube, es hat sie sehr berührt.«

»Was soll nun das schon wieder heißen?«, fragte Vil gereizt.

»Diese beiden Namen heizen das Rachefeuer weiter an, das sie daran hindert fortzugehen.«

»Das klingt, als wäre es nichts Gutes.«

»Vielleicht, Menher, aber es kann auch sein, dass sich das ins Gegenteil verkehrt, wenn diese beiden Männer, um die es geht, erst einmal tot sind.«

»Könntet Ihr damit aufhören, in Rätseln zu sprechen?«

»Es kann sein, dass sie dann Frieden findet, Menher.«

Vil begriff es endlich. »Ihr meint – mit dem Tod dieser beiden Männer wäre es … ausgestanden?«

»Vielleicht. Ich finde, das sollte Euch noch ein paar Münzen mehr wert sein, Menher Malakin.«

»Es fällt mir schwer zu glauben, dass meine Mutter sich mit weniger als mit allem zufriedengibt.«

Nekor schlürfte weiter seine Suppe. »Ist sie es nicht, gebe ich Euch das Geld zurück, Menher.«

»Ihr seid Euch Eurer Sache erstaunlich sicher, Nekor.«

»Nein, bin ich nicht. Aber ich bin voller Hoffnung, dass ich bald wieder schlafen kann. Und da ich dann sehr lange keine Toten mehr rufen werde, brauche ich mehr als diese zweihundert Kronen.«

»Ihr seid unverschämt, aber gut, wartet einen Augenblick.«

Vil holte noch einmal zweihundert Kronen aus ihrem Versteck unter den Dielen im Arbeitszimmer. Dieses Mal warf er den Beutel nicht in die Suppe, sondern legte ihn auf den Tisch. »Das sollte wohl reichen, oder? Also?«

Nekor legte den Löffel zur Seite, wog den Beutel in der Hand und ließ ihn dann unter seinem Wams verschwinden. »Das wird genügen, Menher. Ich danke Euch für Eure Großzügigkeit. Also, der erste Name, den mir der Richter nannte, war Telius Nestur, der Habicht.«

»Nestur? Der Unruhestifter?«

»Er ist sehr beliebt auf der Stahlseite. Seid also vorsichtig, sonst bringt Ihr die halbe Stadt gegen Euch auf.«

»Das wäre ja mal ganz was Neues. Telius Nestur, das überrascht mich nun doch. Der andere?«

Nekor brach sich etwas Brot in die Suppe. Dann sagte er ruhig: »Feles Ajeler.«

»Der Kämmerer?«

»Ich sagte doch, dass es wichtige Männer sind.«

»Aber Ajeler?« Vil blickte betroffen auf diesen Blinden, der dort saß, Spritzer von Kürbissuppe auf dem Gewand hatte, und seelenruhig den Kammerherrn von Xelidor ans Messer lieferte. Vils Blick ging ins Leere. Ajeler war ein Verbündeter …

»Ist kein Irrtum möglich? Der Richter kann Euch nicht belogen haben?«

»Die Toten sind schwierig, und selten geben sie klare Auskunft, aber lügen? Nein, diese Fähigkeit ist uns Lebenden vorbehalten.«

»Und warum verschweigt Titior dann die anderen beiden Namen?«

»Ich weiß es nicht. Vielleicht waren es enge Freunde oder Verwandte, die er über den Tod hinaus beschützen will. Vielleicht wird er sie mir irgendwann nennen. Nicht heute oder morgen, aber in einem Jahr dürfte ihn die Gleichgültigkeit, die so vielen Toten eigen ist, mitteilsamer machen.«

»Ein Jahr?«

»Aber Ihr habt zwei Namen, Menher. Versprecht mir, dass

Ihr Euch um sie kümmern werdet. Vielleicht gönnt Eure Mutter mir dann eine Zeit lang Ruhe.«

Vil nagte an seiner Unterlippe. Ajeler? Schlimmer hätte es kaum kommen können. Er nickte, dann wurde ihm bewusst, dass der Blinde das nicht sehen konnte. »Ich werde mich um die beiden Männer kümmern. Ihr Todesurteil wurde heute Nacht unterschrieben. Sagt das meiner Mutter.«

»Ich danke Euch, und ich wünsche Euch Glück, Menher. Ihr werdet es brauchen. Und lasst uns hoffen, dass Eure Mutter dann endlich Frieden findet.«

Die kleine Runde, die sich am folgenden Tag in einem Hinterzimmer des *Bamaal* versammelt hatte, verfiel in tiefes Schweigen, als Vil mitteilte, welche Namen er erfahren hatte.

»Mann, Nestur und Ajeler? Warum nicht gleich der Archont?«, fragte Peker schließlich kopfschüttelnd.

»Das würde mich auch nicht abhalten.«

»Wenn der Kammerherr stirbt, werden die da oben alle Hebel in Bewegung setzen, den Schuldigen zu finden. Und du hast doch nicht vergessen, was beim letzten Mal passiert ist, oder? Lass die Finger davon, Vil«, mahnte Peker.

»Schwierig, aber machbar«, meinte hingegen Sester Elgos gelassen.

»Es scheint dich nicht sehr zu überraschen, dass es diese beiden Namen sind«, stellte Vil stirnrunzelnd fest.

»Es mussten doch hohe Tiere sein – sonst wären sie nicht ans Geheime Gericht berufen worden. Und ob es nun Ajeler und Nestur oder sonst einer von denen ist, das macht keinen großen Unterschied für mich«, sagte Elgos mit einem Gähnen.

»Nestur wird schwer zu finden sein«, meinte Gibean. »Die Wache würde ihn gerne in die Finger bekommen, aber immer entschlüpft er im letzten Augenblick. Ich glaube nicht, dass er zweimal hintereinander am selben Ort schläft – und er hat

Leibwächter. Außerdem beschützen ihn diese Raben, jedenfalls hört man das in den Gassen.«

»Ja, die Leute der Stahlseite lieben ihn«, seufzte Peker. »Sie glauben, dass er sich für sie den Arsch aufreißt und merken noch nicht, dass er in Wahrheit sein ganz eigenes Süppchen kocht.«

»Ich weiß, Pek, deshalb werden wir uns zuerst um Ajeler kümmern.«

»Entschuldige, Vil, aber ist der nicht neuerdings ein Freund von dir?«, fragte Peker.

»Ein Verbündeter, kein Freund, Pek. Ich kann es nicht ändern, das Urteil wurde gefällt, vor Jahren schon. Dieser Mann war Gast an der Tafel meines Vaters, aber er hat ihn dennoch dem Henker überantwortet. Er muss sterben. Es ist nur die Frage, wie ich ihn töten kann.«

»Am besten so, dass du nicht verdächtigt wirst, gerade wie bei diesem Oberst der Gespenster.«

»Möchtest du damit etwas andeuten, Pek?«, fragte Vil, dem der bittere Unterton nicht entgangen war.

»Was glaubst du denn, warum die Gespenster beinahe wahllos Leute verhaften? Sie suchen immer noch den Mann, der ihren Oberst umgebracht hat.«

»Vielleicht wollen die Soldaten auch nur den Widerstand brechen, der sich überall zeigt. Es ist meiner Meinung nach gar nicht gesagt, dass Vil was damit zu tun hat«, meinte Elgos und fragte dann betont freundlich: »Aber wenn es so wäre, Peker, hättest du dann ein Problem damit? Wäre es dir lieber, sie würden uns jagen, statt diese armen Teufel?«

Peker beantwortete die Frage nicht, aber Vil konnte sehen, wie sehr ihm diese Geschichte gegen den Strich ging. Er hatte Freunde auf der Stahlseite, und dort schien niemand mehr sicher zu sein.

Vil verlor die Geduld: »Also, hat jemand eine Idee, wie wir das angehen können? Wie kann ich Ajeler erledigen und davonkommen? Ich warte auf eure Vorschläge.«

»Du kannst ihn auf keinen Fall zu Hause angreifen. Sie haben auf dem Berg jetzt bald mehr Wachen als Einwohner. Die Tore sind bewacht, sogar auf der Alten Mauer wird patrouilliert«, meinte Peker skeptisch.

»Aber er kommt doch gelegentlich runter in die Stadt«, sagte Gibean. »Er will sich lieb Kind machen bei den Armen und ist gelegentlich selbst mit dabei, wenn die Kauffahrer ihre milden Gaben verteilen.«

»Endlich ein vernünftiger Vorschlag! In den Ruinen des Katzenviertels, da können wir ihn erwischen. Mein Onkel sollte eigentlich wissen, wann sie das nächste Mal dort ihre Spenden verteilen.«

»Aber da sind Dutzende von Menschen. Wie willst du da nah an ihn herankommen? Und wie ungesehen entkommen?«, fragte Peker.

Sester Elgos räusperte sich. »Es ist gar nicht gesagt, dass du nah an ihn heranmusst. Ich habe schon eine Idee, wie wir es anstellen können, und wie wir es den richtigen Leuten in die Schuhe schieben.« Elgos lächelte versonnen. »Ich denke, das wird euch gefallen.«

Vil hatte dennoch ein ungutes Gefühl. Die Sache konnte leicht schiefgehen, und selbst wenn alles glattging, waren die Folgen schwer vorherzusehen.

Er bat Skari um ein Treffen. Sie war kühl, und die Vertrautheit, die sonst zwischen ihnen herrschte, schien verschwunden. Er fragte sie, ob sie etwas über seine Zukunft wisse, vor allem über Ajeler und Nestur.

»Ich sehe viele Dinge, Vil«, lautete die Antwort, »und noch mehr Dinge sehe ich nicht.«

»Du weichst mir aus.«

»Ich sehe Blut. Und ich sehe einen deiner Feinde, er scheint zu trauern.«

»Welchen Feind?«

»Ich kenne seinen Namen nicht, aber ich werde ihm begegnen.«

»Und weshalb trauert er?«

»Ein Mann liegt auf dem Pflaster. Er ist tot. Du bist nicht dort, aber ich sehe dich weinen, mit Blut an den Händen.«

»Weinen? Um wen? Ein Freund? Wer ist es? Habe ich ihn …«

»Ich spüre, dass der Verlust dich hart trifft.«

»Skari, das ist zu wenig! Wie soll ich den Freund warnen, wenn ich nicht weiß, wer es ist?«

»Es würde ohnehin nichts ändern, Vil. Was ich sehe, geschieht.«

»Diese Bilder können täuschen. Kannst du mir wenigstens sagen, wo es geschieht?«

Sie zuckte mit den Achseln. »Ein umgestürzter Baum. Da ist Rauch, andere Männer, ein sterbendes Pferd.«

Ein Pferd? Es gab nicht viele Pferde auf Chelos. Das war immerhin ein Hinweis. »Weißt du den Tag?«

»Es kann morgen geschehen oder in einem Monat.«

»Kannst du mir nicht mehr sagen? Gibt es irgendetwas Besonderes an dem Platz, dem Pferd, etwas, was ich wiedererkennen werde, einen Moment, in dem ich es verhindern kann?«

Skaris geschlossene Augenlider zitterten, und ihr Atem ging plötzlich flach und schnell. »Das Pferd, es zermalmt seinen Reiter. Du wirst es erkennen.« Plötzlich bäumte sich ihr schmächtiger Leib auf, und Schaum trat ihr vor den Mund.

Ein Anfall!

Vil hielt sie fest, sprach mit ihr und versuchte sie zu beruhigen. Er ließ sie nicht los, bis der Anfall vorüber war, und auch danach hielt er sie in den Armen, bis sie erschöpft einschlief. Er blieb den Rest der Nacht bei ihr und wachte über ihren Schlaf.

Elgos brauchte ein paar Tage, um alles zu organisieren, und dann entlockte Vil seinem ahnungslosen Onkel Tag und Stunde, zu denen Kammerherr Ajeler das nächste Mal ins Katzenviertel gehen würde, um mit der Kauffahrergilde Essen und Decken an die Bedürftigen zu verteilen.

»Sie machen es am Hahnensteig, gar nicht weit von der Arena. Die Ruinen werden eine ideale Deckung für uns sein«, meinte Sester Elgos, als sie sich im *Bamaal* vorbereiteten.

»Willst du das wirklich durchziehen?«, fragte Peker und half Vil in die weiße Robe der Scholaren.

»Der Mann hat den Tod verdient. Und wenn ich bedenke, was er mit meinem Vater, einem loyalen Verbündeten, gemacht hat, als es ihm opportun erschien, so frage ich mich, was er mit mir, einem Fremden, machen würde, wenn die Situation es erfordert.«

»Da ist etwas dran«, meinte Gibean grinsend.

»Wahnsinn ist es trotzdem«, blieb Peker bei seiner Meinung.

Vil zupfte nervös die Falten der Robe zurecht. »Dass diese angeblich so klugen Männer ein derart unpraktisches Kleidungsstück tragen«, murmelte er.

»Hier, der Mantel«, meinte Elgos und reichte ihm einen weiten schwarzen Umhang.

»Ich dachte, man soll uns für Männer des Ordens halten, Sester.«

»Das wäre ein wenig zu offensichtlich, oder? Nein, man soll uns für Scholaren halten, die nicht für Männer des Ordens gehalten werden wollen«, erklärte Elgos gelassen und streifte sich ebenfalls den Umhang über.

Peker reichte Vil zögernd die Armbrust. »Und du glaubst,

ihr kommt damit bis in den Hahnensteig? Es werden viele Wachen in den Ruinen sein.«

»Ich kenne in der Arena ein paar Schleichwege, von denen ihr jungen Leute vielleicht nichts wisst«, meinte Elgos grinsend und hob das dicke Bastbündel, in dem ihre zweite Waffe verborgen war, vorsichtig auf. Er schien die Ruhe selbst zu sein.

Vil fragte sich, wie er das anstellte.

Sie verließen das *Bamaal* durch den Zugang in der Arena und durchquerten die Katakomben. Seit dem Feuersturm war hier nicht mehr viel los. Falls jemand bei dem Anblick der beiden Männer in den langen schwarzen Umhängen neugierig wurde, war er klug genug, dieser Neugier nicht nachzugeben.

Der Haupteingang war bewacht, aber Elgos zog Vil zur Seite, und sie kamen an eine Tür auf der Rückseite einer üblen Schänke, die Vil noch nie betreten hatte.

»Was ist das hier?«, fragte er, als sie den kalten Gang auf der anderen Seite betreten hatten. Irgendwie kam ihm das bekannt vor.

»Die Gladiatoren wurden früher auf diesen Wegen in die Kampfbahn geführt.«

Jetzt wusste Vil es wieder. »Das ist der Weg zur Halde, oder?«

»Ganz recht. Ich hoffe, du hältst das nicht für ein schlechtes Omen.«

»Nein. Ich weiß nicht, wie das ausgeht, aber auf die Halde führt dieser Weg mich sicher nicht noch einmal.«

Sie erreichten den schmalen Hohlweg, der teilweise unter der Erde verlief. Vil hatte ihn seit damals nicht betreten. Er hatte ihn ein paarmal überquert, auf den schmalen Brücken, die man darüber gebaut hatte, und immer versucht, dieser seltsamen Gasse keine Beachtung zu schenken. Jetzt lag der Weg wie ausgestorben da, obwohl es nicht so aussah, als ob der Feuersturm hier irgendeinen Schaden angerichtet hätte.

»Wo sind denn die Leute, die hier wohnen?«, fragte er verwundert.

»Die Scholaren wollen hier die Fundamente ihrer neuen Akademie errichten.«

»Sie haben die Bewohner vertrieben?«

»Mit einer Handvoll Kronen, Vil, und ich glaube nicht, dass irgendjemand von denen diesen Ort vermissen wird. Aber jetzt komm. Weiter hinten gibt es eine Treppe.«

Sie schlichen weiter voran. Von oben hörten sie Stimmen. Da überquerten Leute die Gasse, sie waren in Eile, und wenn Vil es richtig verstand, hatten sie Sorge, sie könnten bei der anstehenden Verteilung leer ausgehen.

Die Treppe kam in Sicht, und sie schlichen hinauf. Es waren viele Menschen unterwegs, alle hatten es eilig. Zwei Männer in schwarzen Roben schienen nicht aufzufallen. Sie wurden angerempelt, und Vil presste die leichte Armbrust eng an seinen Körper.

War Sester noch hinter ihm? Er war es, und er trug seine schwere Last vor sich. Jetzt gab er Vil ein Zeichen, abzubiegen.

Sie gelangten in eine schmale Gasse. Hier hatte der Feuersturm schlimm gewütet, die Wände waren geschwärzt, die Dächer eingestürzt. Vil fragte sich, ob wohl noch Leichen in den Trümmern lagen.

Wieder gab Sester einen Wink. Sie kletterten durch eine leere Fensterhöhle in die Ruine, auf der anderen Seite wieder hinaus und schlüpften in ein weiteres verfallenes Haus. Der Lärm schwoll an. Sie mussten nah am Platz der Verteilung sein. Vil fragte sich, ob sein Onkel auch da sein würde, aber wenn, konnte er es nicht ändern.

Sie mussten eine weitere Gasse überqueren. Vil wich zurück:

Auf dem finsteren Weg befanden sich Soldaten, wenigstens drei. Er zeigte es Sester mit den Fingern an. Der nickte grimmig und wies nach oben.

Die Treppe zum ersten Stockwerk war verbrannt, nur ihre beiden Holme waren noch übrig. Sester zuckte mit den Achseln, und Vil fügte sich in das Unvermeidliche. Er gab Elgos die Armbrust und kletterte einen der verkohlten Holme hinauf. Er knirschte bedenklich unter seinem Gewicht, hielt aber. Elgos wollte ihm folgen, aber Vil hatte den Boden gesehen und schüttelte den Kopf. Sein Begleiter verstand und reichte ihm die Armbrust und dann das Bündel mit ihrer Geheimwaffe.

Vil schlich gebückt hinüber zu den Löchern in der schwarzen Wand, die einmal Fenster gewesen waren. Der Winkel war nicht ideal, aber er konnte den Platz einsehen, und er sah den Wagen, auf dem die Kauffahrer standen und Decken an die Menschen verteilten, die sie ihnen aus den Händen rissen. Einige Soldaten versuchten, für Ordnung zu sorgen.

Wo war Ajeler? Vil konnte ihn nicht sehen. Hatte er es sich etwa anders überlegt? Da war sein Onkel. Er sprach an der Seite des Wagens mit einer Familie und schien ihnen unter der Hand ein paar Kronen zuzustecken. Die Frau küsste Gremm auf die Wange, was ihn offensichtlich ziemlich überraschte. Aber wo war der Kammerherr?

Da! Er war inmitten der Kauffahrer. Vil spannte die Armbrust. Aber diese Männer auf dem Wagen waren ständig in Bewegung, und es schien ihm unmöglich, Ajeler ins Visier zu nehmen. Wäre er nur etwas näher herangekommen, wie sie es vorgehabt hatten … Aber das war nun einmal nicht möglich.

Vil fluchte, dann änderte er den Plan. Er griff in das Bastbündel und zog vorsichtig eine der drei Feuerbomben hervor, die Elgos auf dunklen Kanälen besorgt hatte. Er hatte gesehen, welchen Schaden sie anrichten konnten. Eines von diesen Dingern hatte den Schatten verbrannt und noch ein paar andere Leute, die das Pech gehabt hatten, in der Nähe zu sein, als das Tongefäß zerplatzt war.

Vil schlich zur Seite. Dort drüben, auf der anderen Straßenseite, ragte eine weitere Ruine leer und ohne Dach in den bleigrauen Nachmittagshimmel. Er hoffte, dass dort niemand war, nahm das Gefäß und schleuderte es hinüber. Es flog über die Mauer, zerplatzte mit einem bösen Fauchen, und eine helle Stichflamme zischte empor.

Nur Sekunden später rief jemand: »Es brennt! Bei allen Himmeln, ein Feuer!«

Vil hastete zurück zu seiner Armbrust. Da schlugen die Flammen auch schon in den Himmel. Er wunderte sich, dass sie überhaupt noch Nahrung fanden, aber vielleicht brannte auch nur das Öl, mit dem diese teuflischen Bomben gefüllt waren. Auf der Gasse brach Panik aus.

Vil hob die Armbrust und wartete. Er achtete kaum auf die Menge, die zu fliehen versuchte, aber von Soldaten aufgehalten wurde, die nicht begriffen, was da vorging. Er visierte den Wagen an. Wo war Ajeler? Er stand zwischen den Kaufleuten, die nun bemerkten, dass etwas nicht stimmte. Unten wurde gebrüllt und geschrien. Der Wagen wankte, weil die fliehende Menge jetzt die Soldaten überrollte und gegen die Flanke des Gefährts brandete.

Vil fluchte, denn jetzt sprangen die Kauffahrer vom Wagen, angesteckt von der Panik. Ajeler war nicht mehr zu sehen. Hatte der Mann denn keinen Mumm in den Knochen? Vil starrte angestrengt hinüber. Menschen wurden über den Haufen gerannt und niedergetrampelt. Die Wachen zogen ihre Waffen und versuchten, die Leute zurückzutreiben.

Er achtete kaum darauf, seine Augen suchten einzig und allein nach Ajeler. Da! Endlich! Der Kämmerer sprang auf den Wagen, hob die Arme und brüllte gegen den Lärm an.

Vil verstand kein Wort, aber irgendwie schien die Geste zu wirken: Menschen, die eben noch nach vorn gedrängt hatten, blieben nun stehen, schienen lauschen zu wollen, was der Mann auf dem Wagen zu sagen hatte.

Vil legte die Armbrust an, zielte und schoss. Und er sah mit grimmiger Klarheit, wie der Bolzen durch die Luft schnitt und dem Kämmerer, der immer noch die Arme in beruhigender Geste gehoben hatte, in den Hals fuhr. Ajeler taumelte einen Schritt zur Seite, hielt die Hände weiter erhoben, als wolle er die Menge segnen, drehte sich halb um die eigene Achse und stürzte vom Wagen. Ein hundertfacher Aufschrei war die Folge.

Vil ließ die Armbrust fallen und rannte. Er sprang die Treppe hinab und stürzte mit Elgos aus dem Haus.

Elgos nahm ihm das Bündel mit den Feuerbomben ab und schleuderte die erste in die Ruine, die sie gerade verließen. Wieder ertönte das böse Fauchen. Sie durchquerten das zweite Haus, rannten ins Freie und quetschten sich zwischen zwei Häusern hindurch. Der Lärm vom Platz verfolgte sie.

»Da sind sie!«, rief plötzlich irgendjemand. »Ihnen nach!«

Sie waren schnell, das musste Vil zugeben. Sester drehte sich um und schleuderte ihren Verfolgern die letzte Feuerbombe vor die Füße.

Dann öffnete sich vor ihnen der Boden. Sie hatten den Hohlweg erreicht. Sie sprangen hinab und rannten weiter, bis die Katakomben der Arena sie verschluckten.

Unter anderen Umständen wäre Lizet froh gewesen, für eine Weile den Folterkellern der Geheimen Wacht entronnen zu sein: Die endlosen Verhöre, die Schreie der Gefangenen, die meist unbescholtene Bürger waren, das alles setzte ihm von Tag zu Tag mehr zu. Er schlief schlecht und hätte lieber heute als morgen die Wache verlassen. Aber die Zeiten waren kritisch, und er kannte seine Pflicht.

Das Erste, was ihm jetzt auffiel, war die beklemmende Stille zwischen den Ruinen unter dem wolkenverhangenen Herbsthimmel. Wachen sicherten die Gassen, eine Handvoll Priester und Scholaren kümmerte sich um die Menschen, die bei der Panik niedergetrampelt worden waren, aber all das geschah leise, ein jeder schien bemüht, nur nicht durch ein lautes Wort die gespenstische Ruhe zu durchbrechen.

Einige Kauffahrer standen schweigend an dem umgestürzten Wagen, vor dem ein grauer Mantel einen Körper deckte. Esrahil Gremm war unter ihnen. Er sah verstört aus.

Lizet würde sich später um ihn kümmern. Er gab seinen Leuten Befehl, auszuschwärmen und Zeugen zu befragen. »Nur befragen, Leutnant Nevian, es wird niemand verhaftet, niemand bedroht, verstanden?«

Der Leutnant nickte, vermutlich war die Ermahnung überflüssig. Selbst dieser Dummkopf schien den Ernst der Lage begriffen zu haben.

Lizet umrundete den Platz, besah sich die rußgeschwärzten Ruinen mit ihren leeren Fensterhöhlen und fand, dass es wirklich ein idealer Ort für einen Hinterhalt war. Er ging zum Opfer, hob einen Zipfel des Mantels an und sah Ajeler lange ins Gesicht. Augen und Mund standen weit offen. Der Bolzen hatte den Hals durchbohrt und wenigstens eine der Schlagadern durchtrennt, so dass der Kammerherr in einer sehr großen Lache seines eigenen Blutes gestorben war. Fußspuren hatten sich darin abgedrückt und dann über dem Platz verteilt, rote Abdrücke auf dunklem Pflaster, schon verwischt und kaum noch zu erkennen.

»Sieh an, die Gespenster trauen sich am hellen Tag hier herunter«, rief ihm ein Hauptmann höhnisch zu.

Lizet erinnerte sich an den Mann: ein Trinker, aber keinesfalls unfähig. »Ich grüße Euch ebenfalls, Hauptmann Meres«, antwortete er freundlich.

»Ah, Lizet, Ihr seid es! Verzeiht, ich hatte Euch in dieser grauen Kluft nicht gleich erkannt.«

»Ihr versteht sicher, dass sich die Geheime Wacht in diesen Fall einschaltet, oder? Gut. Könnt Ihr mir sagen, was geschehen ist?«

Meres kratzte sich am Hinterkopf. »Der Kämmerer wurde durch einen Armbrustbolzen getötet. Das hier ist die Armbrust, wir fanden sie dort, im oberen Stockwerk. Vor dem Anschlag war dort drüben ein Feuer ausgebrochen, was eine Panik ausgelöst hat. Und als Ajeler die Menge beruhigen wollte, wurde er erschossen. Meine Leute haben zwei Verdächtige verfolgt, die aber in den Ruinen entkamen, unter anderem, weil sie ihren Verfolgern den Weg mit so einer Art Feuerbombe versperrten. Diese Feuer vergrößerten die Panik auf dem Platz noch. Ich nenne es ein Wunder, dass niemand zu Tode getrampelt wurde.«

»Ihr habt bemerkenswerterweise ein oder zwei Dinge unerwähnt gelassen, Meres.«

»Habe ich das?«

»Diese leichte Armbrust, sie ist von jener Art, wie sie die Scholaren bei der Jagd auf den Schatten verwendeten, was Euch sicher bekannt ist. Und natürlich wisst Ihr, dass auch die Feuerbomben aus dem Arsenal des Ordens stammen.«

»Wenn Ihr das sagt, Lizet«, antworte Meres mit einem flüchtigen Grinsen.

»Und die beiden Verdächtigen?«

»Sind spurlos verschwunden. Sie trugen schwarze Umhänge, aber meine Leute behaupten, dass sie darunter weiße Roben anhatten.«

»So wie die Scholaren?«

»Das habt wieder Ihr gesagt, Lizet.«

»Und was denkt Ihr, Meres?«

»Das Denken werde ich den Gespenstern überlassen, wenn sie schon mal hier sind. Ich bin nur ein einfacher Hauptmann der Wache, der nur weiß, dass er in den nächsten Tagen nicht viel Ruhe finden wird.«

»Ah, Ihr habt es also auch bemerkt?«

Meres' Blick sagte Lizet, dass er nicht wusste, worauf dieser hinauswollte.

»Diese Ruhe, Hauptmann! Ajeler ist tot, *der Freund der Armen,* wie sie ihn nannten. Aber wo sind die Menschen, die um ihn trauern? Wo ist der Schrei der Wut oder meinetwegen der Verzweiflung, der aus den Straßen aufsteigen müsste?«

»Bei den Himmeln, Ihr habt recht. Wir dürfen diese Stille nicht als gutes Zeichen werten, oder?«

»Es ist die Ruhe vor dem Sturm, Meres. Tut mir einen Gefallen und schärft Euren Leuten ein, dass sie niemandem sagen dürfen, dass diese Waffen oder sonst irgendetwas auf die Scholaren als Täter hindeuten.«

»Ich glaube, dass es dafür schon zu spät ist. Zu viele Leute haben die Armbrust und die Feuerbomben gesehen.«

Lizet nickte verdrossen. Das hatte er befürchtet. Nachdenklich betrachtete noch einmal den toten Ajeler. Der hatte die Augen weit aufgerissen und sah ganz und gar nicht so aus, als ob er im Tod Frieden gefunden hätte. »Dann bin ich froh, dass ich die weiße Robe vor langer Zeit abgelegt habe«, sagte er und schloss dem Toten die Augen.

Esrahil Gremm beobachtete mit bangen Gedanken den Hauptmann, wie er um den Platz herumschlich, schließlich neben Ajeler niederkniete, dem armen Ajeler, der vor seinen Augen ermordet worden war.

Eine schwere Last lag auf seinen Schultern. Viltor hatte ihn gefragt, wann die Gilde wieder im Katzenviertel sein würde und hatte tausend Kronen für die gute Sache gespendet, was großzügig gewirkt hatte, doch jetzt war offensichtlich, dass es Blutgeld war. Hatte Elgos Viltor die beiden Namen am Ende doch genannt? Und hatte Gremm Ajeler, ohne es zu wollen, ans Messer geliefert? Es sah so aus.

Er kämpfte mit der Versuchung, den Platz einfach zu verlassen, fürchtete aber, dass ihn das verdächtig aussehen lassen könne. Also blieb er und wartete auf das Unvermeidliche, das endlich auch kam.

»Rat Gremm, auf ein Wort, bitte.«

»Hauptmann Lizet, ich hatte Euch in diesem grauen Gewand nicht gleich erkannt.«

»Können wir uns irgendwo ungestört unterhalten?«

Gremm nickte. Der Hauptmann schien ihm irgendwie feindselig zu sein. Würde nun alles ans Licht kommen? »Es ist mir nur recht, wenn wir uns ein Stück von diesem schrecklichen Ort entfernen.«

»Nicht zu weit, Menher, ich fürchte, diese Gassen sind nicht sicher. Ihr wart hier, als Ajeler ermordet wurde?«

Der kalte Schweiß brach Gremm aus, als er nur daran dachte. »Ich stand beinahe neben ihm, als es geschah. Der Pfeil hätte auch leicht mich treffen können.«

»Es war ein Bolzen aus einer Armbrust.«

»Wirklich? Verzeiht, ich kenne mich mit diesen Dingen nicht aus.«

»Habt Ihr den Schützen gesehen?«

Ein Hornsignal erklang vom Tempelberg. Gremm fragte sich, was es zu bedeuten hatte.

»Nein, ich sah Ajeler sterben«, antwortete er auf die Frage. »Dann diese Menge, die vor dem Feuer floh. Ich habe noch nie etwas so Schreckliches gesehen. Es war wie eine Welle aus Fleisch und Blut, die gegen unseren schmalen Wagen brandete und ihn umwarf. Ich weiß nicht genau, wie lange wir uns hinter dem Wagen versteckten, ich weiß nur, dass mein Freund Ajeler dann dort in seinem Blut lag, seltsamerweise fast unberührt, als hätte selbst die kopflose Menge noch Achtung vor ihm gehabt.«

»Hat er noch etwas gesagt?«

»Ajeler?«

»Ihr wart doch bei ihm, als er starb, oder?«

»Woher wisst Ihr das?«

»Ihr habt Blut an den Händen, und an den Knien, Menher.«

Gremm starrte seine Finger an. Sie waren rot. Das war ihm noch gar nicht aufgefallen. »Nein, er hat nichts mehr sagen können.«

Wieder ertönte das Horn vom Tempelberg.

»Verzeiht, Hauptmann, aber wisst Ihr, was dieses Signal bedeutet?«

»Wisst Ihr es nicht? Es ist das Alarmzeichen. Alle Wachen und Soldaten werden zu den Waffen gerufen. Und soweit ich weiß, wird auch der Hohe Rat zur Beratung gerufen, Menher, oder nicht?«

Gremm erbleichte. »Natürlich, der Alarm. Es ist nur so lange her, dass ich dieses Horn gehört habe. Dann entschuldigt mich, Hauptmann, ich muss auf den Tempelberg.«

Gremm eilte jedoch nicht auf den Berg, sondern zunächst nach Hause. Er konnte doch nicht mit Ajelers Blut an seiner Kleidung beim Rat erscheinen.

Die Köchin hatte offenbar schon von dem Unglück gehört. Sie war völlig aufgelöst und jammerte, das Ende der Welt sei gekommen, wenn selbst so gute Menschen wie der verehrte Kammerherr nicht mehr sicher seien. Gremm sprach ihr Trost zu, aber insgeheim dachte er, dass Ajeler nicht ganz so rein und edel gewesen war, wie die Köchin glaubte. Er lief in den ersten Stock, ins Schlafgemach, um sich umzuziehen. Vorsichtig öffnete er die Tür, um zu sehen, ob seine Frau wach war.

»Kannst du nicht schlafen? Ach, du hast es schon gehört? Ja, es ist wahr, Ajeler ist tot, und er starb gewissermaßen in meinen Armen. Nein, keine Angst, ich war nicht in Gefahr, mein Herz. Schrecklich, ja, ich weiß.«

Er kleidete sich rasch um und schilderte kurz und ein wenig verharmlosend den Ablauf der Ereignisse. »Ist es nicht eine bittere Ironie, dass Ajeler ausgerechnet sterben musste, als er Spenden an die Armen verteilte? Ja, ich weiß, du hast gesagt, dass es ihm leidtun wird, dass er mich von der Spitze unserer Gilde verdrängt hat – aber das hatte er nun doch nicht verdient. Er wusste, wie man sich beim Volk beliebt macht, ich sage dir, er wäre unser nächster Archont geworden – möge Memnon noch lange leben. Jedenfalls war das insgeheim Ajelers Ziel, auch wenn er das stets leugnete.«

Gremm wusch sich und sah betroffen, wie sich das Wasser in der Waschschüssel rötlich verfärbte. »Ich sage der Köchin gleich, dass sie es austauschen soll, mein Herz. Nein, du bleibst bitte liegen. Wie? Viltor?« Er hielt mit dem Abtrocknen inne. »Ja, der Gedanke kam mir auch, aber Sester hat mir geschworen, ihm nichts zu sagen. Aber wenn doch … Nun, von mir weiß er es nicht. Ich wasche meine Hände in Unschuld.« Aber dann sah er das rötliche Wasser und dachte, dass das nicht stimmte, er wusch seine Hände in Blut, Ajelers Blut. »Ich muss leider fort, mein Herz. Ja, ich passe auf mich auf und bin bald zurück, keine Sorge. Hör doch, es ist ganz ruhig da draußen.«

Gremm wusch sich in der Küche noch einmal, gab der Köchin ihre Anweisungen und eilte aus dem Haus. Der Rat war sicher schon zusammengetreten. Er würde zu spät kommen.

Er eilte den Silbersteig hinauf. Er stutzte, denn es waren keine Wachen am Tor. Auch auf der Alten Schanze war niemand. Er lief über den Obermarkt, aber der lag ebenfalls verlassen. Die Marktstände waren geschlossen, und selbst die sonst so unvermeidlichen wie lästigen fliegenden Händler waren verschwunden.

Gremm blieb stehen. Das war unheimlich.

Aber dann hörte er etwas: Marschtritt. Den Lärm vieler Stiefel, die über das Pflaster marschierten. Sie kamen jedoch nicht aus Richtung der Festung, sondern schienen die lange Treppe an der Arena hinaufzusteigen. Und dann war ihm, als würde über der Arena selbst ein Brausen vieler Stimmen anschwellen. Die Arena? Das war unmöglich – niemand würde an einem Tag wie diesem dort Kampfspiele oder Theater veranstalten.

Und dann flogen plötzlich die hohen Tore der Arena auf, und aus jedem davon quollen Menschen hervor, wütende Menschen, Männer und Frauen, die Äxte, Hämmer und Knüppel schwangen.

Gremm wusste, dass er nun davonlaufen sollte, aber er war wie gelähmt.

»Da ist einer von ihnen!«, brüllte einer.

Gremm fuhr herum. Auch von der langen Treppe waren Menschen auf den Obermarkt geströmt. Er war schon von zwei, nein, drei Seiten eingekreist. Nur die Straße der Sieger, die zum Tempelplatz führte, war noch frei. Aber Gremm rannte nicht davon – er fühlte plötzlich so etwas wie Mut in seiner Brust.

»Vil, schnell doch, das musst du sehen!«, rief Gibean.

Viltor schreckte aus seinen Gedanken hoch. Er hatte Ajeler getötet, einen der Männer, die seinen Vater aufs Schafott geschickt hatten – aber warum fühlte er keine Befriedigung, warum fühlte es sich hohl und falsch an?

»Was gibt es denn so wichtiges, Gabba? Und was hat dieser Lärm zu bedeuten?«

»Schnell, so komm doch ans Fenster!«

»Unglaublich. Wo kommen die alle her?«, fragte er verblüfft, als er die Menge sah, die am *Bamaal* vorbei auf den Tempelberg strömte.

»Das muss die ganze Stahlseite sein. Sieh nur, sie haben die Pforten der Arena aufgebrochen, vermutlich, um die Wachen zu umgehen.«

»Raffiniert. Wer immer diese Leute anführt, er weiß, was er tut. Aber sag, Gabba, siehst du da irgendwo Wachen?«

»Verdammt, nein, du hast recht! Was hat das zu bedeuten?«

Sester Elgos kam aus einem der Zimmer. Er war nur halb bekleidet. »Da draußen ist die Hölle los, wie mir scheint.«

Vil nickte finster. »Der Tod von Ajeler. Das hat das Fass zum Überlaufen gebracht.«

»Sieh nur!«, rief Gibean. Er deutete auf eine helle Figur, die über der Menge zu schweben schien. Vil sah genauer hin und erkannte, dass es ein toter Scholar war, den die Männer dort wie eine Trophäe auf Spießen vor sich hertrugen.

»Sie wollen sich an den Scholaren rächen«, sagte er heiser.

Elgos nickte mit gleichgültiger Miene. »Wenn du mich fragst, haben sie alles Recht dazu. Diese Brüder haben sie aus ihren Häusern vertrieben, und es gibt schon lange Gerüchte, dass sie auch einige der Brände gelegt haben, die unser altes Viertel verwüstet haben.«

»Ja, möglich«, sagte Vil.

»Möchte wissen, wer die anführt. Ist eine reife Leistung, so viele Menschen hier hochzuschaffen, ohne dass sie anfangen, alles zu plündern und niederzureißen.«

»Nestur!«, rief Vil, von einer plötzlichen Erkenntnis durchzuckt. »Er ist ihr Anführer!«

»Der alte Sack? Ich weiß nicht, ob der so etwas hinkriegen würde«, meinte Gibean skeptisch. »Ich hörte von einem Einarmigen, dem sie angeblich blind vertrauen.«

»Es gibt nur einen Weg, das herauszufinden«, erwiderte Vil grimmig. Er konnte nicht aufhören, daran zu denken, was der blinde Nekor gesagt hatte: Dass seine Mutter mit dem Tod von Ajeler und Nestur womöglich zufrieden sein würde.

»Du willst doch da nicht raus? Das gibt ein Massaker, spätestens wenn sie den Tempelplatz erreichen, werden die Soldaten mit Feuer und Schwert über sie kommen.«

»Aber ich werde keine bessere Gelegenheit kriegen, Gabba. Besorgt mir ein paar alte, abgetragene Sachen, schnell doch!«

Als er sich umzog, stand Peker plötzlich in der Tür. »Was hast du vor?«

»Nestur ist irgendwo da draußen.«

»Er führt diese Leute an, Vil.«

»Und?«

»Ist dir nicht klar, was da draußen gerade geschieht? Die ganze Stahlseite hat sich erhoben.«

Vil steckte ein zweites Messer in seinen Stiefel. »Und wenn schon. Wir wissen beide, wie das ausgehen wird. Sie laufen in ihr Verderben.«

»Nein, Vil. Siehst du es nicht? Es kann sich wirklich etwas ändern. Nestur kann etwas ändern!«

Vil schüttelte den Kopf. »Es ist doch offensichtlich, dass den alten Habicht diese Leute nicht kümmern. Er kocht sein eigenes Süppchen.«

»Vil, wenn du ihn umbringst … er ist die Hoffnung dieser Leute. Du warst doch mal einer von ihnen. Vil, du darfst das nicht tun, nicht heute.«

Peker stand in der Tür. Vil sah ihm an, dass es ihm ernst war.

»Ich kann es heute zu Ende bringen, Peker, und das werde ich tun. Besser, du stellst dich mir nicht in den Weg.«

Gremm sah sich einer wütenden Menschenmenge gegenüber, viel wütender, als er es sich hätte vorstellen können. Er sah einen abgeschnittenen Kopf, den eine Frau auf einem langen Stock vor sich hertrug, und einen zu einem blutigen Klumpen geschlagenen Scholaren, der von einigen Männern auf einem Gestell mitgeschleppt wurde.

Jetzt wäre er gerne geflohen, aber dafür war es zu spät. Jemand packte ihn am Kragen.

»Das ist einer von denen!«, schrie er.

»Macht ihn kalt!«, kreischte eine schrille Frauenstimme.

Gremm fühlte einen Schlag. Ein Stein kam geflogen und streifte ihn am Kopf. Dann wurde er von einigen kräftigen Burschen hin und her gestoßen. »So hört doch auf, Ihr guten Leute!«, rief er. »Das wird doch nur in Blut und Unglück enden.«

»Dein Blut und dein Unglück!«, rief einer, und rohes Gelächter brandete in Gremms Ohren.

»Aber das ist Gremm!«, rief plötzlich ein älterer, aber großgewachsener Mann, der sich zu ihm gedrängt hatte.

»Die sind doch einer wie der andere!«, schnauzte ihn ein Kerl an, der wenigstens ebenso groß war.

Gremm zog den Kopf ein und versuchte, sich klein zu machen. Ihm taten die Rippen weh, und er fühlte Blut im Gesicht.

»Gremm? Der Wohltäter? Seid Ihr sicher?«

»Ach was, nur ein Rat, hängt ihn! Er würde uns nicht schonen.«

»Hier wird niemand gehängt, schon gar kein Rat, verdammt!«, rief eine helle Stimme.

»Meister Einarm, den hier haben wir geschnappt!«, meldete der Mann, der Gremm am Arm gepackt hielt, stolz.

»Und deshalb haltet Ihr unseren Zug auf? Wir müssen schnell sein, bevor die Silbergarde bereit ist, bevor die Hafengarnison uns in den Rücken fällt! Bei den Himmeln, sie brauchen gar keine Wachen, um uns aufzuhalten, es reicht ein alter Mann.«

Die Fäuste, die ihn eben noch gepackt gehalten hatten, ließen ihn los. Gremm blinzelte. Da stand ein junger Mann und gab Befehle, und die Männer hörten offensichtlich auf ihn.

»Ihr, Meister Taurem, nehmt Eure Leute und besetzt endlich die Alte Schanze, und dann sichert die Tore im Westen, wie es besprochen war. Ihr müsst uns um jeden Preis den Rücken freihalten.«

Der Mann nickte, nahm seinen großen Schmiedehammer auf die Schulter und stieß einen Pfiff aus, dann marschierte er mit einigen handfesten Kerlen nach Westen. Gremm blieb zitternd zurück.

»Und Ihr seid der beliebte Rat Gremm, von dem ich schon viel Gutes gehört habe«, erwiderte der sogenannte Meister Einarm, der noch beide Arme hatte, auch wenn einer verkrüppelt war.

»Aber was geschieht hier, Meister Einarm, was habt Ihr mit mir vor?«

»Die Menschen der Stahlseite sind es leid, für die Stadt zu bluten. Sie verlangen Gerechtigkeit und Brot, denn wie Ihr sicher wisst, ist gerade Letzteres schier unbezahlbar geworden in letzter Zeit. Und nun wurde mit Ajeler der Mann ermordet, der all das vielleicht hätte ändern können. Es ist genug! Kommt, Ihr werdet die Nachricht überbringen, Rat Gremm.«

Bevor er fragen konnte, was damit gemeint sei, wurde Gremm wieder gepackt und hinter Meister Einarm hergeschleift. Es ging über die breite Straße der Sieger in die Kaisergärten, die erfüllt waren vom Lärm einer wütenden Menschenmenge.

Männer fällten Bäume und bearbeiteten sie. Wollten sie die als Rammbock benutzen? Der breite Strom der Menge schien wieder angehalten zu haben.

Gremm sah Feuer aufflackern, zur Linken, in den Häusern des Perlenviertels.

»Meister Einarm, habt Ihr gesehen?«, rief einer der Männer, die ihn über das Pflaster schoben.

»Schickt ein paar Leute dorthin. Wir dürfen unsere Kraft nicht auf das Plündern verschwenden«, rief der Anführer.

Zwei Männer mit weißen Armbinden, vielleicht Leibwächter oder Unterführer des Einarmigen, folgten dem Befehl umgehend.

»Macht Platz, Meister Einarm kommt«, rief ein anderer, als sie das Ende der Gärten erreichten.

Gremm gefiel ganz und gar nicht, was er sah: Der Tempelplatz lag wie leergefegt vor ihnen. Es war schon später Nachmittag, und dunkle Wolken hingen tief über dem Tempel und dem Palast des Archonten. Gremm, dem tausend Sachen durch den Kopf schossen, dachte, dass es nach Regen aussah und er seinen Hut verloren hatte.

Die Strahlen der tief stehenden Sonne stachen durch die Wolken und brachen sich auf der anderen Seite des Platzes an einer doppelten Reihe von stählernen Rüstungen. Die Silbergarde hatte Stellung bezogen.

Die Menge schrie und johlte, aber sie betrat den Platz nicht, und die Männer in den schweren Rüstungen standen unbeweglich wie Statuen auf den breiten Treppen vor Palast und Tempel.

»Merkt Ihr was, Meister Einarm?«, rief eine Stimme, die Gremm sehr vertraut war. »Sie schützen die Akademie nicht!«

»Telius Nestur?«, rief er erstaunt.

»Ah, der verehrte Rat Gremm. Wieder einmal zur falschen Zeit am falschen Ort?«, erwiderte Nestur herablassend.

»Aber Nestur, was habt Ihr nur vor? Gewalt gegen den Rat? Gegen die eigenen Leute?«

»Das sind schon lange nicht mehr meine Leute, Gremm. Meine Freunde stehen hier, und sie sind zahlreich. Wir werden den morschen Rat hinwegfegen, ebenso diesen Archonten, der sich nicht um die Nöte seiner Leute kümmert. Es ist Zeit für eine neue Ordnung!«

»Aber das ist Hochverrat!«

Nestur lachte schallend auf. »Wenn dieser Tag zu Ende ist, bestimmen wir, was Verrat ist und was nicht, Gremm.«

»Schon gut«, unterbrach der Einarmige. »Sagt mir lieber, wie es um unsere Sache steht.«

»Die Rammen sind gleich bereit. Wir haben bereits die Halle der Versammlung und den Ratsturm genommen. Die Wachen haben sich in die Festung zurückgezogen. Ich habe den Obersten dieser Männer Verhandlungen angeboten. Sie scheinen einen Kampf ebenso wenig zu suchen wie Ihr, Meister Einarm. Vielleicht müssen wir nicht einmal stürmen, um die Gefangenen zu befreien.«

»Wir haben nicht die Leute, die Festung anzugreifen, Nestur. Wir müssen bei unseren Zielen bleiben. Wie steht es mit der Akademie?«

»Die Leute warten auf unser Signal. Wie es aussieht, wird sie auch nur von den Scholaren verteidigt. Keine Soldaten.«

»Das ist zu einfach«, meinte der Einarmige.

»Mag sein, aber wir müssen losschlagen, Meister Sed. Ich kann die Leute nicht mehr lange zurückhalten.«

Der Einarmige schien einen Augenblick in seiner Entscheidung zu schwanken. Gremm fand es erstaunlich, dass die Entscheidung offensichtlich bei ihm und nicht bei Telius Nestur lag. Aber all die grimmigen und auch hoffnungsvollen Blicke, sie ruhten allein auf diesem jungen Mann mit dem verkrüppelten Arm.

»Dann gebt das Zeichen. Die Scholaren werden für das bezahlen, was sie im Katzenviertel angerichtet haben.«

»Ihr habt es gehört, wir schlagen los!« Nestur drängte sich durch die Menge davon, und etliche Männer und Frauen folgten ihm.

»Ein Bürgerkrieg? Das ist Wahnsinn!«, rief Gremm.

»Ah, Rat Gremm. Es liegt an Euch, einen Krieg zu verhindern. Hier sind unsere Forderungen.« Der Einarmige drückte Gremm ein Pergament in die Hand. »Ihr werdet sie dem Archonten darlegen und begründen. Werden sie Punkt für Punkt erfüllt, werden wir abziehen, sobald wir mit den Scholaren fertig sind. Werden sie nicht erfüllt, wird der Tempelberg brennen.«

Gremm hielt das Blatt mit zitternden Fingern. »Was sind Eure Forderungen, Menher?«

»Wir wollen die Hälfte der Sitze im Rat und in der Versammlung, was maßvoll ist, denn wir stellen doch wenigstens vier Fünftel der Bevölkerung. Wir wollen Arbeit, Lohn und Brot und die Erlaubnis, die Insel verlassen zu dürfen, wenn wir das hier nicht mehr finden. Und zu guter Letzt verlangen wir, dass die Fundamente der neuen Akademie abgebrochen werden und das Katzenviertel neu und besser wieder aufgebaut wird.«

»Aber darauf werden sie sich nie einlassen.«

»Sie können sich beraten, bis wir mit den Scholaren fertig sind, Menher Gremm, nicht länger.«

»Aber so etwas muss man doch verhandeln. Für das eine oder andere lassen sich ja vielleicht Gründe finden, ein Entgegenkommen ist hie und da möglich, aber der Rat wird niemals in Bausch und Bogen …«

»Keine Verhandlungen, ein schlichtes, ehrliches Ja oder Nein. Sie können uns die Hälfte geben – oder wir nehmen uns alles. Die Zeit läuft, Gremm. Besser, Ihr beeilt Euch.« Und damit ließ der Einarmige ihn stehen.

Als Gremm auf den Platz hinausstolperte, wurde es für einen Augenblick totenstill, und er konnte den Klang seiner eigenen unsicheren Schritte hören.

Er drehte sich um und sah in eine lange Reihe grimmiger Gesichter. Er wandte sich wieder ab und versuchte gar nicht erst, seine Würde zu bewahren, sondern rannte über den Platz. Dabei schwenkte er das Blatt, das man ihm gegeben hatte. »Verhandeln«, rief er, obwohl das eigentlich gar nicht stimmte, aber er wiederholte es in der Hoffnung, dass sich ein Blutbad noch irgendwie verhindern ließ: »Sie wollen verhandeln.«

Höhnisches Gelächter verfolgte ihn. Als er die doppelte Reihe der Garde erreichte, hörte er einen schrillen, durchdringenden Schrei. Er schien von der Akademie zu kommen. Ein lautes Krachen und Splittern folgte, dann wieder ein Johlen aus tausend Kehlen. Der Sturm auf die Akademie hatte begonnen.

Vil duckte sich instinktiv, und direkt hinter ihm schrie eine Frau schrill auf. Sie war von einem Armbrustbolzen getroffen worden. Man hatte ihm gesagt, Telius Nestur würde die Erstürmung der Akademie anführen. Er stolperte über einen leblosen Körper, während neben ihm ein Bolzen klirrend über das Pflaster sprang. Die Akademie ragte hoch und abweisend in den düsteren Himmel. In den oberen Stockwerken standen Scholaren in jedem Fenster, und sie schossen auf die Menschen, die sich anschickten, die große Pforte zu erstürmen.

»Noch einmal!«, kommandierte eine heisere Stimme. Ein mehrstimmiges »Hau-Ruck!« erklang, und dann donnerte der Baumstamm wieder gegen das eisenbeschlagene Holz.

War Nestur dort? Vil lief durch die Menge, die die Armbrustschützen mit einem Hagel von Steinen und Knüppeln eindeckten, aber kaum Schaden damit anrichteten.

Dafür sah Vil jetzt einen Mann dort oben, der ein ihm vertrautes irdenes Gefäß in den Händen hielt. »Achtung! Eine Feuerbombe!«, hörte er sich rufen.

Da fiel sie auch schon herab, zerplatzte neben dem Baumstamm und umhüllte den improvisierten Rammbock und entsetzt schreiende Männer mit ihren Flammen. Der Stamm polterte zu Boden, die Männer flohen, wenn sie noch fliehen konnten.

»Verdammt, hat denn hier niemand einen Bogen oder eine Armbrust?«, rief Vil. Seine Augen suchten weiter nach Nestur, aber er spürte keine Lust, hier gebraten zu werden. Doch niemand schien über eine Schusswaffe zu verfügen, und nur Steine flogen hinauf zu den Fenstern.

Die Antwort der Scholaren war deutlich gefährlicher. Immer wieder schrien Menschen getroffen auf oder sanken gleich tot zu Boden.

»Noch einmal!«, rief die heisere Stimme.

Vil konnte den Rufer jedoch nicht sehen. Er war vielleicht irgendwo drüben an der Festungsmauer, wo viele der Angreifer nun Deckung suchten. Er schüttelte den Kopf. Dort Schutz zu suchen, war, als würde man vor einem Wolf in den Rachen eines Bären fliehen. Doch warum schnappte dieser Bär nicht zu? Warum halfen die Wachen den Scholaren nicht?

Ist wohl auch nicht nötig, dachte Vil grimmig, weil er sah, dass die Angreifer nichts ausrichteten.

Aber wenn sie hier feststeckten, dann würde Nestur von vielen Männern umgeben und gut geschützt sein. »Ihr da!«, rief er ein paar Männern zu. »Nehmt den leichteren Stamm!«

Sie sahen sich fragend an, vielleicht, weil sie nicht wussten, ob sie ihm gehorchen sollten, vermutlich aber eher, weil sie nicht wussten, was er mit dem Stamm vorhatte. »Nicht für das Tor, ihr Dummköpfe, für ein Fenster im ersten Stock!«

»Das ist es!«, rief einer, der eine weiße Armbinde trug. »Wir klettern hinauf und öffnen das Tor von innen. Auf geht's! Deckt die Schweine mit einem Hagel von Steinen ein, Leute!«

Vil nahm sich einen Stein aus dem aufgebrochenen Pflaster, aber anders als die meisten warf er nicht gleich. Sieben Männer griffen sich den Stamm und rannten hinüber zur Akademie. Einer wurde getroffen, gleich mehrfach, lief aber weiter. Ein zweiter taumelte aus der Reihe, und der Schaft eines Bolzens ragte ihm aus der Stirn. Jetzt sprangen andere Männer hinzu. Der Baum wurde aufgerichtet. Ein Scholar zeigte sich im Fenster, eine gespannte Armbrust im Anschlag. Ein Hagel von Steinen trieb ihn zurück, er löste noch einen Schuss, aber der flog in den Himmel. Die Menge jubelte.

Im Stockwerk darüber tauchte nun ein Mann in weißer Robe auf, der eine Feuerbombe in den Händen hielt.

Vil zielte und warf. Der Stein flog, prallte gegen den Fensterrahmen und dann dem Scholar gegen den Arm. Die Feuerbombe rutschte ihm aus den Fingern. Er schrie erschrocken auf, und dann explodierte das Gefäß mit hässlichem Fauchen zu seinen Füßen. Fast augenblicklich stand der Mann in Flammen. Und wieder jubelte die Menge.

Inzwischen waren die ersten Männer im Fenster. Kampfeslärm und schrille Schreie erklangen drinnen. »Auf geht's Männer!«, rief einer neben Vil. Und dann stürmten plötzlich alle nach vorn, waren nicht mehr aufzuhalten durch die Bolzen, die die Scholaren aus ihren Fenstern abfeuerten. Aber wo war Telius Nestur?

»Das können die niemals ernst meinen!«, rief Rat Isper empört.

»Offensichtlich doch«, entgegnete Varos düster.

Von draußen klang der Lärm des Kampfes in die Halle des

Archonten. Das Papier, das Gremm hereingetragen hatte, lag auf dem langen Tisch, um den der halbe Rat mit sehr besorgten Mienen stand.

»Worauf wartet Ihr eigentlich? Wann werdet Ihr endlich Eure Soldaten losschicken, Memnon?«, rief Ghula Mischitu dazwischen.

Der Archont saß auf seinem schlichten Stuhl am Ende des Tisches. Er schien in Gedanken versunken.

»Hört Ihr es nicht? Sie stürmen die Akademie!«

»Wie ich hörte, baut Ihr bereits eine neue«, gab der Archont scharf zurück.

Ein Raunen lief durch den Saal.

»Ihr wagt es …«, entfuhr es der Ghula.

Der Archont sprang auf. »Ehrwürdige Mischitu, dies ist die Halle des Archonten, und dies sind die Vertreter des Hohen Rates der Stadt Xelidor. Ihr habt keine Stimme in diesem Rat oder in dieser Halle! Dies muss beraten werden, bevor wir entscheiden, ob wir das Blut unserer Bürger vergießen.«

Die Ghula hatte sich verfärbt. »Aber es wird doch schon vergossen! Und es ist Eure Pflicht, uns zu schützen, Memnon!«

»Ihr vergesst Euch, Mischitu«, entgegnete der Archont. »Und es ist mir auch neu, dass Ihr mich oder den Rat braucht. Oder habt Ihr uns gefragt, als es darum ging, das halbe Katzenviertel aufzukaufen, oder als es darum ging, dort unten eine Akademie zu errichten?«

»Diese Akademie wird dem Wohle aller dienen, Exzellenz!«, rief die Ghula.

»Natürlich wird sie das«, knurrte der Archont, »den einen mehr, den anderen weniger. Und die, denen sie weniger dient, klopfen nun gerade an die Pforte Eures Hauses, ehrwürdige Mischitu. Und noch einmal, Ihr habt in dieser Halle keine Stimme, und je länger Ihr uns davon abhaltet, über dieses Pergament zu reden, desto länger wird es dauern, bis wir zu einer Entscheidung finden.«

Die Ghula sah aus, als wolle sie Memnon an die Kehle springen, aber dann drehte sie sich um und stapfte aus der Halle.

Gremm sah ihr mit offenem Mund nach. Es war noch nie, jedenfalls nicht zu seinen Lebzeiten, vorgekommen, dass ein Archont die mächtige Bruderschaft so derart offen brüskierte.

»Das wird sie Euch nie vergessen, Exzellenz«, sagte Varos ruhig.

»Sie wird in den nächsten Jahren genug damit zu tun haben, die Scherben ihres Ordens zusammenzukehren. Ich fürchte diese Frau nicht.«

Jetzt begriff Gremm: Memnon ließ mit voller Absicht zu, dass die Akademie gestürmt wurde. Er wollte die Bruderschaft vernichten oder doch wenigstens sehr, sehr weit schwächen.

»Ich verstehe«, erklärte Rat Isper jetzt. »Aber irgendwann sind die mit der Akademie fertig – und was wird dann?«

»Dann werden wir die Ordnung mit allen Mitteln wiederherstellen, Menher«, erwiderte der Archont ruhig.

Gremm räusperte sich. »Aber sollten wir nicht wenigstens in Erwägung ziehen, ihnen in ein oder zwei Punkten entgegenzukommen?«

»Lächerlich«, schnaubte Isper, »dieses Lumpenpack …«

Der Archont unterbrach ihn mit einer Handbewegung. »Nein, Isper, Gremm hat nicht ganz unrecht. Zumindest im letzten Punkt, dem Wiederaufbau des Katzenviertels, kostet es uns nichts nachzugeben. Die Scholaren werden das erworbene Land zurückgeben – kostenlos.«

»Warum bei allen Himmeln sollten sie sich darauf …?«, begann Varos, schüttelte den Kopf und sagte: »Natürlich, es wird ihnen nichts anderes übrig bleiben.«

»Aber wenn die Bruderschaft Xelidor verlässt?«, fragte einer der anderen Räte besorgt.

»Dann werden wir wohl oder übel versuchen, ohne das Licht ihrer Weisheit auszukommen«, entgegnete Memnon trocken. Und dann richtete sich sein Auge auf Esrahil Gremm. »Gremm – auf ein Wort unter vier Augen, bitte.«

Gremm folgte ihm mit den üblichen unguten Vorahnungen in eine der Nebenkammern. Er fragte sich, was der Archont nun wohl von ihm wollte.

Memnon schickte die Wache hinaus, dann streckte er sich und sagte: »Nun, mein Freund, wie geht es Eurer Familie?«

»Meiner … *was?*«

»Eurem Vetter und Eurer Base. Ich hörte, es gab einen Brand in ihrem Haus?«

»Sie sind wohlauf, Exzellenz«, erwiderte Gremm langsam. Durch die Fenster drang der Lärm der Schlacht, die um die Akademie geführt wurde.

»Das freut mich aufrichtig, Gremm. Wie weit seid Ihr, was die Hochzeitsvorbereitungen betrifft?«

»Nun, das ist schwierig, Exzellenz. Es gab da wohl einen anderen jungen Mann, und Ihr wisst sicher …« Er hatte Schwierigkeiten, sich bei dem Lärm, der von draußen hereinklang, zu konzentrieren.

»Aber soweit ich weiß, wurde dieses Problem doch inzwischen gelöst. Der fragliche junge Mann ist auf dem Weg nach Süden, oder?«

Gremm schluckte. Er hatte Tiuri zuliebe vergeblich versucht, genau das zu verhindern. Wusste Memnon auch das?

»Nun, ein wenig Zeit haben wir wohl noch«, sagte Memnon, und Gremm wusste nicht, ob er den Kampf oder die Hochzeit meinte.

»Gewiss, Exzellenz«, erwiderte er mechanisch.

»Da wäre allerdings noch die Sache mit dem Namen. Wusstet Ihr eigentlich, dass *Malakin* auf manchen Inseln des Südens so viel wie Ratte bedeutet?«

»Nein, Exzellenz.«

»Ein schöner Klang, ein hässliches Wort. Wir können dem jungen Varos wohl kaum zumuten, ein Mädchen zu heiraten, das so heißt, als wäre es eine Bewohnerin der Halde, oder?«

Gremm nickte betroffen. *Er weiß es. Memnon weiß alles!*, durchzuckte es ihn.

»Soweit ich weiß, sind die Eltern der Malakins nicht mehr am Leben. Was haltet Ihr daher davon, diese beiden zu adoptieren, Gremm?«

»Adop…«

»Aber, ja. Der Name Gremm ist doch alt und ehrwürdig. Es wäre schade, wenn er nach Jahrhunderten, in denen seine Träger dieser Stadt so gute Dienste geleistet haben, mit Euch gänzlich verschwände.«

»Eine Adoption, ja, natürlich, gewiss«, stotterte Gremm.

»Gut, wieder einmal sind wir uns einig. Es ist immer eine Freude, mit Euch über solche Angelegenheiten zu sprechen, Gremm. Wollen wir zurück zu den anderen? Ich bin sicher, Rat Varos wird sich freuen, diese Neuigkeiten zu hören.«

Der Scholar stand plötzlich vor Vil, eine Kriegsaxt in den Händen. Wollte er sie schwingen – oder wegwerfen? Vil wartete nicht, sondern stach den Mann nieder.

Nestur, so hatte man ihm gesagt, sei unter jenen, die durch das offene Tor gestürmt waren. Also war er selbst in die Akademie gerannt, mit dem Strom der Männer und Frauen, die nun johlend Gemächer und Kammern verwüsteten und die Scholaren, die sie darin fanden, einfach totschlugen wie tollwütige Hunde.

Beißender Qualm zog durch die Flure. Niemand bekämpfte das Feuer. Eine Frau kam Vil entgegen. Sie hielt ein bluttriefendes Messer in der Hand und lachte irr. »Für meine Kinder«, rief sie, »Rache für meine Kinder.«

Vil warf im Vorbeilaufen einen Blick in die kleine Kammer, aus der sie herausgetreten war. Männer durchwühlten den einzigen Schrank, schlitzten die Strohmatratze auf, als hofften sie, dort Reichtümer zu finden.

Ob ihnen niemand gesagt hatte, dass die Scholaren in Besitzlosigkeit lebten? Er stieß auf einen Mann, der sich auf dem Gang eine weiße Robe vor den Körper hielt, als wolle er sie tragen. »Telius Nestur? Ist er hier?«

»Oben«, antwortete der Mann mit einem verklärten Lächeln.

Vil fluchte und lief in den zweiten Stock. Es roch nach verbranntem Fleisch, und Flammen verzehrten die Gewänder einiger Toter, die auf dem Boden lagen. Es gab sonst nicht viel, was in diesem steinernen Gang brennen konnte. Vil folgte den lauten Stimmen ins Innere der Akademie. Helle Schreie tönten aus einer der Kammern. Er warf einen Blick hinein und sah mehrere Männer, die eine Scholarin vergewaltigten. »Willst du mitmachen?«, fragte einer.

Aber Vil gab keine Antwort, sondern lief weiter. Wo steckte dieser verfluchte Telius Nestur?

»Die Akademie brennt, Exzellenz«, meldete ein Hauptmann der Silbergarde, der den schweren Helm unter dem Arm trug.

Seltsam, dachte Gremm, *dass auch diese Männer ein Gesicht haben.*

»Dann wird es wohl langsam Zeit, den Pöbel in die Schranken zu weisen«, meinte der Archont. »Gebt die Befehle, Hauptmann.«

Der Mann salutierte und marschierte davon. Aber er marschierte zur Rückseite des Palastes, nicht zur Front, wo die Gardisten standen.

»Es könnte schon zu spät sein«, rief Rat Varos. »Wenn diese Meute erst einmal Blut geleckt hat, ist sie vielleicht nicht mehr zu bändigen.«

»Wir werden sehen. Menher Gremm, es ist an der Zeit, dass Ihr den Aufrührern unsere Antwort überbringt.«

»Ich?«

»Sie scheinen Euch doch als Vermittler zu akzeptieren. Sagt ihnen, dass wir das Katzenviertel wieder aufbauen werden, wie sie es verlangen, sagt ihnen außerdem, dass wir Gnade üben gegen jedermann, der nun still nach Hause geht. Niemand soll belangt werden für das, was heute geschah, wenn es hier und jetzt endet.«

»Eine Amnestie? Wirklich?«, rief Isper aufgebracht.

Er erhielt keine Antwort.

»Und die Plätze im Rat und in der Versammlung?«, fragte Gremm.

»Nun, wir sind bereit, ihnen jeweils *einen* Platz zuzugestehen, ohne Stimmrecht selbstverständlich. Aber sie erhalten das Recht, in beiden Häusern ihre Anliegen vorzutragen.«

»Unfassbar, dass Ihr diesen Pöbel für seine Frechheit auch noch belohnen wollt, Memnon«, polterte Isper. »Und wieso trefft Ihr diese Entscheidungen, ohne den Rat zu fragen?«

Der Archont lächelte, als er antwortete: »Der Rat ist nicht einmal ansatzweise vollzählig, Isper, und, wenn ich mich recht erinnere, in so kleiner Runde nicht befugt, irgendetwas zu beschließen. Und die Gesetze unserer Stadt geben dem Archonten in Zeiten der Not das Recht, alles zu unternehmen, um die Ordnung wiederherzustellen. Außerdem«, so fügte er nach einer kleinen Pause hinzu, »ist gar nicht gesagt, dass diese Narren unser Angebot annehmen.«

»Und was geschieht dann?«, fragte Gremm.

»Dann wird viel Blut fließen. Jetzt geht, Gremm, und kehrt schnell zurück. Sonst kann ich für Eure Sicherheit nicht garantieren.«

Die Bibliothek stand in Flammen. Scholaren rannten darin herum und rafften Bücher und Schriftrollen aus den Regalen, rannten zur Pforte und wurden dort von einer unbarmherzigen Menge erwartet, die sie niederschlug, trat, zurück ins Feuer schickte und die geretteten Pergamente aufhob, zerriss oder in die Flammen warf.

»Nestur, ist er hier?«, fragte Vil.

Er erhielt keine Antwort. Er rannte hustend durch rauchgefüllte Gänge und fragte jeden, den er finden konnte, nach Telius Nestur.

»Er war hier«, sagte schließlich jemand, der eine blutgetränkte weiße Robe hinter sich herschleifte. »Aber er ist wieder hinaus.«

»Und wohin?«

»Keine Ahnung, zum Tempelplatz, denke ich, wo Meister Einarm ist.«

Vil hörte ein schweres Poltern von oben. »Ihr solltet auch machen, dass Ihr hier herauskommt, mein Freund«, rief er. »Die Decke stürzt ein.«

Er rannte weiter, verirrte sich im Qualm, fand dann doch eine Treppe und endlich den Weg hinaus. Die Abenddämmerung war weit fortgeschritten, aber die beginnende Nacht wurde von vielen Flammen erhellt. Der Dachstuhl der Akademie hatte Feuer gefangen, und vor dem hohen Gebäude stand eine große Menschenmenge und jubelte, und immer wenn wieder ein Stück des Daches in einer Stichflamme ins Innere sank, johlte die Menge noch lauter. Vil fragte sich, ob sie nicht wussten, dass noch Freunde und Nachbarn von ihnen im Inneren waren.

Er drängte sich durch das Gewühl – Telius Nestur, irgendwo musste dieser Mensch doch sein.

»Ich habe gute und weniger gute Nachrichten«, begann Gremm, und dann setzte er Meister Einarm und seinen Unterführern kurz auseinander, was der Archont ihm aufgetragen hatte.

»Keine Stimme im Rat? Nicht einmal in der Versammlung?«, murrte einer.

»Aber sie bauen das Katzenviertel wieder auf«, erwiderte ein anderer.

»Und vor allem versprechen sie uns Straffreiheit«, sagte Meister Einarm nachdenklich.

»So etwas ist schnell versprochen und ebenso schnell wieder vergessen«, rief Telius Nestur, der sich herandrängte. Sein Gesicht war rußgeschwärzt. »Sie geben uns nur ein paar Krümel von dem dicken Kuchen, an dem sie sich schon lange überfressen haben, und die werden sie uns wieder wegnehmen, wenn ihnen die Angst nicht mehr im Nacken sitzt.«

»Was schlagt Ihr vor, Menher Nestur?«, fragte einer der Unterführer.

»Wir holen uns den ganzen Kuchen, Freunde. Wir sind weit gegangen, jetzt ist es nur noch ein einziger Schritt dort hinüber in den Palast. Wir holen uns die feinen Räte und den Archonten, werfen sie ins Meer und nehmen uns, was uns zusteht.«

Gremm sah eine Menge skeptischer Gesichter. Er räusperte sich. »Verzeiht, aber das ist nicht so einfach, wie es sich anhört. Die Garde ist bereit, und Archont Memnon hat angekündigt, mit aller Härte gegen jeden vorzugehen, der sich nicht sofort vom Tempelplatz zurückzieht.«

»Gremm, Ihr wart und bleibt ein Dummkopf. Diese Garde,

was kann sie schon ausrichten? Wir sind ihnen hundert zu eins an Zahl überlegen.«

»Vergesst ihre gepanzerten Reiter nicht. Und dann sind da noch die Wachen in der Festung und die Soldaten der Hafengarnison, Nestur, alle wohl bewaffnet. Und was habt Ihr? Hämmer und Äxte. Das wird ein Massaker!«, widersprach Gremm erregt.

»Euch fehlen sowohl Mut als auch Schneid für ein solches Unternehmen, Gremm, aber das wusste ich schon vorher. Doch uns fehlt es nicht an Mut, nicht wahr, meine Freunde? Wir werden diese Männer dort drüben über den Haufen rennen, für die gerechte Sache. Und wenn sie erst auf dem Boden liegen, dann wird ihnen der viele Stahl um ihrem Leib nichts mehr nützen.«

»Ich bitte Euch, nein, ich flehe Euch an, kehrt um, bevor es zu spät ist!«, rief Gremm.

»Ihr Herren, Eure Meinung?«, fragte der Einarmige.

»Auch wenn ich zugebe, dass mir diese Gepanzerten Sorge machen, so ist doch vieles, was Rat Nestur sagt, wahr und gut begründet«, meinte ein alter Unterführer. »Vor allem fürchte ich, dass sie vergessen werden, was sie versprochen haben, sobald wir den Platz räumen. Und dann werden viele von uns einen qualvollen Tod in den Kerkern der Gespenster sterben. Dann lieber jetzt, mit einer Aussicht auf den Sieg!«

»Hört, hört!«, murmelten die Männer.

»Geht jetzt besser, Menher Gremm«, sagte Meister Einarm. »Sagt Euren Freunden da drinnen, dass sie noch Zeit haben, sich zu ergeben. Wir werden jeden, der den Palast verlässt, zum Hafen begleiten. Er mag ein Schiff besteigen und segeln, wohin er will. Das ist unsere Antwort.«

»Aber Menher Einarm, das ist Wahnsinn. Memnon kennt keine Gnade. Glaubt Ihr denn, er wird zögern, Euer Blut zu vergießen, wo er doch eben gerade erst, ohne mit der Wimper zu zucken, die Scholaren dem Tod überlassen hat?«

Er konnte sehen, dass seine Worte ihre Wirkung bei dem Einarmigen nicht verfehlten, aber die Unterführer und vor allem Telius Nestur stellten sich taub.

Als Gremm über den Platz zurückhastete, war ihm, als spürte er eine Erschütterung im Boden. Kam das nur von der Akademie, die brennend in sich zusammenfiel? Nein, jetzt wurde es deutlicher: Hufschlag und das Rasseln schwerer Rüstungen. Der Archont hatte die Panzerreiter in Marsch gesetzt. Gremm konnte sie hören, aber er konnte sie nicht sehen. Sie schienen sich in der Gasse zwischen Palast und Halle der Versammlung bereit zu machen. Aber da war noch etwas, ein schweres Rumpeln, das er nicht deuten konnte. Es konnte nur weiteres Unheil verheißen.

Dann gab die laute Stimme von Telius Nestur den Befehl, den Palast zu stürmen.

Ein Schrei aus tausend Kehlen antwortete ihm, Steine flogen über Gremm hinweg und prasselten auf die Silbergarde nieder, die unbewegt in ihren schweren Plattenharnischen auf den Stufen verharrte.

Gremm rannte auf sie zu, aber sie machten keine Anstalten, ihn durchzulassen. Er wich zur Seite aus und sah, dass im Schatten des Tempels etwas nach draußen geschoben wurde, und aus dem Eingang des Himmelstempels rollte ein zweites dieser Ungetüme. »Bombarden«, flüsterte Gremm und warf sich zu Boden, als er in der Dunkelheit einen Funken aufglimmen sah.

Vil hatten den Tempelplatz gerade erreicht, als der Sturm begann. Er hörte die laute Stimme eines Mannes, der den Angriff befahl, sah ihn – und es war Telius Nestur. Aber dann begann der Sturm, Vil wurde von brüllenden Männern fast über den Haufen gerannt, stolperte, fiel auf die Knie.

In seinem Augenwinkel blitzte etwas auf, und plötzlich wurden die Menschen, die direkt vor ihm über den Platz rannten, von einer unsichtbaren Gewalt gepackt, zerrissen oder davongeschleudert. Zwei gewaltige Donnerschläge folgten. Graue Rauchwolken zogen aus dem Tempel und aus der Gasse über den Platz, und die Menge lag in zwei blutigen Bahnen niedergemäht.

Vil schüttelte sich. Er war halb taub, und irgendetwas hatte ihn getroffen. Er hob es auf. Es war ein abgerissener Arm. Die Schreie der Wut schlugen um in Schreie des Entsetzens. Der Angriff, der noch gar nicht richtig begonnen hatte, brach zusammen. Menschen krochen verwirrt über den Platz, andere halfen ihnen, und dahinter stand, unbewegt, die Silbergarde.

Ein Hornsignal drang an Vils halb taubes Gehör. Er spürte die Erschütterung des Bodens, und plötzlich tauchten Panzerreiter aus der Dunkelheit auf. Sie kamen mit gezogenen Schwertern, galoppierten auf schweren Rössern, die, wie ihre Reiter, durch stählerne Harnische geschützt waren.

Niemand schien auch nur noch an Widerstand zu denken. Die Menschen rannten davon, wurden ohne Gnade niedergehauen oder über den Haufen geritten und unter den Hufen der Pferde zermalmt.

»Zurück in die Gärten, zurück in die Gärten!«, befahl eine helle Stimme.

Wieder donnerte es mehrfach. Doch dieses Mal kam es von der Festung. Offenbar hatte die Stadtwache beschlossen, sich an dem Gemetzel zu beteiligen.

Vil kam auf die Beine. In die Gärten – das war die einzige Rettung. Unter den Bäumen würden die Panzerreiter nicht viel ausrichten können. Er rannte und sah ein paar Männer, die nun mit lodernden Fackeln aus den Kaisergärten hervorstürmten und damit nach den Pferden warfen, die vor den Flammen zurückscheuten. Steine prasselten auf stählerne Harnische, ohne viel Schaden anzurichten.

Er erreichte die Gärten und warf sich hinter einem Baum in Deckung. Er schüttelte sich, um die Taubheit loszuwerden. Eine Eisenkugel schlug in den Baum ein, und Holzsplitter regneten auf ihn herab. Die Kugel war im Stamm stecken geblieben und nicht größer als seine Faust.

»Die haben Falkonetten in der Festung«, keuchte ein Mann, der sich neben ihm hinter den Baum kauerte. »Aber auch die können einen umbringen, vor allem weil sie viel schneller schießen als die dicken Dinger. War früher selbst bei den Bombardieren.«

Vil sah Menschen, die in Panik zwischen den Bäumen umherirrten. Aber irgendjemand brüllte Befehle, rief zur Ordnung, und hie und da waren Männer und Frauen unterwegs, die sich um die Verletzten kümmerten oder versuchten, die Versprengten einzusammeln.

»Diese Geschütze am Tempel, die sind ein anderes Kaliber«, fuhr der ehemalige Bombardier fort. Es schien ihm egal zu sein, ob Vil zuhörte oder nicht. »Es dauert, sie nachzuladen, aber wenn die loslegen, wird uns das Bäumchen hier nicht schützen.«

»Ihr kennt Euch da wirklich aus, oder?«, fragte Vil.

»Teufelszeug, aber wirksam«, sagte der Mann, der vielleicht nur mit sich selbst sprach.

Vil packte ihn am Arm. »Kommt mit, das solltet Ihr den Anführern erzählen.« Er hoffte, dass Telius Nestur zu diesen Anführern gehörte.

»Ruhig doch«, mahnte Hauptmann Lizet.

»Vielleicht hat etwas verhindert, dass das Signal gegeben werden konnte«, meinte Leutnant Nevian, der sich die ganze Zeit nervös die Hände rieb.

»Nur die Ruhe, Leutnant. Eure erste Schlacht?«

Der Leutnant nickte.

»Die Aufregung verfliegt schnell, glaubt mir«, sprach ihm Lizet Mut zu.

»Ihr habt sicher schon viele Schlachten geschlagen, oder?«

»Mehr als ich aufzählen kann«, erwiderte Lizet, was glatt gelogen war. Er hatte noch nie in einer richtigen Schlacht gekämpft. Und er hätte auch gerne weiter darauf verzichtet. Aber heute musste es wohl sein. Der Archont höchstpersönlich hatte ihn beauftragt, einhundert Männer der Hafengarnison durch den geheimen Tunnel, den er nach der Ermordung von Richter Titior entdeckt hatte, in das Haus des Richters zu führen und dort auf ein Signal zu warten.

»Vielleicht sind wir aber auch zu wenige«, meinte der Leutnant.

»Mehr passen nicht in dieses Haus«, knurrte Lizet. Auch er wünschte sich, sie wären mehr. Hundert entschlossene Männer, die dem Feind überraschend in den Rücken fielen, konnten den Ausschlag geben, aber es würden gewiss nicht alle von ihnen überleben.

Lizet sah die jungen und blassen Gesichter von Männern, die doch wohl alle Familie in der Stadt hatten. Es konnte gut sein, dass sie gleich ihre eigene Verwandtschaft abschlachten würden – oder selbst vom eigenen Vetter, Schwager oder Onkel erschlagen wurden. Für sich hatte er diese Sorge nicht. Er hatte keine Verwandten in der Stadt, niemand würde ihm eine Träne nachweinen, sollte er diesen Tag nicht überleben.

Vil zerrte den ehemaligen Bombardier durch die Gärten in die Richtung, aus der immer wieder Kommandos erschallten. Das brachte sie gefährlich nah an den Rand des Platzes, der inzwischen ein schreckliches Bild bot. Viele Tote lagen dort, zerfetzt oder zertrampelt, dazwischen krochen Verletzte hilflos umher. Die Panzerreiter hatten sich wieder in die Gasse zurückgezogen, aus der sie hervorgestürmt waren.

Ein Pferd war jedoch gestürzt, vielleicht ausgerutscht auf einem der zertrampelten Leiber, und es hatte seinen Reiter halb unter sich begraben. Tot war es nicht, es strampelte, wieherte durchdringend und kam nicht wieder auf die Beine, sosehr es auch gegen das Gewicht des schweren Rossharnischs ankämpfte.

Vil lief es kalt über den Rücken. Hatte Skari nicht etwas von einem toten Pferd gesagt? Aber wo war der Freund, den sie erwähnt hatte?

Dann entdeckte Vil eine kleine Gruppe, die sich hinter einer gefällten Eiche duckte. Einige der Männer dort trugen weiße Armbinden, Unterführer, das hatte Vil inzwischen herausgefunden. Ein grauhaariger Mann war mitten unter ihnen – Telius Nestur!

Vils Hand legte sich auf den Griff seines Dolches, aber er wusste, dass er nichts übereilen durfte. Die Kunst war schon lange nicht mehr, Nestur zu töten, die Kunst würde sein, diesen Abend zu überleben.

»Kommt, da sind sie«, flüsterte er dem Bombardier zu. »Menhers, ich glaube, dieser Mann kann Euch wichtige Dinge über die Waffen des Feindes sagen«, rief er halblaut, als sie sich der Gruppe näherten.

»Für Warnungen ist es ein bisschen zu spät«, erwiderte Telius Nestur zornig.

»Vil? Bist du das?«, fragte eine ungläubige Stimme.

»Sed? Verdammt, Sed!«

Für einen Augenblick standen sie sich Auge in Auge gegenüber, dann fiel Vil seinem Freund um den Hals. »Was machst du denn hier?«

»Ihr kennt diesen Mann, Meister Einarm?«, fragte einer der Unterführer.

»Das ist ein Freund aus dem Katzenviertel. Aber was willst *du* hier, Vil? Unser Kampf hat dich doch in den vergangenen Monaten nicht interessiert?«

»Aber jetzt bin ich hier. Vielleicht gerade rechtzeitig, um dir wieder mal aus der Klemme zu helfen.«

»Könnt Ihr diese Ergüsse auf später verschieben, Menhers?«, fragte Nestur gallig. »Wir haben hier noch eine Schlacht zu schlagen, wisst Ihr?«

»Verzeiht. Also, dieser Mann war früher selbst Bombardier. Er weiß, wie lange sie brauchen werden, um nachzuladen.«

»Und was soll das helfen?«, fragte Nestur.

»Es mag insofern helfen, Menher, dass mein Gefühl mir sagt, dass sie jeden Augenblick wieder so weit sein müssten. Ihr solltet in Deckung gehen«, meinte der Bombardier.

Einen Augenblick zögerte Sed, aber dann duckte er sich hinter den Stamm. »Die Leute sollen sich hinlegen – weitersagen!«, rief er leise seinen Unterführern zu.

Zwei sprangen auf und verschwanden geduckt zwischen den alten Bäumen. Vil hörte sie leise rufen.

Er presste sich an den Stamm. Es war merkwürdig ruhig geworden, nur das Gejammer der Verwundeten hallte von den hohen Mauern des Palastes und des Tempels wider.

»Schöne Vorhersage«, meinte Nestur, als sie eine Weile in Deckung lagen. »Da könnten wir genauso gut meinen Hund fragen, wann …« Er kam nicht dazu, seinen Satz zu beenden, weil es blitzte, etwas Schweres mit ungeheurer Geschwindigkeit durch das Geäst brach, und fast gleichzeitig der Donner der Bombarden über den Platz rollte. Menschen schrien auf.

»So schlecht war die Vorhersage nicht, wie mir scheint«, meinte Sed, als der Lärm verebbte.

»Sie brauchen etwas mehr als das Viertel einer Stunde, um sie zu laden. Doch die Falkonetten auf der Festung, die können viel öfter schießen«, erklärte der Bombardier.

»Schön, aber was hilft uns das?«, fragte Nestur.

»Immerhin wissen wir, dass wir zwischen den Schüssen eine Viertelstunde Zeit haben, etwas zu unternehmen«, meinte einer der Unterführer.

»Aber wenn wir stürmen, dann fallen uns die verfluchten Panzerreiter wieder in die Flanke, und die Gardisten auf der Treppe werden sich auch nicht so schnell überrennen lassen«, sagte Sed. »Und uns fehlen die richtigen Waffen, um mit denen da fertigzuwerden.«

»Was ist mit den Armbrüsten der Scholaren?«, fragte Vil. Das Pferd, das immer noch erbärmlich wieherte, ging ihm nicht aus dem Kopf. Aber es war nicht tot, wie Skari gesagt hatte. Also würde nicht Sed der Freund sein, um den getrauert wurde – oder?

»Meinst du die Armbrüste, die gerade in der Akademie verbrennen?«, fragte Sed.

Der Bombardier räusperte sich. »Ich habe bisher nicht daran gedacht, aber in den Kasematten unter der Alten Schanze, da stehen ebenfalls Geschütze.«

»Unter der Alten Schanze?«

»Ja, für den Fall, dass ein Feind vom Hafen heraufkommt. Sie wurden nie gebraucht, aber vor zehn Jahren, als ich noch Dienst tat, waren sie dort.«

»Und Munition, gibt es da auch Munition?«, fragte Nestur.

»Natürlich. Sonst wären sie doch nutzlos.«

»Das ist es! Wir zahlen es ihnen mit gleicher Münze heim«, jubelte Nestur.

»Ich weiß nicht, Nestur, das kann schlimm enden.«

»Noch schlimmer als jetzt, Meister Einarm? Für uns gewiss nicht, aber für die da drüben, wenn wir es richtig anstellen. Kommt, Menher Bombardier, zeigt mir diese Geschütze.«

»Ich begleite Euch«, rief Vil.

»Warte, Vil. Warum bleibst du nicht hier, ich könnte deinen Rat brauchen?«, fragte Sed und hielt ihn am Arm fest.

»Hier vorn? Das ist mir zu gefährlich«, sagte Vil mit einem Augenzwinkern und dann, entschuldigend: »Ich verstehe nichts von solchen Dingen wie Schlachten.«

»Mir scheint, du verstehst viel mehr vom Kämpfen und Töten als die meisten von uns.«

»Nicht diese Art von Kampf, Sed. Nicht dieses sinnlose Blutvergießen, wo brave Menschen sich vor Kanonen werfen und sich zertrampeln lassen oder selbst andere Menschen zertrampeln und zerfetzen, die sie plötzlich für ihre Feinde halten.« Ihm kam wieder die Scholarin in den Sinn, die von Männern, die vielleicht gestern noch einfache, ehrliche Handwerker gewesen waren, brutal vergewaltigt worden war.

»Du hältst unseren Kampf für sinnlos?«

»Nein, aber für aussichtslos, Sed. Es kann ja sein, dass es diese Geschütze gibt, aber am Ende der Nacht werden die da drüben gewonnen haben. So ist es doch stets, wenn sich das Volk gegen seine Herrscher erhebt.«

»Ein paar mutige und entschlossene Männer könnten das ändern, Vil.«

»Mag sein, doch diese Männer sehe ich hier nicht.«

»Ich sehe dich, und ich sehe hier ein paar andere, denen ich mein Leben anvertrauen würde.«

»Schön, lass uns das später klären. Ich werde Nestur helfen, aber ich bin gleich zurück«, rief Vil und löste Seds Hand von seinem Arm.

Dann rannte er los. Er würde es ihm später erklären. Nestur war mit dem Bombardier schon in der Dunkelheit verschwunden. Vil musste sich beeilen, wenn er sie rechtzeitig, das hieß, noch unter den Bäumen der Kaisergärten, einholen wollte. Waren sie erst einmal auf offener Straße, war es zu spät, um zu tun, was er tun musste. Er rannte und dachte plötzlich, dass etwas fehlte, aber er kam nicht darauf, was es war.

Er rannte weiter, getrieben von der Angst, zu langsam zu sein, gleichzeitig in Sorge, er könnte sie in der Dunkelheit verfehlen. Schüsse krachten von der Festung, und Vil hörte die Kugeln durch das Unterholz prasseln. Es war unwahrscheinlich, dass die Männer an den Falkonetten in dieser Dunkelheit irgendein Ziel ausmachen konnten, aber auch eine ungezielte Kugel konnte tödlich sein, und auf jeden Fall verbreiteten sie Angst und Schrecken unter den Menschen, die sich unter den Bäumen versteckten.

Lag es nur an der Dunkelheit, dass es so aussah, als wären hier viel weniger Menschen als zu Beginn der Kämpfe? Er hörte ein Hornsignal vom Palast, dem ein zweites von der Festung antwortete. Und dann erklang ein drittes, es schien irgendwo aus dem Perlenviertel zu kommen. Plötzlich wusste Vil, was fehlte: Das Pferd, es schrie nicht mehr. War es also gestorben? »Sed«, flüsterte er.

Er blieb stehen, drauf und dran umzukehren. Aber da! Zwei Männer hasteten an einem verlassenen Feuer vorbei. Der alte Nestur und der Bombardier! Er würde es schnell hinter sich bringen, und dann Sed warnen. Vil zog sein Messer, rannte und trat auf einen Ast, der verräterisch knackte.

Der Bombardier fuhr herum, sah vielleicht das Messer blinken und hob seine kleine Axt zur Verteidigung. Vil rammte ihm die Klinge in den Leib. Mit einem Stöhnen sackte der Mann zusammen.

»Wer …?«, konnte Nestur noch fragen, dann hatte ihn Vil an der Kehle. Er presste ihn gegen einen Baum.

»Wer seid Ihr, was wollt Ihr?«, krächzte der Alte.

Natürlich, er erkannte ihn in der Dunkelheit nicht. »Ich soll Euch grüßen, Menher Nestur, von meiner Mutter, meinem Bruder und meinem Vater, die Ihr auf dem Gewissen habt«, zischte Vil.

»Aber wer … wer seid Ihr?«

»Viltor Merson, Sohn von Aretus Merson. Und Ihr habt ihn zum Tode verurteilt.«

»Merson? Wovon, bei den Himmeln, redet Ihr da?«

»Gebt es wenigstens zu, Nestur. So viel Würde solltet Ihr aufbringen.«

»Aber wartet, nein, ich schwöre Euch bei meinem Leben, ich hatte mit dem Tod von Aretus Merson nichts zu tun.«

»Euer Leben? Das endet hier, Nestur«, zischte Vil, außer sich vor Wut, dass der Mann es wagte, ihn anzulügen. Dann schnitt er ihm die Kehle durch. Er fühlte das warme Blut über seine Hand pulsen und brachte es nicht fertig, sie wegzuziehen. Zu gern hätte er das Gesicht des Mannes gesehen.

Es wurde plötzlich heller. Unter den Bäumen waren Leute mit Fackeln. Der Lärm der Schlacht, der eben noch so weit weg erschienen war, brandete heran wie eine Welle.

Soldaten! Sie kamen aus dem Perlenviertel hervorgestürmt, die Geschütze feuerten von der Festung, und auch von dort schienen Männer mit Fackeln auf die Aufrührer einzudringen. Erst jetzt bemerkte Vil, dass um ihn herum Menschen in wilder Flucht durch die Hecken brachen. Dort brach einer von einer Armbrust getroffen zusammen, ein anderer schleppte sich mit drei Bolzen im Arm an Vil vorbei.

Hufschlag donnerte heran. Die Panzerreiter kamen über die Straße der Sieger geprescht, Vil sah den Stahl ihrer Harnische im Fackelschein rötlich aufblitzen. Gnadenlos ritten sie die Fliehenden nieder.

Und immer noch stand Vil wie erstarrt unter diesem Baum, seine Hand am Hals des sterbenden Telius Nestur.

»Der Mann dort!«, rief eine laute Stimme, »Ergreift ihn!«

Endlich löste sich die Erstarrung. Vil ließ Nestur los, sprang über den reglos liegenden Bombardier hinweg und rannte. Er überquerte die breite Straße, wurde um ein Haar über den Haufen geritten, warf sich in die Büsche, kroch durch Herbstlaub in den nächsten Schatten, kam wieder auf die Beine und rannte weiter.

Lizet fluchte. Schon war der Verdächtige in dem Durcheinander verschwunden. Und keiner seiner Leute hatte auch nur daran gedacht, die Verfolgung aufzunehmen. War es wirklich Vil Malakin gewesen? Er war sich fast sicher, aber eben nur fast. Wenn man ihn gefasst hätte …

Er schüttelte verärgert den Kopf, aber seine Leute waren eben Gespenster, keine Krieger, und offenbar entschlossen, sich aus dieser Schlacht so weit wie möglich herauszuhalten.

»Ich glaube, das ist vielleicht Rat Nestur«, meinte Leutnant Nevian, der sich zu dem Toten hinabbeugte.

»Nicht nur vielleicht, er ist es«, sagte Lizet und fluchte wieder. »Wir hätten ihn lebend gebraucht.«

»Aber vielleicht ist es nicht schlecht, dass er tot ist. Es spart uns viel Zeit und Mühe.«

Du bist wirklich ein Dummkopf, dachte Lizet. »Leider können wir ihn jetzt nicht mehr fragen, wer sich noch alles an dieser Verschwörung beteiligt hat. Er kann das unmöglich alles allein geschafft haben.«

»Und wie gehen wir weiter vor, Hauptmann?«

»Wie befohlen, Leutnant. Sucht die Gärten nach Männern

und Frauen mit weißen Armbinden ab. Das sind die Unterführer dieser Aufständischen. Wenn wir Glück haben, hat der eine oder andere dieses Gemetzel überlebt. Aber sammelt auch die Toten. Wenn wir ihre Namen zusammentragen, mag sich auch etwas ergeben.«

Ein markerschütternder Schrei erklang, und aus einer Hecke sprang plötzlich ein Mann mit einer Holzfälleraxt in den Händen auf Lizet los.

Der war völlig überrumpelt. Sein Schwert war noch nicht einmal halb aus der Scheide, als die Schneide der Axt schon über seinem Kopf schwebte. Aber plötzlich endete der Schrei, und die Bewegung stockte. Die Axt glitt aus kraftlosen Händen, und der Mann brach tot zu Lizets Füßen zusammen. Hinter ihm stand Leutnant Nevian mit blutiger Klinge.

»Ihr seid schnell«, brachte Lizet heraus. Dieser Mann hätte ihm fast den Schädel eingeschlagen!

»Ich übe«, sagte der Leutnant mit einem Achselzucken und hob Laub auf, um seine Klinge abzuwischen. Dann ließ er es jedoch fallen. »Es ist schon voller Blut«, erklärte er.

Lizet fuhr seine Leute an, die, bis auf Nevian, ebenso erschrocken schienen wie er selbst, damit sie sich endlich auf die Suche nach diesen Unterführern machten. Dann entfernte er sich unter einem Vorwand, suchte sich eine dunkle Ecke und lehnte sich an einen Baum, um den Schock zu verdauen. Es war ein Augenblick der Schwäche, aber er ging vorüber. Als er sich wieder gefasst hatte, stellte er fest, dass die Schlacht geschlagen war: An der Alten Schanze wurde noch Widerstand geleistet, aber der Kampf war entschieden, die Menge geflohen. Soldaten waren schon dabei, die Leichen einzusammeln.

Als er später den Tempelplatz betrat, fand er dort schon mehrere lange Reihen von Toten vor. Seine Männer zerrten

Gefangene durch die Reihen und zwangen sie im Fackelschein, die Gefallenen zu identifizieren.

»Ah, Hauptmann, da seid Ihr!«, rief Leutnant Nevian. »Ich habe Euch gesucht!«

»Offensichtlich habt Ihr mich gefunden. Was gibt es?«

»Wir haben vielleicht den Einarmigen.«

»Er lebt?«

»Noch, Hauptmann, doch es sieht schlecht aus.«

Es sah wirklich schlecht aus. Der Mann lehnte an einem gefällten Baum, sein Hemd war zerrissen und voller Blut, und sein Atem ging stoßweise.

Er hat also gar nicht nur einen Arm, dachte Lizet, der erkannte, dass sie monatelang von einem einfachen Namen in die Irre geführt worden waren.

»Vielleicht überlebt er es nicht«, flüsterte Nevian.

Lizet ersparte sich die Erwiderung. Hier gab es kein »Vielleicht« mehr.

»Wie ist Euer Name, mein Freund?«, fragte er, als er niederkniete.

»Man nennt mich Meister Einarm«, röchelte der Mann, der überraschend jung war.

»Ist es das, was wir auf Euren Grabstein schreiben sollen?«

»Als ob Xelidor sich die Mühe machte, mir ein Grab zu geben«, antwortete der junge Mann lächelnd.

»Schön. Ich habe eigentlich nur eine Frage an Euch, Menher Einarm. War ein gewisser Vil Malakin an Eurer Verschwörung beteiligt?«

»Das ist keine Verschwörung.«

»Nennt es, wie Ihr wollt, aber sagt mir, ob Malakin daran beteiligt war.«

»Ich sage Euch nicht meinen Namen, warum sollte ich Euch einen anderen nennen?«, keuchte der Einarmige.

»Nun, vielleicht, weil dieser Mann Euren Freund Telius Nestur ermordet hat.«

»Nestur?«

»Er hat ihm dort unter den Bäumen die Kehle aufgeschlitzt.«

Wieder lächelte der junge Mann, aber es lag Melancholie und Schmerz in seinem Blick, ein Schmerz, so dachte Lizet, der nicht von seinen vielen Wunden stammte. »Ich kenne keinen Telius Nestur«, sagte Menher Einarm. Dann fiel sein Kopf zur Seite.

»Er ist tot«, stellte Leutnant Nevian überflüssigerweise fest.

»Ich würde eher sagen, er ist uns entkommen«, erwiderte Lizet.

Er ging hinüber in den Palast, um den Tod der beiden Anführer des Aufstandes zu melden.

Die Halle war hell erleuchtet, und die Stimmung schien Lizet unangemessen gut zu sein.

»Ah, Hauptmann Lizet, meldet Ihr uns den Sieg?«, rief ihm Rat Isper zu, kaum dass er eingetreten war.

»An der Alten Schanze wird noch gekämpft, aber ich melde, dass Nestur und der Einarmige tot sind.«

»Gute Neuigkeiten, sehr gute Neuigkeiten!«, jubelte Isper.

»Aber unser Hauptmann scheint nicht sehr glücklich zu sein«, meinte Archont Memnon.

»Es gab viele Tote, Exzellenz.«

»Bedauerlich, sehr bedauerlich.«

»Ach was, weniger Mäuler, die es zu stopfen gilt«, knurrte Isper.

»Und die Scholaren?«, fragte Lizet, dem fast der Kragen platzte.

»Ah, Ihr legt den Finger auf die Wunde, Lizet«, rief der Archont gut gelaunt.

»Ihr habt uns im Stich gelassen – verraten!«, stieß eine Stimme hervor. Es war Bruder Melid, der Mann, der ihn früher oft begleitet hatte. Lizet war erleichtert, dass er noch lebte.

»Ehrwürdiger Melid, ich vermute, dass Euch der Schmerz Eure unbedachten Worte diktiert. Wir wollen sie daher nicht auf die Goldwaage legen«, erklärte Memnon freundlich.

Melid trat aus den Schatten. Er trug einen Verband um den Kopf, und seine weiße Robe war voller Ruß und Blut. »Ich werde sie nicht zurücknehmen!«, erklärte er mit fester Stimme.

»So? Wir werden sehen. Bedenkt die Verantwortung, die Ihr nun tragt, Bruder Melid.«

»Welche Verantwortung?«, fragte Lizet leise einen Ratsherrn, der neben ihm stand.

»Wie es aussieht, ist Melid der ranghöchste aller noch lebenden Scholaren«, erwiderte der Mann, es war Rat Varos, leise.

»Aber was ist mit Ghula Mischitu?«

Varos' Miene verdüsterte sich. »Es scheint, es ist einem der Aufständischen irgendwie gelungen, in den Palast einzudringen. Er hat die Ghula ermordet.«

»*Im* Palast?«, fragte Lizet.

Varos' Blick beantwortete die ungestellte Frage. Der Rat wusste ebenso gut wie er selbst, dass kein einziger Aufständischer in den Palast des Archonten gelangt war.

»Und die Scholaren? Wie viele haben das Feuer überlebt?«, fragte er leise weiter, während Melid tapfer mit dem Archonten stritt.

»Ein Dutzend, vielleicht ein paar mehr, man weiß es noch nicht.«

»Aber es lebten über zweihundert in der Akademie«, rief Lizet schockiert und vielleicht etwas zu laut.

Der Archont erhob sich und winkte ihn heran. »Hauptmann, auf ein Wort.«

Sie zogen sich in eine Nebenkammer zurück. »Habt Ihr Fragen, Hauptmann?«

»Nein, Exzellenz, das heißt, ich habe vielleicht etwas von Bedeutung zu melden.«

»Ah, wirklich?« Memnon klang ironisch, und Lizet hatte das Gefühl, so idiotisch wie Leutnant Nevian zu klingen. *Etwas von Bedeutung?* Sie hatten gerade einen Aufstand in Blut ertränkt.

»Telius Nestur, er starb nicht im Kampf, er wurde ermordet.«

»Ermordet? Ist das sicher?«

»Ich sah ihn sterben – und ich habe seinen Mörder gesehen.«

»Und ihn erkannt?«

»Ich denke, dass es Vil Malakin war, der angebliche Vetter von Gremm.«

»Ihr denkt? Aber sicher seid Ihr nicht?«

»Es war zu dunkel. Aber ich werde ihn festnehmen und befragen, wenn Ihr erlaubt, Herr.«

»Ich erlaube es vorerst nicht, Hauptmann. Es ist lobenswert, dass Ihr fragt.«

Lizet nickte. Was blieb ihm anderes übrig? Der Archont hatte ihm doch ausdrücklich befohlen, Gremm und seine Familie in Ruhe zu lassen.

»Aber dieser Malakin, Herr. Ihr wisst doch, dass das nicht sein wirklicher Name ist. Er ist ohne Zweifel der Sohn von Aretor Merson, Exzellenz. Schon seit einigen Jahren taucht er immer wieder unter falschem Namen auf, und immer sterben Menschen, wenn er sich irgendwo zeigt.«

»Ja, darüber sprachen wir bereits, nicht wahr? Eure Besessenheit ist wirklich faszinierend, Hauptmann. Ich nehme an, Ihr habt die erforderlichen Beweise?«

»Selbstverständlich, Herr.«

»Gut. Ich möchte, dass Ihr sie für mich aufbewahrt. Wir

werden sie eines Tages brauchen, doch nicht heute, Lizet, nicht heute. Heute haben wir andere Aufgaben.«

»Ich verstehe, Exzellenz.«

»Ihr seht aus, als wolltet Ihr noch etwas zu den Ereignissen dieses Tages anmerken, Hauptmann.«

Anmerken? Lizet konnte nicht fassen, wie kaltherzig Memnon zugelassen hatte, dass so viele Scholaren zu Tode kamen. Aber er sagte nur: »Nein, Exzellenz.«

»Ihr seid ein schlechter Lügner, Hauptmann, das macht Euch auch so wertvoll. Ich weiß, was Euch bewegt. Glaubt mir, ich bedaure zutiefst, dass so viele Scholaren heute den Tod fanden. Es waren kluge Leute, und das Wissen, das in der Akademie verbrannte, ist unersetzlich.«

Lizet schwieg.

»Nun werdet Ihr Euch fragen, warum ich trotzdem zugelassen habe, dass es geschah. Es war leider unvermeidlich. Dieser Orden schickte sich an, das Schicksal der Stadt in die Hände zu nehmen. Ihr wisst doch, dass es die Scholaren waren, die den Brand im Katzenviertel gelegt haben, oder? Sie hätten auch diesen Palast niedergebrannt, wenn er ihren Plänen im Wege gestanden hätte. Wenn Ihr so wollt, haben sie nur geerntet, was sie gesät haben.«

»Aber sie dem Pöbel zu überlassen, Exzellenz …«

»Nicht dem Pöbel, einer höheren Gerechtigkeit. Ist das nicht Euer Leitsatz, Lizet, dass niemand über dem Gesetz steht? Vielleicht hat das Gesetz hier seine Lücken, aber der Gerechtigkeit konnten die Scholaren nicht entkommen.«

»Ich verstehe, Exzellenz«, sagte Lizet, und er verstand es tatsächlich. Die Scholaren waren eine Bedrohung für die alte Ordnung der Stadt geworden. Aber zu viele Menschen waren heute gestorben, und der Archont hatte es einfach in Kauf genommen.

»Schön. Noch etwas, Hauptmann?«

»Nein, das heißt, was soll mit den Gefangenen geschehen, Exzellenz?«

»Das Übliche. Befragt sie, dann richtet sie hin. Es sind doch Verräter, nicht wahr?«

»Ja, Exzellenz.«

»Schön. Ich erwarte, dass ich mich auch weiterhin auf Euch verlassen kann, Hauptmann.«

»Natürlich, Exzellenz.«

Lizet war froh, als er den Palast verlassen konnte. Er hatte eine Menge Grausamkeit gesehen, dort draußen auf dem Platz und in den Gärten, aber nichts schien ihm so grausam wie das, was er dort drinnen gehört hatte.

Immer noch legten Soldaten Leichen auf dem Platz ab. Blass wie die Geister marschierten sie durch den Qualm, der von der niedergebrannten Akademie in beißenden Schwaden über das Pflaster zog. Der Wind schien gedreht zu haben.

Warum wollte der Archont, dass er den jungen Merson in Ruhe ließ? Lizet sah die endlosen Reihen der Toten, und er schämte sich fast, dass seine Gedanken nur um einen Mord und diesen einen Mörder kreisten.

FÜNFTES BUCH
GESPENSTER

Vil rückte den Fliederzweig zurecht, den er sich in das Knopfloch seines Wamses gesteckt hatte, und öffnete die Tür seines Arbeitszimmers.

»Was machst du denn hier?«, fragte Gibean überrascht. Er sprang auf und räumte Vils Platz.

Vil grinste. »Lass nur, ich nehme an, du wirst bald öfter dort sitzen, als dir lieb ist. Ich glaube nicht, dass ich noch oft hier sein werde.«

»Ich dachte, du hast deiner Braut inzwischen enthüllt, dass dir das *Bamaal* gehört?«

»Habe ich, aber dass sie es hinnimmt, heißt ja nicht, dass es ihr gefällt, oder?«

»Verstehe. Aber noch einmal – solltest du nicht auf dem Weg in den Tempel sein? Oder habe ich mich im Datum vertan?«

»Nein, der große Tag ist heute. Aber ich muss doch die Zeit bis zum Mittag irgendwie totschlagen, und ich denke, sie werden schon nicht ohne mich anfangen.«

»Unfassbar, dass du wirklich heiratest, Vil. Ich habe mich gerade erst daran gewöhnt, dass du jetzt ein Gremm bist. Auch wenn ich das mit der Adoption nicht so richtig verstanden habe.«

»Offenbar meinte man weiter oben, dass ich es mit so einem alten Name weit bringen kann, weiter jedenfalls als unter dem Namen Malakin.«

»Mir hat Malakin gut gefallen. Ich muss nur aufpassen, dass ich da nichts durcheinanderbringe, Menher Aretus-Aris-Malakin-Gremm. Hast du deiner Zukünftigen auch schon von diesen Namen und deinen früheren Heldentaten berichtet?«

»Natürlich nicht«, sagte Vil nachdenklich.

»Verstehe.« Gibean trat ans Fenster und öffnete es. »Unfassbar, wie die Zeit vergeht, oder? Mir kommt es vor, als ob es erst gestern gewesen wäre, dass wir hier standen und zusahen, wie der Mob den Tempelberg stürmte. Aber das war an einem trüben Herbsttag, und nun ist schon wieder Frühling!«

»Ja, manchmal scheint die Zeit zu fliegen«, erwiderte Vil und dachte zurück an ein Gespräch, das er vor langer Zeit in der Halde geführt hatte, über die Göttin der Zeit, die in der Gestalt einer geflügelten Schildkröte erschien.

»Sie könnten langsam mal die Köpfe von den Stangen nehmen«, meinte Gibean seufzend. »Es ist doch deprimierend.«

Vil nickte: die halb verfaulten, vor der Arena ausgestellten Köpfe der mehr als zweihundert Aufrührer, die man nach dem Aufstand hingerichtet hatte, waren ein sehr düsterer Misston an diesem heiteren Frühlingstag.

»Sieh nur, auf dem Markt gibt es jetzt Magier, die ihre Künste anbieten«, rief Gibean, der Vil ungewohnt sprunghaft vorkam.

»Scharlatane, wenn du mich fragst«, gähnte Vil.

»Klar, die meisten schon. Aber dass ich noch erleben darf, dass die Magie nach Xelidor zurückkehrt … unfassbar. Ich trage mich übrigens mit dem Gedanken, eine Schänke unten im neuen Katzenviertel zu eröffnen. Das Grundstück habe ich schon.«

»Hast du auch schon einen Namen?«, fragte Vil mäßig interessiert, aber doch auch fasziniert von dem Duft des Wandels, der durch das offene Fenster hereinströmte: Die Scholaren waren verschwunden, dafür hatte der Archont Magier aus allen

Ländern nach Xelidor geladen und dem eine hohe Belohnung versprochen, der die Alte Mine wieder trockenlegte. Bis jetzt hatte es aber noch keiner geschafft, und die meisten der sogenannten Zauberer hatten sich als Betrüger entpuppt.

»Ich dachte an so etwas wie *Die drei Freunde* oder so.«

»Hübsch schlicht«, meinte Vil. Seltsamerweise wanderten seine Gedanken zurück zu dem einen Freund, den er bei dem Aufstand verloren hatte – Sed. Das hatte ihn tiefer erschüttert, als er zugeben wollte.

»Ah, Vil, du bist hier. Habe ich doch richtig gehört«, stellte eine bekannte Stimme fest.

»Ich grüße dich, Pek. Ja, ich genieße die letzten Augenblicke der Freiheit, wie man so sagt.«

»Ich habe irgendwie Zweifel, dass dein armes Weib dich wirklich in Ketten legen kann, Vil«, scherzte Peker. Er wirkte nervös.

»Was ist los, Pek, alles in Ordnung?«

»Ja und nein, Vil. Ich habe dir etwas zu sagen.«

»Was?«

»Ich verlasse Xelidor. Mein Schiff geht heute Abend.«

»Du verlässt die Stadt? Was soll das heißen, Pek? Hast du das gewusst, Gabba? Natürlich hast du es gewusst. Aber mir sagt ihr nichts? Die Stadt verlassen? Was soll dieser Unsinn?«

»Haltet mich da raus«, sagte Gabba und verschwand.

»Ich gehe nach Melora, Vil. Ich werde mich in einer der kleinen Hafenstädte niederlassen, ein wenig Handel treiben.«

»Handel? In einer Kleinstadt? Du?«

Peker räusperte sich. »Tilama wird mich begleiten.«

»Tilama?«

»Wir haben vor zu heiraten.«

Vil starrte ihn an, dann lachte er. Das musste ein Scherz sein. »Tilama und du?«

»Warum nicht?«, entgegnete Peker steif.

»Pek, ich kenne dich. *Eine* Frau war dir doch nie genug, und Tilama, ich meine, du weißt, dass sie dir nicht mehr das geben kann, was du so genießt, seit dieses Schwein sie verstümmelt hat.«

»Aber sie gibt mir etwas anderes, etwas, von dem ich nicht einmal wusste, dass es mir fehlte.«

Vil sah Peker an, lachte wieder, schüttelte den Kopf. »Komm, hör auf! Du redest hier doch nicht etwa von wahrer Liebe?«

»Vielleicht doch.«

Vil wurde schlagartig wieder ernst. »Und wenn ich jetzt hier nicht zufällig aufgetaucht wäre – wann hättest du mir gesagt, dass du vorhast, mich im Stich zu lassen, Pek?«

»Ich hätte schon eine Gelegenheit gefunden, und ich lasse dich doch nicht im Stich.«

Wie vorsichtig er ist!, dachte Vil. *Er hat Angst, Angst vor mir.* »Dir ist klar, dass du mir gerade den Tag ruinierst, oder? Es ist der Tag meiner Hochzeit, und mein Freund Pek beschließt, mir in den Rücken zu fallen!«

»Nun ja, Vil, es ist ja nicht so, dass dein Freund Pek zu dieser Hochzeit geladen wäre, oder?«

»Ist es das?«, fuhr Vil wütend auf. »Bist du beleidigt, weil du bei der kleinen Feier nicht dabei sein darfst? Und deshalb haust du ab?«

Peker schluckte und erwiderte: »Nein, Vil, es ist einfach an der Zeit. Das *Bamaal*, Xelidor, dieses Leben, das ist nichts für mich. Du willst es doch auch hinter dir lassen, oder? Warum sonst diese Heirat und warum die Adoption und der neue Name?«

»Das ist Politik, Pek, davon verstehst du nichts«, rief Vil unwirsch.

»Eben, ich bin nur ein Dieb, und ich verstehe nicht mehr,

was du hier tust. Deshalb gehe ich. Aber ich hoffe, wir können trotzdem Freunde bleiben.«

»Du sagst es: Du bist ein armseliger Dieb, Peker, du warst nie etwas anderes, und du wirst nie etwas anderes sein. Egal in welcher Stadt du dich verkriechst und was du da versuchst. Ja, hau ruhig ab. Lass deine Freunde einfach im Stich. Aber komm bloß nicht angekrochen, wenn da drüben alles schiefgeht, und das wird es, Pek, das wird es. Wie könnte es anders kommen, wenn ein Dieb und eine Hure gemeinsam einen Laden führen wollen?«

Peker wurde blass, ließ Vils Wutausbruch mit gesenktem Kopf über sich ergehen. »Tilama würde sich gerne von dir verabschieden, Vil.«

»Ach, fahrt zur Hölle«, entgegnete er, stand auf, verließ die Kammer und dann das *Bamaal.* Er nahm den Vorderausgang. Es war ihm gleich, ob ihn jemand sah oder nicht. Es war ohnehin längst ein offenes Geheimnis, womit er sein Geld verdiente.

In der Pforte wurde er abgefangen. Purgus, der stumme Gesegnete, grinste ihn breit an und umarmte ihn stürmisch.

»Purgus, ist ja gut. Lass los, du zerdrückst mir das Wams!«

Der Stumme umarmte ihn erneut und machte dann ein paar Gesten, die vermutlich bedeuteten, dass er ihm Glück wünschte. »Danke«, brummte Vil, strich das Wams glatt und trat hinaus in den Frühlingstag.

Er sog die Luft ein und versuchte, seinen Ärger abzuschütteln. Das war ein Tag der Freude, und er würde ihn sich nicht weiter kaputtmachen lassen. Nicht von Peker, nicht von Tilama und auch sonst von niemandem.

Hatten die Dinge sich nicht zum Guten gewendet? Er hatte der Rache Genüge getan, selbst der Geist seiner Mutter gab Ruhe, Nekor hatte es ihm gesagt. Und mit dem heutigen Tag würde er in die oberen Kreise der Stadt vordringen. Er hatte seine Ziele erreicht. Warum war er dann so schlecht gelaunt?

Er seufzte. Er musste seine Schwester abholen. Und bei ihr hatte sich überhaupt nichts zum Guten gewendet.

»Ich werde nicht mitkommen«, erklärte Tiuri ruhig. Blass und abgemagert saß sie im Halbdunkeln auf einem Stuhl in ihrer Kammer, die Vorhänge waren zugezogen.

»Es ist meine Hochzeit!«

»Mit der falschen Frau.«

»Tiuri, ich werde dieses Mädchen heiraten, und du als meine nächste Verwandte wirst dabei sein. Also zieh endlich diese schwarzen Fetzen aus. Habe ich dir nicht eigens für diesen Tag ein Kleid machen lassen?«

»Ich habe nicht darum gebeten, und ich werde es nicht anziehen. Nicht, solange Carem nicht bei mir ist.«

»Tiuri, ich bitte dich, hast du wirklich vor, dich hier fünf Jahre oder länger zu verkriechen? Er hat vielleicht schon eine andere! Also, zum letzten Mal – zieh dich um. Ich werde nach dem Barbier schicken, damit er sich um deine Haare kümmert. Du siehst aus wie eine Bettlerin.«

»Ich will nicht dabei sein, wenn du dieses falsche Ehegelübde ablegst.«

»Tiuri, ich bin dein Bruder, und du tust, was ich sage!«

Ihre Augen blitzten ihn aus ihrem blassen Gesicht an: »Du kannst mich nicht zwingen, Vil.«

Er gab es auf. »Schön, dann bleib hier. Wenn du nicht fähig bist, mir das bisschen Glück, das ich mir erkämpft habe, zu gönnen, gut. Aber vergiss nicht, in wessen Haus du lebst, und vergiss nicht, dass ich alles, was ich getan habe, auch für dich getan habe!«

»Hast du nicht. Du hast es getan, weil du Angst vor Mutter hast«, entgegnete sie.

Er packte sie und hätte sie am liebsten geschlagen, aber es gelang ihm noch einmal, sich zu beherrschen. »Tiuri, du weißt nicht, was du redest«, presste er hervor.

»Ich weiß, dass noch zwei Männer leben, denen du einmal den Tod geschworen hast. Zwei Männer, die unsere Familie zerstört haben.«

»Ich versuche, diese Familie wieder aufzubauen, siehst du das nicht? Selbst unsere Mutter ist zufrieden. Der Totenrufer hat es mir gesagt!«

»Mag sein, aber ich bin es nicht. Wie könnte ich? Alles, was ich liebte, ist fort, geblieben ist nur die Rache. Und wenn du sie nicht vollendest – ich werde es tun.«

Vil ließ seine Schwester los. Wie sie das sagte! Es ging ihm durch Mark und Bein, weil er spürte, dass sie es ernst meinte.

Er musste Skari fragen, vielleicht kannte sie einen Heiler, der helfen konnte, vielleicht einen der Zauberer, die neuerdings in die Stadt gekommen waren. Allerdings hatte er von Skari seit dem Tag des Blutgerichts nichts mehr gehört. Ob sie immer noch verstimmt war wegen dieser Hochzeit? Nein, eigentlich war es typisch für Skari, sich monatelang nicht zu zeigen. Und doch, er war besorgt. Aber jetzt musste er in den Tempel. Seine Braut wartete sicher schon.

Die Feier war, den bescheidenen Mitteln der Familie Montes entsprechend, klein gehalten, aber Vil war ohnehin in düsteren Gedanken. Er hätte es beinahe verpasst, an der richtigen Stelle sein Gelübde abzulegen, und mit dem Glück, das seine Braut ausstrahlte, konnte er wenig anfangen.

Sie verbrachten die erste Nacht in seinem Haus. Es war ernüchternd, denn auch wenn ihre junge Leidenschaft ihn überraschte, so fehlte ihm doch dieses besondere Gefühl der Vertrautheit, das er stets mit Skari, manchmal auch bei Tilama gespürt hatte.

Lajara merkte nichts davon. Sie schien glücklich und war voller Pläne, was sie alles aus ihrem neuen Heim machen wollte. Er ließ sie gewähren, denn so war sie wenigstens beschäftigt, während er rasch bemerkte, dass er nicht viel mit ihr anfangen konnte.

Doch diese Ehe öffnete, wie erwartet, weitere Türen für ihn. Er wurde endlich eingeladen, Mitglied der Versammlung der Patrizier der Stadt zu werden, und schon wenige Tage nach seiner Hochzeit erreichte ihn ein Brief von Rat Varos, der im Namen seines Sohnes umständlich um die Erlaubnis nachsuchte, dass jener um die Hand der geschätzten Schwester des ehrenwerten Viltor Gremm anhalten dürfe.

Vil erteilte die Erlaubnis, und dann schickte er Boten aus, die nach Skari suchen sollten, was er, wie er wusste, schon lange vorher hätte tun sollen.

Er sprach auch mit dem Arzt, der Tiuri seinerzeit nach dem Brand behandelt hatte, doch der wusste auch nicht, wie er seine Schwester zu dieser Hochzeit überreden könnte.

Dann erkundigte er sich bei den Zauberern, die vom Festland herübergekommen waren. Er stellte rasch fest, dass es zwei Gruppen gab: Die einen verlangten viel Geld und hielten nicht, was sie versprachen, die anderen versprachen wenig und nahmen kein Geld, da sie nichts erreichten.

»Es ist keine Krankheit des Körpers, Herr«, erklärte ihm einer dieser Männer, ein Zauberer aus Oramar, »es ist etwas in ihrem Geist. Und dort Magie einzusetzen, ist gefährlich, denn wer den Geist auf diesem Weg heilen will, kann ihn stattdessen leicht zerstören.«

»Und gibt es einen anderen Weg?«

»Die Zeit, so sagt man, heilt alle Wunden, Herr.«

Er nickte, denn das hörte er nicht zum ersten Mal. Aber er hatte keine Zeit. Der junge Varos wartete auf eine Antwort.

Vil beschlich das Gefühl, dass der feste, sichere Boden, den er erreicht zu haben glaubte, nun doch wieder in Bewegung geraten war. Würde sich die Erde also doch noch auftun und ihn verschlingen?

Er stand kurz vor dem Erreichen seines letzten Zieles – der Heirat seiner Schwester mit dem Sohn des vielleicht reichsten Mannes der Stadt. Es war nur noch ein winziger Schritt, gemessen an der Strecke, die er seit den finsteren Tagen der Halde zurückgelegt hatte, aber diesen kleinen Schritt wollte Tiuri einfach nicht für ihn gehen. Und er wusste, er konnte es sich nicht leisten, Varos, der bald auch noch Kämmerer der Stadt sein würde, vor den Kopf zu stoßen.

»Vil, da vor der Tür steht eine Bettlerin und fragt nach dir«, sagte Lajara eines Tages, als er in finsterer Stimmung vor sich hin grübelte. »Und sie lässt sich nicht abweisen.«

»Eine Bettlerin?«, fragte er und wagte kaum zu hoffen.

»Eine Gesegnete, ich glaube, die haben es schwer mit dem Betteln, seit so viele andere Zauberer in die Stadt kommen.«

»Skari!«, rief er und war schon an der Pforte.

»Ich habe gehört, dass du nach mir suchst, Vil«, sagte sie.

»Du kennst sie?«, fragte Lajara, die ihm sichtlich verwirrt gefolgt war.

»Eine alte Freundin«, erklärte er knapp.

»Aber – sie ist eine Gesegnete!«, flüsterte sie.

Vil schob seine Frau zur Seite, führte Skari in die Küche und scheuchte die Köchin hinaus. »Du hast vielleicht Hunger«, meinte er, da er nicht wusste, wie er beginnen sollte.

»Ich nehme an, es geht um Tiuri?«, erwiderte Skari.

Der ihr eigene Geruch nach frischem Herbstlaub erfüllte die Küche, aber sie wirkte kühl, distanziert, und das hinderte Vil daran, ihr um den Hals zu fallen, sie zu umarmen und zu küssen, wie es ihn eigentlich verlangte.

Er riss sich zusammen. »Ja, Tiuri, um die geht es. Ich habe alles versucht, aber sie ist wie erstarrt, sitzt in ihrem dunklen Zimmer, spricht kaum, isst noch weniger.«

»Und du glaubst, dass ich ihr helfen kann? Ich hörte, du hast Heiler kommen lassen.«

»Diese Männer wissen nichts.«

»Ich nehme an, du hast ihnen nicht gesagt, dass deine Schwester selbst über magische Kräfte verfügt.«

»Natürlich nicht.«

»Wie kannst du Heilung erwarten, wenn du ihnen das vorenthältst?«

Vil lehnte sich an die Wand und schloss die Augen. »Wenn herauskommt, dass meine Schwester eine Zauberin ist, dann war alles vergeblich, Skari.«

»Aber Zauberei ist auf Chelos nicht mehr verboten.«

»Und glaubst du, die oberen Tausend freuen sich, wenn eine Magierin einen ihrer reichsten Söhne heiraten will? Nein, wenn irgendjemand davon erfährt, ist es vorbei.«

»Ich verstehe«, sagte Skari. Ihr Blick ging plötzlich ins Leere.

»Was hast du? Siehst du etwas?«, fragte Vil.

»Ich sah es schon gestern, die Hochzeit, der Tempel, Tiuri vor dem Altar. Doch du stehst nicht neben ihr.«

»Aber die Hochzeit findet statt?«

»Der Tempel ist voller Menschen.«

»Aber wie stelle ich das an? Wie schaffe ich es, dass meine Schwester endlich aus ihrem Schneckenhaus hervorkriecht?«

Skaris Blick klärte sich wieder. »Lass mich mit ihr reden.«

»Was hast du vor? Willst du ihr sagen, dass sie …«

»Nein, ich werde ihr sagen, was ich gesehen habe.«

»Wirklich? Sehr gut, sehr gut, Skari. Das vergesse ich dir nie.«

»Ich weiß«, erwiderte sie mit einem unergründlichen Lächeln.

Vil fühlte, dass da irgendwo ein Haken war, aber das war ihm gleich. Es würde kommen, wie Skari es gesehen hatte. Die Ehe würde geschlossen werden, und dann stand er auf einer Stufe mit den mächtigsten Männern der Stadt.

»Vil, wer ist diese Frau, und warum darf sie unser Haus betreten?«, fragte Lajara leise, als Skari die Treppe hinaufstieg.

»Das ist Skari. Sie war lange meine Geliebte. Und wenn dir das nicht gefällt, dann behalte es für dich, mein Schatz.«

Skari sprach lange, sehr lange mit Tiuri, fast die ganze Nacht, und sie verschwand ohne eine Erklärung. Aber als Vils Schwester am nächsten Tag zum Frühstück herabkam, trug sie ein blaues Gewand.

»Tiuri – nimm Platz. Ich kann nicht sagen, wie froh ich bin, dich nicht mehr in Schwarz zu sehen.«

Seine Schwester lächelte, aber auf eine Art, die Vil beunruhigend fand.

»Und bist du damit einverstanden, dass der junge Varos um deine Hand anhält?«

»Ich bin es«, sagte sie mit diesem ernsten und leicht entrückten Lächeln, und mehr sagte sie an diesem Morgen nicht.

»Ich weiß, Liebling, sie ist deine Schwester, aber sie macht mir Angst, noch mehr als zuvor«, sagte seine Frau nach dem Frühstück.

»Gib ihr Zeit, sie ist gerade erst aus ihrem seltsamen Schlaf erwacht. Das wird schon wieder.«

Seine Schwester schien von Tag zu Tag mehr ins Leben zurückzukehren. Und obwohl Vil immer noch das Gefühl hatte, dass irgendetwas nicht stimmte, war er doch froh zu sehen, dass es ihr offenbar besser ging. Sie wirkte immer noch melancholisch, aber er riskierte es trotzdem und erlaubte dem jungen Varos bald, sie zu Spaziergängen auszuführen.

Er schickte Gibean hinterher, um aufzupassen, was die beiden taten, und um einzuschreiten, falls seine Schwester irgendetwas Unvorhersehbares tun würde. Aber das geschah nicht, und eines Tages meldete Gibean, dass sich die beiden jungen Leute in den Kaisergärten geküsst hatten. »Nicht gerade leidenschaftlich, aber doch, es kann als Kuss zählen, wenn du mich fragst«, berichtete er.

Vil konnte sich nicht darüber freuen. Er hatte versucht, sich einzureden, dass alles gut werden würde, aber die Verwandlung seiner Schwester erschien ihm verdächtig.

Er schickte wieder nach Skari, doch die war erneut verschwunden, obwohl sie angekündigt hatte, bald wieder nach Tiuri zu sehen. Hatte sie nicht gesagt, dass er bei dieser Hochzeit nicht neben seiner Schwester stehen würde? Wie hatte sie seine Schwester dazu gebracht, dieser Ehe zuzustimmen? Von Tiuri erfuhr er kein Wort über das, was Skari ihr offenbart hatte.

Da einer Eheschließung zwischen den Häusern Gremm und Varos nun kein Hindernis mehr im Weg stand, wurde zwischen den Familien, vertreten durch ihre Oberhäupter, den neuen Kammerherrn Gemmer Varos und den Hohen Rat Esrahil Gremm, ein Tag vereinbart, an dem die beiden jungen Leute im großen Himmelstempel von Xelidor das Gelübde ablegen sollten.

Das würde genau sieben Tage nach Tiuris fünfzehntem Geburtstag sein. Vier Wochen waren es noch bis dahin, und Vil wusste schon bei der Unterzeichnung der Erklärung, dass er jeden Tag daran zweifeln würde, dass es wirklich geschah.

»Ich kann immer noch nicht glauben, dass Varos in diese Ehe einwilligt«, sagte Gremm, nachdem die Verhandlungen abgeschlossen waren.

»Vielleicht war das der Preis für seine Ernennung zum Kämmerer«, mutmaßte Vil, der ihn begleitete, als sie über die Ritterseite spazierten.

»Seltsam«, sagte Gremm plötzlich. »Das ist die Gasse, in der mein Elternhaus steht, das alte Haus Gremm ...«

»... das wieder ein Haus Gremm ist. Ich habe es nämlich gekauft.«

»Gekauft?«

»Ich werde Tiuri und ihrem Mann unser jetziges Haus überlassen, als Hochzeitsgeschenk, und mit Lajara hier einziehen. Es ist ja auch das Haus meiner Kindheit.«

»Ich wusste nicht, dass mein Adoptivsohn derart vermögend ist.«

»Der Mann, der es damals gekauft hat, ist tot. Es war Telius Nestur, wusstest du das nicht?«

»Der Habicht?«

»Er hat es sich seinerzeit unter den Nagel gerissen. Jetzt wurde es mir unter der Hand angeboten, wie so vieles nach dem Tag des Blutgerichts.«

»Aber soweit ich weiß, wohnte doch ein junger Kauffahrer mit seiner Familie ...«

»Er ist inzwischen ausgezogen. Nein, ich habe ihn nicht vor die Tür gesetzt, Onkel, ich habe ihm genug Zeit gegeben. Willst du es sehen?«

»Ich weiß nicht, meine Erinnerungen sind sehr gemischt.«

Aber Vil hatte schon den Schlüssel in der Hand.

»Es ist ja völlig leergeräumt!«, rief Gremm, als sie eintraten.

»Ein Neuanfang, Onkel, ein Neuanfang. Ich denke, meiner Frau wird das gefallen. Aber behalte es vorerst für dich, ich will sie überraschen.«

»Schwer zu glauben, wie sich das alles entwickelt hat, wie?«, sagte Gremm, als sie durch die leeren Kammern wanderten. »Wusstest du, dass dein Großvater mich enterbt hat, weil er vermutete, dass ich ein Schmuggler bin?«

»Ich dachte immer, es sei wegen deiner Frau gewesen?«

»Das vielleicht auch. Aber ich finde, es ist ein guter Witz, dass du dieses Haus nun mit Geld erwirbst, das du ebenfalls durch Schmuggel und andere in den Augen meines Großvaters sicher wenig ehrenwerte Dinge erworben hast. Ich würde ihn gerne fragen, wie er das findet.«

Vil lächelte. Offenbar steckte noch ein alter Zorn in seinem Onkel. »Du kannst zum blinden Nekor gehen, dem Totenrufer. Er wird es ihm sicher gerne ausrichten, wenn der Preis stimmt.«

»Verspotte die Toten nicht, Viltor. Vielleicht sind sie gerade hier und beobachten uns. Lass uns gehen, irgendwie weckt dieses Haus plötzlich nur noch ungute Erinnerungen. Du hättest es nicht kaufen sollen.«

Vil folgte seinem Onkel, und er verspottete ihn weiter, als sie auf dem Heimweg waren. Er war gut gelaunt, und das wollte er sich von dem alten, ewig furchtsamen Gremm nicht verderben lassen.

Alles schien doch gut zu laufen, in vier Wochen würde seine Schwester heiraten, was vielleicht zu schön war, um wirklich wahr zu sein. Aber er konnte nichts finden, was sein vages, ungutes Gefühl unterfütterte. Das Einzige, was ihn ein wenig beunruhigte, war, dass er von Skari nichts hörte.

»Habt Ihr es bequem?«, fragte Hauptmann Lizet.

Die junge Frau in den Ketten schwieg.

»Seht, Skari von den Gesegneten, ich stelle Euch doch wirklich keine schwierigen Fragen«, fuhr er fort. »Das meiste weiß ich doch ohnehin schon.«

»Aber dennoch haltet Ihr mich hier seit Wochen fest.«

»Da die üblichen Methoden der Befragung bei Euch leider nicht fruchten, bleibt mir wohl nichts anderes übrig, oder?«, fragte Lizet seufzend.

Er rieb sich die müden Augen. Nur eine einzige Kerze kämpfte gegen die Dunkelheit dieses Kerkers an.

»Ich bin eben gesegnet«, antwortete die junge Frau mit einem tapferen Lächeln.

»Wenn man das so nennen kann«, brummte Lizet.

Er hatte so etwas noch nie erlebt, und die beiden Männer, die ihm halfen, auch nicht. Sie hatten mit den Fingernägeln angefangen, einer nicht unüblichen Vorgehensweise, wie Lizet widerwillig gelernt hatte.

Er war froh, dass er diese beiden Melorer gefunden hatte, denn den Männern waren die Skrupel, die ihn plagten, vollkommen fremd. Sie waren geübte Handwerker des Schmerzes, und Lizet glaubte, dass sie hinter seinem Rücken über ihn lachten, weil er »so weich« war. Aber auch diese abgebrühten Folterknechte hatten so etwas wie diese Gesegnete noch nie erlebt. Als sie ihr den ersten Fingernagel herausrissen, fiel die junge Frau in eine Art Schockstarre, die sich erst nach Stunden löste. Beim zweiten war es das Gleiche. Sie brachen ihr einen Finger, und wieder fiel sie in diese seltsame Starre.

Danach wechselten sie die Methode, hielten sie tagelang krumm geschlossen in Eisen, aber auch das zeigte keine Wirkung, weil dieses dürre Mädchen einfach erstarrte und stundenlang gar nicht bei Bewusstsein war. Schließlich ließen sie sie hungern und dürsten, aber auch das schien ihr wenig auszumachen. Seit über einem Monat ging das schon so. Und Lizet lief die Zeit davon.

»Ich verstehe nicht, warum Ihr für diesen Mann all diese Qualen auf Euch nehmt, Skari«, versuchte er es erneut.

»Ich weiß, dass Ihr das nicht versteht, Hauptmann.«

Er schüttelte unwillig den Kopf. »Wollt Ihr mir erzählen, dass Ihr das aus Liebe tut? Wirklich? Er hat eine andere geheiratet, oder nicht?«

»Sie bedeutet ihm nichts.«

»Aber Euch liebt er auch nicht. Wie könnte er? Er ist ein Patrizier und ein aufsteigender Stern in dieser Stadt. Und je weiter er aufsteigt, desto weiter wird er sich von Euch entfernen. Er kann es sich schlicht nicht leisten, Euch zu lieben.«

»Vielleicht tut er es doch.«

Lizet massierte sich die Schläfen. Er wurde nicht schlau aus diesem Mädchen. »Aber warum? Sagt mir, was, um der Himmel willen, zieht Euch zu diesem Mann, der Euch um seiner Karriere willen sitzen gelassen hat? Wisst Ihr nicht, wie viel Blut an seinen Händen klebt? Habt Ihr keine Angst, dass Eures dazu kommt, wenn Ihr ihm im Weg steht oder nur lästig seid?«

»Ich habe keine Angst vor ihm. Und er hat keine Angst vor mir. Vielleicht ist es das, was uns verbindet. Aber ich weiß, dass Ihr nicht versteht, was ich meine, Hauptmann.«

»Schön, wir reden gleich weiter«, sagte Lizet, stand auf und trat aus der Kammer.

Die Wände rochen immer noch nach Feuer und Zerstörung, aber er konnte die Gesegnete nicht im Kerker der Gespenster foltern, denn er handelte hier auf eigene Faust. Deshalb hatte er sie in die Keller unter der zerstörten Akademie der Scholaren gebracht.

»Was wollt Ihr nun machen, Herr?«, fragte einer seiner beiden Handlanger. Er hatte sie angeworben in der Hoffnung, dass diese Melorer nicht ganz so abergläubisch waren wie die Menschen in dieser Stadt. Sie waren keine schlechte Wahl, denn sie hatten schlicht zu wenig Fantasie, um sich zu fürchten. Aber auch sonst fehlte es ihnen an vielem. Lizet nannte sie Klotz und Keil. Er fand, dass es sich nicht lohnte, sich ihre Namen zu merken.

»Sie wird nachgeben«, antwortete er missmutig.

»Aber wir halten sie nun schon drei Wochen bei wenig Wasser und noch weniger Brot, und sie redet nicht.«

»Und wenn doch etwas daran ist?«, meinte Klotz.

»Woran?«

»Dass diese Weißhaarigen besondere magische Kräfte haben.«

»Natürlich, sie sind die Gesegneten. Aber abgesehen davon, dass sie uns immer wieder entgleitet, habe ich noch keine Magie bei ihr gesehen. Ihr etwa?«

»Nein, Herr, aber in der Stadt, da sagt man, sie könnten den Tod herbeiwünschen.«

»Märchen«, versuchte Lizet den Mann zu beruhigen.

»Hauptmann«, rief es von drinnen.

»Ihr wollt Euch endlich ein paar Dinge von der Seele reden, Skari?«

»Nein, aber ich will Euch und Euren Männern sagen, was ich gesehen habe«, sagte sie mit schwacher Stimme.

»Nämlich?«

»Jener dort«, sie hob mühsam die in schweren Eisen liegende Hand und zeigte auf Keil, den jüngeren der beiden Melorer, »jener dort wird heute noch sterben.«

Der Mann stieß einen Schrei aus und prallte entsetzt zurück.

Lizet gab sich unbeeindruckt. »Soll das der berühmte Todesfluch sein?«

»Kein Fluch, ich habe es gesehen. Und der dort«, sie zeigte auf den anderen, »wird mich freilassen.«

»Das ist doch Unsinn! Erzählt mir lieber, was Ihr wirklich gesehen habt, zum Beispiel bei Eurem Freund, Menher Malakin, der sich neuerdings Gremm nennt, und der, wie wir beide wissen, als Viltor Merson geboren wurde.«

»Aber ich sehe ihn nicht.«

»Fühlt Ihr Euch schwach? Ich kann Euch Brot und Wasser geben – wenn Ihr mir auch etwas gebt.«

»Wasser, ich habe Wasser gesehen, es fließt über schwarzen Stein«, entgegnete das Mädchen leise.

Lizet drehte sich um. Klotz war noch in der Kammer, aber er sah beunruhigt aus. Den Jüngeren hörte Lizet draußen im Gang auf und ab gehen. »Schickt Euren Freund, etwas Wasser für dieses Mädchen zu holen. Dann kommt er vielleicht wieder zu Verstand.«

Der Melorer nickte. Er hörte die beiden kurz darauf draußen leise miteinander streiten. Vielleicht waren sie doch keine so gute Wahl gewesen.

»Hört, ich weiß schon viel über Euren Freund, aber ich weiß noch nicht alles. Seht ...« Er zog eines der Pergamente hervor, die er bei Richter Titior eingesteckt hatte. »... dies hat ein toter Richter einst zusammengetragen, ein Opfer Eures Freundes. Es beschreibt die Unternehmungen eines Mannes, den Ihr vielleicht kennt. Er wird Orn Wraas genannt.«

Lizet entzündete eine zweite Kerze, weil er das Papier selbst kaum lesen konnte. »Und hier stehen viele Namen und Zahlen, von denen mich vor allem die Namen interessieren. Dort, die Ratte, ich nehme an, es handelt sich um Euren Freund Viltor. Da, eine Weiße Taube, darf ich annehmen, dass Ihr damit gemeint seid? Und hier, Katzen, ein Berg und eine Maus. Ich habe einen Verdacht, was die Maus betrifft, denn der Mann, den ich verdächtige, erinnert mich tatsächlich an eine Maus, aber wer ist der Berg? Und wer sind die Katzen? Und vor allem, wo finde ich diesen Orn Wraas?«

»Ihr werdet es bald erfahren«, sagte die Gesegnete.

»Ihr wollt also endlich reden?«

»Nicht von mir«, erwiderte die junge Frau.

Lizet verschränkte die Arme. Er tat, als hätte er alle Zeit der Welt, dabei war das nicht wahr. Viltor Merson/Gremm gewann mehr und mehr Verbündete in der Stadt. Wenn seine Schwester erst mit dem jungen Varos verheiratet war, würde er nahezu unangreifbar sein. Aber wenn er nachweisen konnte, dass er zur Bande des berüchtigten Schmugglers Orn Wraas gehörte, würde man die Dinge weiter oben vielleicht endlich anders sehen.

Ein Schrei erklang im Gang, gefolgt von einem dumpfen Poltern. Die Gesegnete lächelte, und Lizet wurde es flau im Magen. Er hörte Klotz draußen fluchen, dann rennen. Er folgte ihm etwas langsamer zur Treppe. Keil lag reglos dort, den Hals grotesk verdreht. Offensichtlich war er die Treppe hinabgestürzt und hatte sich das Genick gebrochen. Der Eimer rollte über den Boden, und das Wasser ergoss sich über die rußgeschwärzten Steinplatten.

»Bei allen Göttern«, rief der Melorer, »der Fluch!«

»Mann, beruhigt Euch. Ein Unfall.«

»Sie hat ihn verflucht!«

»Unsinn, sie hat ihm einfach so viel Angst gemacht, dass es passieren musste!«

»Das mögt Ihr glauben, Herr, aber ich glaube das nicht. Verzeiht, dafür habe ich mich nicht anwerben lassen. Seht zu, wie Ihr ohne mich zurechtkommt!« Der Melorer wich vor Lizet zurück. Er wollte offensichtlich zur Treppe.

»Wartet, ich habe Euch üppig entlohnt!«

»Was nützt mir Euer Geld, wenn ich tot bin? Mein Freund kann seines schon nicht mehr ausgeben. Ich will es ihm nicht gleichtun!« Und dann stolperte er die Treppe hinauf und davon.

»So sind wir nun allein«, stellte die Gesegnete fest, als Lizet zu ihr zurückkehrte.

»Abergläubisches Pack«, murmelte er und stellte den leeren Eimer auf den Tisch. Er war fest entschlossen, sich nicht verschrecken zu lassen. »Ihr habt vor diesem bedauerlichen Unfall gesagt, dass meine Fragen beantwortet würden. Wann und von wem?«

Sie schloss die Augen und sagte dann: »Ihr werdet zu einer Hochzeit geladen.«

»Die Hochzeit? Die Hochzeit des jungen Varos mit Tiuri Gremm?«

»Vielleicht.«

»Die werden sicher kein Gespenst zu ihrer Hochzeit einladen.«

»Und doch seid Ihr dort, Hauptmann. Ich sehe Euch.«

»Was seht Ihr noch?«, fragte Lizet fasziniert.

»Mehr, als Ihr sehen werdet.«

»Verdammt, das ist keine Antwort!«

»Ich weiß.«

»Schön, wenn Ihr Euch Euer Wasser nicht verdienen wollt – ich werde Euch nicht zwingen. Aber seid gewarnt. Diese Hochzeit – sie ist bereits morgen. Ihr habt noch diese eine Nacht Zeit, Euch zu besinnen. Aber wenn ich morgen früh keine Antworten von Euch bekomme, ist Eure Chance vertan. Ihr wisst, was das bedeutet, oder?«

»Ihr habt vor, mich zu töten.«

»Natürlich, denn wenn diese Ehe erst geschlossen ist, ist Viltor Gremm unangreifbar. Und wozu sollte ich Euch dann noch brauchen?«

Er löschte eine Kerze, nahm die andere an sich und ließ das Mädchen in völliger Finsternis zurück. Es stimmte nicht ganz, was er eben gesagt hatte. Natürlich würde sich niemand mit der Varos-Sippe anlegen, zumindest kein gehorsamer Diener des Gesetzes dieser Stadt.

Aber Lizet war entschlossen, Viltor Merson nicht entkommen zu lassen. Wenn es sein musste, würde er sich mit seinem Dolch eigenhändig in den Dienst der höheren Gerechtigkeit stellen, von der der Archont so salbungsvoll gesprochen hatte.

An der Treppe machte er halt, stellte die Kerze ab und zog den toten Melorer in eine der leerstehenden Kammern. Er wollte nicht am nächsten Tag über ihn stolpern und am Ende sein Schicksal teilen.

Als Lizet sich am nächsten Morgen zu Beginn seines Dienstes auf der Wache meldete, wurde er von Oberst Chalis auf die Dienstkammer gerufen.

»Was gibt es, Oberst?«, fragte er.

»Das sollte ich Euch fragen, Lizet. Man schickt nach Euch.«

»Nach mir?«

»Der Archont höchstpersönlich verlangt nach Euch. Ihr sollt zur Mittagsstunde in den Tempel kommen, und, ich zitiere, alle Unterlagen zum Fall Merson, vor allem aber ein bestimmtes Buch mitbringen. Außerdem weist er Euch an, Eure Gefangene freizulassen.«

»Meine Gefangene?«

»Ja, seltsam, nicht wahr. Ich habe nachgefragt, denn meines Wissens haben wir derzeit keine Gefangene in unserem Kerker. Oder gibt es da etwas, was ich wissen sollte, Lizet?«

»Nein, Oberst.«

»Schön. Dann zur Mittagsstunde im Tempel. Was seltsam ist, denn dann soll dort doch eine Hochzeit gefeiert werden.«

Lizet begann zu verstehen: die Hochzeit. Der Archont hatte vor, sie platzen zu lassen! Er plante einen Schlag gegen Varos, den neuen Kammerherrn, den vielleicht mächtigsten Mann der Stadt – nach dem Archonten.

Ein solcher Skandal, die Verwicklung in den Fall Merson, das würde Varos vernichten, und das an diesem Freudentag. Es war teuflisch! Lizet eilte nach Hause, holte das Buch und auch die Pergamente und überflog sie noch einmal. Er musste gut vorbereitet sein. Und die Gefangene? Mochte für den Augenblick bleiben, wo sie war. Vielleicht brauchte er sie doch noch. Über ihr weiteres Schicksal würde er erst nach der Hochzeit entscheiden.

Der große Tag, er war tatsächlich gekommen. Esrahil Gremm konnte es kaum glauben. Er stand auf der Treppe vor dem Tempel, wartete und ließ sich von der Sonne wärmen, die von einem wolkenlosen Himmel auf die Stadt herablächelte. Es war ein angenehmer Sommertag mit leichten Winden vom Meer, die gelegentlich Blütenblätter aus den Kaisergärten herüberwehten. Es war, als hätten die alten Götter sich in den Kopf gesetzt, diesem Tag so viel Schönheit wie nur möglich angedeihen zu lassen.

»Ein unvergleichlicher Tag, Menher, nicht wahr?«, riss ihn eine Stimme aus dem kurzen Moment der Verzückung.

Gremm blickte auf die ausgestreckte Hand eines Bettlers. Auf den zweiten Blick sah er, dass es ein Gesegneter war. Es war der Blinde, den er schon öfters gesehen und über dessen unheimliche Kunst er schon viel gehört hatte.

Hastig zog er seine Börse aus dem Wams und legte rasch zwei Sechskronenstücke in die ausgestreckte Hand.

»Ihr seid sehr großzügig, Menher«, dankte der Bettler.

»Ja ja«, murmelte Gremm, den die schlichte Anwesenheit des Blinden in Verlegenheit brachte.

»Wenn Ihr es erlaubt, werde ich Euch dafür einen Gefallen tun.«

»Einen Gefallen? Danke, nein, ich habe alles. Es gibt keine Toten, die Ihr für mich rufen könntet, Menher.«

»Keine Angst, ich verlange nichts dafür, Ihr habt mir ja schon reichlich gegeben. Eigentlich ist es etwas, was ich Euch schon lange hätte ausrichten sollen, Menher Gremm.«

»Ihr wisst, wer ich bin?«

»Wer würde den berühmten Freund der Armen nicht kennen, Menher? Hört, ich bringe Grüße.«

»Grüße? Von wem?«

»Von Eurer Frau, Menher. Sie bittet Euch, sie gehen zu lassen.«

»Meine …?«

»Sie ist der Meinung, dass es Zeit ist. Sie wünscht, dass Ihr endlich auch den Frieden findet, den sie für sich auf der anderen Seite gefunden hat.«

»Aber meine Frau, sie …«, begann Gremm, aber er vollendete den Satz nicht, denn plötzlich sah er in schmerzender Klarheit die Wahrheit, die er seit Jahren leugnete.

»Entschuldigt mich, Menher Gremm, ich werde erwartet«, verabschiedete sich der Bettler.

Gremm sah ihm verstört nach.

Der Gesegnete drängte sich durch die Menge, die darauf wartete, in den Tempel eingelassen zu werden. Als die Leute ihn bemerkten, öffnete sich rasch eine Gasse. Diese Menschen, sie alle waren hier, um die Verbindung der Häuser Gremm und Varos zu feiern.

Das schwere Tor öffnete sich, und die Leute strömten hinein. Nur Esrahil Gremm blieb auf der Treppe stehen, von den Worten des Gesegneten bis ins Mark erschüttert.

»Ist alles in Ordnung?«, fragte Vil noch einmal. Er lief nervös in einer der Nebenkammern des Tempels auf und ab.

»Alles ist in bester Ordnung, sobald unser Onkel hier auftaucht«, entgegnete Tiuri, die viel ruhiger als Vil zu sein schien.

»Soll ich ihn suchen?«, fragte Vil.

»Wenn du willst. Es ist, glaube ich, noch ein wenig Zeit.«

»Unfassbar, er wird es doch nicht vergessen haben!«

»Geh ruhig, wir kommen zurecht«, sagte Lajara.

Vil schenkte seiner Frau, die Tiuri in dieser Stunde zur Seite stand, einen dankbaren Blick. Die beiden verstanden sich nicht sonderlich gut, aber für diesen Tag schienen sie einen geheimnisvollen Waffenstillstand geschlossen zu haben.

»Braucht ihr noch irgendetwas?«

»Kannst du meinem Schwiegervater sagen, dass ich ihn noch einmal zu sprechen wünsche?«, fragte Tiuri.

»Jetzt?«

»Ja, ich habe noch eine Frage an ihn.«

»Jetzt?«

»Es geht nur um den Ring, Vil, aber es ist mir sehr wichtig. Also, schickst du ihn zu mir?«

»Na schön«, sagte Vil, der das, wie so vieles, was sich rund um diese Hochzeit ereignete, nicht verstand. Es gab da einen Haufen Gesetze, lächerlich abergläubische Verbote und Vorschriften, die es zu beachten galt. Frauensache, hatte ihm seine Frau erklärt. Und so etwas war das vermutlich jetzt auch wieder.

Er eilte hinaus in den Tempel. Er war voller Menschen, die stehend darauf warteten, dass diese Ehe, von der die ganze Stadt sprach, endlich geschlossen würde. Er grüßte ein paar Kauffahrer, schüttelte ein paar Hände, hielt sich aber nicht lange auf.

Er fand Varos in einer anderen Seitenkammer, wo er seinem leichenblassen Sohn Mut zusprach, und bat ihn, doch bei seiner Schwester vorbeizuschauen.

»Weswegen?«

»Das ist ein Geheimnis der Frauen, fürchte ich«, erwiderte Vil. »Aber habt Ihr meinen On... meinen Adoptivvater gesehen?«

»Esrahil? Zuletzt draußen auf der Treppe. Er wirkte etwas nachdenklich, dabei sollte man meinen, das sei ein Tag der Freude für ihn.«

»Nicht nur für ihn, Menher, nicht nur für ihn«, rief Vil.

»Ganz recht«, erwiderte Varos, aber er sah nicht sehr glücklich aus.

Vil fragte sich wieder, was der Archont wohl gegen diesen Mann in der Hand hatte, dass er ihm diese Ehe aufzwingen konnte.

Aber das war nicht sein Problem.

Als er fast an der Pforte war, wurde er plötzlich von einem Priester aufgehalten. »Menher Gremm, verzeiht, aber ich muss Euch bitten, mich zu begleiten.«

»Ist etwas nicht in Ordnung, ehrwürdiger Vater?«, fragte Vil, den plötzlich wieder die Panik erfasste, dass im letzten Augenblick irgendetwas dieses Ehebündnis verhindern könnte.

»Oh, nein, es ist nur: Seine Exzellenz wünscht Euch zu sprechen.«

»Der Archont? Jetzt?«

»So ist es. Kommt, er wartet im Heiligsten.«

»Aber meine Schwester wird gleich heiraten.« Ihm schoss in den Sinn, was Skari gesagt hatte – dass er beim Gelübde nicht neben seiner Schwester stehen würde.

»Ich versichere Euch, dass wir nicht ohne Euch beginnen werden, Menher. Doch bitte, es scheint wirklich dringend zu sein.«

Widerwillig folgte Vil dem Priester, der ihn durch eine Pforte hinter dem Altar in das Heiligste führte, einen Raum, der sonst den Priestern vorbehalten war.

Vil hatte sich immer schon gefragt, wie es dort aussehen mochte, aber das Heiligste enttäuschte ihn, denn es sah aus wie eine gewöhnliche Küche.

Der Archont saß auch auf einem höchst gewöhnlichen Stuhl. »Ah, Menher Gremm, endlich lernen wir uns persönlich kennen.«

»Exzellenz«, erwiderte Vil automatisch.

Memnon war nicht allein dort. Zwei seiner Silbergardisten standen am rückwärtigen Eingang. Sie trugen nur leichte Rüstungen, aber beeindruckende Schwerter.

Hinter dem Archonten saß der blinde Nekor in einer Ecke an einem Kamin, der trotz des sommerlichen Wetters brannte – und Sester Elgos war ebenfalls dort und nickte ihm ernst zu.

Der Priester zog sich geräuschlos zurück.

»Was hat das zu bedeuten?«, fragte Vil.

»Setzt Euch, das kann eine kleine Weile dauern, denn unsere Runde ist noch nicht ganz vollzählig.«

»Aber meine Schwester ...«

»Nun, es ist noch ein wenig Zeit. Und ob die Zeremonie überhaupt beginnt, Menher Merson, wird von Euch abhängen.«

Vil setzte sich, er spürte, dass sich Unheil anbahnte. Es war eben doch zu schön gewesen, um wahr zu sein. Jetzt würde er den Preis für dieses Wunder erfahren.

»Ich habe Euren Weg schon seit längerer Zeit verfolgt, Menher Gremm, und ich muss sagen, Ihr habt mich immer wieder beeindruckt. Ihr habt die Halde überlebt, den Feuersturm, das Blutgericht und dabei nie Euer Ziel aus den Augen verloren. Und falls doch, habe ich Wege gefunden, Euch an Eure Aufgaben zu erinnern.«

»Zu erinnern?«, echote Vil.

»Ah, Hauptmann Lizet, da seid Ihr endlich«, begrüßte Memnon einen neuen Gast, der im Rücken von Vil das Heiligste betreten hatte. »Nehmt bitte dort Platz, nein, dort. Habt Ihr die Papiere, um die ich ersucht habe? Ah, prächtig. Ihr kennt den jungen Mann bereits?«

Der Hauptmann nickte.

Vil erinnerte sich dunkel, ihn auch schon ein paarmal gesehen zu haben, aber nicht im Gewand der Gespenster.

»Sind dies Eure Beweise? Schön, lasst mich sehen. Ah, Ihr habt Berichte verfasst – nur für Euren Privatgebrauch, wie ich annehme?«

Wieder nickte der Hauptmann, der Vil mit unverhohlener Abneigung betrachtete.

»Und wollt Ihr uns nicht kurz zusammenfassen, was diese umfangreichen Papiere beschreiben? Wir wollen das hier nicht unnötig in die Länge ziehen.«

»Jawohl, Exzellenz. In meinen Aufzeichnungen lege ich dar, wie sich dieser Mann dort durch Mord, Diebstahl und Schmuggel im Gefolge des berüchtigten Orn Wraas seinen Weg bis hierher, an die Spitze dieser Stadt, erkämpft hat. Ich denke, ich kann mit der Hilfe dieser Pergamente beweisen, dass er sowohl den Arzt Galenes Celsor und Richter Titior als auch Telius Nestur und den bedauernswerten Kämmerer Ajeler ermordet hat. Und dies sind nur einige aus einer langen Reihe von Opfern, Exzellenz.«

»Und das steht alles hier drin?«

»Sehr wohl, Exzellenz.«

»Beeindruckend. Ah, Titiors Buch. Nicht sehr aufschlussreich, wie? Der alte Fuchs wusste, wie man etwas verschlüsselt. Und was ist das? Sieh an, Nachforschungen zu Orn Wraas und seinen Leuten. Davon wusste ich ja gar nichts. Wie ich sehe, habt Ihr ein paar Namen ganz richtig erraten. Imponierend. Aber den Berg hat er nicht erraten, Elgos, ich hoffe, das enttäuscht Euch nicht. Wirklich beeindruckend, Hauptmann. Wer weiß noch von Euren Erkenntnissen?«

»Niemand. Ghula Mischitu war bis zu einem gewissen Punkt eingeweiht, doch ist sie bedauerlicherweise nicht mehr unter uns.«

»Ja, fürwahr«, sagte der Archont, der die Unterlagen des Hauptmanns überflog und gelegentlich nickte. »Wirklich, Eure Schlussfolgerungen zeugen von beträchtlichem Scharfsinn. Ihr wisst beinahe mehr als ich, und ich ... ich habe die Toten befragt«, erklärte Memnon lächelnd.

Vils Blick wanderte zu Nekor, der mit ausdrucksloser Miene am Kamin saß. Endlich begriff er, warum es hieß, dass der Archont alles wisse: Er wusste es von den Toten! Wer konnte mehr über seinen Mörder wissen als der, der ihm zum Opfer gefallen war? Wer kannte die Geheimnisse der großen Familien? Ihre Verstorbenen. Nekor – er war der Schlüssel!

»Ich hoffe, Ihr wart so vorsichtig, hiervon keine Kopien anzufertigen, Hauptmann«, fuhr der Archont fort.

Der Hauptmann nickte zögernd.

»Fein«, sagte Memnon und warf die Pergamente und das Buch ins Feuer.

Der Hauptmann sprang auf. »Aber, Exzellenz!«

»Bitte, Lizet, setzt Euch. Ich weiß Eure Arbeit wirklich zu schätzen, doch leider würde es die Grundfesten unserer Stadt erschüttern, wenn bekannt würde, was Ihr herausgefunden habt.«

Der Hauptmann sank auf seinem Stuhl zusammen.

»Es geht um Politik, Hauptmann, und die steht, auch wenn Ihr es nicht glauben wollt, gelegentlich eben doch über dem Gesetz.«

»Niemand steht über dem Gesetz«, brachte der Hauptmann hervor.

»Ist das Euer fester Glaube, Lizet?«

Der Hauptmann nickte, er war totenbleich, und seine Hand ruhte auf dem Dolch im Gürtel. »Wirklich? Wie bedauerlich«, sagte der Archont seufzend. Plötzlich stand Sester Elgos hinter Lizet, und ehe er reagieren konnte, lag die Drahtschlinge um seinen Hals. Lizet langte verzweifelt nach den Händen des Angreifers, aber Elgos zog die Schlinge ebenso langsam wie unerbittlich zu.

»Ihr wart ein äußerst vielversprechender Mann, Hauptmann, nur leider zu ehrlich für die Bedürfnisse dieser Stadt«, sagte der Archont seufzend.

Livus Lizet bäumte sich noch einmal auf, keuchte, stöhnte und rutschte dann leblos vom Stuhl.

»Schade, wenn Talent derart verschwendet wird«, sagte der Archont, während Vil entgeistert auf den Toten blickte.

»Nun zu Euch, junger Freund.«

»Wollt Ihr mir das gleiche Schicksal angedeihen lassen?«

»Wie? Nein, gewiss nicht – es sei denn, Ihr hättet soeben Euer Gewissen neu entdeckt. Aber bei einem mehrfachen Mörder würde ich das eigentlich ausschließen.«

Vil konnte den Blick einfach nicht von dem Hauptmann wenden. Aber dann sagte er: »Jeder dieser Männer, die ich tötete, hatte den Tod verdient, Exzellenz.«

»Wirklich? Ach, Eure Rache, ich vergaß.« Der Archont zauberte plötzlich ein kleines zusammengerolltes Pergament aus dem Ärmel. »Wisst Ihr, was das ist, mein Junge?«

Vil schüttelte stumm den Kopf.

»Dies ist das kurze und natürlich geheime Protokoll einer geheimen Gerichtsverhandlung. Im Grunde steht nicht mehr darin als die Anklage, das Urteil, der Name des Angeklagten – und die seiner Richter.«

»Die Namen«, flüsterte Vil. Dann riss er sich zusammen. »Drei der Namen darauf könnt Ihr streichen, Exzellenz.«

Der Archont wirkte amüsiert. »Wirklich? Ich glaube nicht. Lasst mich nachsehen. Hm, ich nehme an, Ihr meint zum Beispiel den guten Ajeler oder Richter Titior, nicht wahr? Nein, tut mir leid, diese Namen stehen nicht auf dieser Liste.«

»Aber die Namen, Nekor hat mir doch …« Endlich verstand er – und blickte in einen Abgrund. »Das waren Lügen! Diese Männer waren unschuldig! Ihr habt Nekor gesagt, welche Namen er mir …« Die Worte erstarben ihm auf den Lippen.

»Wenn es Euch tröstet, so kann ich Euch sagen, dass Telius Nestur wirklich zu diesem Gericht gehörte. Und Euer Freund und Förderer Ajeler hatte zu viel Angst um seine Karriere, um Eurem Vater zu helfen, als es noch möglich gewesen wäre. Wenn Euch das genügt, um einen Mann zum Tode zu verurteilen, dann hatte er das wohl verdient. Aber natürlich würde diese Auffassung Eure kleine Todesliste um ein Vielfaches erweitern. Eine Menge einflussreicher Männer haben lieber die Hände in den Schoß gelegt, als sich die Finger zu verbrennen.«

»Und meine Mutter, Nekor? Hat sie Euch wirklich heimgesucht?«

»Ich habe sie einmal kurz gesprochen«, erwiderte der Blinde gelassen.

»Aber … wieso?«, fragte Vil fassungslos.

Der Archont seufzte, als könne er Vils Begriffsstutzigkeit nicht verstehen. »Ist das nicht offensichtlich? Diese Männer waren eine Bedrohung für unsere Stadt. Ajeler, der das gemeine Volk in den Rat gelassen hätte, Nestur, der einen Aufstand anzettelte, weil er gerne selbst Archont geworden wäre, Richter Titior, der heimliche König unserer Unterwelt, oder sagen wir, Gegenkönig, ein wirklich lästiger Konkurrent.«

Vils Blick ging ins Leere, dann zu Sester Elgos, und endlich begriff er, warum ihm dieser Mann die ganze Zeit geholfen hatte. Schließlich rief er Memnon zu: »Ihr seid Orn Wraas!«

»Meint Ihr? Interessant!«, rief der Archont. Er schien sich prächtig zu amüsieren.

»Aber Ihr seid der Archont!«

»Ein Amt mit viel Reputation, aber wenigen Mitteln, Menher, und das wenige, was die Stadt für mich erübrigt, wird noch vom Kammerherrn kontrolliert. Es ist jedoch nicht billig, all diese Männer zu kaufen, die unser geliebtes Xelidor in die richtige Richtung führen sollen. Der Schmuggel erwies sich als einzige und recht einträgliche Möglichkeit, meinen Spielraum ein wenig zu erweitern.«

»Aber warum ich? Warum habt Ihr *mich* all diese Dinge tun lassen?«

»Endlich eine halbwegs interessante Frage. Nun, aus zwei Gründen, junger Freund. Erstens habe ich immer Verwendung für gute Leute, und ich bin früh auf Euer Talent aufmerksam geworden, zweitens war es mir leider nicht möglich, diese mächtigen Männer vor ein Gericht zu zerren. Ich konnte sie aber auch nicht gewähren lassen. Ein Messer im Dunkeln schien mir die beste Lösung zu sein. Ich glaube, auch Ihr bevorzugt diese Methode, nicht wahr?«

»Und der Feuersturm, das Blutgericht? Die vielen unschuldigen Opfer?«

Der Archont zuckte mit den Achseln. »Bedauerlich, aber selbst ich konnte nicht voraussehen, dass die Scholaren so weit gehen würden, die halbe Stadt niederzubrennen. Ich hätte Ghula Mischitu gerne dem Geheimen Gericht dazugedichtet, aber leider war sie noch gar nicht in der Stadt, als Euer Vater verurteilt wurde. Doch wie Ihr seht, haben sich andere Möglichkeiten ergeben. Ein kluger Mann sollte eben auch widrige Umstände stets zu seinem Vorteil nutzen, das solltet Ihr Euch merken. Ich gebe zu, dass es zu einigen Situationen kam, die durchaus heikel waren, aber seht das Ergebnis! Die Geschäfte laufen besser als je zuvor. Oramar lässt das Erz fließen, und der Seebund frisst uns aus der Hand. Die Scholaren haben die Insel verlassen, und auf der Stahlseite herrschen wieder Ruhe und Frieden!«

»Wie in einer Gruft«, gab Vil verbittert zurück. Er rang immer noch um Fassung. »Ich war also nur ein Werkzeug für Euch?«

»Besser könnte ich es nicht ausdrücken. Ich hoffe, dass Ihr es weiterhin bleiben werdet, Menher Merson beziehungsweise Gremm, auch für Euch, denn dann könnt Ihr es in Xelidor noch weit bringen.«

»Und was verlangt Ihr? Ich wäre doch nicht hier, wenn Ihr nicht irgendetwas von mir wolltet.«

»Ich will ein Zeichen der Vernunft – Ihr könnt es aber auch Unterwerfung nennen. Ich muss wissen, dass ich mich auf Euch verlassen kann, auch wenn sich vielleicht ein Rest von Moral oder Gewissen in Euch dagegen wehrt, das zu tun, was ich verlange.«

»Und wie soll dieses Zeichen aussehen?«, fragte Vil. Er begriff, dass er dem Mann auf Gedeih und Verderb ausgeliefert war.

»Dieses Pergament, das ich hier habe, es enthält die Namen, nach denen Ihr so lange gesucht habt. Einen werde ich nun nennen, aber ich will, dass Ihr mir schwört, dass Ihr diesen Mann in Ruhe lassen werdet.«

»Warum verratet Ihr ihn mir dann überhaupt?«

»Wie gesagt, es ist eine Prüfung. Ich muss wissen, ob Ihr Eure Situation versteht – oder ob ich eine Hochzeit absagen muss, weil der Bruder der Braut unerwartet von uns gegangen ist.«

»Ich höre.«

»Gemmer Varos.«

Vil stockte der Atem. »Varos, der Schwiegervater meiner Schwester …?«

»Noch ist er es nicht. Versteht Ihr nun, was ich meinte? Also, Euer Wort, bitte, dass Ihr weder gegen Varos noch gegen jemanden aus seiner Familie etwas unternehmen werdet!«

Vil verstand, er verstand viel besser, als der Archont ahnte. Er begann zu lachen.

»Bitte, weiht uns ein, Menher. Was erheitert Euch?«

»Nichts, Exzellenz, oder alles. Ja, ich schwöre, bei meinem Leben, dass ich Rat Varos nichts tun werde und seiner Familie, die ja beinahe meine geworden wäre, ebenso wenig.«

Der Archont runzelte die Stirn. Vil genoss es zu sehen, dass der Mann, der angeblich alles lenkte und steuerte, nicht ahnte, was vor sich ging.

»Dieser Schwur geht Euch erstaunlich leicht über die Lippen, Menher«, sagte Memnon langsam.

Vil konnte nicht aufhören zu lachen. »Weil ich nicht der Einzige bin, der sich dieser Rache verpflichtet fühlt, Exzellenz. Und ich habe endlich begriffen, warum meine Schwester in diese Hochzeit eingewilligt hat.«

Nekor versteifte sich. »Etwas geschieht, Herr«, flüsterte er.

Ein durchdringender Schrei aus dem Tempel drang in das Heiligste. Dann noch ein Schrei, schrill und unwirklich.

»Die Schwester! Nekor, verdammt, warum habt Ihr mich nicht gewarnt?«, schrie der Archont.

Sester Elgos sprang auf und riss die Verbindungstür zum Tempel auf. Vil sah hinüber, und sein Lachen erstarb.

Da stand seine Schwester vor dem Altar, ein Messer in der Rechten, ihr weißes Brautkleid voller Blut. Und in der Linken hielt sie ein noch zuckendes Herz, das sie der entsetzten Menge zeigte. War es das, was Skari gesehen und seiner Schwester verraten hatte? Natürlich, nur deshalb hatte sie in diese Hochzeit eingewilligt.

»Ein Leben für ein Leben!«, schrie Tiuri mit gellender Stimme. »Ein Leben für ein Leben!«

Viltor sah hinter ihr den verstörten jungen Varos aus einer Tür hervortaumeln. Also hatte sie den Vater getötet.

Tiuri lachte laut und schrill, breitete die Arme aus, lachte wieder – und dann schien sie in einem Feuerball zu explodieren.

Die Menge schrie auf, Flammen sprangen über die Wände des Tempels zum prachtvoll geschnitzten Altar, zu den Sonnensymbolen an den Wänden, zu den hölzernen Deckenbalken. Die Menge schrie – und stürzte davon. Und Vil stand wie gelähmt im Heiligsten, begriff alles und konnte doch nicht fassen, was er sah.

»Wir müssen hier heraus, Exzellenz, der Tempel, er brennt!«, rief Sester Elgos.

»Das sehe ich selbst«, rief Memnon und rannte schon.

Weder Sester Elgos noch der Archont dachten daran, Nekor mitzunehmen, der blind hinter ihnen her irrte.

Es war zu viel: Vil drehte sich um und lief ebenfalls. Er rannte durch die Nebenkammern des Tempels, hinaus und weiter, das Bild seiner brennenden Schwester vor Augen, und er konnte nicht aufhören zu rennen.

Esrahil Gremm stand immer noch tief erschüttert auf den Stufen vor dem Tempel. Seine Frau … war sie wirklich …? Dieser Gesegnete hatte gesagt, er solle sie gehen lassen, aber er wusste nicht, ob er das schaffte. War sie wirklich …? Ja, sie war tot, natürlich war sie das, er wusste das, er war doch kein Narr! Er vergaß es eben nur manchmal. Dabei hatte er noch eigenhändig ihre Gruft geschlossen, am traurigsten Tag seines Lebens.

Ein schriller Schrei aus dem Inneren des Tempels holte ihn zurück in die Gegenwart.

Die breiten Doppeltüren flogen auf, und Männer und Frauen in heller Panik flohen, schoben Gremm rücksichtslos zur Seite, rempelten ihn zu Boden, rannten sich gegenseitig über den Haufen und hielten sich nicht damit auf, ihm oder einem anderen auf die Beine zu helfen. Lajara, Vils Frau, rannte mit versengtem Haar schreiend an ihm vorbei.

Aber wie hatte der Tempel nur in Brand geraten können? Gremm rappelte sich auf. Er konnte das Feuer sehen, das jenseits der Doppeltüren wütete, und er sah die Menge, die über den Platz davonstob. Aber wo waren Viltor und Tiuri? Er reckte sich, sah viele bekannte Gesichter, vor Entsetzen verzerrt, aber diese beiden konnte er nicht sehen. Waren sie noch dort drinnen – im Feuer?

Gremm zögerte einen Augenblick – dann rannte er in das brennende Gotteshaus hinein und rief die Namen seiner letzten lebenden Blutsverwandten.

Vil hielt erst an, als er das alte Haus Gremm erreichte. Er hatte den Schlüssel nicht dabei, also brach er die Tür auf.

Er fand es seltsam passend, wie ein Geist durch die leeren Räume zu gehen, in denen er seine Kindheit verbracht hatte. Sie waren alle fort: sein Vater, seine Mutter, sein Bruder – und nun auch noch seine Schwester. Sie hatten ihn alle verlassen. Und es war seine Schuld. Er hatte seiner Mutter versprochen, auf Tiuri aufzupassen, und was hatte er getan? Er hatte sie verschachert an die Männer, die seine Familie zugrunde gerichtet hatten. Und nun war die kleine Tiri tot, verbrannt, ein schreckliches Fanal für ihn, für die ganze Stadt.

Seine Schwester hatte den alten Varos ermordet, ihm das Herz herausgeschnitten und war dann verbrannt – mit einem Lachen. Er bekam dieses fürchterliche Bild nicht aus dem Kopf.

Aber war es nicht auch zum Lachen? Er hatte sich benutzen lassen, hatte Leute umgebracht, die weder ihm noch seiner Familie Leid zugefügt hatten, hatte sich zum Werkzeug des Archonten machen lassen. Und nun war alles vorbei, und sein eigenes, lächerliches, vergeudetes Leben lag in der Hand dieses Mannes.

Ohnmächtige Wut packte ihn. Für einen winzigen Augenblick dachte er, er könne sich rächen, den Archonten töten, der ihm all das angetan hatte – aber dann schüttelte er über sich selbst den Kopf. Rache? Die hatte ihn erst dahin geführt, wo er war, und der Archont war gewarnt. Nein, es gab nur einen Weg, diesen bösen Geist zu besiegen.

Vil ging in den Keller und fand ein paar Öllampen, die er nach oben schleppte. Er zerbrach sie und schüttete das Öl über die Dielen. Er würde es seiner Schwester gleichtun, ein Zeichen setzen, der Stadt sich selbst als brennende Fackel in die hässliche Fratze schleudern.

Nekor hatte gesagt, dass die Toten auf der anderen Seite Frieden finden konnten. Er würde bald wissen, ob das stimmte. Vielleicht würde er sogar seine Geschwister und seine Eltern wiedertreffen.

Er entzündete ein Schwefelholz und warf es auf die Dielen. Eine bläuliche Flamme breitete sich über dem ölgetränkten Boden aus. *Ein angemessenes Ende,* dachte Vil.

Esrahil Gremm drückte dem Kapitän einen großen Beutel voller Kronen in die Hand. Es war die Hälfte von dem, was er für den Notfall zurückgelegt hatte. »Für die Passage, und dafür, dass Ihr unsere Namen nicht in Euer Logbuch eintragt.«

Eine schwere Rauchwolke hing über dem Tempelberg, eine zweite stieg über der Ritterseite auf. Er versuchte, das zu ignorieren.

»Angemessen«, meinte der Kapitän, der den Beutel bedächtig in der Hand wog. »Und wer ist das? Eine entführte Braut?«

Gremm zog Tiuri, deren weißes Kleid unter dem Mantel hervorlugte, an sich. Es war zum Glück nicht zu sehen, dass es voller Blut war. Er hatte ein Kleid seiner verstorbenen Frau eingepackt, aber das Umziehen würden sie später erledigen. »Die Kronen sind auch dafür gedacht, dass Ihr keine Fragen stellt, Kapitän.«

»Ihr solltet unter Deck gehen, denn wenn das so ist, seid Ihr sicher eine heikle Fracht. Wir laufen mit der Flut aus.«

Gremm brachte Tiuri zur Treppe, die unter Deck führte.

»Wo sind wir?«, fragte das Mädchen, das erst jetzt aus einer Art Trance zu erwachen schien.

»An Bord eines schnellen Seglers, Tiuri. Wir verlassen Chelos.«

»Ein Schiff? Aber wo segelt es hin?«, fragte sie und klang müde und verwirrt.

Er konnte immer noch nicht fassen, dass ihr nichts geschehen war. Ihr Kleid war angesengt, aber sie hatte mitten im Feuer gestanden und war doch nicht verletzt. Es war ein Wunder. Und dann waren sie über den Platz geflohen, an den Wachen vorbei, den vielen Menschen, die verstört um den brennenden Tempel herumstanden. Niemand hatte sie aufgehalten.

Viltor hatte er nicht gefunden, aber er hatte auch nicht sehr nach ihm gesucht, der Junge war doch schuld an diesem ganzen Unglück. Er hatte noch versucht, ihm diese Hochzeit auszureden, aber er hatte nicht gehört, und nun mussten andere den Preis bezahlen. Gremm hatte seine Nichte völlig verstört vorgefunden, in der einen Hand ein Herz, in der anderen ein Messer. Er hatte viele Fragen, aber die würde er später stellen.

»Wir fahren weit weg, nach Süden«, sagte er stattdessen. »Asmana, war das nicht die Insel, zu der man deinen Geliebten geschickt hat?«

»Du … du bringst mich zu Carem? Du verlässt Xelidor?«

»Ja, warum denn auch nicht?«, seufzte Gremm und sah noch

einmal zurück zu den beiden Rauchsäulen, die über der Stadt standen. »Hier ist doch nichts mehr.«

Vil hustete. Der Boden unter seinen Füßen schwelte. Es qualmte, aber die Flammen schienen sich Zeit lassen zu wollen. Er zerbrach eine weitere Laterne.

»Und wieder sehe ich dich im Feuer«, sagte eine leise Stimme.

»Skari!« Er schüttete das Öl auf die Dielen. »Bist du hier, um mich aufzuhalten?«

Sie sah furchtbar aus, abgemagert, hohlwangig, und als sie sich das schmutzig weiße Haar aus dem Gesicht strich, konnte er sehen, dass ihr zwei Fingernägel fehlten.

»Ich kann nicht ändern, was ich gesehen habe, Vil.«

»Du solltest verschwinden. Mein Weg endet hier.«

»Aber ich habe uns beide hier gesehen.«

Die Flammen begannen, die Wände emporzulecken. Aber es war nicht so spektakulär, wie er gehofft hatte.

»Ich zahle den Preis, Skari, für all das Blut, das ich vergossen habe.«

»Ich weiß.«

Skari stand im Rauch, sah ihn mit einem verlorenen Blick an und machte keine Anstalten, sich in Sicherheit zu bringen. Warum wollte sie bei ihm bleiben?

»Verschwinde endlich!«, rief er grob.

»Aber ich habe es gesehen«, erwiderte sie.

»Dass wir beide hier verbrennen?«

»Ich sah uns – und das Feuer, das aus den Dielen hervorschlägt.«

»Und danach?«

»Danach sehe ich nichts mehr, Vil.«

Die Holzdecke fing mit einem Fauchen Feuer. Nun ging es also doch schnell. Vil hörte draußen aufgeregte Stimmen. Vermutlich stritten sie darüber, wer das Brandgeld bei einem leerstehenden Haus zahlen würde. Er fand, dass das zu dieser Stadt passte. Aber das konnte ihm gleich sein, denn das war das Ende. Doch dann war da etwas in ihm, das sich plötzlich sträubte. Er hatte den Tod verdient – aber Skari?

»Komm mit«, sagte er und packte sie entschlossen am Arm, »es gibt vieles, was du nicht gesehen hast.«

Und dann zog er sie aus dem brennenden Haus und durch die aufgeregte Menge, die kopflos durcheinanderschwirrte und sich mehr stritt, als das Feuer zu bekämpfen.

»Aber wohin?«, fragte Skari.

»Zum Hafen«, erwiderte Vil, »irgendein Schiff, das uns fortbringt, irgendwohin, nur weit weg von dieser Stadt.« Denn die, so dachte er grimmig, würde von nun an ohne ihn zur Hölle fahren müssen. Er war mit ihr fertig.

Wenn Ihnen dieser Roman gefallen hat, gefällt Ihnen sicherlich auch die Schattenprinz-Trilogie von Torsten Fink. Lesen Sie auf den folgenden Seiten den Beginn von *Der Prinz der Schatten* (26856), dem Beginn dieser außergewöhnlichen Reihe.

Apei Ludgar hatte seinen Hut vergessen. Er stand auf der Mitte der Herzogsbrücke, blickte mit verkniffener Miene in den Regen, der schon während der halben Nacht über der Stadt niederging, und Wasser rann ihm kalt aus den Haaren in den Kragen. Die Huren … er hatte den Hut im Hurenhaus vergessen, weil der Regen, gerade als er das Rote Haus so beschwingt verlassen hatte, einen Moment lang ausgesetzt hatte. Der Vollmond war sogar für eine Weile hinter den Wolken hervorgekommen und hatte die Stadt in bleiches Licht getaucht. Aber dann hatten sich die Wolken wieder geschlossen, und jetzt stand Apei sich in Regen und tiefer Finsternis die Beine in den Bauch und wartete. Vielleicht sollte er zurückgehen, wenn das Geschäft erledigt war, nicht nur wegen des Hutes. Aber die Frage war, ob im Roten Haus dann noch jemand wach sein würde. Andererseits – seine Frau würde nach dem Hut fragen. Sie fragte ihn schon gar nicht mehr, wo er die Abende verbrachte, vermutlich, weil es ihr gleich war, aber nach dem Hut, nach dem würde sie fragen.

Apei Ludgar spuckte missmutig in den Bach, der, angeschwollen vom tagelangen Herbstregen, unter der Steinbrücke hindurchtoste. Wenn das Geschäft heute zum Abschluss kam, konnte er sich jede Menge neue und bessere Hüte kaufen. Natürlich würde er die Stadt verlassen müssen, denn man würde bald viele Fragen stellen. Er würde im Süden ein neues Leben anfangen, auf Inseln ohne Regen, und ohne seine Frau –

ein Gedanke, der ihm gefiel. Er ging ein paar Schritte auf und ab. Warum nur hatten sie als Treffpunkt die Mitte der Brücke vereinbart? Hier gab es nichts, wo man sich hätte unterstellen können, außerdem schützte nur die Nacht vor neugierigen Blicken. Auf der Neustadtseite der Brücke gab es einen Verschlag. Für gewöhnlich saß dort eine Wache, aber in dieser Nacht nicht, dafür hatte er selbst gesorgt. Apei Ludgar zog es zum wiederholten Male in Erwägung, hinüberzugehen und in diesem Unterstand zu warten, aber er hatte einfach zu viel Angst, seine Verabredung zu verpassen. Er hatte seinen Teil erfüllt, und nun wollte er der Gegenseite unter keinen Umständen einen Vorwand liefern, ihn nicht zu bezahlen. Er nieste. Wasser war durch die Nähte seiner alten Stiefel eingedrungen, und jetzt hatte er nasse Füße. Das Gehalt eines Verwalters in einer so armen Stadt wie Atgath war bescheiden. Neue Stiefel würde er sich ebenfalls machen lassen, wenn er endlich, endlich bekommen hatte, was er sich so mühsam verdient hatte.

Er drehte sich um und zuckte erschrocken zurück. Wie aus dem Boden gewachsen stand eine große, dunkle Gestalt vor ihm, keinen Meter entfernt: ein Mann, ein wahrer Hüne. Apeis Herz setzte einen Schlag aus, und dann pochte es schnell und furchtsam. Der andere überragte ihn um mehr als einen Kopf, und der Regen schlug Apei ins Gesicht, als er zu ihm aufblickte. Er kniff die Augen zusammen, aber er konnte nicht mehr sehen als einen dunklen Umriss in der Nacht.

»Wer …? Ich meine, Ihr seid nicht … Wo ist Ensgar, der Einäugige?«, stotterte Apei.

»Habt Ihr getan, was vereinbart war, Apei Ludgar?«, fragte der Fremde.

»Natürlich, natürlich«, beeilte sich Apei zu versichern. Er wagte nicht noch einmal zu fragen, wo der andere war, der, der ihm sonst immer die geheimnisvollen Befehle überbracht hatte. Der finstere Einäugige erschien ihm jetzt bedeutend harmloser als dieser Hüne. »Seht Ihr hier eine Wache, Herr? Nein, denn ich habe dafür gesorgt, dass sie andernorts ihren Dienst verrichtet.«

»Und in der Burg?«

»Ebenso, Herr, ebenso. Die Mauern sind nicht besetzt, nur die Tore, und mehr könnt Ihr nicht verlangen, Herr, denn wenn niemand an den Toren wäre, das würde doch auffallen.«

»Wir haben auch nicht mehr verlangt.«

»Natürlich nicht, Herr. Ich wollte nur sagen, dass ich mich an unsere Abmachung gehalten habe, Herr, mehr nicht, mehr nicht«, sagte Apei und bemerkte, dass er plapperte. Er versuchte seine Furcht zu unterdrücken, aber es gelang ihm nicht.

»Das war klug von Euch, Verwalter.«

Apei Ludgar fand, dass dieses Lob nicht so beruhigend klang, wie er es erwartet hätte. Er wünschte, die Wolken würden aufreißen, den Mond hindurchscheinen lassen und ihm endlich einen Blick in das Gesicht seines Gegenübers erlauben. »Ich habe eine Menge auf mich genommen, Herr«, stieß er hervor.

»Ihr seid gut bezahlt worden«, kam es kalt zurück.

»Und doch habe ich nichts von dem schönen Silber, wenn man mich in den Kerker wirft, Herr.«

»Das wird nicht geschehen«, sagte die dunkle Stimme gelassen, und Apei fand, dass auch das nicht beruhigend klang.

»Genau, denn ich werde die Stadt verlassen. Sobald Ihr mir gebt, was wir vereinbart hatten, Herr. Schon morgen Nacht, nein, gleich in der Früh bin ich fort. Gebt mir einfach, was mir zusteht. Und nie wird jemand erfahren, was ich für Euch getan habe.«

»Da bin ich sicher«, sagte der Hüne. Er bewegte sich schnell, eine kurze, elegante Geste, beinahe wie eine Verbeugung. Apei spürte einen Schlag gegen die Brust. Dann hörte er ein ersticktes Keuchen und wunderte sich, weil es so fremd klang, obwohl es doch aus seinem eigenen Mund kam. Er spürte, dass es unter seinem durchnässten Wams plötzlich ganz warm wurde. Sein Herz schien nicht mehr zu schlagen. Das war seltsam. Er fasste sich an die Brust, um sich zu vergewissern, und verstand dann endlich, dass es sein Blut war, das dort heiß aus einer tiefen Wunde strömte. Seine Beine wurden schwach, aber er fiel nicht, ganz im Gegenteil, er fühlte sich plötzlich angenehm leicht. Dann begriff er, dass der Hüne ihn hochgehoben hatte. Das Letzte, was er sah, war das weiß schäumende Wasser des Gebirgsbaches, in den sein Mörder ihn warf.

Morgengrauen

Der Schatten kam von Süden. Er schlich über die Straße den Hügel hinauf nach Atgath. Der Wind hatte gedreht, hatte die Wolken auseinandergetrieben und den Regen versiegen lassen. Die Sichel des Mondes kämpfte sich an der einen oder anderen Stelle durch die Wolkendecke und ließ die nassen Dächer von Atgath in unstetem Licht schimmern. Die Stadt lag auf einer Anhöhe über dem schmalen Tal, und dahinter ragten die Berge in die Wolken hinein. Sie war bewacht, schon von weitem konnte der Schatten Fackeln sehen, unruhige Lichtpunkte, jedoch nur in den hohen Türmen, die die steinernen Mauern krönten. Vor der Stadt saßen ein paar Männer an Feuern, die zwischen einigen Zelten und großen, gefällten Baumstämmen brannten. Sie unterhielten sich halblaut und arglos, als der Schatten an ihnen vorüberglitt und lautlos die Mauer erklomm. Der Schatten überwand die Zinnen, keine zehn Schritte von einer ahnungslosen Wache entfernt, die frierend aus einem Turm in die Nacht schaute, überquerte den Wehrgang und verschwand mit einem Sprung in der Dunkelheit. Nur ein dumpfer Laut verriet, dass er sicher auf einem Hausdach gelandet war.

Die Straßen lagen verlassen, und zum kalten Wind, der um die Hausecken strich, gesellte sich der Klang des Wassers, das aus übervollen Regenrinnen auf das Pflaster tropfte. Der Schatten ließ sich vom Dach fallen, zögerte kurz, als sei er sich über den Weg nicht sicher, und folgte der Straße dann ins Innere der Stadt. Er bewegte sich vorsichtig, doch schnell, unter Wolken, deren Säume schon eine erste Andeutung des Morgengrauens zeigten. Einmal überquerte er eine Straßenkreuzung, gerade als das Mondlicht darauf fiel, und für einen Augenblick wurde erkennbar, dass es sich bei dem Schatten um einen schlanken, dunkel gekleideten Mann handelte. Aber niemand war auf den Straßen, bis der Dunkle schließlich zum Marktplatz, dem Herzen der Stadt, gelangte. Auch dort brannten Wachfeuer und beleuchteten ein dichtes Gewirr von Bretterbuden und Zelten, kleinen Bühnen und Verkaufsständen. Der Schatten hielt inne. Ein anderes Geräusch kam aus der Dunkelheit, langsamer Hufschlag, begleitet vom misstönenden Knarren großer Räder. Der Schatten verschmolz mit der Wand. Kurz darauf tauchte ein Pferd auf, das in gemächlichem Schritt einen führerlosen Kohlenkarren hinter sich herzog. Der Gaul schnaubte, als er den im Dunkel verborgenen Mann passierte, blieb aber nicht stehen.

Der Schatten sah dem seltsamen Gespann eine Weile hinterher, dann verschwand er in einer schmalen Seitengasse, blieb einige Zeit unsichtbar und tauchte kurz als Umriss auf dem Dach eines stattlichen Hauses auf. Er legte sich auf die nassen Ziegel und spähte über den Markt. Dort waren Männer, Wachen, die sich mit einem Mann unterhielten, der einen Besen geschultert hatte. Die Morgendämmerung konnte nicht mehr fern sein, und von irgendwoher aus der Nähe mischte sich der Duft von frischem Brot in die kalte Herbstluft. Von der Burg, die die Stadt als abweisend schwarzer Umriss weit überragte, blinkten vereinzelte Lichtpunkte hinüber. Ein Meer von Dächern lag zu ihren Füßen.

Der Schatten nickte, als habe er nun gefunden, was er suchte, und schlich davon. Er überquerte das Dach, sprang leichtfüßig über eine schmale Gasse hinweg auf das nächste, und nicht mehr als ein leises Knirschen der Schindeln kündete von seiner sanften Landung. Er bewegte sich schnell und zielstrebig über das Gewirr von Häusern, die, eingeengt durch die Stadtmauern, dicht zusammen- und bis an die alte Burg herangewachsen waren, die die Stadt überragte. Ihre schwarzen Mauern lagen in der Dunkelheit, und nur in zweien der Türme und vor dem Tor deutete unruhiger Fackelschein auf die Anwesenheit eines Wachpostens hin. Der Schatten schlug einen Weg ein, der ihn fast auf die Rückseite der Burg führte, dorthin, wo sich die wohl schmalsten Häuser der Stadt noch zwischen Mauer und Festung gequetscht hatten, dorthin, wo dieser Wall gemeinsam mit dem Gebirgsbach die Verteidigung der Stadt bildete. Der junge Mann richtete sich auf, griff unter seinen Umhang und wickelte ein langes Seil von der Schulter. Mit einem kaum hörbaren metallischen Klicken entfaltete er die drei Arme eines Wurfankers, nahm ihn zur Hand, betrachtete ihn und murmelte eine leise Beschwörungsformel. Ein Schatten löste sich von seiner Hand, kroch über das Seil und legte sich schließlich über den Anker.

Der Dunkle nickte zufrieden, schätzte die Entfernung ab, schwang das Seil und ließ den Anker fliegen. Der Wurfanker verschwand in der Finsternis, und nur ein gedämpftes Klopfen verriet, dass er zu kurz ging. Der Schwarzgekleidete fluchte leise und rollte das Seil wieder auf. Er versuchte sein Glück erneut, und diesmal fand er sein Ziel. Er zog am Seil, und es straffte sich. Noch einmal spähte er die menschenleeren Straßen entlang, dann sprang er am Seil hinüber zur Mauer und kletterte schnell hinauf. Oben hielt er kurz inne und sah sich um, aber es war keine Wache zu sehen. Er rollte das Seil wieder auf, klappte den Wurfanker zusammen und verstaute ihn wieder in dem breiten Gürtel, den er unter dem Umhang trug. Ein kurzer Schauer ging nieder, und der Mond verschwand abermals hinter schnell ziehenden Wolken, aber der Mann schien seinen Weg auch im Dunkeln zu kennen. Er lief über den Wehrgang, bis dieser an der Mauer eines vielstöckigen Gebäudes endete. Dann kletterte er über die groben Steinquader der Hausecke hinauf bis zum Dach. Es gab keine Regenrinne, und er brauchte eine Weile, bis er einen Punkt fand, der ihm sicher genug schien, um sich daran hinaufzuziehen. Er duckte sich und sah sich vorsichtig um. Am anderen Ende des Daches entdeckte er das, was einst der höchste Turm, der Bergfried, gewesen war. Doch die Platznot in der Burg hatte die Häuser immer weiter in die Höhe wachsen und näher rücken lassen, so dass er inzwischen nur noch wie ein leicht erhöhter Dachgarten herausragte. Es war keine Wache zu sehen. Der Fremde spähte dennoch lange hinüber, weil er etwas Ungewöhnliches entdeckt hatte. Er wartete, bis der Mond wieder hervorkam und enthüllte, dass es sich bei den plumpen Schatten nicht etwa doch um Wachen, sondern um große Tontöpfe handelte, wie sie manchmal für Zierpflanzen verwendet wurden, nur dass sie keine Pflanzen enthielten. Das ließ ihn zögern. Schließlich tastete er sich aber doch vorsichtig über die moosbewachsenen Schindeln voran. Die alten Schieferziegel knirschten unter seinen Schritten. Der Fremde zögerte wieder, murmelte einige leise Worte, und ein schützender Schatten umhüllte seine Gestalt. Erst dann setzte er seinen Weg fort.

Rund um den Bergfried wurde das Moos plötzlich weniger, und der Schatten hielt inne. Er war nur noch drei Schritte von den Zinnen des alten Turms entfernt, und immer noch blieb alles still. Dann trat er auf den Draht. Eine Explosion zerriss die Dunkelheit mit einem dumpfen Knall und einem violetten Blitz. Dem Fremden blieb nicht einmal Zeit, sich zu ducken. Die Druckwelle traf ihn und schleuderte ihn über das Dach